아하광파 고준환 박사

유채꽃밭에서 아내와 함께(프랑스 파리 교외)

결혼식 행진

결혼식(주례 황산덕 총장. 은사님)

결혼식 신랑신부 친구들과 함께

결혼식 신랑신부 친인척 가족들과 함께

부모님 합동회갑연

시냇가에 계신 아버님

비봉면 자안리 고향집의 어머니

비봉면 자안리 519 집 옆 밭갈이

어머님과 함께 중화동 집 앞

서울법대 졸업사진

국민대 대학원 졸업식(박사학위) 부모님과 함께

서울대 졸업사진, 외조모, 외숙부모, 김정배 씨 등 친구들과 함께

부모님과 함께 태국 파타야 여행중. 중국 해양공원에서

동아일보기자 10기생 천관우 수필 강의를 듣고서

동아방송 필화사건으로 재판중

동아자유언론실천선언과 민주회복국민회의 이택돈의원, 홍성우변호사 등과 협의

동아일보사 정치부 축구팀(수습중)

권영자 동아투위위원장과 후에 동아일보 사장이 된 김학준 씨와 함께

10.24 동아자유언론실천선언 24주년기념식 등

한국교수불자연합회 창립법회

북경광제사 중국불교협회 조박초 회장 등과 함께(교불련 교수 24명)

백두산천지 한라산 백록담 흙 통일합토제(백두산천지)

광개토대왕 정신 찾아
백두산천지 통일기원 법회

한국교수불자연합회 1988년 하기수련회(해인사), 앞줄 가운데 일타스님과 저자, 우영섭, 이준 교수 등

제2회 한국교수불자연합회 수련회(불기2533년 7월 2~6일, 송광사수련원), 앞줄 가운데 법정스님

청룡초등학교 2학년 때 연극, 세 번째 줄 오른쪽 2번째 저자

청룡초등학교 제6회 졸업기념(앞줄 왼쪽에서 3번째 사학규 담임선생님)

1954년 청룡초등학교 추계체육대회 비봉면 유지들과
뒷줄 왼쪽을 시작으로 사학규 6년 담임선생님, 가운데 줄 왼쪽서 5번째가 아버님(고병학 님)

청룡초등학교 동창 김동철 학형과 오랜만에 인사

어린 동생들 사진. 왼쪽부터 고계순, 창환, 의환, 용환, 숙환

진관사에서 四九.一〇

용산중 2년 때 수학여행

용산중 1년 김두원 군과 함께

용산중 2년 1957년 도봉산에서 한대희와 함께

용산중 3년 한상림 학생회장과 함께

용산고교시절 저자

용산고 친구들(동복)
앞줄 왼쪽이 저자, 다음 배진헌, 하충언, 전희태 등

용산고교시절(하복 입다)

1958년 가을소풍 유릉에서. 뒤에서 둘째 줄 왼쪽서 6번째 저자임

서울법대 졸업 후

서울대 1년 상대 경제학과 친구들(김정배, 양광석, 강용운 씨)

대불련을 만들고 나서. 가운데 줄 이청담스님, 김홍도스님, 이혜성스님
앞줄 왼쪽부터 저자, 중앙에 전창렬, 신호철 등

대불련 창립(1963년) 첫 수련법회, 속리산 법주사 대불 앞에서.
둘째 줄 왼쪽에서 6번째 서경수, 이기영 교수님, 박추담스님 등이 계시다. 첫줄 오른쪽부터 4번째가 저자이다

법주사 수련법회 마치고 속리산 정상 등반하다. 뒷줄 왼쪽부터 7번째가 저자, 전창렬, 최동수 씨(동국대)

조계사 금강경 강의 후 전진한 선생님, 김홍도 방울스님과 함께

서울법대 졸업식 후 송쌍종, 이보환, 저자, 김우성, 도세경 씨

육군 257수자대 한얼모임 첫 시화전을 열고. 중앙이 저자

육군 257수자대(경기 포천) 보급과 일동기념

대한조선공사 계약과장, 홍보과장

대한상사중재원 조사과장시절의 저자

경기대 법학과 고별강의기념

경기대 법학과 졸업생 사은회

경기대 법학과 졸업생들과 함께

경기대 정년 직전 마지막 강의 '구름 나그네의 법과 인생'

경기대 교수 정년퇴임식

신선도 심공선원 개원식
맨 앞에 이규형 문화일보 사장, 선도수련원 운영자 지진웅 사장, 송쌍종 교수, 유종인 교수도 참석함

통일염원 남북불교 순례담 서울 북한산 백운대

개천절 서울 사직동 단군성전 기념식에서

avatar 아바타코스 티쳐 Richard와 함께한 우리 내외

아바타 마스터들. 왼쪽 2번째 R. Westlake. 오른쪽 끝은 취산 박영철 도인

밝달국 치우천황 후손 아하광파

김탄허스님과 제자들

대학시절부터 친구이자 도반인 박문수 변호사와 담소

창시자 마하리시 마헤시님

김혜암 선사님과 함께, 해인사 원당암

설송대법사님과 저자(저자의 집에서)

설송대법사님과 함께(서울선원), 그 왼쪽이 무진스님, 오른쪽이 저자

저자가 추진한 설송대법사 방미대법회

아바타코스 함께 공부한 사람들, 왼쪽부터 오정환, 채태병, 박준수, 저자, 허육, 송기호 씨 등

이인자 교수님, 박지명 법사와 함께
아바타코스를 마치고 한강변에서

제주시 제주동 삼성혈(탐라국왕 고을라, 양을라, 부을라
3인 종지용출)에서 저자가 조상님에게 절하고 있다

1986년도 네팔 카투만두대학에서, 세계 불교도우의회(WFB) 파티중

2002년 개천절 평양방문시 순안공항에서 조선천도교 대표 유미영 여사의 환영을 받고 있다

평양단군릉 앞에서 오른쪽부터 신법타스님, 음악가 윤이상 씨 부인, 이수자 여사, 저자,
두 사람 건너 박찬수 목아박물관장

적멸보궁에서 김영삼, 전창렬 변호사와 함께

기관련 특별법 제정을 위한 공청회

경남대 조영건 교수(좌측) 등과 함께

하나로 포럼 선정회 창립법회를 마치고

4월 민주혁명과 평화적 정권교체 포럼에서 개회사하는 저자. 축사는 이수성 총리님.
참여자: 정천구, 권영길, 최용기, 연기영, 조영건, 이부영, 우승용, 허영구 씨 등

한민족서로돕기 불교운동본부 창립기념

하나 되는 한국사 출판기념 민족대통일강연회
윤내현 교수가 강연하고 좌우에 봉우 권태훈 등과 설송대법사님이 앉아계시다

한국영토보전 역사학 토론회

단군조선사 광복 국민대토론회

부정부패 없는 나라를 향하여

한라산 백록담에서

제2차 하나로 포럼. '21세기와 선정문화'를 주제로 개최

'통일로 가는 국사이야기' 초청강연회를 마치고

고준환 박사 「한생명 相生法」 출판기념회

민주투사 강신옥 변호사와 함께

만주 광개토대왕릉 비각

만주 광개토대왕릉 앞에서
박종흡 국회사무처장과 함께

중국 태원 중화삼조당 앞에서
정천구 교수님 내외분과 함께

자주사학자인 사회학자
신용하 서울대 명예교수와 함께(2002. 개천절)

유종민 교수님 전시회에서 연기영 교수님과 함께

조학래 교수(동아기자노조위원장) 등과
제주도 성산포에서 일출을 보며

미국 뉴욕 자유의 여신상 앞에서

페루 티티카카호상에서 원주민 아기들과 함께

단군릉개건기념비 앞에서(2002)
남 · 북 · 해외 민족들이 함께 어울리고 있다.

페루 마추픽추와 쿠스코

평양 강동군 대박산 단군릉 앞에서 김영기 씨와
(2002. 개천절)

황해도 구월산 삼성전 신법타스님과 함께

김해 김수로왕릉 앞 파사석탑 전각에서

중국 요녕성 여순감옥 신채호 선생님 사진 밑에서

백두산천지 장군봉 정상에서

중국 오대산 불상 앞에서

미국 LA 관음사 불상 앞에서
조선불교도연맹 박태화 위원장과 함께

3천년 전 요녕성 석봉산 동이족고인돌 앞에서
최혜성 씨(화광교역, 봉한학설 연구사업단장)와 함께

백두산 장백산호텔 앞에서 경기대 법학과 교수 등
(왼쪽부터 저자, 홍승인, 남기환, 석희태, 박영규, 김규하)

왼쪽부터
권화섭, 성의경형님, 고준환, 송상종, 김종구 씨

백두산 장백폭포에서
왼쪽부터 저자, 김규하, 석희태, 홍승인 교수

제주 약천사 수련대회(이영희 교수님 내외, 우리 부부, 조영건 교수님, 연기영 교수님과 함께)

국민대 이재철 총장이
저자에게 법학박사학위 수여

2002년 개천절에 평양인민문화궁전 앞에서
목아박물관장 박찬수 중요무형문화재와 함께

캄보디아 씨엠립 앙코르와트 사원 정상에서

미국 LA 관음사에서 신법타스님과
조선불교도연맹 박태화 제3대 위원장과 함께

일본 오사카성 앞에서
한대희 교수, 연기영 교수 등과 함께

전면 중앙에 짬롱 방콕시장과 송월주스님, 저자(앞줄 중앙)

방콕 새벽사원 앞에서(1986. 11. 25)

경기대학교 교무위원회 기념촬영(2005. 6. 13) 앞줄 왼쪽부터 5번째가 이태일 총장

현불사 설송대법사님과 4법사 등 주요제자들

김대중대통령 취임. 청와대에 처음 초청된 분들

멕시코 치첸이차 피라미드 앞에서 우리 내외

고왕검단군릉 앞에서

고주몽 성제 고구려건국 만주 오녀산성 산상에서

제주도 약천사에서

미국 콜로라도 스프링스산 정상

백두산 천지

만주 광개토대왕릉 앞에서

탐라국 왕위전 앞에서(동생 숙환과 함께)

부처님 초전법륜사 사르나트대탑 앞에서 좌선

부처님께서 대각하신 인도 부다가야 대각사
뒤쪽 보리수 밑에 서서

인도왕사성 영축산 법화경 설법지 바위 앞에서

중국 태원 중화삼조당 치우천황 앞에서

하동 박경리문학관 내 최참판댁 세트장

캔쿤해변에서

이태리 로마 콜로세움 광장에서 조순옥 여사

손자와 함께

손녀와 함께

산에서 낮잠

금강산 한 넓은 바위에서

가야금 켜는 아내 조순옥 여사

멕시코 캔쿤 태평양 해변에서

바다 위에서 낚시질 월척한 아내

큰아들 상규 내외, 아들 현우와 우리 내외

거실에서 안락의자에 앉은 아내

금강산 상팔담에서
원규 스승 김선근 교수와 함께한 우리 내외

수리산 밑 꽃나무 숲속의 아내

가족. 군포 수리산로 주공아파트 뒷마당

국민대 박사학위식에서 아내의 친구들과 함께

미국 콜로라도 스프링스 대교에서
아내 3자매가 함께 걷고 있다

거실의 아내

제주도 서귀포 한오름에서

제주도 민속물항아리 허벅진 아내 내가 뒷받침하다

미국 워싱턴 D.C 캐피탈 벨트웨이 인근 한 골프장에서

한복 입은 아내와 3모자

멕시코 캔쿤 해변

제주도 서귀포 해변

서울대병원 옥상 간호원 조순옥 씨

처녀시절 간호원 친구끼리

제주도에서 두 아들과 함께

세모자 백천골

한가족 사진

산본 수리산집 서재에서

산본집 한가족

현불사 불광천에서

제주도 성산포 인근 허벅상이 있는 유채꽃밭에서
여동생 숙환 내외(김태옥 씨)와 함께

부산 영도 해변가 여동생 의환과 함께

현불사 합창단, 앞줄 왼쪽 끝이 단장 근인보살, 뒷줄 왼편 아내 묘달 보살

3대 가족이 함께

독일 베를린 통일문 앞에서

박준수 내외와 함께한 우리 내외

백두산 천지 장백폭포 앞에서

태백산 현불사 영령보탑 앞에서

미국 워싱턴 D.C 기념탑 앞에서

집사람이 스스로 쓴 붓글씨 앞에서

둘째 아들 원규 졸업식 후(동국대, 인도 철학과)

미국 키웨스트로 가는 고속도로
워싱턴 D.C 기념탑 역 앞에서 상규와 함께

큰여동생 예환(고대 졸업) 가족사진(김종률 대령)

프랑스 파리 개선문 앞에서

국민대 박사학위 수여식 친척 어르신들과 함께

경기대 제자 최송림 군과 함께(독일)

오랜 이웃집 친구 이자교 여사
(고 조진호 사장 부인)와 집사람

제주도에서 여동생 숙환과 함께

여동생 계순 결혼식 신부 입장, 부친 대행

둘째 아들 고원규 내외와 두 자녀

미국 플로리다주 키웨스트에서 큰아들과 함께
(마이애미에서 키웨스트까지 섬으로 1천km 연결됨)

페루 마추픽추 앞에서

2002년 개천절 평양 순안공항

네팔 불탄 룸비니공원 무우수

군포 산본 수리산 슬기봉 바위에서

서대복녀 장모님 두 아들과 함께

인도 왕사성 영축산 법화령 설법지에서 예불

아내의 친구들, 필리핀 산티아고항

경남대 제자 옥영덕, 박수자 결혼식 주례

큰아들 고상규 고려대서 역사학 학사학위 받다

김탄허 대종사님이 써주신 가훈
「군자유삼락 왕천하불여존언」 앞에서 우리 네 식구

만남의 동산에서 둘째 아들 군입대 배치
위로차 네 식구 만남

아하광파 고준환 박사 자전적 에세이

雲一一
間切片
靑空白
天天雲

古無天
今住中
同處廻

벽구름
나그네

고준환 지음

한 자락 흰 구름이 하늘을 감도는데
어느곳 한 자리도 머물 수가 없더니
구름새 푸른 하늘은 예와 이제 같더라

한누리미디어

## 고준환 박사 경력

- 경기 화성 비봉 자안리 518(1942년) 출생
- 청룡초교, 용산중 · 고교 졸업
- 서울대 법대 법학과 졸업(1965)
- 한국대학생 불교연합회 창립 발기(1963)
- 화엄학연구원 연구위원(원장 김탄허 스님)
- 육군 병장으로 만기 제대(1965~1967)
- 국민대 대학원 졸업(법학석사, 박사)(1979~1984)
- 동아일보사 기자, 동아방송 PD(1967~1975)
- 동아방송 필화건으로 투옥(1973)

- 동아일보사 기자노조 창립 발기(1974)
- 자유언론실천선언(1974)
- 동아일보사 자유언론수호투쟁위원회 위원(1975~ )
- 한겨레신문 창간 발기인
- 경남대 교수, 경기대 법정대학장, 경기대 교수(1981~2009)
- 미국 조지워싱턴대 교환교수(1992~1994)
- 신선도 대표, 황우석교수살리기국민운동본부 본부장
- 국사찾기협의회 3대 회장
- 민주통일복지국민연합 회장
- 한국교수불자연합회 창립 회장(1988)
- 하나로포럼 선정회장
- 불승종 보문현 법사(1981~2009)
- 본각선교원 원장(2011~ )
- 민주화운동 유공자(2007. 7. 12. 제2824호)—민주화 운동관련자 명예회복 및 보상심의위원회
- 대통령 근정 포장 제84389호(국민교육발전 유공)—2009. 2. 28. 대통령 이명박
- 대한조선공사 계약과장. 대한상사중재원 조사·중재과장
- 충북대 강사. 경기대교수협의회 부회장
- 경인일보 객원 논설위원·수원 시사편찬 집필위원
- 사법시험 등 출제위원. 4월혁명회 연구위원
- 조국평화통일불교협회 부회장
- TM 플라잉코스 수료. 아바타코스 위자드
- 대한상사법학회·국제거래법학회 이사
- 2002년 개천절 평양단군릉민족제전 참여(한민족운동단체연합 대표)
- 캐나다 ICCA 침구·동양의사 자격증 획득

## 고준환 교수 주요 논저

- 《하나 되는 한국사》(1992)
- 《신명나는 한국사》(2005)
- 《대한근현대사 실록 칠금산》(2012)
- 《4국시대 신비왕국 가야》(1993)
- 《가야를 알면 일본의 고대사를 안다》(일본어출판, 1995)
- 《덫에 걸린 황우석》(2006)
- 《붉은 악마 원조 치우천황》(2002)
- 《불교의 현대적 조명》(1990)
- 《한국 불교에 띄운 화두》(1991)
- 석사학위 논문 『국제상사 중재에 관한 연구』-한반도의 동서무역 중재에 관련하여(1979)
- 박사학위 논문 『국제물품 매매계약의 당사자 의무에 관한 연구』-국제물품 매매계약에 관한 국제 연합 협약을 중심으로(1983)
- 《국제상사 중재론》(1980)
- 《기업법원론》(1989)
- 《국제거래법론』(1982)
- 《객관식 상법 요론》(1997)
- 《평화세계거래법》(1999)
- 《한생명상생법》(2000)
- 《성경엔 없다》(2001)
- 《굼벵이의 꿈 매미의 노래》(1997)
- 《누가 불두에 황금똥 쌌나-생각 쉬면 깨달음, 마음 비우면 부처》(2014)
- 《활빨빨한 금강경》(2014)
- 《고주몽성제에서 광개토대제까지》(2019)

- 《밝해문명사》(2020)
- 《깨달음 어렵지 않다. 지금 여기 깨어 있음》(교림, 2022)
- 《신명난 인류최고, 한붉달문명 국사》(개벽사, 2022)
- 고준환 교수 《깨달음 세계》—youtube 방송중(2020. 3.~현재)
- 고준환 박사 《신명나는 우리 역사》—youtube 방송중(2020. 5. 7.~현재)

※ 이 책에 실은 논문 「기업개념고찰」, 「전자상거래법제 발전에 관한 연구」, 「임의노동중재제도화」 외에 쓴 논문 제목들은 다음과 같음(경남대학 논문집. 경기대 논문집 등)
「국제기술중재론」, 「세계거래법서설」, 「한국의 중재법」, 「인도중재제도」, 「미국의 중재제도」, 「수출대행회사의 손해배상책임」, 「신주인수권부 사채제도에 관한 연구」, 「회사법인 본질에 관한 고찰」, 「신용장의 본질에 관한 고찰」, 「고구려법제에 관한 연구」, 「백제법제에 관한 연구」, 「국제거래법 법원에 관한 고찰」, 「국제채 발행법제의 발전에 관한 연구」, 「자주사관으로 본 민족사의 흐름」, 「종교다원주의와 나」(특별기고)

본래무일물(本來無一物), 무량광수불(無量光壽佛), 무(無)!
무극대도=하느님(신선도)=부처님(불도)=불선쌍수(佛仙雙修)=本覺
자성청정심=성상불이중도(性相不二中道)=관자재절대보존법칙

이번 세상에 와서, 평범한 인생 나그네로서 80을 넘어 망구의 세월을 살고 있는 나로서 석양을 바라보며, 뒷모습이 아름다운 자전적 에세이로 그 흔적을,《별구름 나그네》(대지혜광명운)로 정리해 보고 싶었다.

구름에 달가듯이 가는 나그네
상선약수에 꽃이 떨어져 흐르는 낙화유수
은하계우주를 달리는 빛살인 아하광파(Y下光波)!

나는 서울대학교 법대를 졸업하고, 군복무필한 후 최고일간지 동아일보사 기자생활 약 10년, 대학 법학 교수 약 30년(경기대, 경남대 3년 포함), 대학 정년 후는 본각선교원장을 하였다.

한편 자유로운 평화창조자로서 절대진리를 추구하여 자유, 평등, 평화라는 하나의 평화세계를 추구하며 석가모니를 비롯한 인류의 성자, 도인들로서 배워 연야달다 같은 돈오견성 체험이 있었고, 애국애족과 인류애로서 주인의식을 갖고 삼가 후천상생시대에 대비하여 홍익인간 광화세계를 지향하는 세계사 중심인 자주국사책을 "반만년 대륙민족의 영광사 하나되는 한국사(범우사)"를 비롯하여 10권을 출간한 바 그 마지막 책이《신명난 인류최고 한밝달문명 국사》이다.

먼저 지금 여기 깨어있고 살아있음에 감사드린다.

돌이켜보면 지난날 은혜롭게도 인연 있는 모든 사람과 중생들에게 머리 숙여 깊은 감사를 드린다. 불 보살 신들께 우리의 조상님들과 나라를 열고 지켜 오신 순국선열들께 우선 고개를 숙인다.

또 혈육인 부모님을 비롯한 조상님들 부모님 뜻에 따라 잘 자라준 형제자매들, 고마운 아내, 아내의 뜻에 따라 건강하게 자라 가정을 잘 이룬 두 아들 내외와 4자녀에게도 고맙다는 뜻을 전한다. 이어 외조부모님과 이모님들, 외숙부, 숙부모님의 일가친척들에게도 감사함을 전한다.

초 · 중 · 고 · 대학시절 사회생활하는 동안 은사님, 동문, 직장동료, 친구들에게도 감사하기 그지없다. 교불련, 대불련의 임원, 회원님, 국사찾기협의회 역대 회장과 임원들, 민주통일복지 국민연합회원님들에게도 고개 숙여 감사드린다. 유튜브방송 「고준환 교수 깨달음세계」 「고준환 박사 신명난 우리 역사」 시청자들께도 감사드린다.

하늘에 구름 나그네, 바다에 파도 나그네, 산속에 메아리 나그네, 거울속 그림자 나그네, 꿈속 나그네, 고향 나그네, 우주에 별빛 나그네.

이들 나그네 길 중에 나의 어리석음이나 나도 모르게 피해를 준 분들이 있다면 용서를 빌며, 인연 있던 모든 분들이 자유자재하시고 만복을 누리시길 기원한다.

생생사사(生生死死) 화신불(化身佛)

분별자재(分別自在) 수연성(隨緣成)

이 작은 책을 극락왕생 부모님과 아내에게 바칩니다.

끝으로 한국불교문인협회와 출판사 한누리미디어 회장이며, 청룡국민학교 후배인 김재엽 박사님에게 감사드린다.

서기 2022년 12월 31일

아하광파 고 준 환

# 차례

화보 · 5
고준환 박사 경력 · 68
고준환 교수 주요 논저 · 70
머리말 · 72

1. 오도송과 고준환 ······ 78

2. 부모님 전상서 ······ 80

3. 평생 학생의 길 ······ 83

4. 한국언론의 현주소 − 自由言論의 實相 ······ 92

5. 고준환 기자 필화사건 ······ 105
    1. 고준환 공소사실 ······ 105
    2. 변론요지서 ······ 106
    3. 비판적 언론에 '재갈' 물리기 ······ 113
    4. 고준환 기자 출소의 변 ······ 115

6. 새해 언론의 진로 ······ 119
    1. '기자노조 만들자' 제언−고준환 ······ 119
    2. 동아일보 기자노조 결성 ······ 120
    3. 잊을 수 없는 일들 ······ 121

7. 고준환의 '덫에 걸린 황우석' ······ 124
    1. e조은뉴스 이복재 기자의 기사 ······ 124

2. 노무현 대통령님께 보내는 공개장 …… 126
3. 황우석 찬가 …… 129

8. 한국교수불자연합회 창립 활동 …… 130
1. 창립취지문 …… 130
2. 한 · 중 첫 불교학술 교류 …… 132
3. 한 · 중불교문화교류에 관하여 …… 133

9. 한국교수불자연합회 백두산 天池 법회 …… 139
1. 민족의 영산 백두산 천지 등정 …… 139
2. 백두산 천지 평화통일 기원문 …… 140
3. 백두 · 한라산의 흙 천지서 만나 …… 142
4. 불자의 백두산 합토와 심청정 환경청정 …… 144
5. 백두 · 한라 합토제는 흙의 금자탑 …… 147
6. 천지 · 백록담 흙 섞어 통일기원 …… 148
7. 백두산중심 통일정토구현 …… 149

10. 대학교수생활과 세계여행 등 …… 152

11. 한국불교 중흥의 꽃 김탄허스님 …… 161

12. 바람처럼 왔다 간 거성 월면 만공스님 …… 171

13. 공적영명의 천진불, 김원담스님 …… 181

14. 생불이라 불린 하동산스님 수행관 …… 189

# 차례

15. 산은 산, 물은 물, 이 뭣고? 이성철스님 ······ 222

16. 태백산 현불사 불승종조 유설송스님 ······ 234

17. 깨달음과 나의 선지식 · 도반 ······ 245

18. 원효성사 대각처는 화성시 백곡고분 ······ 254

19. 불교철학과 법철학 ······ 263
   1. 금강경과 법철학 ······ 263
   2. 소유법과 무소유법 ······ 276
   3. 헌법상 종교의 자유와 평등 ······ 280

20. 불교와 경제 경영 ······ 284
   1. 금강경과 기업경영 ······ 284
   2. 불교와 경제정의 ······ 297

21. 기업법의 체계화를 위한 기업개념 고찰 ······ 310

22. 전자상거래법제 발전에 관한 연구 ······ 332

23. 임의노동중재의 제도화에 관한 연구 ······ 361

24. 고통을 넘어서 ······ 393

25. 민속(民俗)의 날이 갖는 의미 ······ 397

26. 고조선 비판 실증적으로 해야 …… 401

27. 단군성전 건립시비 …… 403

28. 불교여성의 바른 실행자세 …… 413

29. 한국불교의 현실참여 좌표와 전망 …… 421

30. 불교의 현재와 미래 …… 427
    1. 미래세계의 불교 역할 …… 427
    2. 신앙(信仰)을 생명처럼 …… 434
    3. 한국교수불자연합회 창립을 돌아보며 …… 435
    4. 한국불교 거듭나야 한다 …… 440
    5. 민주통일정토 구현이 부처님의 뜻 …… 443
    6. 본각선교원을 열면서 …… 445

31. 민주통일복지 국민연합 창립 …… 448
    1. 창립취지문 …… 448
    2. 「민합(民合)」 사무소 개소에 붙여 …… 450

32. 인류 행복의 길 '선정문화'에서 찾아야 …… 452

33. 고국의 아바타 동지들에게 …… 455

34. 역사적 실존 효녀 '심청' 소고 …… 456

# 1. 오도송과 고준환

## 오도송

한 자락 흰 구름이 하늘을 감도는데
어느곳 한 자리도 머물 수가 없더니
구름새 푸른 하늘은 예와 이제 같더라

一片白雲 天中廻
一切空天 無住處
雲間靑天 古今同


아하광파 고준환
(丫下光波)

# 고준환

고은 시인의 『만인보』 제13권, p.210(창비)

기자보다
학자의 길을 가기 시작한 사람
장대키 자랑스러웠지
장대키 그것보다
그 성량 풍부한 목소리 자랑스러웠지

이마 넓다가
정수리에 홍시 하나
천도복숭아 하나

학자의 길보다
종교의 길 가기 시작한 사람

그의 법학
그의 뒷모습에는 술과 여자 따위 없지
차 한 잔 대접받고
일어서는 나그네이기 십상

그의 몸속의 원융세계
그의 머릿속 학문
아마도 다 내보이지 않고 그냥 떠날 사람

※ 대문호 고은 선생님께 감사드립니다 ─고준환

# 2. 부모님 전상서

아버님(高柄學, 이하 경칭 약)은 머리가 좋으시고 경우가 밝은 분이셨는데 일생에 가장 기뻤던 일의 하나는 큰아들인 내가 태어나고, 벽지 청룡초등학교를 나온 후 용산중학교에 입학하여 유니폼을 입고 집에 들어오는 모습을 본 것이고, 이어서 용산고등학교를 마치고 바로 서울대학교 법과대학에 입학한 사실이라고 하셨다.

어머님(金春洙, 이하 경칭 약)은 나에게 절대적인 사랑의 분이었는데, 내가 결혼하고 자식들을 낳아 기르고 있을 때에 나는 애비(필자)가 말하면 "팥으로 메주를 쑨다고 해도 믿는다"고 나를 절대적으로 사랑하셨다.

오직 감사할 뿐이다. 천수천안 관세음보살님 화신이셨다. 내가 자랄 때를 생각해 보면 출생지이자 고향인 경기도 화성군 비봉면 자안리 518번지인데, 아버님은 IQ가 높고 머리가 좋으시고 경우가 밝으며 한때 공무원으로 들어가 출세할 수도 있으셨는데, 아마도 할아버님 뜻에 따라 평생 농사(논 20여 마지기, 3곳의 밭과 선산 2곳)를 지으셨다.

나는 고향에서 태어나 초등학교를 다녔는데, 그때는 아버님이 위엄도 있고 무서웠다.

그런 분위기를 종종 어머님이 나서셔서 나를 감싸주시곤 하여 상대적으로 마음 편히 살게 해 주셨다. 사랑과 정의의 부모님께 감사할 뿐이다. 나는 돌이켜보면 부모님께 효를 하지 못하여 송구할 따름이고, 지금은 내 방에 모신 부모님 사진 진영을 향하여 절하며 "어디 계시든 자유자재하시고 극락에 가서서 만복을 누리시며 견성성불을 이루소서" 하고 기도한다.

우리 어머니와 집사람(趙順玉, 74세로 2019년 음 1월 30 타계함)은 고부간이신데, 고부문제에 내가 전혀 신경을 안 써도 좋을 만큼 관계가 좋으셨다. 내가 인복을 받은 것이다. 전에 한 번 집사람은 친정어머니보다도 시어머니와 더 가까웠다고 나에게 얘기한 바가 있다.

어머님은 자식들을 위하여 자애스럽고 예의 바르고 부지런하셨으며, 집사람은 원만하고 예쁜 모습에 통큰 열린 마음의 소유자였다.

동아일보사 기자였던 나와 집사람은 1971년 12월 18일 프레스센터에서 결혼식(은사님인 황산덕 박사님 주례)을 올리고 서울 중랑교 인근 중화동에서 살림을 시작했다.

집사람은 전북대학교 간호학과를 나오고 나의 출입처 중 하나였던 서울대학교 서울대병원 간호원으로 일하다가 만나서 2년간 연애하고 결혼했다. 그 당시 나의 결혼에 장애가 됐던 것은 내가 7남매의 장남이라는 것이었다. 실제로 집사람은 결혼 후 약 15년간 동생 1~2명과 함께 계속 산 것이다. 집사람 성격이 확 트인 편이고 동생들도 잘 참아주어 큰 탈은 없이 지내고 아들 둘을 낳았고(상규, 원규), 아들들은 결혼하여 각각 1남1녀씩 4손자녀를 두었다(며느리 조영미, 홍영화). 모두 건강히 잘 살고 잘 자라주니 고마울 따름이다(손자: 영우, 현우, 손녀: 진경, 연경).

나는 참으로 어리석고 게을렀으며 일욕심이 많았는데, 6명 동생 중 한 여동생은 "자랄 때 오빠를 신처럼 생각했다"고 말하여 같이 웃은 일이 있었다. 나는 10여 년간 설송 큰스님 제자 법사(普門賢法師)였고, 현불사 합창단원이고 묘달보살인 집사람이 타계하고 수개월 후 가장 원했던 태백산 현 불사 합창단장인 근인보살을 만나서 식사도 하고 많은 얘기도 했다.

근인보살님은 "묘달보살이 타계하기 수일 전 병원에서 만났을 때, 속에 있는 얘기를 했는데, 자기 생애는 행복했다"고 얘기했다는 것이었다. 나는 그 말을 듣고 마음이 많이 편해졌다. 48년간 결혼생활 중 여러 가지 애증과 어려운 일이 있었을 텐데, 나는 미안하면서도 아내가 너무나 고마웠다. 도반 친구인 각근사 무진 주지스님은 집사람이 좋은 곳(극락왕생)에 갔다고 얘기했다.

우리 부모님의 유해는 고향 자안리 선산 가족묘원에 부모님 합장 매장했으며(탐라국 고을라국왕 77세손 고○○ 김○○ 비석 세움), 집사람은 화장한 후 가족묘원에 유골로 모셔졌고, 그 옆자리에 내 유골이 들어갈 것으로 예정 돼 있다.

우리 부모님과 집사람의 영가는 군포 수리산 성불사와 경북 상주 사벌면 묵상리 각근사에 모셔졌다.

위 세 분과 조부모님(高永業 님과 韓淸州 님), 작은아버지 내외분, 고모님 내외분, 외조부모님(김창룡 님, 조일례 님)과 외삼촌(김윤수 님)과 이모님 내외 분들의 극락왕생과 명복을 아미타불께 기원합니다.

# 3. 평생 학생의 길

지난 생을 돌이켜보면 나는 젊은 날 다소 허물이 있었으나 평생 공부하는 학생이었고 부족하나마 진리, 10권의 자주역사, 정의와 법 등에 관해 20여 권의 책을 쓰느라고 애를 썼다.

인생은 재미있게 즐기며 사는 것도 생각했어야 했는데 그 부분이 그렇지가 못했다.

아내와 자식들에게 미안한 마음이다. 어머님께서는 오산에서 외가가 있는 자안리로 결혼해 오셨는데 첫아들인 나의 태몽을 "흰 수염에 목에 긴 염주를 건 노인이 백학을 타고 내려와 다가오는 모습"이었다고 하셨다.

그리고 4살 때 8.15해방을 맞고 사랑채를 새로 짓는 모습이 나에게 가장 오래된 이번 세상 기억이고, 6살 전후에 쇠고기를 처음 먹었는데 앨러지 현상(두드러기)이 나타나서 어머님은 나에게 이웃집에 키 쓰고 달려가 소금을 얻어오게 하셨다. 그 다음에 내 몸을 발가벗기고 부엌 아궁이 앞에 짚으로 불을 붙인 후 나보고 그 가운데 서라고 하셨다. 어머니는 그러시고 나에게 소금을 흩뿌리면서 "중도 고기 먹드냐" "중도 고기 먹드냐"고 반복해 말씀하셨다.

그 후로 나는 평생 4발 달린 육고기를 못 먹었고, 아니 안 먹었다. 전생부터 불교와 인연이 있었던 것 같다.

우리 집은 조부모님과 부모님 쌍둥이인 삼촌, 고모가 한 집에 살았고 뒤이어 삼촌과 고모가 결혼해 나가셨는데 좋은 분들이어서 나는 이별에 아쉬움이 컸었다.

우리 집은 뒤란에 참죽나무 옆에 우물과 오얏나무가 있고, 뒤편마당 왼편에는 수십 년 된 감나무가, 오른편 마당 끝에는 수십 년 된 대추나무가 있었다.

그리고 우리 집에서 동쪽으로 가면 한문서당을 하신 한택수 선생님 댁과 이종현 군의 집을 지나면 유명한 방아다리 왕소나무 숲이 자리했다.

거기에서 북쪽으로 가면 승무봉 성황당 가기 전에 왼쪽으로 우리 제주고씨 영곡공파 가족묘원과 선산이 있으며, 오른편 수백 미터 밑으로 가장골 선산이 있었다.

서낭당을 넘어 비봉면 소재지로 가는데 불이(不二)고개, 미륵골, 불계사, 승무봉 등으로 이어지는데, 무슨 뜻인지도 모르고 살다가 늙어서야 불이고개, 미륵골의 미륵불상을 찾아뵙기도 했다.

한택수 선생은 훌륭한 인품과 풍채를 가진 한문학자로 내 이름도 지어주시고 서당을 열어 많은 학생들에게 한문을 가르치셨다.

나는 서당이 옆에 있어 '서당개 3년에 풍월을 읊는다' 고 천자문도 보고 명심보감 소리도 듣고(예하면 자왈 위선자는 천보지 이복하고 위불선자는 천보지 이화니라, 한소열(유비)이 장종에 칙후주왈… 등) 한문에 친근감을 가지고 초등학교에 들어갔다. 그때만 해도 명심보감은 유교만의 책으로 알다가 수십 년이 지난 후 명심보감은 명나라 범립본이 쓴 책으로 불교, 도교, 유교의 내용이 모두 들어있는데, 이성계가 조선을 세우고 억불숭유정책을 쓰면서 저자도 숨기고 불교내용은 모두 빼고 도교 등의 내용도 많이 뺀 것을 알게 되었다.

나의 초등학교 생활은 평범했으며, 성적은 1학년부터 3학년까지는 5등 내외였던 것으로 기억한다. 그리고 2학년 때 담임선생님만이 아주 예쁜 윤필순 선생님이라 기억에 오래 남아 있다.

학교 성적은 필기과목은 1,2위였으나 음악, 미술, 보건 점수가 좋지 않아 1등을 놓치곤 했다.

그러다가 4학년 때 진주에서 살던 삼장한의원 아들 김동철 씨(나보다 4살 위)가 편입했는데 성품이 중후했고 공부도 잘했다.

6학년이 되자 장학사이셨던 사학규 선생님이 담임으로 오셨는데, 훤칠하게 잘 생기셨고 40명 정도 학생들을 열심히 가르쳐서 명문중인 경복중 1명, 용산중 1명, 수원중 1명, 인천제물포중 1명 등이 들어갔고, 수원여중, 남양중, 삼일중에도 여러 명이 입학하여 청룡초등학교 창립 6년 만에 경사가 났다고 소문이 파다했다. 사학규 선생님에게 진실로 감사하게 생각해 왔으며 훗날 유당마을에서 만나서도 좋은 가르침을 받아 더욱 감사히 생각하며 스승님 내외분의 명복을 빌며 두 분의 불덕으로 극락왕생하셨을 것을 믿는다.

나는 초등학교를 졸업할 때 성적 평균이 98점(미술점수가 좋지 않았는데 담임선생님 집중지도로 60점에서 90점까지 올라감)으로 40명중 2등(1등은 김동철 씨 평균 99점, 경복중 입학)이었다.

중학교 선택문제가 다가오자 우선 당시에는 비봉중이 없었으므로 개울 건너 남양중에 다니던 이성호 학형에게 남양중 입학원서를 사오게 했다.

그런데 생각해 보니 범위가 너무 좁다고 생각하여 같은 반 백세기 씨와 함께 수원으로 나가서 처음으로 버스구경과 기차구경하면서 수원북중 원서를 사오고 기재하여 제출하였다.

인생에 만약은 없으나 아마 수원북중으로 갔으면 수원농고, 서울대 농대 쪽으로 인생의 방향이 잡혔을 가능성도 있었다.

그런데 얼마 후 아버님 학교 친구이시고 동네이장을 지내시며 서울 동대문시장에서 신발장사를 하시던 조심호 어른께서 용산중 입학원서를 사오셔서 용산중에 입학원서를 내었다.

그 후에 아버님과 함께 서울로 가 처음 서울 영등포에서 드라이클리닝을 하시는 최모 사장님(그 부인이 우리 동네 출신으로 아버님과 친분이 두터웠음) 댁의 친절함 속에 시험을 치루고 합격하였다. 나에겐 감격이었다.

나는 그때 고맙게도 큰이모님댁에서 숙식을 하였는데, 1학년 전체 학생수는 60명씩 10반으로 600명이었다. 담임선생님이 민태언 선생님이셨다.

촌놈이 처음 서울 와서 단출하게 집과 학교를 왕래했는데 1학기 중간 성적이 반에서 2등이었다. 이것이 나를 분발하게 한 것 같다. 서울 아이들이라고 특별한 게 아닌가보다는 생각도 들고 좀 더 공부하면 1등도 할 수 있을 것 같았다.

결과적으로 1학년말 성적이 반에서뿐 아니라 학년 전체 600명중 1등으로 2학년에 올라가게 되었다.

2학년 때도 1년 성적이 600명중 1등이었다.

3학년에 올라가니 한 문제가 다가왔다.

그것은 학생중에 고학생이 생겼는데, 학교(훈육주임 라시윤 선생님)에서 그 고학생(유원선 씨)에게 살길을 열어주려고 이발소를 차려 준 것이었다. 그런데 이발소 일을 혼자는 어려우니 배 모 담임선생님과 라 선생님이 논의하여 고등학교 가는 데 문제가 없을 것 같으니 나보고 그를 도와 이발사를 하라는 말씀이었다. 그래서 나는 약 1년간 이발기로 머리를 깎고 면도하는 등 1년간 무료봉사를 했다.

나는 중 3때 우등은 했으나(3년 우등) 1등은 놓쳤고, 용산고교에 입학하였다. 용산고교에 들어가니 학교 성적보다는 서울대학교 입학에 중점이 놓여 3년 정근상은 탔으나 우등상은 못 탔다.

다만 고 3때 시험범위 없이 보는 대입 위한 '실력고사'가 중점이 되는데 예를 들어보면 실력고사 53점 이상이어야 원서 써주는 곳 서울대학교 법과대학 법학과, 서울대학교 공과대학 최고학과 52점 이상이면 서울의대, 서울공대 다른 학과, 51점 이상은 서울상대 경제학과 등이었다.

니는 실력고사에서 국어 88, 영어 88점으로 1등을 한 경우도 있으나 5위로 떨어진 경우도 있고 600명 가운데 평균 1등은 71점(신춘호 씨, 서울법대, 외환은행 입행) 2등은 68점으로 도세경 씨와 내가 공동 2등을 한 바 셋 모두 서울대 법대에 입학했다.

나는 고등학교 때 특별활동으로 농구와 함께 원예반에 들어간 바 성의경 선배님과 같이 탐구하며 무전여행을 함께하기도 했다.

한 가지 첨언할 것은 고3때 총학생회장 문제였다. 학교는 총학생회장을 뽑아야 하는데 입후보자가 정모 씨 한 명이었는데, 재적 1/3의 찬성을 얻지 못했다. 그러자 학생들과 변학진 담임선생님 등이 나보고 "너는 위험성이 적으니 학교를 위해 나가라"는 것이었다.

그래서 다시 총학생회장 선거를 치뤘는데, 잘 생긴 김우성과 내가 대결하여 김우성 씨가 6:4 정도로 이겼다. 결과적으로 김우성 씨와 내가 모두 서울대 법대에 들어가 결과적으로는 모든 게 잘 되었다.

다만 고 3때 4월 민주혁명이 일어났다.

초대 이승만 대통령이 3선 개헌으로 독재정권이 되어가자 동아일보 등 신문을 보고 6.15부정선거(민주당 대통령 후보인 유석 조병옥 박사는 미국서 급서하고 장면 부통령 후보만 입후보), 4.18 고대생 데모를 보며 민주화 데모에 동참할 것을 친구들과 얘기하기도 했다. 4월 19일 학교휴교령이 내려져 학교에서 수도여고를 지나 갈월동에서 서울역쪽으로 향하다가 대학입시와 어머님 생각으로 발길을 돌려 고향집으로 향했다.

그런데 그날 고 2때 같은 반이었고 올바르고 당당하며 씩씩했던 고 이한수 씨가 민주화 데모에 나섰다가 희생된 것을 나중에 알았다. 이한수 씨의 묘지는 서울 수유리 4월 민주혁명 묘지에 있으며, 용산고 교정에는 이한수 씨를 기리는 석비가 세워졌다. 정의로운 이한수 학형이여! 늘 자유자재하고 만복을 누리소서.

특별한 생각없이 관존민비 분위기에 따라 서울대 법대에 들어가서 생각한 것은 첫째, 인생관을 확립하고 자주사관을 견지하며, 둘째, 진리를 넓게 탐구하고 융통성 있고 원만한 인간이 되어가며, 셋째, 장차 직업은 외무고시를 볼까? (국위선양) 고등고시 사법과를 볼까? 대학에 남을까 등이었다. 학교분위기가 딱딱한 가운데 서울대 미대 캠퍼스가 같이 있어 미대 여학생들이 분위기를 부드럽게 해줬다.

대학에 들어가서 서울대 법대 법불회에 들어가서 활동했고 독실한 불자 교수로 황산덕 박사, 서돈각 박사가 서울대 법대에 계셨다, 1961년 석가탄신일(음력 4월 8일)을 맞이했다.

초청된 스님은 대한불교조계종 총무원장 이청담 인욕보살이셨다. 나에겐 이번 세상에선 첫 법문인데 청담스님은 '마음법문' 을 하셔서 깊은 인상을 남기셨다. 지금 기억에 남은 것은 "일체를 마음이 만드는데, 마음은 눈에 안 보이지만 밤에 우리가 이불 덮고 누웠어도 마음이 있다는 것을 알듯, 이 마음이 확실히 있다"는 것이었다.

곧이어 4월 민주혁명으로 젊은 학도들이 주가 되어 쟁취한 민주주의에 반역한 5.16군사쿠데타가 일어나 나라가 민주주의에 역행하는 사태를 맞아 민주회복에 관한 생각을 많이 했다. 한때 군사정권 반대 데모에도 참여하고, 대학 3학년 때는 한일회담 반대 데모에 적극 나서 결국 6.3사태가 나기도 했다.

대학을 다니면서 전공인 법학 이외에도 광범위한 전문 교수님들을 찾아 학점과 관계없이 많이 듣고 진리를 수렴하려고 노력을 기울인 '학생' 이었다. 서울 동숭동에 있는 법대 강의에도 법학 이외에 철학과 논리학(최재희,

김형석, 안병욱 교수), 정치학(공산주의; 양호민 교수, 국제정치; 이용희 교수) 강의를 들었다.

서울 종암동에 있는 서울대 상대에 가서는 홍성유(경제정책), 박희범(경제체제론, 후진국 경제론), 임종국(경제사) 등의 강의를 들었다.

구름다리를 건너 문리대쪽에 가서는 민병태(정치학), 박종홍(철학), 조가경, 박의현(미학), 권중휘, 이양하(영문학), 이기영(불교학) 교수 등 수많은 강의를 들었다.

서울대 아닌 대학으로는 고려대 김상협 교수님(뒤에 고려대 총장, 국무총리)의 '현대중국정치사'를 듣게 되었다. 먼저 김상협 교수님을 만나, "저는 고대생이 아니고 서울대 법대생인데 교수님 '현대중국정치사' 강의를 청강하고 싶다"고 하니 흔쾌히 승낙해 주셨다.

이 강의 내용이 학기가 끝난 후 처음 '모택동사상'이란 책으로 나왔다. '모택동의 유격전법', '인민민주전정', '민족해방투쟁론' 등 반공법 처벌이 군세었던 시절에 흔치 않은 귀한 책이 출간된 것이다.

반공법이 무섭던 시기에 이영희 교수님(조선일보 기자하시다가 한양대 교수를 하신 분으로 필자와 비슷한 경력)의 '8억인과의 대화', '전환시대의 논리', '우상과 이성'과 반공입장에서 쓰신 양호민 교수의 '공산주의 강의'는 내가 중·소·북한의 공산주의를 이해하는 데 크게 기여했다.

개인적으로 은정희 교수님과 함께 불교관계로 동국대 총장이셨던 백성욱 박사도 백성목장으로 찾아뵙고 김동화 교수님과 이종익 교수님(역사소설 사명대사 쓰심)에게 깊은 불교강의를 듣기도 했다. 대학 3학년이 되었을 때 친구인 신호철 씨가 법불회장이 되자 내가 한국불교를 청년화, 지성화, 대중화하려면 한국대학생불교연합회를 만들자고 제안하여 합의를 보았다.(이때는 나는 백의종군하기로 하면서도 적극 나섰는데, 이때는 '불자'라는 말을 몰라서 '불자연합회'로 할 것을 '불교연합회'로 하여 후배들에게 미안한 마음이 있음. 뒤에 한국교수불자연합회를 창건하여 초대회장을 함.)

신 회장과 나는 대각사에 있던 룸비니학생회에도 나갔는데, 그때 룸비니학생회 지도법사인 불교계 전체에서 활동이 많았던 방울스님, 즉 김홍도스님을 만나 대불련 창립에 합의하고 3사람과 동국대생 최동수 씨, 육사불교학생부장 하장춘 씨, 이화여대 4학년 여학생 2명(나중에 3학년 강혜정 씨가 초대부회장), 외대 여학생 1명이 1963년 조계사 불교청년회 사무실에서 만나 본격적으로 논의하고, 대불련 창립을 전국적으로 확대하여 창립하게 되었다.

특히 언급할 일은 법불회에서 함께 공부하던 박준수, 김문웅, 전창렬, 명호근, 김영삼, 박영희, 고준환 등이 유불선기의 4교회통선사인 김탄허스님을 찾아뵙고 청량사 대원암 등에서 화엄경과 참선, 장자 등의 법문을 듣고 유발상좌가 되었다.

나는 대학을 졸업하고 1965년 3월에 육군징집 영장을 받고 군에 입대하여 논산훈련소에서 훈련을 받았다. 많이 아팠다. 포천 257수자대에 배치받았다.

그 후 월남참전이 지나갔고 양수리 국군정양 병원에 입원하여 이상구 씨(각근사 주지 무진법사)를 만나 2년 반의 군생활을 마치고 1967년 9월 2일에 병장으로 제대하였다.

제대 후 학교에 남을까, 외무고시를 볼까 했는데 3급을 외무고시가 없어 3급을 재경직으로 공부하기로 하고 나중에 외무직으로 바꿔 새로 탄생한 나라 국위를 선양하고자 했다.

그러다가 동아일보사 기자모집을 보고 합격하여 동아일보사 기자생활을 신바람 나게 하다가 박정희 독재정권에 맞서다가 필화사건으로 감옥에도 갔으며(약 3개월, 8년 법정투쟁으로 무죄 확정), 1973년 1월 기자협회보에 반독재 민주화운동과 자유언론의 정도와 신체의 자유를 위해서는 촌지를 받지 말고 기자노조를 만들자고 썼고, 그 준비에 착수한 바 이 기사를 보고 동아일보사가 기자인 나를 동아방송 PD로 발령 내자 그날 동아방송 뉴스부 저녁회식(광교 풍진식당)에서 고수균 차장이 선창으로 기자노조 창립을 제창하여 역사상 최초로 기자노조가 생겼고, 이는 결국 자유언론투쟁과 동아일보사 백지광고사태로 번졌으며, 동아일보사 기자, PD, 아나운서 등 132명이 1975년 3월 17일 동아일보사가 동원한 폭력배들에 의해 강제로 물러나게 되었다.

그 후 나는 수입 없이 살다가 부산 영도 남궁호 고교 선배의 대한조선공사에서 1년 반 일했고(고교 박용정 선배 추천), 다음에는 대한상사중재협회로 가서 조사과장, 중재과장을 하면서 국민대학교 대학원에서 법학공부를 계속하여(서돈각 은사님이 지도) 국민대학교 대학원에서 법학석사와 법학박사 학위를 받았다.

그러면서 충북대학교에서 경제법 강사, 경남 마산에 있는 경남대학교 무역관계법 교수를 3년간 하다가(1981~1984) 고향지역인 수원 소재의 경기대학교 법정대학 상법 교수로 가서 약 25년간 교수생활을 하고 2009년 2월 정년퇴직하였다(법정대학장, 중앙도서관장, 평교수협의회 부회장 역임).

평생학생의 길은 대학을 떠난 후 2011년 서울 종로구 종로오피스텔에서 본각 선교원을 열어 불경과 선정을 탐구하는 법회 선법회 제 강의를 개최하였다.

종로오피스텔 1층은 10여 년 전 내가 '신선도 3공선원'을 창건하여 약 1년간 운영한 바 있다. 10여 년이 흐른 뒤 연야달다의 체험이 온 순간을 지나고 나서 본각 선교원 유튜브 방송 '고준환 교수 깨달음 세계 고준환 박사', '신명나는 우리 역사'를 방송하는 바 평생학생의 길을 걸어간다고 생각했다.

그 결과로 2022년 책 2권을 출간했다.

하나는 '깨달음 어렵지 않다, 지금 여기 깨어 있음'(교림)이고, 또 하나는 '신명난 인류최고 한붉달문명 국사'(개벽사)이다.

# 4. 한국언론의 현주소 – 自由言論의 實相
### (경남대학보 창간 25주년 교수 특별기고)

## 1. 자유는 만유의 생명

　자유는 만유의 생명이며 그 속성이다. 대생명인 만유는 자유자재성(自生性)을 본질로 하고 그의 전개는 상호보완성(相補性)을 그 원칙으로 한다.
　따라서 자유의 확대는 만유의 목적이 되며 자유확대를 목적으로 하는 인간 역시 생명의 고귀성과 인격의 평등성을 전제로 민주사회를 구성할 수밖에 없는 것이다.
　여기서 민주사회란 구성원인 국민들이 국가사회의 주인이 되며 이들은 자기지배의 원리, 즉 자율에 따라야 모두가 주인으로서 자유롭게 살 수 있는 것이다.
　그런데 현실사회에는 지배자와 피지배자가 있으므로, 이들이 평화적으로 교체되어야 국민의 자동성(自同性)이 보장되어 자치, 즉 민주정치가 이뤄지게 된다. 민주정치의 본질적 징표로서의 평화적 정권교체가 이뤄지려면 상대주의적 다원사회에서 각기 다른 의견을 자유롭게 개진하여 소통하고 여론을 형성하며 정당이나 선거를 통하여 이를 정치에 반영할 수밖에 다른 길이 없다.

따라서 비너스여신의 죽음이 미의 종말을 의미하는 것이라면, 평화적 정권교체의 부재는 민주주의의 부재를 의미한다.

이런 이유에서 1948년 UN총회는 인간생명의 고귀성을 인정받으려면 정보와 커뮤니케이션(communication)의 자유가 보장될 것을 전제하고, "정보의 자유는 기본적인 자유의 하나이고, 자유롭고 적절한 정보는 모든 자유의 시금석(試金石, touch-stone)"이라고 선언했던 것이다.

그러므로 국민들은 '알권리'에 입각하여 올바른 커뮤니케이션의 자료인 정보를 제공받을 수 있어야 하며 이에 따라서 '알릴 의무'를 갖고 정보를 모든 성원에게 자유롭게 분배하는 매스 미디어(mass media; 大衆媒體)로서 자유언론기관이 존재의의(raison detre)를 갖게 된다. 이것은 마샬 맥루한(M. McLuhan)이 '매체는 전달내용(media is message)'에서 밝혔듯이 대중매체는 인간의 연장이라고도 말할 수 있겠다.

현대사회에서의 언론기관은 그 영향력이 막강하여 그가 만들어 내는 준환경(pseudo environment)은 사회를 바로 이끌어가는 '女王'이 되기도 하고 때로는 사회를 오도하는 '魔女'가 되기도 한다. 이에 비하여 국민대중은 미국의 저명한 언론인 월터 리프만(W. Lippman)의 '幻影의 公衆'에서 지적한 바와 같이 "뒷줄의 좌석에서 앉아있는 귀머거리 관객과 같이 무대에서 무슨 일이 진행되는지 알지 못하며 살아간다"고 볼 수 있다.

그러기에 자유언론은 모든 자유를 자유롭게 하는 연결적 자유로서 모든 자유 가운데서 가장 중요한 자유라고 할 수 있다. 목마를 때 목마르다고 외칠 수 있는 자유, 배고플 때 배고프다고 말할 수 있는 자유, 거짓을 거짓이라고 말할 수 있는 자유가 없을 때, 모든 자유는 실질적으로 존립할 수 없기 때문이다.

여기에 자유언론이 삶의 본질적 가치로서 자유의 활화산인 까닭이 있다.

물론 언론이 국가안보 등의 문제에 있어서 스스로 정부의 맹우가 될 때도 있지만 언론의 자유는 바로 알고 알리는 것이 기본이므로 비판의 자유를 그 본질적 특성으로 한다.

그러기에 우리는 언론의 자유 없는 민주사회를 생각할 수 없고 자유언론 있는 독재사회를 상상할 수 없다.

우리나라에서는 이미 언론의 속성을 물에 비유하여 그 언로가 지나치게 막히면 터지고, 순조롭게 터주면 유연해진다고 했는 바, 李栗谷 선생이 "言路가 순탄하면 민심이 안정되고 언로가 막히면 민심이 소제한다"고 말한 것은 그 대표라 할 것이다.

또한 미국 독립혁명 당시 패트릭 헨리(P. Henry)는 "나에게 자유를, 아니면 죽음을 달라(Give me liberty or death)"고 외쳤고, 토마스 제퍼슨(T. Jefferson)은 1787년 "우리 정부의 기간이 되는 것은 국민의 여론이기 때문에 정부의 제1 목적은 그 권리를 보존·유지해야 하는 것이며, 만일 나에게 '新聞 없는 政府'와 '政府 없는 新聞'의 양자택일을 하라면 나는 조금도 주저하지 않고 후자를 택하겠다"고 말한 바 있다.

그러나 언론도 사회적 현상이므로 '場(topos)의 論理'에 따라 살펴볼 수밖에 없는데, 우리나라는 역사적으로 분단된 조국을 통일하고, 민주복지 국가를 구현하는 것이 그 사명이 될 것이므로 우리나라의 자유언론은 '민족에게 통일을, 민중에게 자유를' 가져오는 민족·민주언론이 되어야 한다고 사료된다.

여기서 민족이란 하나로 통일된 상태의 배달민족을 의미하고, 민주란 민주주의로서 랄프 다렌돌프(R. Dahrendorf)가 표현하듯이 '갈등에 의한 통치(regierung durch konflict)' 방식이라고 할 수 있다. 이는 각 사회계층에서 대두되는 모든 갈등을 수용하여 합리적으로 다스리려는 일련의 작업과정으로 믿음과 질서가 바탕이 되고 진보가 목적이 되며 사랑이 원리가 되는 사회가 민주사회라고 말할 수 있겠다.

## 2. 자유 언론의 갈등

자유언론이 이뤄짐에는 정권, 언론기업과 언론인, 국민대중 사이의 '牽制와 均衡'이 필요한 데다 권력의 횡포, 언론의 기회주의성, 국민대중의 오류성(誤謬性) 등으로 많은 갈등이 따르게 마련이다.

특히 신문, 방송, 통신, 영화, 잡지 등 사회권력을 대표하는 언론기관과 정치권력을 갖고 있는 정부는 그 기능과 힘의 차이로 자연적으로 갈등을 빚게 되는데, 보통 언론은 사회의 공기로서 진실성과 공공성이란 그 본분을 지킬 때도 있지만 때로는 정권과의 갈등으로 굴절되는 경우가 흔히 있다. 정부와 언론기관 사이의 대표적인 갈등 예를 들어보자.

세계적 영웅 나폴레옹이 러시아의 얼음벌판에서 참패하여 가엾은 졸장부 신세가 되어 엘바섬으로 귀양가게 되었었다. 나폴레옹 보나팔트는 14년 가까이 엘바섬에서 귀양살이를 하면서 재기하여 파리로 돌아와 다시 황제의 지위에 오르게 되는데 다음은 나폴레옹이 엘바섬을 탈출하여 파리에서 다시 황제가 되는 과정의 며칠 사이 신문기사 제목의 변화이다.

1815년 2월×일: 보나팔트놈, 엘바서 도망치다.

2월×일: 보나팔트, 상환에 상륙하다.

2월×일: 나폴레옹장군, 파리로 진격하시다.

2월×일: 나폴레옹 황제께서 파리에 입성하시다.

이것은 언론의 기회주의성을 말하기도 하지만 언론의 현실적 딜레마이기도 하다. 이것은 외국에서만이 아니고, 국내 언론기관에서도 그 예를 찾아볼 수 있다.

10월 26일을 전후하여 우리나라 언론이 시류영합(時流迎合)의 변신을 하는 걸 보면 10월 26일 전에는 '유신만이 살 길이다'고 외쳐대 오던 C일보의 경우, 10월 26일 직후에는 '민주주의는 국민적 합의'라고 지난날의 행위에 대한 해명없이 거꾸로 떠들어대며 11월에는 '현시국에 대한 공약수'에서 "그리고 그 방향이 곧 민주주의 이외의 다른 것이 될 수 없음을 오늘의 역사적 현실에서 누구나 동의할 줄 안다…"고 철면피처럼 주장한 것이다.

이것은 일찍이 액톤(Acton) 경이 "권력은 부패하며 절대권력은 절대로 부패한다"는 충고를 외면하고 정권에의 영합에 급급한 나머지 생긴 카멜레온(Chameleon)의 생리라고 볼 수 있다.

다음에는 역사를 기록하는 기자와 정치권력과의 갈등관계 사례를 살펴보기로 하자.

동양에서 진시황은 춘추필법을 휘두르는 유생들이 밉고 책들이 보기 싫어 분서갱유(焚書坑儒)를 했다는 것은 주지의 사실이다.

서양에서의 갈등 예는 좀 색다른 곳에서 찾아보기로 하자.

태초에 로고스(Logos=말씀, 언론)가 있었다고 했으며 인류 최초의 대사건으로 뉴스의 인물이 된 사람으로 구약창세기에 나오는 아담에 대하여 기술하고 있고, 가장 오래된 베스트셀러인 성경은 실은 현대식으로 표현하면 66명의 기자에 의하여 쓰여진 66편의 기사 즉 복음서이다.

그런데 그 성경의 진리성에 대하여는 절대무오류성 등 그 보는 태도가 사람에 따라 다르나 최근 영국 BBC 방송에서 관련사적지를 추적 조사하여 방영되고 베스트셀러가 된 헨리 링컨(H. Lincoln) 등이 쓴 '聖血과 聖杯'를 보면 기사가 기자의 내면적 갈등이나 외부상황에 따라 얼마나 왜곡되고 굴절될 수 있는가를 알 수 있겠다. 예수님의 십자가 사건과 그 기록에 관한 것을 위 책에서 일부를 인용해 본다.

"복음서들 중 최초의 것은 일반적으로 마가복음이라고 생각되고 있다. 그런데 마가복음은 후대의 그럴듯한 추가물인 부활에 관한 기사를 제외하면 AD 66년~74년의 반란기간 중 어느 때이던가, 아니면 그 반란 직후에 작성되었다.

예수의 원래 제자들 중 하나는 아니었지만 그는 예루살렘 출신의 사람이었던 것처럼 보인다. 그리고 그의 복음서는 바울적 사상의 분명한 흔적을 가지고 있다. 그러나 마가는 예루살렘 출신이었지만, 그의 복음서는 알렉산드리아의 클레멘스가 진술하고 있듯이 로마에서 작성되었으며 그리스 로마 문화권의 청중에게 보내어졌다. 이것은 대단히 타당성이 있다. 마가복음이 작성되었을 때 유대는 한창 반란이 진행되고 있었거나 아니면 그 반란이 막 끝났었다. 그리고 수천 명의 유대인들이 로마정권에 대한 반역 때문에 십자가에 달려 죽었다.

만일 마가가 그의 복음서가 계속 잔존하여 로마의 청중에게 감명을 주길 바랐다면 그는 예수를 반로마적인 인물로 제시할 수 없었을 것이다. 실제로 마가는 예수를 결코 정치적 경향을 띤 인물로 그럴듯하게 제시할 수 없었을 것이다. 그의 메시지(message)가 확실하게 잔존하도록 하기 위하여 그는 예수의 죽음에 대하여 전적으로 책임이 있는 로마인들을 죄가 없는 것처럼 다루지 않을 수 없었을 것이다. 즉 당시의 견고한 정권을 변호하고 메시아(救世主)의 죽음을 어떤 유대인들에게 돌리지 않을 수 없었을 것이다. 이러한 방안은 다른 복음서 저자에 의해서만 채용되었을 뿐 아니라 초기 기독교 교회에 의해서도 채용되었다. 그러한 방안이 아니었다면 복음서들도 교회도 살아남을 수 없었을 것이다.

즉 복음서들은 유대교가 조직적인 사회적 정치적 군사적 힘으로써 존재하지 않던 시대에 작성되었다. 더구나 복음서들은 그리스 로마의 청중들을 위하여 작성되었으며, 필연적으로 그들에 의해 받아들여질 수 있어야 했다. 로마는 유대인들에 대한 처절한 싸움을 막 끝냈었다. 결국 유대인들이 악당들의 배역을 가지고 등장하는 것은 아주 자연스런 일이었다.

더구나 유대인의 반란이 있은 직후였기 때문에 예수는 정치적 인물, 즉 전쟁을 유발시킨 선동에 어떤 방식으로든 관련된 인물로서 묘사될 수는 없었을 것이다.

결국 예수의 처형과 재판에 있어서의 로마인들의 역할은 미화되어져야 했으며 가능하면 동정적으로 묘사되어야 했다.

따라서 빌라도는 복음서들에서 십자가 처형을 마지못해 동의한 죄가 없으며 책임감 있고 인내력 있는 인물로 묘사되고 있다. 그러나 역사를 이처럼 제멋대로 날조해 놓았음에도 불구하고 그 사건에 있어서의 로마의 입장은 알 만하다."

"간단히 말해서 콘스탄틴 황제에게 있어서 신앙은 정치적인 문제였다. 그리고 통일성에 도움이 되는 신앙은 어떤 것이든 인내를 가지고 처리되었다. 그러므로 콘스탄틴은 후대의 전승이 묘사하고 있는 선한 기독교인은 아니었지만 통일과 일률성이라는 명목으로 기독교적 정통주의의 입장을 견고하게 해 주었다.

예를 들면 AD 325년에 그는 니케아 공의회(公議會)를 소집했다. 이 공의회에서는 부활절의 날짜가 확정됐고, 주교들의 권위를 명백히 규정하여 교회가 소유하고 있는 힘의 집중을 예비해 준 규칙들이 제정되었다. 무엇보다 중요한 것은 니케아의 공의회가 예수는 하나의 유한한 예언자가 아니라 神이었다는 것을 투표로 결정했다는 사실이다.

그리고 니케아 공의회 결정이 있은 지 1년 후에 콘스탄틴은 전통주의적 가르침들에 도전하는 모든 저서들, 즉 이단적인 기독교인들의 저서들은 물론이고, 예수에 관해 언급하는 이교적 저자들의 책도 몰수하고 소멸시킬 수 있도록 허락했다."

## 3. 자유 언론의 실상과 허상

자유언론의 실상은 그 언론기관이 속한 나라의 국가체제에 많이 좌우되며, 이어서 정권 언론기업과 언론인(Journalist) 국민대중 사이의 관계여하에 따라 꽃이 피기도 하고 정체되기도 한다.

먼저 워터게이트(Watergate) 사건으로 대통령을 그 자리서 물러나게 했던 자유언론의 나라, 미국언론의 모습을 존 호헨버그(J. Hohenberg)에 의해 살펴보자.

미국에서의 언론·출판의 자유는 헌법 제1조 수정조항에 그 기본취지가 나타나 있다. 의회는 종교의 확립을 불인정하거나 신앙의 자유를 금하거나 언론·출판의 자유를 제한하거나 인민의 평화로운 집회를 제한하는 등 정부의 부당한 처사에 대하여 보상을 청원하는 권리를 법률로 제정할 수 있다.

이같이 언론의 자유가 보장되었다고 하여 어떤 시민이 사람들이 운집해 있는 공회당에서 "불이야" 하고 외치고서 처벌을 면할 수 있다는 것은 아니다. 또 어떤 정계지도자가 헌법상 집회의 자유가 보장되어 있다 해서 폭동을 선동할 수 있다는 것은 아니다.

또한 기자들은 뉴스 취재에 있어 공평과 정확을 기함으로써 명예훼손 소송에 대하여 자신과 신문을 보호할 수 있다.

「저널리즘」이라는 전문직업에 있어서 당연한 것으로 취급될 수 있는 것은 아무것도 없다는 것은 아무리 강조해도 지나치지 않을 것이다. 여기에는 편견이 없는 태도(open mind)가 절대로 필요하다고 말할 수 있다.

다음엔 윌버 슈람(W. Schramm)에 의하여 자유언론이 허상으로 나타나는 소련의 모습을 보자.

소련에 있어서 매스커뮤니케이션은 도구—국가와 당의 도구로 사용되고 있다. 그들은 국가와 당 권력의 다른 도구와 견고하게 결합되고 있다. 그들은 국가 및 당 내부를 통일하는 도구로써 사용된다.

그들은 국가 및 당의 폭로(revelation)의 도구로써 사용된다. 그들은 또한 거의 독점적으로 선전 및 선동의 도구로써 사용된다.

그들은 엄격히 강제된 책임을 갖고 있는 점에 특징이 있다.

시카고 트리뷴(Clicago Tribune) 같은 개인신문이나 뉴욕 타임즈(New York Times) 같은 독립된 비판신문이나 ABC 방송 등에서 시청할 수 있는 반대의견 등 미국식 자유언론은 소련적 개념 속에는 없다고 한다.

소련의 커뮤니케이션 제도는 다른 제도와 마찬가지로 국가의 지도자로부터 특별히 할당된 과제를 이행한다. 이 과제란 요컨대 계급투쟁에 있어, 노동계급 및 세계 공산주의의 전진, 그리고 소련 권력의 유지와 향상을 위하여 헌신하는 일이다.

다음엔 우리나라로 돌아와서 자유언론을 싸고 생기는 언론기업과 언론인, 정권과 민중 사이의 갈등과 그 실상 및 허상의 실례를 필자가 전에 몸담았던 동아일보사를 중심으로 경험적으로 살펴보기로 한다.

이것은 공화당 독재정권하에서의 자유언론실천운동의 모습이기도 하다. 필자는 1974년 1월 한국기자협회보에 '기자의 나아갈 길'에 대하여 다음과 같은 요지의 글을 쓴 바 있다. 그 당시는 1·2년 전부터 자유언론수호선언이 있었던 때였다.

"기자가 기자다우려면 편집권의 독립을 전제로 직분적 정의감에 입각하여 자유롭게 취재하고 자유롭게 보도해야 한다.

그럴러면 기자들이 정권이나 금권으로부터 촌지를 받고 굴절하는 등 그들과의 유착이 없어야 하며 그 전제로는 기자들이 스스로 자질을 높이고 대우를 제대로 받으려면 노동자로서 단결하여 노동조합을 만들어 스스로 권익을 찾아야 한다"고.

이 글은 보수적인 동아일보사측에 불만을 사서 같은 해 3월 5일 당시 기자였던 필자를 사전에 한 마디 없이 PD(producer)로 발령을 냈다.

이것이 계기가 되어 그날 「동아일보사 기자노조 발기대회」를 열고, 그 다음날엔 창립총회를 열어 전국출판노동조합 동아일보사 지부(지부장 趙鶴來)를 탄생시켰다. 이것이 우리나라 역사상 최초의 기자노조였다.

이 노조는 서울특별시에 접수시킨 신고서부터 문제가 되어 자유언론을 좋아하지 않는 독재정권과 노조를 싫어하는 신문사 경영진 측의 야합적인 방해공작을 받고 한때나마 수십 명의 기자가 회사에서 거리로 쫓겨나야 했었다.

이들은 강권에 맞서 당당히 싸운 결과 다시 회사에 복귀하여 노조활동을 계속하면서 독자와 소통하였고, 그리하여 1974년 10월 24일 기자협회 동아일보분회(分會長·張潤煥) 소집에 따라 180여 기자전원이 동사 편집국에서 총회를 열고 자유언론실천선언을 만장일치로 채택했다.

이날 채택한 선언에서 기자들은 언론을 계속 침체하게 한 어떤 압력에도 굴하지 않고 자유언론실천에 모든 노력을 다할 것을 다짐하고, ① 신문·방송·잡지에 대한 어떠한 외부 간섭도 우리의 일치된 단결로 강력히 배제한다. ② 기관원의 출입을 엄격히 거부한다. ③ 언론인의 불법언행을 일체 거부한다. 만약 어떠한 명목으로라도 불법언행이 자행되는 경우 그가 귀사할 때까지 다른 동료들은 퇴근하지 않는다는 등 3개항을 결의했다.

이어 기자들은 총회 결정에 따라 "우리의 의지를 국내외에 공표하는 한편 그 결의를 반드시 실천한다"는 공약의 표시로 선언문 전문을 동아일보사에 보도해 달라고 회사측에 건의했다.

그러나 회사측은 처음에 선언문 게재를 전면 거부하다가 나중에야 결의사항 중 ②항인 「기관원출입금지」 조항만 삭제하고 게재하자는 절충안을 제시했다. 그러나 기자들은 계속 전문게재를 요구, 신문·방송 제작이 지연되던 끝에 밤 11시경 신문 1면에 3단기사로 그것을 보도하기로 합의하고 곧 신문과 방송 제작에 들어갔다. 고인 물은 썩는다는 철리를 깨닫고 언로를 튼 것이며, 또한 고양이 목에 방울을 달고 "임금님이 발가벗었다"고 외치기 시작한 것이다.

이러한 동아의 자유언론실천선언은 곧바로 연쇄적인 반응을 일으켜 그 후 약 2주간에 걸쳐 신문·방송·통신·잡지에 종사하는 사람들에게 전국적으로 파급됐다.

이것은 자유언론실천의 첫 난관 돌파이자, 계속된 형극의 시발이었던 것이다.

10.24선언 이후에도 상황은 크게 달라지지 않았지만 이 선언으로 인해 '問題性記事' 를 1단기사로나마 보도할 수 있게는 됐다. 그러나 14년간 관권의 눈치만 살피며 살아온 언론은 뉴스 가치판단기준의 붕괴와 용어의 왜곡도 서슴지 않았으므로 '1단벽 깨기' 와 의미론적 혼용을 가져오는 '忌避用語 없애기' 를 추진했다.

이같은 기자들의 자유언론활동은 경영진과 고위간부들의 권력에 대한 취약성으로 늘 상하간 갈등의 불씨가 됐으며, 12월 23일엔 허가 없이 자유언론을 위한 사내모임을 가졌다는 이유로 회사측은 느닷없이 기협분회집행부 5명 등 28명을 무더기 징계처분했다. 바로 이 시기를 전후하여 동아일보사에는 원인불명(?)의 무더기 광고해약사태가 노골화했다.

외지에서는 이를 가리켜 '幽靈과 싸우는 東亞' 라고 보도한 바 있었다.

아이러니컬하게도 동아의 숨통을 조이려는 이 광고탄압사태를 계기로 기자들과 경영진은 '정부의 탄압' 이라는 공통분모 때문에 한때나마 표면적인 화해무드를 이루었다. 밖으로부터의 공동의 적이 내부의 갈등을 해소시켜 준 셈이다.

이와 때를 같이 하여 박해 받는 동아에 대한 격려광고 등은 민중이 만드는 신문으로서 세계언론사상 유례 없는 「白紙廣告」란 말을 낳았다. 이것은 국민들의 자유언론에 대한 뜨거운 성원과 사랑의 표현이라 하겠다.

이같이 빗발치는 국민대중의 성원 속에 민주회부국민회의결성 등 비중이 큰 기사가 오랜만에 '문제성 기사' 로서 1면 톱을 장식하기도 하였다.

한편 동아방송의 프로듀서, 아나운서, 엔지니어도 1975년 1월 7일 자유언론실천을 선언했다. 기자 PD 등과 경영진이 갈등을 안고 함께 추진하던 자유언론운동은 광고탄압 등 계속되는 압력에 굴한 경영진이 '機構縮少'

라는 이름으로 기자노조와 자유언론을 겨냥하며 20여 명을 집단 해임함으로써 큰 시련을 맞이하게 됐다.

기자 등은 해임조치에 맞서서 신문·방송의 제작을 거부하는 농성에 들어가고, 재야민주인사를 비롯한 국민대중의 격려가 잇따르자 신문사 경영진은 1975년 3월 17일 미명에 관권과 야합하고 폭력배들을 동원하여 농성하던 기자, PD, 아나운서 등 147명을 강제로 회사에서 내쫓았다.

이것은 줄이어 격려광고를 낸 국민과 자유언론인에 대한 동아일보사의 배신으로서, 민주통일당 등 재야에서는 동아가 관보로 전락했다고 통탄하고, 사이비언론 동아일보의 불매운동을 전개하였다.

한편 펜과 마이크를 빼앗긴 이들은 곧 동아자유언론수호투쟁위원회(위원장 權英子)를 결성하고 갖은 탄압 속에서도 자유언론회복운동을 벌여오다가 10.26 사태를 맞았다.

동아와 같은 시기에 같은 목적으로 조선일보사에서 자유언론실천운동을 벌이던 기자 33명도 펜을 빼앗기고 조선자유언론수호투쟁위원회(위원장 鄭泰基)를 결성하여 갖은 탄압을 받으면서 자유언론 회복에 앞장서 왔다.

한편 그 후 계속하여 권력과 금력에는 '과천서부터 기는' 아첨을 하고, 국민대중에겐 군림하고 진실을 외면하며 사실을 왜곡할 뿐 아니라, 획일화하고 黃色新聞(yellow paper)의 범람으로 공공성에 대한 마취적 역기능을 증대시키자, 사회에는 루머(rumour)만이 흩날리어 자유언론은 찾아보기 힘들게 되었었다.

그러나 언론기관이라 하여 무풍지대에서만 살 수는 없는 법이다.

1980년 봄 강원도 사북읍을 휩쓴 광부들의 집단항의 시위 중에 이를 취재하러 갔던 기자들이 시위군중들로부터 뭇매를 맞았다. 보도에 의하면 성난 군중들은 온갖 욕설과 함께 "신문에는 한 줄도 나지 않는데 뭣하러 왔느냐" 면서 카메라를 빼앗아 길바닥에 팽개치고, 주먹과 몸뚱이로 기자들을 내쫓았다는 것이다.

이것은 민중을 외면한 언론에 대한 배신과 불만이 폭발한 것이라고 보아야 할 것이다.


## 4. 끝을 맺으며

지금 세계는 알빈 토플러(A. Toffler)가 '제3의 물결'에서 지적한 바와 같이 언론에 있어서 기술적으로는 TV와 같은 일방통행적 정보가 아니라 새로운 정보매체에 의하여, 즉 컴퓨터 케이블 등의 발전에 의한 電波新聞, 映像電話, 축화기 같은 쌍방통행적 초미디어 시대에 접어들고 있으며, 제도적으로는 구미 각국을 비롯하여 이웃인 일본에서까지 국민의 '알권리'를 보장하기 위하여 행정당국이 갖고 있는 문서나 정보를 국민의 요구에 따라 공개하는 것을 의무화한 정보공개제도를 채택하고 있는 실정이다.

그리고 문명사학자인 아놀드 토인비(A. Toynbee)는 "우리들은 과연 올바른 정보를 갖고 있는가?"라는 질문에서 "올바른 정보만이 원자시대 인류로 하여금 살아남게 하는 기회를 줄 것이다"라고 갈파한 바 있다.

우리나라도 이 격변하는 세계에 발맞춰 나가려면 언론을 기술적 제도적으로 발전시키고 권력과 금력으로부터 독립시키며, 편집권의 독립 속에서 민중의 소리 등 각계의 의견이 바르고 자유롭게 전달되는 자유언론을 발전시켜야 할 것이라고 생각된다.

꽃피는 봄이 왔는데도 겨울철 방한복을 계속 입을 필요는 없겠기 때문이다. 자랑스런 자유민주주의의 역사적 경험을 가진 마산의 경남대학보 창간 제25주년을 축복하면서 본 대학보가 앞으로도 대학과 자유언론의 역사와 함께 영원하길 빈다.

(1982. 3. 30)

# 5. 고준환 기자 필화사건

## 1. 고준환 공소사실

피고인은 1965년 서울대학교 법과대학을 졸업하고 1967.11.16. 동아일보사 기자로 입사하여 동사 편집국 방송뉴스부 기자, 편집국 편집부 기자를 거쳐 1971.9.경부터 동사 편집국 방송뉴스 취재2부의 법조출입기자로 근무하면서 동아방송의 뉴스기사 취재업무에 종사해 오던 자로서, 1973.1.31. 오후경 제9대 국회의원선거 사전 선거운동 사범 내사관계 기사를 취재하려고 검찰 관계자들을 찾아다니면서 "검찰에서 차형근, 유범수, 채영석, 송원영, 김원만 등 79명에 대하여 사전 조직점검, 금품수수 등 사전 선거운동을 한 혐의로 내사를 하고 있다"는 사실을 취재한 뒤 1973.1.31. 18:00 경 동아일보사 3층의 피고인 사무실에서 제9대 국회의원선거사전선거운동 사범 내사관계 방송기사를 작성하면서 "신민당 소속 송원영 씨 등 79명이 사전 선거운동을 한 혐의 등으로 검찰에 입건되어 오늘과 내일 사이에 구속될 것으로 알려졌습니다. 오늘 대검찰청에 따르면 사전 선거운동을 한 혐의로 검찰에 입건돼 있는 전직 국회의원 79명 가운데는 공화당 소속으로 차형근, 유범수 씨와 채영석 씨가 들어 있고, 신민당 소속으로는 송원영 씨, 김원만 씨, 유옥우 씨 등이 들어 있으며, 무소속으로 장준하 씨가 들어 있습니다. 대검찰청은 오늘밤 전국 9개 지방검찰청에 사전 선거운동으로 입건된 사람들의 신병을 확보하고 수사를 계속하라고 특별근무령을 내렸습니다"라는 내용의 허위사실을 기재한 방송기사 원고를 작성하여 동 방송 뉴스취재2부 데스크(동 2부 차장 고수균)에게 제출하여 동일 오후 7시 및 8시의 동아방송 뉴스시간에 동 기사를 그대로 방송케 하여 그정을 모르는 동 동아방송의 방송사업관리자로 하여금 이번 제9대 국회의원선거에 입후보하려는 차형근, 유범수, 채영석, 송원영, 김원만, 유옥우, 장준하 등 79명이 사전 선거운동을 한 혐의로 검찰에 입건되어 동일중 신병이 확보되고 동일과 그 다음날 사이에 구속될 것 같다는 내용으로 선거에 관하여 허위의 사실을 방송하게 하여 선거의 공정을 해함과 동시에 공연히 허위의 사실을 적시하여 동 차형근, 유범수, 채영석, 송원영, 김원만, 유옥우, 장준하 외의 명예를 훼손한 것이다.

## 2. 변론요지서 ― 피고인 고준환의 변호인 변호사 한승헌

피고인에 대한 공소사실의 줄거리는, 피고인은 동아일보사 방송뉴스부의 법조출입기자로서 제9대 국회의원선거를 앞두고 검찰에서는 전직 국회의원 등 79명을 사전 선거운동 혐의로 내사하고 있다는 사실을 취재한 뒤 이들이 입건되어 금명간 구속될 것이라는 요지의 기사를 작성하여 방송뉴스로 보도케 함으로써 선거에 관한 허위사실을 보도하여 선거의 공정을 해하는 한편 위 보도에서 이름이 밝혀진 사전 선거운동 혐의자들에 대한 명예를 훼손하였다 함에 있습니다.

## 그러나 먼저 국회의원선거법 위반혐의에 관하여 보건대

1) 피고인은 국회의원선거법 제64조를 적용받을 신분을 가진 자가 아닙니다.

검찰이 본건 적용법조를 내건 동법 제64조에는 '방송사업을 관리하는 자'만을 규제대상으로 한정하고 있음이 법문상(法文上) 명백하고 이와 같은 처벌의 객체는 여하한 사유로도 그 개념을 확장 해석할 수 없다 할 것인 바 피고인은 어디까지나 방송뉴스부의 취재임무를 띠고 일하는 평기자였으므로 전기(前記) 법조(法條)의 적용대상이 될 신분을 갖고 있지 않은 것입니다.

설령 '방송사업관리자'의 뜻을 확대해석을 하는 것이 허용된다 해도 국장이나 부국장도 아니요, 부장이나 차장도 아닌 평기자를 관리자의 신분에 포함시킬 수는 없는 것입니다.

따라서 본 피고인에게 동법조를 적용하여 허위방송의 죄책을 묻는다는 것은 법률의 명문에 어긋나는 일입니다.

2) 그나마 검찰이 적시한 본건 방송보도는 그 내용이 허위사실이 아닙니다.

### 가. '내사사실 및 그 대상 인원수'

피고인이 본건 취재를 하기 이전에 검찰은 일부 전직 국회의원들에 대하여 사전 선거운동 혐의를 두고 내사를 하고 있었음은 틀림없는 사실이고 그 대상자가 79명에 달하고 있었음은 검찰도 시인하는 사실입니다(참고인 이혁우 대검찰청 검찰사무과장의 진술조서).

나. '입건구속 방침의 판단'

① 국회의원선거에 즈음한 사전 선거운동 행위자에 대한 구속수사
원칙은 1973년 1월 27일자 전국검사장회의석상에서 검찰 고위당국
자로부터 각급 검찰에 시달된 바 있을 뿐 아니라

② 피고인이 본건 기사를 취재하던 1973년 1월 31일 밤 서울지검
공안부 검사들이 야간근무에 들어가는 한편 대검의 선거사무처리반
이 충원되어 작업에 나섰으며

③ 동일 퇴근시각 무렵에 피고인이 서울지검 공안부의 모검사실에
들러 오늘밤에 구속영장이 신청되느냐고 물었을 때, 모검사는 "어떻
게 금방 되겠느냐 내일쯤이나 되겠으니 내일 나와 봐도 늦지 않을 것
이다"라는 취지의 말을 한 바 있었고

④ 동일 오후에 피고인이 검찰총장실에 들러서 물어보았을 때 총
장비서관실의 모직원이 "내일이면 알게 될 터인데 뭘 그러느냐"고
반문하였던 점 등 제반 정보와 상황을 분석 종합한 결과, 위 내사대상
자 중 일부를 검찰에 곧 구속할 방침이라는 판단을 얻기에 족한 것이
었으며, 객관적으로 보더라도 당시로서는 그러한 판단이 충분히 도
출될 만한 상황이었던 것입니다.

다. '표현 및 결과면에서 본 착오와 허위 여부'

가사(假使), 검찰이 전시(前示) 내사대상자들을 입건 또는 구속한 일
이 없다 하더라도, 그로써 곧 피고인의 보도를 허위라고 단정할 수는
없습니다.

㉠ 피고인의 보도는 어디까지나 '오늘과 내일 사이에 구속될 것으

로 보인다'는 취지의 전망기사였으니만치 기사작성 당시에 그러한 판단을 얻기에 족한 합리적이고 객관적인 증좌(證左)가 있었다면 그로써 족한 것이요, 사후에 그 기사내용(전망)이 적중되지 않았다고 해서 당연히 그를 허위보도라고 할 수는 없는 것입니다.

㉔ 또한 내사대상자를 입건된 자인 양 보도하여 정확한 표현을 기하지 못한 점이 있다 하더라도, 내사나 입건수사는 다같이 ① 어떤 형사상의 혐의가 있다고 인정되는 때에 한하여, ② 수사권에 입각하여 발동되며, ③ 그 수행방법에 있어서도 특단의 차이가 없는 점 등에 비추어 실질적으로 동류의 조사과정에 속한다 할 것이므로 양자를 엄격히 가려서 쓰지 않은 일사(一事)만을 가지고 허위기사라 볼 수는 없는 것입니다.

비록 내사나 입건이 수사기관 내부의 사무처리 및 취급방법상에 차이가 있다고는 하더라도 어떤 혐의에 따라 수사기관의 조사를 받고 있다는 사실적 공통점은 수정될 수 없는 이상, 양자(兩者) 혼동을 곧 허위성의 발로라고 논단할 수는 없습니다.

### 3) 진실성 입증의 한도와 범의(犯意)

가. 보도기사의 진실성 입증에는 그 주요부분이 진실이라는 점을 입증하면 족히 다할 것이므로 피고인의 본건 기사에서 지엽적이며 부분적인 착오가 있었다 할지라도 허위방송의 책임을 물을 수는 없고

나. 전기(前記)한 제 사실에 비추어 피고인은 자기의 취재기사가 진실이라고 믿었음에 정당한 이유가 있었으니 허위성에 대한 인식이 없었으며

다. 무릇 신속성이 요구되는 뉴스보도에서는 취재기사의 내용이 다소 정확성을 결했다 하더라도, 기사의 취재 및 그 표현상의 과실로 말미암은 민사상의 책임은 별론(別論)으로 치고, 별반의 과실범 처벌 규정이 따로 없는 현행 허위방송죄에다 의율(擬律)하여 형사처분을 과(科)할 근거는 없는 것입니다.

라. 더욱이, 발표기사를 수동적으로 받아서 쓰는 경우와는 달리 취재(좁은 의미의) 기사에 있어서는 취재원쪽에서 알려지기를 원하지 않는 정보를 능동적으로 탐지해야 되는 관계로 취재에 있어서 기자로서의 최선의 노력을 다한다 하더라도 비익(秘匿)된 정보 그 자체와 엄밀하게 일치되는 기사를 쓰기는 어려운 숙명에 놓이는 것입니다. 그렇다고 해서 취재원이 발표하는 기사만을 써야 한다면 이것은 PR대행의 공보관적 역할에 그치는 것으로서 이른바 '국민의 알 권리'를 충족시켜야 할 언론의 책무를 포기하는 결과가 되고 맙니다. 이와 같이 취재기사가 쓰여지는 과정과 성격 그리고 불가피한 내재적인 제약을 이해하지 않고서 오로지 현미경적이고도 미시말초적(微視抹梢的)인 안목으로 모든 기사를 탓잡는다면 발표기사 이외의 보도를 사실상 봉쇄하는 결과를 초래하며, 이것은 헌법상 보장된 언론의 자유를 위태롭게 하는 소견이라 아니할 수 없습니다. 요컨대 본건과 같은 취재기사에 있어서는 그 내용의 주축(主軸)과 요지가 문제될 뿐 지엽적인 부정확을 곧 허위라고 공격하여서는 안될 것입니다.

4) 피고인의 본건 기사보도는 '선거의 공정을 해' 하는 것이 아니었습니다.

즉, 사전선거운동자에 대한 내사와 그에 따르는 엄단방침을 보도

한 것은 결국 그러한 선거법 위반행위를 경고, 억제하는 일반 예방적인 의도와 효과가 컸던 만큼 온 국민이 열망하는 공명선거를 기하는 데 이바지하였다고 볼 것이지 그를 해친 것은 아닙니다.

그리고 만일 기개인의 이름이 밝혀져서 그들 개인에게 다소의 불리한 영향이 가상된다고 할지라도 양자의 법익 교량(較量)에 있어서는 '선거의 공정'이 우선할 뿐 아니라 선거운동 기간 이전의 그와 같은 류의 보도행위는 그 시점으로 보아 '선거법상의 후보자'에 대한 것이라 볼 수도 없으므로(본건 기사 방송 당시는 아직 후보자등록기간도 도래되기 전이었기 때문에) 특정의 등록후보자의 신분을 취득하지 않은 상태에 있었던 자연인에 대한 언급은 논리상으로 보아 '특정후보의 당락'에 구체적 위험을 줄 여지가 없는 것이었습니다.

만일 사전운동 혐의자에 대한 당국의 규제를 보도하는 행위까지 선거의 공정을 해친다는 이유로 위법시한다면 결과적으로 사전 선거운동 행위를 국민에게 은폐하여 오히려 선거의 공정을 해칠 위험이 크다 하겠습니다.

## 형법상의 명예훼손 혐의에 대하여

검찰의 공소적용 법조는 형법 제307조 제2항으로서 피고인의 본건 기사가 허위사실을 적시(摘示)하였다는 것인 바

1. 전기한 바와 같이 피고인의 본건 기사는 그 내용이 결코 허위라고 볼 수 없으며 허위가 아니라고 피고인이 믿었음에 정당한 이유가 있었으니 동법조에는 저촉되지 않는 것입니다.

문제의 본건 기사가 종국적으로 진실에 반하는 일면이 있었다고 할지라도 그 취재과정에서 해당기사가 진실이라고 믿었음에 족한 상

당한 이유가 있었다면 범의는 조각(阻却)되는 것이라고 봅니다.

전술한 바도 있듯이 기사내용이 진실이라고 믿었던 데 설령 일말의 과실이 있다고 하더라도 형사상의 처벌요건은 되지 않는 것입니다. 피고인의 본건 기사 보도는 오로지 공명선거를 계도하는 언론의 사명감에서 공공의 이익을 위하여 이루어진 이상 어느 특정의 개인에 대한 명예훼손의 고의는 추호도 개입될 여지가 없었던 것입니다.

일건 기록상에 나타난 증거(검찰의 전거증(全擧證)에 의하더라도 참고인 유병무의 진술조서 및 동 고수균의 진술서 기재 등은 모두 피고인이 근무하던 동아일보사 방송뉴스부 안의 업무분장과 본건 기사가 작성된 연후에 방송으로 보도되기까지의 과정을 밝히고 있을 뿐이고, 동 이혁우(대검 검찰 사무과장)의 진술에 의하더라도 문제의 사전운동 혐의 내사대상자의 인원수가 피고인의 기사내용과 일치하며 적시된 대상자 명단 또한 거개가 사실과 맞고 있다는 점을 알기에 족하며, 그밖에 동 이재성(대검 수사서기관), 동 장운해(대검 김윤근 검사 부속실 근무 주사보) 등의 진술 또한 피고인의 본건 기사를 취재함에 있어 검찰의 각 부서와 당무자들을 상대로 가능한 최대한의 성실을 다하였다는 점을 밝혀 주고 있는 것이며 그밖에 피고인을 유죄로 단정할 증거는 어디에도 찾아볼 수 없는 것입니다.

따라서 피고인에 대하여는 국회의원선거법 위반 및 명예훼손의 두 가지 혐의에 관하여 모두 무죄의 판결을 선고하심이 마땅하다고 봅니다.(8년 법정 투쟁 끝에 무죄 확정)

## 3. 비판적 언론에 '재갈' 물리기

– 사전선거운동 보도 8년 만의 무죄 – 한승헌 변호사 (일요신문, 2004. 11. 29)

「동아일보」 방송뉴스부 고준환 기자는 1971년경부터 법조 출입을 하며 취재활동을 해 왔다. 그는 제9대 국회의원선거를 앞두고 검찰에서 전(前) 국회의원 등 79명을 사전선거운동(사전 조직 점검, 금품수수) 혐의로 내사하고 있는데, 금명간 이들이 구속될 것이라는 요지의 기사를 취재, 방송뉴스로 내보냈다. 1973년 1월 31일 오후의 일이었다.

바로 이 뉴스의 취재 · 보도가 '선거에 관한 허위보도', '사전선거운동 혐의자들에 대한 명예훼손'에 해당된다 하여 서울지검 공안부가 그를 구속 기소했다. 나(한승헌 변호사)는 한국기자협회의 의뢰에 따라 고 기자의 변론활동에 나섰다.

방송된 내용에는, "…신민당 소속 송원영 씨 등 79명이 사전선거운동을 한 혐의로 검찰에 입건되어 오늘과 내일 사이에 구속될 것으로 알려졌습니다. 오늘 대검찰청에 따르면, 사전선거운동을 한 혐의로 검찰에 입건되어 있는 전직국회의원 79명 가운데는 공화당 소속으로 차형근, 유범수 씨와 채영석 씨가 들어 있고, 신민당 소속으로는 송원영 씨, 김원만 씨, 유옥우 씨 등이 들어있습니다"라는 대목이 있어서, 입건된 의원들의 실명이 그대로 방송에 나갔다.

고준환 기자는 재판과정에서 취재 경위와 보도 내용은 대체로 시인하면서도 허위보도로 선거의 공정을 해치거나 정치인들의 명예를 훼손할 의도가 전혀 없었다고 혐의를 부인했다. 우선, 보도 중에 내사(內査) 사실 및 그대상 인원수가 허위가 아니었다. 이 점은 대검찰청 검찰사무과장의 진술과도 일치했다. 설령 검찰이 내사당사자들을 입건 또는 구속한 일이 없다하더라도 이를 이유로 피고인에게 '허위'에 따르는 형사처벌을 가할 수는 없다고 기자의 보도는 어디까지나 "오늘과 내일 사이에 구속될 것으로 보인다" 는 취지의 전망기사였다. 따라서 기사의 작성·송고 당시에 그런 판단을 할 만했던 합리적 증좌가 있었다면, 사후에 그대로 적중되지 않았다고 해서 허위보도라고 할 수는 없었다.

'내사단계에 있는 사람을 입건되었다고 한 것이 허위 아니냐' 는 추궁도 있었다. 그러나 내사나 입건이나 어떤 혐의가 있어서 수사기관의 조사를 받고 있다는 공통점이 있으며, 수사기관 내부의 처리방식의 차이를 구분하지 못하고 혼동했다고 해서 이를 범죄로 볼 수는 없다.

문제는 거기에 그치지 않는다. 적용 법조로 내세운 국회의원선거법 제64조에 보면, 방송사업을 관리하는 자만을 규제대상으로 하고 있는데, 고 기자는 방송뉴스부의 기자이기 때문에 위 규정의 적용대상이 아니었다.

뿐만 아니라 그 뉴스의 방송은 선거운동기간 전의 보도, 즉 후보 등록이 시작되기 전의 행위이므로 '선거법상의 후보자' 의 당락에 영향을 미칠 여지가 없는 것이다. 사전선거운동 혐의자에 대한 후보등록 전 보도는 선거의 공정성을 해치는 것이라고 볼 수도 없었다. 또한 공명선거를 계도하는 언론인의 사명감으로 공공의 이익을 위해서 한 행위란 점에서도 명예훼손의 책임이 부정되어야 마땅했다.

그러나 1심 판결은 '무죄' 가 아니라 징역 8월에 2년간 집행유예였다. 나는 재판에서 주장한 '무죄론' 을 항소이유로 재구성하여 2심에서 무죄를 주장했다. 하지만 모두 '이유 없다' 고 기각되었다. 다만 피고인의 취재 경위와 동기 등 제반사정과 피해자들이 피고인의 처벌을 희망하지 않는 점을 들어 형의 선고유예 판결이 나왔다.

그러나 대법원(주심 민문기 대법관)은 1978년 11월 원심을 파기하여 사건을 서울고등법원으로 되돌려 보냈다. 그리고 두 번째 항소심에서는 1980년 10월 23일 변호인의 항소이유를 인정하여 무죄를 선고하였으며, 그 판결은 검찰이 상고하지 않음으로써 그대로 확정되었다. 무죄 이유는 ① 문제의 방송은 선거일 공고 전(따라서 입후보 등록 전)에 있었으므로 처벌의 대상이 아니고, ② 명예훼손의 점은 그 내용이 허위라는 점에 대한 인식 즉 범의가 없었다는 요지였다.

처음 사건화 된 때로 치면 7년 만에 무죄가 확정됐으니 '진실보도의 승리'를 기뻐하기는 너무도 때늦은 매듭이었다. 왜 그런 억지 구속, 억지 유죄 판결이 나왔을까. 당시의 정치 상황을 살펴보면 그 해답이 나온다.

박정희정권은 5.16쿠데타 세력의 본성을 발휘하여 국민의 반독재저항을 탄압 일변도로 억누르다가 그것도 한계를 보이자 1972년 10월 17일 전국에 비상계엄을 선포한다. 난데없는 '10월 유신'이 바로 그것이었다. 헌정은 중단되고 국회 아닌 비상국무회의가 만든 유신헌법을 국민투표라는 요식행위를 거쳐 공포했다. 대통령을 국민의 직접선거 아닌 통대(통일주체국민회의)라는 데서 간접선거를 하게 함으로써 영구집권의 장치를 완비했던 것이다.

그 다음 해인 1973년 1월 23일 박정희 씨는 통대에서 사전 각본대로 대통령에 '선출'된다. 이런 어처구니없는 반 헌법적 정치쇼가 벌어진 지 1주일 만에 바로 고준환 기자의 구속사건이 벌어졌으니, 사건의 배경이나 이면의 노림수는 짐작하고도 남는다. 그때 비판적 입장을 취하던 기자들이 동아일보, 동아방송에 많이 있었고 보면 의혹은 쉽게 풀린다.


## 4. 고준환 기자 출소의 변

원종근 서울형사지법 합의8부(재판장 권종근 부장판사, 주심 박용삼 판사)는 4월 23일 동아일보 방송뉴스 2부 高濬煥 기자(30)에 대한 선고 공판에서 국회의원선거법을 적용, 징역8월에 집행유예 2년을 선고했다.

재판부는 "검찰조서와 관계증거 서류로 보아 공소사실이 유죄로 인정되나 高 기자가 전과가 없고 직무에 충실하려다가 일어난 점, 그리고 선거의 공정에 이바지하려는 뜻에서 기사를 썼고, 기사의 진실성을 확보하기 위해 큰 노력을 기울인 점 등을 참작, 협의 집행을 유예한다."

집행유예 판결을 받고 이날 구속 81일 만에 석방된 高기자는 판결에 불복, 변호인 한승헌 변호사를 통해 항소했다.


어리석은 한 부부가 있었습니다. 하루는 그들에게 떡 세 개가 생겼습니다. 부부는 떡 한 개씩을 나누어 먹고, 나머지 한 개를 서로 먹겠다고 입씨름을 벌였습니다.

그러다가 끝까지 말을 하지 않는 사람이 떡을 먹기로 했습니다.

떡 한 개 때문에 종일 아무도 입을 열지 않았습니다. 밤이 되자 그 집에 강도가 들었습니다. 강도는 방안으로 들어와 모든 물건을 훔쳐 쌌습니다. 그러나 부부는 입을 봉한 채 강도의 거동만 빤히 쳐다보고 있었습니다.

강도는 그 부부를 이상히 여기면서도 아무 말이 없는데 용기를 얻어 그 부인을 범하려 했습니다. 그래도 남편은 말이 없었습니다.

참다못한 아내가 '강도야' 하고 고함을 치며 남편에게 대들었습니다.

'미련한 사내 그래 떡 한 개 때문에 자기 아내를 범하려는 것을 보고도 가만있단 말이오?'

그러자 남편은 '떡은 내 것이야' 하고 비로소 입을 열었습니다. 사람들은 이 말을 듣고 모두 비웃었습니다.

그리고 또 한 어리석은 사람이 있었습니다. 그는 날깨만을 먹다가 우연히 볶은 깨를 먹게 됐습니다. 볶은 깨를 먹어보니 퍽이나 고소하고 맛이 좋았습니다. 그래서 그는 '깨를 아예 볶아서 심으면 뒷날 맛있는 깨를 거둘 수 있겠구나' 하고 깨를 볶아서 밭에 뿌렸습니다.

그러나 볶은 깨에서 움이 틀 리가 없었습니다.


위의 두 바보스런 이야기는 전설에 나오는 비유이지만 나는 이 이야기를 서울구치소에서 읽으면서 우리 풍토와 권력자들의 자세를 생각했습니다. 이어서 기자로서 자기가 출입하면 검찰에 구속됐다 풀려난 나는 얼마나 바보일까 하고 생각해 봤습니다. 그때 문득 레바논의 예언자며 시인인 칼릴 지브란의 그림자가 다가왔습니다. 그는 이렇게 말하는 것이었습니다.

"당신의 자유는 쇠사슬로부터 해방되어도 역시 그 자신이 보다 큰 자유에의 쇠사슬이 되는 것입니다. 만일 내가 어느 바닷가에 도시를 세운다면 그 바다 한 섬에 자유의 여신상을 세우는 대신 한 美의 여신상을 세울 것입니다. 왜냐하면 자유의 여신 발밑에서는 항상 싸움밖에 없지만 아름다운 여신상 앞에서는 모든 사람들이 형제같이 손을 마주잡을 것이기 때문입니다."

그러나 그때 나는 지브란의 말을 따를 수 없는 바보가 돼 있었습니다.

나는 이미 저 바닷가에 자유의 여신상을 세우려고 이 항구를 떠난 지 오랜 시간이 지났습니다. 이제 이미 떠난 항구로 되돌아갈 수는 없었습니다.

나는 지난 2월 1일 국회의원선거법 위반 등으로 구속되어 서울 현저동 101번지에서 만 81일 동안 생활하고 집행유예로 풀려나오면서 나에게 어떠한 불이익이 있더라도 계속 취재원을 밝히지 않고 무죄판결을 받을 때까지 투쟁하기로 마음을 굳게 먹었습니다.

한편 우리 헌법에 규정된 민주주의 외 본질적 내용, 언론의 자유와 사법부 독립의 신화가 깨졌음을 새삼 뼈저리게 느꼈습니다.

언론의 자유는 인간의 본질에 속하는 것이기 때문에 누구도 함부로 제한할 수 없는 것이며, 국가기본질서에서 명백하고도 현존하는 위험을 가져올 때만 제한할 수 있음을 민주국가의 기본적 룰인 것입니다.

그런데 국가안위와 직접적인 관계도 없는 기사를 당국자가 발표한 기사가 아니라고 해서 사실보도를 한 기자를 구속한다면 이는 언론의 자유와 기자의 존립자체를 부정하고 공보관의 존재만을 인정하는 것이라 아니 할 수 없습니다. 여기에 우리 헌법이 칼 뢰벤슈타인의 이른바 명목적 헌법에 귀속하는 소이가 있는지도 모르겠습니다.

우리가 사실보도의 사명을 못다 한다면 언론의 생명은 끊어집니다. 여기에 또한 언론의 자유를 방해하는 장애물을 제거해야 할 필요성이 있겠습니다. 푸른 하늘을 가로 지르는 먹구름이 아무리 거세다 할지라도 태양을 언제나 가릴 수는 없는 것이니, 우리 모두 사자 몸에 붙는 벼룩이 되어 환상방황을 하지 말고, 고양이 목에 방울을 답시다.

끝으로 이 자리를 빌어 여러분들이 저에게 베풀어준 동지적 성원에 더할 수 없는 깊은 감사를 드립니다. 應無所住 而生其心 동아방송 개국일에 「東亞日報 방송 뉴스2부」

(「기자협회보」, 1973. 4. 27)

# 6. 새해 언론의 진로

## 1. '기자노조 만들자' 제언 — 고준환

「自律」은 스스로 준수 '原則에 충실하겠다.'

무명의 장을 또 한 장 넘기고 새해를 맞는다. 기협의 요청은 '특히 당국의 자율보장 이후의 언어의 나갈 길' 이라고 돼있으나, 자율은 남이 보장해 주는 게 아니고 스스로 다스리는 것이다. '자율보장' 앞이건 뒤건 어지러운 때일수록 원칙을 찾아 돌아가야 한다.

### ◇ 직분적 정의의 다짐

우리가 기자로서 마땅히 해야 할 일이 무엇일까? 그것은 각자가 서있는 위치에서 써야 할 기사를 내보내는 일이다. 직분적 정의이다.

적어도 국가안보에 명백한 현존위험을 가져오지 않는 한 주위의 눈치를 슬슬 살피지 말고 스스로 국민에게 알릴 의무를 다해야 한다.

◇ 촌지제도의 폐지

우리가 알릴 의무를 다하기 위해서는 적어도 우리 자신이 깨끗해야 한다. 사회의 부패 막는 목탁이 되기 위해선 소금처럼 스스로 썩지 말아야 한다. 여기에 촌지제도가 폐지돼야 할 소이가 있다. 나도 촌지를 받아본 사람이지만 일상화된 촌지제도를 없애려면 어떤 계기를 마련해야 한다.


◇ 기자노조의 결성

그렇다면 이런 심각한 반문이 나올 것이다. 쥐꼬리만 한 월급 갖고 어떻게 사느냐고, 여기서도 원칙으로 돌아가서 생각해야 한다. 자비로운 언론기업인이 나오지 않는 한 우리가 일한 만큼의 임금을 쟁취해야 한다. 정당한 보수를 받으려면 경영자와 맞설 수 있는 힘을 가져야 한다. 그러려면 기자노조를 만들 수밖에 없다.

끝으로 축복이 여러분과 함께 있기를 빌면서 이 자리를 빌어 사의를 표한다. (DBS 사회문화부)

(한국기자협회보, 1974. 1. 18)


## 2. 동아일보 기자노조 결성

동아일보사 기자 33명이 3월 6일 전국출판노조 동아일보사지부를 창설, 7일 서울시에 설립을 신고함으로써 기자노조 결성의 숙원이 이루어졌다. 기자들은 6일 오후 8시 모처에서 전국출판노조 동아일보사지부 창립총회를 열고 규약(운영세칙), 사업계획서 등을 채택, 조학래(趙鶴來) 기자를 지부장으로 하는 임원 및 집행기구를 구성하고, 7일 오전 11시 서울시에 노조 설립신고를 마쳤는데, 이날 6시 현재 103명이 가입했다.

동사 기자들은 창립총회에서 언론인으로서의 신분보장과 최소한의 생활급 보장을 위해 노조결성이 시급하다는 데 만장일치로 의견을 모으고 노동조합법 등 관계법 절차에 따라 노조를 결성했다.

총회 참석자들은 또 노조가입의 문호를 기자는 물론 방송국·공무국·총무국 등 동사 차장급 이하의 전 사원에게 개방하기로 의결하고 서울시에 노조설립을 신고한 때부터 적극적으로 사원들의 노조가입을 권유하기로 했다.

기자들은 창립총회에 앞서 5일 밤 12명으로 노조발기위원회를 구성, 현재의 근로 조건 아래서 권익을 보장받을 수 있는 합리적 방안에 대해 의견을 교환한 후 헌법과 관계법률의 테두리 안에서 자구책을 강구하지 않을 수 없다는 취지의 발기문을 채택하고 언론노조결성을 발기했었다.

발기인들은 동사노조를 전국출판노조의 단위지부로 가입시키기로 하고 창립총회를 거쳐 전국출판노조 金尙喆 위원장의 인준을 얻어 서울시에 신고한 것이다.

이같이 동아일보사 노조지부가 탄생됨으로써 기자를 중심으로 한 언론인노조가 닻을 올리게 됐으며, 동노조는 앞으로 동사 언론인들의 신분보장과 처우개선 등을 위해 관계법과 규약 등에 따라 각종 활동을 펴나가기로 했다.

(「기자협회보」, 1974. 3. 8, 1면)

## 3. 잊을 수 없는 일들

노동자가 자기노동의 정당한 대가를 받을 수 있는 사회로 향한 우리의 출범은 이제 백일을 맞았다. 지난 3월 5일 동아일보사 노조를 발기한 날부터, 시간의 흐름을 잊도록 「勞組專念」 속에 보낸 세월 속에 생겼던 갖가지 잊을 수 없는 일들이 너무나 많다.

밤을 지새운 뒤 먹던 쑥국집에도 가보고 싶고, 남다른 만감이 오락가락하지만, 특히 생각나는 것만 적어보기로 한다.

노동운동에 지식인이 주체가 된 계기를 마련한 우리 노조가 한창 열이 올랐을 때 다른 노조에 있는 친구를 만났다. 그 친구가 하는 말이, 자기네 노조에서 '勞組 있는 新聞구매 運動'이 논의됐다면서 「동아일보」 발행부수가 정확히 얼만지는 모르지만, 회사가 노조를 완전히 인정하고 노사협력이 잘 돼서 노동계가 지원하면 수년 안에 백만부 돌파도 가능하지 않겠느냐는 것이었다. 그 친구의 얘기를 듣고 불충분한 현대화로 비리의 벽이 되고 있는 「Diamond head」를 생각하고선 답답함을 느끼기도 했지만 스스로 권익을 지키는 노조가 있는 회사에 다니는 긍지가 없을 수 없었다.

노조가 생기고 소용돌이 칠 때의 이야기다. 우리 모두가 '바르고 잘 사는 사회'를 위해, 믿음이 바탕이 되고 사랑이 원리가 되며, 진보가 목적이 되는 사회를 향해 가고 있다고 생각하고 있는데, 이단자(異端者)가 나타났다. 그것은 믿음을 저버린 배신적 떡밥의 출현이었다. 노조를 깨기 위한 떡밥(경영자가 이런 떡밥을 보내는 것은 不當勞動行爲지만)을 볼 때 그 분노를 잊을 수가 없으며, 이런 떡밥들은 집에서 기르는 붕어새끼에게 모두 줬으면 하고 느낄 때마다 나는 피곤하곤 했다.

우리 노조는 노동운동의 주체가 형태적으로 정립 안된 마당에 새바람을 일으키는 것이었으므로 목을 늘인다든지 외세운운의 얘기를 듣는다든지 하는 어려움이 있기는 했지만, 한 편엔 좀 편하게 노조를 하는 게 아닌가 해서 미안스런 맘이 생기곤 했다.

그런 때는 1970년 11월 13일 평화시장에서 근로조건 개선을 외치며 자기 몸을 불살라 23살의 꽃다운 청춘을 던진 전태일(全泰壹) 씨가 생각나곤 했다. 그는 '나 하나 죽어지면 뭔가 좀 나아지겠지' 하는 확신을 갖고 죽음으로써 노동자에게 삶을 보여줬으며, 노동운동을 통해 자기해탈을 한 것이다.

함석헌(咸錫憲) 선생님 같은 분은 시를 빌어 이렇게 말했다.

"일찍이 등을 돌리지 않고, 늘 앞을 향해서만 갔으며
구름은 걷히고 마는 것을 의심한 일 전혀 없고,
의(義)가 비록 억울함을 당해도 악(惡)이 이기리라고 생각지 않았으며
넘어짐은 일어서기 위해서요, 짐은 이기기 위해서며
잠은 깨기 위해서라고 항상 믿었던 사람이라"고.

우리 노조는 '잘 캐고 잘 까는' 동아일보사의 노조이기에 보통 노조와는 다른 문제점이 많기는 하나, 노조로서 느긋하게 하나하나 실적을 쌓아나가면 모든 문제가 잘 풀리리라고 본다. 한술 밥에 배부를 수는 없겠기 때문이다.

끝으로 평조합원으로서, 늘 열심히 일하는 상집위와 노조에 무언의 지원을 해 준 여러분에게 감사함을 잊을 수 없다.

(창립 100일 동아일보사 노조보, 1974.6.13.)

# 7. 고준환의 '덫에 걸린 황우석'
### — 대통령님께 보내는 공개장, 국민 83% 황 교수 믿어

## 1. e조은뉴스 이복재 기자의 기사

황우석 파동이 터지자 MBC 'pd수첩'의 의도가 음모라고 규정한 몇 안 되는 교수 중에 경기대 고준환 법학과 교수가 있었다. 그런데 본 기자에게 고 교수에 대한 평가가 잘못 되었다고 확인해 보라는 제보가 20건이 넘게 들어왔었다. 심지어 고준환이 교수가 아니라는 제보도 있었고, 경기대에 확인해 보면 가짜 교수인 것을 알 수 있을 것이라고도 했다.

지난해 12월 하순경, 새벽녘 한 통의 전화가 걸려왔다. "니가 기자라면 기자답게 행동해라. 왜 황우석 편에 서서 기사를 마음대로 쓰냐, 이 시XX. 죽여 버리겠다. 고준환이 황우석 지지자들을 이간질시키고 있다. 고준환이 전단지라도 돌리는 것 보았느냐…"는 등 협박성 전화를 받고 심란한 기분에 오늘은 꼭 고준환이 무엇하는 사람이고 황우석 지지자를 이간질시키고 있는지 알아보기로 했다. 그날이 지난해 말쯤이다.

경기대학교 서울 캠퍼스가 있는 곳으로 향했다. 고준환에 대해서는 어느 정도 안면식도 있었고, 김대중-김영삼 씨가 민추협을 결성할 때도, 한겨레신문이 창간할 때도 발기인으로 참여한 인사였다. 우리나라의 민주화 바람이 불었을 때 고준환이라는 이름이 있었던 것이다.

그러나 황우석 사건은 달랐다. 피디수첩을 보고 음모가 있다는 확신을 가지고, 아직 자료수집도 없던 상태에서 "피디수첩 노리는 이유가 따로 있다"라는 기사를 송고한 후 황우석 박사의 연구에 대한 자료를 수집해 나갔다. 그러는 사이 주변에는 황우석 파동의 진실을 파헤치려는 인사들에 대해서, 지지자로 위장한 프락치인지 세력인지 알 수 없지만 하나 둘씩 매도하고 비난하며 죽여가고 있었다. 심지어 서울대 조사위가 황 교수팀 줄기세포에 대해 조사나 검증할 능력도 없던 사람들이라고 국내외 저명한 과학자들이 이구동성으로 발언했음에도, 황우석 지지시민들 간에는 이상한 기류가 형성되고 있었다.

명약관화(明若觀火)한 것은 황우석 파동은 엄청난 돈과 각국의 국부 창출의 계기가 되는 세기의 어마어마한 과학적 음모와 배후세력이 한국의 줄기세포를 탐내고 호시탐탐 기회를 엿보고 있었다는 것에 눈여겨 볼 필요가 있는 것이다. 이러한 상황의 연계선상에서 서울대 조사위가 그동안 이룩한 황 교수팀의 연구성과를 난도질하지 못하도록 하는 게 급선무인데도 일부 지지자들은 '정중동'을 외치며 서울대 조사위 결과를 지켜보자는 알 수 없는 헤게모니적 발상에 두 눈 부릅뜨고 지켜볼 수밖에 없었다.

이러한 과정과 의혹 속에 고준환 교수의 연구실인 경기대 본관 3층으로 발길을 돌리고 있었다. 3층에 '고준환 교수'라는 푯말을 보고 연구실에 다가갔을 때 깜짝 놀라고 말았다. 그것은 학생과 교수, 직원들이 걸어다니는 연구실 입구에 '황우석 교수 살리기 운동본부'라는 간판이 부착되어 있었던 것이다. 순간 가슴이 탁 막히는 것을 느낄 수 있었다. 본 기자 또한 협박과 루머에 시달리고 있었을 때라 마음고생이 심했는데, 이 사람은 한술 더 떠 누구나 보고 문의하고 알아보라는 식으로 떠억하니 자기 얼굴에 '황우석 사건의 진실'이라는 반창고를 붙이고 있었던 것이다.

돌아설 수밖에 없었다. "확인해 보라. 했느냐. 고준환은 정식 교수도 아니다…"라는 루머가 틀렸음을 알아 스스로 물러나고 말았던 것이다. 왜냐하면 본 기자는 고준환 교수를 죽이기(까기) 위해서 취재차 찾아간 것이기 때문이다. '진실이란 이토록 살아있는 것인데도 나는 그 루머에 속아 한 명의 지식인을 죽이기 위해 취재한 것이 부끄럽구나' 하는 죄책감이 들어 발길을 돌려야 했던 것이다. 그 후에도 고준환 교수는 알 수 없는 지지자들의 집단 따돌림, 공개적 비판, 집회 때 단상에 올려주지 않는 작태를 감내해 가기 시작했던 것이다. 그러나 본질이 황우석 교수팀의 연구재개와 특허수호가 먼저였기에, 또한 진실은 나중에 드러나기에 참아야 했다. 이제 기자로서 잘못되었다면 고준환 교수에게 엎드려 사죄할 자신이 있다.

이러한 맥락에서 바라본 고준환 교수는 지난해 말 '덫에 걸린 황우석'이란 글로 많은 지지 시민들로부터 격려를 받게 되었고, 그의 진심어린 진실로 황우석 살리기에 혼신의 노력을 하고 있었던 것이다. 이에 본보는 고준환 교수가 경기대 교수이며 중앙도서관장, 국사찾기협의회 회장임을 밝히고, 그의 '덫에 걸린 황우석' 글을 여과없이 싣는다.

(「e조은뉴스」, 이복재 기자)

## 2. 노무현 대통령님께 보내는 공개장

노무현 대통령님 안녕하십니까? 붕정만리 아프리카 순방에 허리도 편치 않으신데 노고가 많으신 줄 압니다. 저는 경기대 고준환 교수이고, 지금 황우석 교수 살리기 국민운동 본부장이며, 제 87주년 3.1절에 발표한 한국과학주권 선언문 33인의 대표이고, 제 3대 국사찾기협의회 회장입니다.

지금 우리나라는 역사적으로 반만년 대륙의 영광사 끝에서 남북분단을 극복하고 민족 대통일기로 접어드는 중대시기에 아노미 현상으로 많은 국민들이 불신 속에 사분오열되고 민생고 속에 불안한 삶을 살아가고 있습니다. 노 대통령께서 잘 아시는지 모르겠으나, 저는 동아자유언론수호 투쟁위원회 위원이고, 2002년 대선 때 노 후보를 적극 지지했던 사람입니다.

그것은 7명의 대표로서 기자회견을 통하여 정몽준 후보에게 노무현 후보와의 단일화 협상 테이블에 나가게 했고, 그 결과 노무현 후보로 단일화되었으며, 상대당 이회창 후보도 대체적으로 훌륭한 분이었으나 2명의 아들을 모두 군대에 보내지 않아서 국군통수권자로는 내키지 않았던 것입니다. 그러나 노 후보를 찍은 것은 무엇보다도 민족자주의식이 강하고, 민주화 운동에 앞장서 온 점과 인터넷 시대에 맞는 정치감각이 뛰어난 것에 나는 많은 점수를 주었던 것입니다.

그런데 솔직히 저는 지금 노 대통령님께 실망하고 있음을 말씀드리고자 합니다. 그것은 「황우석 교수 연합팀 사건」 때문입니다. 물론 노 대통령께서는 주변 열강 4국이 한반도에서 각축하는 가운데, 약 5천만 명의 생명과 재산을 지키시는 막중한 임무로 내치나 외교에 너무 힘드실 것이라고 생각하며, 평범한 한 국민이 그 어려움을 어찌 다 이해하겠습니까?

다만 노 대통령께서 너무 잘 아시는 바와 같이, 황우석 교수는 영혼이 맑고, 근면 성실하며, 해마다 약 300조 원의 국부를 창출할 수 있고, 18세기 영국의 산업혁명을 능가하는 21세기 생명공학 혁명의 선도자입니다.

우리나라가 황우석 교수를 살려내어 특허권을 취득하고 해마다 300조원의 국부를 창출하면, 모든 국민이 연금을 안 내고도 배부르고 등따뜻하며, 민족통일 비용이 마련되어 민족 대통일을 앞당기고, 우리나라가 세계문화 중심국가가 될 것입니다.

그런데 황우석 교수는 2005년 사이언스 논문을 조작하는 등 특허권을 뺏아가고 있는 도척 섀튼이 앞장선 기술패권주의 국가 미국 등과 반민족적 5개 기득권 세력 등 과학기술복합동맹 카르텔의 음모의 덫에 걸렸습니다.

국립 서울대 조사위의 엉터리 발표와 학문의 자유를 규정한 헌법을 위반하여 국립 서울대가 황 교수의 연구를 막고 맞춤형 줄기세포 재연기회도 박탈했으며, 최고 과학자상도 박탈당했고, 3월 14일엔 황우석 연구팀을 해체하여 황 교수는 사회적으로 죽어가고 있습니다. 황우석 교수 영웅 만들기 하다가 정확히 무슨 이유인지는 몰라도, 황금박쥐같이 변심한 현 정권도 5개 기득권 세력의 하나로 국민들은 보고 있는 것 같습니다.

노 대통령께서도 잘 아시다시피, 요즈음 '덫에 걸린 황우석 사건'을 수사하는 서울중앙지검 앞과 KBS 본사 앞에는 진실을 추구하고, 황우석과 나라를 살리려는 국민들이 날마다 시위를 하고 있습니다. 꽃보다 아름다운 사람, 순수한 민족적 민초들입니다.

그것은 수사검찰이 논문조작의 주범이요, 특허권을 뺏아가는 섀튼을 소환하지 않는 등 철저한 실체적 진실 발견의 수사를 하지 않고 적당히 도마뱀의 꼬리 자르기 식으로 넘어가려는 우려가 있다는 것이요, 또 하나는 수사를 사실상 마무리하고도, 3주일이면 끝난다고 장담한 검찰이 3개월이 지나도 중간조사 발표를 하지 않고 황우석 교수를 매일 불러 생명공학강의 등을 들으며, 이 「뜨거운 감자」가 식기만 기다리고 있다고 합니다.

또 하나는 정의감이 강한 KBS 문형렬 PD가 '황우석 교수의 줄기세포와 특허권'을 주제로 한 추적60분 프로를 만들었음에도, 사내외 반민족적 기득권 세력들의 압력 때문에, 동영상심의위원회를 통과했어도 청와대 등 눈치를 보는 정연주 사장 선에서 막히어 방송이 안 되고 있는 사태 때문입니다. 노 대통령님께서 민족자주적 입장에서 반성하시고 허위구조를 진실의 구조로 바꾸는 큰 결단을 내려 모든 압력을 물리치며, 한 점 의혹 없는 공정수사 결과를 조속히 발표하게 하여, 대한민국의 원천기술을 확보하고, 문형렬 PD의 추적60분 프로도 조속히 방송되도록 해 주시면 감사하겠습니다. 역사만이 희망이기에 조속한 대통령님의 역사적 결단을 고대합니다. 어려운 때일수록 원칙으로 들어가야 합니다.

# 황우석 찬가 /고준환

계룡의 맑은 영혼 배냇소 키웠듯이
맞춤형 줄기세포 세계 혁명 일구며
하늘로 높이 치솟다 덫에 걸려 내렸다

매국노 6대 세력 죽이려 굴더라도
분노도 괴로움도 삭혀가는 세월들
민초들 지켜가노니 꽃보다 아름다워

성실한 하늘 감동 꿈 깨고 또 깨어서
쾌도난마 휘둘러 나라사랑 춤추며
덫 풀고 새세계 열어 영원히 빛나리라.

    정직이 최선의 정책입니다. 그리하여 노 대통령님이 바른 결단으로 천하 대란을 잠재우고, 민족을 중흥시킨 훌륭한 대통령으로 역사에 남고 무사히 임기를 마치시기를 바랍니다.

    노무현 대통령이여! 잠에서 깨어나시오! 하여 황우석 교수 살리고, 나라를 살리소서! 대한민국이여! 꿈에서 깨어나라!

    끝으로 노무현 대통령 내외분의 건강과 대한민국의 민족적 민주 통일을 기원합니다.

고준환(경기대 교수, 중앙도서관장, 제3대 국사찾기협의회 회장)

# 8. 한국교수불자연합회 창립 활동

## 1. 창립취지문

부처님의 자비광명이 금수강산에 비추인 지 어언 1,600여 년, 불교는 우리 민족의 역사적 삶에 깊은 뿌리를 내려왔습니다.

오늘에 있어서도 불교의 정신이 민족의 심성에 기본적 바탕이 되고 있다는 사실은 부정하지 못할 것입니다. 찬란했던 한국불교를 오늘에 되살려 큰 전환기에 처해 있는 이 사회의 정신적 지주가 되도록 하는 것은 우리 모든 불자들의 염원이기도 합니다. 서세동점(西勢東漸)과 급속한 산업화의 결과 우리 사회에는 여러 가지 긍정적인 변화도 있었지만, 동서문제와 남북문제가 이 땅에서 교차되고 사회구조의 불안정과 정신문화의 혼란으로 인한 심각한 갈등이 초래되고 있습니다.

이러한 고통스런 역사적 소용돌이는 우리의 전통문화를 소홀히 하고 서구화가 곧 근대화라는 도식 아래 맹목적으로 달려 왔던 우리 최근세사의 결과라고도 하겠습니다. 주인의식을 잃고 사대주의를 능사로 여기며, 극단적 이기주의나 물질만능주의가 팽배해 있고, 인권이 제대로 보장되지 못하고, 인간이 객체화되어 소외되는 등 본질적인 위기상황에 놓여 있습니다. 여기에서 우리 불자들은 빛나는 전통문화를 이어받아 참다운 삶을 살 수 있게 하며 국민대중이 주인인 민주주의에 입각하고 정법에 의한 민족문화를 형성함으로써 시대적 고통을 극복하는 것을 역사적 사명으로 삼아야 할 것입니다. 민족문화의 주류를 이루어 왔던 불교가 현대사회에서 제구실을 하게 해야겠다는 새로운 각오로, 우리에게 불성이 있음을 확신하고 부처님의 가르침을 적극적으로 구현하는 새로운 모습의 불교로 전환시켜야 할 때입니다. 이 시대의 문제들이 우리 민족 공동의 업이라는 자각으로 우리의 현실에 놓여 있는 무명을 제거하여 본래적인 지혜광명이 햇살처럼 솟아오르게 해야 합니다.

이러한 뜻을 펴 나가기 위해서 우리 불자들은 각계각층의 불심을 한 데 모아 보다 역동적으로 이 사회의 문제를 해결해 나가는 데 적극 참여하여야 합니다. 대학에서 학문을 연구하고 가르치는 우리는 어느 다른 사회 분야보다도 먼저 이러한 움직임이 있었어야만 했습니다. 우리 교수불자들은 이러한 문제의식을 바탕으로 찬란한 불교문화를 꽃피움으로써 민족의 진운에 맞추어 나라를 민주화하고 한반도를 통일하는 민주통일정토를 이루는 데 지성적 기초를 마련하는 하나의 구심점이 되고자 합니다.

불교의 연구와 보살도의 실천을 통해 이 시대에 맞는 불교사상을 구체적으로 제시하여 인격완성과 이상적 사회건설을 함께 실현하는 불교로 중흥시키고자 하는 것이 우리들의 큰 목적입니다. 뜻을 같이하는 모든 교수불자들이 서로서로의 등불이 되고 울타리가 되어 한국불교의 보다 나은 미래를 창조할 것을 서원하며 한국교수불자연합회를 창립하는 바입니다.

단기 4321, 불기 2532년 2월 27일 서기 1988

한국교수불자연합회 창립회원 일동

## 2. 한 · 중 첫 불교학술 교류

공산권 국가이자 미수교국인 중국과의 불교학술 교류가 국내 처음으로 시도돼 양국의 문화 및 학술 교류와 중국을 통한 남북한 불교계 교류의 물꼬를 트게 됐다.

한국교수불자연합회 고준환 회장은 17일 조계종 불교회관에서 기자회견을 갖고 교불련 소속회원 24명이 한중 양국의 문화교류를 위해 지난 7월 30일부터 8월 14일까지 중국의 북경, 敦煌, 西安, 延吉을 거쳐 백두산까지 등정하는 15박16일의 중국방문 및 聖地답사를 다녀왔다고 밝혔다.

고 교수에 따르면 개인자격의 불교학자가 중국을 방문한 적은 있었지만 이처럼 대규모 학술단이 교계차원에서 중국을 방문, 학술세미나를 갖고 돌아온 것은 처음 있는 일이라는 것이다.

고 교수는 "이번 방문을 통해 중국불교협의회와 2시간여에 걸친 토론 및 학술세미나를 가짐으로써 양국의 문화교류 가능성을 확인할 수 있었다"고 설명했다.

조계종 관계자들은 이들 중국방문단이 교불련 소속 전현직 대학교수들로 청년불교의 지도자급 인사들이며 한국 불교계를 이끌어 나갈 정신적 바탕이 되고 있다는 점에서 양국의 교류와 한국불교의 해외진출에 시금석을 마련한 것으로 평가하고 있다.

이번 세미나에서 고 교수는 중국이 한국불교에 미친 영향에 대해 372년 順道와 384년 마라난타가 고구려와 백제에 각각 불교를 전래한 사실을 예로 들어 설명했다고 한다.

고 교수는 이어 한국불교의 地藏보살과 혜초, 원측, 의천스님 등이 중국불교에도 큰 영향을 미쳤다고 전제하면서 이에 대한 양국의 학술적인 접근이 새로 시도돼야 한다고 주장, 중국측의 긍정적인 답변을 들었다고 말했다.

중국측은 양국의 교류에 대해 원칙적으로 동의하면서 북한과의 관계를 고려, 신중한 접근 및 왕래의사를 표시했다고 한다.

한편 교불련 일행은 이번 중국 방문에서 세미나 외에도 8월 4일 혜초스님의 왕오천축국전이 발견된 敦煌 鳴沙山 千佛洞인 莫高窟을 답사, 참배했고 8월 6일은 西安의 圓測寺를 방문, 중국불교의 唯識學의 최고권위자로 존경받아 온 우리나라 圓測스님의 원측탑을 참배하는 일정을 가졌다.

한편 교불련의 앞으로 계획에 대해 총무부장 박석희 교수는 "중국을 통한 북한 불교계와의 교류도 계획하고 있다. 민주통일정토위원회 차원에서 서울의 조계사 또는 묘향산 보현사에서 남북불교학자들이 모임을 갖는 방안 등을 검토하고 있다"고 말했다.

(「국제신문」, 1989. 8. 19. 박기현 기자)

## 3. 한 · 중불교문화교류에 관하여

### 1) 서언

새로운 국제화시대에서, 한 · 중불교문화교류에 관한 세미나를 갖게 된 시절인연(時節因緣)에 대하여 먼저 부처님께 감사드립니다. 중국과 한국은 서로 이웃한 전통적 우호국가로 오랫동안 불교문화를 비롯한 정치 · 경제 · 사회 · 문화 등 각 방면에서 교류를 해와 각기 나라발전에 좋은 영향을 미치는 상호작용을 해왔으나 현대에 이르러 사상(思想)의 대립 등으로 아직 양국 간에 정무수교(政武修交)가 열리지 못한 상태에 있습니다.

이에 한국교수불자연합회는 한중문화교류의 본격화라는 역사적 사명을 다하고자 24명의 교수불자로 방중단을 구성하고 '한 · 중불교학술토론급 성지답사'를 단행하게 되었습니다.

우선 우리는 우리나라에 불교문화를 전수해 주고, 문화발전에 조력해 준 '중화인(中華人)' 여러분에게 감사의 말씀을 전합니다.

우리의 이번 방문이 복잡다단한 현대생활을 하는 양국민의 진로에 활력소가 되고, 나아가 아시아와 세계평화에 기여하기를 기원합니다.

다만 오늘의 이 발표는 첫 한·중학술발표이므로 '교불련 방중단'의 답사할 불교성지를 중심으로 중국과 한국이 서로 상대방에 끼친 영향을 개거적(概据的)으로 고찰하게 됨을 양지해 주시기 바랍니다. 앞으로 현지 답사와 정확한 조사·연구가 뒤따라야 할 것으로 생각합니다.

## 2) 중국불교가 한국에 끼친 영향

중국불교는 한국에 불교를 전수해 준 것을 비롯하여 지대한 영향을 주었습니다. 그것을 일일이 다 적을 수는 없으므로 대표적으로 불교의 전래와 선불교(禪佛敎)의 법맥(法脈)이 인도와 중국 그리고 한국에서 어떻게 이어지고 있는지를 살피는 데 그치겠습니다.

한국에의 불교전래는 가락국(駕洛國)의 시조 김수로왕의 부인 허씨가 인도에서 올 때 승려와 함께 와서 불교를 전했다는 이야기도 있지만 공무적 기록으로는 고구려 소수림왕 2년(372년)에 전진왕 부견이 승순도(僧順道)를 파견하여 불교와 당 법호의 정법화경 등 대승경전을 갖고 온 것이 시초라 합니다.

순도는 뒤에 이불란사(伊弗蘭寺)라는 절을 지었으며 2년 후에는 승아도(僧阿道)가 고구려에 들어왔습니다.

백제는 침류왕(枕流王) 원년(384년)에 동진의 마라난타(摩羅難陀) 내조하여 이듬해 2월 한산에 불사를 창건하고 승려 10인을 가르친 것이 처음으로 되어 있습니다.

신라는 눌지왕(訥知王, 417~457) 때 고구려의 묵호자(墨胡子)가 선산군 모찰네 집에 와서 포교한 것을 시작으로 법전왕 때 이차돈의 순교로 하여 불교가 융성하고 그 후 삼국통일의 기초가 되었습니다.

불교는 고려시대에는 국교로서 찬란한 불교문화를 꽃피웠으나, 이씨조선의 억불숭유정책(抑佛崇儒政策)과 그 뒤에 일제의 불교문화말살정책 및 서세동점(西勢東漸) 등으로 어려운 국면에 빠졌으나 이제 다시 활기를 되찾아 현재는 최대종단인 조계종을 비롯 기성 18개 종파와 불승종을 비롯 신흥 6개 종파 등 24개 종단에 불자 수는 1,200만 명에 이르고 있습니다.

선불교의 법맥을 보면 석가세존(釋迦世尊)의 법을 전수받은 마하가섭(摩訶迦葉)을 1대로 28대인 보리달마(菩提達摩)는 동토 중국의 1대이며, 이는 6조 우능에 이어 남악회양(南嶽懷讓) 마조도일(馬祖道一)로 이어지고 이는 쭉 이어서 56대 석옥청공(石玉淸珙)으로 내려오고, 57대는 우리나라 태고보우(太古普愚)이며, 63대는 청허휴정(淸虛休靜), 64대는 편양언기(鞭羊彦機), 75대는 경허성우(鏡虛惺牛)이고, 이는 계속 이어져 76대는 방한암, 77대는 김탄허 선사입니다.

### 3) 한국불교가 중국에 끼친 영향

중국불교가 한국에 끼친 영향에 비하여 한국불교가 중국에 끼친 영향은 적으나 중앙민족학원의 南溪 黃有福 교수가 한국강연회에서 밝힌 것처럼 사실 확인된 것이 적지 않으며 여기서는 중요한 몇 가지를 중점적으로 살펴보고자 합니다.

① 섭산대사(攝山大師, 僧郎~高句麗): 요동 사람으로 북사에서 삼론(二諦合明中道論)을 폈으며 뒤에 江南 鍾山 草堂寺를 중심으로 講論함으로 三論이 번성한 바 그의 중국인 제자 주옹(周顒)이 '三論學'을 저술하여 널리 전파하였다.

僧郎의 스승은 法度이며, 梁武帝가 攝産에 樓霞寺를 지어 僧郎을 머물게 하고 10명의 승려를 보내 배우게 했으며 僧郎의 법은 僧銓 法朗을 거쳐 吉藏 嘉樣大師로 이어지니, 이 분이 三論宗의 大成者이시다.

② 지장보살(地藏菩薩): 중국의 4大 佛山은 文殊道場인 山西省 五臺山, 普賢道揚인 四川省 峨眉山, 觀音道場인 浙江省 普陀山, 地藏道場인 安徽省 九華山인데 이 九華山 化城寺에는 肉身菩薩인 地藏菩薩이 계셔서 많은 사람들을 發心케 하고 있습니다.

이 地藏菩薩은 新羅의 王子 金喬覺스님으로, 780년부터 化城寺에서 四大部經을 중심으로 현법수련을 하여 깨달음을 얻었으며, 803년 99세로 가부좌한 채 入滅한 바 그대로 산 얼굴이어서 앉은 자리에 부도를 세운 것입니다. 〈唐나라 현종 때〉

③ 혜초(慧超, 697~781): 20세쯤 당나라에 가서 金剛智 三藏을 섬기며 그의 譯場에서 筆授를 맡아보고, 南海로부터 바다로 印度에 이르러 부처님 유적지 등을 참배하고 10년 만에 敦煌 長安으로 돌아와 往五天竺國傳 3권을 지었으나 찾아지지 않았으며, 1910년 France의 東洋學者 Pliot가 甘肅省 敦煌 鳴沙山 千佛洞인 莫高窟의 제 17굴 장경동(藏經洞)에서 두루마리 필사본 2권을 발견하여 1200년 간 敦煌에서 잠자던 왕오천축국전(往五天竺國傳)이 햇빛을 보게 된 것입니다.

혜초스님은 당나라에 돌아온 뒤 54년 동안 문수도량(文殊道場) 오대산에 머물면서 불법을 폈습니다.

④ 원측(圓測 613~696): 신라의 승려이며 유식학자로서 법상종에 속하고 15세에 입당하여 6종 언어에 능통했으며 법상과 승변에게 사사했고, 현장의 유식경론을 주로 서명사에서 선양했으며 측천무후의 숭배를 받아 신문왕이 귀국요청을 했으나 이뤄지지 않았습니다.

원측은 80화엄경 번역장에 참여하고 般若心經總 1권, 成唯識論總 20권, 海深密經總 7권 등 많은 저작을 남기고 696년 7월 22일 洛陽 佛援記寺에서 84세로 입적했으며, 龍門 香山寺에 白塔을 세웠다가 1115년 4월 8일 興教

寺(西安)로 옮겨져 圓測塔으로 현존하고 있습니다. 西安碑林박물관에는 가로 30㎝, 길이 70㎝의 圓測法師像이 있는 바 이는 歐陽敬이 짓고, 朱慶潤 沐이 썼습니다.

圓測스님은 중국불교에서 唯識學의 최고권위자로 존경받고 있는 것으로 알려졌으며, 그의 저작은 티벳대장경에도 수록돼 있습니다.

⑤ 제관(諦觀): 중국 천태종은 荊溪湛然(711~782)의 제자인 法融 등이 신라에 전파하였고, 고려시대엔 諦觀이 흥륭시켰습니다.

吳越王 徐의 요청을 받고 고려 광종이 諦觀으로 하여금 法華玄義 등 天台論總 등을 전하게 하여 중국 천태종을 부흥시켰으며 義寂에 師事하였습니다.

諦觀스님은 10년 간 중국에서 체류하다가 入滅하였는 바 죽은 뒤 상자에서 光明이 나서 열어보니 天台四敎義가 나왔다 합니다.

이는 天台敎學槪論書로서 '會三歸一, 一心三觀'을 요체로 하는 훌륭한 서적으로 한국, 중국, 일본에 많은 영향을 주었습니다.

⑥ 의천대각국사(義天大覺國師, 1055~1101): 대각국사는 고려와 송나라 사이에 불교문화교류를 통하여 천태종의 고려이식과 송나라 華嚴學 부흥에 크게 이바지했습니다.

義天은 入宋必 華嚴學習을 하고 宋 元豊 8년(1085) 31세로 入宋하면서 智嚴의 搜玄記, 法藏의 起信義記 등 澄觀의 華嚴經 등 고려의 華嚴典籍을 혜인사로 가져가 宋 華嚴學을 부흥시키는 단서를 마련했습니다.

義天은 또 入宋하여 從諫으로부터 天台를 배우고 天台山 智者大師塔에 札拜하며, 天台興敎를 발원하고, 선종 6년(1089) 松山서남에 浙江省 天台山 國淸寺를 본받아 '國淸寺'를 창건하여 天台宗의 高麗이식을 실현했으며, 숙종 6년(1101년) 10월 5일 47세로 入寂했습니다.

⑦ 해월(海月): 高麗末 海月스님은 北高 남쪽 雲居寺 石經을 刻印했습니다.

海月은 중국 4대불산의 하나인 文殊道場 五台山에 참배하고 오다가 隨

나라시대부터 시작하여 진행중 元나라에 의해 파괴된 石經山을 보고 귀국을 단념한 후 7개의 대형판에 石經을 刻印하여 현재 유일한 石經窟로 남아 있습니다.

4) 결어

우리는 지금까지 한·중불교문화교류에 관하여 槪括的으로 고찰하였습니다.

이는 한국교수불자연합회의 방중을 계기로 불교문화를 꽃피움으로써 양국민 사이에 우호를 촉진하고 나아가 현대사회에서 두 가지 흐름인 자유민주주의와 평등사회주의를 극복하여 평화로운 아시아와 세계를 형성하는 데 그 큰 뜻이 있다고 하겠습니다.

이는 사유와 공유 내지는 무소유를 내용으로 하는 불교에 바탕을 두고, 인도의 '心의 思想', 중국의 '天의 思想', 한국의 '人의 思想'이 조화를 이룰 때 가능하리라고 생각됩니다.

앞으로 한·중불교문화교류가 더욱 폭을 넓히고 불교성지답사와 연구 및 조사가 깊이 있게 이루어지도록 우리 모두 노력해야 되겠습니다.

깊은 연구가 되지 못한 것을 송구스럽게 생각하며 이만 줄이겠습니다.

感謝합니다.

佛紀 2533년 8월 1일

普門覽 고 준 환 合掌

# 9. 한국교수불자연합회 백두산 天池 법회
## – 남북평화통일기원법회 봉행 · 백두산, 한라산 흙 합토제

## 1. 민족의 영산 백두산 천지 등정

한국교수불자연합회(회장 고준환 경기대 교수)는 매년 한 번씩 실시하는 성지답사의 일환으로 올해는 '중국의 불교성지 답사 및 우리 민족의 성지인 백두산 천지 등정'이라는 감격적인 행사를 치뤘다.

교불련 소속의 전국 각 대학의 교수 24명이 동참한 이번 행사는 공식적으로는 '한·중 불교문화교류에 관한 세미나'라는 목적으로 이루어졌지만 사실상 중국을 통한 민족성지 답사로 평화통일의 기원과 남·북 불교문화교류 방법의 모색에 있었다.

지난 7월 30일부터 8월 14일까지 15박16일간의 행사기간 동안 교불련의 여행경로를 보면, 서울 → 홍콩 → 북경 → 난주 → 돈황 → 난주 → 서안 → 심양 → 장춘 → 연길 → 천지호텔 → 백두산 → 천지호텔 → 용정 → 연길 → 연변대학 → 도문 → 연길 → 장춘 → 북경 → 홍콩 → 서울 순이었다.

8월 1일 중국불교협의회에서 2시간 동안 한·중불교문화교류에 관한 토의에 참석한 답사단은 4일 신라 혜초스님의 왕오천축국전이 발견된 돈황·막고굴 답사와 참배 후 6일에는 서안에 있는 흥교사의 원측스님 탑 답사 참배도 했는데, 9일에는 이번 행사의 가장 하이라이트라고 할 수 있는 '백두산 천지 평화통일기원 법회'와 함께 '한라산 흙과 백두산 흙의 합토식'도 거행, 상징적 의미의 의식으로 평화통일을 염원했다.

다음날인 10일에는 민족시인 윤동주 선생이 다니던 학교인 용정중학교에서 교불련 회원들은 즉석에서 윤동주 장학금을 모금·전달하는 뜻 깊은 일을 하기도 했다.

이번 '한·중 불교학술토의 및 성지답사'에 대한 보고회가 지난 17일 종로구 견지동 소재 조계사내 불교회관 1층에서 있었는데 이곳에는 이번 답사단의 단장으로 단원들을 이끌었던 고준환 교불련 회장과 대한불교 태고종 총무원장이면서 동방불교대 교수로 있는 이영무 교불련 고문, 그리고 박석희 교불련 간사 등 3인이 참석하여 이번 행사의 목적과 의의, 한·중 불교문화교류에 관한 이모저모를 설명했다.

## 2. 백두산 천지 평화통일 기원문

삼보님전에 향을 사루고 불보살님과 천지신명께 고합니다.

우리 한국교수불자연합회 회원 24명은 단기 4322년 8월 9일 7천만 배달겨레의 염원에 따라서 가깝고도 먼 길을 돌아 민족의 성지 백두산 천지에 함께 서서 평화통일을 기원합니다.

이 벅찬 감격을 딛고 생각해 보면 백두산은 우리의 국조 고왕검단군이 나라를 연 이래 고구려와 발해는 물론 그 뒤에도 장구한 세월동안 푸고 또 퍼도 마르지 않는 생명의 원천으로서 민족정기의 뿌리로서 그윽하고 신령스런 기운의 용출지로서 나라발전에 기축이 되어왔습니다.

백두산은 또 우리나라에서 그 법상의 연기가 시작되는 곳으로 인간은 물론 산짐승 울창한 숲 아니 이름없는 산풀까지도 성스런 모습을 지녔고 나라의 종산으로 홍익인간의 드라마를 연출하며, 평화와 정화를 이루어 청백하게 하는 동방의 빛이 되어왔습니다.

그러나 최근세에 이르러서는 서세 동점 등으로 국민의 마음이 갈라지고 국토도 분단되어 우리 민족의 고통은 이루 말할 수 없는 지경에 이르렀습니다.

이에 우리는 견우와 직녀가 만나는 날(칠석) 백두산에 들어와 하늘은 언제나 통일되어 있음에 유념하면서 땅에서의 통일을 위해 남쪽 영산 한라산의 흙을 가져와서 북쪽 영산 백두산의 천지에서 합토함으로써 강력히 통일을 기원하고 평화공존과 교류를 통해 평화통일이라는 새 역사의 출발점을 삼고자 합니다. 만나면 헤어지고 헤어지면 만난다는 것이 역사의 한 법칙입니다.

민족 분단 45년을 맞아 우리는 마음의 통일로 평화의 비둘기를 날림으로써 국토의 통일 민족의 통일은 물론 세계의 통일을 이루는 데 진력해야 할 것입니다.

우리는 이에 진리인 부처님의 정법과 국조단군의 천부경에 터잡아 나라를 민주화하고 한반도와 동명고강을 통일하여 찬란한 불교문화를 꽃피움으로써 민주통일정토를 구현할 것을 기원합니다.

이같은 웅비의 나래를 펴기 위한 실천으로써 우리는 민족의 평화통일의지를 굳게 하고 평화통일주도세력을 형성하며 더 나아가 한반도를 둘러싸고 있는 미·일·중·소 등 4강국으로 하여금 통일에 협

조하도록 노력할 것을 합심하여 기원하오니 불보살님들과 천지신명
이시여 굽어 살피사 거두어 주시옵소서!
　백두산이 어디메냐, 천지가 바로여기
　통일의 근원되고, 평화가 샘솟으매
　타는 뜻 뜨거운 마음 함께 던져 볼진저!

나무 석가모니불! 나무 백두산 천지!

　　　　　　　　　단기 4322년 8월 9일
　　　　　　　한국교수불자연합회 회장 고준환 합장

(일봉신문, 8. 31, 안귀선 기사)


### 3. 백두 · 한라산의 흙 천지서 만나

　백두산과 한라산의 한줌 흙이 합쳐져 하나가 됐다.
　남북 聖山의 합쳐진 흙은 갈라진 민족이 하나가 되는 평화통일의 염원을
안고 백두산 천지에 뿌렸다. 한국교수불자연합회 성지순례단 24명의 불자
들이 민족의 성산 백두산천지에서 평화통일기원법회를 봉행한 지난 9일
은 가을하늘을 연상시킬 정도의 쾌청한 날씨였다. 변화무쌍한 날씨로 이
름 높은 백두산 천지가 이날만은 태고의 고요함을 그대로 간직했다.
　백두산과 한라산의 흙을 받아들인 천지는 푸르른 하늘이 그대로 내려앉
아 쪽빛을 더해 주었고 천지 가장자리의 수면에 일어난 물비늘은 한여름
의 햇빛을 받아 은빛으로 빛났다.

정오부터 1시간가량 진행된 평화통일 기원법회는 우리나라가 아닌 중국 쪽 천문봉(天文峰)에서 이루어져 분단의 아픔을 더욱 느끼게 해 주었다. 천지 주변 열여섯 봉우리 어느 하나가 우리의 땅이 아닌 것이 없는데 이제는 타의에 의해 남의 땅이 돼 버린 천문봉 밖에 오를 수 없는 발길이 안타까웠다. 바로 마주보이는 북한의 장군봉이 지척인데 갈 수가 없는 비통함과 허탈감이 일행의 가슴에 파고들었다. 태고종 전총무원장 이영무스님이 반야심경을 봉독했다. 부처님의 사상을 가장 간결하고 쉽게 집약한 반야심경을 빌려 평화통일염원을 발원했다. 교수불자연합회 회장 고준환 교수(경기대)의 평화통일기원문이 뒤를 이었다.

"가깝고도 먼 길을 돌아 민족의 성지 백두산 천지에 함께 서서 평화통일을 기원합니다. 분단 44년을 맞아 마음의 통일을 상징하는 평화의 비둘기를 날림으로써 국토의 통일, 민족의 통일을 기원합니다."

성지순례단은 당초 평화통일기원법회를 견우와 직녀가 만나는 칠월칠석날(8월 8일)로 예정했으나 일정이 늦어져 하루 뒤로 미뤄졌다.

기원법회의 마지막 행사로 한라산 백록담에서 채취해 온 흙과 천지 흙을 합치는 합토제가 올려졌다. 비록 한줌의 흙이지만 남북 7천만 민족의 통일을 향한 마음이 담긴 정성으로 합토제를 치렀다.

고 회장은 "하늘은 하나로 통일되어 있는데 땅은 갈라져 민족의 비극이 끊이지 않고 있다. 남녘의 영산 한라산의 흙을 가져와서 북녘의 영산이자 민족의 종산인 백두산 천지에 합토함으로써 통일을 기원하고, 평화공존과 교류를 통해 평화통일의 새 출발점을 바라는 마음에서 합토제를 생각했다"고 밝혔다. 한라산의 흙은 칠순을 눈앞에 둔 이남덕 씨(전 이대 교수)가 백록담에서 담아왔다.

교수불자연합회는 이번 평화통일기원법회를 계기로 국민의 통일 노력에 불교가 기여할 수 있는 방안을 마련할 예정이다. 교수불자연합회의 이념인 민주통일정토의 구체화를 위해 우선 연합회 내에 설치된 민주통일정토위원회를 활성화시킬 방침이다.

교수불자연합회 성지순례단은 법회 외에도 보름간에 걸친 중국체류기간중에 다양한 활동을 했다. 용정중학교에서는 우리 교포들이 벌이고 있는 윤동주 장학금 모금에 참여, 여행비를 아껴 장학금으로 전달했으며 중국불교협의회가 있는 광제사를 방문, 중국불교관계자들과 한중불교문화교류에 관해 폭넓은 의견을 교환하기도 했다.

(「한국일보」, 1989. 8. 28. 이기창 기자)

## 4. 불자의 백두산 합토와 심청정 환경청정

교수불자연합회 소속 교수 24명이 백두산에서 한라산의 흙을 가져다가 합토식을 했다는 보도를 보면서 우리는 많은 것을 생각하게 된다.

백두산에다 한라산 흙을 놓았다는 사실은 단순하면서 그 상징하는 바 의미는 매우 깊은 것으로 받아들여지기 때문이다. 그것은 바로 이 시대의 지성인들이 통일에 대한 열망을 어떻게 삭이고 있는가를 가장 대표적으로 상징화하기 때문에 더욱 인상적이다. 통일에 대하여 현재로서는 아무것도 할 수 없는 불자 지성인들의 한계에서 그나마 흙이라도 하나가 되게 하는 저 비장한 염원에 우리는 시대의 고민을 느낄 수 있다.

우리는 백두산을 보고 싶다. 그러나 지금의 우리에게는 한라산만 보일 뿐이다. 우리는 통일을 그리워 한다. 그 누구보다 그리워 하지만 메아리에 지나지 않는다. 그렇다고 해서 뒷짐만 지고 서서 구경만 할 수도 없다. 무엇인가 하고자 몸부림친다. 그것이 곧 영원한 고향인 흙의 만남이었는지 모른다. 우리는 여기서 이 분단된 조국의 비극을 실감있게 본다.

통일에의 열망과 염원은 그 순수한 의지에 비하여 너무 많은 장벽과 어두움이 깔려 있다. 우리 사회를 뒤집어 놓았던 목사 신부의 밀입북은 그것이 동기면에서 순수했다고 하더라도 상대가 있는 통일문제이기 때문에 사회의 비난을 면치 못하였다. 또한 나이 어린 여학생의 밀입북은 거의 북한의 전술전략적 선전에 유인된 활동임이 역력히 나타났다.

민족의 통일염원을 이데올로기가 방해한다는 것에 대해 울분을 참지 못하면서 그것이 한국인의 숙명임을 수용해야 하는 좌절감이 깔려 있다는 것도 부인할 수 없다.

이러한 시점에서 뜻있는 사람과 책임있는 사람들은 조국통일에 대한 전 국민적 여론을 수렴ㆍ집약하여 미래지향적 방안을 제시하고 희망과 용기, 자신감을 줄 수 있는 정책이 제시되어야 한다.

통일은 먼저 국민적 합의가 선행되어야 한다. 그것은 운동권적 차원에서 이루어지고 선도될 수 없는 것이다. 그럼에도 불구하고 일반 국민은 침묵하고 있는데 이데올로기에 무장된 운동권이 주축이 되어 마치 통일문제를 전횡하는 극단주의적 발상으로 치닫고 있는 현상은 바람직스럽지 못하다.

그것은 책임있는 사람들이 방관하고 있고 나아가 주민의 집약된 여론을 수렴하고 그것을 실현하는 정책적 방향과 홍보활동이 미약한 현상에서 나오는 결과가 아닌지 모르겠다.

통일문제는 지속적으로 연구ㆍ논의되어야 한다. 그러나 그것은 점진적으로 원한과 분노를 삭이면서 당리당략적 차원을 넘어서 오직 민족의 장래를 생각하면서, 그리고 지금의 국제적 사상의 추이를 보면서 진행되어야 한다.

우리는 폴란드의 자유노조가 공산당 일당독재를 파괴하고 민정의 주체가 되는 것을 보았다. 이제 붉은색의 통일을 지향하는 세력이 있다면 그리고 어떤 형태는 통일만 되면 좋다는 발상을 한다면 그것은 곧 흙의 색을 잊어버린 것이다.

모든 것을 다 포괄하는 흙의 고향, 땅으로 돌아가야 한다.

한편 환경오염 문제가 심각하게 제기되고 있다. 산과 바다, 공기에 이르기까지 이제 그것이 인간의 생존문제를 좌우하고 있다. 사람들은 그 원인을 인구의 팽창과 과학문명의 찌꺼기라고 말하고 있다. 결국 환경의 오염은 제삼자가 준 것이 아니다. 인간이 만들고 인간이 받는 가장 정확한 인과관계를 증거하고 있다.

자연은 인간의 삶의 터전이다. 그리고 이 자연은 인간과 동일한 생명선상에서 이해하고 있기도 하다. 자연이 아름다우면 인간도 아름답다.

자연의 소산인 산이 푸르면 사람의 마음도 푸르다. 그것이 감정만을 좌우하는 것이 아니라 생명현상까지 좌우한다. 맑은 물을 먹어야 병이 없다.

아무데나 물은 있지만 마실만한 한 방울의 물이 없다. 수질오염이 매우 심각하다. 그러나 그것 역시 누가 만든 것인가. 결국 인간이 만들고 있다. 그것도 인간이 조금만 조심하고 자연이 곧 나의 생명인 줄 알면 얼마든지 해결될 문제이다.

그러나 모두가 이기적 근시안적 사고에 의해서 이타를 모른다. 인간은 서서히 공업에 의해 타락되어 가고 있다.

환경정화를 위해 거창한 철학적 이론을 전개할 필요도 없다. 간단히 자연은 내 생명이요, 나는 자연생명의 하나임을 자각하면 된다. 자기를 위하는 것이 타인을 위하는 것이다. 이러한 적극적인 사고 전환 운동을 국민운동으로 전개해야 한다.

최근 불교계에서 자연환경 오염에 대한 환경보존 운동에 적극적으로 나서고 있다고 한다. 절 주변을 정화하는 것에서부터 시작된 자연환경 정화운동은 범불교적 차원에서도 인류보존 및 생명보존 운동으로 전개되어야한다. 환경정화를 위해 가장 먼저 해야 할 일은 우선 우리의 마음을 청정하게 정화하는 것이다. 『유마경』「佛國品」에 '마음이 청정해야 농토가 청정하다(心淸淨 國土淸淨)' 이란 말은 환경정화의 출발점이 인간의 의식전환에 있음을 가르친다.

마음이 청정해진다는 것은 무엇인가? 나 혼자만의 이익과 편리를 위해

함부로 오물을 버리거나 환경을 파괴하지 않는 깨끗한 마음이다. 이웃을 먼저 생각하는 마음에서 환경정화는 시작된다.

(「불교신문」, 불기 2533. 8. 30. 사설)

## 5. 백두 · 한라 합토제는 흙의 금자탑

동짓날이나 정월대보름날 밤이면 돈 많은 부잣집이나 벼슬아치들 집에서는 건장한 하인들이 몽둥이를 들고 문전을 지키게 마련이다. 야음을 틈타 침입하게 마련인 흙도둑을 막기 위해서다. 이날 부잣집이나 벼슬아치 집의 뜨락 흙을 파다가 부엌아궁이에 칠하면 돈복과 벼슬복이 옮겨 붙는 것으로 알았고, 또 흙을 도둑맞으면 그 복(福)이 그만큼 감소되는 것으로 알았기 때문이다.

이 명절날 밤에는 종로 네거리에도 붉은 오랏줄을 동여맨 포졸들이 밤새워 지키게 마련인데, 사람이 많이 밟고 다니는 종로 네거리의 흙을 몰래 파다가 문전에 뿌리면 돌림병을 몰아오는 병귀(病鬼)나 불행을 몰아오는 액귀(厄鬼)가 침입하지 못할 것으로 알았기 때문이다.

이렇게 특정지역의 흙에 대해 특정의 주력(呪力)을 인정했던 우리 선조들이었다. 흙에 대해 주력을 인정한 것은 비단 우리 한국 사람뿐만은 아니다.

인도 카시아에 석가여래의 불신(佛身)을 화장한 다비(茶毘) 성지가 있는데, 순례자들이 이 다비토(茶毘土)를 한 줌씩 퍼가는 바람에 야산만하던 성지가 황폐화돼 있는 것을 볼 수 있다.

당(唐)나라 때 기록인 현장법사의 '대당서역기(大唐西域記)'에도 이 다비토 도난이 적혀 있는 걸 보면 그 역사도 유구하다. 수십 년 전만 해도 한 인도 노인이 긴 장대를 들고 지키고 있었지만 겨우 1루피만 주어도 눈감아주고 있었으니 지키나마나였다.

베들레헴 예수 그리스도가 태어난 현장인 성탄(聖誕) 교회 앞에 가면 이 성탄 현장의 흙을 십자가로 장식한 나무뚜껑의 작은 유리병에 담아 팔고 있다. 베들레헴에서 가장 많이 팔린다는 순례 상품인 것이다. 도난당한 것은 비단 성인(聖人)들의 성령이 스민 흙만이 아니다.

세상 뜬 지 겨우 달포 남짓한 지휘(指揮)의 거성 카라얀이 묻힌 잘츠부르크의 묘소에도 묘토를 훔쳐가는 줄줄이 참배객 때문에 묘지기가 매일처럼 복토를 해야 할 지경이라는 보도가 있었다. 그 무덤의 흙을 한 움큼 손에 쥐면 마치 그의 분신(分身)을 만지는 것 같고, 그의 음악이 들리는 것 같은 환상에 잡힌다고 한 흙도둑은 말하고 있다.

불교를 믿는 교수들 모임인 한국교수불자연합회에서는 견우직녀가 만났다는 지난 칠석(8월 8일) 날을 기해 한라산 백록담의 흙을 파갖고 백두산에 올라 그 천지의 흙과 합치는 합토제(合土祭)를 올림으로써 평화통일을 기원했다 한다.

흙의 주력(呪力), 곧 흙이 갖는 상징적 의미를 통일사상에까지 승화시키고 있다. 동서고금에 흙을 둔 상징적 작업치고는 금자탑이 아닐까 싶다.

(「조선일보」, 1989. 8. 24. '이규태 코너')

## 6. 천지·백록담 흙 섞어 통일기원 – 龍井중학교 방문, 장학금도 전달 후 귀국

○… 한국교수불자연합회(회장 고준환) 중국성지답사단이 14일 백두산천지통일기원법회를 끝으로 16일간의 답사일정을 마치고 귀국했다. 지난달 30일 서울을 출발했던 교수불자련 답사단은 이번 답사여행 기간동안 한·중불교학술대회(북경 민족중앙대학), 한·중불교문화교류회의(중국불교협의회)를 갖고 양국불교문화교류와 불교중흥을 위한 협력에 합의했다.

답사단은 신라 혜초스님의 왕오천축국전이 발견된 돈황·막고굴 등을 답사한 후 백두산을 등정, 지난 19일 통일기원산상법회와 합토식을 봉행, 평화통일을 발원했다. 특히 통일합토식(合土式)은 미리 준비해 간 한라산 백록담 흙을 백두산 흙과 합토, 고준환 교수의 평화통일기원문 낭독으로 진행됐다. 고 교수는 "백두산은 민족정기의 뿌리이기 때문에 한라산 흙의 합토는 민족의 평화통일염원을 상징하게 될 것"이라고 말하고 있다.

한편 교수답사단은 백두산 등정을 마치고 귀국길에 용정중학을 방문, 윤동주장학금도 전달했다고 밝혔다.

이번 교수불자연 성지답사여행에는 이영무(동방불교대), 박석희(경기대), 정경연(홍익대), 유경선(중앙대), 유필화(성균관대), 최창선(상지대), 김영성(충남대), 고준환(경기대), 조중현(인하대), 이근수(경기대) 교수 등 24명이 참가했다.

(「경향신문」, 1989. 8. 19)

## 7. 백두산중심 통일정토구현

8.15 해방을 기념하는 광복절을 45번째 맞는다. 어찌 아니 기쁘겠는가? 더구나 국내외 교포 천명이 백두산(白頭山)에서 범민족행진 발대식을 갖고, 판문점에서 범민족대회를 가졌지만, 국민들의 마음은 착잡하기만 하다.

그것은 기본적으로 단기 4278년 8월 15일이 온전한 해방이나 광복 또는 독립을 가져온 것이 아니고, 국토가 분단된 절름발이 해방이었기 때문이다. 우리나라는 8.15광복 후 동서냉전체제 속에서 남북이 분단되고, 6.25로 동족상잔을 치뤘으며, 7.4남북공동성명 이후 자주·평화·민족대단결의 통일원칙은 섰지만, 제2차 세계대전 후 아직 분단국으로 남은 나라는 우리나라뿐이다.

인간은 역사적인 존재이다. 업의 존재이다. 이 세상 모든 것은 인연과 보원리에 따라 변하며, 그 자취를 남기기도 한다. 인간이 남긴 자취의 총합이 역사라면, 우리는 역사 속에서 주인의식과 역사의식을 갖고 온전한 해방, 광복이나 독립인 통일을 위하여 새 역사 형성에 나서야 할 것이다.

그러려면 우리는 국조 단군왕검이 터 잡은 민족의 성지 백두산을 중심으로 하는 동북아대륙에 민족적인 민주일정토를 구현해야 한다.

우리는 역사적으로 남북분단을 극복할 뿐 아니라 단군조선의 옛땅을 다물하여 통일하되, 먼저 부처님 정법에 터 잡아 민주화로 동서를 통합한 후 통일로 나아가야 한다.

국토의 분단은 마음의 분단에서부터 시작됐으므로, 국토의 통일은 마음의 통일로부터 시작해야 한다. 한겨레의 마음을 통일하기 위하여는 한겨레가 모두 주인으로서의 역사의식을 갖는 민족자주사관을 견지해야 한다.

우리나라의 사관을 볼 때, 남쪽은 실증주의사관을 내세운 일제(日帝) 등의 식민지사관이 불식되지 않았으며, 북쪽은 계급사관에 젖어 있는 것으로 추정된다. 우리는 이같은 사대식민사관과 계급사관을 극복하여, 한겨레 7천만 모두가 단군왕검의 천손족으로 방대한 국토에 웅혼무비한 국력과 불교와 신선도 등 찬란한 정신문화의 맥을 이어가는 나라를 구현하는 민족통일주체세력을 형성하여 통일을 이룸으로써, 온전한 해방과 광부 또는 독립을 완성해야 할 것이다.

이러한 선불습합(仙佛習合)의 문화를 확립하기 위하여, 우리는 부처님의 진리와 고왕검단군 등의 천부경에 따라 인연과보의 원리를 믿고, 선막상(지감조식금촉법)을 수행하며, 홍익인간의 보살도를 실천하여 모든 고난을 극복하고, 통일 후의 체제는 불교적 경제체제를 본받아, 세계를 양분하고 있는 자유자본제와 평등사회제의 상징인 사유와 공유를 화합시키어 인간적 민주사회 즉 광화세계 민주사회를 이루도록 해야 한다.

청백한 백두산 중심의 민주통일정토를 구현하는 데는 남북 통일주체 세력들의 내부적 노력과 함께 국제적으로도 우리는 한반도의 통일이 그들의 국익(national interest)에도 도움이 되는 평화체계의 기초라는 것을 설득하여 적극 협조케 해야 한다.

그렇게 함으로써 우리는 민족주의와 국제주의를 조화시키어 자유·평등·평화가 어우러진 문화를 창조하고, 하나의 평화세계인 연화장세계(蓮華藏世界) 즉 세계일화를 달성함으로써 제8미륵불의 정토를 맞이하게 될 것이다.

이에 관련하여 필자는 지난 7월 30일 일본 京都龍谷大學에서 있은 한일불교학술세미나의 "불교와 경제정의"라는 발표에서 "일본도 본래는 우리나라와 같이 백두산에 내려온 천손족의 후예이므로(일본의 국조신인 천조대신의 각 글자 뜻은 우리의 '한'이란 말에서 유래한 것이며 만세일계라는 일본국왕의 사실상 처음 왕인 응신은 비류(沸流)의 마지막 왕인 점 등) 21세기 태평양시대의 평화구축을 위해 함께 노력할 것"을 촉구한 바 있다.

또 한국교수불자연합회는 지난 해 8월 민주통일정토위원회를 중심으로 중국성지순례단을 편성하여 한·중불교문화교류를 트면서, 한라산 백록담 흙을 가져다 백두산 천지에 합토(合土)하고, 통일기원법회를 가짐으로써, 신토불이사상에 따라 강력히 통일을 기원하여 새역사의 출발점으로 삼은 바 있다.

백두산이 어디메냐, 천지가 바로 여기, 통일의 근원되고, 평화가 샘솟으매, 타는 뜻 뜨거운 마음 함께 던져 볼진저! (시조)

한반도와 만주벌판을 웅혼무비하게 백마 타고 달리는 사나이(산아이＝神仙) 광개토대왕과 같이, 우리 모두 백두산을 중심으로 한 민주통일정토를 구현하는데 진력해야 하겠다.

(「대한불교신문」, 1990. 8. 22)

# 10. 대학교수생활과 세계여행 등

　내가 처음으로 대학 강단에 선 것은 1980년 2학기 충북대학교 법학과 '경제법' 강의였다.

　그때 나는 법학석사 자격으로(박사과정중) 강의를 하게 됐는데 나의 대학원 지도교수는 서돈각 총장님이셨지만 충북대 총장 정범모 총장과 연락해 시간을 마련해 주신 것은 서울 법대시절 상법 교수이셨던 정희철 박사님이셨다. 정 교수님께 감사한 마음을 표하고 싶다.

　1980년 말 대한상사 중재원에 있을 때인데, 마산에 있는 경남대학교에서 법과 무역을 함께 잘 아는 교수를 초빙한다고 한 외대 교수님에게 소식을 듣고 응모하였다.

　당시 경남대 부총장 겸 교무처장이자 무역학과 교수가 이순복 교수님(뒤에 총장)이었다. 이순복 교수님은 나의 서울 법대 선배셨고 나는 경남대 무역학과 전임강사 2년 후 조교수가 되었다. 1981년 3월 1일부터이다.

　무역학과에서 무역거래법, 외환관리법, 관세법, 국제거래법, 국제상사중재론 등을 강의하였다.

집사람과 두 아들이 방학 때 마산으로 내려와서 아파트를 얻어서 생활했다. 아침 일찍 일어나서 네 식구가 함께 흰 운동복을 입고 초월명상 T.M(Trancendental Meditation)을 하였다. 아사나(기체조) 프라나야마(단전호흡) 초월명상(선정) 순으로 하면 그렇게 기분이 좋을 수가 없다. 아마 가장 행복한 시기였는지 모르겠다.

경제학과 조영건 교수(서울법대 2년 선배), 무역학과 이순복·윤기관 교수 등과 어울렸다. 방학 때는 창원, 김해, 마산가포, 오동도 등도 들러보았지만, 집사람과 같이 합천 해인사를 구경하고 원당암에 찾아가 시민선방 김혜암 스님을 찾아뵙고 선을 배우려고 했다.

"공부하다 죽어라" 하시며 50여 년 장자불하신 가야산 정진불 혜암스님으로부터 화두를 결택 받았다.

화두는 "부모미생전 본래면목, 이 뭣고?"였다. 도반인 박준수 판사주선으로 나는 김경봉 스님(통도사 극락암 주석)으로부터는 "손을 내라" 해서 손을 내미니 스님 손바닥으로 내 손을 치시면서 "찾아오너라"였다.

나는 3년 간의 경남대 교수 생활을 마치고 국민대학교에서 법학박사 학위를 받고 고향쪽으로 머리를 돌려서 경기대 교수초빙 공고에 응해 1984년 3월 1일부터 법정대 법학과 교수(상법 전공)로 가게 되었다. 같은 과인 서울법대 선배인 정해운 교무처장(민법), 남기환(헌법), 석희태(민법), 장태환(민소법) 교수가 있었고, 함께 들어간 교수는 김규하(행정법), 홍승인(상법), 박영규(형법)였으며, 연구실이 있는 서울서대문에 있는 캠퍼스와 수원광교 캠퍼스를 오가며 안정적 분위기 속에서 강의했으며 종교적으로도 변화가 생겼다.

국민대학교 대학원장 박희선 박사(서울공대 졸업, 불교선사)를 모시고 내가 박사학위 수여에 감사하는 식사를 했는데, 나는 박희선 박사님에게 초월명상(TM)을 소개해 드렸고, 박 원장님은 나에게 내 고향인 수원(화성)에 가면 칠보산 일광사(日光寺)에 설송대법사가 계시니 찾아뵈라는 말씀이었다.

나는 그 다음날 일광사에 전화해 날짜를 잡고 도반인 박준수 판사, 김춘오 이사, 채태병 판사와 함께 일광사로 가서 설송(雪松)대법사님을 찾아뵈었다. 인자하신 어른으로 머리를 기르고 계셨는데 3배를 드리고 정좌하고 법담을 나눴다. 그런데 설송대법사님이 지나가는 듯 '나밖에 모르는 나의 비밀'을 언급하시는 게 아닌가? 나는 놀랐다.

　　'이 분이 타심통이나 숙명통 같은 신통력이 있으시니, 누진통까지는 몰라도 도인이 아닌가?' 하는 생각이 뇌를 스쳤다.

　　그날 집에 와서 이상구 씨(나의 군대 친구 무진스님, 현재 상주 각근사 주지, 당시 조흥은행 근무)에게 일광사에 계신 설송 큰스님을 소개하니 그 다음날 찾아가 뵙고 감동해서 매일요일 일광사에 나가기로 했다는 것이다. 태백산엔 현불사가 있다.

　　한 주일 정도 지나서 이상구 씨로부터 전화가 와서 일광사에서 3주간 중흥법회를 하니 설송대법사님께서 나보고 법회에 나오라는 것이었다. 나는 강의 때문에 평일에는 못 나가고 주말에만 나갔다. 묘법연화경 설법이 주였고, 밤에는 철야기도를 하였다.

　　중흥법회가 끝나고 설송대법사님께서 나를 불러서 '법사'를 하면 좋겠다는 말씀이 계셨다. 나는 의외의 말씀에 내가 법화경도 공부한 게 없고 한번 제자가 되면 배우는 것도 있지만 굴레를 쓰는 것도 있으며 일광사에는 법화경을 오래 공부한 선배 처사도 많았기 때문이다. 내가 대답하지 않았다. 대법사님이 "불교를 중흥시키고자 하니 법사를 하면 좋지 않겠느냐?"고 거듭 물으셨다. 나는 역시 대답하지 않았다. 그러자 대법사님이 3차로 "불교를 펴고자 하니 나를 도와주면 좋겠다"고 하시니 그 이상 거절하는 것은 예가 아니라 생각하여 "알겠습니다"고 답변하였다.

　　나는 설송대법사님의 제자법사인 보문현(普門賢)이 되었고, 이상구 씨는 동시에 무진행(無盡行)법사가 되어 함께 법화경 공부하며 일요일마다 일광사, 중심 사찰인 태백산 현불사, 부산선원, 광주선원 등에 가서 일요법문을 하였다.

내 도반인 선재 박준수 판사는 한두 번 일광사와 현불사 법회에 왔으나 정통이 아닌 것 같다고 하며 선공부에 주력하였다. 나는 무진스님과 함께 불승종재단법인을 문공부에 등록하는 일을 하였고, 대법사님께 기도보다는 선과 선법문을 주로하자고 건의했으나 잘 이뤄지지 않았다.

경기대 교수 생활은 안락하게 강의하고 학생지도(불자학생 지도 포함)를 하면서 행복한 생활을 하였다.

나는 학교민주화로 경기대 교수협의회 창설에 나서 부회장을 맡았으며 이어서 부교수가 되고 한국 역사상 처음으로 교수들이 학장을 뽑는 최초의 민선 법정대학장이 되었다. 그 후에는 중앙도서관장을 하기도 했다.

1986년도에는 세계불교도 우의회(WFB) 한국지부에서 인도 부처님 성지 순례 첫 해외여행을 하였다. 박동기 지부장 등과 원불교 전팔근 원광대 부총장, 일붕 서경보 스님도 함께 WFB회의에 참석하고 여행했다.

태국을 거쳐 네팔의 수도 카트만두에서 비행기를 내려 부처님이 탄생하신 룸비니동산으로 향하는데 파트나 지역에선 안나프루나봉 히말라야 만년설을 볼 수 있었다.

룸비니 공원 무우수나무 아쇼카왕 석주 등을 보며 석가세존 탄생시 모습과 사자후를 떠올렸다.

부다가야 대각사(Moha Bodhi Temple)에서는 안에서는, 석가세존상을 보고 3배를 하였고 세계에서 온 불자들이 5체 투지로 줄을 이었다. 나는 밖의 보리수 밑(석가세존이 길상초 깔고 견명성오도 하신 곳)에 정좌하여 관찰하기도 하였다.

우리는 이어서 니련선하를 넘어 전정각산쪽도 살펴봤다.

우리 순례자들은 마갈타국 왕사성에 있던 기사굴산(영축산에 가서 법화경 설법지와 제1차 결집의 7엽굴 죽림정사 등도 돌아보았다)에 갔고, 끝으로 초전법륜지 녹야원(지금도 동산에 사슴들이 삶)과 쿠시나가라사라쌍수 유관족출지에서 열반 모습의 부처님을 둘러 뵙고 예불하였다.

1988년도에는 1500여 명으로 구성된 한국교수불자연합회를 연기영, 박광서, 유종민 교수님 등과 창립하고 제1대 창립회장을 하였다.

매주 목요법회를 하고 매월 교불련 회보를 발간하며, 전국 각 대학 교수로 교법사단을 구성하여 내가 발의한 대불련 학생들에게 법문을 해 주었고, 여름방학에는 해인사에서 하계수련회를 개최하는 등 신바람 나게 불교중흥을 위하여 활동하였다.

그 다음에는 수교가 없던 중국불교협회와 소통하여 천안문사태로 어려운 중국여행을 추진하여(친구 청와대 임재길 수석 협조) 1989년 8월에 교불련 교수 23명이 중국으로 가 북경에서 세미나도 하고 돈황 막고굴도 전세비행기로 다녀오며 장엄하게도 백두산 천지에 올라 이화여대 이남덕 교수가 가져온 한라산 백록담 흙과 백두산 천지 흙을 합쳐 민족통일 위한 역사적 통일합토제를 지내기도 했다. 하늘이 도와서 합토제 지낸 날 날씨가 아주 드물게 맑았다.

그 뒤로 나는 두 번 더 백두산에 올랐는데 1번은 경기대 법학과 교수들과 연변대 교수들 세미나로 간 것이고, 또 한 번은 서울법대 1년 후배인 박중흡 국회사무처 차장과 둘이서 백두산에 올랐고, 장군총과 광개토대제릉과 능비도 참배했다.

나는 아내 조순옥 여사와 그 뒤에 금강산 구경을 하고 개성지역에서 식목하느라고 방북했으며, 2002년 민족주의단체연합으로 개천절 기념으로 평양 강동군 대밝산 단군릉과 묘향산, 황해도 구월산 삼성사, 신천 미군박해지 등을 가 보기도 했다.

또한 그 뒤로 중국은 교불련의 유종민, 정천구, 최용춘 교수 등과 오대산 순치제 토굴 탁록, 치우천왕 등을 모신 중화삼조당을 방문하였다.

또 한 번은 상해 임시정부청사 영파시 아육왕사 중국 주산군도 보타도의 관음성지 불긍거 관음원과 백제의 효녀심청(본명 원홍장)이 보타도 심가문진 심국공의 양녀가 된 후 진혜제 황후가 되었다가 뒤에 돌아와 쉰 심가문진 심청사당도 참배하였다.

중국엔 또 수효사와 우리 출판사를 운영하는 무구스님 주선으로 구화산 화성사 지정보살인 김교각 스님을 참배하는 여행도 하고, 친구 최동전 씨와 이종호 박사 등이 어울려 여순으로부터 내몽골까지 사이 우하량가점 상하층문화 소하서 조보구 홍산문화 등 발해연안문명을 조사 탐방했다.

또 한 번은 외사촌 동생 박형빈 초청으로 집사람과 함께 중국 산동성 청도 곡부 공자사당과 묘, 맹자 탄생지와 소호금천씨릉 등을 참배하고 노자 태상노군을 모신 사당과 태산 등을 탐방하기도 했다.

한편 교불련에서 일본 용곡대학교와 교류로 학술세미나도 갖고 히에이산 고려사 청수사 한국신사가 있는 동대사(東大寺) 등도 참배하였다. 또 한 번은 집사람 조순옥 여사와 그 친구들 및 이자교 여사 남편인 조진호 사장 등과 함께 일본 도쿠가와 사당과 동경, 오사카 벳부온천 등을 여행한 바 있다.

집사람 친구들 및 그 남편들은 또 한 번 인도네시아와 오스트레일리아를 묶어서 여행한 바도 있다. 나는 1994년에는 부모님 모시고 홍콩을 거쳐 태국 파타야로 위로여행을 하기도 했다.

나는 중국에 다녀온 뒤 1991년 조국평화통일 불교협회 부회장(회장 송월 주스님, 부회장 법타스님)과 남북불교순례단장 자격으로 도안스님이 주도한 미국 하와이, LA 관음사에서 연기영 교수 등과 함께 남북해외불교지도자 대회에도 참석하여 북한불교협회 박태호 대표 등과 교환하기도 했다.

1992년도에는 경기대에서 안식년으로 2년간 미국 워싱턴 DC 조지워싱턴대학교에서 방문교수로 활동할 수 있었다. 스스로 공부에 좋은 기회였다. 이때에 나는 해리팔미의 아바타 코스도 하고 법학과에서 영어로 강의할 기회가 있었으나 뒤에 학교사정으로 취소되기도 하였다. 워싱턴시 아난데일에서 생활했는데 1년 뒤 아내가 와서 내가 처음으로 아내에게 라면을 끓여주기도 했다. 골프도 배웠다.

집사람과 함께 콜로라도 스프링스에 이상철 동서(전 미국 태권도협회 회장)에 가서 옐로스톤공원도 다녀왔고, 큰 아들 상규가 와서는 워싱턴에서 마이애미를 거쳐 헤밍웨이가 살았던 천리길이 섬으로 연결된 키웨스트도 다녀왔다.

나 혼자 있을 때는 남미 페루지역인 높이 3800m의 바다 같은 호수 티티카카호, 리마, 쿠스코 마추픽추문명 한밝달 문명지도 살펴봤다. 인디안들은 우리와 같은 피부색으로 사용하는 물레나 키 닭 왕골대 절구통 등이 우리문물과 똑 같았다.

아내 조순옥 여사와는 멕시코 캔쿤, 치첸이차 피라미드 등을 함께 구경하고, 또 한 번은 제자 최송림 군이 연락을 주어서 아내와 함께 독일로 가서 아우토반으로 프랑스 파리, 이태리 로마, 바티칸을 구경하고 벨기에까지 돌아보고 왔다.

1994년 부모님과 파타야 여행한 뒤 나에게 절대자셨던 어머님이 타계하셨다. 무심했던 자식으로 과거를 돌아보고 효도를 못해서 후회했다.

나를 많이 아껴주셨던 설송큰스님을 워싱턴에 모셔서 법화경 중심으로 가정법회하는 도중에 중흥법회를 추진하여 실천해서 포토맥강변에 내 법명을 딴 워싱턴 보현사가 세워졌다.(뒤에 구곡사로 이름이 바뀌었다)

1990년대에 국사찾기협의회 3대 회장으로 제2대 박창암 장군도 만나고, 최용기(4대 회장), 최민자(5대 회장)과 같이 자주국사찾기 활동을 하고 서울프레스센터에서 '반만년 대륙민족의 영광사 하나 되는 한국사 출판 기념회'도 하고, 강화도 마니산 참성단 국보지정 운동(국보 1호, 2만 명 서명 문공부에 제출), 김수로왕릉 파사석탑 국보화 운동과 여러 번 학술세미나도 했다.

2006년도 경에는 줄기세포 창출의 '황우석 교수 살리기 국민운동 본부장'으로 미·소제국주의에 희생된 황우석 교수 살리고 북한에 피납된 세계적 의학자이자 산알이론가인 김봉환 교수(그 아들은 나와 서울법대 동기인 김유 씨) 학문을 살리자는 것이다.

이로 인하여 나는 미국 부시대통령과 맞섰고, 황·김 두 학자의 연구업적을 살렸으면 우리나라는 세계제일의 부국이 되었을 것이다.

나는 용산고 1년 후배인 홍준식 씨(국회도서관장)와 기독교 성지와 세계문명을 찾아 이스라엘, 이집트 여행에 나섰다.

이스라엘에서는 예루살렘 십자가 사원 비아 들로로사 갈릴리호수 변화의 산, 사해지역 복음서 출토지 등을 둘러보았다.

이집트 지역에선 카이로 가자 피라미드와 이슬람사원 룩소지역 이웃나라 알렉산드리아와 지중해도 둘러봤다.

2010년에 집안의 기둥인 아버님께서 타계하셨다. 잘해 드리지 못한 게 부끄러웠고 고향 선산에 부친 뜻 따라 어머니 옆에 함께 매장해 모셨다. 2019년 음 1월 30일 집사람이 타계하고 큰아들 상규네 식구와 싱가폴에 있는 둘째아들 원규네(네 식구) 집에 다녀왔다.

나는 서기 2009년 2월 28일 정년으로 25년 만에 경기대학교를 떠나고 명예교수가 되었다.

마지막 법학 강의는 2008년 12월 초 '구름나그네' 로 종강하였다. 나는 정년 후 서울 종로 오피스텔에 '본각선교원' 을 열어 선법회(박준수)와 법화경(필자), 금강경(김원수), 선시(이은윤), 불교와 수학(임종록) 등 많은 강의도 했다.

국내여행지로는 공주 동학사(신혼여행지), 마곡사, 갑사, 통도사, 해인사, 송광사, 양양 낙산사(홍련암), 의상대와 태평양(가장 인상에 남은 사암), 강화 보문사(관음신앙), 남해 보리암, 해수관음상, 오대산 월정사, 대전 자광사, 강화도 전등사, 서울 조계사, 봉은사, 도선사, 김제 금산사, 상주 각근사, 밀양 영원사, 군포 성불사 등이 인연이 있었다.

강화도 마니산 참성단, 세계에서 가장 아름다운 경주 불국사, 석굴암이 많이 각인되어 있다. 불교 공부 특히 선공부를 하다 보면 삼매에 들거나 특수체험을 하게 되는데 제주도 성산포에서는 조학래, 연기영 교수 등과 제주도 탐방길인데 한낮에 성출봉에서 천여 개의 태양이 떠오르는 것을 보았고, 경기대 서울 캠퍼스에서 서대문 로터리를 건너려 할 때 지구가 흔들리는 체험이 일어났었다.

진관사 인근 집에서 이종익 교수님께 화엄경을 배울 때 대낮에 온 우주가 살구꽃으로 만발한 것을 보기도 했고, 미국 올랜도 아바타 수련장에서 기러기가 내려와 앉으라고 일념 집중하니, 기러기가 어깨에 내려앉기도 했다.

한편 2002년 한·일 월드컵 한·독 축구시합 때 제주 애월읍 해변 해양연구소 왼쪽을 걷고 있는데, 얼굴에 우리나라 지도를 그린 예쁜 두 처녀가 다가와서 "참 멋 있으십니다" 하고 웃으며 지나갔고, 한 번은 서울 마포 그랜드호텔 회전문을 들어가는데 낯 모르는 처녀가 나를 향해 "멋 있으십니다" 하고 웃으며 지나간 일도 있었다.

내가 1980년도에 해오는 했으나, 연야달다 체험을 한 것은 집사람이 타계한 해인 서기 2019년 6월 6일로 기억한다. 오도시조이다.


한 자락 흰 구름이 하늘을 감도는데,
어느 곳 한 자리도 머물 수가 없더니,
구름새 푸른 하늘은 예와 이제 같더라.

（一片自雲 天中廻, 一切天空 無住處, 雲間靑天 古今同）

# 11. 한국불교 중흥의 꽃 김탄허스님

## 1. 시대적 배경

유·불·선의 삼절로서 세계적 정신문화를 집대성하신 대한불교 조계종 김탄허 대종사께서는 참선을 가르치고 《신화엄경합론(新華嚴經合論)》의 출간 등으로 '사사무애(事事無碍) 중중무진(重重無盡)'의 자유자재로운 해탈 진리의 빛을 보이시며 수많은 중생제도로 불교중흥의 꽃을 피우신 다음 "여여한 자리, 일체 말이 없다"는 말을 끝으로 홀연히 열반의 세계로 나아가셨다. 생사 없는 언덕을 넘어 구름처럼 왔던 곳으로 가신 것이다.

인자하신 원만상의 탄허스님이 탄생하신 시대는 우리나라가 주인정신의 상실로 일본 제국주의에 망한 암울한 시대였다. 흐트러진 겨레의 마음을 하나로 하고 광명을 가져오려면 장기적인 민족의 정신교육이 절실히 요청되었다. 이에 따라 탄허스님은 사상의 통일과 실천으로 도의적 인재를 양성하여 민족해방과 통일을 이루며 세계평화의 중심문화를 이루겠다는 서원이 싹틔웠던 것이다.

"천하에 두 도가 없고, 성인은 두 마음이 없다"는 말을 늘 즐겨 쓰셨는데, 스님은 유·불·선을 비롯한 모든 성인들의 가르침은 하나의 도리, 즉 대생명으로써 마음광명으로 돌아가 꿈을 깨라는 것이었다. 꿈속의 또 꿈! 그것이 이 사바세계라는 것이다.


## 2. 생애

탄허스님은 서기 1913년 음력 1월 15일 전라북도 김제군 만경면 대동리 490에서 독립운동가 율제(栗齊) 김홍규(金洪奎) 선생님과 최율녀(崔栗女) 여사님의 둘째아들로 출생하셨다. 속명은 김금택이며, 자는 간산(艮山)이다. 소년 탄허는 이때에 호남학파 유학자인 가친으로부터 한문학 기초를 전수받고 구국안민과 선공후사하는 큰 사상을 섭렵하기 시작했다.

성인이 된 탄허는 17살이 되던 1929년 이복근 소저와 결혼했으며, 김연우(장남)·김찬우(장녀) 등의 두 자녀를 두게 되었다.

탄허는 15세 때부터 충청남도 보령으로 가서 기호학파의 거유인 면암 최익현 선생의 제자요, 토정 이지함 선생의 후손인 이극종 선생으로부터 4서 3경 등 유학과 신선도의 노장사상까지 배우게 되었다.

그러나 남달리 진리 추구열이 강했던 탄허는 유학의 진수를 터득했어도 우주의 진리에 대한 깊은 갈증을 풀 수가 없었다. 탄타루스적 고통으로 더 훌륭한 스승이 없을까 하여 고뇌에 차 있던 탄허는 오대산 상원사에 방한 암대선사라는 도인이 계신다는 말을 전해 듣고, 일면식도 없는 한암대선사께 편지를 보내 인생과 우주에 대한 의문점을 여쭙고 자신의 심정과 포부를 밝혔다.

그 후 3년 동안 한암대선사와 간절한 서신을 주고 받다가 친구인 권중백·차군빈과 함께 오대산으로 한암스님을 찾아왔으나 마침 한암스님이 계시지 않아 뵙지 못하고 그냥 돌아갔다.

지적 열망을 이기지 못하여 고뇌하던 탄허학생은 드디어 친구들과 같이 3년 내지 10년 간 진리 탐구를 하기로 하고 한암스님 문하에 들어갔다. 당시의 김탄허는 근본진리에 대한 의문이 풀리면 다시 하산하기로 했지 출가하고자 한 것은 아니었다 한다.

### 1) 탄허, 한암선사와 만나다

탄허스님이 입산하신 날은 1934년 9월 5일이었다. 탄허스님은 그때부터 한암선사께서 인도하시는 대로 불교공부의 기초로서 〈서장〉을 읽고 바른 소견을 갖고 참선을 하여 삼매에 드는 방법을 배우기 시작하였다. 탄허스님은 차츰 한암선사의 훌륭한 인품과 학덕에 매료되어 처음 생각과는 달리 속세와 인연을 끊고 출가를 결심하여 머리를 깎고, 먹물 옷을 입어 정식 스님이 되었다. 법명은 택성이었다. 그때가 탄허스님의 나이 22세 때였다.

탄허스님은 정식 출가한 뒤 3년 동안 묵언참선을 하시어 선정삼매의 힘을 얻었고, 한암대선사께서는 "참선에 힘이 붙었으니 이 힘을 근본으로 경전을 읽어라. 다른 강원에 가서 공부하라"고 추천하셨다. 그러나 탄허스님은 한암선사 이외에 또 다른 스승이 없다고 생각하여 한암대선사 문하에서 이력을 마치기로 결심하셨다. 그 후 15년 동안 두문불출하면서 화두참선과 불교경전 전반을 두루 공부하셨다.

탄허스님은 원래 참선에만 주력했으나 한암대선사께서 "불경을 통해 중생들에게 이익을 주라"는 분부에 따라 불경공부를 많이 하시게 되었다 한다. 그리하여 제행무상(諸行無常), 제법무아(諸法無我), 열반적정(涅槃寂靜)의 삼법인(三法印)을 확신하게 되시었다.

탄허스님은 한암선사 지도 아래 경전공부를 하면서 유교와 불교라는 종교의 차이, 인도와 중국의 문화적 풍토 차이, 번역자의 수준 차이에 따라 번역상의 오류와 해석에 큰 잘못이 생김을 확실히 인식케 됐다고 하며, 한암대선사께서는 그런 취지 아래 탄허스님에게 장차 정확한 경전 번역을 하도록 권유하셨다 한다.

탄허스님은 입산하신 지 18년 간 일체 산문 밖을 나가시지 않고 참선과 간경으로 일관하시어, 정혜쌍수로 불교 최고의 경전인 『화엄경』의 진수를 터득하시고, 불타의 근본 종지를 확연히 깨치셨다 한다.

그때 탄허스님은 인가를 받아 방한암대선사로부터 '허공을 삼킨다' '우주를 감싸다' 라는 뜻의 '탄허(呑虛)' 라는 법호를 받았다. 한암 대선사는 탄허스님을 제자로 둔 후, 탄허의 고상한 인품 · 단아한 행동 · 천재적인 학문 · 뛰어난 글씨로 말로 표현할 수 없는 총애를 하고 모든 것을 탄허스님에게 일임하면서, "탄허는 나의 아난이다" 라고 말씀하셨다 한다. 탄허스님은 이러한 총애에도 불구하고 한암스님을 정성껏 시봉했으며, 점심공양 후에는 한암스님 방을 청소하고, 향(香)을 사른 뒤 자기 방으로 돌아가는 일을 한암스님의 생존시 한 번도 거른 적이 없었다 한다.

### 2) 오대산 종풍을 일으키고

탄허스님은 또 새벽 2시면 날마다 일어나 6시간 동안 참선으로 선정에 드셨는데 이러한 습관은 출가 후 열반시까지 50년 간 계속된 생활이었다.

탄허스님은 스승인 한암 대선사께서 열반하신 서기 1951년 2월 14일 조계종 월정사 조실과 강원도 종무원장을 맡으시면서 특유한 오대산 종풍으로 중생 교화에 적극 나서시게 되었다. 서기 1953년에는 '상구보리(上求菩提) 하화중생(下化衆生)' 으로 뜻을 넓히시어 도의적 인재와 불교적 엘리트의 양성을 위해 오대산 수도원을 창설하셨다. 오대산 문수보살 역할을 하시기 시작한 것이다. 탄허스님은 그 뒤 동국대학교 대학원 원장, 동국대학교 재단이사, 대한불교조계종 중앙역경 연수원장, 동국역경원장, 종회위원, 화엄학연구소 소장 등을 역임하시면서 포교 · 역경 · 제자 양성 등 3대 사업을 지속적으로 펼치셨다.

### 3) 한국이 세계불교의 총본산이 될 것이다

스님께서는 또 세계평화를 위한 국제 교류와 국제 포교에도 관심을 기울여 부처님의 4대성지를 비롯한 인도 방문과 일본·대만·태국·미국 등을 방문하여 화엄학·참선·불교학·비교종교학·동양학에 관한 특별법문을 하시기도 했다.

스님은 특히 제자인 만화스님·극작가 이진섭씨 등과 인도·네팔 등지의 부처님 성지순례에 나서 룸비니동산·베나레스의 사르나트·부다가야·쿠시나가라·라지기르·기사굴산·나란다대학·아잔타석굴·산치대탑 등을 둘러보고 돌아오셨다. 그때 스님께서는 "인도에 불적은 있어도 불교는 없다"고 아쉬워 하시면서, "한국은 세계불교의 총본산이 될 것이며 인류문화를 집대성할 것이 틀림없다"고 사자후하셨다.

스님께서는 서기 1982년 10월 30일 재미홍법원 개원 10주년 기념으로 마련된 법회에서 세계 각국의 불자들에게 유·불·선 삼교가 모두 하나로 돌아가며 미묘한 차이가 있다고 설법하셨다.

스님의 최대 불사는 이청담대선사가 갈파했듯이 "우리나라에서 이차돈스님의 순교이래 최대 불사"라는 《현토역해 신화엄경합론》 47권의 번역 출판이다. 보광명지(普光明智)로 표현되는 대방광불화엄(大方廣佛華嚴)의 무한한 자유자재사상, 인도의 마음(心)사상, 중국의 하늘(天)사상, 한국의 사람(人)사상을 조화 통일시킨 이 엄청난 번역을 스님께서 홀로 이룩하신 것이다. 일본은 유·불·도의 대학자 수십 명이 하려다 이루지 못한 것이다.

탄허스님은 4집·4교 주역선해 등 수많은 저술을 남기셨다.


## 3. 사상

탄허대종사께서는 민주주의의 근본은 도덕정치에 있다 하시고 민족통일과 세계평화를 위해《신화엄경합론》간행의 대작불사를 발원하시고, 서기 1960년부터 하루 14시간씩 번역에 정진하여 10년만인 1970년 봄에 6만 3천장의 번역 원고를 탈고하셨다. 번역의 원본은《화엄경》80권, 이통현장자의《화엄경론(華嚴經論)》40권을 합친 120권을 정본으로 하고,《청량국사소초》150권을 조본으로 모두 270권에 토를 달고, 번역·해석하신 것이다.

탄허스님은 화엄학연구소를 개설하여 이 책을 1974년에 출판하시고 도의적 인재양성을 위해서 동국대학교 선학특강·고려대학교 화엄학특강·청룡사 불교강좌·월정사 불교특강·대원암 불교강좌 및 전국 순회법회 등을 통하여 화엄도리를 4부대중에게 가르치셨다.

사미과·사집과·사교과 교재로서《능엄경》·《금강경》·《원각경》·《기신론》과 그밖에《주역선해》·《노자도덕경》·《장자 남화경》·《육조단경》·《보조법어》·《영가집》그리고《부처님이 계신다면》등 30여 권을 번역·저작·출판하셨다. 대교과의《신화엄경합론》47권까지 합치면 모두 78권을 번역·출판하신 셈이다.

탄허대종사께서는 8.15해방 후 종단 정화운동에 참여하셨으며 청담대종사·향곡대선사·월하대선사·춘성대종사·경산대종사·성철대종사·운허대종사·석주대선사·서옹대종사·동산대종사·구산대선사·월산대선사 등 고승대덕과 교류했으며, 학계·언론계·실업계·관계·종교계 등 각계에 저명한 제자들을 많이 두셨다.


### 1) 화엄사상 드날리고

백천 개의 냇물이 바다에서 만나듯 자유자재로운 대생명의 빛을 나타내는 화엄사상으로 실천불교에 앞장섰던 탄허대종사! 예지력이 뛰어난 큰스님께서는 6.25사변, 월남 종전, 울진·삼척 무장공비사건, 10.26사건 등을 예언하셨고, 정역(易)원리에 따르면 앞으로 지구에 잠재하는 불기운이 북방의 빙산을 녹여 지각 대변동이 올 것이며, 지구축이 바로잡히는 제8미륵불의 사회가 오되, 그 세계의 주축은 유·불·선이 통합되는 동북간방 한국이라고 예언하셨던 탄허큰스님!

## 4. 열반의 길

이제 그 자신이 예언한 자신의 열반시인 서기 1983년 6월 5일 유시(酉時)가 다가오고 있었다. 옷을 벗고 실상의 세계로 가실 때가 된 것이다. 월정사 방산굴에 대중스님들이 모두 모였다. 이제 탄허큰스님은 중생계에 법열과 법력을 집중하여 시현하시고, 열반의 법비는 탄허큰스님의 몸을 적시기 시작했다.

제자인 환환스님이 큰스님께 물었다.
"스님! 여여하십니까?"
"그럼 여여하지. 멍충이."
이어 대규스님이 "사람이 세상에 머무는 것은 인연법인데, 지금 스님께선 세상 인연이 다하신 것 같습니다. 저희들에게 좋은 말씀을 내려주십시오" 했더니,
"일체 말이 없어" 하시고,
이어 "유시(四時)냐?"고 물으심에,
시자가 "예, 유시입니다"라고 답하니, 큰스님께서 곧 열반에 드셨다.

때는 바로 서기 1983년 6월 5일 유시 18시 15분이었다. 세수 71세, 법랍 47세로 열반의 저 언덕으로 바람처럼 가신 것이다.
종지를 붙들고 교단을 수립한 한국불교의 큰 별인 탄허대종사의 영결식은 6월 9일 오전 11시 오대산 월정사에서 산중장(山中葬)으로 거행됐다.

탄허대종사께서는 꺼지지 않는 등불을 밝혀서 《현토역해 신화엄경합론》 47권의 완성을 통해 4부대중에 끼친 무한 공덕으로 1975년 10월 15일 재단법인 인촌(仁村)기념회(동아일보사 자매기관)로부터 인촌문화상을 수상하셨다. 또 정부로부터 1983년 6월 22일 국민도의 앙양과 국민 문화향상으로 국가 발전에 크게 이바지한 공로로 은관문화훈장이 추서(追敍)되셨다.

탄허대종사께서는 이밖에 《화엄경론》 출판과 수많은 사람에게 조용히 장학금을 주어 인재교육에 힘쓴 공로 등으로 1975년 종정상을 수상했으며, 1977년에는 이리역 폭파사건 이재민 돕기 서화전을 개최하여 789만원을 보내기도 했다.

## 5. 탄허스님이 남기고 간 자취

탄허대종사께서는 가셨어도 그 발자취는 원만상의 추사체와 왕희지체를 종합한 선필(禪筆)에 남아 큰스님에 대한 생각을 머무르게 한다. 그 발자취는 출가 후에 바로 쓰신 정암사 상량문 글씨를 비롯하여, 오대산 월정사 한암스님 비문, 진주 옥천사 청담스님 비문, 성남 봉국사 춘성스님 비문, 서울 적조암 경산스님 비문, 태백산 단종대왕비 등 17곳에 남아 그 묵향을 전국에 퍼지게 하였다.

월하(月下) · 월산(月山) · 석주(昔珠) · 서운(瑞雲) · 혜정(慧靜) 등 대덕스님과 김형배 강원지사 등 각계인사, 그리고 큰스님의 높은 가르침을 받은 4부대중 등 3만여 명이 애도하는 가운데 진행된 영결식에서 조계종정 성철스님은 "탄허스님은 화장찰해의 큰 옥돌이요, 방산의 밝은 달이니 복희는 고개를 끄덕이고 노자는 자리를 피한다. 변설이 도도함은 나무장승을 놀라게 하고, 필봉이 쟁쟁함은 백화를 난만케 했다"는 특별법어를 보내 탄허대종사의 큰 업적을 기렸다.

이어 장례위원장 황진경 총무원장은 영결사에서 "큰스님을 잃게 되어 산하대지가 죽은 듯하고 일월이 무색해졌다"고 아쉬워하고, "부디 중생을 연민하시어 동해의 큰 물로 나투시어 교계를 적셔주고 나라의 때를 깨끗이 씻어달라"고 애통해 하면서 "특히 '신화엄경합론' 번역은 불조혜명을 이은 금자탑"이라고 추모했다.

불국사 조실 월산스님은 "이 나라 불교를 위해 할 일이 많은데 벌써 열반에 드시다니 이 무슨 소식이냐"면서 "부디 원적(圓寂)에서 몸을 일으켜 사바세계에 다시 환생, 중생을 제도해야 한다"고 조사를 했다.

이에 앞서 서울 조계사 합창단과 삼척 삼화사 합창단은 김어수선생이 시를 짓고 서창업씨가 곡을 붙인 조가를 불러 큰스님의 입적을 애도했으며, 큰스님의 육성이 녹음테이프를 통해 "항상 바른 마음으로 살아야 한다"는 법문이 울려 퍼지자 4부대중들은 달의 정기인 월정(月精)을 잃은 듯 터져 나오는 울음을 참지 못했다. 탄허대종사를 영구히 보내는 영결식은 각계인사의 헌화와 분향으로 끝났다.

영결식이 끝난 후 탄허대종사의 법구는 월정사 밖 다비장으로 옮겨져 스님들의 독경 속에 화장됐다. 다비 후 문도들은 다비장에서 습골중에 크고 작은 13개의 영롱한 사리를 수습했다.

탄허대종사는 허공에서 왔다가 허공으로 가셨으나, 실천불교를 내세우시고 화엄사상으로 인재를 키워 동북아대륙의 조국통일과 세계평화에 기여하고자 지속적 추진체로서 불교문화법인체 설립과 수련장 개설을 구상하셨다. 인격완성인 무아(無我)로 돌아가게 함이었다. 그리하여 큰스님 생전에는 기초작업으로 대전 학하리에 인재교육을 위한 넓은 대지를 마련하여 장경각(藏經閣)을 설립하고, 자광사(慈光寺)라는 법당을 지었으며, 대학 설립도 구상하고, 경전출판사로 '교림(教林)'도 설립했다.

탄허대종사께서 입적하신 뒤 후학인 서돈각 교수·손창대 씨·명호근 씨·전창렬 씨 등은 탄허대종사의 유지를 받들어 재단법인 탄허불교문화재단을 설립하고, 일심삼덕(一心三德), 회삼귀일(會三歸一)의 도리에 따라 삼일선원(三一禪院)이라는 수도장을 개설했다. 이에 따라 삼일선원은 탄허대종사의 뜻에 따라 신원견고(信願堅固), 정혜쌍수(定慧雙修), 광도중생(廣度衆生)을 원훈으로 정하여 선수행을 실천하고 있다.

탄허스님을 일부에서는 학승이나 철승이라 부르는 경우가 있는데, 이는 정확한 표현이 아니다. 탄허스님은 출가 전부터 유불선에 능통했고, 출가 후 3년 간 묵언수행과 간화선의 참선을 공부하였으며, 매일 6시간 이상 선정에 드시고 깨달음에 이른 대선사이셨다.

그런데 스승인 방한암스님 뜻에 따라 '현토역해 신화엄경합론 47권' 사업 등 중생구제를 위한 교학에도 뛰어나신 업적을 남기신 선교일치의 대종사이셨다.

탄허스님의 대선사 모습은 1965년도 부산 범어사에서 있은 한국불교정화 중흥불사의 기수인 하동산 종정스님의 49재 법회에서 드러났다.

전국의 내로라하는 고승대덕 · 대선사들이 모인 자리에서, 한용운스님의 만상좌요, 탄허스님보다 20살 더 많은 춘성대선사께서 50대 초반의 탄허스님에게 큰절을 하며 청법을 했다. 드문 일로 춘성스님다운 멋이었다.

탄허스님께서는 사양하시다가 결국 법상에 올라갔다. 탄허스님께서는 주장자를 세 번 치고는 "하동산 큰스님이 이 세상에 오신 것도 아니고 가신 것도 아닙니다. 그렇다고 이 자리에 머물러 있는 것도 아닙니다. 대중은 한 마디 이르시오!" 하니 아무도 말이 없었다.

그런 후 탄허스님은 주장자를 한 번 탁 치시고 "금정산이 높으니, 범어사가 오래 되었구나!" 읊으신 뒤 법상에서 내려오셨다.

탄허대선사의 사자후가 드러난 진면목이었다.

탄허대종사께서 가르치신 생사자재의 자비광명은 후학들 마음의 길잡이가 되고, 우리 중생들 가슴속에 영원히 살아 숨 쉴 것이다.

# 12. 바람처럼 왔다 간 거성 월면 만공스님

만공 월면스님은 경허스님을 이은 한국불교 선맥의 큰 별이다. 만공스님의 생애와 승려생활, 오도송과 열반의 모습, 그리고 만공－원담스님 일화 등 순서로 살펴본다.


## 1. 출생과 승려생활

만공 월면은 1871년(고종 8년) 충청남도 서산군 태안면 상일리(현 태안군 태안읍 상일리)에서 태어났다. 아버지는 송신통(宋神通)이며, 어머니는 김씨였다. 본관은 여산으로 본명은 송도암(宋道巖)이다. 법명은 월면(月面)이고 만공은 법호이다. 따라서 월면스님으로도 불렸다.

1883년 전라북도 김제군 금산사에 올랐다가 어느 날 불상을 보고 감동하여 출가를 결심, 그 길로 내려와 공주군 동학사에 입산하여 진암(眞巖) 문하에서 행자생활을 하였다. 1884년(고종 20년) 경허(鏡虛惺牛, 1849~1912)의 인도로 서산군 천장사(天藏寺)에서 태허(泰虛)를 은사로 출가하였고, 경허를 계사로 사미십계를 받고 득도하였다.

23세(1893년) 때에 '만법귀일 일귀하처(萬法歸一 一歸何處)'를 공부하다가 의심 덩어리가 더욱 영롱하여지니 화두 들기 공부에 전념하기 위하여 온양 봉곡사로 갔다. 노전(爐殿)으로서 아침 종성 중의 "존재하는 모든 사물이 제 눈에 안경식의 주관적 해석에 지나지 않는다"는 '일체유심조(一切唯心造)'를 외우다가 중생심의 고정적 관념이 무너지고 천지가 새로 열리는 첫 번째 깨달음의 법열을 경험하였다.

가슴에 꽉 차있던 일체의 의단이 화엄경의 '일체유심조'란 구절을 보는 순간 무너졌다. 존재의 근원, 법칙의 변화, 그 모두가 마음이 만들어 낸다는 것을 알게 된 것이다. 그가 기쁨에 젖어 한 수를 지으니 바로 만공스님의 오도송이다.

空山理氣古今外　　白雲淸風自去來
何事達摩越西天　　鷄鳴丑時寅日出

빈산에 서릿기는 고금 밖이요
흰 구름 맑은 바람 스스로 가고 오네
무슨 일로 달마는 서천을 넘어 왔나
축시엔 닭이 울고 인시엔 해 뜨네.

공주 마곡사의 토굴에서 3년을 참선공부하던 중, 26세(1896년) 때 토굴을 방문한 경허에게 공부의 진척을 낱낱이 사뢰니, 경허가 "불길 속에서 연꽃이 피는 것과 같다"고 말하고 조주(趙州)의 '무자(無字)' 화두 들기를 권하였다. 그 후 무자화두를 계속 참구하다가 28세 때 당시 서산 부석사에 주석하던 경허의 곁으로 옮겨서 가르침을 받았다.

31세(1901년) 때 통도사 백운암에서 새벽 종소리를 듣고 두 번째 큰 깨달음을 경험하였다. 그 후 깨달음을 현상세계에서 응용하고 실천하며 또 현상세계의 차별에 흔들리지 않는 보임(保任) 공부를 계속했다.

34세 되던 해 7월 15일, 스승 경허가 함경도 갑산으로 가던 중 천장사에 들러 그동안 제자의 경계가 트인 것을 알고 인가를 하고 '만공' 이란 법호와 함께 전법게를 주었다. 그 후 만공스님은 주로 덕숭총림에 주석하였다.

> 雲月溪山處處同　搜山禪子大家風
> 慇懃分付無文印　一段機權活眼中

> 구름 달 산과 내가 도처에 같으니
> 자네의 끝없는 대가풍 같네
> 은근히 글자 없는 인을 분부하노니
> 한 조각 기와 권이 눈 속에 살아있네

그 후 덕숭산 금선대에 머물며 계속 보임하고 수덕사·정혜사·견성암을 중창함과 아울러 많은 사부대중을 거느리며 선풍을 드날렸다. 금강산 유점사 마하연에서 삼하안거(三夏安居)를 지내고 다시 덕숭산으로 돌아와 서산 간월도에 간월암을 중창하고 주석했다.

말년에는 덕숭산에 전월사라는 작은 토굴에서 지내다가 세수 75세(1946년)에 입적하였다. 만공이 덕숭산에 머무는 40여 년간 제방의 많은 선객들을 지도하면서 근대 한국불교의 큰 별로 선계(禪界)에 지대한 영향을 주었다.


## 2. 일제강점기 활동

덕숭산 수덕사(修德寺), 정혜사(定慧寺), 견성암(見性庵), 서산 안면도의 간월암(看月庵) 등을 중창하였으며, 1920년대 초 선학원(禪學) 설립운동에 참여하였고, 선승들의 결사이자 경제적 자립을 위한 계(契) 모임인 선우공제회운동(禪友共濟會運動)에 참여하였다.

1927년 '현양매구' 라는 글을 지었는데, 임제 제32대 시문 만공이라 하여 임제종풍(宗風)의 계승자임을 선언하였다. 그는 조선총독부의 불교정책에 정면으로 반대하여 조선 불교를 지키려 하였다.

1940년 5월의 조선총독부의 창씨개명을 거부하고 수행과 참선에만 정진하였다. 1941년 선학원에서 개최한 전국고승법회에서 계율을 올바로 지키고 선을 진작시켜 한국불교의 바른 맥을 이어갈 것을 강조하였다.

이론과 사변을 배제하고 무심의 태도로 화두를 구할 것을 강조하였으며, 간화선(看話禪) 수행의 보급과 전파에 전력하였다. 그는 또한 제자들에게 무자화두에 전념할 것을 강조하였다.

덕숭산 상봉에 전월사(轉月舍)라는 암자를 짓고 생활하다가 1945년 광복을 맞이하였다. 계속 전월사에서 생활하다가 1946년 10월 20일 향년이 세수 75세, 법랍 62세로 입적하였다. 사후에《만공어록(滿空語錄)》이라는 책이 편찬되었다.


## 3. 수행 활동

그는 존재의 본체를 마음, 자성(自性), 불성(佛性), 여여불(如如佛), 허공, 주인공, 본래면목(本來面目), 자심(自心), 동그라미(○) 등으로 표현하였다. 그는 개인의 참된 본질이 우주 만물의 본체와 하나라고 보았다. 만공에 의하면 불교의 진수는 인간이 스스로 마음을 깨닫는 데 있으며, 인간의 가치 있는 삶도 이 깨달음을 성취함으로써 찾아진다고 보았다.

그는 수행을 통하여 차별이나 분별의 관념에서 벗어나면 편벽됨이 없이 두루 자유롭게 지혜와 자비를 활용할 수 있게 되며 이때의 그가 바로 부처이며 스승이라고 하였다. 그는 자유와 자비를 구하는 수행법으로는 참선을 으뜸으로 보았다.

수도승들에 대한 지도방법으로 침묵 또는 방망이질(棒), 할(喝), 격외(格外)의 대화와 동그라미 등 여러 가지 방법을 자유자재로 사용하였다.

### 無碍疏(무애소)의 自我(자아)

是非不動如如客　시비부동여여객
難得山止劫外歌　난득산지외가
驪馬燒盡是暮日　여마소진시모일
不食杜鵑恨少鼎　불식두견한소정


시비에 물들지 않은 바람 같은 나그네 있어,
난득산 아래 겁외기를 그쳤도다.
경허도 가고 이 저문 날에
먹지도 못한 저 두견이 '솥 적다' 우네.


경허가 입적한 지 삼년이 지나 삼수갑산에 있는 경허의 묘 앞에 이르러 만공은 윽 윽, 울음을 삼키며 위와 같은 노래를 읊으며 스승 경허를 떠올렸다. 바람 같은 생을 살면서 그리고 구름 속을 경허 자신의 삶의 주소를 만들면서 경허는 한 평 무덤으로 남아 있었다. 누가 한 번도 찾아오지 않은 무덤에는 풀이 한 길이나 쌓여 있었고 먼 산에서 '솥적' 이 경허의 육성을 흉내내고 있었다.

만공은 준비해 간 삽과 괭이로 무덤을 헤치고 관을 뜯었다. 장발에 도포를 감은 경허의 모습이 만공의 눈에 부딪쳐 눈물을 쏟게 하였다. 만공은 신들린 사람처럼 경허가 버리고 간 죽음의 원상을 하나하나 정리하였다. 아직 덜 썩은 살점이 남아 있었고 소멸해 가는 육체의 허상이 만공의 아픈 가슴에 동계되어 울먹이게 하였다.

옆에 서 있던 혜월이 얼굴을 찡그리고 물러섰다. 살 썩는 고약한 악취를 참을 인내가 없었다. 이때 만공은 혜월의 면전에다 일갈을 던졌다.

"자네는 이때를 당해 어떻게 하겠는가?"

'혜월, 너는 경허와 같이 죽음을 당하여 있을 때 너의 육체는 썩지 않고 어떻게 되겠는가?' 하고 물은 것이다. 삶과 죽음의 친화를 잃은 그에게 혜월의 전체의 삶과 진아의 원적지가 어딘가를 힐난하였다.

뼈를 하나하나 정리한 만공은 불을 붙이며 "사나울 때는 범과 같고 착할 때는 부처와 같은 경허스님, 지금은 어느 곳을 향해 가고 있습니까. 취하여 꽃 속에 누워 지금도 잠을 자고 계십니까?" 하고 읊었다.

만공은 불에 타다 남은 재를 뿌리며 육체가 남긴 마지막 허무를 확인하면서 경허를 버리고 위패만 가지고 충남 덕숭산 정혜사로 돌아왔다. 제자로서 할 마지막 의무를 경허의 영전에 바치고 온 것이다. 그는 그리고 문득 자기 위상을 확인하였다. 만공 자신도 경허가 만들고 간 삶의 통로를 따라가고 있음을 인식하였다.


## 4. 만공―원담스님 일화

어느 날 제자와 함께 고갯길 산마루를 오르고 있었는데 제자가 다리가 아파 더는 못 가겠다고 하자, 만공이 마침 길가 밭에서 남편과 함께 일하던 아낙네를 와락 끌어안으니 그 남편이 소리를 지르며 좇아오는 바람에 걸음아 날 살려라 하고 고개를 훌쩍 넘었다.

나중에 제자가 "스님, 왜 그런 짓을 하셨습니까?" 하자, "이 놈아, 네가 다리 아파 못 가겠다고 했지 않으냐? 덕분에 여기까지 다리 아픈 줄도 모르고 오지 않았느냐" 했다고 한다.

이 일화는 스승 경허의 일화라고도 하는데, 계율에 얽매이지 않고 호방하며 마음을 중시한 경허와 만공의 선풍을 대변하는 이야기다.

또 하나의 일화가 있다.

1930년대 말, 만공스님이 충남 예산의 덕숭산 수덕사에 주석하고 계실 때의 일이었다. 당시 만공스님을 시봉하고 있던 어린 진성(원담)사미는 어느 날 사하촌(寺下村)의 짓궂은 나뭇꾼들을 따라 산에 나무하러 갔다가 재미있는 노래를 가르쳐줄 것이니 따라 부르라는 나무꾼의 장난에 속아 시키는 대로 '딱따구리 노래'를 배우게 되었다.

저 산의 딱따구리는
생나무 구멍도 잘 뚫는데
우리 집 멍텅구리는
뚫린 구멍도 못 뚫는구나.

아직 세상 물정을 몰랐던 철없는 진성사미는 이 노랫말에 담긴 뜻을 알리 없었다. 그래서 진성사미는 나중에 절 안을 왔다갔다 하며 구성지게 목청을 올려 이 해괴한 노래를 부르곤 하였다. 그러던 어느 날, 진성사미가 한창 신이 나서 이 노래를 부르고 있는데 마침 만공스님이 지나가다 이 노래를 듣게 되었다.

스님은 어린 사미를 불러 세웠다.

"네가 부른 그 노래, 참 좋은 노래로구나, 잊어버리지 말거라."

"예, 큰스님."

진성사미는 큰스님의 칭찬에 신이 났다. 그러던 어느 봄날, 서울에 있는 이왕가의 상궁과 나인들이 노스님을 찾아뵙고 법문을 청하였다. 만공스님은 쾌히 승낙하고 마침 좋은 법문이 있으니 들어보라 하며 진성사미를 불렀다.

"네가 부르던 그 딱따구리 노래, 여기서 한 번 불러 보아라."

많은 여자 손님들 앞에서 느닷없이 '딱따구리 노래'를 부르라는 노스님의 분부에 어린 진성사미는 그 전에 칭찬받은 적도 있고 해서 멋들어지게 딱따구리 노래를 불러 제꼈다.

"저 산의 딱따구리는 생나무 구멍도 자알 뚫는데…."

철없는 어린 사미가 이 노래를 불러대는 동안 왕궁에서 내려온 청신녀들은 얼굴을 붉히며 어찌할 줄을 모르고 고개를 숙이고 있었다.

이때 만공스님이 한 말씀했다.


"바로 이 노래 속에 인간을 가르치는 만고불변의 직설 핵심 법문이 있소. 마음이 깨끗하고 밝은 사람은 딱따구리 법문에서 많은 것을 얻을 것이나, 마음이 더러운 사람은 이 노래에서 한낱 추악한 잡념을 일으킬 것이오. 원래 참법문은 맑고 아름답고 더럽고 추한 경지를 넘어선 것이오.

범부중생은 부처와 똑같은 불성을 갖추어 가지고 이 땅에 태어난 모든 사람은 뚫린 부처씨앗이라는 것을 모르는 멍텅구리오. 뚫린 이치를 찾는 것이 바로 불법(佛法)이오. 삼독과 환상의 노예가 된 어리석은 중생들이라 참으로 불쌍한 멍텅구리인 것이오. 진리는 지극히 가까운 데 있소. 큰 길은 막힘과 걸림이 없어 원래 훤히 뚫린 것이기 때문에 지극히 가깝고, 결국 이 노래는 뚫린 이치도 제대로 못 찾는 딱따구리만도 못한 세상 사람들을 풍자한 훌륭한 법문인 것이오."


만공스님의 법문이 끝나자 그제서야 청신녀들은 합장 배례했다.

서울 왕궁으로 돌아간 궁녀들이 이 딱따구리 법문을 윤비에게 소상히 전해 올리자 윤비도 크게 감동하여 딱따구리 노래를 부른 어린 사미를 왕궁으로 초청, '딱따구리 노래'가 또 한 번 왕궁에서 불려진 일도 있었다.

만공스님은 다른 한편으로는 천진무구한 소년 같은 분이었다.

특히 제자들이 다 보는 앞에서 어린애처럼 손짓 발짓으로 춤을 추며 '누룽갱이 노래'를 부를 때는 모두들 너무 웃어 배가 아플 지경이었다고 한다.

> 오랑께루 강께루
> 정지문뒤 성께루
> 누룽개를 중께루
> 먹음께루 종께루

한국 불교계에서 첫째가는 선객, 만공스님은 타고난 풍류객의 끼도 지닌 분이셨다. 1946년 어느 날 저녁, 공양을 들고 난 스님은 거울 앞에 앉아 "이 사람 만공, 자네와 나는 70여 년을 동고동락했는데 오늘이 마지막일세. 그동안 수고했네"라는 말을 남기고 열반에 들었다고 한다.

수덕사 방장 원담스님은 출가한 12살 때부터 만공스님이 열반할 때까지 그를 시봉하며 일거수일투족을 보았다. 만공은 인근 홍성이 고향인 청년 김좌진과 친구처럼 허심탄회했다. 김좌진은 젊은 시절부터 천하장사였다. 만공 또한 원담스님이 "조선 팔도에서 힘으로도 우리 스님을 당할 자가 없었지"라고 할 정도였다.

"둘이 만나면 떨어질 줄 몰라 어린 아이들처럼 '야, 자' 하곤 했어. 앞에 놓인 교자상을 김 장군이 앉은 채로 뛰어넘으면 스님도 그렇게 했지. 언젠가는 둘이 팔씨름을 붙었는데, 끝내 승부가 나지 않더라고."

김좌진은 훗날 독립군 총사령관으로 청산리전투에서 대승을 거뒀다. 만공 또한 출가한 몸이었지만 서산 앞바다 간월도에 간월암을 복원해 애제자 벽초와 원담으로 하여금 해방 직전 1천일 동안 조국 광복을 위한 기도를 올리도록 했다.


## 5. "조선불교 간섭 말라" 일제에 호통


이에 앞서 일제의 힘 앞에 굴종을 강요받던 1937년 3월 11일 만공은 총독부에서 열린 31본산 주지회의에서 마곡사 주지로 참석해 죽음을 두려워하지 않는 선사가풍의 기개를 보여준 바 있었다.

총독 미나미가 사찰령을 제정해 승려의 취처(아내를 둠)를 허용하는 등 한국불교를 왜색화한 전 총독 데라우치를 칭송했다.

이때 만공은 탁자를 내려치고 벌떡 일어나 "조선 승려들을 파계시킨 전 총독은 지금 죽어 무간아비지옥에 떨어져 한량없는 고통을 받고 있을 것이요. 그를 구하고 조선불교를 진흥하는 길은 총독부가 조선불교를 간섭하지 말고 조선 승려에게 맡기는 것"이라고 일갈한 뒤 자리를 박차고 나왔다.

이날 밤 만공이 안국동 선학원에 가자 만해 한용운은 기뻐서 맨발로 뛰쳐나오며 "사자후에 여우 새끼들의 간담이 서늘하였겠소. 할도 좋지만 한 방을 먹였더라면 더 좋지 않았겠소" 했다. 이에 만공은 "사자는 포효만으로도 백수를 능히 제압하는 법"이라며 껄껄 웃었다.


> 허공(虛空)은 마음을 낳고,
> 마음은 인격(人格)을 낳고,
> 인격은 행동을 낳느니라.

# 13. 공적영명의 천진불, 김원담스님

송만공스님의 제자로, 공적영명(空寂靈明)한 천진불로서, 수덕사 덕숭총림 3대 방장을 지내신 원담진성(圓潭眞性) 대종사는 불교에 대하여 이렇게 말했다.

"불교라고 하는 것은, 무엇이 필요해서 믿고 닦아 들어가는 것이 아니라, 내 근본을 찾기 위해서 찾아 들어가는 법이 불교야. 이것을 알아야 해. 이것을 알지 못하고 다른 것을 안다고 하는 것은 하나의 형식이지 불교는 아니야. 나를 모르면 범부요 생사고해에 떨어져 버리는 거야. 나를 안다고 할 것 같으면 생사가 조금도 상관없는 것이고, 나를 안다고 할 것 같으면 저 삼라만상과 더불어 내가 둘이 아니야."

여기서 원담스님의 생애와 법전 종정스님의 다비식 법어와 이은윤 금강신문 주필의 '원담스님 가풍' 인터뷰 등을 싣는다.

## 1. 원담진성스님 생애

원담대종사의 본관(本貫)은 부안김씨(扶安金氏)이며, 모친의 꿈에 한 스님이 나타나 이름을 지어주었다고 해서 아명은 몽술(夢述)이요, 법명(法名)은 진성(眞性)이고, 법호(法號)는 원담(圓潭)이다.

1926년 10월 26일 전북 옥구군 옥구면 수산리 217번지에서 부친 김낙관(金洛觀)과 모친 나채봉(羅采鳳) 사이에서 차남으로 태어났고, 다음해에 충남 서천군 기산면 신산리 39번지로 이주하여 성장하였다.

1932년 신동우선생 문하에서 한학을 수학하던 중, 장남인 형이 일찍 죽자 수명장수기도 차 이모인 비구니스님을 따라 절에 가게 되었는데, 어린 마음에도 승려생활이 무척 고상하고 숭배하는 마음이 나서 집에 돌아와 부모를 졸라 출가하였고, 1933년 벽초(碧超鏡禪)스님을 은사로 만공(滿空月面)스님을 계사로 수계득도(受戒得道)하였다.

수계한 후 천장사에서 다각 소임을 하던 중, 방선 시간에 대중들이 '만법귀일(萬法歸一)' 화두에 담소하는 것을 듣고 이렇게 말했다.

"노스님, 저도 참선을 해 볼랍니다."

노스님께서 '참선을 어떻게 할래?' 하고 물으시니, 이렇게 대답했다.

"아까 어떤 수좌가 와서 노스님한테 법문을 묻는데, 만법이 하나로 돌아 갔다고 하니 하나는 어디로 돌아갔는고…? 하나로 돌아갔다고 하는 하나라는 것이 도대체 무엇인고…?"

이렇게 불언불어하며 일구월심 지어감에, 정혜사(定慧寺)에서 채공을 하던 중 만공 노스님이 거두절미하고 머리통을 내리치면서 "알겠느냐?" 하고 물어서 얼떨결에 "예, 알았습니다"라고 대답을 했다.

그러자 만공 노스님은 다시 주장자(拄杖子)를 들어 올리면서 "네가 알기는 무엇을 알았느냐?"고 다그치니, "딱 때리니까 아픈 놈을 알았습니다"라고 답했다.

실은 잘 모르면서도 또 맞을까 겁이 나서 뱉어버린 말이었기 때문에 그 후 늘 양심에 가책을 느껴 주장자로 얻어맞고 아팠던 놈이 어떤 놈인가 열심히 참구를 했다.

　하루는 부엌에서 설거지를 하고 있는데 만공 노스님이 역시 머리를 딱 때리면서 "알았느냐?" 하고 또 물으셨다.

　거기서는 "예, 몰랐습니다" 하고 대답을 하니, 노스님께서 "그러면 알아야지. 내가 닷새 동안 기한을 줄 테니 알아봐. 모르면 여기에 살지도 못하고 쫓겨난다" 하고 말씀하셨다.

　그러자 "예, 그렇게 하겠습니다" 하고 대답을 해 놓고는 닷새 동안 잠을 안 자고 아무리 생각을 해 봐도 도대체 알 도리가 없었다.

　만공 노스님이 금선대(金仙臺)에 계실 때 심부름을 내려갔더니 역시 주장자를 가지고 달려들어 딱 때리기에 "아직 모르겠습니다" 했더니, 그제야 "됐다. 짚신을 삼아라" 하셨다. 그때부터 시봉을 하게 되었고, 노스님의 법을 신뢰하게 되었다.

　만공스님이 주장자로 머리를 때린 것과, 세존이 꽃가지를 잡아든 것과, 달마스님이 불안한 놈 잡아오라 한 것과, 육조스님의 한 물건이라는 법문과, 임제선사가 두들겨 맞고서도 모르다가 황벽불법이 몇 푼어치 안 되는구나 하는 그 말과, 너무나도 일사분란하게 맞는 법문이라 비로소 이렇게 오도송(悟道頌)을 읊으셨다.

　　一片虛明本妙圓　일편허명본묘원
　　有心無心能不知　유심무심능부지
　　鏡中無形是心卽　경중무형시심즉
　　廓如虛空不掛毛　확여허공불괘모

한 조각 비고 밝은 것 본래 묘하고 둥글어
유심무심으로는 능히 알 수 없네
거울 가운데 형상 없는 이 마음은
확연히 허공 같아 티끌만치라도 걸리지 않네.

이것이 1943년 17세 때의 일이다.
이에 만공스님은 비로소 진성(眞性)에게 글을 써주셨다.

眞性本無性　진성본무성
眞我元非我　진아원비아
無性非我法　무성비아법
總攝一切行　총섭일체행

참 성품에는 본래 성품이 없고
참 나는 원래 내가 아닐세
성품도 없고 나도 아닌 법이
총히 일체행을 섭했느니라.

　이후 대종사의 임운등등(任運騰騰)하고 활발발(活發發)한 선기는 하늘을 끌어내리고 땅을 뽑아 올렸다. 대종사의 허광방달(虛廣放達)한 선지는 산꼭대기에서 파도가 일고 우물에서 먼지가 솟았으니 참으로 출격장부(出格丈夫)였다. 경허·만공의 법을 이은 화상의 가풍은 언답(자갈논)을 일구고 땔나무를 나르는 중에도 평상심(平常心)의 도를 내보이며 무소부재(無所不在)한 불법을 체현한 행화를 보이고 사라짐이 변화무쌍하여 그 향방을 가릴 수 없었다.
　적경회심(適竟會心)한 경계는 춘래초자청(春來草自靑)이었으며, 언제나 자신의 흥금과 감흥이 분출하는 마음을 주인공(主人公)으로 한 심지(心地)였다. 오가의 종풍을 두루 갖춘 대기대용의 기봉(機鋒)은 당대 선장(禪匠)들을 뛰어 넘어 홀로 보배롭게 빛났고, 방광불 같은 화상의 해탈문은 불조의 정법을 이은 여법한 본분납승의 면목이었다.

남산에 구름이 일면 북산에 비가 오는 화상의 본래면목은 일생동안 덕숭산(德崇山)을 떠나지 않았으면서도 아침마다 달마의 소림굴을 드나들고, 저녁마다 육조의 조계에서 발을 씻었다.

1958년 불교정화 당시 구례 화엄사 주지를 잠시 역임하시고, 1964년 중앙종회의원에 피선되셨으며, 1967년《만공어록》을 간행하셨고, 1970년 수덕사 주지로 취임하여 범종을 주조하고 범종각, 법고각, 청연당을 신축하여 사찰의 면모를 일신하셨다.

1986년에 덕숭총림 제3대 방장으로 취임하며 보임정수(保任精修)하시게 되었고, 1994년에는 원로회의 부의장을 역임하셨다. 2004년 대종사(大宗師) 법계를 품수하셨다. 또한 승가사 조실, 용인 하운사 조실, 용인 법륜사 조실, 금산 금락사 조실, 향천사 천불선원 조실, 개심사 보현선원 조실을 역임하셨다.

30여 년간의 결제 · 해제 상당법어를 보면 마치 어둠을 밝히는 등불인 듯, 더위를 씻는 맑은 바람인 듯, 납자들에게 길잡이가 되고 조도(助道)에 도움이 되는 지남(指南)이 되시었다.

2007년 12월《원담대종사 선묵집》을 간행하였으니, 그동안 일필을 들어 먹으로 선계의 풍류 속에서 개오로 이루어진 서예의 예술은 많은 감화와 감동을 남겼다.

2008년 3월 18일 수덕사 염화실에서 원적에 드시었다. 법납 76세, 세납 83세이다. 육신이 가을 낙엽 마르듯이 쇠잔해지는 모습을 보고 안타까운 문도들이 마지막 한 말씀을 청하니, 열반송이다.

"그 일은 언구(言句)에 있지 아니해 내 가풍은 (주먹을 들어 보이시며) 이것이로다!" 하시고,

來無一物來　내무일물래
去無一物去　거무일물거
去來本無事　거래본무사
靑山草自靑　청산초자청

올 때 한 물건도 없이 왔고
갈 때 한 물건도 없이 가는 것이로다.
가고 오는 것이 본래 일이 없어
청산과 풀은 스스로 푸름이로다.


## 2. 조계종 종정 법전스님 다비식 법어

덕숭산에 신령스런 광명 한 점이 천지를 감싸고 시방을 관통하여 삼계를 왕래합니다. 인연 따라 모습을 나투고 세상을 종횡무진하더니 오늘은 눈앞에서 묘진을 나투어 두출두몰하고 은현자재함을 보입니다.

나툴 때는 우리 종문의 선지식이신 원담(圓潭) 대종사(大宗師)이시고 자취를 옮겨 숨을 때는 공적하고 응연한 일점령명(一點靈明)입니다.

성성하실 때는 선지가 대방무외하여 바다와 산을 눌렀고, 대기대용은 드넓어 저 하늘을 치솟았습니다.

입적하시고는 형상없는 한 물건이 있어 허공을 쪼개고 봄바람을 일으켜 온 누리에 꽃을 피게 합니다.

이 가운데 대종사의 본래면목과 본지풍광(本地風光)이 드러나 있고 우리

와 더불어 했던 주인공이 있습니다.

일점령명(一點靈明)이 눈 앞에서 빛을 놓는 것은 대종사의 사중득활의 소식이요, 공적하고 응연한 진상을 우리에게 보인 것은 노화상의 활중득사(活中得死)의 소식입니다.

여러분! 보고 듣습니까?

철마가 허공을 활보하고 눈 먼 거북이 바다 밑에서 차를 마십니다.

身心都放下　신심도방하
隨處任騰運　수처임등운
去來一主人　거래일주인
畢竟在何處　필경재하처

몸과 마음을 놓아버리니
곳곳마다 자유롭고 걸림이 없는데
가고 오는 한 주인은
필경 어느 곳에 있는가.

## 3. 원담선사의 일편전지(一片田地: 心) - 이은윤 기자

1970년대 중반으로 기억된다. 무더운 여름이었다. 서울 조계사에서 열린 조계종 중앙종회를 취재하러 갔다. 마침 이판에서 사판으로 나와 수덕사 주지, 종회의원을 겸임하던 원담스님이 발언을 하고 있었다. 단구셨다. 작은 체구가 마이크에 가려지니까 더욱 작아 보였다.

발언 내용을 막 취재하려는 순간이었다.

'으~악' 하는 할(喝) 하는 소리가 강당을 찢어놓을 듯 울려 퍼졌다.

종회의원 원담은 '할'로써 발언을 마치고 유유히 자신의 자리로 들어갔다. 깜짝 놀랐다. 그리고 신기했다. '할(喝)'을 직접 목도한 게 처음이었기 때문이다. 초저녁 숲속에서 곤하게 잠자던 새가 환하게 떠오르는 달빛에 놀라 잠을 깨듯 놀랐다고나 할까. 스님의 그때 그 '할'은 나의 선에 대한 동경심을 불러일으킨 단초였다.

　내심 화상과의 인연을 깊이 간직하면서 지내왔다. 그때부터 10년이 훨씬 넘어 수덕사에 들러 방장실로 인사를 갔더니 즉석에서 '불원(佛源)'이라는 법명을 지어주며 "잘 해 보라"고 했다. 어찌하다가 화상의 유발상좌가 된 셈이었다.

　화상의 독대 법문을 여러 번 들었다.

　한 번은 "들고 계시는 화두가 뭐냐?"고 물었더니, "없다"고 했다.

　"드시는 화두가 너무 많으신 모양이시군" 했더니, "이 놈아! 술 생각, 밥 생각이 다 화두인데 무슨 헛소리 해…"라고 했다.

　결국 들고 있는 화두가 '만법귀일 일귀하처(萬法歸一一歸何處; 만법은 하나로 돌아간다는데 하나는 어디로 돌아가느냐)'인 걸 알아내긴 했지만 아주 혼났다.

　화상은 언제나 담박하고 꾸밈이 없었다. 가슴에 와 안기는 유원하고 청려한 뒷맛을 남겨주었다. 살활자재(殺活自在)한 가풍이었고 품격이었다.

　지난해 세배를 갔더니 "어디서 자주 보던 놈 같은데"라며 반가움을 내보였다.

　이런 인연들이 화상의 천화(遷化) 후에도 내 가슴 속에서 살아 뛰놀며 덕숭산 산거의 낙도가를 계속 불러주리라 믿는다.

　그 때면 나는 시간표가 없는 저 청산의 다리라는 열차를 타고 새삼 만행을 떠나리라.

# 14. 생불이라 불린 하동산스님 수행관

## 1. 서론

하동산대종사는 대한불교 조계종 종정을 지내시고, 근현대 한국불교정
화 중흥불사를 이루신 주인공으로서 금정산 범어사를 중심으로, '금정산
의 호랑이'로(庚寅年 호랑이띠), 또는 '남해의 청룡'으로 불렸던 위대한 도
인이시다.(범어사 주소: 부산 금정구 청룡동 546번지 참조)

5향(계향, 정향, 혜향, 해탈향, 해탈지견향)이 흘러 넘치고 신언서판이 뛰어났
던 인물 동산대종사는 서기 1890년 2월 25일(조선왕조 고종연대) 충청북도
단양군 단양읍 상방리 244번지에서 태어난 바, 부친은 하성창(河聖昌) 씨이
고, 모친은 정경운(鄭敬雲) 씨였다. 본명은 하봉규(河鳳奎)였으며, 불문에 출
가한 후의 법명은 혜일(慧日)이고, 법호는 동산(東山)이다.

속가의 성을 따라 하동산스님이라고도 불리었으나, 1912년 백용성 큰스
님을 만나고 스승의 지시로 금정산 범어사로 출가하면서, 석가모니 문중

에 들었다 하여 석동산(釋東山)이라고 스스로 사용하시기도 했다.

그러면 불교를 창도하신 석가모니 부처님의 도맥은 어떻게 석동산스님에게 이어졌나를 먼저 살펴봐야겠다.

지금부터 약 2천6백 년 전에 석가모니 부처님께서는 인도 부다가야 대각사 자리에서 보리수 아래 길상초를 깔고 가부좌를 틀고 앉아 새벽별(金星)을 보고 대각을 얻으셨다.(見明星悟道) 오전(悟前)에는 별이었는데, 깨닫고 나니(悟后) 별이 아니었던 것이다. 대각을 하신 석가모니 부처님께서는 세월과 근기에 따라 중생을 구제하고자 법을 설한 바, 이는 화엄경·아함경·방등경·반야경·법화열반경들이며(의언진여=依言眞如), 문자를 세우지 않고 교외별전으로 마음에서 마음으로 마하가섭에게 전한 것이(以心傳心) 3처전심(영산회상 거염화, 다자탑전 분반좌, 사라쌍수 곽시쌍부)으로 이언진여(離言眞如)라 함은 우리가 다 아는 바와 같다.

인도에서 한국으로의 불교전래는 지리적 위치로 인하여 직접 오기도 하고, 중국을 거쳐 오기도 하였다.

우리나라 고대사에 기록된 불교의 첫 전래는, 고구려 소수림왕 2년인 서기 372년 6월에 전진 왕 부견이 승려 순도에게 경문과 불상을 보냈으며, 소수림왕은 초문사를 지어 순도를 있게 하고, 사신을 전진에 보내어 회사하고 방물을 전했다 한다. 그러나 이것은 공식전래기록인 공전(公傳)이고, 종교의 특성상 민간적 전래인 사전(私傳)은 이보다 훨씬 앞섰을 것으로 추정된다. 한국의 불교전래에 관하여 석가모니 당시에 제자 발타바라 존자가 제주도 영실 존자암에 와서 전법했다는 기록도 있다.

중국의 첫 불교 전래가 서한 애제 1년인 서기전 2년에 박사제자인 진경헌이 서역의 대월지국 사신 이존으로부터 불경을 전수 받았으며, 가야의 김수로왕이 개국 초에 수도 신답평이 16나한이 살 만한 곳이라고 불교를 알고 있었던 점 등과 《삼국유사》 '금관성의 파사석탑' 조에는 김수로왕의 부인 허황옥 왕후가 아유타국에서 가야에 올 때 오빠인 장유화상(허보옥)과 함께 불탑인 파사석탑 등을 가져온 것이 한국 최초의 불교전래로, 1세기 가야 남방불교 전래설이다.

　장유화상은 그 후 김수로왕의 왕자 7명과 더불어 지리산에 들어가 성불했으니, 그곳이 7불암 또는 칠불사로서 경상남도 하동군 화계면 법왕리에 있으며, 그곳에는 장유화상 부도와 최초의 선원으로 한 번 불을 때면 겨우내 따뜻한 '아(亞)자방'이 있다. 김수로왕의 아들로 운상원인 칠불사에서 성불한 7불의 명호는 금왕광불 · 금왕당불 · 금왕상불 · 금왕행불 · 금왕향불 · 금왕성불 · 금왕공불이다. 하동산대종사는 7불통계계와 지리산 칠불계맥을 함께 스승인 백용성스님을 통해 이어받게 된다.

　이어서 하동산대종사의 수행관을 살피려면, 먼저 수행(修行)의 개념을 알아보아야 한다. 수행은 행실을 닦는 것이고, 불교의 4문인 발심 · 수행 · 보리 · 열반 중 한 개의 문이다. 최상승은 무수무증(無修無證)이다.

　앞으로 동산대종사의 수행관에 대하여 수행을 중심으로 본 개괄적 생애인 수행적 삶을 승려의 길인 신 · 해 · 행 · 증(信解行證)을 줄기로 살펴보고 보림과 보살도로 잇는다. 이어서 수행은 여러 가지로 살필 수 있으나, 불교학계의 통설에 따라 3학(계 · 정 · 혜학; 戒 · 定 · 慧學)의 논리에 의해 지계(持戒)에 관해 칠불계맥을 우선 논하고 석가모니 등 7불로부터 내려오는 정법안장으로 임제보우 선맥 등 정혜쌍수(定慧雙修)를 알아보되 경 · 율 · 논 3장을 탐구하신 것을 포함하며, 이어서 결론을 내고자 한다.


## 2. 수행적 삶

　사람이 세상을 살아가는데 있어 부모 · 자식 · 스승 · 배우자 등과의 만남인 인연은 중요하다. 그것은 3계 일체법인 만유가 인연과보에 의해서 움직이는 연기론에 입각하기 때문에, 즉 인과 연들이 만나 과보를 이룸으로,

사람과 사람이 만날 때 서로 영향을 주고 받게 되기 때문이다. 모든 법은 인연생기로 상의상존하므로 자체성이 없어 허망한 존재라고 할 수 있다.

다른 사람에게 좋은 영향을 주는 것이 교육이다. 교육의 목적은 인격완성과 사회완성 즉, 견성성불제중에 있다. 좋은 영향을 주는 사람이 선생이요, 받는 사람이 학생이라고 할 수 있다. 그리고 교육은 어릴 때일수록 그 영향이 크다. 그것은 백지 위에 그리는 그림과 같다. 태교와 어린이 교육이 중시되는 이유이다.

하봉규 어린이의 부모는 자식교육에 관심이 많아 일찍이 5살 때 향숙에 입학시켜 한문공부를 시켰다. 하봉규 소년은 13살에 단양 익명보통학교에 진학하고, 거기서 주시경 선생으로부터 한글과 자주 정신을 배웠다. 이어서 서울 중동중학에 입학한 하봉규 청년은 19살에 졸업했다. 그는 이어서 경성의학전문학교에 입학하여 1912년에 의사 자격증을 얻고 졸업하였다. 경성의전에 다니는 3년 동안 안창호의 흥사단에서 운영하는 국어연구회에 나가면서 독립정신을 키우기도 했다.

하봉규 대학생이 학교 다닐 때 시대상황을 보면, 서세동점으로 구미제국이 동양에 식민지를 두려 했고, 일본은 1910년 조선을 병합하여, 그 강점하에 두고 폭압정치를 하고 있었다. 그리하여 불교계도 일본불교의 침투를 받았다.

한국 침략의 선봉으로 들어온 일본불교는 일련종(日蓮宗)이었다. 이 일련종은 후일 창가학회와 공명당을 만든다. 일본이 무력을 앞세워 한국을 침략할 때 그 앞장을 선 종교가 불교 일련종이었다.

하동산스님이 태어나신 해에 일련종은 서울에 이미 병원을 두었다. '일련종은 이어 한국침탈 욕심을 갖고 그 대표인 사노(佐野前勵)는 김홍집 총리대신에게 청하여 승려의 서울도성 출입금지를 해제하게 하였다. 또 석가모니법에 없는 출가중이 대처식육(帶妻食肉)하는 일본식 불교가 한국에 들어와 한국불교를 황폐화시킨 것도 이 즈음이다.

이어 일본 정토종 영향으로 원흥사에 불교연구회와 명진학교를 세웠는데, 이는 친일승의 거두인 해인사 주지 이회광(李晦光)의 손으로 넘어가게 되고, 이회광은 원종의 종정이 되어 한일합방이 되자 일본 조동종과의 연합조약을 체결하였다. 이에 대항하여 한국불교의 일본 예속을 막기 위해 박한영·한용운·오성월·진진웅스님 등이 1911년 1월 순천 송광사에 임제종을 세우고 종무원을 설치하였고, 그 후 종무원을 범어사로 옮겨 원종이 해산되게 하였다. 그러나 이회광은 그 후 30본산을 엮어 조선선교양종 부산주지회의원을 만들어 친일활동을 계속하였다.

이 즈음 하봉규 의사는 고숙이 되는 위창 오세창 선생(3.1운동 민족대표의 한 사람)의 권유와 주선으로 국민대중의 깨달음을 위한 대각교운동을 벌이고, 3.1독립선언 때 민족대표로 만해 한용운스님과 함께 참여한 백용성(白龍城)스님을 서울 대각사에서 처음 만나 스승으로 모시고 출가하게 된다. 훌륭한 스승을 만난 인연이었다.

하동산스님은 1913년 1월 범어사 금어선원에서 백용성스님을 은사로, 오성월(吳惺月)스님을 계사로 하여 출가 수계했다. 동산혜일로 거듭나고, 승려의 신·해·행·증 가운데, 하봉규스님이 부처와 그 가르침을 믿는 신(信)을 심은 것이다.

의사인 하동산스님이 처음 백용성스님을 찾아뵈었을 때 용성스님은 "육신의 병을 고치는 사람이 의사다. 중생의 병에는 두 가지가 있으니, 배가 아프고, 종기가 나고, 상처가 나는 것은 육신의 병이요, 탐욕과 성냄과 어리석음의 3독심은 마음의 병이니, 육신의 병만 고치는 것이 무슨 소용이 있을 것인가?"라는 법문을 듣고, 홀연히 발심하여 가족을 떠나 석가모니 문중에 출가한 것이다.

동산스님은 이후 신·해·행·증 가운데, 깨달음을 향한 이론과 실천인 해행(解行)에 적극 나서, 경전을 공부하여 이해의 폭과 깊이를 그윽하게 하고, 불조선(佛祖禪, 여래선과 조사선 및 간화선)을 비롯한 실천수행으로 염불 독경·진언공부 등도 병행하면서 반듯하고 철저한 구도자의 길을 간다.

동산스님은 출가한 후 경전공부와 사집을 읽으며 범어사 금어선원에 들어가 성월스님 지도하에 가부좌를 틀고 앉아 한철 참선수행하였다. 그는 이어 만암스님의 부탁으로 스승인 용성스님이 백양사 운문암에서 납자들을 지도했으므로, 스승 따라 백양사로 갔다. 그는 거기 용성스님으로부터 〈전등록〉, 〈선문염송〉, 〈범망경〉, 〈4분률〉 등을 배우며, 구족계를 받고 참선수행을 병행하였다. 법안이 크게 밝아졌다.

그 이듬해 용성스님은 동산스님을 큰 그릇으로 만들려고 평안남도 맹산군 도리산 우두암으로 가서 방한암대선사로부터 4교과(금강경, 능엄경, 원각경, 기신론) 등을 두루 배우게 했다. 이때 한암스님과 만나면서, 동산스님은 "짐승에 물려 죽더라도 도를 구하겠다"는 전설을 남겼다.

동산스님이 우두암으로 한암스님을 찾아뵈었을 때, 한암스님은 곧바로 동산스님을 받아주지는 않았다.

"내가 자네를 받아주지 못하겠으니, 돌아가라고 하면 어찌하겠는가?"

그때 동산은 그 자리에서 결연히 대답하였다.

"만일 스님께서 내치시면 암자 밖 바위틈에 토굴이라도 파고, 먼 발치에 서라도 스님을 모시겠습니다."

마침 날이 어두워지면서 맹수들이 울부짖는 소리가 들려왔다.

한암스님이 다시 물었다.

"저 산짐승들 소리를 듣지 못하는가? 암자 밖에는 사나운 산짐승들이 우글거리는데, 그래도 바위틈에 토굴을 파겠는가?"

"예, 스님, 도를 구하지 못하고 취생몽사하느니 차라리 도를 구하고, 토굴에서 산짐승 밥이 되는 게 나을 것입니다."

동산이 이렇게 결연한 각오로 대답하자, 한암스님이 빙긋 웃었다.

"남의 집 자식이라 내쫓지도 못하겠구나, 여기서 머물게나!"

그 후 동산스님은 부산 동래 금정산 범어사로 와서 영명 강백스님에게 화엄경 등 대교과목을 배워 3장 공부를 두루 철저히 하였다.

1919년 봄 동산스님은 한암스님으로부터 기미년 3.1독립선언으로 용성 선사가 감옥에 있으니, 올라가 옥바라지를 하라는 분부를 듣고 서울로 올 라왔다. 스승이신 용성선사와 만해(萬海) 한용운선사가 불교 대표로 33인 대표에 들어 옥고를 치르게 된 것이었다. 스님은 용성선사의 옥바라지에 혼신의 노력을 기울이는 한편 뼈를 깎는 정진으로 일관하였다.

당시 만해선사의 옥바라지를 도맡았던 제자 춘성(春城)스님은 서기 1954 년 겨울에 옥바라지 시절의 동산스님을 이렇게 회상했다.

"3.1운동 당시 나는 우리 스님(만해선사)의 옥바라지에 종사했고, 동산 스님은 용성선사를 시봉하였는데, 한 달에 한 번 면회 갈 적에 서대문 형무소에 함께 갈 적이 많았었지. 면회를 마치면 둘이서 약속이나 한 듯 도봉산 망월사(望月寺)에 올라와서 큰방에 나란히 앉아 정진을 했는 데, 밤이 깊어서도 동산스님은 통 눕지를 않더란 말씀이야. 그래서 '건 강을 생각해 쉬어가면서 정진하소' 했더니, '우리 스님께서는 감옥에 서 갖은 고생을 다하시는데 내 어찌 산사에서 편히 지내며 잠이나 자겠 소?' 하시더구만, 아무튼 젊어서는 정진에 있어 따라갈 스님이 없었던 말씀이야."

스승의 옥바라지를 끝낸 것은 3년 뒤의 일이다. 용성선사가 3년의 옥고 를 치르고 석방되었던 것이다.

그 뒤로 동산스님은 운수납자로 여러 선원을 다니면서 오로지 정진에 정진을 거듭하였으니, 그 중에도 자주 안거한 선원으로는 도봉산 망월사, 금강산 마하연, 속리산 복천암, 태백산 각화사, 백운산 백운암, 황악산 직 지사, 가야산 해인사 등 선원이다. 또 직지사에서는 3년 결사하여 용맹정진하였고, 태백산 각화사에서는 장좌불와(長坐不臥)하며 정진으로 일관하였다.

1927년(정묘년 38세) 정월 보름, 동산스님은 드디어 김천 직지사에서의 3년 결사를 마치고 4월에 금정산 범어사 금어선원으로 가서 여름안거에 들어갔다.

일화를 보면, 스님은 범어사에서 사실 때가 마침 여름이라 기호음식으로 상추쌈과 부릿대적을 특히 좋아하신 것으로 소문이 났다. 물론 평소에도 좋아하였으나 이때부터 대중들의 눈에 크게 띈 것이다. 상추쌈을 즐겨 드신 데에는 탁자 밑의 어린 수좌들의 웃음거리가 되었으며, 뒷날까지 상추만 보면 대중들은 항상 스님의 이야기를 하게 되었다. 그도 그럴 것이 스님은 상추쌈이 있는 날에는 그 쌈을 빨리 드시고 싶은 마음에서 공양 죽비를 치기도 전에 이미 쌈을 싸서 들고는 죽비 치기만을 기다리신다. 공양을 돌리는 사미들의 동작이 늦은 것이 못마땅하여 매우 답답해 하셨다. 대중들은 그런 스님의 모습이 우습기도 하고 한편 즐겁기도 하여 매양 보고 싶어 했다. 간혹 짓궂은 수좌들은 스님의 그런 관례를 이용하는 일도 있었다.

스님의 기호식품으로는 그 외에도 국수와 정월달의 생미역을 들 수 있다. 생미역이 들어오는 날에는 자주 후원을 드나드시면서 미역을 씻고 손질하는 일을 감독하셨다. 모르는 사람이 만약 미역에 칼을 대는 날이면 불호령이 떨어졌다. 일일이 손으로 다듬고 손으로 잘라야 맛이 있다고 하셨다.

동산스님은 또 일상생활에서 좌우명으로 감인대(堪忍待) 즉 "견디고 참으며 기다리라"라는 글귀를 좋아하시고 불자들에게 많이 써 주셨다.

이해 원효암에서 내려와 범어사 금어선원에서 정진하고 계실 때였다. 스님은 선원 동쪽에 있는 대나무 숲을 평소에도 유난히 좋아하시어 방선시간이면 자주 그곳을 거닐었다. 7월 5일, 그날도 방선시간에 대나무 숲을 거닐다가 바람에 부딪치는 댓잎 소리를 들었다.

늘 듣는 소리건만 그날의 그 댓잎 소리는 유난히 달랐다. 실은 소리가 다른 것이 아니라 다르게 들렸던 것이다. 스님은 그 순간 활연히 마음이 열렸다. 그간의 가슴속의 어둠은 씻은 듯이 없어지고 수천 근의 무게로 짓누르던 의심의 무게는 순식간에 사라지고 만 것이다. 스님은 그 순간을 "서래밀지(西來密旨)가 안전(眼前)에 명명(明明)하였다"라고 하셨다.

다음의 글은 그 때의 그 소식을 표현하신 오도송이다.

畵來畵去幾多年　화래화거기다년
筆頭落處活猫兒　필두낙처활묘아
盡日窓前滿面睡　진일창전만면수
夜來依舊捉老鼠　야래의구착노서


그리고 그린 것이 그 몇 해던가
붓끝이 닿는 곳에 살아 있는 고양이로다
하루 종일 창 앞에서 늘어지게 잠을 자고
밤이 되면 예전처럼 늙은 쥐를 잡는다.


의사의 꿈을 버리고 진리를 궁구하여 출세간의 장부로서 만중생들을 고해로부터 건지겠다는 원력을 세우고 전국의 선지식을 찾아 헤맨지 어언 15년이 지나고서 이제사 그 쉴 곳을 찾은 것이다.

곧바로 용성스님을 찾아가서 이 벅찬 사실을 말씀드렸다. 용성스님은 흔연히 인가를 해 주시고 자신의 법맥이 사자상승됨을 크게 기뻐하시었다.

범어사 동쪽 대나무 숲에서 오도의 인연이 있은 후 스님은 그 대밭을 특별히 아끼시고 직접 돌봤다. 죽순이 나는 계절에는 혹시 사람들의 손이라도 타지 않을까 하여 자주 들렀다. 스님은 별호를 스스로 순창(筍窓)이라고까지 지어서 쓰셨다. 오늘도 그때의 그 자리에는 큰스님의 화신인 양 사리탑과 비석이 묵묵히 지키고 서있다. 참으로 큰스님과 대나무 숲은 숙세의 지중한 인연이라고 생각할 수밖에 없다.

댓잎소리를 듣고 크게 깨달은 스님께서는 2년 후 보임을 위한 정진의 고삐를 늦추지 아니하였다. 보임(保任)이란 보호임지(保護任持)의 준말로서 자신의 깨달은 바를 잘 보호하고 깊이 간직한다는 뜻이다. 이해에 범어사 조실이 되었고, 참선납자들을 제접하였다.

이듬해 3월 15일 범어사 금강계단에서 첫 보살계를 설하였는 바, 깨달음을 얻은 후, 보임과 보살도 실천으로 성불제중의 길로 들어선 것이다.

하동산스님은 오도 후 대처승 등 친일승려와 싸우고 청담 · 효봉 · 금오스님 등과 더불어 불교 정화에 나서며 결국 한국불교 정화의 중흥조가 되었고, 그 문하에 해인사 백련암으로 처음 찾아온 성철대종사(1935년 음력 4월 15일 출가 득도)를 시작으로 광덕 · 지효 · 능가 · 지유 · 종산 · 월문 · 진경 · 보성 · 인환 · 초우 · 벽파 · 자운 · 정관 · 무진장스님 등 130여 명 상좌제자를 비롯 기라성 같은 많은 고승 대덕을 배출했으며, '설법제일 하동산' 이라는 말을 들을 정도로 동산대종사의 법회는 언제나 인산인해를 이루었다. 아무리 가난한 절도 동산대종사가 한 번 다녀가고 법회를 열기만 하면, "3년 먹을 양식이 들어온다"고 할 만큼 "복을 몰고 다니는 큰스님"으로 4부대중의 추앙을 받았다.

하동산대종사는 1936년 용성대선사로부터 지리산 칠불계맥을 이어받는 전계증을 받게 된다.

동산스님은 은사이신 용성스님의 부름을 받고 범어사 대원암으로 급히 달려갔다.

"분부 말씀 계시면 내려주십시오, 스님!"

항시 어버이처럼 자애로운 은사스님이었으나 동산스님은 매번 대할 때마다 극진한 예를 갖추어 스승을 섬겼다.

"내 오늘 그대에게 이 전계증을 전할 것이야."

"전계증이라니요, 스님?"

"계맥을 전할 것이니 잘 받들어 지녀야 할 것이야. 알겠는가?"

이날 그러니까 1936년 병자년 음력 동짓달 열여드렛 날, 용성스님이 동산스님에게 친필로 써서 내린 전계증에는 다음과 같은 글귀가 담겨있었다.

## — 전계증 —

내 이제 전하는 바, 이 계맥은 조선 지리산 칠불선원에서 대은화상이 범망경에 의지하여 여러 부처님의 정계 받기를 서원하여 칠일기도하더니, 한길의 상서로운 빛이 대은의 정상에 쏟아져 친히 불계를 받은 후에 금담율사에게 전하고, 초의율사에게 전하고, 범해율사에게 전하고, 선곡율사에게 전하여 나의 대에 이르렀다.

이 해동 초조의 전하는 바 '장대교망 녹인천지어'라는 보물도장은 계맥과 더불어 정법안장을 바르게 전하는 믿음을 삼아 은근히 동산·혜일에게 부여하노니, 그대는 스스로 잘 호지하여 단절하지 않게 하고 여러 정법과 더불어 세상에 머물기를 무궁하게 하라. 용성 진종이 증명하노니 동산·혜일은 받아지니라.

이날 동산스님은 은사이신 용성스님으로부터 전계증과 법인을 전해 받음으로써 조선불교 칠불선원의 계맥과 정법안장을 그대로 전수받은 셈이었다.

하동산대종사는 한국불교의 어른으로 범어사와 해인사 등의 조실을 지내시고, 1954년 65세 때에 대한불교 조계종 종정에 추대되었고, 1955년과 1958년에 다시 종정으로 추대되셨다.

하동산대종사는 인격 성숙이 무르익어 자비와 지혜는 물론 마음의 한 면인 용기도 드러낸 사례가 있다. 그것이 한국불교정화 중흥의 계기가 되기도 하였다. 6.25 한국전쟁으로 인한 부산피난 정부가 1952년 6월 6일 금정산 범어사에서 전몰장병 합동위령재를 거행하게 되었을 때다.

법주는 하동산스님이었다.

이승만 대통령은 한 시간이나 늦게 유엔군사령관 등과 함께 도착하여 법당 안에서 모자를 쓰고 손가락으로 부처님을 가리키며 말을 하였다.

이 모습을 본 하동산스님이 느닷없이 이 대통령을 향해 큰소리로 말했다.

"이것 보시오, 일국의 대통령이라는 분이 감히 어디서 모자를 쓰고 부처님께 손가락질을 하고 있단 말씀이시오."

"아이구, 이거 내가 큰 실수를 했소이다. 이 외국인들에게 부처님을 소개하느라고 그만…" 하며 이 대통령이 모자를 벗자, 유엔군 사령관 등도 모자를 벗었다.

이날 이승만 대통령과 하동산스님은 합동위령재를 원만히 마치고, 화해 원만한 관계로 서로를 각인했고 좋은 인연이 계속되었다.

그 후 이승만 대통령은 "대처를 한 왜색승들은 사찰에서 물러가라 유시를 내려 한국불교정화에 큰 기여를 하였다. 이승만 대통령은 본래 태어날 때 어머니가 북한산 문수사에서 부처님께 빌어 탄생했으나, 후일 기독교 국가를 꿈꾸게 된다.

하동산대종사는 한국불교의 국제화에도 노력하여 1956년 11월 15일에서 21일까지 네팔에서 열린 제4차 세계불교도대회에 효봉·청담스님과 함께 한국 대표로 참석하고, 1958년 11월 24일 태국에서 개최된 제5차 세계불교도 대회에 이청담·서경보스님과 함께 한국 대표로 참석하였다.

생로병사는 모든 사람이 겪는 과정이다. 본래 진여문에 생사는 없는 것이지만!

1965년 음력 3월 23일 오후 6시 지혜와 자비와 용기를 갖추셨던 하동산스님은 계전 수좌가 지키는 가운데 여여하게 본래 자리로 돌아가셨다. 한국 불교계의 큰 별이 사라지면서 대적삼매(大寂三昧)에 드신 열반이었다.

대종사의 나이는 76세요, 법랍은 53년이었다.

당일 평일과 다름없이 새벽예불, 정진, 도량청소를 하고 점심 공양 후 약간 피로한 기색을 보이시더니 제자들을 불러놓고 종단의 앞날을 염려하시면서 "방일 말고 부디 정진에 힘쓰도록 하라" 하시고 아래의 글을 남겼다.

　　元來未曾轉　원래미증전
　　豈有第二身　개유제이신
　　三萬六千朝　삼만육천조
　　反覆只這漢　반복지저한


　　원래 일찍이 바꾼 적이 없거니
　　어찌 두 번째의 몸이 있겠는가.
　　백년, 3만 6천 일
　　매일 반복하는 것, 다만 이놈뿐일세.


　하동산대종사의 열반 소식을 접하고 황망히 달려온 스님들이 2천 명에 달하였고, 신도들은 줄잡아 3만여 명이나 되었다. 가히 하동산큰스님의 거룩한 족적과 크신 덕화가 그렇듯 많은 사람들의 흠모와 추앙을 받기에 부족함이 없었다 할 것이다.
　대한불교 조계종 종정 이청담스님은 이날 동산큰스님의 덕화를 기리는 조사를 바쳤으며, 그 조사를 접하는 수많은 대중들 또한 큰스님의 극락왕생을 빌며 눈물을 떨구었다.


　　큰 법당이 무너졌구나!
　　어두운 밤에 횃불이 꺼졌구나!
　　어린 아이들만 남겨두시고
　　우리 어머니는 돌아가셨구나!

동산이 물 위에 떠다니니
일월이 빛을 잃었도다
봄바람이 무르익어
꽃이 피고 새가 운다.

하동산대종사를 오래 시봉한 동국대 불교학과를 나온 연등사 주지 반월스님은 한 마디로 "동산대종사는 신·해·행·증을 실천하신 스님"이라고 판단하였다. 반월스님은 또 부처님의 원칙에 철저한 책임 있는 큰스님인데, 권위의식이 대단했다고 한다.

"한국불교정화의 중흥조인 동산대종사는 당시 정화의 주역들인 청담스님·경산스님·성철스님·지효스님 같은 분들을 대하는 것이 너희들은 나의 도의 경계에는 아직 미치지 못한다는 자긍·자부심에 철저한 것 같았어요. 동산큰스님은 또 대처승들이 절에서는 살 수 없다는 원칙하에 정화불사를 시행하는 가운데 대처승들이 속가일 등을 시비하니까 속세에 미진한 것 등으로 과민한 반응도 있는 인간적인 모습을 보인 적도 있습니다. 그래서 동산스님은 늘상 견디어 참고 기다리는 '감인대' 정신을 고수하신 것으로 봅니다"라고 말했다.

## 3. 칠불계맥

불교의 수행은 배운다는 의미에서 3학(三學, 戒·定·慧)이고, 그 첫 번째가 불자로서 몸·입·마음으로 해야 될 일과 해서는 아니 될 일을 가려서 지키는 것이 지계(持戒)인 계학(戒學)이다. 계율은 근본자리에서 보면, 마음바탕에 시비가 없는 것(心地無非)으로 자성계(自性戒)가 그 최고봉이라 할 것이다. 그런데 하동산스님이 출가하셔서 배운 4분률 등을 보면, 청신사·

청신녀의 5계나 10선계와 비구 250계·비구니 500계뿐 아니라 수많은 종류의 계율이 있다.

불교윤리의 근본은 부처님 가르침에 있고, 그 근본은 칠불통게계(七佛通偈戒)에 있다. 칠불은 비바시불·시기불·비사부불·구류손불·구나함불·가섭불·석가모니불이며, 칠불통게계는 7불이 공동으로 금계의 근본으로 삼은 게문으로 "제악막작 중선봉행 자정기의 시제불교(諸惡莫作 衆善奉行 自淨其意 是諸佛敎)" 즉 나쁜 짓 하지 말고, 좋은 일을 하여 스스로 마음을 깨끗이 하면, 이를 일러 불교라고 한다는 것이다. 이는 〈법구경〉 '17불타품' 제 209송에 나오는 글이다.

칠불로부터 전해진 칠불통게계 맥은 선맥과 함께 백용성대종사로부터 하동산대종사로 이어졌는데, 7불로부터 마하가섭으로 이어지고, 쭉 내려가서 28대 보리달마로, 또 이어서 33대(동토6조) 혜능으로, 또 38조 임제의현으로 이어지고, 제56조 석옥청공으로 중국에서는 끝이 난다.

석옥청공의 뒤를 이은 분이 57대 태고보우(고려)이고, 63조가 임진왜란 때 나라를 구한 청허휴정이고, 이를 이은 분이 64조 편양언기 대사이다. 65조 풍담의심, 66조 월담설재, 67조 환성지안(喚惺志安), 68조가 용성진종(龍城 晨鍾)이고, 그 69대가 동산혜일대종사이시다.

백용성스님의 제자였던 임도문스님은 하동산스님과 동헌스님 말을 인용하여 용성스님은 석가여래 부촉법으로 68세(환성지안선사의 정법안장 연계) 석가여래 계대법으로는 제75세라고 말했다.

한편 하동산대종사가 용성대종사로부터 받은 전계증의 지리산 칠불계맥은 가야불교와 연계된 지리산 칠불사와 연결돼 있다. 《삼국유사》 '가락국기'와 금관성의 '파사석탑조'에 불교 국가로서 석가모니 부처님이 설법했으며, 승만 부인을 성불케 한 인도 아유타국에서 허왕후가 불탑인 파사석탑 등을 싣고 와서 호계사(虎溪寺)에 처음 세웠으며, 우리나라에서 나지 않는 파사석으로 된 불탑은 지금 일부가 마모된 채 허왕후릉 앞에 엄연히 세워져 있다. 파사석으로 조성된 이 파사석탑은 틀림없는 불탑이므로 그 탑을 싣고 온 것이 사실이라면 그 때 불교가 전해진 것으로 보아야 할 것이다.

김해 불모산(佛母山) 장유암(長遊庵 또는 長遊寺)에는 허왕후 오빠인 장유화상 보옥선사의 화장터와 사리탑 및 기적비가 있는데, 그 불교 초전자로서 가락국사(駕洛國師) 장유화상기적비(長遊和尙紀蹟碑)에는 "화상의 성은 허씨이며 이름은 보옥이니 아유타국 왕자이다. 가락국 시조 수로왕 건국 7년에 보주 태후 허씨 아유타국 공주가 부모의 분부를 받고 건너와서 배필이 되었는데 그 때 잉신 등 수십 명 일행을 감호한 이가 화상이니 태후의 오빠이다. 화상이 부귀를 뜬구름같이 보고 티끌 세상을 초연하여 불모산으로 들어가 장유하여 나오지 않았으므로 장유화상이라고 하였다. 만년에 가락의 왕자 7명과 더불어 방장산에 들어가 성불케 했으니, 지금 하동군 칠불암(七佛庵 즉 七佛寺)이 그 터이다" 등으로 되어 있다.

지금 김해 주변의 가야지역에는 그 밖에 장유화상의 흔적이 많아 장유면(長有面; 長遊面에서 일제시대 변형), 장유산(지금의 태정산), 장유사 등의 지명이 있고, 칠불사는 서기 103년에 창건됐다고 한다. 김수로왕의 7왕자는 외삼촌인 장유화상을 따라 가야산에서 수도를 하여 신선이 되었고(學道乘山) 의령 수도산, 사천 와룡산과 구등산을 거쳐 단기 2434년 지리산 반야봉 아래 운상원을 짓고 정진을 계속하여 2년 만인 2436년 8월 15일 성불하였다.

백용성대종사로부터 하동산대종사에게 전한 1936년 전계증을 보면, 해동 초조가 전하는 바, 계맥과 정법안장을 바르게 전하는 보물도장을 주어 믿음을 삼게 하였다. 이 계맥은 조선 지리산 칠불선원에서 대은낭오화상이 범망경에 의지하여 여러 부처님의 정계 받기를 서원하여 칠일기도하더니, 한 길의 상서로운 빛이 대은낭오화상의 정상에 쏟아져 친히 불계를 받은(瑞像受戒) 뒤에 금담보명율사에게 전하고, 금담율사는 초의의순율사에게, 초의율사는 범해각안율사에게, 범해율사는 선곡율사에게, 선곡율사는 용성스님에게로 전해지고, 이는 하동산대종사에게 전해진 것이다.

　동산스님은 은사인 용성스님으로부터 조선불교 칠불선원의 계맥을 그대로 전수 받으셨고, 비구계를 잘 지키신 것은 물론이다. 그 후 동산스님은 금정산 범어사 금어선원에 머물면서 범어사 금강계단에서 보살계와 구족계를 설하고 수여하면서 많은 제자들을 길러내었다.

　한편 칠불암의 본찰인 쌍계사 금당에는 중국 조계종의 종조요, 석가모니의 33대 법손인 혜능대사의 두상이 보존되어 있다. 이는 서기 724년 신라 성덕왕 24년 의상대사의 제자인 삼법스님이 혜능조사의 두상을 장정만 씨로부터 넘겨받아 쌍계사 탑 속에 봉안했다.

　하동산대종사는 "사람마다 천진 그대로요, 조금도 건드릴 것이 없으며, 뚜렷하고 깨끗한 그것을 이름하여 계(戒)라 하니, 공부하는 사람은 모름지기 계행을 깨끗이 해야 한다"고 늘 지계정신을 강조하셨다 한다.

　신라 선종 9산 선문 가운데, 8개가 혜능의 법손인 마조도일의 문하에서 나왔는데, 마조도일의 스승이 신라인 무상정중선사이다. 무상정중선사는 보리달마의 법의가사를 처적대사를 통해 전수 받았으며, 중국성도 보광사 나한당에 모셔진 500명의 한 분으로 모셔져 존경 받고 있음도 우리가 억념할 부분이다.

　칠불계맥의 전체 흐름을 밝히려면 더 깊은 연구가 필요할 것으로 생각된다.


## 4. 정혜쌍수

　부처는 지혜광명이고 자비광명이며, 삼계유심(三界唯心) 만법유식(萬法唯識)이다. 3학중 정학(定學)과 혜학(慧學)은 이론과 실천으로 나눠지는 면도 있지만, 정혜쌍수(定慧雙修)나 지관겸수(止觀兼修, Samatha-Vipassana)로 표현되듯이 불이(不二)라고 할 수 있다. 부처가 깨달은(발견한) 진리는 달마(dharma)인데, 우주의 보편적 법이나 자연법 또는 자연질서라고 할 수 있다. 정은 심지무란(心地無亂)이고, 혜는 심지무치(心地無癡)라고 표현한다.

산스크리트어로는 지(智)를 즈나나(Jnana)라고 하여 결단하는 마음작용을 의미하고, 혜(慧)는 마티(Mati)라 하여 심소(所)를 나타내고, 지혜를 반야(Prajna)라 하여 실상에 계합한 최상의 지혜를 뜻하기도 한다.

하동산대종사는 우리나라의 대표적인 정혜쌍수의 대선사로서 교학(敎學)을 소홀히 하지는 않았다. 세속에서 4서3경 등 외전을 충분히 이수하고 절에 들어와 불교이해와 지혜를 위해 3년 동안 불경을 비롯한 삼장을 철저히 탐구했다.

하동산스님은 사성제, 팔정도, 12인연, 삼법인 등을 설한 아함경, 유마의 불이법문과 승만부인의 여래장사상을 포함한 방등경은 물론 화엄경 야마천궁 게찬품의 '일체유심조(一切唯心造)', 금강경의 '응무소주이생기심'이나, '약견제상비상 즉견 여래' 같은 4개의 4구게, 보리달마 대사가 중점을 둔 능가경의 '이분별심 무별중생(離分別心 無別衆生)', 법화경의 '제법종본래 상자적멸상, 불자행도이 내세득작불'의 법화게, 그리고 법보단경의 '무념(無念) 무상(無相) 무주(無住)'도 탐구하셨을 것이다.

끝으로 열반게인 '제행무상 시생멸법 생멸멸이 적멸위락'(제행은 덧없는 것, 이것이 생멸법이고, 생멸이 멸한 즉 적멸락) 등도 탐구하셨다. 이러한 탐구를 통하여 임제나 조주나 보조나 경허스님처럼 남김없이 버리는 공부를 하신 것으로 사료된다.

하동산대선사의 선지는 멀리는 나말려초에 개산한 구산선문의 선지인 육조선을 계승한 것이고, 가까이는 여말의 태고보우선사(太古普愚禪師)가 중국에 가서 임제법손(臨濟法孫)인 석옥청공(石屋淸珙)선사의 법을 받아옴으로써 임제종지(臨濟宗旨)를 이은 것이어서 태고법손인 동산선사도 자연히 임제종지를 계승하고 선양한 것이라 하겠다. 그리고 제자들에게 동산대선사는 교를 공부한 후 '무', '이 뭐꼬', '만법귀일 일귀하처' 등을 화두로 많이 결택해 주었다 한다.

동산스님은 사교입선(捨敎入禪)하여 참선으로(여래선＋조사선＋간화선) 일 관하고 정혜쌍수로 마침내 견성오도한 것이었다. 범어사 조실로 계시면서 안거중에는 '선문촬요'로서 대중의 심안을 열어주는 데 주력하였으며, 역 사적 인물 중에서는 불일보조(佛日普照)선사와 경허(鏡虛)선사를 좋아하였다 한다. 동산선사는 염화실의 머리맡에 다음 글귀를 써 붙이셨다.

霜松潔操　상송결조
水月虛襟　수월허금


서리를 인 소나무의 깨끗한 지조와
물속의 달이 옷깃이 텅빔이여.


선사는 위의 글귀를 생활의 신조로, 지침으로 삼고 살으셨다. 그러기에 평생의 삶이 깨끗하여 율행(律行)이 엄정(嚴淨)하셨고 온갖 집착을 여의어서 내 상좌, 네 상좌를 가리지 않고 평등무차(平等無遮)의 자비행(慈悲行)・이타 행(利他行)을 실천하셨다. 법(法)에 있어서는 어떤 편견이나 애착을 두지 않 고 누구에게나 추상같으셨으며 대중을 아낌에 있어서는 늘 적자와 같이 사랑하셨다.

선사는 대소사암(大小寺庵)에서 법문을 청하면 언제나 혼연히 응하셨는 데 화엄산림(華嚴山林)・법화산림(法華山林)도 여러 차례 가지셨고, 특히 보 살계산림은 전국 각지에서 백여 차례나 열으셨다.

선사는 선・교・율(禪敎律)을 겸비한 스승이시며 임종 직전까지 선방에 서만 살으신 본분납자이셨다.

선사의 사상은 스승이신 용성(龍城)선사의 영향을 받은 바가 크지만 용성선사는 주로 역경불사(譯經佛事)를 통하여 불교의 현대화와 포교도생(布敎度生)에 역점을 둔 반면 동산선사는 순수한 수도승으로서 산사에서 일생을 마친 점이 다르다면 다르다 하겠다. 동산선사가 용성선사의 법을 이은 것은 스승의 원사 환성을 수긍한 때문이었다.

환성선사 이후 끊겼던 전법게를 용성선사가 이었으니 그게(偈)에 가로되

부처와 조사도 원래 알지 못하여
가설하여 마음 전함이라 했도다
운문의 호떡은 둥글고
진주의 무우는 길구나.

이 전법게는 상수제자인 동산선사에게 내린 것이거니와 동산선사 또한 전법게를 내리셨으니

뜰 앞의 잣나무란 말씀을
선사께서 일찍이 설하지 않았네
화살로 강의 달그림자를 쏜 것은
응당 새를 쏜 사람일레.

수행과 정화의 법왕이셨던 하동산대종사는 종합적으로 참선수행(의단독로), 염불수행(삼매현전), 간경수행(혜안통투), 주력수행(업장소멸), 불사수행(복덕구족)을 하신 뛰어난 스님으로 세계일화(世界一華)를 잘 드러냈다고 할 수 있다. 일상에서 동산스님은 오전과 오후에 몇 시간씩 참선을 하시고 주력은 '옴마니 판메홈'을 하셨다 한다.

이를 잘 종합하여 표현한 것이 1964년 음력 4월 15일 범어사 하안거 결제 법어이므로 이를 요약해 살펴본다.

- 결제법어

상당하여 주장자 세 번 치고, "6근 · 6진에서 뛰어나기가 예삿일이 아니니 화두를 굳게 잡고 한바탕 지을지어다."

우리가 6근 · 6진 · 6식 가운데서 사는 것이 마치 누에가 집을 짓고 그 속에서 사는 것과 같다. 6근 · 6진의 테두리에서 벗어나지 못하고 있는 게 중생살이다. 또 팔만사천 진노가 우리가 상에 집착하고 계교하는 까닭으로 달라지는 것이 마치 흰 종이에 붉은 칠을 하면 붉어지고 푸른 칠을 하면 푸르러지고 검은 칠을 하면 검어지듯이 우리의 계교에 따라 나타나며 그것을 업이라 한다. 그와 같이 온갖 색이 종이에 나타날 때 종이와 색이 온전히 하나요, 따로 있는 것은 아니나 따로 있는 걸로 보는 것은 우리의 업이다.

부처님 말씀에 "3계가 오직 마음이요, 만법이 오직 식이라(삼계유심이요 만법유식이라)" 하시니 전체가 마음이요, 거기에 무슨 딴 것이 있으리오. 마음을 마음으로 알지 못하고 거꾸러짐으로 해서 여러 가지 업이 있고, 업을 좇아 업을 익혀서 본래 없던 지옥 · 아귀 · 축생 · 수라 · 인도 · 천도 내지, 성문 · 연각 · 보살 · 불 등의 십법계가 벌어지며 그렇게 벌어져 있는 것이 본래 색이 없는 바탕에 온갖 색을 칠해서 여러 색이 있는 것과 같다. 그러므로 마음이 미혹했을 땐 십법계가 있지만 마음을 깨쳐 보면 한 물건도 없는 것이다.

부처님은 마음을 깨쳐 전체가 마음인 줄을 신(信)함으로 '신해 미침(信得及)'이라 하고 우리 중생은 마음을 미혹하여 전체가 마음인 줄 신(信)치 못함으로 '신(信)에 미치지 못함(信不及)'이라 한다.

부처님 경계는 법신을 깨달아 한 물건도 없으나, 미한 중생경계는 자기의 계교하는 분별을 따라 있다, 없다, 있는 것도 아니다, 없는 것도 아니다(유 · 무 · 비유 · 비무) 하여 성문 · 연각 · 보살 · 불의 차별이 있어지는 것이다.

본시 마음과 부처와 중생이 세 가지가 차별이 없건만 그 차별이 있는 것은 애착으로부터 모두가 거꾸러짐이 되어 있는 것이니, 지금이라도 이 마음을 신(信)하기만 하면 모두가 일제히 없어지는 것이다. 지옥은 지옥 그대로가 없고, 천당은 천당 그대로가 없고, 사람도 사람 그대로가 없는 것이다. 그 모두가 없애고서 없는 것이 아니고 제 모양 그대로 둔 채 없는 것이니, 지옥·아귀·축생·수라·인도·천도의 육취경계가 어디서 오는 것인가?

> 法身覺了無一物(법신각료무일물)이요
> 本然自性天眞佛(본연자성천진불)이로다.

> 법신을 각료하면 한 물건도 없고
> 본연의 자성이 천진의 부처로다.

우리의 마음 본바탕(本)은 본시 한 티끌도 없고 그것이 천진의 부처이며 누구에게도 그렇게 이루어져 있는 것이다. 6근·6진·6식의 십팔계의 우리가 이런 테두리에서 살고 있고, 이 테두리에서 벗어나기란 정말로 어려운 일이다. 그러나 여기서 벗어나는 데 눈 깜짝할 사이에 벗어나는 도리가 있다. 그 법을 보여줌에 중생이 찰나에 부처가 되는 것이다.

주장자, 이 주장자를 주장자라 하면 주장자 하나를 더하는 것이요, 또 주장자 아니라 하면 머리를 끊고 살기를 꾀하는 것과 같다.

이 말은 환하게 일러 준 말이요, 여간 가깝게 이른 소리가 아니다. 이 말 한 마디에 몰록 생사를 잊고 한 번 뜀에 바로 여래기에 들어가는 것이다(일초직입여래지). 여기서 알아차려야 하고 이 소리에 알아차리지 못하면 아니 된다. 어떻게 해야 주장자를 주장자라고도 아니 하고, 또 아니라고도 하지 않고 한 마디 이를 수 있겠는가!

양구(良久)하시고 주장자를 내리다.

처음 계를 가진다는 것은 잠깐 잊어버렸던 내 자성을 다시 깨친다는 도리요, 그 도리로 마음을 잘 써서 전일에 잘못한 과실들이 있는 것을 팔만사천의 법문 등에 의해서 다스리고, 어지러웠던 마음이 정해지면 이른바 "정수(定水)가 징청하야 지원이 방명이라." 정의 물이 맑아져서 지혜의 달이 바야흐로 밝아지는 것이다. 이것이 계·정·혜 삼학이 구족함이다.

또한 계의 조목만 말하는 것이 아니요, 그 오계·십계와 이백오십계 또는 보살십중대계와 사십팔경계 등이 이 자성 하나를 밝힌 것이요, 자성을 여의고 부처님이 말씀한 것이 아니다. 필경은 계를 인하여 마음그릇이 맑아지고 미했던 내 자성을 도로 회복하는 그때를 말하는 것이며 그렇게 되기를 기대한 것이다. 그러니 우리가 계행부터 잘 가지고 공부를 해야 하는 것이다.

옛적에 몽산스님은 공부를 배우려는 큰사람에게는 늘 "오계를 가져본 일이 있는가?" 하고 계를 먼저 물었다. 오계를 잘 가진다는 것은 궁실을 짓는 데 먼저 터를 견고히 하는 것과 같다. 터가 견고해야만 집을 세울 수 있고 터가 견고치 못하면 집을 세울 수 없다. 마치 허공에 집을 지으려는 것과 같은 것이다. 먼저 오계부터 잘 가지고 마음 그릇이 청정해진 뒤에야 참으로 실답게 공부를 할 수 있다.

한편 실답게 공부를 하려면 불가불 조사의 공안인 화두를 들지 않을 수가 없다. 부처님 말씀은 팔만사천 법문이 모두가 중생의 근기를 낱낱이 다 알고 다 보고 해서 그 근기에 맞춰 말한 것이기 때문에 모두가 굴복하지 않을 수 없이 항복하게 되고, 그 제도하는 방법이 여러 가지지만, 필경 구경처가 어디냐 하면 저 원각경이나 능엄경·금강경·기신론·화엄경까지라도 구경처는 만법을 결합하여 일심으로 돌아가는 데 있고, 일심이 부처님의 구경처이며 말로는 구경을 다한 것이다.

만법을 결합하여 일심에 돌아가면 거기는 능(能)과 소(所)가 없으나 그밖에 한 걸음 더 나아가는 것이 조사관이요, 우리의 구십일 공부가 바로 이것이다.

"만법이 하나로 돌아가니 하나는 어디로 돌아가는고?" 하는 것이 말후구라고 한다.

우리가 이 말후구를 모르면 불법은 만법을 결합하여 일심으로 돌아가는 것만 같고 능과 소가 함께 공한 것만 같지만 다만 그 속에 숨어 있는 뜻은 있기는 하나 말로는 드러나지 않았다.

"만법이 하나로 돌아가니 하나는 어디로 돌아가는고?" 하는 조사의 뜻은 드러나지 않았다. 이것을 알아야 참으로 부처님의 뜻을 확실히 알고 부처님 법을 붙들어 나가는 것이다.

옛적 향엄스님은 돌멩이로 대나무 치는 한 소리에 아는 바를 잊었다. 앙산스님과 탁마할 때에 앙산스님이 "네 공부가 어떠냐?" 고 물으니, "한 법도 뜻에 당하는 것이 없습니다" 라고 답했다.

또 묻기를, "그러면 누가 한 법도 뜻에 당하는 것이 없는 줄 아는고!" 하니, 거기에 막히고 다시 공부를 했다.

나중에 또 묻는데, "요새는 어떠한고?" 하니,

"거년에 가난한 것은 가난한 것이 아니요, 금년에 가난한 것이 비로소 가난함이라. 거년엔 송곳을 세울 땅이 없더니 금년엔 송곳도 또한 없도다!" 고 답했다.

앙산스님이 듣고, "여래선은 가하다 하거니와 조사선은 꿈에도 보지 못하였다" 고 하자,

향엄스님이 게송으로, '나에게 한 기틀이 있으니 누가 뭐라 물으면 눈을 깜짝해 보이리니, 만일 이 뜻을 알지 못하면 따로 사미를 부르리라" 고 말하니, 앙산스님, "기쁘도다. 스님이 조사선을 알았도다" 고 말했다.

이것이 조사관이요, 말후구이다. 이렇게 달라지는 것이다.

"만법이 하나로 돌아가니 하나는 어디로 돌아가는고?"

노인네가 이렇게 정녕히 일렀건만 이 뜻을 잘못 알아듣고 모두 별소리를

다 하는데 기껏 한다는 소리가 "입을 열면 벌써 글러졌다" 하는 거기에 더 나아가지 않으며, 그 소리가 내내 "금년엔 송곳도 또한 없어졌다 하는 소리와 다를 것이 무엇이 있겠는가! 모두가 그것을 가지고 말후구 소식을 모르고 있는 것이다" 하는 물음에, 조주스님은 "내가 청주에 있을 적에 일개 포삼을 지으니 무게가 일곱 근이라"고 말했다.

이것이 환하게 드러내 보여준 소리다.

여기서 눈을 가릴 수 있겠는가? 무엇으로 눈을 가려내는고? 그 언구를 가지고 눈을 가려내는 것이다. 모르면 불가불 모른다 해두고 다시 참구해야 하되, 다만 활구를 참구할지언정 시구를 참구하지 말라 하였다.

趙州露刃劒(조주노인검)이여 寒霜光焰焰(한상광염염)이로다
擬議問如何(의의문여하)하면 分身作兩段(분신작양단)하리라.

조주가 칼날을 드러냄이여!
찬 서릿발 같은 빛이 번쩍거리도다.
만일 의의하여 어떠하냐고 물으면
몸을 두 조각 내리라.

이곳에는 한 생각이라도 어리대다가는 벌써 두 조각이 난 것이다. 여기에 대해 이 뜻을 알 수 없으니 임제종에는 삼현삼요가 있고 조동종에는 오위법문이 있다.

그러면 필경에 조주의 뜻은 어디에 있는고! 이것이 무어냐 하면 활구참선이라 하지만 이것도 부득이해서 말로 한 방편에 지나지 않으며 이렇게 말로 하고 마는 것이 아니다. 그 소식은 다만 당인에게 있는 것이다.

"만법귀일하니 일귀하처오."

화두를 그냥 '하나는 무엇인고?' 하는 것은 조사의 뜻을 몰라서 하는 소

리다. 조사의 의지가 하나가 돌아가는 곳이 있는 것을 분명히 일렀다. 이것을 알려면 불가불 '하나는 어디로 돌아가는고?' 이렇게 의심하지 않으면 안 되고 그렇게 의심이 되는 것이다. 그렇지 않으면 공한 데 들어앉아 공한 것만 가지고 일체가 공했다고 한다. 말하는 것을 보면 알 수 있는 것이다.

조사의 공안이 거기에 있는 것이 아니요, 불법이란 깨침으로써 원칙을 삼는 것이니 크게 의심하는 데 반드시 크게 깨치는 도리가 있는 것이다. "진흙이 많으면 부처가 크다. 진흙으로 불상을 만드는 데 진흙이 많을수록 부처가 크고, 또 물이 높을수록 배가 높다" 하는 것처럼 의심이 클수록 깨치는 것이 크다. 그러니까 이런 소리를 예사로 알지 말고 참으로 조사관을 깨치도록 해야 한다. 분명히 조사관이란 있는 것이요, 그것이 말후구다.

덕산스님이 하루는 밥이 늦으므로 발우를 들고 나가는데 설봉스님이 보고, "종도 울리지 않고 북도 치지 않았는데 발우를 가지고 어디로 가는고?" 하고 물으니, 도로 방장실로 돌아갔다.

암두스님이 그 소리를 듣고,

"이 늙은이가 말후구를 몰랐도다"고 말했더니,

덕산스님이 암두를 불러,

"네가 날더러 말후구를 몰랐다는 말을 했느냐?"고 하니,

"네! 했습니다"고 말했다.

"그러면 말후구를 일러 달라"고 해서 암두스님이 덕산스님의 귀에 대고 일러 주었다.

그 이튿날 덕산스님이 법문을 하는데 전과 같지 않았다. 그것이 모두가 환하게 이른 소리다.

장무진 거사가 "불법을 다 알았으나 그것 하나는 몰랐다"고 하니,

도솔열선사가 "그것 하나를 모른다는 것을 보니 다른 것도 모르는 것이 분명하다. 알았다는 것이 거짓말이다" 하고 방망이를 주었다.

그 후 다시 참구하다가 밤에 요강을 모르고 발로 차는 바람에 활연대오 했다.

이튿날 열선사를 찾아가 "도적을 잡았습니다"고 하니,

"도적을 잡았으면 장물이 있을 것이니 장물을 내놓아라"고 하는데 삽짝을 세 번 치니,

열선사가 "밤이 깊었으니 갔다가 내일 오너라"고 말했다.

"종도 울리지 않고 북도 치지 않았는데 발우를 가지고 어디로 가는고 하는 데 대해 암두가 한 번 일으킨 소리가 우레와 같도다. 과연 삼년을 산다고 하였으니 이것이 저의 수기를 맞은 것이 아니냐!"

장무진거사가 깨치고 지은 송이다.

이와 같이 분명히 일렀으니 모든 학자가 이런 데서 눈이 열리는 것이다. 모르면 헛일이니 예사로 알아서는 아니 된다. 신(信)하지 않고는 천 번 만 번 공부를 하고 백 생을 지나더라도 수심이 안 되고 공부가 되지 않는다. 우선 바로 신(信)해야 하는데 쉽게 말하자면 일체가 오직 마음인 줄 신(信)한다면 거기에 무슨 딴 물건이 있겠는가!

"법신을 깨치고 보면 한 물건도 없고 본원의 자성이 천진불이라."

이것이 확실해진 다음에 참으로 공부를 지어가는 것이다. 이 사람은 지어도 짓는 상이 없고, 가도 가는 것이 아니고, 항상 와도 오는 것이 아니며, 항상 머물러도 머무는 것이 아니며, 일체 일을 다 하더라도 조금도 하는 상이 없는 것이다.

공부를 지어 나가려면 먼저 계행을 깨끗이 잘 가져야 한다. 더러 보면 술을 마시고 고기를 먹는 것이 반야에 방해가 없다 하여 계를 우습게 알고 어린애같이 보고 불로의 말을 믿지 않는 이가 있다. 부처님이 그렇게 행한 일이 없고 조사가 그렇게 한 일이 없다.

해와 행이 분명하고 해행이 분명해야만 바야흐로 불조라 이른다. 만일 해와 행이 나누어지고 각각 다를 것 같으면 온전함이 아니요, 해와 행은 둘이 아니며 곧 하나이다. 이렇게 분명히 일렀거늘 예사로 알고 또 무방반야라 하여 망녕되이 걸림 없는 행을 지어서야 되겠는가!

참으로 공부를 여실히 해 나가면 저절로 계·정·혜 3학이 원만해진다. 계가 없는 정이 없고, 정이 없는 혜가 없다. 그러므로 어떤 경에도 계를 말했고 모든 조사가 계를 말했다.

계란 별것이 아니다. 앞서도 언급했지만 잃었던 내 마음을 다시 회복하는 그 때가 곧 계이다. 그렇게 알면 곧 정이 있고, 정이 있을 때 계가 나는 것이며, 도가 있을 때 계가 함께 나는 것이니, 정과 계와 도가 하나이기 때문이다. 그런 사람은 으레 자성을 회복할 때 계가 있어지고 정이 있어지는 것이다.

이렇게 법문할 때 이 화두하는 법을 자세히 듣고 똑똑히 기억해 두었다가 잊어버리지 말고 공부를 지어 나가야 한다.

"만법이 하나로 돌아가니 하나는 어디로 돌아가는고?"

또는 어떤 중이 조주에게 묻되,

"개도 불성이 있습니까? 없습니까?"

조주가 이르되,

"무(無)니라."

"일체중생이 다 불성이 있다고 했는데 조주는 어째서 무라고 했는고?"

이렇게 자꾸 의심해 나가되 간단이 없어야 한다. 차차 일념이 되면 마치 망상번뇌를 내지 않아도 저절로 나듯이 화두를 들지 않아도 저절로 들어지고 자나깨나 한결같이 된다.

'오매일여(寤寐一如)'라는 말은 대혜선사가 "어떤 것이 제불이 몸을 내는 것인고?"라는 물음에 "더운 바람이 남쪽으로부터 오는데 저 법당 모퉁이에서 미량이 나더라"는 소리에 제불의 출신처를 알고 보니까 내내 자고 깨고 하는 것이 항상 한결같다고 하는 소리를 거기서 알았다고 한다.

화두가 일념이 되면 별안간 마음이 장벽과 같이 되어 거래심이 뚝 끊어진다. 늙은 쥐가 소뿔 속으로 들어간 것과 같이 다시는 나오지도 못하고 들어가지도 못하게 되어 거꾸러지고 마는 것이다. 그렇게 고구정녕으로 우리를 가르쳐 준 말이다. 그와 같이 시절인연이 도래하면 누구라도 그렇게 안 될 사람이 없고 꼭 그렇게 되고야 마는 것이다.

대개가 화두한다는 것이 사량분별심으로 하고 있다. 참으로 활구참선하여 근본적으로 해 나가는 사람이 몇 되지 않는다. 만일 참으로 화두를 투득할 것 같으면 그 사람은 불조로 더불어 다름이 없는 사람이요, 정말로 부처님 법을 옳게 아는 사람이다.

머리에 불이 붙은 것을 끄는 것과 같이 하여 항상 부지런히 정진하되 너무 빨리 하려는 속효심도 내지 말고, 또 해태심도 내지 말고, 불법 만나기가 섬개투침(纖芥投鍼)과 같고 맹구(盲龜)가 부목(浮木)을 만남과 같이 어려운 줄로 생각하며, 사람 몸 받기가 또한 어려운 줄로 생각하면 도업이 항상 새롭고 다른 생각은 날래야 날 수 없다. 그와 같이 공부를 지어 나가면 필경에 이런 도리가 나오는 것이다.

주장자를 1번 치고


不是一飜寒徹骨(불시일번한철골)이면
爭得梅花撲鼻香(쟁득매화박비향)이리오


한 번 찬 것이 뼈에 사무치지 아니하면
어찌 매화가 코를 찌르는 향기를 얻으리오!


주장자 3번 치시고 내려가시다.

## 5. 결론

우리는 앞에서 석가모니 부처님의 깨달음으로부터 시작된 견성성불제중의 가르침에서 우리나라 하동산대종사에 이르는 역사를 먼저 살펴보았다. 이어서 하동산대종사의 출가 후 수행적 삶과 그분의 뛰어난 신ㆍ해ㆍ행ㆍ증과 수행인 계정혜 3학을 자세히 살펴보고, 보임과 보살도 실천 등에 대하여 깊이 알아보았다. 우주는 한 생명의 빛이며, 지혜고, 자비이며, 용기의 꽃이었다.

필자는 여기서 하동산대종사의 제자 중에 필자가 만나뵌 능가스님ㆍ지유스님ㆍ진경스님 등으로부터 동산대종사와의 인연과 평가 등에 대하여 논급하면서 글을 맺기로 한다.

하동산스님을 모시고 영혼을 뜨겁게 달궈 정화불사를 추진했던 제자 능가스님은 대한불교 조계종의 종헌 종법을 고광덕스님과 함께 거의 다 만들었다 한다. 또 대처승 관련소송도 이기게 하였지만, 정화 당시 스님들이 역사의식이 없어 실망했고, 동산스님과 청담스님의 말만 믿고 추진했다고 한다.

한국불교협의회(지금의 종단협의회)를 처음 만들고, 세계불교지도자대회를 추진했던 능가스님은 불교정화운동 기간 중 하동산스님의 위상에 대하여 "동산스님은 속이 깊고, 성격이 준엄하셨는 바, 그 위상은 절대적이었어. 한 마디로 누가 감히 동산 노장님의 지시를 거역하는가? 만약 노장님의 뜻을 거역하면서 무엇인가를 설명하면 벌써 귀때기가 올라가 노장님은 너무나 확실하게 지시하시고 뚜렷하게 말씀했어. 그러면 밑에서도 '그리하겠습니다' 할 뿐이지. 그러면 모든 일이 일사천리로 되어 갔지."

능가스님은 또 하동산대종사 조명사업이 부진했던 까닭에 대하여 여러 원인이 있으나, 문도중진에 성철ㆍ지효ㆍ광덕스님이 계셨는데 세 스님이 잘 합치되지 못한 데서 찾을 수 있다고 덧붙였다.

능가스님은 절도깨비가 안 되는 진짜 불자의 4가지 요건은 ① 인과관계 믿음, ② 3생 믿음(현재·과거·미래), ③ 해탈(해방·탈출), ④ 불법승 삼보에 대한 믿음 등이라고 말씀하였다.

하동산대종사의 제자로서 깨달음에 이르고 인가를 받았으며, 현재 범어사 조실로 계신 지유(知有)스님은 동산스님 열반 후에 원두스님과 함께 동산스님 사진집 '석영첩'을 만드셨다 한다.

지유 조실스님은 "위대한 동산스님의 시봉을 한 철 해 보았는데, 그때 스님에게 '미련한 놈', '곰 같은 놈' 등 다라니(욕)를 엄청 먹었습니다. 욕 먹을 때는 변명도 안 하고 '제가 잘못했습니다' 만 할 뿐이었지요. 그렇게 한창 야단을 하시다가 우연히 제가 노장의 얼굴을 쳐다보다가 그만 눈이 딱 마주쳤어요. 그랬더니 빙그시 웃고서는 그만 방에서 나가시더라구요. 그때 노장 시봉하면서 안 터진 것은 저 하나뿐일 것입니다. 그러나 노장어른이 저를 뭔가 있어 하는 식으로 이해한 것 같아요."

지유스님은 필자에게 "번뇌 망상 녹이는 게 수행이고, 수행의 핵심은 감정의 소화입니다. 옛날 부처나 지금 부처나 앞으로의 부처가 똑같습니다. 깨달음이란 아무나 알고 있는 것을 깨달았다는 것, 거기에서 망상이 안 일어난다는 것, 모르고 헤매이는 것을 지금 바로 알아차림이 바로 견성입니다. 이 공부는 세수하다 코 만지기처럼 쉽습니다"라고 말씀하였다.

대한불교 조계종 총무원장을 지내고 하동산대종사가 조계종 종정을 하실 때 그 밑에서 조계사 서기를 하시면서 오래 지켜본 황진경스님은 다음과 같이 말씀했다.

"정화사의 주인공은 하동산스님입니다. 그리고 동산스님은 아주 혁명가이시며 사자상으로 태양과 같은 정화의 횃불을 드신 것입니다. 제가 조계사에 있을 때에 소지를 하러 나가시다 가끔 제 방의 앞에 오셔서는 '진경이, 진경이' 하고 부르세요. 그래 제가 나가면 '교단 정화를 함에 있어 정화를 찬동하고 협조한다면 다 우리의 동지' 라고 하세요. 대처한 사람도 정화를 찬성하면 도반이고 동지라고 말씀을 하셨습니다. 그때에 '장대교망(張大教網)하야, 녹인천지어(鹿人天之魚)하라', 즉 큰 그물을 던져서 다 그냥 사로잡자는 말씀을 하셨어요. 스님은 대처승일지라도 정화를 찬동하면 우리의 동지라고 하시면서, 대처승을 배척하지 말라고 하셨습니다.

그런데 대처승이 우리를 비방한다, 말을 안 듣는다 그러면 청담스님을 부르시고는 '그 대처승을 불러서 회유하여 이쪽으로 전향하도록 해라, 그렇게 설득하였느냐'고 물어요. 청담스님이 답변을 못하고 어물어물하면, 벌떡 일어나서 대로하셔서 '이놈들이, 정신이 썩은 놈의 자식들' 이라고 호통을 치지요. 그러시다가 얼마 후에는 막 웃어요. 그래도 청담스님은 하나도 노여워하시지 않고, 동산스님을 아주 참법왕처럼 절대적으로 수용을 하고 승복을 하고 그랬어요. 그런 좋은 모습을 보고, 듣고 그랬어요.

종정을 하시면서 동산스님은 예불을 한 번도 빠지지 않으시고, 대중공양을 철저하게 엄수하십니다. 그리고 당신 방에 계실 때에도 아주 철저하게 정진하시고, 신행에 철저하셔서 드러누운 법이 없으셨습니다.

제가 보기에 동산스님은 종단 정화에 헌신적으로 기여하셨어요. 그리고 오직 수행하는 것에서도 생불처럼 하나의 표본입니다. 예불하고 대중공양 안 빠지시고, 당신 처소에 들어가서도 계속 눕지도 않고 노인어른이지만 늘 정진했습니다."

하동산대종사는 우리나라 국난의 시대인 조선왕조 말기에 좋은 부모를 만나 태어나시고, 위대한 스승 백용성스님 등을 만나 신·해·행·증과 계·정·혜 3학으로 견성하시고, 보임하시면서 한국불교정화의 중흥조로서 보살도를 행하시어 생불소리를 듣다가 홀연히 사라지셨다. 하동산대종사는 열반 속에서 구름처럼 왔다가 바람처럼 사라지신 것이다.

〈참고문헌〉

가락불교장유종불조사, 『가락불교와 장유화상－고준환 한국불교의 가야
　　　초전』, 1999년.

고준환, 『4국시대 신비왕국가야』, 우리출판사, 1993년.

김광식, 『내 영혼을 뜨겁게 달구었던 스님(범어사와 불교정화운동)』, 글로
　　　리북스, 2008년.

김광식, 『내 마음의 생불(동산대종사와 불교정화운동)』, 글로리북스,
　　　2007년.

김동화, 『불교학개론(보론)』, 백영사, 1962년.

김부식, 『삼국사기(상)』(이병도 역주), 을유문화사, 1983년.

동산문도회, 『동산대종사문집』, 불광출판부, 1998년.

데미엔키언(고길환 역), 『불교란 무엇인가』, 동문선, 1996년.

박건주 역주, 『능가경』, 운주사, 2009년.

불교영상회보사, 『정중무상선사, 공종원－정중무상 김화상』, 1993년.

『선원빈－큰스님 칠불계맥을 잇다』, 동산법보신문사, 1991년

운허용하, 『불교사전』, 법보원, 1961년.

윤청광, 『큰스님 가르침－동산스님』, 문예출판사, 2004년.

윤청광, 『동산큰스님－벼슬도 재물도 풀잎에 이슬일세』, 우리출판사,
　　　2002년.

이희승, 『국어대사전』, 민중서림, 1961년.

일연, 『삼국유사(이민수 역)』, 을유문화사, 1983년.

일타스님 외, 『현대고승인물평전－송백운 평등무자비행 실천 동산스님』,
　　　불교영상, 1994년.

『도스님 부처님 가르침이 윤리의 본질이며 근원』, 「금강신문」 제466호,
　　　2012년 9월 4일.

『석우조주록 선해(남김없이 버려라)』, 「현대불교」 제905호, 2012년 9월 12일.

# 15. 산은 산, 물은 물, 이 뭣고? 이성철스님

나는 누구인가?(Who am I?)

이 뭣고?(是甚麼: 이게 무엇인가? What is this?)

나는 어디서 와서 어디로 가는가?

이는 지적 생명체인 모든 인류의 화두일 것이다.

이에 대하여 좋은 모범례를 보여준 분이 이성철스님이다.

그는 가야산의 호랑이이고, 해인사 방장에 대한불교 조계종 종정을 지내신 현대 한국의 대표적 선승임은 우리가 잘 아는 바와 같다. 우보호시(牛步虎視, 소처럼 걷고 호랑이처럼 보다)에 알맞은 성철스님이었다.

성철스님이 일반 국민들에 널리 알려지면서 불심을 일깨운 것은 1981년 1월 서울 조계사에서 있은 제7대 대한불교 조계종 종정 취임식에서다.

종정 취임식에 새 종정인 성철스님이 참석 안 했을 뿐 아니라, 취임 법어가 너무 쉽고도 파격적인 '산은 산이요, 물은 물이다' 였기 때문이다.

원만한 깨달음이 널리 비추니,
적멸(寂滅)이 둘이 아니다.
보이는 만물은 관음이요,
들리는 소리는 묘음이다.
보고 듣는 이 밖에
진리가 따로 없으니,
아아, 사회대중은 일러라,
산은 산이요, 물은 물이로다.

　'산은 산, 물은 물(山是山 水是水)'이라는 게송은 성철스님이 처음 쓰신 시
는 아니다. 당나라 청원행사(경덕 전등록), 운문선사, 고려 때 혜심선사(진각
국사어록), 백운화상 등이 활용한 유명한 시구였다.
　선문에서는 개구즉착이나, 의언진여로서 이 의미를 살펴보고 넘어가기
로 한다. 원래 시구는 3연으로 된 바, 아래와 같다.

　　산은 산이요, 물은 물이다.
　　산은 산이 아니요, 물은 물이 아니다.
　　산은 산이요, 물은 물이다.

　첫연의 '산은 산이요, 물은 물이다'는 개념 기억 속의 이미지(相)로서 산
이나 물을 뜻하고, 둘째 연에서 '산은 산이 아니요, 물은 물이 아니다'라고
앞연을 부정하고, 3연으로 넘어간 '산은 산이요, 물은 물이다'는 있는 그
대로의 진여현전(眞如現前)이다.
　내가 보기에 성철스님은 평생 유복하고, 뛰어난 자질과 노력에 좋은 인
연들을 만나 뜻대로 살다 간 힘찬 선승이 아니신가 한다. 그런 시각에서 시
절 인연 따라 살펴 그 삶을 되새겨 보고자 한다.

성철스님(李英柱)은 1912년 2월 19일 경남 산청에서 아버지 이상언과 어머니 강씨의 7남매 중 장남으로 태어났다(이 해가 북한을 약 50년 지배한 김일성 주석(金成柱)이 태어난 해이고, 탄허스님은 1913년, 한국의 박정희 대통령은 1917년생이다. 필자도 7남매의 장남이라는 생각이 잠시 머물렀다). 이영주 소년은 좋은 부모님을 만나 살아가는 데 남의 땅을 밟지 않아도 될 정도의 부잣집에서 풍성한 가운데 성장했다.

이 소년은 소학교를 나오고 한학을 배웠으며, 나이 20세가 되기 전에 서양학문을 접해 칸트의 '순수이성비판', 헤겔의 '역사철학', 하이네시집, 성경, '자본론' 등을 읽고 동서고금의 명저들을 두루 섭렵했다고 전해지며, 일본에 가서 2년 동안 유학도 하고 돌아왔다. 그리고 독학으로 영어, 중국어, 일어, 독어, 불어 등 5개 외국어에도 능통했다 한다.

성철스님은 우연히 지리산 대원사에서 불경을 읽고 감명을 받았고, 이어서 제헌국회의원을 지낸 최범술스님의 권유로 합천 해인사로 가서, 하동산스님을 만나 출가하고, 성철이라는 법명을 받았다. 성철스님은 좋은 스승님들을 만난 복이 있다.

금정산의 호랑이 하동산스님은 현대 한국불교정화 중흥의 기수로서 생불로 불리며, 수많은 제자를 두었는데, 그 3대 상수제자가 이성철스님, 원만상의 고광덕스님, 마카오 신사로 불렸던 지효스님이다.

필자는 3.1독립운동의 대표이신 백용성스님의 법맥을 이은 하동산스님의 출가 100주년을 기념하는 학술대회(2012.10.26 범어사 설법전)에서 '하동산대종사의 수행관'에 대하여 발표한 바 있다.

성철스님은 범어사 금어선원 등 전국의 제도량에서 수행정진하여 1940년 출가 6년 만에 대구 동화사에서 깨달음을 얻으셨다 한다.

그 깨달음의 노래는 7언절구 네 줄로 다음과 같다.


黃河西流崑崙頂　황하서류곤륜정

日月無光大地沈　일월무광대지침
遽然一笑回首立　거연일소회수립
靑山依舊白雲中　청산의구백운중

황하는 서쪽으로 흘러가
곤륜산 꼭대기에 이르니
태양과 달은 빛을 잃고
산하대지는 침몰하는도다
거연히 한바탕 웃고
머리 돌려 세우니
청산은 예전 그대로
흰 구름 가운데 있구나.


이에 대조하여 그 스승인 하동산스님의 오도송을 함께 보기로 한다.

1927년 7월 5일 하동산스님은 출가 15년을 맞아 범어사 금오선원에서 정진을 하다가 방선시간에 평소에도 유난히 좋아하던 선원 동쪽 대나무 숲을 거닐다가 바람에 부딪히는 댓잎소리를 들었다. 늘 듣던 소리건만, 그 날의 그 댓잎소리는 유난히 달랐다 한다.

실은 소리가 다른 것이 아니라 다르게 들렸던 것이다. 석가모니의 '견명성오도'에서 깨닫고 나니, 별이 별이 아니었던 것과 같다. 하동산스님은 그 순간 활연히 마음이 열렸다. 그간의 가슴 속의 어둠은 씻은 듯이 없어지고 수천 근의 무게로 짓누르던 의심의 무게는 순식간에 사라지고 만 것이다.

하동산스님은 그 순간을 "서래밀지가 안전에 명명(明明)하였다"고 표현한 바 있다.


畵來畵去幾多年　화래화거기다년

筆頭落處活猫兒　필두락처활묘아
盡日窓前滿面睡　진일창전만면수
夜來依舊捉老鼠　야래의구착로서


그리고 그린 것이 그 몇 해던가
붓끝이 닿는 곳에 살아있는 고양이로다.
하루종일 창앞에서 늘어지게 잠자고
밤이 되면 예전처럼 늙은 쥐를 잡는다.


　그 후 성철스님은 지리산 칠불계맥도 잇게 되었다 한다. 이는 백용성스
님으로부터 하동산스님으로, 하동산스님으로부터 다시 이성철스님으로
전해진다.

　불교윤리의 근본은 부처님 가르침에 있고, 그 근본은 칠불통게(七佛通偈)
에 있다. 칠불은 비바시불·시기불·비사부불·구류손불·구나함불·가
섭불·석가모니불이며, 칠불통게는 7불이 근본으로 삼은 게문으로 '제악
막작 중선봉행 자정기의 시제불교(諸惡莫作 衆善奉行 自淨其意 是諸佛敎)' 즉 나
쁜 짓하지 말고, 좋은 일을 하여 스스로 마음을 깨끗이 하면, 이를 일러 불
교라고 한다는 것이다. 이는 법구경 17 불타품 제 209송에 나오는 글이다.

　칠불로부터 전해진 칠불통게계맥은 선맥과 함께 백용성대종사로부터 하
동산대종사로 이어졌는데 7불로부터 마하가섭으로 이어지고, 쭉 내려가서
28대(동토초조) 보리달마로, 또 이어서 33대(동토6조) 혜능으로, 또 38대 임제
의현으로 이어지고, 제56조 석옥청공으로 지나(중국)에서는 끝이 난다.

　석옥청공의 뒤를 이은 것이 고려의 57대 태고보우이고, 63대가 임진왜란
때 나라를 구한 청허휴정이고, 이를 이은 분이 64대 편양언기 대사이다. 65
대 풍담의심, 66대 월담설재, 67대 환성지안(喚惺志安), 68대가 용성진종(龍城
震鍾)이고, 그 69대가 동산혜일 대종사이고, 그 70대가 성철스님이시다. 백

용성스님의 제자였던 임도문스님은 하동산스님과 동현스님 말을 인용하여, 용성스님은 석가여래 부측법으로 68세(환성지안선사의 정법안장연계), 석가여래 계대법으로는 제 75세라고 말했다.

한편 하동산대종사가 용성대종사로부터 받은 전계중의 칠불계맥은 가야불교와 연계된 지리산 칠불사와도 연결되어 있는 것으로 알려졌다.

성철스님은 견성한 후 문경 대승사 쌍련선원과 문경 봉암사에서 평생지기 이청담스님 등과 사라져가던 선풍을 진작하고 불교중흥운동에 나섰으며, 그 뒤론 파계사 성전에서 주석하는데 하도 사람들이 많이 찾아오니 도망가기도 하다가 철조망을 치고, 10년 간 강자불와로 선기와 선풍을 드날렸다.

성철스님은 해인사 방장이 되신 후 수많은 사람들이 찾아오고 몰려오는 문제와 중생들이 스스로 부처 되는 길을 찾게 하려는 뜻에서 "나를 만나려면, 부처님께 3000배를 하라"고 하여, '3천 번 절' 이라는 하나의 전통을 만들었다. 절 3천 번에는 많은 에피소드가 있지만, 성철스님과 박정희 대통령과의 만남이 불발된 것은 또 다른 아쉬움을 남겼다.

경부고속도로를 개통한 박정희 대통령은 1977년 구마고속도로 개통식에 참석하고, 서울로 돌아가는 길에 합천 해인사에 들르게 되었다. 대통령 측에서는 방장인 성철스님이 큰절 해인사로 내려와 대통령을 영접해 달라고 요구했다. 해인사 주지스님은 부랴부랴 백련암으로 올라가 성철스님께 통사정을 했다.

"대통령께서 오시니까 큰스님께서 큰절까지 내려와 영접을 해 주셨으면 좋겠습니다."

성철스님은 한동안 아무 말이 없다가 딱 한 마디를 했다.

"나는 산에 사는 중인데, 대통령 만날 일이 없다 아이가."

그리고 그것으로 끝이었다. 해인사 주지스님은 물론 원택스님, 성철스님의 맏상좌인 천제스님까지 나서서 설득하려고 애를 썼지만, 성철스님은 끝내 큰절로 내려가지 않았고 박정희 대통령과 성철스님의 만남은 끝내 이루어지지 못했다.

이 시대의 큰 스승인 성철스님은 1993년 11월 4일 오전 9시 가야산 해인사 퇴설당에서 제자 스님을 비롯한 대중들이 지켜보는 가운데, 열반송을 남기고 그윽한 눈길로 제자들을 모두 둘러보았다. 그 가운데는 복스럽게도 속가시절의 따님인 불필스님도 있었다.

"그동안… 내가 너무 오래 세상에 머문 것 같구나. 이제 가야 할 때가 되었나 보다… 부지런히 참선들 잘 하거래이…"

가야산 호랑이 성철스님은 그렇게 잠자듯, 꿈 깨듯 82년 인연 끝에 조용히 열반에 들었다.

그리하여 다비식이 모셔질 때까지 합천 해인사에는 100만여 명의 고해 중생들이 모여들어 성철스님을 기리고 아쉬워했다.

성철스님이 임종게인 열반송으로 알려진 것은 다음과 같다.


　　　일생 동안 남녀 무리를 속여
　　　하늘 넘친 죄업 수미산 지나
　　　산 채로 아비지옥에 떨어져서
　　　그 한이 만 갈래나 되는구나
　　　한 수레바퀴 붉음 내뿜고
　　　푸른 산에 걸렸도다.


이 글이 한 언론에 발표되자 불교계뿐 아니라, 종교계와 국민들 사이에 의견이 분분했다. 성철스님은 왜 이런 격외의 임종게를 남기셨을까?

먼저 성철스님의 스승이신 하동산스님의 열반송을 참고로 비교해 보기로 하자.

元來未曾轉　원래미증전
豈有第二身　개유제이신
三萬六千朝　삼만육천조
反覆只邇漢　반복지이한


원래 일찍이 바꾼 적이 없거니
어찌 두 번째의 몸이 있겠는가.
백년 3만 6천 일
매일 반복하는 것, 다만 이놈뿐일세.


　하동산스님과 이성철스님은 다른 두 인격으로 열반송이 다를 수밖에 없으나, 성철스님의 열반송은 쉽지가 않다.

　삼가 헤아려보면, 하나는 부처님 법어인 불이중도(不二中道)인 것이다. 죄업과 선업이 따로 없고, 지옥과 극락도 이름을 지어 말이 지옥과 극락이지, 분별이전의 근본자리에서 보면 모두 불이(不二)인 것이다. 무의어(無義語)이자 진언도 불이법이다.

　또 하나는 깨달음을 얻은 사람들은 부처님 법을 금시법(金屎法, 금똥법)이라고 한다. 역시 불이법이다. 이 헤아림이 혹시나 성진스님에게 불두착분(佛頭着糞, 부처님 머리에 똥 떨기)이 아니길 바란다.

　성철스님은 멋지고 당당하게 돌아가신 후에도 유복하셨다. 그것은 다른 큰스님들에 비해 원택스님 등 제자들을 잘 두어, 성철스님 생가에 겁외사가 창건되고 성철스님 헌창사업이 들풀처럼 일어났기 때문이다.

　다음에는 성철스님과 나의 직·간접적인 인연을 살펴보기로 한다.

　먼저 나는 성철스님이 쓰신 '선문정로'나 '산이 물위로 간다', 육조혜능스님의 법보단경(돈황본 육조단경) 해설을 보고 많이 배웠다. 특히 육조단경의 첫머리에 있는 '식심견성 성불제중(識心見性 成佛濟衆)'을 보고 무릎을 탁

쳤다.

　사람이 사람 마음을 바로 보아 깨닫고, 보임하고, 보살도를 실천하여 성불하는 것은 기본이치인데, 식심견성을 책 앞에 내세운 것이 탁월한 것으로 느껴졌다. 지적 생명체로서의 인간은 앎(識)으로 살되, 그 바탕은 절대의 마음(無心, 알거나 볼 수 없음)이 표현된 것이 우리 삶의 '식'이라 할 수 있다. 안이비설신의 6근과 색성향미촉법인 6경이 만나 생긴 6식까지 18계가 이뤄지지만, 우리 삶은 결국은 6식(안, 이, 비, 설, 신, 식)이라 할 수 있다.

　다음에는 청정법신 비로자나불을 모신 해인사이기에 그런지는 몰라도 성철스님은 태장계 만다라인 법신진언에 나오는 '아비라' 기도를 많이 권장했다고 들었다. 나는 특별한 기도를 하는 것은 아니나, 아침마다 태양을 향해 감사하고 '옴 아비라 훔 캄 스바하'라고 법신진언을 세 번 암송한다.

　다음은 이청담스님과 관련된 얘기다. 나는 이번 세상에 와서 맨 처음 불법을 접한 것이 1961년 부처님오신날 서울법대 1년생으로 법불회 초청법사인 이청담스님으로부터였다. 그때의 이청담스님의 '마음 법문'은 아직도 귀에 생생한데, 이청담스님과 이성철스님은 둘도 없는 도반이요, 친구였다는 것이다.

　청담스님이 먼저 가시자, 성철스님은 늘 청담스님을 그리워하셨다 한다. 청담스님과 성철스님은 참으로 가까운 사이였다. 세속 나이는 청담스님이 열 살이나 많았으나, 두 사람은 흉허물 없이 도반으로 지내며 심심하면 둘이 옷을 벗어던지고 레슬링을 했다. 어느 정도 막역한 사이였는지, 성철스님은 청담스님의 딸 묘엄에게 이렇게 말한 적이 있다.

　"니 아부지하고 나 사이는 물을 부어도 새지 않는다 아이가!"

　그래서 성철스님은 청담의 딸 묘엄에게 법명을 지어주고 처음이자 마지막으로 사미니계를 내려주기도 했다.

　청담과 성철 두 스님은 충남 덕숭산 정혜사, 속리산 법주사 복천암, 문경 대승사, 서울 도선사를 오가며 함께 수행하고 함께 고뇌하며 함께 탁마했다. '어쩌면 부부보다 더 가까운 사이로 지냈던 두 분'이라고 해도 조금도 과장이 아닐 만큼 서로를 아끼고, 존중하고 이끌어주고 믿어주었던 두 사람이었다.

그러나 1971년 11월 15일, 뜻밖에도 청담스님이 세속 나이 70세, 법랍 45세로 홀연 먼저 열반에 들자, 성철스님은 늘 청담스님을 그리워하며 청담스님과의 옛일을 회상하곤 했다

'하루는 순호스님이 왔어. 그때까지만 해도 순호라는 법명으로 불렀으니까… 그날 와서 그러는 기라.'

'나는 앞으로 순호라는 이름 대신에 청담으로 불러야겠으니, 이제 순호스님이라 하지 말고, 청담스님으로 불러줘. 순호에서 청담으로 바꾸면 도명(道名)을 날리고 120살까지 산대. 그러니 이름을 안 바꾸겠어?'

그러길래 내가 물었지.

'순호 이름 버리고 청담으로 바꾸는 데 돈 얼마나 줬어?' 하니 청담스님이 펄쩍 뛰며, '그런 일은 절대 없어. 절대 없으니까 그리 알고 앞으로는 순호 대신 청담으로 불러!' 했단 말이야.

그래 내가 '좋다는 데야 좋게 불러야지. 청담스님 오래 사소' 했제. 내가! 그런데 말이야, 정말 청담이라는 도명은 높았는데, 120살까지 살지를 못했어. 청담스님이 열반했다는 갑작스런 소식을 들으니 눈앞이 캄캄대. 향곡스님한테 연락해. 대구서 같이 서울로 갔지. 향곡이 날 보고 하는 첫마디가 '니 앞으로 레슬링 상대할 사람 없어 우짤래?' 였어. 청담스님이 오래 살았어야 하는데….

언젠가 성철스님은 낡은 회중시계와 수실로 짠 시계집을 상좌 원택에게 보여주며 이렇게 말했다.

"이제는 이것이 다 떨어져도 누가 새로 갖다 주는 사람이 없네. 옛날 같

았으면 청담스님이 이것저것 벌써 다 가져왔제."

　나는 평생에 성철스님을 한 번 직접 뵈었다. 아니 바라보았다고 말해야
정확할 것이다. 나는 1963년 한국대학생불교연합회 첫 창립 발기인이었
고, 1988년도에는 한국불교의 중흥을 위해 교수불자 약 1천 명으로 한국교
수불자연합회를 창립하고, 초대 회장을 맡았었다. 그때 약 2년 동안 나는
신바람 나게 일했었다.

　그 해 교불련 첫 하계수련회가 7월 7일부터 9일까지 사흘 동안 해인사 홍
제암에서 전국교수불자 106명이 참가한 가운데 열려, 선교의 불교공부, 44
명의 수계, 민주통일정토구현 다짐 등 성황리에 회향식을 마쳤다.

　그런데 나는 성철스님을 시봉하는 원택스님과의 합의로 '성철스님과의
대화'의 시간을 프로그램 속에 넣고, 하계수련회 안내장에 이를 밝혔었
다. 나는 7월 7일 해인사에 도착하여 일을 보던 중, 퇴설당 앞에 계신 성철
스님을 문 사이로 바라보았다. 그런데 법문과 대화를 하기로 했던 성철스
님이 막상 시간이 되자 갑자기 건강이 좋지 않다는 이유로 약속을 어겨(해
암 부방장이 대신 법문·수계, 일타스님 법문), 회장으로서 입장이 난처해진 바
있다. 성철스님 친견 희망자가 많았기 때문이다. 내 생각과 공덕이 부족했
던 것 같은데, 아쉬움이 컸다고 할 수 있다.


　끝으로 성철스님 하면 떠오르는 것이 돈오점수(頓悟漸修)냐? 돈오돈수(頓
悟頓修)냐의 논쟁사건이다.

　한국 선가에서는 일반적으로 보조국사지론의 견해로 돈오점수(몰록 깨닫
고 난 후 점차로 수행함)를 지지했던 바, 성철스님이 보조국사지론이 틀렸고
돈오돈수(몰록 깨닫고 몰록 수행성불함)가 옳다고 발표함으로 불교계가 발칵
뒤집히고, 학술세미나 등도 가졌는데, 결국 명쾌히 정리되지를 못했다. 당
시 성철스님과 선교쌍벽을 이뤘던 탄허스님은 돈수라고 해도 점수인 보임
을 항상 해야 한다고 말씀하셨다.

부처님은 머무는 자기 주장이 따로 없는 분이다.

이를 정리하는 것으로 이 글의 끝을 맺을까 한다.

첫째, 본각(本覺, 본불)의 자리에서는 무수무증(無修無證)이다. 닦을 것도 증득할 것도 없다.

둘째, 인류는 많고 깨달아 성불하고자 하는 사람도 많고, 깨달음도 여러 가지 구분이 있기에 정해진 법은 없으나(無有定法) 여러 가지 경우가 있을 수가 있다. 점오점수(漸悟漸修, 점차로 깨닫고 점차로 수행함), 점오돈수(漸悟頓修, 점차로 깨달아 몰록 깨달음), 돈오점수(頓悟漸修, 몰록 깨닫고 점차로 수행함), 돈오돈수(頓悟頓修, 몰록 깨닫고 몰록 수행 성불함) 등이 그 예이다.

셋째, 돈오점수가 대체적으로 타당하다. 중생불이 견성성불하는 데 불이문(不二門)에 들기 전에는 방황하는 수준이고, 불이중도에 계합하는 체험이 견성인 바, 견성한 후에는 이즉돈오(理卽頓悟, 도리는 몰록 깨달음)나 사비돈제(事非頓除, 업장 등은 갑자기 제거되지 않음)이므로 보임과 보살도가 필요하니, 이는 넓은 의미의 수행이므로 점오라 할 수 있다. 돈오점수인 것이다.

넷째는 돈오돈수인데, 몰록 깨치고, 몰록 닦아 성불하는 분도 있을 수 있다. 석가모니가 그 대표적인 분이고, 중국 6조 혜능대사를 돈오돈수의 예로 드는 분도 있기는 하다.

성철스님은 돈오돈수하셨는가?

존재는 차재(此在, 지금 여기 now here)이다. 불이중도 계합체험이 중요하다.

불이중도 무아연기 공화무저 시시각각(不二中道 無我緣起 空華無著 時時覺覺)

나무 석가모니불!

# 16. 태백산 현불사 불승종조 유설송스님

보살 대중 여러분, 안녕하십니까?

석가모니불께 경배찬탄합니다. (합장)

미륵존 여래불!

본각선교원 깨달음 세계 제28회 목요법회 주제는 '태백산 현불사 불승종조 유설송스님' 입니다.

저는 1983년부터 설송(雪松)스님의 제자법사로서 묘법연화경을 배우며, 여러 가지 법연을 맺고 10여 년간 제자법자로서 태백산 현불사와 수원 칠보산 일광사 등 전국 선원에서 법문을 했고, 1992년 제가 보문현 법사로서 미국 조지워싱턴대학교 교환교수로 가 있으면서, 워싱턴 보현사라는 사찰을 창건하기도 했습니다. 그 뒤로 구곡사로 이름이 바뀌었습니다만.

그래서 저는 스승님에 대한 감사한 마음으로 앞으로 불승종조 유설송스님에 관한 것, 제가 보문 법사로서 또 사제 관계, 그리고 설송스님께서 소의경전으로 택해서 가르치신 묘법연화경의 요지를 차례로 살펴보도록 하겠습니다. (탁, 탁, 탁? 죽비를 치다)

가장 중요한 것은 지금 여기뿐입니다. 시공간을 초월해서 지금 여기 깨어 있음은 곧 견성이고 영원한 우주죠. 우리가 망상을 쉬고 이름이나 모양을 취하지 않으면, 행주좌와 어묵동정 견문각지가 전부 깨달음, 각입니다. 현존일각뿐입니다.

거기에 생각이 떠오르면, 현존일념뿐이죠. 생각이 떠오르면 그것은 꿈세계와 같습니다. 그래서 우리가 세상을 살아가려면, 몽각불이, 꿈과 깨달음이 둘이 아닌 세상으로 살아가야 됩니다. 그 불이의 사상에 비춰서 신심불이— 믿음과 마음이 둘이 아니고, 불이신심— 신심은 두 개가 아닌 하나다.

그래서 우리가 진리를 찾을 때 그 진리를 서로 생각하는데, 어떤 스님은 소를 찾는 자여, 가소롭구나— 소를 타고 다시 소를 찾는구나. 그렇게 얘기했습니다.

우리가 열심히 정진해서 견성성불의 길로 가시기를 바라겠습니다.

모든 중생을 구제하겠다는 부처님은, 처음에 마하보디 템플에서 대각을 하시고 화엄경을 설하셨고, 그것을 백만인천이 잘 알아듣지 못하니까 순차적으로 아함경, 방등경, 반야경, 그 다음에 법화열반경을 최후 8년간 설하셨습니다. 가장 맨 나중에, 말하자면 대학코스와 같이 아함경은 초등학교와 같고, 중고교 과정을 이어 맨 나중에 설한 것이 묘법연화경인데, 유일불승을 목표로 합니다.

그 전에는 성문 연각 보살 그렇게 3승으로 가르쳤지만, 회삼귀일이라 해서 법화경에 와서는 모든 중생을 다 부처로 만들어서 견성성불하게 하겠다는 뜻으로 일불승을 가르치신 것이 법화경이라고 말씀드릴 수 있습니다.

설송스님은 1918년 경기도 포천에서 태어나셨고, 본명은 유(兪)자, 길(吉)자, 진(鎭)자였습니다.

설송스님은 포천군 한 공공기관에 근무하시다가 이승만정권 자유당 치하였는데, 정치적 사건으로 인해서 옥고를 치르셨습니다. 그 후 옥고를 치르고 나오니까 주변에 가까운 사람들부터 사람처럼 대하질 않아서, 에이

굶어서 죽어야겠다는 생각으로 설악산에 동굴을 찾아가서 들어가셨습니다. 사람이 죽는다는 것은 쉽게 생각해선 안 되지만, 한편으로는 죽는다는 생각을 정말 내면 아상이 죽기 때문에 도를 이루는 데 굉장히 중요한 요소가 되기도 합니다.

그래서 설악산 한 동굴로 굶어 죽으려고 가셨는데, 그래도 그 속에서 날짜 세는 건 하시고 싶으셔서 나뭇가지를 꺾어서 쭉 세셨다고 합니다. 그러다가 21개를 세는 날, 막아놓은 동굴이 열리면서 햇볕이 쭉 비춰 들어오고 인기척이 나서, '내가 아직 안 죽었구나' 하고 밖을 나가보니까 한 스님께서 계셨다는 겁니다. 그 분이 설송스님의 스승님이신 무령조사이셨습니다.

그래서 그 분이 쌀을 주면서 하시는 말씀이 "배가 고플 테니, 데워서 먹으라" 하니까, 설송스님께서는 불이 없다 하시니, 무령조사께서 부싯돌처럼 나무와 나무를 마찰시키면 거기서 불이 일어나니 그렇게 해봐라 하셔서, 불을 일으켜서 음식을 따뜻하게 해서 허기를 채우셨다고 합니다.

그 후 설송스님은 무령조사를 따라서 성균관대학 출신인 벽송선생님과 함께 묘법연화경을 배우고 깨달음을 얻으셨다고 합니다.

그러면 여기서 무령조사의 열반송인 무심(無心)과 설송스님의 오도송을 보도록 하겠습니다.

무령조사님 열반송,

노사우비고뇌를 누가 알리요?
무명이 동시에 일체행이니, 영과 육이 나란히 섬에 일체고요,
영과 육이 각자 나뉘니, 열반락이라.
있고 없고 이 저것이 모두 일체 마음이니,
어찌 극복하고 어찌 이기든, 무심이니라.

그렇게 1987년 7월 2일 무령조사께서 열반송을 남기시고 타계하셨다고

합니다.

　그리고, 설송스님의 오도송은,

　　구득불구득은 도지시야요,
　　불구득자구득 도지종이라.
　　아시천지개문리 여당개관묘진실이니라.

　　구하는 데 얻지 못하는 것이 도의 시초요
　　구하지 않는데도, 스스로 얻어지는 것이 도의 마지막이니라.
　　내가 천지의 이치의 문을 열었으니,
　　너희들은 마땅히 그 미묘한 진실세계를 열어보라.


　이것이 설송스님의 깨달음을 나타낸 오도송입니다.

　설송스님께서는 그 후 1960년대 전기에 인연 따라 수원 칠보산 일광사에서 부목으로 처음에 생활을 시작하셨습니다. 거기에 인연 있던 분이 적멸스님인데, 그 후에 사람들이 왔을 때 기회가 있어 법문을 설해 주시고, 또 법사라 칭하고, 그 다음엔 대법사가 되셨고, 1990년대에 가서 삭발하시고 스님이 되셨습니다.

　그리고 1980년대 경북 봉화군 석포면 대현리에 태백산 현불사를 지어 중심 사찰로 삼고, 1980년대 중반에 문공부에 불승종 유지재단 등록을 하였습니다. 거기에 창종주 겸 종정으로 취임하셨습니다. 문공부의 불승종 유지재단 등록은 지금 각근사 주지스님으로 계시는 무진스님과 제가 함께 수행했고, 특히 무진스님이 더욱 많은 애를 써서 성취시켰습니다.

　설송스님께서는 2009년 5월 열반에 드셨는데, 현불사에는 중심에 아미타불을 모신 미타전, 제일 높은 산 위쪽에는 일제시대에 희생된 5만8천 영령을 모신 영령보탑이 있고, 그 영령보탑에는 둘레로 일본사람들이 우리에게 사죄하는 조각이 모셔진 그런 기념비가 있고, 또 그 옆에는 태백산 현불사를 안내해 주시는 단군왕검의 기념비가 있어서 민족자주성을 드러내고 있으며, 그밖에 김대중 대통령이 방문한 기념비가 있습니다.

1996년 10월 20일 김대중 대통령이 방문했는데, 대통령 되기 어렵다고 하던 김대중 대통령이 현불사에 와서 부처님께 삼배한 그런 인연으로 대통령이 되었던 것입니다.

그리고 미타전 앞 건너는 데에는 노태우 다리도 있습니다.

다음에는 저와 설송스승님과의 법연을 말씀드리겠습니다. 저는 서울법대 법학과를 나왔지만, 석·박사는 국민대학교 대학원에서 했습니다. 국민대학교 박사학위 1호인데, 그때 학위 받을 때 대학원장이 박희선 박사라는 선교에 아주 능통한 분인데, 그 분에게 저는 초월명상(TM)을 안내해 드렸고, 그 분은 저에게 수원 일광사에 가면 도인이 계시니까 한 번 만나뵈어라. 그래서, 설송스님을 찾아가 뵙게 되었습니다.

제 가까운 친구 도반인 박준수 변호사와 4명이 찾아갔었는데, 여러 가지 얘기를 나누는 가운데, 다른 사람들이 모르는 나만의 비밀 그거를 슬쩍 지나가면서 말씀하시는 거예요. 그래서 이 분이 적어도 숙명통이나 타심통을 해서 신통력이나 도력이 굉장한 분이구나, 이런 생각을 갖게 되었습니다.

저는 그때 경남대학교에 있다가 수원 경기대로 오게 되었는데, 거기 일광사에서 중흥법회하는데 무진스님을 통해 나오라고 해서 갔더니, 끝나면서 설송스님께서 저보고 법사가 돼 달라고 하시는 거예요. 그러나 저는 묘법연화경 공부한 게 적고, 또 거기에 법화경 공부 오래 한 분도 많고 해서 사양을 했습니다.

두 번째 또 말씀하시는데 또 사양을 했더니, 세 번째로 설송스님께서 자기 일을 도와달라고 말씀하셔서, 더는 거절할 수 없고 해서 그걸 받아들이고 제자법사가 되어서 법화경을 배우면서 전국에 법사로 법문을 하러 다니게 되었습니다.

그때 한 가지 기억할 것은 그때 제가 한국교수불자연합회 초대회장을 했는데 부처님 법을 배우고 알리는 게 신바람 나고 좋았는데, 대개 교수들이 조직적 일에 약한 것이 재정적인 측면인데, 설송큰스님께서 저에게 금일봉을 주셔서 여러 가지 교불련 초대회장 하는 데 큰 애로가 제거되었습니다.

수교가 되지 않은 중국불교협회와 교류도 하고, 돈황도 가고, 백두산 천지에 올라가서 한라산 흙을 가져다가 백두산 천지에서 통일을 위한 백두산 천지, 한라산 백록담 흙으로 합토제도 지내고, 또 전국적인 매주 법회, 굉장히 신바람 나게 일했고, 나중에 돈 쓴 걸 보고하려고 하니까 그런 건 보고하는 게 아니라고 그런 말씀을 하셔서, 부처님은 여래나 여거다. 가면 가고 오면 오지, 조건 지어지지 않는다는 것을 스스로 보여주시는구나, 하는 그런 깨달음을 한 적이 있습니다.

그 후에 저는 1991년에 미국 워싱턴 DC에 있는 조지워싱턴대학교 교환교수로 가게 되었습니다. 그 인연으로 워싱턴 DC 인근 Annandale(애난데일)에 연꽃이 피는 동산에 사찰을 하나 만들려고 했고, 설송큰스님을 직접 모셔서 중흥법회도 하고 그랬습니다.

제가 보문현 법사인데, 그 이름을 따서 워싱턴 보현사라고 이름을 지어서, 사찰을 해외에 처음으로 만들었습니다. 그 후에 이름이 워싱턴 구곡사로 바뀌었습니다.

다음에 제가 하나 말씀드릴 것은 그 후에 아까 김대중 대통령이 다녀간 기념탑이 서있다고 했는데, 그 과정을 간단히 말씀드리면 이렇습니다.

저희 불승종 신도 중에 대한무궁화중앙회 회장인 명승희 여사가 있었습니다. 그 분은 호남 출신이고 또 김대중 대통령 내외와도 친하고, 정치인 국회의원에도 뜻이 있었습니다. 그래서 본인의 생각은 김대중 씨를 대통령으로 만들면, 여러 가지로 호남도 좋고, 국민도 좋고, 본인도 여러 가지로 좋겠다 싶어서, 설송큰스님께 김대중 씨가 대통령이 될 수 있겠습니까?

하고 여쭈니까, 김대중 대통령이 김영삼 대통령에게 저서 피난 가듯이 영국으로 갈 땐데, 그런 길이 없다고 했습니다. 이무기상이어서 그런 것이 없다….

그래서 명승희 씨가 굉장히 실망도 하고 그랬는데, DJ가 영국에 갔다가 다시 귀국해서 새정치국민회의를 만들고 그럴 때인데, 명승희 회장이 다시 설송큰스님께 김대중 씨가 대통령 되는 길이 있겠습니까? 하고 다시 여쭈니, 그때는 있다고 대답하신 거예요.

그러니까 명승희 씨가 너무 좋아서, 어떻게 하면 되겠습니까? 하고 여쭈니, 설송큰스님께서 "그건 김대중 씨가 현불사에 와서 부처님께 삼배를 하면 될 수 있다"고 이렇게 대답하신 거예요. 명승희 씨는 아주 기뻐했죠. 근데 김대중 씨는 천주교 신자이고, 부인 이희호 여사는 개신교니까 명승희 씨가 가서 두 분께 얘기하니까 잘 먹혀들지가 않았던 것 같아요.

현불사가 조계종의 삼보사찰도 아니고 그래서 그런지, 움직이질 않았습니다. 그러니까 명승희 씨가 머리를 쓴 거예요. 제가 불승종의 법사이고, 대학교수고, 한국교수불자연합회 초대회장도 하고, 민주화 과정에서 김대중, 김영삼 대통령과도 여러 가지 친분이 있었기 때문에 저를 활용하려고 한 거죠.

그래서 설송큰스님께 가서 말씀드리기를, 보문법사가 김대중 씨를 만나면 좋겠다고 하니까, 그렇게 저에게 얘기를 하라고 하신 모양이에요. 그래서 명승희 씨가 저에게 와서 얘기해서 제가 설송큰스님께 여쭤보고 확인을 하니까, 만나보라고 하시는 거예요. 그래서 명승희 씨가 시간약속을 잡아줘서 갔는데, 물론 DJ와 전부터 잘 아는 사이니까 반갑게 인사하고 저는 딱 두 가지만 얘기했습니다.

하나는 대선에 나오면, 캐치프레이즈로 평화적인 정권교체를 얘기하시라.

두 번째는 제가 경험한 제자법사로서 본 설송큰스님은 도력과 신통력이 많으신 분이니까, 그 분이 DJ가 현불사에 오셔서 부처님께 삼배하면 대통령이 될 수 있다고 하시니, 그분은 절대 거짓말을 하실 분이 아니니까 한 번 가시라고 하니까, 고개를 끄덕끄덕하시면서 좋다고 하더라구요.

그런 인연으로 해서 그 후에 1996년 대통령 선거가 있기 전 해죠. 음력 9월 9일에 한화갑 씨를 비롯해 50여 명을 데리고 와서, 제가 접반사 역할을 하고 김대중 씨가 미타전 있는 마당에서 연설도 하고 했는데, 그때 김대중 씨가 큰스님과 단독으로 아랫도량 큰스님만 쓰시는 방에서 단둘이 만났다고 합니다.

그때 정치얘기를 하는데, 김대중 씨가 설송스님에게 어떻게 그렇게 정치를 잘 아시느냐 그런 얘기도 했다고 하는데, 하여튼 설송스님께서 "당신의 대통령 당선은 내가 생명을 걸고 보장한다" 그랬어요. 그래가지고 여러 말씀을 나누셨겠죠. 그 후 결국 김대중 씨가 대통령에 당선되고 나니까, 설송스님을 스승으로 모시고 그런 기념비가 서게 된 겁니다.

여러 가지로 생각해 보면, 그 요점은 김대중 씨가 대통령 되는 건 DJP 연합이라고 하는데, 사실 좀 더 살펴보면, DJPTH 연합이에요. 김대중 호남, 김종필 충청도, 그 담에 거기에 경상도 박태준, 경기도 이한동 씨가 나옵니다.

노태우 대통령, 김영삼 대통령은 큰스님과 그전부터 관계가 있었고, 거기에 박태준(T) 씨가 들어서서 구속되었던 전두환, 노태우와도 연결되고, 영남 세력을 나름대로 엮어서 김대중 씨를 지원한 거고, 그 다음에 또 하나 H는 이한동을 뜻하는 H인데, 이한동 총리는 설송스님과 동향입니다. 그래서 수도권은 이한동 씨가 책임지고 해서 결국은 DJPTH 연합이 성공한 겁니다.

그래서 그 후에 김대중 대통령이 되고 나서 국무총리를 하는 거 보니까, 김종필, 박태준, 이한동 순서로 국무총리를 하더라구요.

저에게는 정치적인 지분이 있어서 아태재단으로 오라고 했는데, 저는 지분권을 행사하지는 않았습니다. 그러면 명승희 씨에게라도 그런 답례를 했었어야 했는데, 그 뒤에 보면 답례도 제대로 한 거 같지는 않습니다. 어쨌든 지금 현불사에는 김대중 대통령이 다녀간 기념비가 있습니다.

그리고 한 가지 말씀드릴 것은, 저는 선교일치로 견성성불의 중심을 쭉 뒀는데, 현불사에 오는 신도들 때문인지 아니면 설송스님의 특성 때문인지, 이곳은 선보다는 기도가 굉장히 강해서 철야기도 같은 걸 많이 합니다. 물론 그렇게 전국에서 수천 명이 몰려오면 그렇더라도 거기 분위기가 장엄이 되고 그런 것은 설송큰스님이 아니면 하실 수 없는 그런 부분이 있지만, 저하고는 조금 차이가 있는 부분이 있었고, 제가 설송큰스님을 잘 이해 못한 부분도 있겠죠.

또 하나는 미국에 가기 전에 미타전 바로 앞에 설송큰스님만 올라가시는 상당법어를 하는 자리가 있습니다. 제자들은 법문하더라도 밑에서 하는데, 그때는 저보고 위에 올라가서 관세음법문을 하라고 하시면서 왼쪽에 제일 높았던 송광스님과 비구니 화관스님이 올라와서 보처처럼 앉아서 관세음보살 법문을 했습니다.

한참 하고 있는데 스승님께서 내려오신 거예요. 잠깐만 저에게 내려오라고 하시더니, 스승님께서 올라가셔서 보문이 법문을 해서 관세음보살이 오셨는데, 그러면 그 다음에 어떻게 하라 던지 이런 게 나가야 되는데 그걸 내가 못하니까 스승님께서 올라오셔서 얘기한 거다 그랬어요. 그때 스승님의 뜻을 알아듣고 그렇게 제가 했어야 했는데, 잘 알아듣지 못하고 그런 일도 있고, 어쨌든 그래가지고 설송큰스님께서 열반하신 후에는 또 불승종단이 싸움박질이 나서 폭력배도 동원되고 소송이 걸리고 그래서 그 다음부터는 저는 현불사에 나가지 않았습니다.

그러면 법화경의 요점은 제법의 실상을 십여시로 표현한 그런 것이고, 전에 성문연각보살 삼승으로 수도해 나가는 것을 성문이고 연각이 보살이고, 모두 성불하게 해서 상근기, 중근기, 하근기를 비롯해서 모두 수기를 줍니다. 언제 부처가 되리라는 거지요. 사리불부터 마하가섭, 목건연, 가전

연, 그 뒤에 부르나미 다라니자, 또 아야교진여, 마하파자바티, 부인 야소다라, 비구니까지, 또 아난과 라훌라까지 쭉 다 언제 부처가 되리라는 수기를 주는 겁니다.

그래서 수기경(授記經)이라고도 그러고, 또 여기에는 법화칠유라고 해서 일곱 개의 비유가 있습니다.

묘법연화경에 중요한 가르침만 우선 보면, 법화경은 28품인데 14품까지는 적문이라고 해서 석가세존의 흔적이 남은 품이고, 15~28품까지는 본문이라고 해서 법신불, 비로자나불 대일여래 또는 무량광수불 그러한 것에 관한 품이라고 할 수 있습니다.

우선 방편품을 보면 제법이 종본래로 상자적멸상이니, 불자행도이하면 내세득작불이니라, 했습니다.

모든 존재 진리는 본래 적멸상, 아무 모양이 없어요. 모양이 없는 무상으로 일상이고 일미죠. 그래서 불자가 이대로 행하면, 내세에 꼭 부처가 되리라. 여기서 말하는 부처님은 허공심이라고 말할 수 있습니다.

그리고 약초유품이라고 있는데, 거기에는 삼초이목의 비유가 있습니다.

하늘에서 내리는 비도 똑같이 내리고, 태양빛도 똑같이 비추지만, 나무의 크기와 풀의 크기에 따라 각기 자기의 분수대로 자란다.

약초유품에 나온 걸 보면,


여래지시일상일미지법하나니,
여래께서는 일상일미의 법을 아나니,
소위 해탈상,
상을 뛰어넘은 해탈상이고 이상멸상이다.
마음이 상을 떠나면 멸상이 되고,
구경열반인 상적멸상이다. 앞에 얘기했죠.
종귀어공한다. 결국 끝내는 '빌 공(空)'으로 돌아가니까 결국은 진공묘유

중도를 나타낸 것이라고 그렇게 말할 수 있습니다.

　다음에는 제16 여래수량품이 있습니다. 여래의 수명이 어떠냐 하는 것인데, 우리가 아는 석가모니 부처님은 부다가야 마하보디 템플 밑에서 깨달으신 것으로 알고 있지만, 그것은 중생들을 위해서 그렇게 보여준 것이지, 실제는 아주 우리가 알 수 없는 오랜 옛적부터 이미 깨달으셨다 그런 겁니다. 선남자야, 아실성불이래는 무량무변 백천만억 나유타아승지겁이니라.

　그랬습니다.

　제자들이여, 내가 실제로 성불한 때로부터 치면, 무량무변 즉, 우리가 생각할 수 없는 백천만억 나유타아승지겁 이전부터 나는 성불했다.

　그런 것을 다른 말로 하면, 무량광불, 무량수불, 아미타불이나 또는 법신불로서 비로자나불 또는 대일여래 이렇게도 얘기를 할 수가 있는 겁니다.


　오늘은 제28회 태백산 현불사 불승종조 유설송스님에 관해서 또 견성성불의 길을 살펴봤는데, 결국은 직견자심, 누구나 자심, 자기 마음을 보면서 회광반조, 밖으로 향하던 마음 빛을 안으로 돌이켜서 비춰보면, 증오자심, 자기 마음을 깨닫는 거예요. 자심으로 자심을 통하여 깨닫는 거예요. 자심의 마음 심자는 마음이 나오는 자리가 성품이니까 결국 자성을 깨치는 거니까 견성을 하게 되는 거죠. 지금 여기 알아차림, 주시의식, 주시자, 깨어 있음이죠.

　'직견자심 회광반조 증오자심'(直見自心 廻光返照 證悟自心)만 확실하게 알아가지고 그대로 선정을 닦아서 삼매에 들고, 깨어 있으면 어느 순간 시절인연이 맞는 순간 꼭 깨달음을 얻게 되겠습니다.

　보살 대중 여러분, 모두 직견자심 견성성불하십시오.(합장)

　　　　　　　　　　　　　(깨달음 어렵지 않다. 지금 여기 깨어 있음. ─교림)

로부터 많은 것을 배웠습니다.

황산덕 교수님은 법철학과 불교철학을 함께 하셔서, '창조자의 복귀' 라는 책도 쓰시고, '법철학' 도 쓰시고 그랬습니다.

그리고 그 부인께서는 황대법선이라고 불교학자였습니다. 그런데 한 가지 얘기는, 황산덕 교수님이 박정희 독재정권 시절에 동아일보 논설위원으로 논설을 썼는데, 그것이 집권자의 비위를 거슬러서 감옥에 가셨다고 합니다. 그때 부인인 황대법선께서 백성욱 박사님(동대 초대총장을 지내시고, 금강경 독송도 가르치고 어떤 삼독의 마음이 나면 미륵존여래불에게 바쳐라 하고 이렇게 가르침을 주셨는데), 그때 백성욱 박사께서 황대법선에게 하루에 금강경을 매일 여러 차례 읽고, 시간나는 대로 "미륵존여래불" 하고 바쳐라 그랬습니다.

처음에는 효과가 없었는데, 상당한 세월이 흐른 후에 느닷없이 박정희 대통령이 석방을 시켰습니다. 그리고 그 인품을 알아본 박정희 대통령이 나중에 법무부장관과 교육부장관을 시켜서 그렇게 하셨는데, 그때 일부 제자들은 반대했지만 황산덕 박사님께서는 그런 현실적인 이해나 이런 걸 떠나서 나라를 생각해 장관을 수락하시고 했습니다. 후에는 성균관대 총장을 하셨습니다.

서돈각 박사님은 법명이 무애인데, 늘 학자로서 겸허하시고 원융무애한 그런 행을 하셔서 동국대·경북대 총장을 하시고 제자들에게 큰 규범이 되셨습니다. 그 후로 저는 서울법대 법불회 친구 10여 명과 함께 김탄허스님께 화엄경 등 가장 많은 배움을 받았습니다.

그리고 저는 유설송스님으로부터 법화경을 주로 배웠으며, 탄허스님은 유불선의 삼절이어서 동양학 전반에 관해 배웠지만, 주로 화엄경을 많이 배웠습니다. 그리고 대한불교 조계종정을 지내신 김혜암선사님과 김경봉 통도사 극락암에 계시던 선사로부터는 화두를 결택받았습니다.

선지식 거사님으로는 동국대학교 김동화 교수님을 우선 생각해 볼 수 있습니다. 그분의 유명한 불교학개론, 불법승 삼보론 체계로 된 그러한 책을 사가지고 그것을 빠른 시일 안에 독파했고, 또 서울교대 교수를 하신 은정희 교수님과 함께 김동화 박사님한테 개인적으로 사사했습니다.

그리고 저는 법불회에 들어가서 3학년 때 법불회 회장이 신호철 법우였는데, 함께 제가 제안을 해서 김홍도 방울스님과 함께 한국대학생불교연합회를 처음 만들고 그 다음에 그 창립 첫 수련법회를 속리산 법주사에서 했습니다. 그때 이기영 교수님과 서경수 교수님한테도 배웠습니다. 특히 이기영 교수님은 대승기신론을 강의하셨는데, 끝내면서 각자 자기가 얻은 결론을 써내라고 했습니다. 저도 한 줄 써냈는데 제일 칭찬을 받았습니다. 지금도 기억이 나는데, 그것은 '진여일심은 불법승 삼보다' 라고 쓴 것이었습니다.

그리고 저는 대학을 졸업할 즈음에 동국대학교 불교대학 교수셨던 법운 이종익 교수님한테도 배웠습니다. 이종익 교수님은 《사명대사》라는 소설책도 쓰시고, 미륵정토 불교 10선 운동도 하시고 했는데, 저하고 은정희 교수, 김원수 교수, 권화섭 한국경제신문 국장과 함께 진관사 밖에 있는 사저에서 화엄경을 중심으로 많이 배웠습니다.

그런 그때, 특히 제가 드문 체험을 한 바, 눈을 뜨고 화엄경을 보는데 온 우주가 살구꽃으로 꽉 차는 그런 체험을 했습니다. 아주 특이한 체험을 했는데, 그 후에 군대 가는 바람에 오래 계속은 하지 못했습니다. 법운스님께 송구했습니다.

그 후에 또 김원수 교수, 은정희 교수와 연결이 되어서 소사에 있는 백성욱 박사의 백성목장에 가서 한 번 가르침을 받았습니다. 그것은 역시 금강경을 자주 읽고 또 하나는 삼독의 마음이나 매끄럽지 않은 마음이 나면, 공경하는 뜻으로 미륵존여래불 하고 거기에 바쳐라 그러는 겁니다. 미륵불, 앞으로 석가모니불 다음에 오실 미륵불인데, 그것은 석가모니불이 기대하는 부처가 미륵존여래불이기 때문에, 미륵존여래불에게 바쳐라 그런 것이었습니다.

저는 불교에 관심이 많다 보니까 도반이 많이 있었습니다. 특히 서울법대 동기인 박준수 변호사, 전창렬 변호사, 김문웅 한진 사장, 김영삼 변호사, 명호근 쌍용 사장 또 시인 박영희 여사 등 10여 명이 탄허스님 밑에서 공부를 많이 했고, 또 한국교수불자연합회를 만들어서(초대회장) 벌써 30여 년이 되니까 교불련 관계로 유종민 교수나 정천구 교수, 연기영 교수님 같이 좋은 도반들도 많이 있습니다. 그리고 불승종의 법사로 있었기 때문에 법화경의 법사인 무진스님과 봉천스님 같은 아주 훌륭한 도반도 있습니다.

특히 제일 저와 가까이 지낸 60년 친구이자 도반으로 선지식 역할을 많이 한 사람이 선재 박준수 변호사입니다. 서울법대 동기인데, 십수 년 함께 북한산 등산도 하고 같이 공부하고 그래서 제가 신선도 삼공선원 할 때도 도와줬고, 제가 종로 오피스텔에서 본각선교원을 할 때는 선법문을 해 주고 해서 많은 도움을 받았습니다.

특히 인생을 되돌아보면, 제가 1980년대부터 약 20여 년간 박준수 변호사라든지 이종범 고려대 교수나 양규모 진양 회장이라든지, 특히 등산지도를 잘 하는 이승묵 선생이라든지 이런 분들과 토요일날이면 북한산 등반을 같이 했습니다.

그때 토요일이면 박준수 변호사와 저는 상명여대 앞에 가서 점심을 같이 먹고 둘이 올라가면서 여러가지 얘기도 하고 도담도 나눴습니다. 그래서 산에 쭉 올라가서 10여 명이 북한산 대남문까지 갔다가 여러가지 얘기들도 하고 내려와가지고 목욕하고 저녁 먹고 얘기하고 그렇게 했는데, 박준수 변호사와는 20여 년을 주말이면 그렇게 보냈습니다. 가장 행복한 세월이 아니었던가 그런 생각을 합니다.

박준수 변호사는 지금 삼일선원 선불장을 열어서 많은 제자들에게 깨달음을 주고 있고, 또 박준수 변호사는 나한테 초월 명상도 안내해 줬고, 또 백봉 김기추 선생도 덕분에 만났고, 또 무심선원을 하는 무사인 선생도 안내해 줘 공부를 하기도 해서 제가 많이 도움을 받았죠.

제가 박준수 변호사한테 해 준 거는 아바타 코스를 안내한 것입니다.

그러면 다음에는 현대에 와서 현대거사불교의 선풍을 일으킨 백봉 김기추 거사님과 관계있는 한 분은 사당동에 현정선원을 세워서 운영하신 대각자 법정 대우거사님이 있습니다. 저도 그 분한테 많이 배웠고, 많은 사랑을 받았습니다. 또 그 다음에 부산에 무심선원을 중심으로 해서 서울, 대구 등지에서 법회를 열고 또 수많은 책을 쓰고 해설서도 쓰고 CD로 만드는 김태완 거사님을 살펴보도록 하겠습니다.

법정님과 무사인 선생은 백봉 김기추 거사님과 인연이 있고, 특히 무사인 선생은 그 스승님이신 박홍영 선생님과 백봉 김기추 선생님과 관계가 있으셨다고 합니다.

백봉 김기추 거사님은 한국현대불교에 있어서 거사선풍을 일으키고, 보림회를 만들고 보림선원도 만들고 화두라는 말 대신에 새말귀라고도 쓰고, 또 진각국사가 쓰신 선문염송을 거의 다 번역했습니다. 또 공겁인이라는 그러한 책도 쓰시고 산청보림선원을 세웠습니다. 백봉 김기추 거사님은 1985년도에 입적하셨지만, 그 법맥은 계속 잘 이어지고 있습니다.

백봉 선생님은 1908년에 태어나셔서 일제 때 동맹휴학도 하고, 독립운동도 하시느라 감옥도 갔다 오시고, 뒤늦게 불교에 인연이 되어서 절에 들어가서 화두를 잡고 선을 하다가 더워서 나와 바위에 앉아서 선정에 드셨다고 합니다.

그런데 얼마나 깊이 들어갔는지 멀리서 보는 동네사람들과 친구들이 불이 난 줄 알고 와서 보니까 몸에서 방광을 했다는 겁니다. 그래서 아주 많은 사람들이 찾아오고 그래서 선풍을 일으켜 서울, 부산, 산청 이런 데를 중심으로 해서 법을 펴셨는데, 우리나라 춘성선사님은 이 시대에 유마힐 거사다.

유마힐거사는 석가세존 당시에 부처님과 같이 성불한 거사였고, 탄허스님은 말법시대(지금이 말법시대이고, 미륵불시대가 열렸는데)의 등불이라고 말씀하셨으며, 청담스님은 나이 많이 드셨지만 지금이라도 머리 깎고 스님이 되셔서 법을 펴시라고 했고, 혜암스님은 그냥 재가제자로서 선풍을 일으켜라 그래서 백봉 선생님은 머리 깎고 안 깎고가 중요한 게 아니니까 나는 이대로 그냥 법을 펴겠다, 그래서 법을 펴시다 가셨습니다.

그러면 백봉 김기추 선생에 관해서 오도송과 또 1985년 8월 2일에 열반에 드셨는데 그 임종게를 살펴보겠습니다.

먼저 오도송입니다.


홀연히 들리나니 종소리는 얼로 오나
까마득한 하늘이라 내 집안이 분명하다
한 입으로 삼천계를 고스란히 삼켰더니
물은 물, 산은 산 스스로가 밝더라


다음에는 백봉 김기추 선생님의 열반송입니다.


가없는 허공에서 한 구절이 오니
허수아비 땅밟을 둥근 거울이라
여기서 묻지 마라 지견놀이는
이삼은 육이요, 삼삼은 아홉이라


이렇게 열반송을 남기셨습니다.

다음에는 백봉 김기추 선생과 인연이 있던 서울 관악구 사당동에 현정선원을 열어서 중생들을 제도하고 깨우치시던 대우거사님, 법정님이라고 하는데 제가 그 밑에서 1년 정도를 배웠고 많은 깨우침과 인정과 사랑을 주셨는데, 제가 부족해서 그것을 다 받아들이지 못했습니다. 송구스럽습니다만, 수 년 전에 타계하셔서 사정상 지난해 제가 나갔었는데, 보니까 법정님 녹화로 그렇게 법회를 하고 있었습니다.

이분은 깨달음이 자명하고 절대적이었습니다. 그래서 이 분은 《그곳엔 부처도 갈 수 없다》는 책도 쓰셨는데, 그 책 처음에 나오는 것을 조금 살펴보겠습니다.

모든 것은 인연 따라 생멸한다. 우리는 존재에 대한 기존의 존재론적 물질관이 그 근저로부터 붕괴되는 실로 놀라운 사실에 직면했다. 일체 존재는 자체의 성품이 없다는 말은 다시 말해 그런 것은 존재하지 않는다 그런 뜻이 된다. 결국 이 세상 그 무엇도 존재하는 것은 없는 것이다. 일체의 물체는 본래무일물이고, 자성 정체성이 없고 변하기 때문에 연생연멸하고, 환생환멸하고, 찰나생멸한다는 것이다.

누군가가 말했다. 저 놀라운 깨달음의 순간에 이 우주는 통일된 참된 하나로서, 경이로운 모습을 드러낸다. 그렇다면 붓다는 보리수 아래서 새벽별을 보고 깨달음을 얻었다는데, 붓다가 깨달은 것은 과연 무엇일까? 세존께서 샛별을 보시고 도를 깨치셨다. 별을 보고 도를 깨달았으나 깨닫고 나니 별이 아니네, 물건을 쫓지도 않거니와 물건 아님도 아니로다.

이렇게 쓰셨습니다.

다음은 부산에 무심선원을 중심으로 해서 서울과 대구, 부산에서 법문을 십수 년째 펴고 있고, 수많은 책을 출간했고, 또 정식 불교와 선으로 석·박사 학위도 받으시고 수많은 CD도 만들어서 수많은 남녀거사들이 깨달음을 얻도록 하신 분이 무사인 김태완 선생님입니다.

저도 거기에 한 1년 정도 나갔고, 레지던트 코스로 들어가서 상담을 했는데, 저에게 아바타 코스에 관한 것도 물으시고, 그 자리에서 저는 견성에 관한 얘기를(탁 친다), 이거죠. 그러니까 고개를 끄덕끄덕한 그런 일이 있었습니다. 이 분은 불교를 정식으로 했지만, 실제 깨달은 것은 하숙집 주인이셨던 박홍영 선생을 통해서 견성체험을 했다고 합니다. 현재 전국적 거사 선풍을 가장 많이 일으키고 계신 분이라고 얘기할 수 있습니다.

저는 무사인 선생이 쓴 책 중에서《선으로 읽는 금강경》을 보고 많은 배움이 있었기 때문에 책에 앞에 있는 부분을 한 번 살펴보겠습니다.

부처님이 어디에 있느냐?
여기 말 속에 있습니다.
부처님! 이라는 말 속에 있습니다. 부처님! 이라는 말이 지금 드러내고 있는 것이 부처님이에요. 부~ 처~ 님~이라는 말이 드러내고 있는 이것을 선~ 풍~ 기~라 한다고 해도 하나도 다를 것이 없습니다.

금강경의 요점을 달리 말하면, 말에 속지 말라 이거에요. 말에 속지 말고, 이름에 속지 말고, 모양에 속지 말라는 거죠.

한국불교 조계종은 간화선, 화두 불교인데, 화두의 요점도 말에 속지 말라 이겁니다. 말에 속지 않으면, 천칠백 공안이 답이 분명한 거예요. 말에 속으니까 온갖 망상이 다 나오는 것입니다. 여러가지 망상과 말이 나오면, 갈등이 일어나고 고뇌가 생길 수 밖에 없지요. 그러니까 간단히 얘기하면, 앞에 얘기한 것처럼 '불취명상 여여부동' 이것을 잊지 않으면 되겠습니다.

우주는 '없이 있음'의 절대와 '있이 없음'의 상대계인데, 체성과 용상이 둘이 아닌(不二) 중도(中道)입니다.

지금까지 '깨달음과 나의 선지식 · 도반'에 대하여 살펴봤습니다. 꼭 깨닫겠다는 발심을 하시고, '직견자심 회광반조 자증자심' 하여 견성하고 성불하십시오.

감사합니다. 깨달음 어렵지 않다. 지금 여기 깨어 있음.                    (교림)

# 18. 원효성사 대각처는 화성시 백곡고분

　밝은 해인 청천백일의 광명으로 우리 민족이 창조한 인류 시원문명인 한밝달 문명이자 신선도인 홍익인간·광화세계로 신명─ 개벽하는 신명난 우리 역사 한밝달문명 국사 제8절은 '원효성사 대각처는 화성시 백곡고분'이다. 이런 제목으로 말씀을 드리겠습니다. 여기서 홍익인간(弘益人間)은 인간의 이상형으로 깨달음을 얻고 사람을 널리 크게 돕는 사람을 말하고, 광화세계(光化世界)는 광명으로 꽉 채워 어둔 곳이 없는 사회 완성인 이상세계를 뜻합니다.

　우리는 신명나는 우리 역사를 시작해서 처음에 북두칠성에서 나반과 아만 선생이 백두산 남북 포대산으로 내려오셔서 가지고 인류의 시원문명을 열었고, 그분들이 한반도를 비롯한 세계로 퍼져나갔다가 다시 중흥시조로 마고산성의 파미르고원이죠. 마고선녀가 세운 마고산성을 시작으로 유인시대 그 다음 시대 환인천제의 환국(桓國), 그 다음에 환웅천황의 밝달(배달)국, 고왕검단군의 조선시대로 끝냈습니다.

　인류 역사상 2천여 년 된 제국은 단군조선밖에 없는데, 단군조선이 멸망하고 여러 개의 나라로 쪼개지니까 그것을 열국(列國)시대라고 그럽니다.

열국시대는 대고구려(북부여+고구려) 등 10개 국가에서 통폐합되는데, 북부여(고리국)·졸본부여(고구려)·동부여 또 동옥저·동예맥·읍루 그 다음 남삼한이라든지 최씨낙랑국·탐라국, 왜 이런 10여 개의 분국으로 나뉘어졌다가 점점 통일되어 6개, 5개 고구려·백제·신라·가야, 왜 이렇게 되었는데, 그때 왜는 우리나라이면서 가야의 분국이었습니다.

그리고 4국시대가 시작되는데 고구려·백제·신라·가야 그게 4국시대인데 사국시대는 500여 년간 계속되고, 가야가 망하고 고구려·백제·신라가 성립하는 삼국시대는 98년밖에 안 됩니다. 그 후에 고구려도 망하고 결국은 남신라·북발해의 남북국시대를 거쳐서 고려로 진정한 통일을 이루게 되나 영토가 줄어들게 됩니다.

그런데 나중에 한반도 동남부에 있던 작은 나라인 신라가 삼국을 통일하게 되는 것은 큰 나라인 당나라와의 외교관계 또 단군조선부터 시작돼 온 화백제도, 민주적인 제도죠. 그리고 세계를 포용하는 그러한 불교사상이 이차돈성사의 순교 이후 전 국민을 정신적으로 단합하게 하고 회통하게 해서 통일을 이루게 됩니다.

그때 불교는 물론 가야의 장유화상이 BC 48년 경에 불교를 들여오지만, 신라는 아도화상과 묵호자가 들여오고 그 다음에 이차돈성사의 순교가 있고, 그런 다음에 불교가 확 퍼져서 김안함스님, 원광 대안, 자장율사·원효성사·의상대사·무상정중선사, 도의국사, 중국에 가서 육신으로 보살화한 지장보살 김교각스님 등 세계적인 스님들을 많이 배출했습니다.

특히 그 가운데도 원효성사는 일심을 깨치고, 자유자재로운 무애행을 하면서 서민들과 어울려서 불교를 전파함으로써 십문화쟁론을 비롯해서 조화를 꾀하고, 화쟁 회통을 해서 민족통일을 하나로 융화시키는 데 결정적인 역할을 했습니다.

그런데 많은 사람들이 원효성사가 당나라로 가다가 밤에 시원하게 물을 마시고 나서 아침에 보니까 마신 물이 시원한 물이 아닌, 해골물이라 구토가 일고, 그런 걸 보고서 일체유심조를 깨달았는데, 깨달은 곳이 어디냐에 관해 궁금증을 가지고 있었습니다.

그동안에 많은 사람들이 연구를 했지만 이번에 화성지역학연구소에서 원효성사 대각처는 화성에 있다. 이런 책자를 부처님오신 날을 기해서 발간을 했습니다.

화성지역학연구소는 정찬모 선생이 소장이고 류순자 여사가 운영위원장을 맡고 있고, 초안은 상임위원인 이경렬 시인이 썼고, 고향이 화성인 저자가 감수를 했습니다. 그러면 오늘은 원효성사의 생애와 사상 그리고 그 대각처가 화성시 백곡고분, 즉 경기도 화성시 마도면 백곡리 백곡고분이라고 하는 것을 확실하게 전 세계를 향해서 밝히겠습니다. 원효성사의 생애와 사상을 먼저 보고 대각처로 들어가겠습니다.

원효성사는 일연대사의 『삼국유사』에 의하면 유성을 품는 꿈을 어머니가 태몽으로 꾸었고, 탄생 시에는 오색구름이 땅을 뒤덮었다고 합니다.

태어난 때는 AD 617년인 신라 진평왕 39년 금성의 압량군 불지촌인데, 지금은 경상북도 경산시 자인면 북사리 226번지 제석사 사라수 아래에서 태어났습니다. '성명은 설서당(薛誓幢)이고 할아버지는 잉피공(仍皮公, 赤大公), 아버지는 설담날(薛談捺)이라 그렇게 합니다.

그 다음에 9살 때 출가를 해서 법명을 원효(元曉)라고 했는데, 원효는 으뜸 원(元)자, 밝은 효 또는 깨달을 효(曉)자고, 새벽에 깨달음 이런 의미도 되지만 으뜸가는 깨달은 자, 부처라는 뜻도 됩니다. 그가 출가하는 해에 의상(義湘)스님이 태어났습니다.

그 뒤에 고구려의 고승인 보덕에게 「열반경」과 「유마경」을 배우고, 그 다음에 낭지화상에게 또 법화경을 배웁니다.

그 다음에 34세인 진덕여왕 4년에 의상(義湘)과 함께 당나라로 유학길에 올라서 요동을 거쳐서 육지로 가려고 그러는데 고구려 순라군(국경경비대)

에게 잡혀서 간첩으로 오인해서 억류되었다가 거기서 탈출해서 간신히 살아나고는 귀국을 했습니다.

그 다음이 45세 되는 661년입니다. 백제가 망한 바로 그 다음해인데 문무왕 원년 의상과 함께 당나라 유학을 가기 위해서 경기도 화성시 남양만 국제항인 당항성으로 가는 도중, 비도 많이 오고 밤이 되어 움막에 들어가고, 이어진 토굴에서 잠을 자게 됩니다. 그때 원효스님께서 목이 말라서 바가지 옆에 있는 물을 마셨는데 그렇게 달콤할 수가 없어서 아주 시원하다 그랬습니다.

그런데 그 다음 날 깨어 보니까 그게 움막이 아니고 무덤이고 바가지는 그냥 바가지가 아니라 해골바가지였습니다. 그렇게 되니까 구역질이 나더니 토했습니다. 그래서 이게 무슨 일이냐? 같은 일인데 이렇게 다르다니, 인간사는 모든 게 인간이 마음먹기에 달렸다(一切唯心造). 이렇게 깨달았습니다. 그래가지고 원효는 당나라 가는 것을 그만두고 의상(義湘)대사 혼자 산동성 등주로 가서 화엄학을 배워가지고 우리나라 화엄종의 종조가 되지요. 원효대사는 중국에 가지 않았습니다.

667년 51세 문무왕 7년에 "자루 없는 도끼를 주면, 하늘을 떠받치는 기둥을 만들겠다"고 하면서 요석공주를 만나서 거기서 설총(薛聰)이 태어나게 되고 원효대사는 파계를 했으니까 소성거사 또는 복성거사라고 하면서 일체 걸림이 없이 술도 마시고 길거리 사람들과도 어울리며 깡패들과도 어울리고 춤도 추고 그러면서 무애(無碍)의 보살행을 하게 되고, 처음 『판비량론』이라는 책을 비롯해서 여러 가지 책을 쓰게 되는데, 66세 될 때까지 총 21종 102부의 저술을 합니다.

보통 사람으로 하기 어려운 거죠. 미륵상생경종요, 무량수경종요(無量壽經宗要), 법화경종요(法華經宗要), 열반경종요(涅槃經宗要), 대혜도경종요(大慧度經宗要), 금강삼매경론(金剛三昧經論), 십문화쟁론(十門和諍論), 화엄경소(華嚴經疏), 아미타경소, 화암경소 이장의, 판비량론, 금강삼매경론(金剛三昧經論) 또는 대승기신론소(大乘起信論疏)이런 거를 쓰고, 분황사에서 머물게 되면서 십문화쟁론, 열반종요, 미륵상생경종요, 무량수경종요, 법화종요 등을 저술합니다.

그래서 분황(芬皇)이 절 이름이기도 하지만, 원효성사의 법명도 된다 그렇게 말할 수 있습니다.

그러다가 70세 되는 신라 신문왕 6년 3월 30일, 경주 고선사에서 주석하다가 남산 혈사(穴寺)로 와서 세수 70세, 법랍 60세로 입적을 하십니다.

처음에 원효 스님은 우리나라에 불교가 들어와서 번창을 하지만 인도에 갔다 온 현장법사를 비롯, 구마라집이라든지 훌륭한 고승대덕이 많이 중국으로 갔습니다. 그래서 경주에서 중국을 가려고 해로로 화성의 무역항(지금 남양만 구봉산 당성)에 간 것입니다.

배를 타고 당나라로 가는데 원효대사의 대각처가 된 화성시 마도면 백곡리 고분군, 백곡리 바로 옆이 해문(海門)입니다. 나중 얘기가 나오지만 그곳이 무역항으로 당나라로 들어가는 문이었다(당은포로) 이렇게 말할 수가 있습니다. 그러한 유적들은 지금도 남아 있습니다.

그러면 원효대사의 그러한 주요 사상을 알아보면은, 하나는 일체유심조(一切唯心造) 일심(一心) 사상이죠. 우주의 본체는 일심, 진여일심이라고 하는 거고, 또 그러한 사람이 세상을 살아나가려면 상대 세계와 절대 세계를 조화시켜서 자유자재롭게 살아갈려고 그러면은 무애보살사상, 중생불로서 부처이면서 중생으로 같이 어울려서 살아가는 무애사상, 그리고 그 민족이 여러 나라로 갈려서 의견도 다르고 종파도 다른 것을 하나로 통일하는 십문화쟁론을 써서 유일불승, 성문 연각도 있고 보살도 있지만, 결국은 모든 사람을 제도해서 부처를 만들게 하고자 하는 그런 데 뜻이 있다, 이렇게 말할 수 있습니다.

그러면은 원효스님께서 백곡리 고분군에서 밤에 잠을 자다가 바가지의 물을 시원하고 달콤하게 마셨는데 그 다음 날 깨보니까 그게 움막이 아니고 무덤이고 또 그 바가지 물이 그냥 바가지 물이 아니라 해골바가지 물이었다. 이걸 알고 나니까 구토가 일어나서 구역질을 하게 된 거예요. 그래서 거기서 일체유심조를 깨달았습니다.

그 내용을 오도송(悟道頌)으로 쓴 걸 보면은 이것은 찬녕의 『송고승전』, 신라국 황룡사 「원효전」이라는 데 나와 있습니다.

心生卽 種種法生　심생즉 종종법생
心滅卽 龕墳不二　심멸즉 감분불이
三界唯心 萬法唯識　삼계유심 만법유식
心外無法 胡用別求　심외무법 호용별구


한 마음 일어나니 만법이 일어나고
한 마음 사라지니 토감과 무덤이 둘이 아니네
삼계는 오직 마음이요, 만법은 오직 인식일 뿐이다.
마음밖에 법이 없는데, 어찌 따로 구하겠는가?


이렇게 되어 있습니다.

이것이 원효대사의 대각 오도송입니다.

그 다음에 원효는 처음에 자기가 대각을 하고도 부처님 가르침에 충실하게 승려로서 엄격하게 살아갔지만, 대안대사를 만나면서 그런 자기가 가지고 있던 모순이나 이런 걸 해결하고 『십문화쟁론』을 쓰고, 또 요석공주와 관계해서 설총을 낳고 그러면서 자유자재로운 무애(无碍)행을 해가지고 삼국통일에 기여했는데, 그 원효성사의 『대승기신론소』를 보면, 1심(心)·2문(門)·3대(大)·4신(信)·5행(行)·6자(字) 이런 걸로 아주 간결하게 정리해 놨습니다.

1은 일심(一心)─한 마음, 2는 이문(二門)─두 개의 문 진여문과 유전 생멸문, 3은 삼대(三大)—세 가지 큰 것은 체상용, 4는 사신(四信)—네 가지 믿음으로 전체 진리와 불(佛)·법(法)·승(僧)의 삼보에 대한 믿음, 5는 오행(五行)—다섯 가지 해행으로서 보시(布施)·지계(持戒)·인욕(忍辱)·정진(精進)·지관(止觀, 禪定과 智慧를 합친 것)이고, 그 다음에 6은 육자(六字)—진언인데 이것은 불교의 사상을 깊이 알기 어려운 범부들을 위해서 하나의 방편으로 제시한 방법이다. 극락에 왕생을 하려고 그러면 "나무아미타불, 나무아미타불, 나무아미타불…" 이렇게 10번만 암송을 하면, 임종에 다다라 그렇게 하면은 극락정토에 갈 수 있다, 이렇게 말할 수가 있습니다.

다음은 원효성사의 대각처는 화성시 마도면 백곡리 삼국시대 고분인 백곡고분이다, 이렇게 했는데, 이것은 그냥 얘기한 것이 아니라 역사적인 확실한 근거가 있습니다.

그리고 화성지역학연구소에도 적극 참여했지만 김재엽 박사가 회장으로 있는 한국불교문인협회 그리고 고정석 씨가 원장으로 있는 화성시문화원 이런 데서 원효성사 탄생 1400주년을 기념으로 원효성사에 관련된 대각처 통일 이런 거에 관련해서 2017년부터 19년까지 세 차례 학술발표회를 한 결과도 여기에 들어있습니다.

그 원효성사의 깨달음에 관련된 그러한 기록적인 자료는 첫째가 세 가지 중에 하나인데 하나는 송나라 승려인 찬영이 쓴 『송고승전(宋高僧傳)』에 신라 황룡사 「원효전」과 함께 기록된 「의상전」이 있습니다. 원효전에는 그 깨달은 내용만 있고 의상전에는 깨달은 그 장소, 머문 장소가 나와 있습니다. 거기에는 '해문(海門) 당주계(唐州界)'라고 되어 있습니다. 해문 당주계(唐州界)는 중국에 가는 당성 항구에 들어가는 문이 해문인데, 바로 마도면 해문리라고 있습니다. 바로 거기의 옆이 백곡 고분이 있는 곳이다, 이렇게 말할 수가 있습니다.

두 번째는 '월광사 원랑선사 대보선광탑비(月光寺圓朗禪師大寶禪光塔碑)'가 있는데, 이것이 처음에는 충북 제천 월광사에 있다가 지금은 국립중앙박

물관으로 탑비를 옮겼습니다. 여기에 원효성사의 성도지가 '입피골'이다, 그렇게 돼 있습니다. 입피골을 한자음으로 풀이하면 직산(稷山)이다. 그런 거죠.

그리고 세 번째는 고려시대 법인국사 탄문스님은 원효와 의상대사의 수행처인 향성산(鄕城山)에서 수행해서 성사미라고 불렸었다고 하는 기록이 있다, 그럽니다. 이 향성산이 어디냐, 그러니까 원효와 의상이 나중에 거기에서 또 수행도 한 것으로 봅니다. 그곳이 바로 백곡리 향실마을이라고 있습니다.

그래서 이런 여러 가지로 봤을 때 화성시 마도면 백곡리 고분군은 한국정신문화연구원 쪽에서 사적으로 지정되어 있는 곳입니다. 그래서 이 원효성사 대각처는 화성에 있다. 여기에서 "화성시 마도면 백곡리(해문리 옆) 삼국시대 고분군이 원효의 대각처임을 선언한다"고 그렇게 되어 있습니다.

신라시대나 통일신라시대에 당나라로 가려면 남양만에 있는 구봉산 당성(당항성)으로 가야 됩니다. 그래서 이 화성지역학연구소에서는 경주에서부터 이 당성 남양만까지 또 남양만에서 산동반도까지 이런 걸 다 여러 해 동안 답사를 했습니다.

그리고 이러한 기록을 최초로 낸 것은 한국교수불자연합회 초대 회장인 저자가 2014년 『누가 불두에 황금똥 쌌나―생각 쉬면 깨달음, 마음 비우면 부처』에서 화성시 남양면 당성이 있는 구봉산 부근을 원효성사의 대각처로 최초로 비정을 했고, 그 후에 화성지역학연구소에서 계속 연구를 해가지고, 원효대사의 대각처를 찾았고, 한국불교문인협회와 화성문화원에서 화성시 남양·비봉·정남면 이 세 군데에서 학술세미나를 한 것입니다.

그리고 한국전통문화원의 김성순 박사는 백곡리 입피골에 대해서, 거기서 대대로 살아온 안순학 씨는 위에 조상들로부터 원효성사가 입피골(직산)에 왔었다는 이야기를 전해 들었다고 증언을 한 바가 있습니다.

한국불교문인협회와 화성문화원이 주관한 원효학술발표회는 동국대학교 불교학과의 고영섭 교수, 또 동국대학과 불교대학 명예교수인 김용표 교수, 또 동국대학교 사학과의 윤명철 교수, 또 최희경 박사 이런 분들도 모두 백곡리 고분이라고 얘기를 했고, 그 다음에 2회 때 논평자로 나선 백 도근 교수는 화성지역학연구소 연구위원인데 원효성사 대각처는 삼국시 대 백곡리 고분이 확실하다고 확언을 했습니다.

그 밖에 3회에는 고영섭 교수와 황진수 교수, 저자와 또 진관스님 이런 분들이 불교와 민족통일에 대해서 또 한국불교학회 우호철 전 화성문화원 원장도 그에 관해서 언급을 했습니다.

그래서 찬녕의 『송고승전』의 해문 당주의 해문은 지금 화성시 마도면 해 문리이고 백곡리 고분군에서 원효성사는 대각을 하셨다. 그렇게 말할 수 있습니다. 백곡리 고분 중에 원효성사가 잠을 잤을 가능성이 큰 게 8호고 분입니다. 그런 고분 중에서 당나라로 가기 위해서는 원효와 의상대사는 분명히 여기 백곡리 고분으로 왔다는 거죠.

그중에서 특히 백곡리 8호 고분의 석실 규모나 형태로 보았을 때 성인 두 사람이 충분히 머물거나 잠을 잘 수 있었을 것으로 그렇게 봅니다.

결론적으로 말하면, 우리나라가 낳은 불보살인 원효성사는 화성시 마도 면 백곡리 고분에서 대각을 했습니다. 이것은 한국불교 최고의 성지로, 국 가적 보물이나 문화재 사적 등으로 지정돼야 합니다.

석가모니 부처님이 깨달으신 부다가야에 세우는 조계종 백만 원력 결집 한국 사찰 이름이 원효성사를 기념하여 분황사(芬皇寺)로 한 것도 참고할 필 요가 있습니다. 신 환황해시대에 남양만과 화성을 중심지로 삼아, 원효성 사의 대각처를 성지화하여 한국불교 중심지로 삼고 미륵존불 해원상생시 대를 여는 국제신도시 중심이 된다면 금상첨화가 된다 하겠습니다. 화성 지역학연구소 책 초안을 쓴 이경렬 시인을 비롯한 여러분의 수고에 대해 서 감사드립니다.

(신명난 인류 최고, 한붉달문명 국사(개벽사), 제4장 제8절 p.467)

# 19. 불교철학과 법철학

## 1. 금강경과 법철학

### 1) 부처님설법의 핵심

　본각선교원의 「금강경과 법철학」 강좌는 불교대승경전인 금강반야바라
밀경을 중심으로 한 불교철학과 세간의 평화질서로서의 법에 관한 철학인
법철학을 비교 통찰하여 진리에 도달하고 행복한 삶을 누리며 나아가 견
성성불을 하면 금상첨화라 하겠다.
　부처님의 법은 달마(Dharma, 출세간법)라 하고, 세간법은 러―(law, 세간
법)라고 달리 부르나, 기본은 자연과 인간에 관한 진리와 정의를 말한다는
공통점을 지니고 있다. 그렇기 때문에 두 법은 같은 점도 있으나 차이점도
많다.
　지금부터 약 2천6백년 전에 석가모니는 인도 부다가야 대각사 자리에서
보리수 아래 길상초를 깔고 가부좌로 앉아 새벽별을 보고, 큰 깨달음에 이

르셨다. 대각을 하신 석가모니는 인연과 근기에 따라 방편으로 중생을 구제하고자 47년간 법을 설하고, 마음에서 마음으로 마음을 전하셨다.

석가모니께서 설하신 법은 8만대장경으로 화엄경, 아함경, 방등경, 반야경, 법화열반경이 순차적으로 설해졌다. 이는 말에 의한 진리라 하여 의언진여(依言眞如)라 한다. 또한 문자를 세우지 않고 교외별전으로 마하가섭에게 마음에서 마음으로 전한, 말을 떠난 진리(이언진여, 離言眞如)가 있으니, 그것이 유명한 선문의 3처전심인 것이다. 영산회상 거염화, 다자탑전 분반좌, 사라쌍수 곽시쌍부가 그것이다.

〈화엄경〉의 '화엄게'(야마천궁 게찬품)와 〈열반경〉의 '열반게'를 봄으로써 석가모니 법의 핵심을 짚어보자.


'화엄게'

사람이 3세 일체불을 끝내주게 알려면, 일체가 마음이 만든다는 것(一切唯心造), 전존재의 성품이 이 같음을 마땅히 보라.

마음은 화가(工畫師)와 같아서 능히 세간의 모든 것을 그릴 수 있다. 마음과 부처와 중생은 차별이 없다.


'열반게'

제행은 덧없으니 이것이 생멸법이요.

생멸이 이미 멸하니 적멸락(寂滅樂)이로다.


이를 보면, 부처님 법은 존재의 절대면으로 일심적멸뿐이고, 존재의 상대면으로 보면 인연과보의 원리로 돌아가는 생멸의 세계는 무상하다는 것으로 요약할 수 있다.

출세간법과 세간법의 차이를 중점적으로 살펴보면 부처님의 출세간법은 불이법, 무위법, 무소유법, 무소득법, 무상법, 무주법, 공법, 구족법, 출세간락이라 할 수 있고, 세간법은 이분법, 유위법, 소유법, 소득법, 유상법, 주착법, 색법, 부족법, 세간락이라고 표현할 수 있겠다. 그 의미는 본론에서 다룬다.

## 2) 불교철학의 중심 금강경

금강경은 '한마음', '적멸락', 불이중도(不二中道), 무주(無住), 무상(無相)의 사상을 담고 있는 불교철학의 중심이다.

금강경의 대의는 제3분 '대승정종분'에 기술되어 있다. 구류중생인 보살이 어떻게 마음을 다스리고 항복 받아서 무상의 깨달음과 열반의 경지에 이르러 성불할 수 있을 것인지에 대한 해답이다.

금강경 제1분은 "이 같이 내가 들었다"(如是我聞)로 시작한다. '이같이' 할 때 이미 우주의 진면목은 드러난다. 찰나생 찰나멸하는 그 바탕뿐이다. 불경들의 첫머리가 여시아문으로 시작되는 것은, 석가모니를 오래 시봉한 아난존자의 겸손함은 물론 사실을 정확히 전달하고자 함을 나타낸다.

"어느 때, 부처님께서 사위국 기수급고독원에서 큰 비구 1250인과 함께 계셨다. 그때 세존께서는 공양 때가 되었으므로 가사를 입으시고 바루를 가지시고 사위성에 들어가 차례로 밥을 빌었다. 그리고 본 곳으로 돌아와 공양을 마치신 뒤, 가사와 바루를 거두시고 발을 씻은 다음, 자리를 펴고 앉으셨다."

이것이 유명한 금강경의 머리 제1분 전문이다. 너무나 평범한 것으로 보이지만 그것이 아니다. 밥 빌고 밥 먹고 발 씻고 자리에 앉는 등 일체가 진여일심자리를 여의지 않았음을 나타낸다.

제5분에는 금강경 4구계의 하나인 "범소유상 개시허망, 약견제상비상

즉견여래"가 들어있다. 무릇 있는 바 모든 형상은 모두 허망하니, 모든 형상이 진실상이 아님을 보면 곧 여래를 본다는 것이다. 모든 현상은 찰나생, 찰나멸이고, 연생연멸(緣生緣滅)이며 환생환멸(幻生幻滅)이므로 근본적으로는 불생불멸이고 적멸이라는 것이다.

제10분 장엄정토분(莊嚴淨土分)에는 여래가 연등불소에서 어떤 진리를 얻으신 바 없고(眞無所得), 보살이 국토를 장엄한다고 할 수 없다. 보살이 불국토를 장엄하는 것은 곧 장엄함이 아니고, 그 이름이 장엄일 뿐이라. 모든 보살마하살은 청정한 마음을 낼지니, 마땅히 물질에 마음을 내지 말고 성향미촉법에도 머물지 말고 마음을 낼 것이니라. 이 분에도 금강경 4구게가 있으니 '응무소주 이생기심(應無所住 而生其心)'이다. 마땅히 머물지 말고(집착 없이, 放下着) 마음을 내라는 것이다.

이상 적멸 제14분은 형상을 떠나면, 적멸(생멸이 멸한 자리)에 이른다는 것으로 내용은 다음과 같다.

"금강경을 듣고 믿어 이해하여 받아 지닌다면, 그 사람은 참으로 제일 희유한 사람이다. 왜냐하면 그 사람은 아상(我相, 나라는 생각), 인상(人相, 사람이라는 생각), 중생상(衆生相, 뭇생명이라는 생각), 수자상(壽者相, 수명이 있다는 생각)이 없는 까닭이다. 부처님께서는 수보리에게 말씀하셨다. 인욕바라밀은 인욕바라밀이 아니라 그 이름이 인욕바라밀일 뿐이다. 수보리야 왜 그러냐 하면, 내가 옛날 가리왕에게 몸을 베이고 찢길 때, 내가 그 아상, 인상, 중생상, 수자상이 없었기 때문이다. 내가 옛날에 마디마디 4지를 찢기고 끊길 그때, 만약 나에게 아상, 인상, 중생상, 수자상이 있었다면 응당 성내고 원망하는 마음을 내었을 것이니라."

제17분 '구경무아분' 엔 나라고 할 것이 없고 고정된 나가 없다는 내용이 담겨있다. 인연과보 원리에 따라 인연가화합으로 뜬구름처럼 일어났다 사라지는 것이 인생이라 한다. 인연아(因緣我)다. 인연아는 몽중아(夢中我, 꿈속나)와 같아서 일체 현상이 꿈속의 일과 같음을 의미한다. 물론 비인연아(非

因緣我)인 진여, 즉 부처를 부정하는 것은 아니다.

제26분은 '법신비상분'으로 법신불은 형상 있는 존재가 아니라는 내용을 담고 있다.

若以色見我　약이색견아
以音聲求我　이음성구아
是人行邪道　시인행사도
不能見如來　불능견여래

만일 모양으로 나를 보려 하거나
음성으로 나를 찾으려 하면
이는 곧 삿된 길을 가는 것이다
여래를 볼 수가 없느니라.

제32분은 금강경의 끝으로 '응화비진분', 즉 응화신은 참된 것이 아니라는 것이다. 선남자 선여인이 있어 금강경이나 사구게 등을 수지독송하여 남을 위해 연설하면 그 복이 무량아승지 세계에 가득한 7보로 보시한 것보다 더 크다는 걸 뜻한다. 어떤 것이 남을 위해 연설하는 것인가? 생각과 현상에 끄달리지 말고, 여여히 움직이지 않는 것이다(不取於相 如如不動).

마지막 금강경 4구게를 통해 이를 보충해 본다.

一切有爲法如是　일체유위법여시
夢幻泡影露電雲　몽환포영노전운
雲間靑天古今同　운간청천고금동

일체 현상계의 생멸법은 꿈, 허깨비, 물거품, 그림자, 이슬, 번개, 구름 같은데도 구름 사이 푸른 하늘은 지금과 옛날이 같더라는 이야기다.

### 3) 세간법철학

독일의 유명한 철학자 헤겔은 《법철학》 책 머리글에서 "미네르바의 부엉이는 황혼녘에야 날기 시작한다"고 썼다. 철학은 사태가 일정하게 지난 뒤에야 비로소 그 뜻이 명징해지는 걸 뜻한다. 학문의 회색성이다. 학문은 도(道)와는 다르다. 이는 분별과 생각의 산물이 정리되는데 2차적으로 시간이 걸린다는 말이기도 하다.

인간의 세간살이는 복잡다단하다. 더욱이 서양격언에 "좋은 법률가는 나쁜 이웃이다"라는 말이 있다. 인간은 욕망을 충족시켜 행복하게 살려고 한다. 그런데 욕망을 충족시킬 대상은 제한돼 있는 반면, 욕망과 소유욕은 무한하기 때문에 문제가 생긴다.

인간이 사회생활을 해 나가려면, 일정한 기준이나 길이 필요하다. 인간이 걸어가야 할 당연함, 즉 당위(must, sollen)를 규범(規範)이라 한다. 규범(Norm)에는 임의규범(임의로 양심상 지키면 좋으나 안 지켜도 제재가 없는 규범)과 강제규범(지키지 않으면 국가 등이 강제로 제재하는 규범)이 있다. 임의규범은 도덕규범이라고도 하며 윤리규범을 포함한다. 삼강오륜이 아닌 사회삼륜, 불피해행(不被害行, 남에게 해를 주는 행위를 피함), 인격예우, 약속준수가 사회도덕적으로 절실히 요청된다.

인간사회의 강제규범은 법(法)규범이다. 국가권력 등에 의하여 법 실현이 보장된다. 그러나 권력은 선하기도 하지만, 악마적 성격이 강하다. 원래 법은 한자로 灋法으로서 水(물수)＋鹿(해태 치)＋去(갈거)자로 파자해 볼 수 있다. 이는 불의를 보면 들이받는 정의의 외뿔을 가진 해태가 냇물을 따라감을 뜻했다. 법은 물의 흐름과 같다는 것이다. 노자 또한 상선약수(上善若水)라 하여, 최고의 선은 물과 같다고 하였다.

법은 인간사회의 평화질서이다. 법철학의 역사적 주제는 정의와 힘과 법의 관계였다. 자연법론자들은 법은 정의를 실현하는 것이라 하였고, 법실증주의자들(실정법만이 법이라는 주장자들)은 권력자의 의지 실현이 법이라고 보고, 법 발효의 근거를 힘이라고 보았다. 국민들은 선한 권력을 원하나 선한 권력이 가능한지는 어려운 문제이다.

정의는 사람에 따라 평균적 정의와 배분적 정의, 일반적 정의와 특수적 정의, 절대적 정의와 상대적 정의 등으로 나눈다.

평균적 정의는 당사자 사이를 등가관계로 유지하는 산술적, 교환적 정의이고, 배분적 정의는 각자의 능력과 공적에 따라 개인차를 인정하고 공정하게 분배하는 비례적 평등이다.

'사회 있는 곳에 법이 있다(ubi societas ibi ius)'는 말도 있듯, 소크라테스는 '악법도 법'이라고 하여 독배를 마시면서 죽어가는 자기 자신을 관찰했다. 아리스토텔레스는 '인간은 사회적 동물(Zoon Politicon, 정치적 동물)'이라고 하면서, 정의는 인간최고의 덕이며, 일반적 정의는 공동생활을 위해 모든 사람에게 요구되는 것이고, 특수적 정의는 각인의 이해배분을 구체적 사례에 따라 평등히 하는 것이라고 했다.

로마의 철학자 키케로나 울피아누스는 '정의는 각자에게 그 권리 몫을 분배해 주는 영원한 의사'라고 하였다. 중세봉건시대 이전엔 왕권신수설에 입각하여 절대적 정의를 논하기도 했으나, 근세 문예부흥이 일어나면서 상대적 정의론이 득세했으며, 파스칼은 『팡세』에서 '피레네산맥 이쪽에서의 정의가 저쪽에서는 부정의다'라고 갈파한 바 있다.

법철학자 G. 라드부르흐는 '정의는 합목적성과 법적 안정성이 요청된다' 하였고, R. 파운드는 '정치적 조직체의 사회통제가 법이고, 인간들의 욕구 등을 사회통제를 통화여 조직시키는 것이 정의'라고 하였다.

칼 마르크스는 역사를 계급투쟁사로 보며 노동의 잉여가치론을 중심으로 생산력이 생산구조를 결정하는데, 생산구조가 하부구조이고, 법등 문화는 상부구조라고 보았다. 중화인민공화국의 모택동은 인민민주전정에 따라 노동계급의 합작사를 거쳐 인민공사체제로 가서 평등적 정의를 시현하려 했으나 중단되었다.

8.15 해방이후 한국 법철학을 개척하고 체계를 세운 서울대 법대 황산덕 교수는 정의를 인간이 자기를 극복하는 극기복례(克己復禮)에 두고 에로스적 노력을 하는 것이라 했고, 법은 정치사회단체의 도구로서 민주적 기본 질서인 평화질서라고 보았다.

8.15 해방 후 황 교수와 함께 한국법철학의 쌍두라고 할 수 있는 고려대 법대의 이항녕 교수는 풍토주의 법철학 체계를 세워, 자유를 이념으로 하는 서방풍토, 평등을 이념으로 하는 중방풍토, 평화를 이념으로 하는 동방 풍토의 장소적(Topos) 법철학을 구분하고, 정의개념은 권리와 의무가 함께하는 직분적 정의를 내세웠다.

미국 하버드대학교의 철학교수인 J. 롤즈 박사는 정의의 원칙이 합리적 논의를 통한 합의로 설정되고, 정당성의 근거도 마련되는 칸트적 구성주의에 입각하여, 정의의 의미를 공정(公正, fairness)으로 파악하고, 그 제1원칙은 평등적 자유 원리이며, 제2원칙은 사회 경제적 불평등은 가장 불리한 조건인의 이익을 최대화하는 목적의 차등원칙과 그 기회가 모든 사람들에게 차별 없이 공평하게 이루어지는 공정한 기회균등의 원칙을 포함한다.

〈정의란 무엇인가?〉로 유명한 하버드 법대 마이클 샌델 교수는 개인 자유주의적 정의론에 반대하는 공동체주의적 정의를 제기하였다. 공동체주의는 개인의 자기동일성, 정체성이 선에 관한 특정한 관념과 그것을 추구하는 전통을 공유한 공동체의 내부에서 구성되는 것으로 본다. 여기서 자기(자아)는 자신이 소속된 공동체의 공동선이나 거기서 수행하는 역할 등에 의해 자기동일성을 구성하는 '위치 있는'(Situated) 자기라는 것이다. 그에 따르면 정의란 미덕을 키우고 공동선을 고민하는 것이다.

정의는 인간사회에서 인격평등을 전제로 자유를 확장해가는 평화질서

일 것이다. 강제규범으로서 법은 국가가 제정한 실정법이 법의 전부라고 보고(법실증주의), 법효력의 근거는 민족의 역사적 법확신(역사법설), 신의설(神意說), 사회계약설, 실력설, 승인설, 명령설, 사실의 규범력설, 여론설, 법 내재 목적설 등 여러 가지 학설이 있다.

다만 한스 켈젠 교수의 법단계설은 하위규범은 상위규범으로부터 위임 받아야 효력을 갖는데, 최상위 규범을 근본 규범(Grundnorm)이라고 했다. 이는 자연법이며 대자연법인 여여한 불법이라고 할 수도 있겠다.

다만 루돌프 예링은 강제규범인 법의 불비성을 지적하여, '강제가 없는 법' 은 자가당착이다. 이는 타지 않는 불, 비추지 않은 등불과 같이 불완전 법(Lex Imperfecta)이라고 했다.

우리는 위에서 법과 정의, 법의 효력 등을 살펴보았는데, 법은 정의와 권 력의지가 교착하는 평화질서라고 정리할 수 있다.

세계의 법 철학자 가운데 우리의 관심을 끄는 사람은 중국 춘추전국시대의 법가(法家)인 법치주의자 한비자(韓非子)다. 그는 진나라가 6국을 통일하게 한 상앙과 신불해, 신도와 함께 형명학파(刑名學派)의 일원으로 형명법술의 집대성자이다. 형명학은 형의 이름인 사형, 징역, 금고, 벌금 등 명칭과 실상이 부합하는지를 따지는 명실론을 법적용에 응용하는 법률학으로, 형명으로 나라를 다스려가는 데 벼리를 삼는 학문이다. 한비자 등 중국의 법 가는 유가, 도가, 묵가, 병가 등 제자백가를 누르고 중국민족 춘추전국을 처음으로 통일한 진(China, 진시황제)을 탄생하게 했다. 한비자의 핵심사상은 형명법술이다. 여기서 법은 법령(法令)을 말하는데, 법은 모든 국민이 복종해야 할 유일하고 절대적인 기준이며, 술(術)은 군주(최고통치자)의 신하 조종법이다.

한비자의 법치주의 부국강병책은 한 국왕에게 상주했지만 결국 받아들여지지 않고, 한을 멸망시키는 진시황제에게 채택되는 역사적 아이러니를 낳았다. 진시황은 한때 한비자 저작을 보고, "이 책을 쓴 자를 만나면 죽어도 여한이 없겠다"고 말했다. 이사(李斯)가 이를 듣고 한나라를 쳐들어가면, 한비자가 사자로 올 것이라고 건의했다. 이사 말을 들은 진시황은 한비자가 마음에 들었지만 즉각 등용하지는 않았다. 한편 이사는 걱정이 되어 견딜 수 없었다. 한비자가 등용되면 자신의 지위가 위협을 받게 되지 않을까 하고 생각했던 것이다. 그래서 이사는 동료인 요가와 모의한 다음 그 틈을 타서 진시황에게 진언했다.

"자기 나라를 위해 생각하는 것이 인지상정이므로 한비자는 진에 충성을 다하려 하지 않을 것입니다. 그렇다고 해서 이대로 돌려보내면 이쪽의 내정을 가르쳐 주는 결과밖에 안됩니다. 지금 처치함이 마땅합니다."

이 말에 흔들린 진시황은 한비자를 옥에 가뒀다. 이사는 여유를 두지 않고 곧장 옥중으로 독약을 보내 자살을 강요했다. 한비자는 진시황을 만나 직접 변명하려고 했지만 그것도 허락되지 않아 끝내 스스로 독약을 마셨다고 한다. 그때가 기원전 233년이었다. 그리하여 한비자는, 역사란 변한다는 명제에 착안해, 자주적 인생관, 노력하는 사회관에 기초한 형명법술로서

① 법은 국민이 절대복종할 유일한 것
② 절대군주 중앙집권체 아래서의 상명하복
③ 신상필벌
④ 권세조직
⑤ 칠 술 등을 지상에 남겨놓았다.

이는 전제주의 아래 법가의 사상이기에 현대 민주사회에서는 현실에 맞게 변용돼야 할 것이다.

### 4) 세간법과 출세간의 비교

세간법이나 출세간법이나 모두 인간세상에서 걸어가야 할 길이기에 서

로 같은 면도 있고 다른 면도 있다.

석가모니께서도 승의제뿐 아니라 세속제에 대해서도 말씀하셨다. 부처님이 말씀하신 승의제는 불변이나 세속제는 가변적이다. 또한 세속제는 그때그때 구체적 상황에 대해 말씀하셨으므로 그 말씀 모두 그대로 현재에 적용하기 어려울 수도 있다.

우주는 한 마음, 한 생명인데, 상대면을 가졌기 때문에 생명이 상생해야 함으로, 한 생명 상생법이 우주법이라고 할 수 있다. 세간이나 출세간이 같은 것은 한 생명 상생법 행복추구와 심기신 건강법, 그리고 향상일로를 위한 조삼법(調三法; 調心, 調息, 調身)이라고 할 수 있다.

인생의 의미에 대해서는 사람마다 그 해석이 다르지만, 모든 사람이 동의할 수 있는 것은 인생의 목적은 행복하게 살다 행복하게 죽는 데 있다 할 것이다.

그러면 행복한 게 무엇일까?

'밥 잘 먹고 똥 잘 누고, 잠 잘자는 것이다' 라고 노자처럼 말할 수도 있지만, 과학적으로는 '심기신이 건강한 것' 이라고 말할 수 있다. 몸과 마음과 호흡이 대생명의 조화 속에 건강한 것이다. 생명의 환희이다. 심신이 건강하여 기쁨의식이 확대되고 기혈이 제대로 흐르며 거기에 더해서 활기차고 자기 마음대로 기운을 쓸 수 있으면, 그런 생활은 행복하다고 할 수 있다.

우리는 세상을 욕심으로 살아가는 바 그것은 권력과 돈 그리고 명예 등을 추구하는 것으로 나타나지만, 나중에 보면 그런 것들은 모두 허망하기 이를 데 없다. 무상(無常)이다. 우리가 돈과 권력과 명예를 잃는 것은 부분을 잃는 것이지만, 건강을 잃으면, 모든 것을 잃는다고 한다. 삶은 파도타기인데, 이는 사람이 중심을 잃지 않고 흐름에 따라야 함을 의미한다.

개체생명이 상생을 하고 한 생명으로 돌아가는 데 있어서, 생명의 비약적 진화를 위한 노력이 건강하면서도 자유·자재롭고, 평등과 평화의 인격을 완성해 가는 것이 심기신 수련법 또는 심기신 건강법이다. 부족한 나를 바꿔 완성해 가는 방법이다.

심기신 건강법은 체상용(體相用) 3대 논리로 볼 때, 마음은 본체, 기는 작용, 몸은 형상이라 할 수 있다. 심기신을 영혼백(靈魂魄)이라고도 할 수 있다. 성명정(性命精)이나 정기신(精氣神)이라고도 한다. 심은 영이나 신, 기는 혼, 신은 백이나 정에 해당한다고 할 수 있다.

심기신 수련을 통하여 우리는 점점 자연스럽고 평화스러운 자기의 변모를 볼 수 있게 되고, 한 생명 상생법의 선정삼매 등으로 자기의 한계 넘기로 무한으로 확대되면서, 드디어 유한자가 무한자로 탈바꿈하는 해탈로 나아간다. 한계 넘기요, 초월이다.

심기신 수련법은 사람이 뗏목을 타고 강의 이쪽 언덕에서 저쪽 언덕으로 건너갈 때 그 뗏목과 같은 것이다. 강을 건널 때 뗏목이나 배가 꼭 필요하지만, 건넌 다음에는 그 뗏목을 해탈의 나루터에 버리고 가야 한다. 이것을 뗏목의 비유라고 한다.

자기의 한계를 넘기는 마음수련에서의 자기 확장, 용서 못할 일의 용서, 기수련에서의 단전호흡, 몸 수련에서의 기체조와 능력초월 등 여러 가지가 있다.

출세간법과 세간법의 차이는 출세간에 있어서의 불이법(不二法) 무소유법 여래법이 세간에 있어서는 이분법(二分法) 소유법 거래법과 대비가 된다고 할 수 있다. 불이법은 일심진여인 불이중도 무분별지라면, 이분법(유무, 남녀, 밤낮 등)은 생멸법이요 분별지여서 집착이 문제가 된다.

불교의 기본은 공이며, 무상이고 무아인데 이를 소유관념과 연결지으면 무소유라 표현할 수 있다. 모든 존재는 하나의 대생명이고, 각 개체는 분신 생명으로 공존할 뿐, 본질적으로 다른 것을 소유할 수 있는 것은 아니다.

그러나 욕심을 가진 중생은 종교적 진리도 추구하면서 경제적 욕망을 충족시키려는 이율배반적인 모습을 가지고 있고, 해탈을 막는 것은 부가 아니라 부에 대한 집착이기 때문에, 부처님은 초기교단의 소유체제를 출가자들은 공유체제(共有體制)로, 재가자들은 사유체제(私有體制)로 생활하게 했다.

출가자는 무소유를 관념적으로 전제하여 경제행위가 금지됐으며, 수도를 위해 삼의일발(三衣一鉢: 옷 세벌, 밥그릇 한 개)만의 소지가 허락되었다. 나머지 교단재산은 불가분물(不可分物)로서 사방승물(四方僧物)이라 했는데, 승가공동체의 공동소유였으며, 매매와 대여가 금지됐으나 평등하게 사용할 수는 있었다. 이는 진정한 의미에서 공동사회(Gemeinschaft)로 정법을 중히 여기고 재물을 중히 여기지 않는 출가자 모임이 수승한 것으로 존경받았다.

재가자들도 궁극적으로는 무소유 관념을 전제로 한다. 재산의 사유를 인정하는 이익사회(Gemeinschaft)였으며 재물을 획득하는 데 일정한 윤리규범에 따르도록 했다. 재가자들은 궁핍이 여러 가지 악행의 근원이 되므로, 남을 괴롭히지 않고 생산에 정진하여 정법으로 재산을 증대하고 집적하며 부처님의 세계는 본래 무소유 세계이므로 주고받을 것이 없지만, 주고받는 경우에도 한 생명 한 살림으로, 가면 가고 오면 오지(如來＝如去＝Tathagata), 오고감이 서로 조건지워져 있지 않고, 무한발전소처럼 받지 않고도 한없이 공급해 줄 수 있는 세계이다.

그러나 중생세계는 '이익을 추구하는 동물'의 소유세계요 시장사회이므로, 에리히프롬의 이른바 시장형 인간들은 오고 감, 즉 주고 받는 것(give and take)이 서로 조건지어져 있고, 생활이 거의 모두 장삿속으로 이뤄지는 '이익의 관계망' 즉 거래 모습을 보이게 마련이다.

무소유법 계통에 속하는 개념이 무위법(함이 없는 법), 무소득법(얻을 게 없는 법), 무상법(형상 없는 법), 무주법(머묾이 없는 법), 공법(텅빈 법), 구족법(모두 갖춘 법), 출세간락(열반락)이고, 소유법 계통의 개념으로는 유위법(함이 있는 법), 소득법(얻을 게 있는 법), 유상법(형상 있는 법), 주착법(집착 머묾이 있는 법), 색법(물질법), 부족법(갖추지 못한 법), 세간락(식색욕 등 욕망 충족락) 등이 있다.

## 5) 끝내는 말

우리는 앞에서 대표적 대승경전인 금강경을 중심으로 한 불교철학과 복잡다단한 세상살이 법철학을 알아본 다음, 불교철학과 법철학의 같고 다름을 비교해 보았다.

부처님 법은 진여일심으로 불이중도 8불중도의 불이법이고, 세간법 철학은 대자연법으로 소유욕의 이분법이 중심이 되어 대립갈등의 조화가 필요한 유위법이 중심이 되는 것이다. 그러므로 여기에는 우리가 지적 생명체로서 심기신 수련법으로 상생상극을 거쳐 대긍정으로 나아가는 한 생명 상생법이 필요하게 된다. 한 생명은 한 마음이고 진여불성자리인데, 마음속에 알라야식이 있으며 이 속에는 생멸심으로 업식과 여래를 함장하여 여래장이라고도 한다. 여기에 진여가 여여하게 연기되는 진여연기인 것이다.

그러므로 우리는 이 세상을 살아갈 때 지혜, 자비, 용기를 바탕으로 절대적인 무분별지를 깨닫고(識心見性) 분별지를 활용하되 분별 후 집착을 놓은 방하착으로 가야 됨을 잊어서는 안 된다. 이것이 이이불이(二而不二)로 불이법과 이분법이 조화된 불이수순(不二隨順)인 한 생명 상생법이다.


## 2. 소유법과 무소유법

지금까지의 인간 역사는 소유의 역사였다. 소유를 둘러싸고 대립과 갈등을 빚으면서, 획득하고 분배하며, 해결하고 초극하는 모습을 인간들은 보여왔다.

필자는 대학 강단에서 기업법, 회사법, 국제거래법 등 세간법(世間法)을 강의하는 한편 사찰 등에서는 묘법연화경 등 출세간법(出世間法)을 배우고, 스승님 분부에 따라 법문을 하다 보니, 가끔 세간법과 출세간법의 관계에 대해 생각을 떠올릴 때가 있다.

더 나아가 법이라는 것이 인간을 전제로 한 것이기 때문에, 인간을 어떻게 보고 인간과 법의 관계는 어떠한 것인가 하는 법철학 내지 불교철학에까지 생각이 미치게 되기도 한다.

필자의 소견으로는 인간은 기본적으로 이익을 추구하는 동물인 동시에 그것을 초월할 수도 있는 존재라는 것이다.

사람은 일반적으로 자기의 입장과 이익에 따라 자기의 생을 영위하는 것이며, 때로 이타주의나 사회봉사를 내세우기도 하나 그 사람 마음 깊은 곳에는 이기심이 도사리고 있는 경우가 허다하다.

이러한 인간 사이를 다루는 사회규범이 세간의 법(法)인데, 이것은 자기에 대한 집착으로 시작된 소유욕의 발로로 나타나기 때문에 세간법은 소유법(所有法)이라 할 수 있으며, 물건에 대한 소유, 인간에 대한 지배, 자리에 대한 차지 등이 포함되고 있다.

이러한 인간생활은 집착과 무명에서 비롯된 소유욕에서 출발하기 때문에 인연과보(因緣果報) 원리에 따라 형성된 업(業, Kharma)으로 대립과 갈등을 가져와 고통을 낳게 되는데, 그 고통과 사람 사이의 분쟁을 해결하여 평화를 가져오게 하는 것이 세간법이라 할 수 있다.

이 세상의 일체현상은 생멸연기법(生滅緣起法)에 따른 덧없는 것이므로 그것은 꿈이요, 꼭두각시요, 포말이요, 그림자라고도 말할 수 있다.

그러므로 세간법으로는 무상한 세간락(世間樂)은 얻을 수 있지만, 영원한 열반락(涅槃樂)은 얻을 수 없다.

자기 자신이나 자기 이익을 뛰어넘을 때 사람은 상락아정(常樂我淨)의 열반락을 얻을 수 있다고 붓다께서는 가르치셨다. 그러나 현실적으로 자기 이익이나 욕심을 버리기는 그렇게 쉬운 것 같지 않다.

최근의 대통령 선거에서 국민의 절대적 요망에도 불구하고 야권 단일화를 이루어 평화적 정권교체를 달성하지 못하고 국민을 실망시킨 후보들이 말로는 '마음을 비웠다'고 했지만, 실행을 못한 것은 욕심을 버리기가 얼마나 어렵나 하는 것을 단적으로 보여준 예라고 할 수 있다.

그러나 흔치는 않지만, 사람은 자기 이익을 초월할 수 있는 존재이기도 하다. 여기에서 사람이 자기를 버리고 전체 생명인 진아(眞我)로 돌아갈 수 있는 빛을 발견할 수 있다.

진아로 돌아간다는 것은 사람이 자기 이익을 뛰어넘어 소유욕을 버리고 소유함이 없는 무소유의 상태에서 살 수 있다는 것이기 때문에, 우리는 그 빛을 무소유법(無所有法), 즉 달마(Dharma)라고 한다.

무소유법의 진리인 달마는 지적 생명체의 관계를 정립해 주는 하나의 기준이다. 무소유법은 실정법의 효력의 근거를 마련해 주는 자연법과 상통한다고 말할 수 있다.

무소유법은 영리행위처럼 대가를 주고 받는(give and take) 거래법(去來法)이 아니라 주면 주고, 받으면 받는 것으로 끝나며, 머무는 마음없이(無住生心) 오고가는 여래법(如來法)이며, 여거법(如去法)이다. 산스크리스트어의 타타가타(Thatagata)는 여래나 여거를 의미한다.

본래의 전체는 무일물(無一物)이기 때문에, 내 소유가 따로 있을 수 없지만 상대세계의 현상으로 소유욕에 따라 인연가화합으로 소유의 대상이 되는 물(物)이 생멸윤회할 따름이다.

본래의 자리, 본래면목은 소유가 없고 소유가 불가능할 뿐 아니라 나도 없고 나라는 생각도 없는 무아(無我)의 자리이며, 거기에는 진여(眞如)의 연기가 있을 뿐이다.

소유법에서 진여연기인 무소유법으로 나아간다는 것은 자기라는 관념과 자기 것이라는 집착을 버리는 것으로부터 시작해야 된다. 분별망상이 없는 것이다.

세간법인 소유법에서는 여러 가지 학설이 나와 그 정당성을 주장하나, 근본적인 문제 해결이 없게 되는 것은 그것이 무소유법에서 나온 것이 아니기 때문이리라.

자기나 자기소유를 버릴 때 버린 만큼 진리에 가까워지고 그것을 버리느라고 애쓰고 아픈 만큼 인간도 성숙해 가는 것이다. 크게 버릴 때, 큰 것을 얻을 수 있다. 그리하여 마음을 완전히 비울 때, 즉 아상을 완전히 떠나고 전체로서 마음이 열리면 거기에 몰록 진리가 나타나는 것이리라.

그래서 옛날 한 선사는 '大死一番絶後蘇生'이라고 했다. 크게 한 번 죽을 때 거기에 영원한 생명이 거듭난다는 것이다. 결국 인생은 빈손으로 왔다 빈손으로 가는 것이고, 색즉시공(色卽是空)이요, 공즉시색(空卽是色)이다. 불변의 자리에서 천변만화가 나타나는 것이고, 그 덧없는 변화 속에 불변의 자리가 있는 것이다.

소유법과 무소유법의 한가운데서, 현실적으로 우리는 자기의 욕심을 자제하여 다스리는 것이 우선 필요하지만, 구체적인 방법은 지관행(止觀行)과 보살행(菩薩行)이다.

참선을 통하여 생각을 쉬고 번뇌를 소멸시키며 지혜를 솟아나게 하고 자기가 관계 맺는 모든 사람과 중생에게 빛과 기쁨을 던져주는 행위가 바로 지관행과 보살행이라 할 수 있다.

이런 실천을 통해서 어제보다는 오늘이, 오늘보다는 내일이 더 좋은 날이 되도록 해야 한다.

이것을 선사들은 '나날이 좋은 날'(日日是好日)이라 불렀다.

그러니 학문과 도는 서로 다른 모습을 보인다.

위학무일익 위도무일소(爲學務日益 爲道務日損): 학문을 위해 노력함은 매일 축적해 가는 것이요, 도를 위해 노력함은 매일 버려가는 것이라는 말이다.

도를 닦아간다는 것은 관심의 방향을 안으로 돌려 마음이 바른 자리를 차지하게 하면서, 마음이 표현된 바깥세상과 균형을 맞추게 해야 한다. 그러려면 가장 중요한 것은 고정관념이나 편견과 착각을 버리어, 어떤 관념에도 얽매이지 않고 자유 자재롭게 살아가는 삶의 방식이 긴요하다고 생각된다.

사람이 법대로 산다는 것은 한자의 「法」자를 파자하면, 물수(水)에 갈거 (去)를 더한 것이므로 물 흐르듯 살아야 된다는 것을 나타낸다. 상선약수다.

허나, 가만히 반성해 보면, 나부터 가진 것이 너무 많다. 단순하게 살자! 순리에 따라 살자! 물 흐르듯이 살아가 보자!

(『불광』, 1988. 2월호)

## 3. 헌법상 종교의 자유와 평등

1988년 7월 17일은 40번째 맞이하는 제헌절이다.

우리나라가 일제의 쇠사슬에서 풀려난 뒤 헌법제정권력으로서의 국민이 대한민국을 수립하는 법적 기초로서 헌법을 제정한 국경일이라 할 수 있다.

대한민국 헌법은 그 기본질서로서 국가의 주인인 국민의 자유와 창의를 존중하고 인격을 존엄한 최고가치로 보는 동시에 평등한 인간의 권리를 보호하는 데 중점을 두고 통치권력 구조도 인권을 보호하기 위해 '견제와 균형' 의 원리에 따라 권력분립주의를 채택하는 민주적 기본질서를 국시로 하고 있다. 이같은 민주주의는 가치관으로 볼 때 사람들이 각기 다른 가치관이나 세계관을 가질 수 있다는 상대주의의 다원적 세계관을 전제로 다수결 원리에 따라 사회적 조화를 이루는 다양한 통일의 삶을 이루어 나가야 한다는 것이다.

그러나 헌법현실은 현상과 달라서 제헌 후 모두 9차례 개헌이 있었고, 이들은 대부분 집권에 관한 것이 그 계기였다.

인격의 존귀성에 관하여 법화경상불경보살품을 보면 석가여래의 전생인 상불경보살은 모든 중생이 그 내면에 여래의 씨앗인 불성을 가지고 있으므로 항상 가벼이 여겨서는 안 되고 항상 존중해야 함으로 만나는 사람마다 '당신은 장차 마땅히 성불하리라' 고 얘기하고 다녔다. 이를 보고 교만한 사람들은 몽둥이나 돌멩이로 그 보살을 때렸으나 그 보살은 잘 참으면서 다른 사람을 존중했으므로 마침내 성불하였다.

인격의 존엄성과 평등성을 전제로 하는 민주적 기본질서의 내용을 이루는 것의 하나가 종교의 자유이다.

기본인권의 하나인 종교의 자유권에 관하여 대한민국헌법 제20조는 '모든 국민은 종교의 자유를 가진다. 국교는 인정되지 아니하며, 종교는 정치로부터 분리된다' 고 규정하고, 제37조2항은 종교의 자유를 제한할 수 있는 경우로서 국가안보, 질서유지, 공공복리를 위하여 필요한 경우로 하되 제한하는 경우에도 종교의 본질적 내용을 침해하지 못하도록 규정하고 있다.

이같은 종교의 자유는 ① 신앙의 자유, ② 종교행위의 자유, ③ 종교집회, 결사, 포교의 자유 등으로 나눠서 생각해 볼 수 있다. 신앙의 자유는 종교를 믿을 수도 있고 안 믿을 수도 있는 자유종교를 선택하고 변경할 수 있는 자유 신앙고백의 자유가 포함됨은 물론 종교를 믿고 안 믿고 간에 불이익한 대우를 해서는 안 된다는 것이다.

종교행위의 자유는 기도 · 명상 · 예불 · 예배의 자유를 포함한다.

포교의 자유에 있어서는 다른 종교를 비판하고, 개종을 설득할 수도 있으나 근본적으로 '종교는 주관적으로 절대적일 수 있으나 객관적으로는 상대적일 수밖에 없다' 는 것을 전제로 타종교에 피해를 주거나, 배타적이고도 독선적인 태도를 취해서는 안 된다.

또 포교의 자유가 있다 해서 아무 얘기나 해도 되는 것은 아니다.

한 예로써 '믿음의 깊이는 헌금액의 과다에 의하여 판단된다' 고 설교했던 P장로 사건에서 대법원은 사기죄를 인정하였다.(대법원판례 1959년 12월 4일)

국교가 인정되지 않는다는 것은 국가가 어느 종교를 특별히 지정하여 특권을 주거나 특별히 보호해서는 안 된다는 것이며 종교가 정치로부터 분리된다는 것은 종교에 대한 개입의 금지를 국가측에 부여함과 정치에 대한 종교단체의 개입금지를 포함하는 것이 통설이라 할 수 있다.

한편 모든 국민은 법 앞에 평등한 바(헌법 제11조) 여기에는 종교의 평등과 신앙의 평등이 포함된다.

이것은 법적용의 평등과 입법에서의 평등을 포함하는 것인 바, 종교나 신앙 등의 차이에 의하여 차별대우하는 것을 금지하는 것으로 이는 국가나 사인을 모두 구속하는 법원칙이라 할 수 있다.

헌법상 종교의 자유와 평등은 이와같이 명문으로 규정돼 있으나 불자의 입장에서 법현실을 보면 문제점이 한두 가지가 아니다.

현실적으로 나타난 종교적 불평등과 종교간 평화공존위반 사례 등이 바로 그것이다.

이와 관련하여 5백50여 명의 회원을 확보한 한국교수불자연합회는 지난 6월말 노태우 대통령에게 종교적 불평등 시정과 종교적 평화공존을 위한 공명정대한 종교정책을 촉구하는 서한을 보낸 바 있다.

교불련이 종교적 불평등 사례로 적시한 것은 크리스마스는 1949년부터 공휴일로 지정됐으나 '부처님 오신 날'은 수십 년 간의 건의와 투쟁을 거쳐 1976년에야 비로소 공휴일로 지정되었다는 점. 제5공화국 출범 당시 여러 종교 가운데 오직 불교계만 대상으로 이른바 10.27법란이라는 전면적 탄압을 한 사실, 1985년 남북이산가족 상호방문 시 불교계 인사가 철저히 소외된 사실, 국민윤리교과서, 영어교과서 등에 불교를 소외시킨 사실, 88 올림픽 문화예술행사추진협의회에 불교계 인사가 소외된 사실 등이다.

종교 간의 평화공존 위협사례로는 몰지각하고 배타적인 이교도 광신자들이 사찰을 불태우고 신성한 불상을 마구 훼손했으며 배타적인 이교도 성직자라는 자가 전국을 순회하면서 정법인 불교를 비방하고 다니는 것

등이다.

종교는 개인을 구원하여 안심입명케 할 뿐 아니라 이념, 지역, 계층 간 갈등을 해소하여 평화로운 삶을 살 수 있게 하는 사회구원에도 목적이 있으므로 종교간 평화공존은 긴요하고 그런 의미에서 십자군전쟁이나 장미 전쟁과 같은 종교전쟁을 치른 기독교 등과는 달리 불교는 역사적으로 계속 평화로운 종교였다는 데 긍지를 느낄 수 있다.

그러나 다른 종교의 존립까지도 부정하려는 배타적 종교세력이 있다면 이는 상대적 세계관의 한계를 뛰어넘고, 종교적 인내의 한계를 뛰어넘는 것이므로 불교는 그에 따른 자위책을 강구하지 않으면 안 된다.

자위책을 강구하려면 정법에 의한 교세를 강화해야 함으로 모든 불자들은 선풍을 진작하고 상불경보살처럼 다른 사람을 존중하며 인선과 악인악과의 연기사상을 널리 전파하여 불교문화를 꽃피게 함으로써 각자를 많이 배출하고 역사적으로 나라를 민주화하며 국토를 통일하는 민주통일의 불국정토로 나아가 화쟁에 입각한 남북통일헌법 제정의 날이 오기를 고대해 본다.

(『주간불교』, 1988. 7. 20)

# 20. 불교와 경제 경영

## 1. 금강경과 기업경영

### 1) 인생이란 무엇인가?

석가모니는 인생의 현실을 고해(苦海) 즉, 고통의 바다라 했다. 부처님의 기본 가르침은 우리가 잘 아는 바와 같이 4성제라고 한다. 현실은 괴로움이요, 그 원인은 집착이고, 목적은 적멸이요, 그에 이르는 방법론은 선입견 없이 있는 대로 보는 정견을 비롯하여 정사 · 정어 · 정업 · 정명 · 정진 · 정정(正定) · 정혜 등 8정도라고 한다.

석가모니는 현재의 괴로움을 떠나 즐거움(또는 기쁨, 樂)을 얻는 이고득락 (離苦得樂)에 인생의 목적을 두었던 것이다. 즉 인생을 인연과보에 따른 고락 (苦樂)의 바다로 보신 것이다. 인생의 목적은 고통을 극복하여 행복하게 살다 행복하게 죽는 것이고, 부처님 가르침대로 명심견성 성불제중(明心見性 成佛濟衆)에 이르면, 본래 생사도 없고 고락도 없는 경지에 이르게 될 것이

다. 이는 자기 욕망을 충족하여 만족하고 행복하게 되는 즐거움(樂)에는 세
간락(5욕락; 식욕 · 성욕 · 재물욕 · 권력욕 · 명예욕) 등과 출세간락(열반락)이 있
는데, 세간락은 무상하니, 상락아정의 열반락에 인생의 궁극적 목표를 두
라는 것이다.

그런데 우리들의 현실생활은 절대의 불이(不二) 일심인 열반락을 지향하
더라도, 분별지에 바탕을 둔 오욕락을 누리는 상대의 세계를 떠날 수 없다.
여기서 기업경영과 관련하여 5욕락 중 재물욕에 주목하지 않을 수 없다.

일찍이 노자는 상선약수(上善若水)라고 했는데, 이는 재부약수(財富若水)라
고도 할 수 있다. 인생을 사는 것도 재산을 불리는 것도 물 흐름처럼 하라
는 것이다.

필자는 전공인 기업법에 관한 강의 교재로 〈기업법 원론〉을 썼는데, 인
생을 먼저 정의하지 않을 수 없어, 책 첫 면에 '사람은 이익을 추구하는 동
물이며, 그것을 초월할 수도 있는 존재'라고 썼다. 현대인의 사회생활은
대부분 영리행위로 이루어지고 여러 가지 이익은 이성을 기준으로 조정된
다. 이성에 입각하여 이익을 추구하는 사람, 즉 최소의 노력으로 최대의 효
과를 거두려는 사람을 경제인(Home Economicus)이라 하는데, 경제인이 기
업법의 인간상이라 할 수 있다. 영리행위를 중심으로 이루어지는 인간의
경제생활 가운데 특정 영역을 차지하는 것이 기업적 생활이다.

기업이란 기획적 · 계속적 영리행위 관계단위이다. 즉 기업은 사회경제
적 작용을 하는 실재로서 영리행위를 중심개념으로 하여 그 영리행위 가
운데 기획성과 반복적 집적(同種行爲 반복, 칼마)인 계속성을 도입하고 행위
를 기초로 주체와 객체가 관계를 맺어 유기적 통일을 이룬 단위가 기업이
라 할 수 있다. 기업을 경영한다는 것(enterprise management)은 이익추구를
위하여 조직을 만들어 잘 관리하는 것이다.

그런데 인간은 이익을 추구하는 것이 전부가 아니고, 그것을 초월할 수
도 있다. 이는 인간이 이기주의를 넘어 이타주의로 나아가고, 더 나아가서

부처나 신선·노자나 그리스도 같은 초월자가 될 수 있는 가능성 즉, 지능성을 가지고 있다는 말이다.

기업도 본래 이윤추구가 목적이지만, 기업이란 존재가 전체 사회구성원의 일부이므로, 전체와 개체의 관계성(關系性)인 사회성을 지녀, 사회적 기여를 해야 함은 공동체 원리상 당연하다. 기업이익의 사회적 환원, 기업의 사회적 책임, 경제주체들 간의 이익조화로써, 조화경영 상생경영 내지는 보살도 경영이 요청되는 까닭이다.

앞으로 현대적 기업경영, 금강경 등의 경영경제사상, 부처님의 자비경영, 칼마경영을 살펴보기로 한다.

### 2) 현대적 기업경영

현대 자본주의 사회에서 가장 주목을 받는 것은 재물욕을 충족시키고, 생활을 윤택하게 해주는 자본축적의 기업이다. 그런데 모든 기업은 그가 속한 큰 사회의 경제체제 안에서 경영을 하고 이익을 향유한다.

근세 이후 세계의 경제체제는 대체로 자본주의 체제, 사회주의 체제(공산주의 체제 포함), 파시즘 체제로 분류해 볼 수 있다. 1945년 8월 15일 제2차 세계대전이 끝나고 세계는 미국을 중심으로 한 자본주의 진영과 소련을 중심으로 한 공산주의 진영으로 나뉘어 냉전하다가 열전으로 바뀌어 국제전쟁인 한국전쟁(6.25사변)을 치렀다. 한국전쟁이 정전된 후 열전은 끝났고 냉전이 계속되고 있으나, 가끔 한반도에서는 군사적 충돌이 잇따르고 있다.

그런데 역사학자 아놀드 토인비나 인도의 시성 타골은, 물론 많은 미래학자들은 21세기 미래에 세계를 이끌 등불이 될 나라로 한국을 주목하고 있다. 지금 세계적으로 불고 있는 한류열풍을 보면, 주인공이 이영애인 TV 드라마 '대장금'(세계 92개국에서 방영되고, 스리랑카에선 TV 시청률이 91%, 이태리 TV 시청률 70%를 넘어섬), 세계적 가수 강남스타일의 싸이, 소녀시대, 골프의 박세리·최경주, 수영선수 박태환, 피겨 월드 챔피언 김연아, 20세기 대표 궁수 김수녕 등 인물들이 넘쳐나고 있다. 게다가 앞으로 남북이 평화통일만 된다면, 한국은 정신계나(불교) 경제계(BT산업)나 문화계, 군사계(핵) 등 다방면에서 세계의 선두주자가 되어, 팍스 코리아나(Pax Koreana)나 팍스 몽골리카(Pax Mongolica)를 이룰 가능성이 높다 하겠다.

이러한 세계사의 흐름 속에서 한국은 8.15해방 후 자유민주 헌법을 채택하여 국가 기본질서로서 '민주적 기본질서'를 기본으로 하고, 경제도 개인과 기업의 경제상 자유와 창의를 존중한다(헌법 제119조)고 하여, 기본 경제질서로서 수정자본주의(사회적 시장경제)를 채택하였다. 이를 바탕으로 사람들과 기업(작은 개인기업에서 중기업, 대기업, 재벌기업까지)들이 조국 현대화를 위한 경제적인 노력을 하여 산업화를 이루는 '한강의 기적'을 보여줬으며, 점차 세계무대로 나아가고 있다.

현대의 기업은 그 형태로 볼 때, 개인기업·조합기업·영리사단법인 회사기업 등으로 분류할 수 있다. 회사기업 가운데 자본주의의 꽃은 자본단체인 주식회사(株式會社, 1 Stock company co. Ltd)라고 할 수 있다. 주식회사는 자본의 구성단위인 주식을 소유하는 주주로 구성되는 회사인 바, 작은 자본으로 큰 자본을 만들 수 있고, 주식투자 범위 안에서만 책임을 지는 유한책임 원칙 그리고 기업의 소유와 경영의 분리, 노조의 경영참여 등 많은 장점을 가지고 있어, 작은 기업에서 재벌기업, 글로벌 기업까지 거의 무한으로 성장할 수 있는 장점이 있다.

현대기업의 경영관리는 일반적으로 목적에 따라 기획·지휘·조직·조정·통제하는 것이 그 내용이다. 그리고 현대의 기업관리자의 리더십 관련 7대 기능은 L. H. Gulick(미국 루즈벨트 대통령 행정관리 자문위원 역임) 박사가 기술혁신 절약과 능률을 강조하여 얘기한 것처럼 POSDCoRB가 요청된다 하겠다. 이는 Planning(기획)·Organizating(조직)·Staffing(인사배치)·Directing(지휘)·Coordinating(조정)·Reporting(보고)·Budgeting(예산)의 머릿글자를 딴 것이다.

현대적 기업경영에서는 합리·창조·자주·상생·감성·해방·조화·혁신·보살도·맞춤·예외·융합·다국간·유비쿼터스·글로벌·불교·유교·기독교경영 등 새로운 개념이 많이 나오고 있으나, 경영학적으로는 근대적 합리주의, 상조적 개인주의, 전통적 집단주의, 자주자조적 집단주의 경영 등이 제창되었다. 자주자조적 경영은 집단 내의 개인도 주체적인 의식을 가지고 있어 자조적인 행동이 주축을 이루는 경영조직이라 할 수 있다.

이는 불교의 불이(不二)에 기초하여 '수처작주 입처개진(隨處作主 立處皆眞)' 하는 경영이라고 할 수 있다. 이는 세계일화나 대동사회를 지향한다. 이 경영시스템은 관계망(Network)의 통일로 이루어진 제도로, 경영자·중간관리자·노동자가 함께 일하는 사람들로서 통일되어 자주·자조적으로 관리해 나가는 것이다. 자주·자조경영이 뿌리내리려면 구성원들이 기득권적 소유욕을 극복하고, 일하는 사람들이 모두 자아실현이 될 때 가능한 것으로, 불교용어로는 보살도 경영이라고 할 수 있다. 보살의 중심서원은 모든 존재를 이롭게 하겠다는 것이다.

### 3) 금강경 등의 경영경제사상

부처님의 경영경제사상은 기본적으로 '명심견성 성불제중'을 바탕으로 (금강경 제3분 대승 정종분) 보살도 경영에 있다 하겠다. 이에 관하여 먼저 금강경을 시작으로 불경의 가르침을 살펴보기로 한다.

금강경 제4분은 묘행무주분으로 무주상보시 즉 "머무름이 없이 보시하라"고 했다. 이는 무엇을 분별하여 집착하지 말고 베풀라는 뜻이다. 남의 것을 빼앗아서는 안 되고, 집착을 놓아버린 후 동체대비시상에 입각하여 아낌없이 주는 보시행으로 보살다운 삶을 살라는 것이다.

야 한다.

경제사상으로는 가난이 도둑질·거짓말·증오 등과 같은 부도덕과 범죄의 원인이 된다고 보았다(《전륜왕사자후경》). 그리고 형벌을 통한 범죄의 근절책이 부질없음을 말하고 그 대책으로 국민의 경제적 여건의 개선을 제시하고 있다.(《구라단두경》)

곡식과 농사를 지을 설비가 농부와 경작자들에게 공급되어야 하고, 사업을 하는 사람들에게는 자본이 제공되어야 하며, 고용인에게는 적절한 임금이 지급되어야 한다. 이렇게 충분한 소득을 벌어들일 기회가 부여되면 국민들은 만족해 하고 두려움이나 걱정이 없게 되고, 그 나라는 평화롭고 범죄가 없게 된다고 하였다.

### 4) 부처님의 자비 경영

석가모니 부처님께서 진리를 전하시고 4부대중 교단을 운영하신 것을 보면, 부처님은 진리의 왕인 법왕(法王)이요, 중생들의 병을 고쳐주시는 대의왕(大醫王)이며, 또한 경영왕(經營王)이라고도 하겠다.

부처님의 기본 가르침은 불이중도, 유심유식, 인연과보라고 할 수 있는데, 결국은 4성제와 8정도, 4무량심과 4섭법(보시, 애어, 이행, 동사섭)이나 6바라밀(또는 10바라밀)인 보살행이 긴요하다고 할 수 있다. 이는 나와 남을 구별하지 않는 불이사상 즉 동체대비사상을 기반으로 노사정사회가 하나가 되는 민주적 리더십의 '보살도 경영'이라고 할 수 있다.

불교는 무소유라 표현할 수 있다. 그러나 소유욕을 가진 중생은 종교적 진리도 추구하면서 경제적 욕망을 충족시키려는 이율배반적인 모습을 가지고 있고, 해탈을 막는 것은 부(富)가 아니라 부에 대한 집착이기 때문에, 부처님은 초기교단의 소유체제를 방편으로 인정하시어 재가자들의 사유와 출가자들을 공유체계(共有體制)로 생활하게 하셨다. 출가자는 무소유를 전제하여 경제행위가 금지됐으며, 수도를 위해 '삼의일발' (三衣一鉢: 옷 세 벌, 밥그릇 한 개)만의 소유가 허락되었다.

나머지 교단재산은 불가분물(不可分物)로서 사방승물(四方僧物)이라 했는 데, 승가공동체의 공동소유였으며, 매매·대여가 금지됐으나, 평등하게 사용할 수는 있었다.(〈대장경〉)

'파리율소품' 에는 진정한 의미의 공동사회로, 정법을 중히 여기고 재물을 중히 여기지 않는 출가자 모임이 수승한 것으로 존경받았다. 재가자들도 궁극적으로는 불자로서 무소유를 전제로, 사유재산을 인정하는 이익사회였으나 재물을 획득하는 데 일정한 윤리규범에 따르도록 했다.(〈선생경〉)

부처님의 세계는 본래 무소유 세계이므로 주고받을 것이 없지만, 주고받는 경우에도 한 생명 한 살림으로, 가면 가고 오면 오지(如來＝如去＝ Tathagata), 오고 감이 서로 조건 지어져 있지 않고, 무한발전소처럼 받지 않고도 한없이 공급해 줄 수 있는 세계이다. 그러나 중생세계는 '이익을 추구하는 동물' 의 소유세계요, 시장사회이므로 주고받는 것(give and take)이 서로 조건지어져 있는 '이익의 관계망' 모습을 보이게 마련이다.

모든 사람은 각자의 업(칼마, 業)을 갖고 있고, 그 업에 따라 자신이 귀천을 결정짓는 것이지 신분에 의해 결정되는 것이 아니다.(〈천민경〉) 각자의 업에는 별업(別業)이 있고, 공업(共業)도 있으며, 직업도 있는 바, 모든 중생은 업의 연속으로 스스로의 업을 따르고, 업을 벗으로 삼으며, 업을 문으로 삼고, 업을 의지로 삼는다.(〈본사경〉)

석가세존 당시의 교단생활은 재가자들이 생업에 따른 바른 생활로 풍부한 식량과 상업성금을 출가자들에게 보시했고, 출가자들은 재가자들에게 법시를 하면서 정신적 해탈을 구하며, 마음을 비우고 공덕을 베풀기 위해 걸식수행도 했다. 부처님은 이변중도와 현장중심 가르침에 중점을 두었는데, 이변중도(離邊中道)는 2분법으로 나눠 양극단으로 가는 것을 피해야 하며, 부처님의 '거문고 비유' 말씀과 같이 너무 조이거나 늦추지도 않아야 하는 것이다.

부처님의 '거문고의 비유'에 맞춘 불자로서 기업경영에 뛰어난 이가 스티브 잡스와 빌 게이츠다. 혁신의 아이콘 스티브 잡스는 불교에 심취하여 인도와 히말라야 여행을 했으며, 도미한 일본인 스즈키 순류 조동종 스님 밑에서 선수행을 집중적으로 정진했다. 그는 일본 후쿠미 에이레이사에 출가 승려가 되려고도 했고, 결혼식 주례도 일본인 비구니스님이 맡았다. 그는 캘리포니아 선센터에 주석한 조동종 오토가와 고분(乙川弘文)선사를 평생 스승으로 모시고 결혼식에도 초대했다. 채식주의자였으며 말년에 암 투병 중에는 장남과 딸을 데리고 일본 임제종 사이호리사를 즐겨찾기도 했다.

불교에서 깨우친 바가 많았던 스티브 잡스는 여러 차례의 강연 중에 "마음이 모든 것을 이끌어 간다", "마음 행복한 사람이 진정 행복한 사람이고, 부유함과 높은 지위는 행복과 별개다. 불이와 이분법의 조화점을 찾아라", "무슨 일을 하든지 그저 그 일을 할 뿐인 상태가 깨달음이다", "세상을 있는 대로 받아들여라", "혁신적인 아이디어가 세상을 바꾼다. 그것이 리더와 모방자의 차이를 만들어 낸다", "애플의 핵심은 놀라울 정도로 상호협력적 회사이다. 애플에는 위원회가 하나도 없다", "나는 돈 벌기 위해 사업한 적이 없다. 내 가족이 사용할 제품이라 생각하고 모든 제품을 만들었다" 등의 말을 했다.

미국 샌프란시스코시는 2013년에 스티브 잡스가 처음 애플사를 시작했던 차고를 사적지로 지정했다.

### 5) 카르마경영

불교의 기업경영은 한 마디로 보살도경영인데, 이는 자비경영과 카르마 경영을 내포하는 것이다. 카르마경영은 이 세상은 모두 인연과보의 원리로 움직이고, 인연이 쌓이고 반복되면 세력화하여 업(業, Kharma)이 되는 바, 선인선과(善因善果) 악인악과(惡因惡果)의 경영인 것이다. 인생은 현상적으로 보면 습업적(習業的) 존재이다.

　우리나라의 훌륭한 기업경영인으로는 "장사는 이(利)를 남기는 것이 아니라, 사람을 남기는 것이라"고 했던 불자 거상 임상옥, 수백년 대를 이어 부자로 건강하게 살아온 경주 부자 최씨, 객주로 많은 돈을 모았다가 흉년에 백성들을 위한 구휼미로 모두 바친 제주 김만덕 보살 등을 들 수 있다.

　8.15해방 이후 수정자본주의를 채택한 한국에는 수많은 거대기업이 명멸했다. 대체로 국민의 주목을 받은 뛰어난 기업경영자는 극일의 상징인 이병철 삼성그룹 창업자 회장, 불도저식 기업가로서 1998년 1001마리의 소떼방북으로 남북의 철벽문을 연 현대그룹 창업자 정주영 회장, 민족적 주인정신을 갖고 지구촌을 무대로 산 SK그룹 창업자 최종현 회장, 불교적 세계관을 가지고 한국의 날개인 KAL(대한항공) 등을 창업한 한진그룹 조중훈 회장, 무역입국의 신화 위에 세계를 주름잡아 '김기스칸'(한국의 칭기스칸 뜻) 이름까지 얻은 김우중 대우그룹 회장 등이다.

　그러면 국민의 90% 이상이 불자인 이웃나라 일본의 대표적인 불교기업 경영가는 누구인가? 제2차 세계대전 종전 후 대표적인 일본의 3대 재벌 경영신은 마쓰시다 고노스케(전기업 그룹 창업), 이나모리 가즈오(교세라 그룹 창업주), 혼다 소이치로(혼다자동차 창업주)를 든다.

　혼다 소이치로는 보통학교만 나오고, 본전기연공업을 세우며 '네 뜻대로 살아라'를 표어로 내세워 독창성과 기술혁신을 중시하였다. 1%의 성공은 99%의 실패에 기초를 두고 있다면서, 사람에게 가장 소중한 것은 돈도 지위도 아니고, 남에게 폐를 끼치지 않는 것이라고 했다. 혼다이즘이라 할 기업경영 3원칙은 ① 남의 흉내를 내지 말고 독창성을 지녀라, ② 관공서에 의지하지 말라, ③ 세계를 겨냥해 나아가라였다.

　마쓰시다 고노스케는 부처의 길 위에서 선화자 자세로 기업경영을 하고,

송하정경의숙을 세워 일본 정경계의 큰 인물들을 많이 배출하고 있다. 그는 회고록에서 "나는 평생 단 한 번도 이윤을 좇아 일한 바가 없으며, 오로지 세상 사람을 위해 전기제품을 수돗물처럼 싸게 공급하는 데 전념해 왔다"고 쓰고 있다.

일본의 경영학자들은 마쓰시다가 자기만의 부처가 되고자 열심히 일했기 때문에 세상에 유익한 제품을 제공하고 이윤을 크게 얻어 보살도를 실천하게 되었다고 평가했다. 불자의 입장에서 볼 때 당연한 봉사로 일을 끝냈기 때문에 그 결과로써 이윤이 발생하는 것이지, 이윤을 추구했기 때문에 복덕이 얻어지는 것은 아니라는 것이다.

현대 일본에서 도덕경영, 정도경영으로서 불교적 경영의 대표자는 〈카르마경영〉〈아메바경영〉〈일심일연〉 등의 책을 낸 교세라 그룹회장 이나모리 가즈오다. 그는 불자로서 선(명상)과 교에 능했으며, 관구존남의 '생명의 실상'도 통독했다 한다.

'씨없는 수박'으로 유명한 우장춘 박사의 사위이기도 한 이나모리는 경영아카데미를 운영하는 경영인모임 '세이와주쿠'를 만들어 많은 인재를 양성했으며(한국인 손정의 소프트뱅크 회장도 이곳 출신), 사회사업으로 '이나모리재단'을 설립하고 '교토상'을 창설하여 아시아인 최초로 한국인 백남준 씨가 그 상을 수상했다. 살아있는 경영의 신이자 대재벌기업 회장인 이나모리는 1959년 교세라를 창업해 10대 재벌이 됐으나, 어느 날 갑자기 회장직을 사임하고, 수십조 원의 재산을 마다하며 스님이 되었다.

1997년 9월 교토의 원복사라는 절에서 대화(大和)라는 불명을 얻었다. 그는 스님이 된 후, 길거리에서 탁발할 때 '10엔'을 던진 한 아주머니의 무주상 보시에 크게 감동했다고 탁발수행 경험을 피력하기도 했다. 그 후 일본의 간판기업인 일본항공사(JAL)가 파산에 몰리게 되자 구원투수로서 일본 수상의 강력한 요청에 의해 2010년 JAL 회장(2010~2012)을 맡고, 보수 없이 일하며, 날카롭고 과감한 경영으로 JAL을 살려 부활시키고, 2선으로 물러나기도 했다.

그가 쓴 〈카르마경영〉을 보면, ① 일체유심조이니, 인생은 마음이 그리는 대로 이루어지니 좋고 강력한 생각을 하여 실현시킨다. ② 진리는 하나이니(不二) 원리원칙에 근간을 두고 생각하는데, 인생도 경영도 단순명료한 원칙이 좋다. ③ 마음을 수양하고 높이되 6가지 정진이 필요하다. 이는 누구보다도 노력하고 겸손하며, 날마다 반성하고 살아있는 것에 감사하고, 남을 위해 선행하는 게 바람직하니, 적선지가(積善之家)에 경사가 있다고 유가에서도 말했다. 쓸데없는 걱정이나 불평을 하지 말고, 후회가 남지 않게 전심전력을 기울여 몰두하라는 등 모두 6가지 정진이다. ④ 석가모니의 6바라밀을 끊임없이 수행하여 마음을 높이며 보살과 같이 이타심으로 살아가라. ⑤ 인연과보원칙의 우주 흐름과 조화를 이루어 인본주의 속 한 생명으로 돌아가 상생하라.

지금의 세계자본주의가 자본의 노예가 되고 있다고 비판한 이나모리 회장은 2012년 2월 1일 서울 소공동 롯데호텔에서 열린 드림소사이어티 강연(하나금융그룹 주최)에 연사로 참석해 대의명분 있는 사업목적을 가지라는 등 12가지 경영원칙을 말했다. 그는 현재 교세라그룹과 JAL의 명예회장으로 있다.

### 6) 끝내는 말

위에서 우리는 금강경을 중심한 불교철학과 기업경영 실제생활을 연계시켜 살펴보았다. 지금 세계는 자본주의가 크게 발달하고 있으나, 부익부 빈익빈 빈부격차, 불공정한 분배, 인간의 소외 등으로 천민자본주의가 되어가고 있어 21세기의 대안이 요구되고 있다. 그 대안은 석가모니께서 보여주신 초기교단의 '불교사회주의'와 불교적 연기관에서 찾을 수 있다. 국가를 불교경제공동체처럼 만드는 것이다.

그것은 무소유(무위, 불이)를 방향점으로 잡고, 4부대중 가운데 재가자는 사유를 기본으로 하고, 출가자는 공유를 기본으로 하여 조화를 추구하는 사회라 할 것이다. 무소유는 가짐 없는 큰 자유이다. 사유 · 공유 · 무소유가 잘 조화되어 활발한 사회를 형성해 갈 필요가 있다.

기본적으로 이윤을 추구하고 사회에 기여하는 기업경영도 인간이 하는 일이기에 불교의 4성제 8정도에 기반하고 자비희사심의 4무량심으로 시절인연을 살펴보면서 무주상보시 등 4섭법의 보살행을 해야 마땅하니, 이는 인성을 중시하는 보살도 경영으로서 자비경영, 카르마경영을 포함한다고 말할 수 있다. 이는 지혜로 볼 때 불이중도의 무분별지와 세상사를 분별할 때 생기는 분별지에는 집착하지 않아서, 이이불이(二而不二)로써 조화된 한생명상생법으로 살아감을 뜻한다고 하겠다.


## 2. 불교와 경제정의

### 1) 들어가는 말

「지금 여기」 한국사회는 부동산투기와 불로소득문제 등 물질만능주의 위에서 국민들이 '가진 자' 와 '못 가진 자' 특히 무주택계급과 유주택 계급으로 이질화되는 등 격심한 경제부정의가 만연되어 하루바삐 척결되지 않으면 사회붕괴의 위기(Anomie)가 올 것이라는 국민적 공감대가 형성되고 있다.

이같은 경제적 불의는 비업무용토지로 5백여 만 평을 팔아야 하는 기업이 있는 반면에, 전세방값이 없어서 자살하는 사람들이 생기는 경우가 극명하게 드러내주나, 경제정의실천 시민연합은 "도시빈민가와 농어촌에 잔존하고 있는 빈곤은 인간다운 삶을 원천적으로 박탈하고 있으며, 귀중한

국토는 국민들의 복지증진을 위하여 생산과 생활에만 사용되어야 함에도 불구하고 소수계층의 재산증식 수단으로 악용되어 토지소유가 극심하게 편중되고 투기화됐으며, 경제력을 독점한 소수계층의 불로소득 증가는 부익부 빈익빈의 격심한 양극화로 공동체의 윤리전반을 문란케 하는 등 공동체 와해의 위기에 와 있다"고 전제하고, "민주복지사회 건설을 위한 국민 모두의 실천 노력이 요청된다"고 그 발기문에서 선언했다.

그러므로 우리는 경제민주화인 경제정의를 실천하여 국민들이 함께 잘 살게 하려면 경제적 기회를 균등하게 부여하고, 노력한 만큼 대가를 분배받는 정의사회를 합리적으로 형성해 나가야 할 것이다.

그러기 위하여 우리들은 경제적 부정과 비리를 척결하여 부도덕성을 정화시키는 자정능력(自淨能力)을 필요로 하게 되며 경제적 여유에도 불구하고 베풀지 않으면 '춥고 배고픈' 원한의 집적으로 공동체가 파멸될 수도 있음에 유의할 필요가 있다 하겠다. 이러한 상황에서 우리 불자들은 역사 사회에서 부처님 정법으로 찬란한 불교문화를 꽃피움으로써 나라를 민주화하고 한반도와 동명고강을 통일하여, 평화롭고 행복하며 청정한 삶의 땅인 「민주통일정토(民主統一淨土)」를 구현해야 할 사명이 있는 바, 그 일환으로 경제정의실천에 나서야 할 것이다.

이 민주통일정토는 자유와 평등이 조화되어 평화를 이룬 민주복지사회요, 불국정토요, 무릉도원이며, 유토피아로서 우리나라의 미래상이 되리라 생각한다. 이에 따라 우리는 앞으로 부처님의 기본 가르침을 알아보고, 부처님의 경제정의를 살핀 다음에, 경제부정의 원인을 추구하며, 그에 대응한 경제정의 실천방향을 논하고, 말 맺음을 하고자 한다.

### 2) 부처님의 기본 가르침

인간의 경제생활은 인간자체와 인간의 마음, 말, 행동에 밀접히 연결돼

불멸의 평화로운 바다 열반(涅槃)에 이르는 핵심인 것이다.

## 3) 불교의 경제정의

불교의 경제정의는 기본 가르침 아래서, 세간생활에서 중요한 소유(所有)와 거래(去來) 등과 경제생활에서 8정도와 맥을 같이 하는 보살도를 넓게 중점적으로 살피고자 한다.

### (1) 무소유(無所有)와 소유(所有)

불교의 기본은 연기요, 공이며, 무상(無相)이고, 무아(無我)인데, 이를 소유관념과 연결지으면 무소유라 표현할 수 있다.

모든 존재는 하나의 대생명이고, 각 개체는 분신생명으로 공존할 뿐, 본질적으로 다른 것을 소유할 수 있는 것은 아니다.

그러나 욕심을 가진 중생은 종교적 진리도 추구하면서 경제적 욕망을 충족시키려는 이율배반적인 모습을 가지고 있고, 해탈을 막는 것은 부(富)가 아니라 부에 대한 집착이기 때문에, 부처님은 초기 교단의 소유체제를 방편으로 인정하시어 출가자들은 공유체제(共有體制)로, 재가자들은 사유체제(私有體制)로 생활하게 하시었었다.

출가자는 무소유를 관념적으로 전제하여 경제행위가 금지됐으며, 수도를 위해 3의1발(三衣一鉢; 옷 세 벌, 밥그릇 1개)만의 소유가 허락되었다.

나머지 교단재산은 불가분물(不可分物)로서 4방승물(四方僧物)이라 했는데, 승가공동체의 공동소유였으며, 매매·대여가 금지됐으나 평등하게 사용할 수는 있었다.(大藏經 巴利律小品)

이는 진정한 의미에서 공동사회(共同社會, Gemeinschaft)로 정법을 중히 여기고 재물을 중히 여기지 않는 출가자 모임이 수승한 것으로 존경받았다. 재가자들도 궁극적으로는 무소유관념을 전제로 재산의 사유를 인정하는 이익사회(利益社會, Gesellschaft)였으나 재물을 획득하는 데 일정한 윤리 규범에 따르도록 했다.(善生經)

재가자들은 궁핍이 여러 가지 악행의 근원이 되므로 남을 괴롭히지 않고 생산에 정진하여, 정법으로 재산을 증대하고 집적하며 수입과 지출의 균형을 갖되 생활하는 지혜를 갖게 했다.(大智度論)

재가자의 올바른 분배는 수입을 4등분하여 1/4은 생계비로, 1/4은 생업 경영에, 2/4는 저축을 하거나 상인에게 빌려주어 이자를 받고, 빈궁하거나 병든 자에게 보시하도록 했다.(阿含經)

중생들끼리의 거래적 만남은 여러 가지 이해를 둘러싸고 욕되는 경우가 많으므로, 유통은 인욕(忍辱)의 정신으로 이루게 하며, 소비는 사람의 욕심이 한량이 없으나 욕망충족 대상은 한정돼 있으므로 욕심을 줄여 절제하면서 만족함을 아는(少欲知足) 길로 나아가도록 했다.(法華經普賢菩薩勸發品)

석가세존입후 사회유통질서가 현저히 발전되고 화폐경제가 교단내로 침투하자 불기(佛紀) 약 100년경 북인도 상업도시 베사리를 중심으로, 금은(金銀)이나 금전이 부정하여 손을 대서는 안 된다는 보수교단의 '금은부정(金銀不淨)'에 대하여 '금은정(金銀淨)'을 주장하는 대중부의 대승불교가 일어났다. 이들은 경제적 합리주의를 토대로 승가에 기증된 재산을 세간에 투자하고 승려끼리 물품매매도 하여, 이익을 얻거나 대부이자로 재산증식을 취하여 무진물(無盡物)로 바뀌었으며, 이러한 것이 널리 행해져 사찰이 인도사회의 금융기관 역할을 하기도 하였다.(摩訶僧祇律)

무진물은 사찰운영비에도 충당되었지만 사회적 빈곤구제에도 투하되어 민중생활과 보다 밀착된 대승불교의 발전을 보게 되었다.

'받는 불교'보다 '주는 불교'의 참 모습을 보인 것이다.


## (2) 여래(如來)와 거래

부처님의 세계는 본래 무소유 세계이므로 주고받을 것이 없지만, 주고받는 경우에도 한 생명 한 살림으로, 가면 가고 오면 오지(如來＝如去＝Tathagata), 오고 감이 서로 조건 지워져 있지 않고, 무한 발전소처럼 받지 않고도 한없이 공급해 줄 수 있는 세계이다.

그러나 중생세계는 '이익을 추구하는 동물'의 소유세계요, 시장사회(市場社會)이므로, 에리히 프롬의 이른바 시장형 인간들은 오고 감 즉, 주고받는 것(give and take)이 서로 조건지워져 있고, 생활이 거의 모두 장삿속으로 이뤄지는 '이익의 관계망' 모습을 보이게 마련이다.

모든 사람은 각자의 업(業)을 갖고 있고, 그 업에 따라 자신이 귀천을 결정짓는 것이지, 신분에 의해 결정되는 것이 아니다.(賤民經)

각자의 업에는 별업(別業)이 있고, 공업(共業)도 있으며, 직업(職業)도 있는 바, 모든 중생은 업의 연속으로 스스로의 업을 따르고, 업을 벗으로 삼으며, 업을 문으로 삼고, 업을 의지로 삼는다.(本事經)

석거세존 당시의 교단생활은 재가자들이 생업에 따른 바른생활로 풍부한 식량과 상업성금을 출가자들에게 보시했고, 출가자들은 재가자들에게 법시(法施)를 하면서 정신적 해탈을 구하며, 마음을 비우고 공덕을 베풀기 위해 걸식수행도 했다.(비구＝比丘＝乞士)

부처님은 생산력이 극히 낮은 당시 인도 농경사회에서 생산문제는 심각하지 않았으나 근검하게 일하고 노동을 중요시하도록 가르치셨다.

부처님은 어느 때 한 바라문이 농사를 짓지 않고 시물로 생활한다는 비판에 대하여 "믿음은 내가 뿌린 씨앗이요, 지혜는 밭을 가는 쟁기이다. 날마다 신·구·의를 통제하여 3독(貪·瞋·癡)을 제거하는 것은 밭에서 김을 매는 것이고, 내가 끄는 소는 정진이니, 가고 돌아섬이 없이 평화로 나른다. 나는 이같이 씨 뿌리고 가꾸고 길러 감로의 열매를 거둔다"고 응답하셨다.(相應部經)

부처님은 일이나 노동의 중요성을 인정하시되, 농부의 밭 경작과 함께 심전경작(心田耕作)의 필요성을 역설하신 것이다.

부처님은 좋지 않은 업 즉, 부정(不正業)인 주지 않고 받으려는 도둑질, 진실을 속이는 사기, 살생을 직업으로 하는 것 등을 금지시키면서, 자비정신으로 정업에 돌아가 방생할 것을 말씀하셨다.

그 뒤 선명상과 함께 노동을 중시하여 선농일여(禪農一如)의 사상을 적극적으로 펴신 분은 중국 당(唐)나라 때 백장(百丈)선사이다.

백장선사는 "하루 일하지 않는 사람은 하루 먹지 말라"(一日不作 一日不食)고 가르치며, 울력에 솔선수범하였다.(百丈淸規)

부처님은 사람관계나 기업경영에 관계다는 분어에 관하여, 일심불이(一心不二)적인 '화(和)의 경영'이 이뤄지도록 해서 주인이나 고용주는 하인이나 피고용인에게, ① 능력에 따라 일을 시키고, ② 때맞춰 음식 주고, ③ 적정임금을 지급하며, ④ 병나면 치료해 주고, ⑤ 휴가를 주어야 하며, 하인이나 피고용인은 주인이나 고용주에게, ① 아침 일찍 일어나고, ② 일을 짜임새 있게 하고, ③ 주지 않는 것은 받지 않고, ④ 순차대로 일하고, ⑤ 주인이나 고용주의 이름이 올라가도록 해야 한다고 하시어 노사관계나 서로를 살리는 사랑의 봉사 속에서 이뤄지도록 가르치셨다.(六房禮經)


### (3) 보살행(菩薩行)

여래는 무소유의 세계에 사나 중생은 '소유와 거래'의 세계에 사는데, 부처님의 가르침을 따르고 보아 아는 불자(佛子)는 깨달은 중생(覺有情)인 보살의 길을 가도록 노력해야 할 것이다.

이 보살행은 흔히 6바라밀이나 10바라밀(布施, 持戒, 忍辱, 精進, 禪定, 般若, 方便, 願, 力, 智)로 표현하나, 간단하게는 4무량심에 바탕을 둔 4섭법(四攝法)에 잘 나타나 있다고 생각한다.(法華經 提婆達多品)

이는 보시섭(布施攝), 애어섭(愛語攝), 이행섭(利行攝), 동사섭(同事攝)의 4가지인데, 사람의 4가지 분야인 마음과 말과 몸 그리고 사회에 각각 연결되고, 8정도 가운데, 정어는 애어에, 정업은 이행에, 정명은 동사섭에 각기 배대

된다고 할 수 있다.

보살행에 관하여 범부로서 성불하는 선재동자는 "나 마땅히 한 사람의 중생을 위하여 하나 하나의 세계, 미래제의 아승지겁을 다하여 보살행을 수행하겠다"고 말했다.(華嚴經 離世間品)

① 보시(dana)

욕심에 찬 마음을 비워(집착이 가는 재물 등을 놓아버림) 청정심으로 돌아가게 하는 방법이, 다른 사람과 함께 나누어 베푸는 보시이다.

보시할 때는 시여자, 수시자 그리고 시물이 모두 깨끗한 삼륜청정(三輪清淨)이 필요한 바, 무주상(無住相) 보시가 바로 그것이다.

이는 머무르는 바 없는 보시이기 때문에 주기 전에는 마음이 즐겁고 줄 때는 청정하며 준 뒤에는 기쁜 보시이다.

보시에는 재시(財施), 법시(法施), 무외시(無畏施), 노력시(勞力施), 보은시(報恩施) 등 여러 가지가 있다. 보시를 하고 싶으나, 가진 것이 없어서 못한다고 하는 사람이 있으나 '빈자의 일등' 처럼 누구나 할 수 있는 보시도 많다.

㉠ 친절한 마음으로 돌봄, ㉡ 남의 희비를 내 것으로 함, ㉢ 부드러운 얼굴로 대함, ㉣ 자비로운 눈으로 응시함, ㉤ 남에게 자리를 양보함, ㉥ 남의 마음에 여유를 줌, ㉦ 부드러운 말 등이 그것이다.

② 애어(peyyavaca)

말은 인간에 특유한 것으로, 말 한 마디에 천 냥 빚을 갚을 수도 있고, 멸문의 화를 당하기도 한다. 그러므로 나쁜 말, 두 가지 말, 속이는 말, 입에 발린 말은 하지 말고, 자비로운 말, 진실한 말, 부드러운 말을 써야 한다.

우리는 일상생활에서 화안애어(和顔愛語)가 중요하므로, 감사한 마음에서 생명력이 넘치는 얼굴과 말이 되도록 항상 유의해야 한다.

③ 이행(attha-cariya)

우리들은 한 생명의 실상 안에서 다른 사람과 행위를 통해서 생활하기 때문에 화합협동이 되도록 남에게 이로운 행동을 해야 한다.

우리는 직장 등 사회생활에서 윗사람을 돕고, 아랫사람을 이롭게 하며, 옆 사람에게 협동해야 한다.

서로 이롭게 하려면, 입장을 바꿔 생각하는 마음이 중요한 바, 생산자는 소비자 입장에서 생산하고, 사용자는 노동자의 인격과 생활을 존중하고, 노동자는 사용자가 기업의욕을 잃지 않도록 배려해야 한다.


④ 동사(Samanattata)

동사섭은 공동체 구성원이 동고동락하면서 어울려 일을 하고, 그 결과를 균등하게 분배하는 것이다. 이는 화합중을 의미하는 승보의 화합을 위하여, 보살이 중생과 화경하여 같이하는 6화경(六和敬)에 잘 나타나 있다.〈六和敬＝身和同住, 口和無諍, 意和無違 見和同解 戒和同遵 利和均等〉

6화경 가운데 특히 이화균등(利和均等)은 이익사회에서 화합을 기하기 위하여 이익을 균등하게 나누는 것으로, 불화방지에 긴요하다.

"이익을 분에 넘치게 바라지 말라. 이익이 분에 넘치면, 어리석은 마음이 생겨나니, 적은 이익으로 부자가 되라."(寶王三昧論)

## 4) 경제정의 실천방향

우리는 이제 부처님의 경제정의에 입각하여 한국사회의 경제부정의를 척결하여 함께 바로 사는 사회를 만들지 않으면 안 된다.

이에 우리는 우리나라에 경제부정의를 가져온 원인을 살핀 다음, 그에 대응하는 경제정의 실천의 총체적 방향을 논급하기로 한다.

경제부정의를 가져온 원인의 첫째는 경제체제의 원리에 부분적으로 내재해 있다. 한국은 수정자본주의를 채택하고 있는 바, 자본주의는 개인의 소유와 창의를 존중하는 장점이 있는 반면에 자본의 집적과 집중으로 대중궁핍화를 가져오고 재산보유의 불평등을 초래했다.

둘째는 정통성이 결여된 군사정권의 장기집권으로 불신사회를 만들고, 법질서의 왜곡과 경제운용 잘못으로, 특정기업을 편중지원했으며, 부동산투기와 불로소득을 조장하였고, 사회적 약자인 '없는 자'와 '약한 자', '실업자'를 지원하는 사회정의 추구정책이 빈약하였다.

셋째는 재벌기업 등 '있는 자', '강한 자' 등이 생산과 소유를 집중시키고, 언론매체를 장악하거나 정치적 영향력 행사로 부익부(富益富)의 현상을 보인 반면 지나친 욕심으로 기업의 사회성을 인식하지 못하고, 기득권자의 양보가 없어 노사갈등, 계층갈등을 심화시켰다.

넷째는 국제경제의 불평등질서이다. 국제경제에 있어 남북문제로 나타난 일반적 불평등질서와 경제주권을 위협받을 만큼 영향을 많이 주는 대미관계, 대일관계 등에 있어서의 경제적 불평등이다.

다섯째는 국민들의 마음이 너무 이기주의와 물질만능주의에 젖어서, 공동사회의식을 갖고 서로 살리면서 함께 잘 사는 운동을 펴지 못했고, 더 나아가 무소유 사상이나, 선인선과(善因善果), 악인악과(惡因惡果)에 대한 믿음이 없었던 점을 들 수 있다.

이에 대응한 경제정의 실현의 총체적 방향은 첫째가 국민들 공동체의식의 고양이다. 부처님의 무소유사상에 따라 적어도 절제하면서, 만족을 알고 가진 자와 강한 자 등이 혼자만 잘 살려 하지 말고 양보하며 함께 살려는 정신을 가져야 한다. 그러려면 국민들이 선인선과, 악인악과를 믿고, 선명상기도를 실천하며, 4섭법으로 표현되는 보살행을 실천해야 한다.

나아가 우리 환경을 좋게 하는 것은 좋은 연(緣)을 만드는 것이므로, 자연환경의 파괴와 오염을 방지해야 하며, 특히 오존층을 파괴하는 프레온가스발생과 핵물질반입 등을 방지해야 한다.

둘째는 경제체제의 비교와 법제의 수정이다. 우리나라는 토지의 공개념(公槪念)을 도입하여 택지소유상한제, 토지거래허가제, 토지초과 이득세제를 채택하고 있으나 사회주의 국가인 중국이나, 소련에서는 토지의 사개념(私槪念)을 도입하여, 중국은 농촌의 인민공사를 해체한 뒤, 토지의 전인민소유를 전제로 영구적 사용권을 농민들에게 평등하게 나눠줬으며, 소련에서는 개인토지소유법으로 토지를 인민에게 무료로 불하해 주고, 토지의 매매, 교환 등 양도는 금지했으나, 인민들은 토지의 소유권과 건축권을 갖고 후손들에게 상속할 수 있게 됐다.

우리나라에서 부동산 투기를 막으려면, 토지는 생산과 생활에만 사용하도록 법제화하고, 토지의 공개념 도입으로 점차 규제를 강화하며, 토지투기자에게는 세금을 중과하고, 금융실명제를 채택하여 토지거래관계를 양성화해야 한다.

셋째는 민주통일운동을 펴면서 정부가 강력한 분배정의시책을 펴도록해야 한다. 나라의 민주화를 위하여 자동성 원리에 따른 평화적 정권교체의 전통을 확립하고, 민족해방의 완성으로 민족통일을 추진하되, 정부가 '사회분배 5개년계획' 같은 것을 세워, 계층 간의 격차를 줄이며, 노력한만큼 정당한 소득을 받게 하고, 산업예비군을 없애며, 무주택자를 위한 영구임대주택을 지어 무주택자를 없애는 등 사회정책적 경제정책을 펴고, 사람이 법을 지키도록 법이 사람을 지켜주어야 한다.

넷째는 국제경제사회에서 실질적으로 공평한 거래가 이뤄지도록 신국제경제질서(新國際經濟秩序)를 확립하도록 노력하고, 대미국관계, 대일본관계 등에서 실질적 경제주권을 확립해야 한다.

### 5) 맺음말

우리는 위에서 부처님의 기본 가르침으로서 자비로운 마음, 인연과보의 원리, 중도실상의 모습을 살피고, 경제정의에 관련하여 여래는 무소유이나, 중생은 집착으로 소유와 거래의 세계에 살고 있음을 보았다.

우리는 중생이라는 현실에서 여래라는 이상을 향해 가는 바른 길이 보살도임을 보고 이를 보시섭, 애어섭, 이행섭, 동사섭 등 사섭으로 나눠 고찰하였다. 이어 한국경제의 부정의가 심하게 된 원인과 그에 대응한 경제정의실천방향을 총체적으로 논급하였다.

부처님은 모든 것이 공(空)으로 돌아간다고 말씀하셨다.

〈如來知是 一相一味之法하나니, 所謂 解脫相이며 離相滅相이며 究竟涅槃인 常寂滅相이라 終歸於空하나니라.(法華經)

우리 모두는 부처님의 자비정신과 무소유사상을 바탕으로 도덕성을 회복하는 자정능력을 갖고, 욕심을 줄이어 자족하며 보살도를 우선 실천해 나가야 한다.

다음 부동산 투기와 불로소득문제 등 경제적 부정의를 척결하기 위하여는 국민들이 모두 공동체의식을 갖게 하고, 다른 경제체제와 비교하면서 정부가 과감한 경제정의 입법과 행정조치를 취하도록 해야 하며, 국민연합으로 민주통일운동을 적극 전개하고, 계층간의 격차를 줄이는 종합적 사회정책을 정부가 펴도록 해야 한다.

더 나아가 신국제경제질서(New International Economic Order)를 확립하고, 미국, 일본 등과의 국제거래가 공평하게 이뤄지도록 해야 한다.

우리는 역사사회에서 주인의식을 가지고 늘 깨어 있으면서, 민족공동체의 일원으로 경제정의 운동을 펴, 다 함께 바로 잘 살게 하며, 궁극적으로는 민족통일을 향해 자유 민주주의와 평등사회주의의 장점을 살려, 인간적 민주사회로 완전 복지사회인 민주통일정토를 구현해야 하겠다.

*한국교수불자연합회, 경제정의실천 시민연합 경제정의 실현을 위한 불교인 대토론회 발표문, 1990. 5. 25. 반도 유스호스텔)

# 21. 기업법의 체계화를 위한 기업개념 고찰

## 1. 서론

　기업현실의 급속한 변화에도 불구하고, 기업사회 규범으로서 상법이 존재해 오고 있으나, 상법의 현실을 통설적 입장에서 살펴보면 '상법은 기업생활에 관한 법'이라는 기업법설이 지배적이고, 상법전의 기초개념이자 적용한계기준도 상인주의와 상행위주의를 절충하여 통일성이 결여되어 있을 뿐 아니라, 모든 기업경제현상규율에 불충분하며, 상법의 편제도 상행위편을 비롯하여 상당부분이 불균형을 이루고 있음을 부인할 수 없다.

　여기서 또 살아 있는 법으로서 사회법 분야에 속하는 경제(규칙)법이 기업에 관한 법의 하나로서 상법과의 관계 등이 문제가 되고, 그 밖에 많은 기업관계 특별법규의 새로운 출현으로 이들을 통일보완할 기업법학적 체계 확립과 탄력적 적용을 위한 그 본질파악이 불가피하다고 생각된다.

　따라서 본 논문에서는 기업에 관한 법규범인 기업법의 체계화를 위하여 먼저 통일적 중심개념으로서 기업개념의 본질을 파악하고, 그에 터잡아

기업법의 체계화 방향을 살피되, 이에 우선하여 1984년 9월 1일 시행 개정 상법 제안 이유가 지적한 바와 같이 상법이 기업현실과 괴리가 극심하고, 기업사회의 새로운 요구에 부응하지 못하므로 소극적으로 실정법을 구실 삼아 진실을 호도하려는 태도를 버리고 적극적으로 진실을 드러내는 기업법(또는 기업거래법) 체제를 갖추는 것이 긴요하므로, 상법의 명칭 변경을 포함한 입법론적 검토가 요청된다.

또한 현대한국사회의 전체적 진실에 접근하기 위해서는 외세 의존적 사대주의를 버리고 자주성을 확립할 필요가 있으므로, TOPOS Regit Actum, 즉 장소는 행위를 지배한다는 '장소의 논리'에 따른 학제적 방법(interdisciplinary approach)이 된다. 이같은 점들을 유의하여 본론은 상법에서 기업법으로, 기업의 개념정립, 기업법의 체계화 방향 순서로 하고 이어 결론을 내리도록 한다.

## 2. 상법에서 기업법으로

기업생활관계를 규율하는 법을 전통적으로 상법이라 하고 있으나 이를 사회진실에 부합하며, 역사의 흐름 속에서 살아있는 법으로 통일하고 시대에 맞추기 위하여 상법을 기업법으로 발전적 해체를 하고 현실적으로 기업법의 체계와 입법화에 노력을 기울여야 되리라고 생각하는데, 그 논거를 보면 다음과 같다.

### 1) 기업지위의 변화

현대자본주의 발달과 산업사의 형성은 거대기업의 발전을 가져왔으며, 기업자체의 존재법칙을 갖게 했다. 산업적 기업은 대기업으로서, 경제사회에 미치는 영향력이 결정적이며, 개인의 사회관까지도 좌우한다. 산업적 기업은 사회의 거울로서 사회체제와 별도로 존재하는 자주적 구성체이며, 그 소유자가 누구이든 간에 자율적 제도로서 기업자체의 존재법칙(the laws of its own being)을 갖고 있다.

산업적 기업은 대규모화에 의하여 대규모의 자본을 필요케 되고, 따라서 기업의 자본은 주식공개에 의한 소유와 경영의 분리가 일어나 전문경영인의 실권자로써 노사의 중간에 위치하여 기업경영의 민주화를 달성하는 새로운 사회로의 전환을 맞이하게 되었다.

이들 기업은 국가기관적 지위를 지녀 국민경제 생활의 중추를 이루고 있어 기업자체사상(Unternehmen an sich)을 낳았으며, 한국경제에서도 기업은 일진일보하는 발전을 하면서 기업이란 용어가 가장 널리 쓰이는 말이 되었고 국제기업(international enterprise), 복합기업(Conglomerate)이란 말까지 등장하면서, 한국에서 기업경영을 연구하는 경영대학, 경영학과, 경영대학원, 기업경영연구소 등의 창설, 확산과 그 업적이 눈부신 바 있으며, 상학은 경영학(기업경영학)으로, 상과대학은 경영대학으로 용어가 변경되는 추세이다. 이같은 현실에 규범이 따라가야 한다.

## 2) 상법학적 현실

'상법'이라고 할 때 '상'(장사)이 주는 영상(image)은 조선 계급사회의 사농공상의 순서에 따라 하대 받는 상인계급의 잔영이 남아 있으며, 또한 상은 '물건매매'를 한정 연상시키기 때문에 경제적 '상' 개념으로는 복잡다기한 현대기업거래를 필요충분하게 표현하지 못할 뿐 아니라, 기업사회 전체를 규율하는 법으로 미흡하다.

상법의 편제도, 예를 들어 살펴보면, 상행위편의 경우 일관된 체계성이 없을 뿐 아니라 보험·해상 등에는 지나친 중점을 두고 금융·신탁·증권 등이 상대적으로 경시되는 등 불균형을 이루고 있으나, 이의 시정을 위한 입법론이 별로 없는 형편이다. 또 같은 기업에 관한 것인 법인 경제법과 상법의 관계에 대하여도 학설이 통일되지 못하고, 그 전망도 불투명하므로, 그 통일을 위한 학자들의 학적체계가 기다려지고 있는 것이다.

### 3) 상법의 기업법설

상법을 기업법으로 보는 것은 '있는 상법' 과 '있어야 할 기업법' 을 나타낸다. 상법의 실질적 대상인 '상' 에 대하여 매개행위설, 집단거래설, 재화영리거래설, 사업설, 상적색채설, 기업법설 등 여러 가지가 있으나 그 중에서도 통설적 지위를 차지하는 것이 기업법설이다.

기업법설은 상법을 기업적 생활관계를 규율하는 것으로 보는 학설인바, 이는 1921년 독일의 K. Wieland 교수가 'Handelsrecht' 에서 주장한 이래 일본의 서원관일, 대우건일랑, 대삼충부, 석정조구, 전중성이 교수와 한국의 서돈각, 정희철, 차락훈, 박원선, 김용태, 손주찬, 이범찬 교수 등이 같은 견해를 취하고 있다. 즉 법률상 상이라 함은 기업이고, 상법은 기업법이다 라고 풀이하는 견해들이다.[1]

"이같은 상법의 기업법설은 해석론(de lege lata)의 범주에 속하나, 있는 상법과 있어야 할 기업법을 나타내며, 이를 바탕으로 기업개념을 중심으로 구성된 법이 기업법으로 입법론(de lege ferenda)적 검토가 필요하다. 그러나 해석론이든 입법론이든, 학문은 진실을 탐구하고, 그 진상을 나타내야 하므로, 상법이 기업일반이고, 상법의 내용이 기업법이라면, 이를 기업법이라 하면 되지 구태여 우회적으로 상법이라 표현하고 그 내용이 기업법이라 할 필요가 없을 것이다.

### 4) 제 「기업법」의 출현

기업에 관한 개념규정을 한 한국의 입법례는 없으나, 법령이 기업이란

---

1) 서돈각, 『제3보정 상법강의(상)』(법문사, 1984), 28면.
　정희철, 『기업법의 전개』(박영사, 1979), 9면.

말이 나타난 것은 헌법 제31조의 국공영기업체를 비롯하여 헌법 제124조 제2항의 국가는 중소기업의 사업활동을 보호육성해야 한다. 제3항의 국가는 농민·어민과 중소기업의 자조조직을 육성해야 하며 그 정치적 중립성을 보장한다.

헌법 제127조의 '국방상 또는 국민경제상 긴급한 필요로 인하여 법률에 정한 경우를 제외하고는 사영기업을 국유 또는 공유로 이전하거나, 그 경영을 통제 또는 관리할 수 없다' 와 공장저당법 제1조·제3조, 광업재단저당법 제3조 등이다.

기업이란 말이 들어간 단행법률로는 기업공개촉진법, 중소기업기본법, 중소기업협동조합법, 중소기업사업조정법, 중소기업신용보증법, 중소기업은행법, 중소기업계열화촉진법, 중소기업진흥법, 중소기업제품구매촉진법 등 여러 가지 입법이 있다.

또한 1984년 9월 1일부터 시행된 개정상법은 제안이유에서 상법을 기업기본법으로 표현하고, 그 적합체제를 구비하는 것이 그 주목적이라고 밝혔다. 이를 전재하면 다음과 같다.

"1963년 1월 시행된 이래 기업의 규모와 경제적 여건의 급속한 변화에도 불구하고 20년간이나 개정되지 아니하여 기업현실과 상법규정 간의 괴리가 극심하고, 기업사회의 새로운 뜻에 부응하지 못하는 바, 이에 최근의 경제적 여건과 기업의 실태를 참작하여 사회제도의 남용에 의한 부실기업의 발생을 원천적으로 제거하고, 기업의 자금조달의 편의와 재무구조의 개선을 보진하고, 주식회사 기관의 합리적 재편과 운영의 효율화를 도모하여, 투자자의 이익보호를 위한 제도적 장치를 마련함으로써, 우리의 기업현실에 적합한 기업기본법으로서의 체제를 갖추려는 것임."

### 5) '기업법' 서의 출현 등
발전된 상법의 내용을 담은 '기업법' 이란 저자가 처음 나온 것은 독일 K.Wieland의 제자로 Bonn대학교수인 Peter Raisch의 'Unternehmensrecht' 로서 1973년의 일이다.

P. Raisch 교수는 1965년 'Geschichtliche voraussetzungen dogm. atische Grundlagen und Sinnwandlungen des Handelsrecht' (역사적 전제 교리로서상법의 기초와 의미변화)라는 논문에서 기업법설을 주장하고, 1973년 에 '기업법 Ⅰ'(Unternehmensrecht I-Bd 1. Handels-und Gesellschaftrecht, Rowohlt Taschenbuch Verlag Gmbh)을, 1975년에 '기업법 Ⅱ'(Unternehmensrecht II Bd 2. Aktien und Konzernrecht Mitbestimmung und Fusionkontrolle, Rowohlt Taschenbuch Verlag Gmbia)를 출간했다.

일본에서는 목내의언(木內宜彦) 교수가 1979년에 '기업법 Ⅰ', '기업법 총론' 을 경초서방에서 출간한 것을 비롯하여, 1981년 중촌일언(中村一彦)의 '현대적 기업법론' 등 많은 '기업법' 이란 명칭을 갖는 저서들이 쏟아져 나왔다.

한국에서는 기업개념에 관한 논문으로 1962년 서울대학교 제 3권 2호에 게재된 정희철 박사의 '기업개념의 상법적 의의' 와 1959년 7월 법조지에 실린 손주찬 박사의 '상법의 기초개념으로서의 기업의 개념과 경제법' 등 이 있으며, 저서로는 1979년 정희철 교수의 '기업법의 전개', 1982년 이윤영 교수의 '민·상법중심 기업법개론' 등이 출간됐으나 기업개념을 확정하고, 이를 중심삼아 본격적으로 논리적으로 체계화한 저서는 아직 없는 형편이다.

이 밖에 고려대학교, 경기대학교, 중앙대학교 등 유수의 대학이나 대학원의 경영계열이나 행정계열에서는 "기업법"을 정규교과 과정에 필수과목으로 넣고 있으며, 기업법률연구소가 변호사들을 중심으로 여러 곳에 성치되고 있다.

## 3. '기업' 의 개념정립

기업법은 기업에 관한 법, 즉 기업생활관계에 대한 법이므로 그 중심 내지는 기초로서 기업의 개념정립이 제일 긴요한데, 이를 위하여 먼저 어원적 고찰을 하고 이어 기업을 중심으로 하는 경영학적 개념을 살피고, 기업 개념을 어떠한 방법으로 실정법에서 살릴 것인가에 유의하여 법학적 개념정립이 잇따라야 되리라고 사료된다.

### 1) '기업' 개념의 어원

기업은 일반적으로 '어떠한 사업을 계획함' 또는 '기획적 사업', '어떤 계획적 사업' 으로 정의된다.[2] 이를 자의로 보면 企(바랄 기, 계획할 기)와 業(일 업, 일한 업, 산업 업)으로 구성된 단어로서, 기는 기획(planning), 업은 사업을 의미하지만, 업은 특히 어원적으로 살피면, 그 안에 계속성을 내포하고 있다. 여기서 '업' 을 의미론적으로 자세히 고찰해야 할 이유가 있다.

상법은 기업을 영업으로 표현하여 영업, 영업활동, 영업재산 등으로 표현하고 상행위를 정의하여 '영업으로 하는 다음의 행위' 라 하며, 의용상법은 상인을 정의하여 '상행위를 업으로 하는 자' 라고 '업' 을 독립적으로 사용하고 있고, 이 밖에 상법전에는 기업거래유형으로 매매업, 운송업, 창고업, 운송주선업, 중개업 등 업이란 말이 많이 사용되고 있다.

업이란 말은 일반사회에서 사업, 직업, 가업, 생업, 산업, 창업, 상업, 농업, 공업, 업인, 업연, 업과, 업력, 선업, 악업, 업장 등으로 많이 쓰일 뿐 아니라, 기독교의 성경에도 기업이란 말이 사용된 바 있는데, "여호와 자기 하나님을 삼은 나라 곧 하나님의 기업으로 빼신 바 된 백성을 복이 있도다"(시편 33장 12절), "마음이 온유한 자는 복이 있나니, 저희가 땅을 기업으

---

2) 이희승 편저, 『국어대사전』(민중서림, 1982), 53면.

로 받을 것이요"(마태복음 5장 5절) 등이 그 예이다.

이 같은 업이란 말의 어원은 Sanskrit어의 Karma(카르마; Kharma 또는 Kamma)인데, 역사적으로는 불교가 우리나라에 전래되면서 함께 들어와 우리말로 정착한 것이라 한다. 업이란 원래 몸·입·뜻으로 짓는 말과 동작(行爲)과 생각하는 것과 그 세력을 말한다. 업은 '행위'나 '짓'으로 '짓는다(造作)'는 의미인 바, 정신으로 생각하는 작용이 곧 순이며, 이것이 뜻을 결정하고 선악을 짓게 하여 업이 생긴다.

우리들은 각기 뜻을 결정하고, 그 결정을 동작과 말로 발표하여 업력이 되고, 업력에 의하여 잠재세력으로 되는 것이니, 이들의 세력은 없어지지 않고 반드시 그 결과를 불러온다고 한다. 그리하여 인생이나 세계가 모두 이 업의 결과로 생멸한다 하는데, 이를 나눠보면 사업(思業)과 사기업(思己業)이 된다. 사업은 뜻으로 활동하는 정신내부의 의업, 사기업은 한 번 뜻을 결정한 후에 외부에 표현되는 신업, 구업이다. 또 몸과 입으로 외부에 표현되는 표업과 신업이 끝난 후에도 밖으로는 표현되지 않아도 그 선업이나 악업을 상속하는 무표업이 있으며, 업의 질에 따라 선업, 악업으로 나누기도 하는데, 십선업, 십악업 등이 그 예이다.[3]

그러면 우주와 일절만유는 어떻게 현상되는 것인가?『불본행집경』권 49에「제법종인생, 종멸」이라든가,『입릉가경』권 2에「일절법 종인연생」이라든가, 또는『중관인』4체품에「미증유일법 불종인연생」과 같이 일절만유는 호위인, 호위연하여 온다는 것이니, 이것이 이른바 연기의 이법이다. 인연생기론이라고도 한다.

"이것이 있으므로 저것이 있고, 저것이 있으므로 이것이 있고, 이것이 멸하므로 저것이 멸한다"는 것이다. 연기라는 것은 인연생기, 즉 인연이 화합하여서 생기하는 것이므로, 이를 인연법, 인과법, 정확히는 인연과법이

---

3) 운허용하,『불교사전』(법보원, 1961), 574 면.

라고 한다. 여기서 '인'은 주체적, 직접적 원인, '연'은 보조적 원인(條件), '과'는 인과 연이 상호작용하여 관계를 맺고 집적된 결과를 의미한다. 보리알의 비유를 들어 설명하면, 보리알을 땅에 심어서 자라고 새 보리 이삭이 생겼다면, 그 중심인 보리알이 '인', 보리알을 심은 사람이나 땅, 태양, 도구, 수분, 공기, 비료 등이 '연', 새 보리 이삭이 '과'라고 할 수 있다.

이 같은 인연과법에 의하여 연기하는 일절만유의 연기설들 가운데, 일절만유의 생기의 원인을 일절유정이 조작하는 바 있다고 보는 것을 업감연기라고 한다. 이것은 일절유정 각자가 지은 바의 업력을 근본원인으로 하고, 일절만유가 서로 서로 연이 되어서 현상으로서의 과를 초래한다는 것이다.[4]

업은 신업(行爲), 어업, 의업으로 보통 분류되며, 사람의 행위에 의해서 일어나는 일종의 역, 즉 계속적 행위집적을 업이라 칭할 수 있다. 그러므로 인과 연, 즉 주체와 객체가 행위를 중심으로 관계를 맺고 집적된 것이 업으로서, 업의 개념에는 계속성이 자동적으로 포함된다고 생각된다.

기업에 해당하는 영어는 enterprise나 business인데, 영미에서 기업법은 흔히 business law라고 한다. 여기서 business는 생활수단으로서의 목적 행위나 상행위 또는 상기업, 산업기업이나 경제거래를 나타내며,[5] 기업조직은 영미에 있어서 개인기업거래자, 사업조합과 기타 비회사단체, 회사기업, 기업특별조직 등의 카테고리로 분류된다.[6]

또 기업법(business law)은 국회가 제정한 법률, 정부당국이 확정한 정책, 정부대리기관에 의해서 채택된 규칙, 그리고 법원에 의해서 채택된 이들 법률, 정책, 규칙들의 해석들을 포함하고, 이 기업법은 상법조직이나 그 활동을 위한 구조를 창조할 뿐 아니라 상거래를 정규적으로 직접 규제하는

---

4) 김동화, 『불교학개론』(백영사, 1962), 143～148면.
5) Thomas J. Harron, 『Business Law』, (Allyn and Bacon, Inc. 1981), p.1.
6) Clive M. Schmitthoff, 『Palmers Company Law · 1』(London Stevens & Sons, 1982), p.3.

것이다.[7]

독일에 있어서는 기업은 Unternehmen인데, Unternehmung을 쓰는 사람도 있고, 영업으로 번역되기도 한다. 기업이 이익을 얻기 위해 자본과 노동력을 투입한 것으로 본 K. Wieland 교수는 'Unternehmung'과 'Unternehmen'을 구별하여 전자를 동적 주관적으로 이해하고, 후자를 정적 객관적으로 이해하여 Unternehmung을 위해서 투입된 인적, 물적 재화용역 자체를 Unternehmen이라 구별했으나 이는 일반적으로 승인된 용법이 아니며,[8] Peter Raisch 교수에 와서는 기업법을 'Unternehmensrecht' 라 하였다.

### 2) 경영학적 기업개념

기업(enterprise)은 사회과학에서 경영경제학상 기업경영개념으로 많이 쓰이는 것인데, 경영학상 기업은 영리경제단위설, 자본주의 개별자본설, 생산경제 단위설, 소유단위설, 재무단위설, 개별자본대 외 측면설 등 여러 가지 견해로 나뉘어져 통일을 보지 못하고 있으나 대체로 재화 및 용역의 생산과 배급을 행하는 조직적 영리경제 단위를 의미한다.[9]

기업의 본질은 또 세 가지 특성을 들 수 있는데, 첫째는 의식적 구성체, 목적 구성체이다. 기업은 그 구성이 의식적 주체적으로 이루어져 의식적 구성체 중 계속적 존재로 되어 있는 경제 구성체이다. 둘째는 생산력 실현의 직접주체로서 생산해 온 요소가 생산력으로 실현되기 위해서 이들 요소를 결합하는 것이 기업으로, 문자 그대로 사업을 기획하는 것을 의미한다. 셋째는 재생산의 단위, 경제계산의 단위이다. 경제는 전체로서 재생산

---

7) William R. Bandy, et al., 『Business Law』(Allyn and Bacon Inc. Boston. 1968), p.1.
8) 정희철, 『기업개념의 상법적 의의일기업의 전개』(박영사, 1979), 16면.
　손주찬, 『상법의 기초개념으로서의 기업의 개념과 경제법』(법조, 1959.7), 41면.
9) 정수영, 제이전정, 『신경영학원론』(박영사, 1979), 55면.

되어 가지 않으면 안 되는데, 기업은 이 재생산과정의 단위로서 비용과 수익이 계산되고, 그 적합을 확보하는 경제계산의 단위로 되어, 그 경제계산 결과 귀속의 단위로서 신결합(Neuekombination)에 따르는 위험을 부담하는 주체이다.[10]

이 기업에는 기본원칙이 있는 바, 영리기업의 원칙, 시장연관의 원칙, 계속기업의 원칙이 그것이다.

영리기업의 원칙은 수익성 개념을 전제로 기업이나 기업자를 중심으로 한 유기적 조직체로 파악하고, 기업경영을 일정한 가치수준까지 올리고자 하는 의도로 일관되고, 이성적 입장에서 주체의 능동성을 살리는 논리에 결부된다. 특히 미국의 P.F. Drucker 교수는 기업에 있어서 새로운 경향의 영리주의를 기업적 영리주의라 주장했는데, 이는 개인적 선호에 의한 이윤동기를 부정하는 반면에 기업의 적정이윤은 기업이익 또는 기업의 필요 때문에 인정하고 있는 것이다. 여기서 영리주의의 내면적 변화를 이해할 수가 있는 것이다. 이러한 영리의 제도화, 즉 기업적 영리주의는 영리가 기업의 존속에 의해 가능한 것이기 때문에 계속기업의 원칙과 연결되고 기업의 영리추구 목적은 기업활동의 유지 · 확대 · 계속에 필요하게 되는 것이다.

시장연관의 원칙은 기업이 시장경제와의 유기적 관련에서만 올바르게 인식 가능하다는 것이다. 계속적으로 기업에로 흐르는 재화의 하천은 원천에서 하구까지 하구에서 시장이라고 하는 대서양까지 나아가 소비경제의 구매력 형성에까지 이르러야 한다.

기업은 생산 · 운송 · 저장으로 그 가치를 높이기 위하여 계획을 세워서 시장에서 가치를 매수하고, 그대로의 모습으로 또는 가공하여 시장에 매도하는 것을 목적으로 하는 독립적 조직체이다. 기업은 진공관에서 활동하는

---

10) 윤세의, 신고, 『경영학원론』(국제출판사, 1982), 60~61면.

것이 아니라 시장경제(Marktwirtschaft)의 그늘 속에 개재되고 있다. 시장생산을 목적으로 하는 기업 또는 중개를 하는 기업은 시장경제에서 그 가치를 매수하고 그것에 형태변화를 하여 다시 시장경제에 내보내는 것이다.

계속기업의 원칙은 기업이 자본과 노동의 결합체로서, 국민경제수요를 충당하고, 그 계속적 발전에 이바지하기 위한 것이며, 기업의 생산활동은 계속적으로 수행될 필요가 있다. 그러므로 기업은 일반으로 계속기업(going concern)으로서 그 행동원칙이 고려되지 않으면 안 되며, 이 같은 계속기업으로서의 행동원칙은 기업의 생산활동이 기업의 기획에 따라 투하자본과 노동의 운동과정에 의해 규정된다.

기업으로서의 생산활동에 따르는 계속적 이윤의 획득이야말로 기업존속의 기본원칙이 되고 있는 것이다.[11]

### 3) 법학적 기업개념정립

기업은 중요한 사회경제적 작용을 하는 실체로서, 국가기관적 지위로까지 나아간 존재이므로, 기업법을 체계하기 위하여 그 중심개념인 '기업'에 대하여 앞에서의 어원과 경영학적 개념을 참고로 하여 정확하고 수용성 있게 법학적 개념정립을 하지 않으면 안 된다.

그러기 위하여 먼저 국내외 법학자들의 기업에 관한 중요한 의를 살피고, '기업'의 법학적 개념정립에 유념할 사항을 알아본 다음, 필자의 개념에 관한 견해를 밝혀, 기업이 기업법의 세계에서 중심개념으로서 의미를 갖도록 하는 것이 순서라 하겠다.

기업을 기업법이나 상법의 중심으로 처음 취급한 사람은 독일의 K. Wieland 교수이므로 Wieland 교수부터 국내외 학자들의 기업개념을 일별하면 다음과 같다.

---

11) 정수영 편저, 『경영학대사전』(박영사, 1973), 32~55면.

## (1) Wieland

기업(Unternehmung)이란 불정의 재산증가를 실현하기 위하여 제력을 투입하는 것, 즉 이익을 얻기 위하여 자본과 삶을 투하하는 것이다. 그는 기업의 특징으로서 모험적 요소 이외에 성공의 타산, 즉 이윤성의 측정을 들고, 다시 자본과 노동력의 모험이 상인적 경영방법인 상업장부 제도를 통하여 계획화 조직화 되어갈 것을 지적하고 있다.[12]

기업의 전모를 나타내기 위하여 그 자본과 노동력의 투하라는 영리행위가 어떠한 통일된 독립적 조직에 의해야 함으로 그 활동의 주체로서 기업의 본질을 밝혀내야 하는데, 그 본질을 남김없이 해부하지는 못했다는 비판이 있다.[13] Schrei·ber나 Mossa도 같은 견해이다.

## (2) Isay

인적 물적 요소의 유기적 전체를 기업이라 하고, 기업주 활동에 의하여 창조된 무체재산이 기업의 구체적 구성부분으로 화체된 것이다. 기업의 주체성·활동성·객체성이라는 3면을 설명하되, 기업자체의 권리객체성을 인정하지 않고, 기업주 활동에 의하여 창조된 무채재산 위에 일정한 권리가 성립함을 인정한다.[14]

## (3) Swoda

기업은 거래의 요구에 따른 통일체로서, 유형무형의 물건의 혼합체(Komplex)이다.[15] 이는 기업의 인적 요구를 외면한 통일적 혼합물로 본 불철저한 점이 있다는 비판이 있다.

---

12) K. Wieland, 『Handelsrecht Bd I』(1921), S. 143.2
13) 정희철, 「전갈논문」16면.
14) Isay, Das Recht am Unternehmen, 1910, S.27.
15) Swoda, Die Neugestaltung der Grundbegriffe unseres biurgerlichen Rechts(1929), S.3.

## (4) Fechner

기업은 기업주와 노동자의 인적 결합체로서, 사회법적 단일체(Social-rechtliche Einheit)를 말한다.[16] 그러나 기업중에는 인적 결합이 없는 기업이 있기 때문에 기업의 결정적 표시(標識)가 될 수 없다는 결점을 갖고 있다.

## (5) Capelle-Canaris(K.H. Capelle; C. W. Canaris)

법에 있어서 기업과 기업가는 구별이 분명치 않으나 널리 상인개념으로 불리운다. 모든 상인은 기업가다. Raisch의 잠정적 정의를 따라 "기업은 조직된 경제적 단일체(eine organisierte Wirtschaftseinheit)이며, 기업가는 독립적이고, 노동자가 아니다. 그는 일시적이 아니고 계속적으로 행위를 하되, 다른 시장 참여자들(Marktteilnehmen)과 마주 대하여 경제적으로 가치 있는 행위를 제공하는 자이다" 라고 한다.[17]

## (6) Gierke.Sandrock(Julius von Gierke. Otto Sandrock)

기업을 좁은 의미의 기업과 넓은 의미의 기업으로 나누고, 좁은 의미의 기업이란 질서 있게 하나로 병합된 물건과 채무포함의 권리로서 영업(영업활동=Betriebstatigkeit)을 통하여 실행된 활동영역(Tatigkeitsbereich)을 말한다. 넓은 의미의 기업은 경제적 단일체로서, 이는 전형적으로 다음 세 가지 요소들로 성립된다. (1) 질서 있게 하나로 병합된 물건과 채무포함의 권리로서 영업을 통하여 실행된 활동영역, (2) 본래의 영업활동과 영업경영, (3) 활동영역의 소유자와 그의 노동자 사이의 이른바 영업단체(경영단체=Betriebsgemeinschaft).

---

16) Fechner, Das Wirtschaftliche Unternehmen in der Rechtsordnung(1942), S.3.
17) Capelle.Canaris, Handelsrecht Cohne Gesellschaft-und Seehandelsrecht) C.H. Beck Verlag Munchen 1980, S.31.

### (7) Peter Raisch

Raisch는 Bonn 대학 교수로서, 기업법설의 창시자라고 할 수 있는 K. Wieland를 따르면서, 진일보하여 상법을 '기업' 중심으로 새롭게 구성하는 대표적인 논문과 저서를 냈으며, 상법을 '기업사법(企業私法)', 경제법을 '기업공법(企業公法)'이라 표현하기도 한다.

Raisch는 경제학상의 기업개념을 기초로 하되, 수정 보완하여 상법적 의미에서의 기업(Unternehmen)의 정의를 만들 필요가 있다고 주장하고 법에 있어서 기업과 기업가의 구별이 불분명하므로 잠정적으로 정의(vorlaufige Begriffsbestimmung)하였다. 그에 의하면 "상법적 의미에 있어서 기업가는 조직된 경제적 단일체로서 독립적이며, 그를 수단으로 계속적 의도로 시장 참여자들에게 경제적으로 가치 있는 행위를 제공하는 자이다"라는 것이다.

기업은 법적 · 재산적 통일체이며, 조직적 경제 단위체이다. 기업가는 기업에서 기업목적 달성을 위한 인적 · 물적 수단을 짜 맞춘다. 기업재산에는 부동산 · 기계 · 자동차 · 원료품 · 재고 생산품 같은 동산, 그리고 또 유가증권 · 미회수채권 등이 이에 속한다. 특허권 · 실용신안권 · 상표권 같은 비물리적 재산권이 특수역할을 한다.[18]

### (8) 西原寬一

기업은 일개 독립의 경제적 생활체 내지 경제단위이다. 이것을 구조적으로 살피면 기업은 물적 요소, 즉 일정한 영리경제활동을 향한 자본과 인적 요래, 즉 그것을 움직일 경영수뇌자와 경영보조자의 양요소로 성립되어 유기적 통일조직으로 활동상태에 있는 것이며, 요약하면 기업은 자본의 활동조직태이다.[19]

---

18) Peter Raisch, Unternehmensrecht Bd I Unternehmens-Privatrecht(Handels-und Gesellschaftrecht) Rowohlt Taschenbuch Gmbh Verlag 1973, SS. 101~119.

## (15) 鄭熙喆

기업은 어떠한 사업목적을 위하여 경제적으로 활동하는 사회경제적이고 통일적 조직적 생활체이다. 그 사업목적은 영리사업인 경우가 많겠으나, 그것에 한정되는 것은 아니고, 또 영리사업을 목적으로 하는 기업이라고 모두 상법의 대상인 상기업이 되는 것도 아니다. 기업이란 대체로 영리를 목적으로 하여 계속적으로 경영활동을 하는 독립적인 경제적 생활체이므로, 이 기업을 구조적으로 보면 경영활동을 하는 독립적인 경제적 생활체이므로, 이 기업을 구조적으로 보면 경영수뇌자 · 경영보조자 기타의 사용인을 포함한 경영단체로 이루어지는 인적요소와 사업목적을 위하여 투하된 재산 및 사업활동을 통하여 이룩되는 제사실 관계를 포함하는 물적요소로서 이루어져 있으며, 그것을 기능적으로 보면, 경영단체의 활동인 경영활동의 면과 이 경영활동을 통하여 확대 재생산되는 자본의 면이 있다. 환언하면 기업에 투하된 자본은 기업이라는 경영활동체의 활동을 통하여 기능화하고 있다고 할 수 있다.[26]

## (16) 孫珠瓚

기업이라 함은 일정한 계획에 따라 계속적인 의도에서 영리행위를 실현하는 독립된 경제단위를 말한다. 그것은 일정한 금액(자본)을 가지고 경제활동을 영위하며 그 금액을 기초로 하여 수익을 계산하는 이른바 자본적 계산하에 재산의 증액을 기도하는 영리경제인 점에서 소비경제인 가계와 구별된다.[27]

## (17) 李允榮

상법은 기업에 관한 법이며, 기업은 자본주의경제조직하에서 계속적 ·

---

26) 鄭熙喆, 前揭論文, 27面 및 『商法學原論』(博英社, 1980), 6面.
27) 孫珠瓚, 『三訂 商法(上)』(博英社, 1978), 29面.

계획적으로 영리행위를 하는 하나의 독립된 경제적 단위라고 파악하는 것이 일반적이다.[28]

우리는 이상에서 국내외 법학자들의 기업에 관한 정의를 살펴본 바, 기업의 학간적 개념정립에 유의할 사항은 다음과 같다.

1) 법적 개념이므로 사회경제적 진실을 파악하되, 독자성 있게 정확히 본질을 동찰·표시하도록 해야 한다. 다만 의미론적으로 한 개념이 다른 개념과 구별될 때 그 경계선에 가면 한계가 불분명한 '언어의 한계' 가 있음에 유의할 필요가 있다.[29]

2) 기업법(또는 상법)의 기초개념이므로, 간명하면서도 전체를 고찰한 결과여야 하며 자의에도 맞아야 한다.

3) 실정법에서 기본적 대상으로 하는 것은 사람의 행위인 바, 사람은 그 자격(Alssein)이 자주 변하여 불안정의 우려가 있으므로, 알맞게 하나로 딱 떨어지는 독립행위를 기준 삼는 행위법체계(Institutiones) 식이어야 한다.

4) 기업법상 거래행위는 민법상 저산거래행위와는 이익추구라는 면, 즉 경제거래라는 면에서는 같으나 일반법에 대하여 독자적 존재를 주장하도록 특별법상 개념으로서 한정개념이 붙어 있어야 한다. 기업행위는 대표적인 영리행위임은 물론이다.

5) 기업은 기업법이나 상법의 기초개념으로, 앞으로 법 현실이 변화하더라도 생활에 순응할 수 있게 이들을 포용할 수 있는 융통성을 지녀야 살아있는 개념으로서 영속성을 지닐 것이다.

이상과 같은 점들에 유념하여 논자는 기업의 법적 개념을 다음과 같이 정의하고자 한다. '기업은 기획적, 계속적 영리행위관계 단위' 라고.

---

28) 李允榮, 『民商法中心 企業法槪論』(1982), 98面.
29) 僧燦大師, 『信心銘』(通度寺極樂院, 1978), 285~289面 참조. 「極小同大忘絶境界 極大同小 不見邊表」

이것은 사람이 이익을 추구하는 동물로서, 그 사람의 행위 가운데 가장 본질적이고 전체적인 법적 행위가 영리행위이므로 영리성을 중심요소로 삼으며, 영리행위 가운데 민법상 영리행위 되게 한정짓는 말이 '기획적, 계속적'이고, 행위를 중심으로 행위주체와 행위객체가 기획적, 계속적으로 관계를 맺어 하나의 유기적 통일을 이룬 것이 '영리행위관계'이다. 기업은 영리행위를 중심으로 분석해 볼 때 행위주체·객체·행위자체의 세 가지 측면으로 표시된다.

여기에 주체면·객체면·행위면으로 나눠지는 기업개념의 3면성이 있다. 즉 행위주체로서의 기업(기업주체나 기업조직), 행위(거래) 객체로서의 기업(기업재산, 소유대상), 행위로서의 기업('기업한다'는 말이 표현하듯 활동성, 기업행위) 등이 그것이다.

## 4. 기업법의 체계화 방향

우리는 위에서 기업을 기획적, 계속적 영리행위관계 단위라고 개념을 정의한 바, 기업법은 기업에 관한 법이므로, 일관성 있고 자족적인 법체계가 이 기업개념에 따라 세워지지 않으면 안 된다.

물론 새로운 기업법의 체계화는 기업법의 전면적인 입법을 포함하여 기업주체성의 입법화, 즉 기업자체를 법인격화하는 입법기술이라든지, 물권으로서 단일기업권을 인정하여 기업의 이전방법을 입법적으로 고안하든지 하는 문제가 많겠으나,[30] 여기서는 기업법의 대체적인 편성과 기본원리를 살피기로 한다.

기업법의 체계는 기업개념의 3측면과 경제법분야로 알려진 기업규제

---

30) 鄭熙喆, 前揭論文, 27〜35面.

(enterprise regulation)에 관한 측면으로 나눠, 회사기업을 포함한 기업주체 조직론, 기업거래 대상론 및 기업활동에 관한 통칙과 기업거래유형 등에 관한 기업거래 행위론을 중심에 두고, 이어서 독점규제, 불공정거래규제, 물자규제, 물가규제, 대외거래규제 등을 내용으로 하는 기업거래규제론 등으로 해야 할 것이다.

기업법의 기본원리는 합리주의인 바, 이를 인간사회에 적용할 때, 그 내용은 세 가지 구체적 법칙으로 나눠지는데, 하나는 '자치법'(autonomie, self-determination), 둘은 '공평법'(impartiality, ex aequo et bono), 셋은 '신의법'(good faith, Treu und Glauben)이 될 것이다.

이것은 사회를 기본적으로 인간관계, 즉 자타관계로 보고 이 자타관계는 상호 의존성(interdependence)에 바탕을 둔 인과법에 따라 변화하되, 평화적 변경(peaceful change)이 되도록 하는 법칙으로, 자치법은 자기전개법칙, 공평법은 자타공존법칙, 신의법은 자타관계 유지법칙이 된다 할 것이다.

합리주의(rationalism, reasonableness)가 기업법에서 제도적으로 표현된 구체적 원리는 (1) 기업이 기획적, 계속적 영리행위관계 단위로서 화제를 추구함이 기업의 본질이라는 점에서 영리주의와 (2) 기업이 국민재산을 축적하고, 국민다수에게 노동기회를 부여하며 생활자재를 공급하는 국가기관적 지위를 갖고 있으므로, 기업주체적 측면에서 기업유지발전주의, (3) 기업의 영리목적을 달성하는 것이 활동이므로, 기업거래는 기획성, 계속성, 대양성, 집단 때문에 민활하게 이뤄져야 하는 기업거래민활주의, 기업은 현대사회에서 기업자체사상(Unternehmen an sich)의 출현으로, 그 구성원으로부터 독립되어 기업자체가 발전돼야 하기 때문에, 기업이 공공성을 띠어 기업과 사원, 종업원, 경영자, 채권자, 소비자, 지역주민 등과의 사이에 이익을 조화시켜야 하는 기업의 사회화 측면에서, 기업이익조화주의 등이라고 할 수 있다.

## 5. 결론

우리는 이상에서 기업현실의 변화와 그에 따르지 못하는 부적합하고 불균형한 법 현실을 보고, 구체적으로 통일보완할 학적체계로서 기업법의 체계화를 위한 기업개념을 고찰하였다. 이것은 기업사회 전체를 규율할 명제를 안고, 자주적, 학제적 방법으로 접근하였다.

이에 따라 기업 기본법으로서 상법을 (1) 기업지위변화, (2) 상법학적 현실, (3) 상법의 기업법설, (4) 제 기업법의 제정, (5) '기업법' 서 등의 출현으로 기업법으로 발전시켜야 함을 밝히고, 기업법이 기업에 관한 법이므로, 기업법의 기초개념으로서 '기업'의 정의를 법학적으로 내리기 위하여, 기업개념의 어원, 경영학적 개념, 법학자들의 제학설들을 살펴보고, 기업의 법학적 개념을 정의하였다. 즉 "기업은 기획적, 계속적 영리행위관계 단위"라고.

그리고 이 기업개념은 행위법 체계의 개념으로서 세 가지 측면으로 사용됨도 고찰했는 바, 그 첫째는 주체적 측면으로 기업조직, 둘째는 객체적 측면으로 기업재산, 셋째는 행위적 측면으로서 기업활동이다.

우리는 이같은 기업개념을 바탕으로 기업법을 체계화하여 상법과 경제법을 통일하고, 여러 가지 입법적 검토를 하여, 현실의 기업사회에 맞는 법체제를 갖춰야 할 것이다. 기업법을 입법화함에는 기업에 관한 법규범을 하나로 통일화하여 하나의 법전으로 할 수도 있겠지만, 기업기본법을 제정하고 회사 기업법 · 기업거래법이나, 보험법 · 해상법 · 기업규제법 등으로 구체적이고 세분화된 것들을 거행법으로 분리해서 만들 수도 있다고 생각된다.

*仁山 鄭熙喆 박사님의 학문적 대성을 축하드리며, 이 자리를 빌어 평소의 후의에 사의를 표합니다.

# 22. 전자상거래법제 발전에 관한 연구
## − 기초개념과 도메인 이름을 바탕으로

## I. 서론

컴퓨터 등 전자공학(electronics)의 발달은 지구별에서 인터넷 등을 통해 국경을 초월한 전자공간 시장(cyber space market)을 탄생시켜 "세계전자거래법(The world law of electroniccommerce)"이라는 새 화두(話頭)를 법학계에 던졌다.

특히 한국에서는 정보화 시대를 맞이하여 전자상거래량이 부쩍 늘고 전자거래기본법, 전자서명법, 전자자금이체법 등이 제정되며, 전자상거래관리사 제도의 탄생 등으로 전자상거래법의 체계화가 시급한 실정이나, 그 기본개념조차 학문적으로는 정립되어 있지 않다. 일반적으로 전자상거래 (Electronic Commerce: EC)는 인터넷, 전자자료 교환(電子資料 交換, Electronic Data Interchange: EDI), 전자우편(e-mail), 팩시밀리(Fax), 바코드(Bar code), 파일 전송(File transfer), 전자자금이체, 홈뱅킹, 홈쇼핑, 전자정보서비스, 카탈로그, 시장통계, 기술적 문서 등 데이터베이스 서비스(Data Base Service),

음성사서함, 이미지 시스템(Image system), 비디오 메시지(video messaging), 디지털 컨텐츠(digital contents), 커뮤니케이션(compunication) 등 여러 가지가 있다. 한편 전자거래(Electronic Transaction)의 세계시장 규모는 조사기관별로 다소 차이가 있으나 급격한 성장에는 의견들이 일치하고 있다.

서기 2002년에 6000억 달러, 2005년에 1조 1천억 달러에 이르는 등 연평균 60% 이상의 고속성장이 가능할 것으로 보고, 국내시장은 2002년 2700억 원, 2005년엔 2조 600억 원에 이르는 쾌속성장이 예상된다.[1]

국내 한 신문은 오는 2002년에는 그 규모가 7800억 달러로 늘어날 것으로 전망하였고[2], 2003년까지 3조 달러에 달할 것으로 예상하기도 하며[3], 미국의 세계적 시장조사 업체인 IDC사도 최근 발표한 연구보고서에서 2005년까지 웹(WWW)을 사용하는 인구수가 10억 명에 달할 것으로 전망하였고, 영국의 유력경제 전문지인 이코노미스트는 2020년대에 들어서면 전세계 교역량의 30% 이상이 전자상거래로 이루어질 것으로 전망하였다.

한국 정보통신부는 1998년 1월 19일에 발표한 '인터넷 비즈니스 발전대책'이라는 보고서에서 국내 인터넷 이용자수가 1천만 명을 넘어설 것으로 전망하였다.[4]

이같은 전자상거래의 확대는 경제번영에 중요한 역할을 하나, 많은 법적인 문제를 야기하고 있다. 전자상거래 법제에 대한 세계통일적 규율이 없는 것이 우선 그 첫째로 가히 중구난방(衆口難防, Many voices, one world) 상태라 할 수 있다. 그 밖에 계약성립과 이행, 내용(contents) 규제, 소비자보호, 사생활보호, 전자서명, 물자운반연관, 시장접근(market access), 경쟁규

---

1) 고준환·안성조, 『평화세계거래법』, 교서관. 1999.9.20, p.467.
2) 동아일보, 1998. 4. 2. p.23.
3) 이 대회, WTO에 있어서의 전자상거래에 관한 최근통합, 국제거래법학회 2000년 국제거래법 하계 학술세미나 제 2주제 p.35.
4) 王相漢, 「전자거 관련 주요쟁점 및 국내 기본법안 고찰」, 『한국상사법학회 상사법연구』 통권 제21호. 1998. p.241.

제, 도메인(domain) 이름 등 지적재산권(intellectual property) 등의 쟁점들이 발생한다.[5]

이러한 점들에 유의하여 하나의 평화세계(a peaceful world)를 향한 도정에서, 전자상거래법상 기본개념(a basic concept)을 정립하고, 특히 인터넷의 입구인 도메인 이름에 관한 분쟁해결 방법을 중점적으로 알아보며, 그에 기초하여 세계전자상거래법을 발전적으로 체계화하는 것이 절실히 요청된다. 이에 따라, 본 논문은 전자상거래법의 개념과 전자거래의 중심을 이루는 전자화계약(電子化契約, computerized contract), 전자화계약의 법률사실인 전자화 의사표시(電子化 意思表示, computerized expression of willingness, Willenserklarung)를 먼저 살피고, 전자계약 성립과 그 이행에 관련한 문제들을 점검하며, 도메인 이름 문제를 다루고 결론으로 세계 전자상거래법의 동일화 방향(uniform commercial code for electronic commerce) 등 전자상거래법제 발전에 관해 논하기로 한다.

## II. 전자상거래의 개념

### 1. 전자상거래법의 개념

개념(概念, conception)이란 낱낱의 사물로부터 공통의 성질이나 일반적 성질을 추출하여 된 표상(表象)으로, 판단(判斷)을 성립시키는 것이며, 동시에 판단의 결과로 얻어지는 것인 바, 인간의 사고는 개념에 의해서 된다.[6]

그러므로 개념인식(概念認識)이 중요한 바, 정확히 본질을 통찰하고, 바르게 표시해야 하며, 의미론(semantics)적으로는 한 개념이 다른 개념과 구별

---

5) William. F. Fox. international electronic commerce. SE 06. ALI-ABA. 1999. p.159.
6) 李熙昇편저, 『국어대사전』, 민중서림, 1982, p.102.

될 때 그 경계선에 가면, 한계(限界, limit)가 불분명한 '언어의 한계'가 있음에 유의할 필요가 있다.[7] 전자상거래법(電子商去來法, The law of electronic commerce)은 전자상거래에 관한 사회강제 규범이다.

전자상거래라는 개념은 컴퓨터가 일상생활에 도입되어 거래수단으로 이용됨으로 발생하게 되었는데, 전자상거래(Electronic commerce), 광속상거래(commerce at light speed. CALS), 인터넷 상거래, E-비즈니스 상거래 등 상거래 용어법을 쓰기도 하고, 전자거래란 말을 쓰기도 한다.

전자거래란 일반사법적인 개념으로 전자상거래와 비계획적이고, 비계속적인 전자적 방법의 거래를 포함한다.

전자거래와 전자 '상(商)' 거래의 차이인 「상」은 곧 기업적인 것 즉, 기획적, 계속적 영리행위이냐, 아니냐에 그 구별의 기준이 있다고 보여진다.[8]

여기서 전자거래는 전자화 계약·단독행위 등 법률행위와 의사의 통지나, 관념(의식)의 통지인 준법률행위·사실행위 등으로 이루어지는 거래(주고 받음이나 가고 옴 또는 사고 팜)이다. 전자상거래가 정보화 시대를 맞이한 최근에 발달하고, 학문적으로도 확립된 상태가 아니기 때문에 전자상거래에 관한 개념 정의는 그야말로 다양하다.

세계무역기구(WTO) 총회는 전자상거래는 전자적 수단에 의해 물품, 용역을 생산·분배·시장기획 활동(marketing)-매매 인도하는 것이라고 정의했고,[9] 한국전자거래기본법 제2조는 "재화나 용역의 거래에 있어 그 전부 또는 일부가 전자문서에 의하여 처리되는 거래"라 했고, 여기서 전자문서는 "컴퓨터 등 정보처리 능력장치에 의하여 전자적 형태로 작성·송수신 또는 저장된 자료나 정보"를 말한다. 주법통일 전국위원회가 개정작업

---

7) 僧燦大師, 『信心銘』, 通度寺 極樂禪院, 1978, pp.285~289.
　「極小同大 忘絶境界, 極大同小 不見邊表(극소는 극대와 같아서 경계를 잊고, 극대는 극소와 같아 가장자리가 안 보인다.
8) 高瀋煥. 『新商法中心 企業法原論』, 교서관. 1997. pp.2~14.

을 진행중인 미국 통일상법전(uniform commercial code, UCC) 제28편은 '소프트웨어 라이센스(software license)'를 신설하면서, commerce 보다 넓은 의미로 전자거래(Electronic transaction) 용어를 "계약 성립의 일반적 단계로 전자메시지로써 행해지는 거래"라 하였다.

미국 샌디에이고 대학의 슈나이더와 페리 교수는 전자상거래(electronic commerce 줄여서 e-commerce)를 www(the world wide web)이라는 인터넷 부분에 기초한 거래이며, 사업과정을 추가하거나 이행하는 전자자료 송수신 활용거래라 하면서, 인터넷 상거래(Internetcommerce)라고도 불렀다.[10]

T. J. Schneider 교수는 전자상거래법을 'online law'라 불렀고, B. Wright 교수는 전자계약(electronic contracts) 등을 통한 전자 메시지 거래라고 하였다. 그것은 처음 메시지(initial message 즉 offer message)와 승낙 메시지(acceptance message)로 이루어지며, 이는 상호동의(相互同意, mutual assent) 거래이다.[11] 국제연합 국제거래법 위원회(UNCITRAL)는 세계에 권고하는 전자상거래(UNCITRAL Model Law on Electronic Commerce)에서 그 적용범위를 규정하면서, "데이터 메시지 형태의 모든 정보를 이용하는 상거래 활동"이라고 보았다.(This law applies to any kind of information in the form of a data message used in the context of commercial activities)

그 밖의 개념정의를 보면, 양당사자 모두 컴퓨터 및 쌍방의 컴퓨터를 연결하는 망(網, net)을 통해 전자적인 방법으로 법률행위와 그에 따른 이행을 하는 거래라거나[12] 전자데이터의 전달방법에 의하여 전부 또는 일부과정에 이루어지는 거래라고도 한다.[13]

---

9) WTO. general council. Work program on electronic commerce. 1998. 9. 30 WTC. p.274.
10) Gary p Schneider. James T. Perry.
    Electronic commerce. Thomson Learning. 2000 pp.2~8.
11) Wright. Benjamin(member, Texas Bar). The law of electronic commerce.
    Little, Brown and Company. 1991. 2ed p.77.
12) 吳炳喆, 『電子去來法』, 法元社. 1999. 1. p.30.

이상의 여러 가지 학설과 법을 참고하여 본인은 전자상거래법을 "당사자들이 컴퓨터 등 전자공간(cyber space)에서 전자적 방법으로, 기획적 · 계속적으로 이루어지는 거래법" 이라고 정의한다.

그러므로, 전자상거래는 ① 당사자들, ② 의사표시 및 전달수단으로서의 컴퓨터, ③ 컴퓨터 사이의 망(network)이 연결된(internet) 전자공간에서의 전자적 의사전달 기능(on line service), ④ 전자화 계약과 그 이행이 전자적으로 이루어지는 기획적 · 계속적 거래를 성립요건으로 한다.

이 전자상거래는 ① 불특정 상대방과의 무차별 거래, ② 비대면 거래(非對面 去來), ③ 의사 전달의 호환(互換)거래, ④ 의사표시가 기술화, 자동화한 전자화 거래, ⑤ 계약이행도 전자화한 거래, ⑥ 모든 가치물이 거래대상이 되는 기획적 · 계속적 거래, ⑦ 방식이 정형화하는 부합거래라는 특성을 갖는다. 컴퓨터의 발명으로부터 비롯된 전자상거래는 사회경제상 여러 가지 역할(기능)을 한다. 우선 개인과 기업은 정보량의 증가로 거래비용을 줄이고, 상품선택의 폭이 넓어지며 불확실성을 감소시켰다.

유능한 매도인과 매수인에 대한 정보 탐색비용을 감소시키고, 유능한 시장 참여자를 증가시킴으로써 사업기회를 증대하는 등 전자상거래는 많은 기업을 위해 수직적 통합의 매력을 바꿀 수 있다.

전자상거래는 또 기존시장을 증가시키고, 완전한 새 시장을 창조하였다.

전자상거래는 비용절감, 생산성 향상뿐 아니라 새로운 고객과 공급자를 만들고, 상품판매의 새 길을 개척한다.[14] 산업구조적인 측면에서는 전자쇼핑몰 등 유통구조의 혁신을 가져오고, 금융산업구조, 무역구조 개편도 예상되어 관련 산업에 급성장할 것으로 보인다.

이런 긍정적 측면 이외에 부정적 측면으로는 개인정보의 노출, 국제거래

---

13) 최준선, 「UNCITRAL 전자상거래 모델법과 우리나라 전자거래기본법안 비교 연구」, 한국비교사법학회 창립 4주년기념 학술자료집, 1998. p.39.
14) G. Sc eider. J. Perry op. cit. pp.22~27

의 반품 어려움, 기술적·법제적 미비 등으로 투자 위험(risk)을 가져올 수 있다. 이에 따라 국가는 새로운 조세정책, 통화정책, 소비자 보호정책, 지적재산권 보호정책과 새 시대에 맞는 새로운 교육정책을 마련해야 한다.

## 2. 전자화 의사표시(computerized expression of willingness)

전자거래의 중심적 위치에 있는 것이, 전자화 계약(computerized contract)이고, 그것은 전자화 의사표시(computerized 〈electronized〉 expression of willingness)의 합치(合致)로 이루어진다. 그런데 전자화 의사표시는 컴퓨터 등을 통한 행위의사와 표시행위로 구성된다고 한다.

먼저 '전자화 의사표시'의 제 용어 자체를 살피고, 행위의사와 표시 행위를 자세히 살피기로 한다. 전자화 의사표시와 전자화 계약은 전통적인 자연인의 의사표시나 계약과 달리, 당사자의 전자화된 의사표시와 내용이 객관적으로 성립하는 것은 사람이 아닌 컴퓨터 같은 정보처리장치와 네트워크, 즉 전자매체에 의해서이다.

이러한 의사표시나 그 합치인 계약은 그 개념이 형성중이어서 여러 가지로 불린다. 그것은 전자의사표시(전자계약, electronic contracts: Wright 교수 등이 씀), 전자적 의사표시(전자적 계약), 자동화 의사표시(자동화 계약), 컴퓨터 의사표시(컴퓨터 계약), 시스템 계약 등이다.

이 가운데 컴퓨터 계약이란 말은 컴퓨터 하드웨어(hardware)나 소프트웨어(software)가 매매 등 계약의 목적물일 때 사용하므로 전자화 계약이라는 뜻으로는 적절치는 않다고 생각된다. 시스템 계약(system contract)이란 네트워크 시스템에 의한 계약이란 뜻인데, 이 계약에 참가하는 당사자를 시스템 구축자, 시스템 제공자, 시스템 이용자로 나눌 수 있고, 시스템 제작자나 전기통신 회선업자가 이에 해당된다.

이 시스템 구축자로 인하여 컴퓨터 시스템이라는 특징이 발생한다.[15]

그런데 시스템 계약의 특수한 책임을 시스템 제공자에게 집중시키는데 시스템 제공자가 누구인지, 책임 범위는 어디까지인지 등이 불명확한 문제점이 있다. 그런데 전자화 의사표시는 컴퓨터 등을 통해 전자적 작동과정을 거치는 점이 전통적인 자연인 의사표시와 다르다.

여기서 컴퓨터의 법적 성질을 어떻게 볼 것인가 하는 문제가 있어 사용자 손의 연장설, 대리인설, 사자설, 백지표시설 등 여러 견해가 있으나, 논자는 컴퓨터가 인간이 입력한 자료들을 바탕으로 일정 범위 안에서 일정한 선택을 할 수 있으므로, '보충성 있는 의사구체화(意思具體化) 전자도구'라고 본다. 이 부분에 관하여 컴퓨터를 어떻게 보느냐에 따라 여러 가지 표현이 있다. 전자의사표시[16], 전자적 의사표시[17], 자동화된 의사표시[18], 프로그램된 의사표시[19], 전자화의사표시 등이 그것이다.

이는 컴퓨터 이용자인 표의자의 의사표시가 컴퓨터라는 자동적 전자장치에서 구체화되는 것이므로, 여러 가지 표현 가운데 전자화(computer-ized ⟨electronized⟩ expression of willingness) 의사표시라고 부르는 것이 가장 적합하다고 생각한다. 이 전자화 의사표시의 구성요건은 컴퓨터 이용자의 행위의사(효과의사와 표시의식)와 표시행위(컴퓨터의 의사 구체화와 컴퓨터 표시)라고 할 수 있다.

그러면 여기서 전통적 의사표시 이론에 있어서 불완전한 채 간과되었던 부분을 찾아낸 바, 인간의 의사(意思)가 포함된 마음의 구조를 먼저 밝혀, 합의(合意)인 계약(契約)의 내용을 확실히 하고자 한다. 사람의 생활은 보통 그가 마음먹은 바에 따라 언행(言行)으로 이루어진다. 일체유심조(一切唯心造)

---

15) 山本隆司, 「컴퓨터 네트워크와 계약의 시스템화」, 『法律時報』 제62권 2호. 1992. p.12.

16) 崔明龜, 「전자의사표시의 법적 효력 문제」, 한국비교사법학회, 비교사법, 통권8호, 1998. p.437.

18) 김상용, 「자동화된 의사표시와 시스템 계약」, 『사법연구』 제1집. 1992. p.60.

19) Dieter Herbert Schworbel Automation als Rechtstatsache des burgerlichen Rechts. Dissertation. Hamburg Universitat. 1970. p.29.

라는 말이 있듯이, 모든 것은 마음먹기에 달려 있다.

마음의 표시가 언행 즉, 행위인 것이다. 그래서 법률효과를 발생하는 법률행위로서 의사표시도, 결국은 마음의 표시인 것이다. 그래서 합의인 계약을 영어로 'meeting of minds(마음의 만남)' 이라고 표현하기도 한다.

일반적으로 마음은 ① 사람의 지(知)·정(情)·의(意)의 근원이나 그 움직임, ② 의사(意思), 의향(意向)이라 하고, 의사는 마음먹은 생각이라 하며, 의식(意識)은 팔식(八識)의 하나로서, 이지와 감정과 의지의 일체 정신작용을 이른다고 한다.[20]

흔히 한국, 일본, 독일의 통설적 견해는 의사표시의 구성요건으로 심리적 과정에 따라 행위의사(行爲意思)인 효과의사(效果意思), 표시의식(表示意識), 표시행위(表示行爲) 등 세 가지라고 든다.[21]

어떤 학자는 행위의사를 효과의사로 보고, 표시의식을 별개의 주관적 구성요건으로 보지 않는 견해가 있어 논란이 있으나,[22] 정확한 관찰이 결여된 데 기인한 것으로 사료된다. 먼저 마음의 구조를 살피고, 의사표시의 구조를 정리하기로 한다. 마음은 그 분야를 나누면 지(知), 정(情: 느낌, 감정), 의(意: 뜻, 생각)의 세 가지로 나누기도 하지만, 석가모니 붓다에 의하면, 마음의 구조는 9식(識: consciousness)으로 분류해 볼 수 있다. 그것은 전5식(前五識), 6식(六識), 7, 8식, 9식 등이다.

전5식은 안식(眼識: 보는 작용), 이식(耳識: 듣는 작용), 비식(鼻識: 냄새 맡는 작용), 설식(舌識: 맛보는 작용), 신식(身識: 몸이 지각하는 작용) 등을 말하는데, 이것은 항상 작용하는 것도 아니고, 제6식에 의지하여 아는 작용(非恒非審)을 하게 된다. 제6식은 의식(意識)으로 항상 작용하는 것은 아니나, 아는 작용이 있으므로(非恒而審), 전5식을 제대로 기능하게 된다.

---

20) 이희승, 『국어대사전』, 민중서림, 1982. 1108. 2868. p.9.
21) 延基榮, 『民法學原論(上)』, 法文出版社, 1991. (上) p.127.
   독일의 Helmut Koing. Helmut Kohler 同旨.

제7식(manas, 識)은 의(意)로 뜻이나 생각을 의미하는데, 항상 있고 사량(思量)작용이 있으며, 분별판단이 있으므로(亦恒亦審), 미망(迷妄)의 중심이 되는 식이다. 제8식(無沒識, alaya consciousness)은 장식(藏識)으로 항상됨은 있으나, 분별 작용이 없으며(恒而非審), 윤회의 중심이 되는 식이다. 장식이라는 뜻은 세 가지 의미가 있는데, 하나는 여러 가지 종자(種子)를 갈무리해 두는 식으로 능장(能藏)이요, 다른 하나는 7식에 의하여 훈습된 종자가 갈무리된 소장(所藏)이요, 셋째는 상주(常住)하므로 7식에 의하여 자아(自我)인 듯이 집착이 되는 식으로, 집장(執藏)이 그것이다.

제8식은 또 인연과보에 따라 다른 것으로 익은 것을 내포함으로 이숙식(異熟識)이라고도 한다. 제9식(淸淨識, 白淨識, amala consciousness)은 순수의식(純粹意識: pure consciousness)으로 존재의 실상이며 대생명과 일치하는 마음으로(宇宙意識) 청정무구심(淸淨無垢心)이다.

제9식과 그 앞의 의식은 동전의 앞뒷면과 같다.[23]

위에서 살핀 것처럼, 마음의 구조는 제7식인 의(意)나 의사가 특징을 갖고, 나머지는 식(識: 느낌과 앎 포함)으로 표현할 수 있다.

그러므로 의사표시는 주관적인 면으로 행위의식(行爲意識), 객관적인 면으로 표시행위(表示行爲)로 구성되는 것이고, 행위의식 안에 효과의사와 표시의식이 들어간다고 보는 것이 타당할 것이다.

그러므로 전자화 의사표시는 표의자의 행위의식(효과의사＋표시의식)과 컴퓨터 등의 의사구체화 및 표시로 구성된다고 본다.[24]

전자화 의사표시의 수령자를 보호하기 위하여는 의사표시자가 그의 마음을 임의로 바꾸지 못하게 해야 한다.[25] 중국에서는 주체적 의사표시가 법

22) 吳炳喆, 前揭書. pp.180~185 참조.
23) 고준환, 『새천년 세계화두 한생명 相生法』, 2000. 4. pp.79~80.
24) 고준환, 『전계 신상법 중심 企業法原論』, p.433.
25) Wright. Bop. cit p.70.

률행위이고, 가장 중요한 법률사실로서 행위인이 법률행위적 의사를 일정 방식으로 외부에 표시한 것이라고 한다.[26)]

의사표시는 일정한 법률효과의 발생의 목표를 의욕하는 법률사실로 권리주체(權利主體)에 의하여 법률행위로 표현된다. 이것이 행해지는 심리적 과정을 보면, 어떤 동기에 의하여 일정한 법률효과의 발생을 의욕하는 효과의사(效果意思)를 결정하고, 다음에 이 의사를 외부에 나타내려는 표시의식(表示意識)을 매개로 앞서 결정한 효과의사를 외부에 표현하는 표시행위의 세 단계를 거쳐서 의사표시가 성립한다.

일정한 법률효과 발생을 원하는 표의자(表意者)의 효과의사는 표시행위로부터 추단(推斷)되는 표시상의 효과의사(의사표시의 성립요건)와 표의자(表意者)의 심리에 존재하는 내심적 효과의사(의사표시의 효력발생요건)로 구별하여 양자가 일치하지 않는 경우에 이를 의사(意思)와 표시(表示)의 불일치의 문제로 다룬다. 표시행위는 의사의 존재를 인식할 수 있도록 표현하는 외형적 행위로 그 전달과정에 따라 표백(表白)·발신(發信)·수신(受信, 到達)·요지(了知; 지각과 이해)로 구분된다. 의사표시는 원칙적으로 상대방에게 도달한 때에 효력이 발생한다.

의사표시의 법률상 취급에 관하여 표의자의 내심적(內心的) 효과의사를 절대시하는 의사표시와 표시행위에 중점을 두는 표시주의(表示主義), 양자를 가미하는 절충주의가 있는데, 거래의 민활(敏活)과 안전을 그 이상(理想)으로 하는 기업거래행위(企業去來行爲)나 다수의 이해관계가 긴밀하게 결합하는 단체관계의 법률행위에 있어서는 표시주의가 주류를 이루게 된다.

행위의식과 표시행위의 어느 요소를 결(缺)하더라도 의사표시는 성립하지 않는데, 그 의사와 표시의 불일치의 경우로는 비진의의사표시(非與意意思表示)·통정허위표시(通情虛僞表示)·착오(錯誤) 등이 있다.

---

26) 佟柔, 『民法原理』, 法律出版社, 1982. p.95.

비진의의사표시는 표의자 자신이 진의가 아님을 알면서 그것을 마음속에 유보해 두고 일부러 내심과는 다른 의사를 표시하는 경우로, 원칙으로 표시된 대로 법률효과가 발생한다. 그러나 상대방도 표의자의 진의 아님을 알았거나 알 수 있었을 때의 의사표시는 무효이다.

이때의 무효는 선의의 제3자에게 대항(주장)하지 못한다.

통정허위표시(通情虛僞表示)는 표의자가 상대방과 짜고(通謀) 진의 아닌 가장적 허위의 의사표시를 하는 경우로 당사자 사이에서는 언제나 무효이다. 그러나 허위표시임을 모르고 상대방과 거래한 선의의 제3자에 대하여는 이 무효를 주장할 수 없다.

이러한 허위표시는 타인을 사해(詐害)할 목적으로 많이 행하여지는데(사해행위), 이때에는 그 행위의 요건을 입증하고 취소(取消)할 수도 있다.

착오는 표의자가 내심의 효과의사와 표시가 일치하지 않음을 모르고 의사표시를 하는 경우로, 그 내용에 중요한 부분에 착오가 있을 때 표의자가 이를 취소할 수 있다. 그러나 착오가 표의자의 중대한 과실에 기인한 때에는 취소하지 못하고, 취소한 경우에도 착오의 의사표시임을 모르는 선의의 제3자에게는 취소의 효과를 주장하지 못한다.

의사표시는 자유로이 결정된 의사에 의해 행하여져야 하는데 타인의 부당한 간섭으로 인하여 방해된 상태에서 행하여진 것을 하자(瑕疵) 있는 의사표시라고 한다(타인의 위법행위에 의한 의사와 표시의 불일치).

이에는 타인에게 기만을 당해 착오에 빠진 결과로 행한 사기(詐欺)에 의한 의사표시와 타인의 강박행위에 의해 공포심으로 행한 강박(强迫)에 의한 의사표시가 있는데, 이와 같은 의사표시는 취소할 수 있다. 그러나 사기나 강박에 의한 의사표시의 취소도 선의의 제3자에 대하여는 이를 주장하지 못한다.

## III. 전자화 계약

### 1. 전자화 계약의 성립

전자화 의사표시의 합치가 전자화 계약(computerized contract)이다. 전자화 계약은 전자화 청약(請約, offer, 동의요구표시; 同意要求表示)과 전자화 승낙(承諾, acceptance, 同意表示)로 이루어진다.

이 전자화 계약체결에는 컴퓨터가 요건인 바, 컴퓨터 시스템 장애문제, 컴퓨터를 통한 인터넷폰, 채팅, 화상회의 등을 통한 계약체결 등이 문제이고, 양 당사자가 계약성립에 대한 인식이 결여될 수 있는 것도 문제이다.

전자화 계약 체결에는 대리인(agent) 사용이 많고, 오해가 생길 소지가 많으므로, 서면 위임이나 서면 입증(written authentication)에 유의해야 한다.[27]

이 밖에도 양 당사자 외에 제3자인 시스템 운영자가 관계되는 등 중첩적 계약관계의 발전, 해커 등의 침해로부터 소비자의 보호, 계약이행에 따르는 여러 가지 규제의 필요성 등이 제기되고 있다. 먼저 전자화 계약의 청약과 승낙을 살핀다.

### 2. 청약

컴퓨터를 이용한 전자거래의 전자화 청약은 상대방의 동의를 구하는 의사표시인 바, 대체로 불특정 다수인 상대방에게 급부를 한다는 표시이므로, 그것이 청약의 유인(invitation to offer)인가, 청약인가 하는 구별기준이 문제가 된다.

UN국제매매협약은 1인 이상의 특정인에게 전달된 계약체결 신청(a

---

27) Wright. B op.cit. p.248.

proposal for concluding a contract)은 확정적이며, 승낙시에 신청이 구속된다는 의사표시가 될 경우 청약이 된다. 1인 이상의 특정인에 대한 신청 이외의 신청은 청약인이 달리 표시하지 않는 한 청약의 유인으로 본다.[28]

청약은 피청약인에게 도달한 때에 그 효력이 발생한다고 도달주의(到達主義)를 명문화했다.[29] 청약은 취소불능(irrevocable)이냐, 취소가능(revocable)이냐에 따라 확정청약(자유청과 자유청약(free offer)으로 나뉜다.

다만, 청약은 취소불능이라도 취소의 의사표시가 청약과 동시 이전에 피청약인에게 도달한 때에는 자유청약으로 취소할 수 있다.[30]

청약을 거절하면 청약의 효력은 소멸하며, 반대청약(counter offer)은 확정적 의사표시로서 최초 청약에 대한 거절인 동시에 새로운 청약이다.

한국 학설로는 홈페이지를 개설하거나 사이버 몰(cyber mall) 속에 숍을 열어 상대방으로부터 주문을 받는 행위에 대해 유사한 거래인 통신판매상 소비자 주문행위를 청약으로 보므로, 사업자가 주문을 받는 것은 청약의 유인으로 보는 것이 타당하며, 청약으로 보면 사업자가 판매량 예측을 잘 못할 경우 재고가 달려 채무불이행이 될 가능성이 있으므로 청약의 유인으로 보는 견해가 있다.[31]

전자화 계약에 있어서 일방이 컴퓨터에 가격, 품질, 배달장소, 계약의 부수조건 등 확정적 거래조건을 제시하고, 상대방은 그 내용의 수용여부 판단만 하게 되는 경우는 청약으로 본다.[32]

청약인가 청약의 유인인가 하는 문제는 대체로 거래의 성격이나 관습을 고려하여 거래 상대방의 개성을 묻지 않고, 확정적 거래조건을 제시하

---

28) UN국제매매 협약(1980. Vienna 協約, CISG) 제 14조.
29) 동 제15조 1항.
30) 동 제16조.
31) 한웅길, "전자상거래와 계약법"(전자상거래와 법적 대응, 한국 비교 사법학회 창립 4주년 기념학술대회 자료집), 1998 p.14.
32) 吳內喆, 前揭書. p.287.

고, 유보조건이 없고, 상대방의 동의 때 확정적 구속의사가 있으면 청약이고, 거래 상대방의 개성을 따지고, 거래조건이 불확정적이며 상대방의 동의에 확정적 구속의사가 없으면 청약의 유인으로 보는 것이 타당하다고 사료된다.

### 3. 승낙

동의(同意)인 승낙은 청약에 대하여 계약성립의 효력이 있는 승낙적격(承諾適格)이 있다. 의사표시의 도달주의는 청약의 경우나 마찬가지이고, 지연된 승낙은 피청약인의 새로운 청약으로 본다. UN 국제매매협약은 피청약인이 청약인에 대하여 통지 없이 물품 반송이나 대금지급 등을 한 경우에 의사 실현 계약으로 그 순간부터 승낙으로 유효하다.[33]

청약에 대해 회답할 때, 추가·제한·수정을 가한 것은 청약의 거절이며, 반대청약을 이룬다(counter offer). 승낙의 방식에는 구두승낙, 전화, 텔렉스, 팩시밀리, 우편·전보, 전자우편(e-mail), 전자자료 교환(EDI), 인터넷폰, 화상회의, 채팅 등 특별한 제한이 없다. 전자화 계약은 승낙이 구속적이고, 매도인이 합의를 메일(mail) 즉 메일박스에 보존하는 때에 체결된다. 이것을 메일 상자 규칙(mail box rule)이라고 한다.[34]

전자화 계약에서는 승낙 적격 문제를 해결하기 위하여 전자거래를 일반적인 대화자간 거래로 볼 것인가? 격지자간 거래로 볼 것인가가 중요하다.

전자화 계약은 계약 당사자 사이에 컴퓨터나 그 전자화 장치가 대리인의 동일성 결여 등이 있어 격지자간 거래로 보는 견해도 있고[35], 컴퓨터 사이

---

33) UUN 국제매매협약 제 18조.
34) Wright. B. op.cit. p.261.
35) Helmut Redeker. "Geschaftabwicklung mit Bildschirmtext als Rechtsgeschaft" NJW. 1984. S. 2391. 김상용, 전게서 p.51.

에 의사표시의 발신과 도달이 즉시 반응, 즉각 전달이어서 대화자 거래로 보는 견해도 있다.[36] 전자화계약 체결은 일률적으로 대화자간 거래나 격지자간 거래로 일도 양단하기보다는 그 방법이 다양하므로, 격지자간 대화거래로 보아, 경우에 따라(case by case) 해석하고 판단해야 할 것이다.

전자화 계약체결이 대화자간 거래로 볼 때, 승낙기간을 정한 경우에는 그 기간 내에 승낙의 통지가 전달되어야 하고, 승낙기간을 정하지 않은 경우에는 즉각 승낙이 없으면, 청약은 효력을 잃는 것으로 보아야 한다.

격지자간 거래로 볼 경우에는 승낙기간을 정한 경우에는 승낙기간 내에 승낙의 통지가 도달되어야 하고, 승낙기간을 정하지 않은 경우에는 '합리적인 기간 내(within a reasonabletime)' 에 승낙의 통지를 해야 한다.

합리적인 기간 내라는 것은 '상당한 기간 내' 또는 상규(常規)나 상례(常例; regelmassigen Umstanden)[37]에 맞는 기간 내라고도 한다. 이는 사회통념에 맞는 사회상규로서 사정 나름(case by case)에 맞는 것으로 보아야 한다.


## 4. 이행문제


우리는 앞에서 전자거래의 기본이 되는 전자화 계약을 자세히 살펴보았다. 여기서는 전자화 계약의 성립과 당사자 특약 등에 따르는 이행문제와 전자거래에 관련된 보호문제와 규제문제는 어떤 것이 있는지를 총체적으로 나열해 보기로 한다.

WTO 사무국은 전송망을 통하여 상품이나 서비스를 생산, 광고, 판매, 분배하는 전자상거래를 생산자와 소비자간 처음으로 접하는 탐색단계, 거래가 합의된 후의 주문과 지급단계, 실제 인도단계로 분류하고 있다.[38]

---

36) Stefen Friedmann. Bildschirmtext und Rechtgeschaftlehre. Koln Univ. Dissertation. 1986. S.4.
37) cf. HGB $147, ②

전자화계약은 중첩적 계약관계로 그 성립에 여러 가지 문제가 발생할 수 있으며, 특히 컴퓨터에 의한 체약 강제로 인간의 컴퓨터에 예속이 문제가 되므로 전자화계약에 따른 계약규범(契約規範, lex contractus)이 필요하다. 그러려면 우선 전자문서의 효력인정, 전자서명의 표준화, 전자화폐와 전자결제와 전자자금이체 문제가 해결돼야 한다.

이에 따라 저자서명과 정보내용의 진정성을 확인해 주는 정보시스템 인증 문제 해결이 필수적이다. 계약이행에 관하여 계약 물품의 운송을 위한 물류체계의 확립으로 물류인프라 구축을 위한 투자가 필요할 것이다.

전자화 계약에는 또 전송과정의 기계적 오류문제, 채무불이행에 따르는 손해배상문제, 전자적 전송물(electronic transmission)을 어떻게 볼 것인지, 정보통신망 운영자의 책임문제가 따른다. 전자거래는 비대면성 거래이며, 만인의 만인에 대한 거래이므로, 거래안전과 당사자 및 제3자의 피해를 막기 위한 규제가 필요하다.

그것은 음란물, 범죄정보, 각종사기와 해킹에 관련된 것들이다. 또한 인터넷을 통한 증권거래의 규제, 전자거래에 따르는 관세, 법인세, 소득세 등 과세문제인데, 무형재 무관세, 유형재 운반과세 원칙이나 무관세 거래지역 설정 등이 필요하다.

세계 전자거래 보호를 위하여는 우선 개인 정보나 사생활 보호, 소비자 보호가 필요하고, 사이버 마켓에의 자유로운 접근 보장, 상대방의 신뢰보호를 위하고, 거래안전을 위하여 무자격자의 접속위험을 차단해야 한다.

이밖에 복제가 쉬운 특허권, 저작권, 컴퓨터 프로그램 보호권, 도메인(domain) 이름 등 지적재산권 보호가 절실히 요청된다. 전자거래 분쟁을 해결하기 위하여 재판관할권 문제와 준거법 문제가 남는다. 재판관할은 당사자 자치원칙에 따르고, 합의가 없으면 피신청인지 주의에 따르는 것을 원칙

---

38) WTO. Electronic commerce study from WTO secretariat highlights potential trade gains from electronic commerce. http://www. wto. org/wto/ecom/e-press 96. htm

으로 하고, 준거법은 당사자 자치(party autonomy) 원칙에 따라 당사자 합의에 따르고, 합의가 없으면 법정지법이나 행위지법에 따르면 될 것이다.


## IV. 도메인 이름

### 1. 도메인 이름의 개념

컴퓨터를 통한 전자거래는 인터넷상 정확한 주소가 있어야 이루어질 수 있고, 인터넷의 기본적 기술요소의 첫 번째가 인터넷 프로토콜(Internet Protocol=IP=인터넷 통신규약)이다. 인터넷은 거대한 네트워크로 구성되어 있으므로, 정확한 인터넷 주소가 없으면, 원하는 거래를 할 수 없다. 그래서 모든 PC에는 고유한 IP주소가 부여되어 있다. URL(Uniform Resource Location)로 알려진 IP주소는 미국 Inter NIC와 각국의 네트워크 정보센터(NIC=Network Information Center)에서 관리하고 있다.

한국은 이를 한국인터넷 정보센터(Korea Network Information Center-KRNIC)에서 관리하고 발행하고 있다.

그런데 IP주소는 32비트 데이터로서 '203.241.119.10'과 같이 4개의 정수가 점(.)으로 연결되어, 4조의 8비트 수열(0~255)로 표시된다.

이 IP주소는 일반 이용자에게는 난해하기 때문에, 인간 친화적으로(user-friendly) 누구나 알기 쉽게 IP주소에 대응하는 이름을 부여한 것이 도메인 이름(domain name=名)이다.

예를 들면, [www. my. com] 같은 것이다. 도메인 네임(名)은 다시 말하면, 인터넷에서 네트워크상 다른 사람의 호스트에 대한 주소들 이름이다.

인터넷상 전송되는 데이터는 모두 숫자배열인 IP주소로 식별되기 때문에, 데이터의 송·수신을 먼저 하고, 영문으로 된 도메인 이름은 IP주소로 변환해야 한다. 이 변환작업을 하는 것이 도메인 이름 시스템(Domain Name System) 서버(server)이다.

도메인 이름은 등록기관에 등록하여 자유롭게 이용할 수 있으며, 등록기관은 등록신청순서주의(first come, first served basis)에 따라 누구든지 먼저 신청하는 자에게 사용권을 부여한다. 인터넷상 도메인 이름은 전세계적으로 공통체계이며, 임의로 생성하거나 변경할 수 없다.

도메인 이름의 구조는 최상위 도메인과 제2도메인, 제3도메인으로 되어 있는데, 나무에 비유하면, 줄기 → 가지 → 잎 순서로 계층적으로 되어 있어 역트리(inverted tree)구조라 한다.

예를 들면, 'http://www.kyonggi.ac.kr' 에서 kr은 최상위 도메인, ac가 제 2도메인, kyonggi가 제 3도메인이다. kyonggi는 조직명이고, ac는 조직의 속성을 나타내고, kr은 한국이란 국가를 표시하고 있다.

최상위 도메인은 국가를 표시하고 있다.

최상위 도메인은 국가 도메인과 일반 도메인으로 분류할 수 있다.

국가 도메인은 세계 각국을 두 자리 영문 약자로 표시한 243개 도메인으로, CCTLD(Country Code Top Level Domain)라고도 하는데, 한국은 kr, 일본은 jp, 미국은 us 등이다. 중국은 cn, 독일 de, 프랑스 fr, 영국은 uk 등이다. 대부분의 국가 도메인은 자기 국민에게만 개방되어, 외국인은 등록할 수 없는 게 원칙이다.

일반 도메인은 gTLD(generic Top Level Domain)라고도 하는 바, com, net, org, edu, gov, mil, int의 7개가 있다.

그러나 인터넷 주소 전문 관리기구인 ICANN(Internet Corporation for Assigned Names and Numbers)은 2000년 7월 18일 일본 요코하마에서 개최된 이사회에서 기존의 7개 외에 새롭게 art, shop, banc, travel, music 등 여러 종류 허용방안을 2001년 초부터 등록할 수 있도록 한다고 도메인 확대를 만장일치로 결의했다.[39]

## 2. 분쟁

최근 도메인 이름이 그 보유자의 상품이나 서비스의 출처표시로 기능하고, 가치 있는 자산이 되고 전자상거래가 급증함에 따라 도메인 이름에 관련된 분쟁이 자주 발생하고 있다. 요즈음 세계적으로 논란거리가 되는 것은 원래의 권리자에게 도메인 이름을 판매할 목적으로 그 성명, 상호, 상표, 서비스 표와 같거나 유사한 도메인 이름을 먼저 등록하는 경우에 많이 발생하는 무단점유(cybersquatting), 무단쟁취(cyberhijacking) 등이다.

상표권과의 충돌이 제일 많은 것으로 알려졌다. 특히 전문적으로 도메인 이름을 실제로 활용하지 않고 불법점유하거나, 경쟁상대에게 피해를 주기 위한 악의 사용 등이 문제가 많이 된다.

미국의 데니스 토펜(Dennis Toeppen)은 상표권자의 허락 없이 240개의 인터넷 도메인 이름을 등록했다. delta airlines.com, ramadainn.com, eddiebauer.com, ussteel.com, intermatic.com 등.

Toeppen은 Intermatic사와의 소송에서, Toeppen이 창조한 도메인 이름 'intermattic.com'이 혼동을 주기 위한 것인지는 확실치 않지만, Toeppen이 주(州)의 반 희석법율 같은 연방 상표 희석법(the Federal Trademark Dilution Act)을 침해했으므로, 법원은 도메인 이름 'intermatic.com' 사용을 영구히 못하게 명령했다.[40]

이에 관련하여 먼저 외국의 분쟁 사례를 보면, 미국에서는 최초의 도메인 네임 분쟁엔 맥도날드를 비롯, 코카콜라, MTV, Hertz 등 세계적 거대 기업들이 휘말리기도 했다.

---

39) http://www. icann. org/Yokohama 회의에 관한 홈페이지(2000년 7월 14일 일) 참조.
   http는 Hyper Text Transfer Protocol의 약자 표시.
40) Benjamin Wright. Jane K.Winn.
   The Law of Electronic Commerce(3rded)
   Aspen & Business. 2000. pp.16~22.

미국의 이들 분쟁에서 상표권자가 승소한 경우, 선취득 도메인 네임 보유자가 승소한 경우, 화해로 끝난 경우 등이 있다.

맥도날드사 분쟁사건은 미국의 인터넷 잡지 와이어드지 기자가 'mcdonald.com'을 등록하고, 맥도날드사에게 도메인 네임을 돌려주는 조건으로 한 초등학교에 컴퓨터를 기부하라고 제의한 바, 맥도날드사는 조건을 수락하고 도메인 네임을 찾을 수 있었다.

대체로 미국에서 도메인 이름을 등록하여 사용한 것을 다른 사람의 상표권 침해로 보고, 단순 등록은 침해를 부정한다.

독일에 있어서도 단순한 등록 보유만으로는 상표권 침해로 볼 수 없다고 한 판결과 그 반대 판결이 있다.

일본은 등록만 하고, 실제로 사용하지 않는 경우엔 상표의 사용으로 보지는 않는다.

영국에 있어서 상표권자의 이름을 도메인 이름으로 무단등록하여 사용한 것은 상표권 침해로 보나 공평법(equity law) 관례상 확립된 사칭통용(詐稱通用, passing off)이라 하여 손해발생의 증명을 요하지 않는다.

사칭통용은 자기의 상품이나 영업을 타인의 것과 같게 보여 일반인으로 하여 혼동, 오인케 하는 행위를 하는 것으로 불법행위가 된다.

사칭통용소송(passing off action)에서는 피고의 행위를 정지시키거나, 상표 등 표지를 말소시키거나, 상품인도를 청구하거나, 부당이득 반환 청구하거나 손해배상을 청구할 수 있다. 비록 신청인이 피신청인의 사용을 통한 영업신용권 침해가 일어나지 않도록 도메인 이름 정지를 확보했을지라도, 인터넷 주소나 재판매를 위해 이름을 사용할 권한이 없는 개인에 의한 회사로서의 이름 등록은 사칭통용으로서 구제되어 왔다.[41]

한국의 도메인 이름관련 분쟁사례는 최초의 것으로 1999년에 샤넬 판결

---

41) Catherine Colston, Principles of Intellectual Property Law. Cavendish Publishing Limited(London, Sydney). 1999. p.342.

이 있었고, 이어 비아그라 판결과 하이마트 결정이 있었다.

샤넬 분쟁사건은 샤넬(chanel)이라는 상표 및 상호와 동일한 'chanel. co.kr'이라는 도메인 이름을 등록한 다음 'chanel International(샤넬 인터네널)'이라는 상호를 표시하고, 거래상품도 샤넬이라는 것이 연상되도록 전자거래에서 취급한 경우이다.

이에 대하여 법원은 도메인 이름을 무단 사용하여 통신판매업을 하는 행위는 부정경쟁방지법 소정의 타인 영업표지가 갖는 명성에 편승하여 수요자를 유인, 부정한 이익을 얻고자 하는 영업주체 혼동행위로서, 부정경쟁방지법 위반으로 판결했다.

비아그라 분쟁사건은 'Viagra' '비아그라' 'PFIZER'와 동일한 도메인네임을 사용하여 생칡즙 등의 건강식품을 판매한 것인데, 법원은 등록상표의 지정상품인 의약품과 건강식품은 유사상품이 아니므로, 상표권 침해행위가 아니라고 보았다.

하이마트 분쟁사건도 피신청인이 널리 알려진 '하이마트(HIMART)'라는 상호를 도메인 이름으로 사용하고, 취급상품도 동일, 유사하였으므로, 법원은 부정경쟁방지법 위반으로 보았다.[42]

한편 한국은 도메인 이름 국제분쟁에서 패소하는 경우가 많아 특단의 대책이 요청되고 있다. WIPO 중재 조정센터에 의하면, 한국은 2001년 들어 4월 11일까지 76건을 제소당하고, 제소는 고작 5건이었다.

또, 2000년 1년 동안 결정난 한국관련 12건 가운데, 한국은 10건에서 패소, 1건은 청구기각, 1건은 한국인 사이의 분쟁이었다.[43]

---

42) 샤넬 분쟁사건(서울지법 1999.10.8 선고 99가합 41812 판결)
  비아그라 분쟁사건(서울지법 동부지원 1999.11.18 선고 99가합 8863 판결)
  하이마트 분쟁사건(서울지법 1999.11.24. 자 99카합 2819 결정)
43) 동아일보. 2001.4.18.

## 3. 분쟁해결방법

도메인이름 분쟁해결에 관련하여 ICANN은 1999년 10월 분쟁해결지침 (UDRP: Uniform Domain Name Dispute Resolution Policy)에 따라 해결하도록 지시하고, 분쟁해결기관으로,

① 세계지적재산권기구(World International Property Organization)중재・조정센터

② NAF(The National Arbitration Forum)

③ DeC(Disputes.org/e Resolution. ca Consortium)

④ CPR Institute for Dispute Resolution 등 네 곳을 승인하였다.

도메인 이름에 관한 분쟁을 궁극적으로 해결하는 것은 소송이나 중재 등 선택적 분쟁해결절차(ADR=Alternative Dispute Resolution)에 의거할 수 있다. 위의 4개 분쟁해결기관에서 내린 결정에 대하여 도메인 이름 등록기관은 도메인 이름등록을 취소하거나, 신청인에게 이전하게 할 수 있으나, 손해배상이나 형사처벌은 불가능하다.

국제적인 도메인 이름 분쟁해결절차는 대체로 ICANN이 만든 UDRP와 그 규칙(rules), 그리고 세계지적재산권기구(WIPO) 등 기관이 만든 세칙규정에 따르고 있다. 도메인 이름의 무단점유 방지를 주안점으로 하는 UDRP의 규칙에 의한 조정방식의 분쟁해결절차를 보면 다음과 같다.(Mandatory administrative proceeding)

먼저 일반 분쟁당사자의 신청서 제출과 수수료 지급으로부터 시작되고, 분쟁해결기관은 UDRP의 요건충족을 확인한다.

다음 신청서는 피신청인인 도메인 이름 등록자에게 전달되고, 피신청인이 절차에 응하려면 20일 내에 답변서를 전달해야 한다. 패널은 당사자가 3인으로 합의하지 않는 한 1인이다.

분쟁해결기관은 패널을 선정하고, 모든 기록을 전달한다.

WIPO의 경우는 분쟁해결을 보조하기 위하여 직원 가운데 사건담당자(case administration)를 배정한다.

패널은 원칙적으로 2주일 내에 결정을 내려 양 당사자와 ICANN 및 도메인 이름 등록기관에 e-mail로 전달한다.

UDRP 원칙에 의하면, 신청인은 ① 피신청인이 자신의 상표 등과 동일·유사한 도메인 이름을 사용하고 있다는 사실, ② 등록자가 도메인 이름에 대해 어떤 권리나 정당한 이해관계 없이 미리 선점하고 있다는 사실, ③ 타인이 악의로 먼저 도메인 이름을 등록하여 사용하고 있다는 사실 등을 증명해야 한다.[44]

WIPO의 경우, 도메인 이름 분쟁사건은 약 80%가 제소권자인 상표권자 등에게 유리한 결정이 났다고 한다.[45]

UDRP가 상표권자의 이익과 도메인 이름 등록자의 이익 사이에 균형을 잃고, 전자에 편향되어 있다는 지적도 있다.[46]

한국에서의 도메인 이름과 상표권 등의 충돌을 줄이기 위하여는 도메인 이름 등록기관이 동록을 받는 경우에 이의신청이 있을 경우 임시조치를 취할 수 있게 해야 하고, 도메인 이름뿐 아니라 전자메일주소도 유사상표로서 문제가 될 수 있음에 유의해야 하며[47], 상표권 등의 회석화를 방지하기 위한 것 등 입법조치도 필요하고, KRNIC는 도메인 이름 분쟁해결 전문기관으로 몇 개를 선정하는 것이 좋을 것이다. 예를 들면, 대한상사 중재중재원, 전자거래 분쟁조정위원회, 특허청의 산업재산권 분쟁조정위원회 등을 활용할 수 있을 것이다.

---

44) UDRP para 참조.
45) 중앙일보 2000.8.2 참조.
46) 鄭燦模, 「도메인 이름 분쟁관련 ICANN의 동향 및 대응방향」, 『인터넷 법률』 2000년/2호. 2000. 9.14. p.76.
47) 정영화·남인석, 『전자상거래법』, 다산출판사, 2000.

## V. 결론; 전자상거래 법제 발전 방향

우리는 위에서 전자상거래 법제 발전에 관하여 그 기초가 되는 전자상거래법의 개념, 전자거래의 주요부분인 전자화 의사표시와 전자화 계약의 성립 및 그 이행에 따르는 문제, 도메인 이름 분쟁해결 방법들을 살펴보았다.

지금 세계는 하나의 정부나 하나의 세계법 체제가 확립된 것은 아니나 세계를 무대로 한 국제매매 등에서는 거의 국경이 사라지다시피 하고 있어 세계는 단일경제권으로 변화하고 있으며, 특히 세계유통사에 있어 최대 사건은 인터넷 가상시장(Internet cyber market)의 등장으로 세계거래의 주역이 될 가능성을 지니고 있고, 그 거래는 만인의 만인에 대한 무차별 거래가 되고 있다.

이러한 상황 속에서 전자상거래 법제의 발전을 위하여 궁극적으로는 하나의 평화세계(a peaceful world)를 향한 하나의 세계정부, 하나의 화폐체제, 하나의 군사체제를 이루어야 할 것이다. 그에 앞서 우선적으로 생각되는 발전대책을 적어보면 다음과 같다.

첫째는 전자거래 세계정부를 수립하는 것이다. 이 정부는 UN 경제사회이사회 아래 두어도 좋고, 세계무역기구(WTO) 산하에 두어도 좋으며, 독립기구로 설치해도 좋다. 그리하여 이 정부는 전자거래에 관한 표준용 법제정비, 전자상거래에 관한 규제보호 및 집행 등을 맡으며, 그 안에 전자거래 세계 중재재판소를 두어 도메인 이름 분쟁 등 전자거래에 관련된 분쟁을 최종적으로 해결해야 한다.

둘째는 세계전자거래 조약을 체결해야 한다.

이 조약은 그동안 UNCITRAL, WTO, OECD, APEC, ICC, WIPO 등 제 국제기구가 추진해 온 것을 통합하고 앞에서 지적한 문제점들에 대한 전반적인 해답을 제시하며, 정보통신 인프라를 구축하고, 범세계적 호환성을 확보하며 국내규율과 국제규율을 통합하여 국제사회의 제 장벽(barrier)

을 허무는 것이 되어야 할 것이다.

그것을 '전자상거래 통일상법전(uniform commercial code for electronic commerce)' 이라고 부르거나, 세계전자거래법(World Electronic Trade Law)이라고 불러도 좋을 것이다. 이를 위하여 위의 내용과 함께 사이버 거래를 자유무역지대화하여 관세를 면제하고 정부규제를 최소화하며, 각국 정부 역할을 과소평가할 수는 없으나, 민간부분이 주도하여 국제공조체제 속 전 세계적 교섭으로 인터넷 라운드, 또는 새천년 라운드(New Millenium Round)를 추진해야 한다.

셋째는 세계 각국이 세계전자거래 조약에 맞추며, 전자정부 기본법을 제정하여 세계적인 흐름에 맞춰야 한다. 이에 관한 참고 사례로, 미국의 경우 빌·클린턴 대통령이 전자정부 기본법 제정을 선언하고, 주법통일 전국위원회 회의(National conference of commissioners on uniform state law)가 작업 주체가 되어 1997년 10월 15일 통일전자 거래법(Uniform Electronic Transactions Acts: UETA) 초안을 만들었다.

이는 5개의 장(part)과 30개 조문(section)으로 출발하여 계속 수정하고 있으며, 그 내용은 모든 부문의 전자거래 특히 상거래와 정부거래를 촉진하고, 전자기록(electronic record), 전자서명의 법적 효력근거를 마련하는데 중점이 있으며, 이 밖에 전자거래 도입에 따른 전체적인 법·경제제도 마련과정에 기여하는 것이다.

UETA의 토대를 이루고 있는 법령으로 가장 중요한 것은 USA UCC(특히 Article 2B)와 UNCITRAL 전자상거래 모델법이다. UETA에서는 전자거래의 개념으로 'Electronic Transaction' 이라고 표현하였다.

넷째는 한국은 1999년 7월 1일부터 '전자거래기본법', '전자서명법' 등을 제정 공포하여 시행하고 있으며, '정보화 촉진기본법' (1996.1.1 시행) 등 전자상거래 관련 제법을 시행해 오고 있다.

그러나 한국이 강국정치의 세계화전략 속에서 현실적으로 잘 적응하여 살아남으려면, 민족국가로서 주인의식을 갖고, 하나의 평화체제를 향한 '열린 민족주의'에 입각하여, 정보화 선진국들이 기술우위를 선점한 기초 위에 '이름은 좋게' 당사자 자율과 자유를 내세우며, 시장주도권을 선점하여 자국법규를 국제규범화하려는 신자유주의적 팽창주의적 기도에 경각심을 갖고, 진정한 국제 평등이 지켜지도록 정보화의 신국제 경제질서를 확립하고, 자국시장방어에 노력해야 하며, 거기에 더하여 세계기술 경쟁에서 가장 앞선 나라가 되도록 전 국민적 노력이 있어야 하겠다.

## [참고문헌]

〈동양문헌〉

고준환, 『새천년 세계화두 한생명 相生法』, 우리출판사, 2000.

고준환 · 안성조, 『平和世界去來法』, 校書館, 1999.

고준환, 『新商法中心 企業法原論』, 校書館, 1997.

김상용, 자동화된 의사표시와 시스템계약 『사법연구』 제1집, 1992.

동아일보 1998. 4. 2.

修桑, 『民法原理』, 法律出版社(北京), 1982.

박노향, 『WTO체제의 분쟁해결제도 연구』, 博英社, 1996.

山木隆司, 「컴퓨터 네트워크와 계약의 시스템화」, 法律時報』 제62권 2호, 1992.

僧燦大師, 『信心銘』, 通度寺 極樂禪院, 1978.

延基榮, 『民法學原論(上)』, 法文出版社, 1991.

吳炳喆, 『電子去來法』, 法元社, 1999.

王相漢, 「電子商去來 관련 주요쟁점 및 국내 기본법안 고찰」, 韓國商事法學會, 『商事法研究』 통권 제21호, 1998.

이대희,「WTO에 있어서의 전자상거래에 관한 최근 동향」, 2000년 국제거래법 하계 학술세미나 제2주제.

李熙昇 편저,『국어대사전』, 민중서림, 1982.

정영화 · 남인석,『전자상거래법』, 다산출판사, 2000.8.

崔明龜,「전자의사표시의 법적 효력문제」,『한비교사법학회 비교사법』통권 8호, 1998.

최준선,「UNCITRAL 전자상거래모델법과 우리나라 전자거래 기본법안 비교연구」, 한국비교사법학회 창립 4주년 기념학술 자료집. 1998.

한웅길,「전자상거래와 계약법(전자거래와 법적 대응)」, 한국비교사법학회 창립 4주년 기념학술대회 자료집, 1998.

인터넷 법률: 법무부(金王吉), 2000년/2호, 2000.9.

商事法硏究, 1998. 韓國商事法學會.

民事法硏究, 1999. 大韓民事法學會.

通商法律, 1999, 6~10 法務部(통권 27~29권)

仲裁 1999 봄(291호). 2001. 봄(299호) 대한상사중재원.

뉴미디어, 1999. 10. 신산업경영원.

국제거래법연구. 국제계약법의 최근 동향. 국제거래법학회 1999.


〈서양문헌〉

Adam. Nabil R. Oktay Dogramaci. Aryya Gangopadhyay Yelena Yesha.

Electronic commerce(Technical Business and Legal Issues)

Prentice Hall PTR, 1999.

Campbell, Dennis. Cotter, Susan. International Intellectual Property Law, wiley, 1997.

Colston, Catherine. Principles of international property law. cavendish publishing limited(London). 1999,

Darby George E. Electronic Commerce and Electronic Contract 1997.

Friedmann. Stefen. Bildschirmtext und Rechtgeschaftlehre. Koln Univ. Dissertation. 1986.

HGB § 147

ICC. Uniform customs on international certifications of electronic signature. 1996.

Redeker. Helmut. "Geschaftabwicklung mit Bildschirmtext als Rechtsgeschaft" NJW. 1984.

Schneider. Gary p. Perry. James T.

Electronic commerce. Thomson Learning. 2000.

Schworbel, Dieter Herbert "Automation als Rechtstatsache des burgerlichen Rechts. Dissertation. Hamburg Universitat. 1970.

Spanogle John A. International Business Transactions. West publishing co. 1991.

UN CISG. (1980. Vienna convention)

WTO general council. Work program on electronic commerce. 1998.

Wright, Benjamin. Jane K.Winn. The Law of Electronic Commerce(3rd edition). Aspen Law & Business. 1999.

William. F. Fox. International Electronic Commerce SE06 ALI-ABA 1999.

WTO. Electronic commerce study from WTO secretariat highlights potential trade gains from electronic commerce. http://www. wto. org/wto/ecom/e-press 96. htm.

# 23. 임의노동중재의 제도화에 관한 연구

## I. 서론

### 1. 연구의 목적

우리나라가 전통사회로부터 산업사회로 변화하는 이 역사적 시점에서, 절실히 요청되는 것은 경제적 민주주의의 균형적 발전과 산업평화이다.

이러한 경제적 민주주의의 발전과 산업평화는 노동조합의 생성과 노사관계의 발전과 그 궤를 같이해 온 것은 주지의 사실이다. 따라서 동일기업에 살면서도 본질적으로 이해가 상반되는 노사관계이긴 하지만, 그 사이에서의 원만성(圓滿性)이 곧 산업화에 직결된다고 볼 수 있다.

여기에 산업평화를 위한 노사쌍방의 공감대와 신뢰를 바탕으로 '자치의 원리'와 '상생의 원리'(Leben und leben lassen)에 따라 근로조건을 결정하고 이행할 필요성이 있다.

그런데 우리나라에 있어서 노사관계로 본 산업평화는 잘 유지되지 못하고 있는 실정인데, 이는 급진적인 산업화에 따라 노동자와 사용자의 의식의 차이와 이익의 대립, 자치를 근본 사상으로 하는 산업민주주의에 있어서 지나친 관권개입으로 자치적 분쟁해결의 풍토가 마련되지 못한데 그 원인이 있다.

또 그 근인을 보면 노사간의 문제가 잘 해결되지 못하고, 그 불만이 내면적으로 심화되어 가고 있는데도 이를 해결할 법제는 너무나 비현실적이어서 생긴 것인 바, 최근 세상을 떠들썩하게 한 'YH 무역사건' '사북사태' 등은 노동관계가 얼마나 심각한 상태인가를 웅변으로 실증한 사례라 할 수 있다.

우리나라의 노사관계 분쟁을 하는 법제를 보면, 노동쟁의조정법은 노동쟁의가 발생하면 관계 당사자로 하여금 이를 행정관청과 노동위원회에 신고하도록 강제하고 있다. 그러나 1971년 12월 27일 '국가보위에 관한 특별조치법' 시행 이후에는 단체행동은 물론, 당사자간 직접적인 단체교섭이 금지되고 일종의 행정명령인 노동청예규에 의한 주무관청의 조정에 의해서만 근로조건을 결정하게 되었다.

이와같이 노동관계 당사자 사이의 직접적인 단체교섭 자체가 금지된 상태 아래서는 단체교섭의 보장을 전제로 하는 노동쟁의는 발생하지만, 발생 그 자체를 법이 인정하지 않는다.

현행법을 보면, 노사분쟁 즉 노동쟁의가 발생한 경우에 기업의 공공적 성격에 관계없이 그 절차의 개시가 강제되고 있는데, 이에는 한선, 조정, 중추, 긴급조정 등이 있다.

중재의 경우, 당사자 쌍방이 모두 요청하거나 단체협약에 의하여 당사자 일방이 신청하는 경우의 임의중재와 공익사업, 외국인 투자기업, 일반사업(1980년 국가보위입법회의 개정으로 첨가)에 인정되는 강제중재가 있으나 당사자 자치 원칙에 따라 사적기관이 분쟁을 해결해 주는 임의중재제도는 제도적 장치로서 현재 수립되어 있지 않다.

행정청이나 노동위원회의 과도한 간섭과 개입은 오히려 노동분쟁을 해결하기보다 노동조합의 자주성을 침해할 우려가 크므로 사설기관에 의한 임의노동중재가 필요한 것이며, 노동분쟁의 중재인은 노사대등관계를 확립하여 자주적으로 문제를 해결하는 것이 현대노동법의 이념이요 노동쟁의조정제도의 사명이라는 것을 인식해야 할 것이다.[1]

최근에 노사관계가 심각해지고 파업(strike)이나, 직장폐쇄(lockout) 같은 사태가 일어나 사회에 불안을 주는데도 소송(litigation)이나 강제중재(compulsory arbitration)는 그 경직성(硬直性)으로 인하여 노사분쟁을 실효적으로 이용이 되지 않아 노사분쟁의 평화적 해결방법으로 임의노동중재(voluntary labor arbitration) 제도의 도입이 거론되고 있다.

따라서 본 논문은 전근대적이고 불균형한 노사분쟁을 자치재판을 본질로 하는 임의중재에 의하여 해결하는 제도를 연구하여 우리나라의 산업평화에 이바지하는 데 연구의 목적이 있다.

## 2. 연구의 방법과 범위

본 연구는 필자가 대한상사중재원(The Korean Commerical Arbitration Board)에서 재직 중 얻은 경험과 우리나라, 미국, 필리핀, 프랑스 등 각국의 중재제도, 노동쟁의조정제도에 관한 도서 및 자료를 수집하여 종합, 분석함으로써 우리나라 법제와 풍토가 개선될 경우에 대비하여 산업평화를 가져올 임의노동중재의 제도화에 관한 것을 집중적으로 살펴보되 그 순서는 다음과 같이 한다.

제2장에서 중재의 본질과 노동중재의 특수성을 다룬다.

제3장에서는 한국노사분쟁의 실태와 노사분쟁해결제도.

---

1) 金致善, 『勞動法講義』, 博英社, 1981 p.409.

제4장에서는 미국, 프랑스, 필리핀, 말레이지아의 임의노동중재제도.

제5장은 결론으로, 한국에서 임의노동중재제도를 시행하는 데 필요한 선행조건과 방향을 제시하는 것으로 끝을 맺는다.


## II. 노동중재의 본질

### 1. 중재의 본질

임의노동중재(voluntary labor arbitration)라 함은 노동간 분쟁을 당사자의 임의에 따라 중재로 해결하는 것을 말한다. 여기서 중재(arbitration)라 함은 당사자들이 처분할 수 있는 분쟁을 합의에 의하여 통상법원 이외의 제3자(중재인, arbitrator, schiedrichter)에게 그 해결을 위탁하고 그 판정에 복종함으로써 분쟁을 최종적으로 해결하는 방법으로서, 분쟁을 중재에 위탁하는 것을 임의로 하느냐 또는 강제로 하느냐에 따라 임의중재(voluntary arbitration)와 강제중재(compulsory arbitration)가 있으며, 어느 경우를 막론하고 중재판정(arbitral award)은 관계 당사자를 구속하는 법률적 효력을 가진다.

중재제도는 자연법사상에 터잡은 자유의 원리에 따라 사적 자치(private autonomy) 내지는 당사자 자치(party autonomy)의 원칙에 입각한 것인 바, 당사자 합의에 의해 창설된 중재법정은 자주법정(autonomy tribunal)이라 할 수 있으며, 중재는 자치적 재판을 그 본질로 한다.[2]

통상 재판과 중재의 차이는 통상 재판이 '법에 의한 판단' 이라면, 중재는 '인격에 의한 판단' 이란 점이라 할 수 있다. 흔히 "좋은 중재란 좋은 중

---

2) 고준환, 『국제상사중재론』, 法文社, 1980. pp. 27~28.

재인이다"(The good arbitration is the good arbitrator)라든지 또는 "중재는 중재인이나 마찬가지다"(The arbitration is as good as the arbitrator)란 말이 이를 뒷받침하여 준다.[3]

통상 재판의 경우 법관은 헌법과 법률에 의하여 그 양심에 따라 재판해야 한다. 이에 반하여 중재인의 판정은 전혀 자유이며 자기자신의 양심(bon sense)에 따라 판정하면 된다. 즉 구태여 법률에 기속될 필요는 없는 것이다.

이것은 중재인이 반드시 법률전문가는 아니라는 점, 중재는 소송의 도피라는 형태로서 발전한 것이란 점, 중재는 원래 엄격한 법률의 적용에 의하지 아니하고 구체적 실정에 맞는 융통성 있는 해결을 구하는 것이라는 점 등에서 유래한다.[4]

여기서 상사중재는 소송의 도피란 형태로 발전돼 왔지만, 노동중재는 동맹파업(strike)을 막기 위한 수단으로 발전하여 왔으며, 노동중재는 단체교섭과 밀접한 관계를 가지면서 발전해 왔으므로 단체교섭이 성공한 곳에서는 대체로 노동중재도 성공하여 왔다.[5]

자치적 재판을 본질로 하는 중재의 요건을 보면 다음과 같다.

첫째로 분쟁의 주체인 중재당사자들이 있어야 한다. 당사자는 권리의무의 주체인 사람이 되는 것으로, 자연인, 법인이 포함되며, 사법인, 공법인이 모두 할 수 있다.

둘째로 분쟁의 객체인 계쟁물이 있어야 하는데, 이것은 원칙적으로 당사자간에 처분할 수 있는 사법상 법률관계이어야 한다.(한국중재법 제2조)

민상사중재는 그 대상이 사법상 법률관계이므로 형사사건이나 행정소

---

3) V.M. Rangel, Brazil National System of arbitration Yearbook Commerial Arbitration Ⅲ. 1978. p.31.
4) 姜二秀, 「무역클레임과 상사중재」, 『중재』 34호(1974.10) p.3.
5) Elkouri and Elkouri How Arbitration Works 3rd ed. The Bureau of National Affairs, Inc. 1976. p.2.

송사건 같은 공법상 법률관계를 포함하지 않으며, 사법상 법률관계라도 당사자가 처분할 수 있어야 하므로 재산권관계가 아닌 혼인관계나 친자관계 같은 신분권관계라든지, 통상소송으로서 해결할 수 없는 비송사건, 집행사건, 보전사건 등은 중재계약에서 다루어질 수 없는 것이 원칙이다.

셋째로 당사자 간에 법률행위로서 중재에 대한 합의(중재계약)가 있어야 한다.

통상법원 소송의 경우엔 분쟁당사자 일방이 제소할 수 있으나, 사적자치의 원칙에 근거하는 중재는 이런 합의 없이는 성립될 수 없다(한국중재법 제1조, 제2조).

중재합의에는 두 가지 유형이 있는데, 하나는 주계약서(main contract)에 미리 중재조항(arbitration clause)을 삽입하는 경우이고, 다른 하나는 이미 발생한 분쟁을 중재에 의해 해결하기로 사후적으로 합의하는 중재위탁(submission)이 그것이다. 이를 합하여 중재계약(arbitration agreement clause, compromissoire)이라고도 한다.

넷째로 당사자들이 분쟁사건을 판정하도록 위탁하고, 이를 수탁한 중재기관인 판정자로서 제3자 즉 중재인이 있어야 한다.

다섯째로 당사자는 재판받을 권리를 포기하고, 그 권리는 법원에서 배제되어야 한다. 중재는 당사자가 임의로 선정한 중재인이 분쟁을 최종적으로 해결토록 하여 통상재판이 갖는 경직성과 비전문성을 피하고, 당해분야의 경험자나 전문가로 하여금 타당한 결론을 유도하는 것이므로, 당사자는 법원에 출소하지 않기로 재판권을 포기하고, 법원은 그 재판권을 배제하여 당사자가 판정에 불복하여 제소하는 것을 막아야 한다(직소금지— New york 협약 제2조 3항, 한국중재법 제3조). 다만 중재계약이 무효이거나 효력을 상실하였거나 이행이불능인 때에는 당사자가 소를 제기할 수 있다(한국중재법 제3조 단서).

중재 자체가 사법적 판단을 배제하고 중재인에 의하여 분쟁을 해결한다는 당사자간 합의이므로, 그 분쟁에 관하여 어느 일방이 법원에 대하여 소송을 제기하면 법원은 소권을 부정하고, 소를 각하한다. 다만 법원으로서는 중재계약의 존부를 알 수 없으므로 이해관계인이 중재계약의 존재를 방소의 항변(pleas in bar)으로 주장하여야 하며, 당사자가 중재계약의 존재를 알고 있으면서 방소의 항변을 제출하지 아니하고 본안에 대한 변론을 하였을 경우에는 항변권이 소멸된다. 그러나 가압류 · 가처분의 보전절차에서는 중재계약존재의 항변을 할 수 있다.

여섯째로 중재인의 판정이 내린 경우에 당사자는 재판과 마찬가지로 이에 무조건 복종해야 하며, 이 판정은 종국적이며 구속력이 있는 것이 원칙이다.

이 점에서 중재는 사인의 개입에 의한 조정이나 화해와 다르고, 소송과 같은 강행적 면을 갖고 확실성(certainty)과 종국성(finality)이 있으므로 중재재판이라고도 한다.

판정이 내려진 분쟁사건은 다시 소송을 제기할 수 없는 것은 물론이고 불복신청이나 재심사 · 상소도 인정되지 않는 것이 원칙이다. 다만 판정의 여부가 아닌 절차상 하자가 있을 경우 등에는 제한된 범위 안에서 판정 취소의 소가 인정된다.[6]

이상과 같은 요건을 필요로 하는 중재는 당초엔 자치재판을 내용으로 하는 계약이었으나, 노동중재 · 상사중재 등을 통하여 중재기관의 창설 중재법규의 판정 등으로 중재계약의 불가철회성(irrevocability)을 전제로 한 고유제도로써 기능하게 되었다.

이 중재는 통상재판과 비교하여 다음과 같은 특성을 갖고 있다.[7]

첫째로는 구체적 타당성이다. 현대사회가 자본주의 발달로 산업화 · 전문화 · 복잡화함에 따라 법관이 가지고 있는 상식과 경험만으로는 거래상

---

6) 고준환, 前揭書 pp.29~30.
7) 고준환, 前揭書 pp.32~33.

분쟁의 사실관계를 파악하기 어렵고 실정에 맞는 판결을 하기가 어려우나, 중재는 각종 거래관계·노사관계 등에서 발생한 분쟁을 그 분야의 지식과 경험있는 전문가에 의하여 판단 해결토록 함으로써 구체적으로 타당한 합리적 해결을 할 수 있다.

둘째로는 간역·신속성이다. 통상재판에 있어서는 적정과 공평을 기하기 위하여 삼심제와 재심제가 있을 뿐만 아니라, 전속관할·상호심문주의·궐석판결주의 폐지 등으로 많은 시간을 필요로 하나 중재에 있어서는 삼심제·재심제가 없을 뿐 아니라, 그 절차에 있어서도 양당사자가 반드시 출석해야 하는 것은 아니며, 그 절차도 당사자 합의가 우선하고, 그 합의가 없을 때는 중재법에 의한다.

판정기간을 보면 한국중재법에서는 당사자가 약정한 기간 혹은 훈시규정으로 3개월로 정해놓고 있어 '신속·경제의 원리'에 따라 신속한 해결을 기대할 수 있는 것이다.

셋째로는 비용의 저렴성이다. 중재는 분쟁을 신속히 해결하고 단심제이므로 소송보다 비용이 적게 든다. 법원에서 소송에 의할 경우에는 변호사 보수를 비롯하여 매심급마다 인지대가 배가되기 때문에 중재보다 비용이 많이 들게 된다. 즉 소송은 절차가 엄격한 소송법규에 따라서 행하여지고, 대부분 법률전문가인 변호사에게 의뢰하지 않을 수 없으므로 상당한 액수의 변호사 비용이 든다. 중재시에는 중재요금이 쌀 뿐 아니라 소송과 같이 엄격한 법률문제만이 거론되는 것이 아니므로, 당사자 자신이 충분히 분쟁의 해결에 나설 수 있고, 따라서 소송의 경우에 많은 비용을 요하는 변호사 비용을 절약할 수 있으므로 분쟁 당사자의 부담을 경감할 수 있게 된다.

넷째는 비밀 보장성이다. 법원에 의한 판결절차는 원칙적으로 공개리에 수행하게 되어 있고, 안전보장이나 사회질서상 예외적인 경우에 결정으로 비공개심리를 하며, 판례는 공간되므로 개인이나 회사, 조합의 비밀이 공개되나, 중재는 엄격한 비공개주의에 따라 사인의 비밀이 절대적으로 보장되므로 대외신용의 침해를 받을 우려가 없다.

다섯째는 우의성이다. 소송을 제기하여 법정투쟁을 벌이면 당사자는 원고·피고로서 수단을 다해 다투기 때문에 감정관계가 좋지 않고, 소송이 끝난 뒤에도 거래활동지속 등에 악영향을 주지만, 중재의 경우엔 중재인이 쌍방의 의견과 양보여부 및 구체적 사정을 조정하여 판정을 내리는 경우가 많으므로 쌍방의 타협안이 판정이 될 가능성이 많은 실정이어서 당사자간 대립을 피할 수 있고, 판정 후에도 계속적으로 관계를 원활히 유지할 수 있게 된다.

## 2. 노동중재의 특수성

자치적 재판을 본질로 하는 중재는 오늘날 국내 민상사중재는 물론, 국제상사중재·해사중재·언론중재·교통사고중재·의료과오중재·노동중재는 물론 형사문제를 포함한 지역사회분쟁중재(community disputes arbitration) 등으로까지 활용되고 있다. 중재제도가 가장 발달한 나라의 하나인 미국의 Chicago Law School의 조사에 따르면, 미국에 있어서 중재가 전체 민사사건에서 차지하는 비율이 약 70%로 소송보다 더 널리 활용되고 있으며,[8] 노동중재의 경우 미국에서 95% 이상의 단체협약이 모두 불만처리의 최종단계로서 구속력 있는 중재제도를 도입하여 경영자측은 생산활동을 방해받지 않고, 근로자측은 정당한 요구가 보장받게 됐다.[9]

노동중재의 특수성을 그 요건 등에 따라 살펴보면 다음과 같다.

첫째로 분쟁의 주체로서 중재 당사자는 원칙적으로 사용자인 기업경영가와 노동자단체인 노동조합이며, 예외적으로 사용자와 노동자 개인이 당사자가 될 수도 있고, 때로는 노동조합의 내부분쟁이 회사의 노동조합 사

---

8) 金洪奎, 「중재의 법리와 전망」, 『중재』 제 32호, 대한상사 중재원, 1974.
9) 崔鍾泰, 『현대노사관계론』, 經文社, 1981. p.183.

이의 중재에 도달하는 경우도 있고, 노동조합간의 관할권분쟁(代表紛爭)에 관련된 노동조합 내부의 분쟁은 경영의 참여 없이 중재에 의해 해결돼 왔고, 경영내부의 분쟁도 노동조합의 참여 없이 중재에 위탁될 수도 있다.[10]

둘째는 분쟁의 객체인 계쟁물에 있어서 노동중재의 경우엔 모든 노사분쟁이 동등하게 중재에 적합하다고 볼 수는 없으며, 이익분쟁과 권리분쟁을 구별하여 평가해야 된다는 것이다.

여기서 권리분쟁(right dispute)은 법률, 단체협약, 관행의 해석이나 적용을 둘러싸고 생기는 분쟁으로 이는 단체협약의 존재를 전제로 하며, 이익분쟁(interest dispute)은 무엇이 고용의 기본조건이고 상태인가에 관한 분쟁으로서, 회사와 노조 사이에 단체협약이 없어 이를 체결하기 위하여 또는 단체협약상 어떤 조건을 변경하고자 하는 경우에 일어난다.

이러한 전문어는 원래 스칸디나비아제국에서 비롯되었는 바, 이들 국가에서는 노동관계법 제정시 권리와 이익의 개념을 기본적으로 구별하여 왔다. 예컨대 스웨덴에서는 상설국립노동법원이 있는데, 동법원의 관할권은 단체협약상의 권리에 관한 즉 권리분쟁에 제한돼 있다.

미국 대법원도 1945년부터 이익분쟁(利益爭議)과 권리분쟁(權利爭議) 사이의 기본적인 차이점을 인정해 왔다. 권리쟁의는 권리가 근거하고 있는 법률이나 단체협약에 따라서 결정돼야 할 문제로서 중재에 의한 해결을 위하여 쉽게 할 수 있다. 반면에 이익쟁의는 먼저 결정된 기준이 없기 때문에 일반적으로 재판이나 중재에 붙일 성질의 것이 아닌 것으로 생각되어 왔으나, 많은 이익쟁의사건이 중재에 붙여졌고 중재에 의하여 해결되어 왔다. 그러나 공공부문에서의 이익쟁의는 강제중재의 요구를 정당화시키는 위험부담을 안고 있다는 점이 지적되고 있다.[11]

우리나라에서는 노동쟁의 조정법에 노동쟁의의 개념규정한 것을 보면

---

10) Elkouri and Elkouri op. cit. p.47.
11) Pogrebin and Arnold, Basic Labor Relation. NY Practising Law Institute 1976. p.211.

제 2조에서 "노동쟁의라 함은 임금, 노동시간, 후생, 해고 기타 대우 등 근로조건에 관한 노동관계 당사자간의 주장의 불일치로 인한 분쟁상태를 말한다"라고 하여, 이익쟁의만을 언급하고 있다.

한편 노동조합법 제6조2항에서 노사협의회 협의사항 가운데 불만처리(girevance)가 있는데, 이는 단체협약의 해석과 적용에 관한 분쟁 즉 권리분쟁을 처리하는 절차이다.

이같은 권리분쟁 중재인의 주된 기능은 단체협약의 해석과 적용에 있어 법원의 기능과 매우 유사하기 때문에 사법적이라 할 수 있는데, 이익분쟁 중재인의 주된 기능은 당사자를 위하여 입법하는 것으로, 정책과 정당성 및 편선성에 근거하여 계약상 권리로서 규정될 것을 서로 요구하고, 노사 당사자가 자주적인 교섭력을 통하여 합의에 이르지 못하는 경우에, 이 단체교섭절차를 보충하여 협약이 잘 체결되게 하는 데 있으므로 입법적이라 할 수 있다.

셋째는 중재판정의 효력에 있어서, 일반민상사 중재판정의 효력은 중재법 제12조에 따라 당사자간에 있어서는 법원의 확정판결과 동일한 효력이 있으나 노동중재판정의 효력은 노동쟁의조정법-제39조 2항에 따라 단체협약과 동일한 효력이 있어 서로 다르다.

이같이 같은 중재판정의 효력이 다르게 된 것은 1963년 노동쟁의조정법 개정시에 "확정판결과 동일한 효력을 갖는다"를 변경한 것으로 중재판정의 효력이 단체협약과 같으면, 판정을 임의 이행하지 않을 경우 중재의 악순환만 되풀이되고 실효성이 없을 것이므로, 중재판정의 효력은 확정판결과 동일한 효력을 가지도록 통일해야 할 것이다.

넷째는 노동중재의 기능상 특수성으로 보통의 중재가 자치적 재판으로 소송의 대용으로서의 기능만 갖는데, 노동중재는 이밖에 동맹파업이나 직장폐쇄 같은 실력행사의 대용으로서의 기능을 갖는다.

현대의 노사관계는 협력을 필요로 하는 대립관계로서, 노사간 분쟁이 발생하여 원만한 해결을 보지 못하고 쟁의행위로 발전하는 경우에는 사용자는 생산중단 등으로 자금을 낭비하게 되고, 근로자는 임금을 상실하게 될 뿐 아니라, 더 나아가 사회의 불안을 조성하는 불만과 감정의 폭발로 사회악을 형성하는 경우에 하나의 적절한 해결방법이 임의중재이다.

산업평화는 하늘이 주신 선물이 아니고 그것은 장려되고 끊임없이 노력해야 실현되는 것이다. 알선 · 조정 · 중재는 문명의 표식이며, 이것은 불신과 강제의 적이다.

미국에서는 노사간 분쟁으로 인한 생산중단이 최소화돼야 한다는 것과 이러한 목적을 성취하는 효과적인 수단이 중재라는 것이 인정돼 왔으며, 미국 대법원은 '중재는 노동쟁의의 대용물' 이라고 승인해 왔다. 권리쟁의로서의 노동쟁의의 해결은 파업이나 직장폐쇄를 통하여보다도 사법적 수단을 통하여 추구돼야 한다.

미국에 있어서 파업권(the right to strike)은 본비적 경제자유의 하나로 간주되나 감용될 수 있으며, 그런 경우에 사회적 정당성을 상실하게 된다. 불만처리의 최종단계로서 중재에 위탁하도록 한 협정은 일반적으로 중재할 수 있는 문제에 관한 파업과 직장폐쇄를 금지하고 있다.

더욱더 구속력 있는 중재에 위탁하도록 된 문제에는 단체협약상 파업금지가 의무화되어 있다.[12] 이러한 문제에 관해 파업이 행하여졌을 때는 특별한 파업금지 조항이 없음에도 불구하고, 그 협약을 위반하는 것이라고 미국 대법원은 판결하였다.[13]

중재의 목적은 어디까지나 타협이 아니라 판정으로서 중재인은 평화창조자로서 그 분쟁의 요점을 객관적으로 보고 합리적인 결정으로 분쟁을 최종적으로 해결하는 데 그 기능이 발휘된다.

---

12) Robert Coulson, Labor Arbitration-what yor ueed to know AAA 1978. p.84.
13) 白宰奉, 「임의중재제도에 관한 조사연구」, 한국기독교 사회문제연구원. 1980. 3.1. p.13.

## III. 한국의 노사분쟁과 해결

### 1. 한국의 노사분쟁

8.15 해방 이후인 1953년에 근로기준법, 노동조합법, 노동위원회법 등이 제정되고 약 30년이 흘렀으나 그동안 노사쌍방이 잘 협조하여 무역입국을 가능케 한 반면에는 우리나라의 노사관계분쟁은 노동부가 중앙부서로서 존재함에도 불구하고 단체행동권의 제지 속에서도 사실상은 계속 존재해 왔다.

노사분규가 과연 어떤 행동을 말하느냐에 대해서는 일률적으로 답할 수는 없다. 그러나 일반적으로 호황기에는 임금 및 기타 근로조건의 향상을 위한 노조의 요구상승으로 노사분규는 많아지고, 불황기에는 조업단축이나 휴폐업에 관한 노사분규가 많이 일어나게 마련이다.

최근에 이르러 우리나라의 노사분규는 법적제약의 여부에도 불구하고 큰 사건들로 얼룩져 노사관계가 간단치 않음을 보여왔다.

특히 1970년 11월 13일 서울평화시장 청계피복현장에서 '노동자의 인간 선언'을 하고 분신자살한 전태일(全泰一) 씨 사건 이래로 KAL빌딩사건, 1974년 현대조선폭동사건, 1974년 동아일보사기자노조사건, 1976년 동일방직사건, 1977년 중동건설노동자폭동사건, 미풍공장노조파괴사건, 1979년 YH사태, 1980년의 사북사태 등은 세인의 관심을 끌었던 노사분규였으며, 분배의 시대라는 80년대를 맞이하여 산업화 정도가 심화됨에 따라서 노사간에 발생하는 문제 역시 그 복잡성이나 빈도에 있어서 지금까지와는 다른 양상을 나타낼 것은 쉽게 추측할 수 있는 사실이다.

따라서 당장의 경제성장이란 측면만을 지나치게 강조하여 노사간의 적정한 부의 분배라든가, 합리적인 노사관계의 정립에 소홀할 때는 예기치 못한 산업평화 파괴사태를 맞게 되리라는 것은 우리가 역사에서 보아오는 일이다.

그러면 어떻게 해야 노사분규의 폭력화를 사전에 방지하여 산업평화로 이끌 수 있을 것인가? 이는 노동자들의 마음 속에 싹트고 있는 잠재적 불평 · 불만을 개방적 불평 · 불만으로 바꾸어 놓는 길을 트이게 하는 방향에서, 노사자치 원칙에 따라 자주적으로 해결되어야 할 것이다.[14]

이런 의미에서 민주한국당과 민주정의당에서 각각 노동자의 불만을 개방하는 '부당노동행위사례'를 조사 발표한 것이라든지, 민주적 노사관계 정립을 위해 '임의노동중의제도의 도입'을 당정책으로 확정한 것은 우리나라 노사풍토개선에 좋은 밑거름이 될 것이다.

민주한국당이 발간한 '부당노동행위사례'에는 80년대에 들어서 생긴 노사분규 43건을 싣고 있다. 그 가운데 한두 예를 실어 노사의 문제점을 살피고자 한다.[15]

〈청계피복사례〉 — 청계피복지부는 70년 12월에 설립하여 81년 1월 21일 서울지방노동위원회에서 해산명령을 받았을 때까지 136회에 걸친 노사분과사건이 있었던(분신자살한 전태일 사건으로 널리 알려진) 노동단체였다. 600여 개의 군소사업장과 열악한 근로조건과 작업환경, 저렴한 임금 등 일반 기업체보다도 더욱 노동조합이 필요한 사업장인데도 불구하고, 81년 1월 21일 강제해산이 되고 말았다.

이에 항의하고자 노조간부 및 조합원 21명이 1월 30일 서울 강남구 서초동 유성빌딩에 소재한 아시아 · 아메리카 자유노동기구 한국사무소에 집합하여 청계피복 노조의 부활과 부당한 조치를 내린 서울시장의 사퇴 등 5개항 요구조건을 내걸고 6시간동안 농성을 하다가 1월 31일 자정에 31명 전원이 경찰서로 연행된 사건이 있었다.

관계기관에서는 대부분의 노조간부들이 소속 사업장이 없고, 노동조합

---

14) 崔鍾泰, 前揭書 p.611.
15) 민주한국당 사회노동국 부당노동행위 사례 — 노동관계법 개정 이후 — 1981. 10. p.25.

에서 노동조합 일만을 전담해 온 사실을 지적하고 있는데 10년 동안 월 1회 이상의 노사분규가 발생한 청계피복은 사업체에서 열악한 종사원들의 작업환경 노동조건 복지시설 및 저임금해소 등 그들의 권리보호에 많은 숙제를 남기고 있다.

⟨마산자유수출공업단지 사례 −81년 7월 8일 현지조사⟩

① 일본업체(80%) 미국 서독 등에서 90개 업체가 모여 집단을 이룬 수출자유지역으로, 78년도부터 79년 사이 9개 업체가(임금체불업소 1개소 퇴직금 체불업소 8개소) 체불 도주

② 체불도주하는 업체가 발생할 때마다 당해 종사원들이 항의 농성하였으며, 지상을 통해 이 사실이 보도된 바 있었음.

③ 피해를 입은 근로자는 9개 업체 1,300명으로 체불임금은 4억7천여 만원으로 다음과 같다.

| 업체명 | 근로자수 | 체불액 | 비고 |
|---|---|---|---|
| 한국 이상와 | 46 | 16,128,000 | 퇴직금 |
| 한국 전자캐비넷 | 193 | 191,132,000 | 임금 · 퇴직금 |
| 한국 동경 PAC | 170 | 46,000,000 | 퇴직금 |
| 한국 주시코 | 170 | 68,000,000 | 퇴직금 |
| 한국 양산 | 150 | 40,000,000 | 퇴직금 |
| 한국 동양공업 | 32 | 2,700,000 | 퇴직금 |
| 한국 공영 안경 | 438 | 62,000,000 | 퇴직금 |
| 한국하내산업 | 115 | 23,000,000 | 퇴직금 |
| 한국평전 | 54 | 77,000,000 | 퇴직금 |
| 합계 | 1,373 | 474,000,000 | |

이에 자유수출공업단지 근로감독관을 만나 그의 의견을 들어본즉,

- 사건을 제기한 사람도 일본인이고(일본가톨릭 청년협의회), 이를 지상에 보도한 사람도 일본인 기자이고, 시정을 촉구한 상대도 일본정부이고, 기업주도 일본인이다. 2~3년이 지난 지금에 와서 국내에서 떠들썩한 사회문제가 된 이유가 이해가 안 간다는….
- 또 다시 체불 도주하는 업체주를 위해서도 적립금을 적립할 수 있는 제도적 장치로 사고 예방책이 시급하고 중요할 뿐이다.
- 또 마산시 노동부 사무소장은, 체불도주업체의 법인 등기부 등본을 열람해 본즉 당시 한국인 이사 및 최고책임자 116명의 명단을 입수 소재수사 및 재산 처분관계 등 재조사에 착수했다.
- 현재 체불도주한 일본인 기업주들이 일본 내에서도 찾기가 힘이 들며, 기업자체는 이미 없어졌다고 일본국 관계자가 찾아와 소식을 전하고 최선의 협조를 다하겠다고 했었다 함. 소장 역시도 사고 예방책을 위해서 유보금(적립금) 제도장치가 시급히 요망된다고 주장.
- 그러나 본 조사자 의견으로는, 외국인 업체는 5년간 면세이고, 그 이후는 완전 면세가 아니기 때문에(현재 대부분 업체가 5년이나 되었음) 싼 노동력(저임금) 관계로 우리나라에 진출한 외국인 업체가 근로조건, 복지시설, 인간적 대우 등이 국내기업보다 양호한 상태에 있는 만큼(수출단지 전 종업원 2,800명중 '여자 2,300명' 1,756명이 무료로 학교수업을 받고 있음) 2~3년이 지난 사건으로 사건자체도 일본에서 일본인이 일본정부에 항의한 사건을 이제 와서 관계당국이 무리하게 자유수출단지에 대한 무리한 간섭을 하고 무리한 조건을 내세운다면(언론기관 개입도 포함) 외국인 업주들이 경영면에서 자기나라에서 생산을 해도 별 차이가 없다고 판단할 경우 적법하고 합법적으로 기업을 정리하는 일이 없도록 관계당국은 신중히 대처해야 하며 정책적인 면에서 검토가 요망됨(현재 착실하게 이익을 재투자하는 업체도 상당수에 달하고 있음).

한편 집권당인 민주정의당은 노동자와 사용자가 상호 대등한 입장에서

자율적으로 교섭하고 협조하는 풍토를 조성하고, 서로 대화할 수 있는 협
의체제를 확립하고 노동조합활동을 보장하고, 노사분규의 자율적 해결을
유도하기 위해 임의중재제도의 도입을 당정책으로 내걸었다.[16)

　물론 사람이 모인 사회 있는 곳에 법이 있다(ubi societas ibi jus)는 말이 있
지만, 노사분쟁을 해결하는 데 있어 가장 중요한 점은 노사 있는 곳에 의례
대립관계에서 오는 어느 정도의 분쟁은 있게 마련이니 이를 억지로 감추
거나 무조건 규제할 것이 아니라 요구조건을 정당한 통로를 통하여 관철
하게 하는 안전밸브를 두어 불만을 초기에 해결하여 앞에 든 것 같은 큰 사
태가 나지 않도록 하는 것이 산업평화를 위해 현명한 처사라는 것을 생각
할 것이다.[17)

## 2. 노동분쟁 해결방법

　우리나라 노동쟁의조정법상 조정에는 알선·조정·중재 및 긴급조정이
있다. 그리고 외자도입법에 의한 외국인 투자기업체의 쟁의조정을 위해서
는 임시특례법상 강제조정할 수가 있다.

　알선은 노동쟁의 신고가 있음으로써 행정관청이 알선공무원을 지명하
고, 그들은 당사자간 주장이 불일치하는 점을 확인하여 자율적 해결에 도
달하도록 노력을 하여야 한다. 알선의 기간은 일반사업의 경우 10일, 공익
사업의 경우에는 15일로 되어 있다. 알선이 실패하면 분쟁은 노동위원회
로 이송되고 동위원회는 지체없이 조정에 들어간다. 알선에 있어서는 당
사자의 자주적 해결을 조장하는 것인데 조정에 있어서는 조정안을 작성하
여 제시하게 된다. 당사자는 이 조정안을 수락해도 거부해도 좋으나 일단
수락하면 법률상 구속력을 가진다.

---

16) 우리당의 정책. 민족·민주·정의·복지·통일의 새 시대를 연다. 민주정의당, p.72.
17) 金秀坤, 「임금과 노사관계」, 한국개발연구원, 1978. p.180.

그러나 수락이 안 되었을 경우 동 분쟁은 중재로 넘어간다. 중재관정은 당사자수락 여부의 관계없이 구속력을 가진다.[18]

우리나라에서 노동쟁의 중재기관은 정부기관의 하나인 노동위원회뿐이므로 공적조정으로서의 중재만 인정되고, 사적 조정으로서의 중재는 규정되지 아니한다. 따라서 공적중재기관으로서의 중재위원회 이외에 사적노동중재기관은 발달되지 않고 있다. 그러나 당사자간의 합의에 의한 단체협약상 중재기관으로서 사적중재기관을 이용하는 것을 금지하는 것은 아니다.

우리나라의 노동쟁의조정법상 조정은 국가보위법 제9조1항의 효력에 의하여 시행이 유보되고 있으나 정치발전과 함께 다시 시행될 것으로 기대된다. 우리나라 노동쟁의조정법 제30조에서 제39조까지는 중재에 관한 규정을 두고 있다. 노동위원회는 다음의 요건이 갖춰지면 중재를 행한다.(노쟁법 제30조)

① 관계당사자 쌍방이 중재신청을 한 때
② 관계당사자 일방이 단체협약에 의하여 중재신청을 한 때
③ 행정관청의 요구에 의하거나 노동위원회의 직권으로 중재에 회부한다는 결정을 한때. 따라서 노동쟁의조정법상 임의중재는 당사자 일방 또는 쌍방의 신청에 의하여 그 절차가 개시되고 강제중재는 노동위원회의 중재회부 결정에 의하여 그 절차가 개시된다.

노동쟁의조정법이 중재가 개시되면, 제14조에 규정된 냉각기간에 구애됨이 없이 그날로부터 20일간은 쟁의행위를 할 수 없다고 규정한 것은(제31조) 중재를 파업의 대용물로 보는 입장을 취한 것이라 볼 수 있다.

노동위원회에 설치되는 중재기관으로서의 중재위원회는 당해 노동위원회의 공익위원인 중재위원 3인으로 구성된다.(제32조)

---

18) 金秀坤, 上揭書 p.181.

중재위원회의 회의는 구성원 전원의 출석으로 개의하며, 출석위원 과반수의 찬성으로 의결한다.(제34조)

중재판정(재정)은 최종적이며 구속력이 있다. 또한 중재판정은 중앙노동위원회에서의 재심신청이나 법원에의 행정소송의 제기로 영향을 받지 아니한다.(제39조 1항)

이 말은 중재판정이 노동쟁의의 실질적 내용에 관한 결정으로서는 최종적이라는 것이다. 이런 점에서 중재판정이나 재심결정이 위법이거나 월권에 의한 것이라고 인정되는 경우에 한해서만 행정소송을 제기할 수 있다고 규정한 것은 중재판정의 실질적 내용의 타당성 여부에 대해서는 다투지 못하도록 한 것으로 볼 수 있다.

중재판정 또는 재심결정의 내용의 타당성여부를 다시 다투게 한다면 사실상 노동쟁의를 무제한 계속시키는 결과가 되기 때문이다.

중재판정의 효력에 관하여는 현행법이 단체협약과 동일한 효력을 가진다고 규정하고 있다(제39조 2항).

이는 앞에서 살펴본 바와 같이 확정판결과 동일한 효력을 갖도록 개정을 검토할 필요가 있다.[19]


## IV. 외국의 노동중재관계제도

### 1. 미국의 임의노동중재제도

### 1) 서설
노동쟁의는 근로자단체와 단체교섭을 인정하는 기업조직에 있어서는

---

19) 金相浩, 「任意勞動仲裁에 관한 연구」, 서울대대학원 석사학위논문, 1981.8.30. pp.152~154.

하나의 자연적 성격이라 할 수 있다. 이러한 노동쟁의는 자본과 노동이 산업생산에 관한 그의 정당한 몫을 받으려는 결정을 반영하는 것이다.

미국에서는 노사간 분쟁에서 생겨나는 생산중단이 최소화되어야 한다는 것과 이러한 목적을 성취하는 효과적 수단이 중재라는 것을 인정하는 것이 강조되었다.

Arthur J. Goldberg가 대법원판사로 있을 때, 미국중재법, 노사관계법 및 많은 법률에서 임의중재제도가 강조된 것을 지적하였다. 전국노사관계위원회 위원이었던 Joseph A. Jenkins는 중재인들은 그들의 권한 범위 내에서 공적인 것이든 사적인 것이든 어떤 다른 단체보다도 우리 사회에서 충돌하는 집단세력 사이의 우호적인 관계의 유지를 위하여 기여하는 것을 강조하여 중재인들을 평화창조자(peace-maker)라고 부르고 있다.

중재는 분쟁 당사자 자신들이 호선한 공평한 재판자에 의하여 분쟁이 해결되기를 바라고, 그들이 임의로 선택한 단순한 절차이고, 중재인의 결정은 그 사건의 본안에 근거하고, 당사자들은 그 결정을 최종적이고 구속력 있는 것으로 승낙하는 데 미리 동의하는 것이다. 분쟁을 중재에 회부하는 것은 당사자들이 원하는 바에 의하여 될 수도 있다.

미국에 있어 노동중재의 발달은 19세기 후반에 시작되어 2차대전 참전 이후 가장 신속한 발전을 보게 되었다. 상사중재가 소송대용으로 성장한 데 대하여 노사중재(labor-management arbitration)는 최초에 동맹파업을 막기 위한 것으로 발전되었다. 노사중재의 발달은 일반적으로 단체교섭의 발전에 따랐다. 노사중재는 단체교섭이 성공해 온 곳에서는 대체로 성공해 왔다.[20]

그러나 결국 노동중재는 법률에 의해 강제되거나 산업화·조직화사회에 불가피한 것은 아니다. 그것은 특수한 것으로 임의노동중재는 거의 미

---

20) 白宰奉, 前揭論文. pp.10~11.

국적 현상이다.[21]

## 2) 법적 지위

미국에 있어 노동중재는 노사간 사적 계약의 산물이며, 법원과 입법기관은 법적 지위에서 상대적으로 제한된 기능을 수행해 오고 있다고 볼 수 있다.[22] 중재에 있어 어떤 쟁점과 관련하여 소송이 제기된 경우는 극소수에 불과한 실정이다. 전국중재인협회(NAA)가 1968년에 조사한 결과에 따르면 중재사건이 소송의 대상이 된 건수는 대체로 전체건수의 1~1.5%에 불과하였다.

법원과 입법기관은 전통적으로 자신의 역할을 현명하게 제한함으로써 중재의 사적 계약성을 존중하여 왔다. 실제로 법은 중재개시 전단계의 중재판정 후의 단계로 구분하여 자신의 제한된 기능을 수행하여 왔는 바 즉, 법은 처음엔 중재합의의 강제와 관련되었고, 마지막에는 중재판정의 재심과 집행에 관련되었다.

중재절차에 대한 부당한 간섭을 피하려는 법의 자제는 중재절차를 성공적으로 수행함에 있어 필수적인 고도의 융통성을 중재에 부여하게 되었다. 중재에 관한 중요한 연방법은 연방중재법(FAA), 노사관계법(LMRA) 및 철도노동법(RLA) 등이 있다. 철도노동법은 광범위하게 중재에 관하여 규정하고 있다.

1925년에 제정된 연방중재법은 중재에 대한 중요한 지원을 규정하고 있지만, 법원은 연방중재법의 단체협약에의 적용여부에 관하여 부정적인 태도를 취해 왔다고 한다.[23]

문제는 동중재법의 '고용계약의 배제'가 개별고용계약에만 적용되는

---

21) David E. Feller, The future of labor arbitration in America, AAA 1976. p.84.
22) Elkouri and Elkouri op cit p.26.
23) 金相浩, 前揭論文 p.47.

것인지 아니면, 단체협약에까지도 적용되는지에 관한 것이었다.

1947년 노사관계법은 제203조에서 당사자가 합의한 방법에 의한 최종적인 조정은 단체협약의 해석과 적용에 관한 분쟁을 해결하는 데 가장 바람직한 방법이라고 규정함으로써 중재를 지지하는 정책을 이끌고 있다.

중재에 관한 미국대법원의 판결도 대체로 입법방향과 같이 노동조합은 분쟁을 중재로써 최종해결하기 위하여 파업권을 포기한 것이므로, 노동조합은 중재합의의 강제를 위하여 소송을 제기할 수 있게 한 The Lincoln-Mills 사건이나, 중재가능성(arbitrability) 결정이 법원에 달렸다는 The Trilogy 사건이나, 단체협약의 파업금지 조항에 위반하여 파업이 발생했을 경우에는 중재인은 중재판정으로 파업금지명령을 할 수 있다는 Boys Markets 사건 등에서 적절한 판결을 해 왔다.

미국의 주중재법은 보통법(Common Law)이나, 제정법(Statutes)에서 유래하거나, 그렇지 않으면 그 양자에서 유래한다.

대부분의 주가 중재법을 가지고 있지만, 이들 중재법이 모두 노사분쟁에 적용되는 것은 아니며 그 성격상 일반적인 사항만 규정하고 세부사항은 보통법 아래서 법원의 판결에 의하여 보충되도록 위탁하고 있다.


## 3. 노동중재기관

미국의 노동중재기관으로는 공적 중재기관과 사적 중재기관이 있지만, 모두 임의중재를 위한 인적 · 물적 시설을 제공한다.

공적 중재기관으로는, 철도와 항공산업에서 발생하는 노동쟁의를 해결하기 위하여 설립된 '전국철도조정위원회'(National Railroad Adjustment Board → 권리분쟁 관장)와 '전국조정원위회'(National Mediation Board → 이익분쟁관장)가 있으며, 철도와 항공산업 이외의 산업에서 발생하는 노사분의 알선 · 조정 · 중재를 하는 '연방중재부'(Federal Mediation and Conciliation Servnice)가 있으며 각주에는 여러 가지 형태의 주 중재기관이 있다.

사적 중재기관으로는 우리나라의 대한상사중재원과 같은 미국중재협회(American Arbitration Association)와 중재인의 행위와 자격에 관하여 고도의 기준을 확립하고 중재제도 이용에 촉진하는 전국중재인협회(National Academy of Arbitrators)가 있다.

사적 상설중재기관인 미국중재협회(AAA)는 사법상 분쟁을 통상재판에 의하지 않고 중재로서 신속하게 해결하기 위하여 1926년 미국중재위원회(Arbitration Society of America)와 중재재단(Arbitration Foundation)을 합병하여 탄생한 것으로 현재 New York에 본부를 두고 미국내 주요도시에 지부를 둔 세계최대의 중재기관이다.

미국중재협회는 년 간 50,000건에 달하는 노동중재, 상사중재, 지역사회중재, 선거중재, 교통사고중재 사건을 처리하고 있으며, 이를 위하여 50,000명의 중재인단을 유지·관리하며, 상근직원은 본부에 약 350명, 각 지부마다 20명 내외가 근무하고 있다.

1974년 대한상사중재원과 '상사중재협정'을 체결한 AAA는 노동중재에 관하여 권리분쟁은 물론 이익분쟁도 다루고 있으나 대부분 권리분쟁에 속한다. 노동쟁의에 적용되는 준거규칙은 전문46조로 된 임의노동중재규칙(Voluntary Labor Arbitration Rules)과 시간·비용의 절약을 위한 신속한 처리를 위하여 중재인은 심문종결 후 5일 이내에 중재판정을 내려야 하는 등을 규정한 신속 노동중재규칙(Expedited Labor Arbitration Rules)이 있다.

그런데 실제로 AAA에서 사건에 대하여 판정을 내리는 것은 AAA가 아니고 중재판정부(Arbitration Tribunal)인데, 중재판정부에 대한 선택권은 1차적으로 노사당사자에게 있다.

중재인수에 관하여 가장 일반적인 것은 1인의 중립중재인(a single neutral arbitrator)과 3인 중재판정부(Tripartite Board)인데, 3인 중재판정부는 노사당사자가 각각 그들 자신의 중재인을 임명하고, 이같이 임명된 중재인들이

제3의 중립중재인을 임명하여 구성되는 3자 구성의 판정부로서, 중립중재인이 의장노릇을 한다.

중재인의 상임성 여부에 따라 임시중재인(ad hoc or temporary arbitrator)과 상임중재인(permanent arbitrator)으로 나뉜다. 당사자들은 특정 사건만 판정하도록 위탁하는 것이 전자이고, 일정기간 동안 계속하여 중재인으로 업무수행을 위탁하는 것이 후자이다.[24]

임시중재인은 보통 분쟁이 발생한 후에 선정되고 권리중재보다 이익중재에서 많이 이용되는 경향을 보이는데, 분쟁이 발생한 후에 중재인을 선출하는 것 자체가 큰 어려움이라는 것이 단점이며, 중재인을 자주적으로 쉽게 선정하고 바꿀 수 있다는 장점이 있다.

상임중재인은 상근조건(Full-Time Basis)으로 임명될 수도 있지만, 요청이 있으면 언제나 응하는 것을 조건으로 비상근조건(Part-Time Basis)으로 하는 것이 일반적인 조건이며, 상임중재인제도가 노사관계의 안정을 위한 지주로서 크게 유용하나 노사쌍방이 믿고 충분하게 받아들여져 이용될 수 있는 정도의 유능한 인물을 얻어내는 것이 힘들다는 단점을 갖고 있다.[25]

### 4. 노동중재절차

미국의 노동중재절차를 AAA의 '노동중재'의 절차와 기법을 중심으로 살펴보면 다음과 같다.

중재절차가 개시되기 위하여는 당사자 사이에 중재합의가 있고, 그에 따라 중재신청을(demand for arbitration) 해야 한다(노동중재규칙 제7조).

단체협약 등에 중재조항이 있으면, 일방이 중재기관에 신청만 하면 되나, 그렇지 않으면 노사쌍방이 현존분쟁을 중재에 위탁하기로 합의(Submission Agreement)해야 한다. AAA가 노사분쟁에 대비하여 단체협약에

---

24) Robert Coulson. op. cit p.69.
25) Elkouri and Elkouri. op cit pp.74∼76.

삽입하기를 권고하는 중재조항은 다음과 같다.[26]


    Any dispute, claim or grievance arising out of or relating to the interpretation or the application of this agreement shall be submitted to arbitration under the Voluntary Labor Arbitration Rules of the American Arbitration Association. The parties further agree to accept the arbitrators award as final and binding upon them.


AAA는 중재신청서나 중재위탁서에 의하여 중재를 개시할 수 있으나 어느 경우든 중재의 개시를 위하여는 적어도 다음 사항을 기재해야 한다.[27]

① 당사자 성명과 주소, ② 단체협약 일자 및 중재조항전문, ③ 분쟁개요와 구제방법, ④ 불만에 관계된 일자, ⑤ 필요한 경우 관련 노동자의 성명, 직위, ⑥ 중재신청을 할 자격이 있는 노동조합이나 회사의 서명.

AAA는 중재신청서를 접수하면 즉시 타방당사자에게 통지하고 통지수령일로부터 7일 이내에 답변서(answering statement)를 제출하도록 요청한다.

중재인은 당사자 합의를 전제로 다양한 방법으로 선정될 수 있는데, 당사자 사이에 별도 합의가 없으면 중재인수는 1인으로 하고(제15조), AAA는 '중재인단명부' 에서 수인의 후보자를 선발한 명단을 양당사자에게 송부하고, 각 당사자는 중재인후보자 우송일부터 7일 이내에 이의있는 후보자 명단을 삭제하고, 우선 순위를 붙여 AAA에 반송하면, AAA는 양당사자를 종합하여 나온 우선 순위에 따라 1인의 중재인을 확정한다(제12조). 중재판정부가 구성되면 심문(hearing)을 개최하여 양당사자의 진술을 듣거나, 증거제출이나 증인신문을 하며, 더 이상 주장할 사항이 없는가를 확인하고,

---

26) Labor-Arbitration-Procedures and Techniques AAA 1978. p.7.
27) Ibid. p.9.

심문을 종결한다.

　중재인은 원칙적으로 심문종결일부터 30일 이내에 중재판정을 내려야 하며(제37조), 당사자가 중재절차 진행중 화해를 하면 화해판정을 내릴 수 있으며(제39조), 판정전에 심문의 재개를 정당화시키는 상황이 존재할 경우에 직권이나 당사자 일방의 요청에 따라 심문을 재개할 수 있다(제32조).

　당사자가 판정문에 '판정이유(opinion)'를 기재하는 것을 원하지 않으면, 이를 AAA에 통지해야 한다. 중재판정은 단심이며 그 효력은 최종적인 것으로 당사자를 구동하므로, 판정에 대한 불복신청은 원칙적으로 인정되지 않는다.

　따라서 연방중재법은 제10조에서 다음과 같은 경우에 예외적으로 관할권 있는 연방법원은 당사자 일방의 신청에 의하여 판정의 취소를 명할 수 있다고 규정하고 있다.

　① 판정의 매수, 사기 또는 부당한 방법으로 얻어진 경우

　② 중재인이 심히 불공평하게 행동하였거나 매직이 발견된 경우

　③ 중재인이 충분한 이유가 제시되었는데도 심문연기를 거부하거나, 부당하게 심리를 거부하거나, 당사자의 권리가 침해당하는 위법행위가 있는 경우

　④ 중재인이 그 직권을 임용하거나 불완전하게 행사함으로 분쟁사건이 최종적이고 명확한 판정을 내리지 못한 경우

　한편 연방철도노동법은 중재판정은 당사자 쌍방에 대하여 최종적인 것으로 판정문은 일단 관할 지방법원에 송치하여 판결로 확정받아야 한다. 지방법은 이에 대해 10일 이내에 판결을 내려야 하며, 이 판결을 받음으로써 중재판정은 최종적인 기속력을 갖게 된다. 다만 판정 요건위반이나 사기증뢰 등이 중재에 중대한 영향을 미친 경우에 한하여 당사자는 지방법원의 판결이 있은 후 10일 이내에 순회고법에 항고할 수 있다. 순회고법의 판결은 최종적이다.[28]

## 2. 프랑스의 임의노동중재제도

프랑스의 노사분쟁해결제도에 있어 가장 오래된 전통은 개별분쟁과 집단분쟁의 차이에서 발생한다. 개별분쟁은 권리분쟁에 국한되어서 노동재판소에서 심리되며, 집단분쟁은 권리분쟁뿐 아니라 이익분쟁도 포함하고 있는 경우이면, 일반법원에 제기하든가 또는 알선·조정·중재를 통하여 해결할 수 있다. 그러나 개별분쟁이나 집단분쟁이라고 하는 것의 구별이 애매하고 따라서 노동재판소도 판결의 혼돈을 가져오는 예가 종종 있다.

프랑스의 알선·조정·중재절차는 다른 나라에 많은 흥미꺼리가 되고 있는데, 그것은 프랑스법이 계약상 알선이나 실정법상 알선을 모두 규정하고 있기 때문이다. 그런데 실정법상의 알선은 계약상의 알선이 없을 때에만 이용된다는 것을 원칙으로 하고 있다는 점이다.

이론상 사선은 강제적이나 법은 이것을 평화적으로 하도록 하고 있다. 따라서 직장폐쇄나 파업의 경우 알선절차는 별로 이용되지 못한다.

사실 프랑스에 있어서는 파업권의 경우, 파업이 알선시도에 의하여 행하여지지 않게 되거나 또는 알선절차의 기간 동안에 착수된다 하더라도, 합법이라고 선언되는 동맹파업이 많이 있는데, 그 이유는 프랑스헌법이 파업권을 보장하고 있기 때문이다. 그러나 직장폐쇄권은 규정하고 있지 않다. 따라서 직장폐쇄는 보통 그것이 방어적인 것이 아닌 한, 불법이라고 선언된다. 즉 미국에서 보는 바와 같은 경영사정을 빙자한 사전직장폐쇄 (preemptive lockout)는 허용되지 않는다.

프랑스에 있어서 집단노동분쟁에 대한 조정은 강제와 임의의 양제도를 겸한 절차로 되어 있고, 노사분쟁의 일방당사자에 의한 임의조정신청은 상대방당사자를 조정절차에 끌어들일 수 있도록 되어 있다. 조정기관의

---

28) 黃建, 「미국과 필리핀의 임의중재제도」, 『경영회보』, 1980. 4. 28. p.4.

기능은 분쟁의 성격에 따르는 바, 만일 그것이 권리분쟁이면, 조정기관은 별다른 권고안을 내놓지 않으나, 그것이 이익분쟁이면 그는 동분쟁을 종결시키는 데 적당하다고 생각되는 어떤 해결안을 제시할 수 있다.

프랑스에 있어 노동중재는 오직 집단분쟁에 한정되어 있다. 1936~1950년의 기간에 있어서 모든 집단분쟁은 조정이 실패한 뒤에는 강제중재에 의존하여 왔으나 1950년대 이후에는 중재방법이 임의적이고 또한 조정절차와는 달리 분쟁당사자가 합의해야 효력이 발생하도록 하고 있다.

프랑스의 분쟁처리제도에 있어서의 결함은 그것이 너무나 임의주도에 의존하고 있다는 것, 그리고 권리분쟁과 이익분쟁의 명확한 구별이 없다는 데 있다.[29]

### 3. 필리핀의 임의노동중재제도[30]

필리핀의 중재제도는 이익분쟁은 강제중재인이라 할 수 있는 노동심판관(Labor Arbiter)이 그리고 권리분쟁은 임의중재인이 각각 1차적으로 배타적 관할권을 갖는 이중구조로 되어 있으며, 필리핀의 임의중재는 특히 당사자의 동의를 요건으로 하기는 하나 그것이 법에 의해 의무적으로 강제되고 있다는 점에서 '법정임의중재'(Mandatory Voluntary Arbitration)라고 할 수 있다.

임의중재의 대상이 되는 권리분쟁은 단체협약의 이행과 해석에 관한 분쟁이다. 이러한 분쟁은 우선 당해 단체협약이 정하는 불만처리 절차에 따라 해결하도록 노력해야 한다. 그리고 불만처리 절차로 해결되지 않는 모든 분쟁은 반드시 단체협약이 정하는 임의중재에 회부해야만 한다. 이것은 강제규정이다.

---

29) 金致善,『노동법총설』, 서울대학교 출판부, 1978.3. pp.447~448.
30) 黃建, 前揭論文.

따라서 필리핀의 모든 단체협약은 1인의 중재인 또는 중재인단을 사전에 지명해 놓거나 또는 필요한 경우 노사국이 제시하는 중재인명부 중에서 중재인을 선정하는 규정을 두도록 의무화되어 있다.

임의중재결정의 효력은 최종적이며, 확정적인 것으로 그 자체로서 집행력까지 갖는다. 즉 권리분쟁에 관한 한 임의중재는 최종심과 같은 것이어서 상소의 길이 없다. 다만 예외적으로 강제중재기관인 '전국노사위원단' (National Labor Relations Commission)에 상소할 수 있는 경우가 인정되고 있는데, 이것은 10만 페소 또는 당해 사용자 불입자본의 40%를 초과하는 금전청구에 관한 결정에 국한된다.

## 4. 말레이지아의 노사분쟁해결제도[31]

말레이지아는 노사분과가 발생할 경우 자율노사교섭의 원칙에 따라 당사자 간 직접협상을 통하여 분쟁을 해결토록 하는 것을 제도의 기본원칙으로 하고 있다. 그러니만큼 분쟁처리 절차가 비교적 단순하여 당사자협의 → 사선 → 노동재판의 단계를 거쳐 해결토록 하고 있다. 여기서 노동재판소(Industrial Court)는 분쟁해결의 최종적인 결정권을 갖는 기구로 분쟁해결에 가장 중요한 역할을 하고 있다.

일단 분쟁이 발생하면 당사자가 협의를 통하여 해결하도록 모든 노력을 하게 되나, 그렇지 못할 경우 관계 당사자는 노동장관에게 보고를 하여야 하며, 장관은 보고를 받은 후 쟁의 해결을 위한 필요조치를 취하게 되어 있다.

이때 장관은 첫 단계 조치로 합의를 위한 사선을 행하고, 그래도 해결에 이르지 못하면 필요한 경우 노동재판에 회부할 수 있으며, 노사쌍방 혹은

---

31) 金致善, 前揭書, pp.457~458.

일방이 노동장관에게 재판에 회부하여 줄 것을 요구할 수가 있다. 그런데 재판의 계류중에는 관계당사자는 파업 또는 직장폐쇄 등의 직접행동을 할 수가 없다.

한편 조합원인 근로자가 부당하게 해고된 경우에 있어서 근로자 구제문제는 별도의 방도를 따라 해결하고 있다. 비조합원인 근로자가 부당하게 해고되었다고 생각될 경우 당해 근로자는 1개월 이내에 노동자 사무총장에게(Director General—장차관 밑의 최고위 행정관) 보고하면 사무총장의 보고에 의하여 1개월 이내에 문제의 해결을 위한 필요조치를 취하고 그것이 불만일 때는 그것을 노동장관에게 보고하여야 된다. 이때 노동장관은 노동재판소에 회부하여 그 판결에 따르게 하고 있다.

이와같이 모든 분규는 최종적으로 노동재판에 의해 결정되나 통계에 따르면 전사건의 10% 정도가 재판에 의하고, 대부분 당사자 간 또는 알선에 의해 해결을 보고 있다. 노동재판소 재판은 1명의 재판장과 3명의 패널재판관으로 구성된다.

재판장은 국왕이 임명하고, 3명의 패널재판관은 노사를 대표하는 2인과 공익을 대표하는 1인으로 구성되는데, 이들 패널재판관은 경영자협회와 노조와의 협의를 거쳐 노동장관이 임명을 하게 된다. 그런데 재판장은 상임직으로 4명이 있으며, 패널재판관은 전국에 걸쳐 300명이 임명되어 있다. 재판은 전국의 중요지역마다 재판소를 두고 사건이 발생, 재판에 회부될 경우에는 4명의 재판장중 1명이 당해지역에 출장, 동지역에 임명돼 있는 패널재판관중에서 패널재판관을 선정, 재판하게 된다.

재판에 있어 노사 각 측은 변호사의 변호를 받게 되어 있으며, 판결은 원칙적으로 사자의 만장일치를 제도화하고 있다. 만장일치에 이르지 못할 경우에는 물론 다수결원칙에 따르도록 되어 있으나 운영의 실제에 있어서는 재판장의 노력으로 모두가 사자의 만장일치에 의해 모든 판결이 내려지고 있다. 재판의 판결은 사건의 회부 후 30일 이내에 결정을 내리도록 되어 있다.


## V. 결론

지금까지 우리는 노동중재의 본질, 한국에서의 노사분쟁과 그 해결, 그리고 각국의 임의노동중재제도를 살펴보았으므로, 이를 바탕으로 우리나라에서 노동중재 제도화하는데 필요한 선결조건과 방향을 제시하는 것으로 결론을 맺고자 한다.

먼저 산업민주주의와 산업평화를 위하여 임의노동중재를 도입하려면, 먼저 선결조건으로 노사의 자율적 교섭을 막고, 노동자의 단결력을 묶어 놓고 있는 '국가보위에 관한 특별조치법'을 폐지하고 노사간에 공감대를 형성한 다음, 정부와 노동자 및 사용자가 모두 전근대적인 의식을 바꿔 근대적 의식으로 의식수준을 높여야 한다.

정부로서는 경제성장 최우선주의에 입각하여 경제성장이라면 다른 것을 무시하고 어떤 수단이라도 동원해도 된다는 사고방식을 불식하고, 획일적이고 권위적 풍토를 개선토록 행정지도를 하며, 노동권을 보장하고, 사회보장제도를 실시하며 부의 균배에 과감한 시책을 실시해야 한다.

또한 노사관계의 잠재적인 불안요소는 어떤 경우엔 현재화하여 걷잡을 수 없이 악화되어, 문제가 야기되었을 때는 이미 때가 늦는 경우가 있으므로, 평소에 노사관계가 자치원리와 상생의 원리 속에서 잘 이루어지도록 힘써야 하며, 노사관계에 정부가 개입하는 것은 세력불균형을 시정하여 힘의 균형을 잡아준다는 데 있으므로, 과잉개입을 하여 노사쌍방의 자발적 협상의도를 말살하거나 정부에 대한 의뢰심이 높아가는 일은 없도록 해야 한다.

사용자로서는 노사관계가 협조와 대립관계라는 것을 전제로, 근대적 노동의식을 가져 노동자를 생산수단으로만 볼 것이 아니라, 하나의 평등한 인격으로 보는 의식구조의 변화가 필요하다. 그리하여 노동자를 인간답게 대우하고, 근로조건을 적극 개선하며, 더 나아가 산업자치의 원칙하에 노동자의 경영참여 폭을 넓혀야 한다.

한편 노동자들은 자주적인 조직력을 갖추고, 노조의 포약성과 노총의 무기력을 개선하되 생명의 상보성을 인식하여 사용자의 고충을 이해하는 데 노력해야 하며, 신실하게 일하고 일한 만큼의 정당한 대가를 받는다는 떳떳하고 꿋꿋한 정신자세를 가져야 한다. 이러한 선결조건들은 민주발전에 따라 충족돼 가리라고 기대하면서 우리나라의 임의노동중재제도화의 뜻을 들어보면 다음과 같다.

첫째로 '국가보위에 관한 특별조치법' 폐지를 전제로 외국의 선례를 참고로 하고 노동쟁의조정법과 중재법을 개정하여 중재대상과 중재의 효력 등 임의노동중재제도의 구체적인 법적 기초를 마련한다.

둘째로 노동위원회와 대한상사중재원의 다년간 경험축적을 바탕으로, 노동중재원을 신설하고, '중재인단명부'를 만들되 사용자와 근로자들이 믿고 맡길 수 있는 공익위원으로서 경영자와 노동운동가, 노동경제학자, 노동법학자, 노동관리자를 발굴하여 등재한다.

셋째로 미국중재협회의 '임의노동중재규칙' 같은 임의노동중재규칙을 만들어 노동중재의 준거법칙으로 한다.

넷째로 노사분쟁을 권리분쟁과 이익분쟁으로 나누어 별도의 처리절차를 만들며, 판정의 효력에 있어서 모두 법원의 확정판정과 같게 하든지, 이익중재는 단체협약과 같게 하더라도 권리중재 판정의 효력만큼을 당사자에게 있어 법원의 확정판결과 같게 한다.

다섯째로는 법률로서 노동중재가 계속되는 기간 동안에는 실력행사로서 동맹파업(strike)이나, 직장폐쇄(lock out)를 못하도록 하는 법적 규정을 마련하여 산업평화를 유지하고 생산력의 증대를 가져오게 한다.

# 24. 고통을 넘어서

부처님은 인생을 고해라고 말씀하셨다. 동서고금을 통해 인생을 정의한 사람은 수없이 많이 있지만, 그 가운데서 언어로써 가장 근접하게 정의내린 분은 역시 부처님이 아닌가 생각된다.

인생에는 많은 괴로움(苦)이 있다. 생로병사는 물론이요, 사랑하는 사람과 이별하는 것, 미운 사람 만나는 것, 구하되 얻지 못하는 것 등이 모두 괴로움이기에 인생을 고해라고 부처님은 말씀하셨을 것이다.

이 고통은 부처님이 깨달으신 진리인 연기론(緣起論)과는 어떻게 관련되며, 이 고통을 극복하는 방법은 무엇일까?

부처님의 연기론은 곧 인연과보(因緣果報)의 원리로서, 이 세상 만물을 직접원인으로 보는 인(因)과 간접원인이나 조건인연이 만나 과(果)를 이루고 갚음으로서 보(報)가 따르는 과정을 통하여 중중무진하게 돌아간다는 것이다.

이 원리는 또 이것이 없으면, 저것이 없고, 이것이 있으므로 저것이 있다는 상호의존(interdependence 혹은 Co-arising)을 의미하기도 한다.

이 원리에 따라 생성되고 축적되어 세력화한 것이 업(業, Kharma)이요, 이 업의 한 표현이 바로 우리 인생인 것이다.

그러므로 우리의 삶은 자기가 지은 업에 따라서 그 업을 짊어지고 새로운 연(緣)과 만나 형성되어 가는 존재양태이며, 자기 업에 따라 고통이나 문제나 갈등과 부딪히게 되어서 늘 깨어있는 사람을 제외하고는 인간의 현실생활이 고해가 될 수밖에는 없을 것이다.

고해를 인간의 현실로 보면, 인생의 목적은 고통을 떠나 즐거움을 얻는 것. 즉 이고득락(離苦得樂)이라고 할 수 있겠다.

사람이 즐거움이나 기쁨을 얻어 기쁜 삶이나 생명의 환희를 맛볼 때, 우리는 이를 일러 행복이라 할 수 있으며, 이는 절대생명의 분신인 상대적 생명이 절대생명과 합일되는 순간이라고 말할 수도 있다.

생명의 환희나 생명의 즐거움(樂)에는 두 가지 다른 성질의 것이 있다.

하나는 세간락(世間樂)이요, 또 하나는 열반락(涅槃樂)이다.

세간락은 사람이 욕심 즉 식욕, 색욕, 재산욕, 수면욕, 명예욕 등을 주로 채워줄 대상을 얻음으로써 즐거움을 얻는 것이지만, 이것은 결국 덧없는 것이라는 데서 사람들은 허무를 느끼곤 한다.

그래서 정태적이었던 동양에서는 옛부터 채워줄 대상을 적극적으로 찾아 채우기보다는 자기의 욕심을 줄이거나 버리어 만족하는 방법을 흔히 선택해 왔었다.

이 고통의 바다를 완전히 뛰어넘어 고통이 없는 저쪽 언덕에 이르는 것을 우리는 열반이라 하고, 그 즐거움을 열반락이라 한다. 열반의 네 가지 덕목은 상락아정(常樂我淨)이다. 그것은 참된 영원성(眞常), 참된 즐거움(眞樂), 참된 나(眞我), 참된 청정함(淸淨)이라 말할 수 있다.

이 열반락을 얻은 이가 부처로서 모든 고통을 해탈하여 항상 샘솟는 해탈의 정서속에서 즐기면서, 인연과 비유와 방편으로써 집착의 고해에 빠진 중생을 인도하여 깨닫게 하고 건져주는 존재라고 할 수 있다.

그런데 중생은 무명에 덮인 부처이다. 그러므로 중생이 자기 본체가 부처인 줄 알면 곧 보살(菩薩)이 되는 것이다.

보살이 고통을 여의고, 즐거움의 저쪽 언덕에 이르는 방법을 일반적으로 바라밀다(到彼岸)라 일컫는데, 보통 6바라밀다라 하여 보시(布施), 지계(持戒), 인욕(忍辱), 정진(精進), 선정(禪定), 지혜(智慧)를 든다.

고통을 극복하거나 소멸시켜 나가는 구체적이고, 현실적 방법은 최상승경의 하나인 묘법연화경(妙法蓮華經)에 제시되어 있다.

묘법연화경 약왕보살본사품(藥王菩薩本事品)의 약왕보살은 부처의 분신으로서 자기의 이익과 취향에 따라 사는 사바세계 중생들의 고통과 병을 대비의 약으로 치유하는 보살이며, 전생에는 일체중생이 기쁘게 보는 보살(一切衆生喜見菩薩)이었다 한다.

약왕보살본사품이 제시하는 괴로움을 초극하는 방법은 세 가지로 압축되어 있다. 하나는 '난행고행'(難行苦行)이요, 둘째는 '낙습고행'(樂習苦行)이며, 셋째는 '소신공양'(燒身供養)이라 한다.

난행고행은 자기에게 고통이 다가왔을 때, 받아들일 것은 받아들이고, 극복할 것은 극복하되, 극복을 위하여 철야정진 기도등행하기 어려운 고행을 하는 것이다. 이것은 다른 말로 하면 자기운명을 사랑하는 운명애(運命愛, Amor-Fati)의 자세라고 할 수도 있다.

자기에게 어떤 고통이 왔을 때, 이는 자기 업의 결과이기 때문에 피할 수 없고, 또 일시는 피하더라도 다음에 다시 오기 때문에 언젠가는 반드시 극복하지 않으면 인생의 진보가 막히게 된다.

영국의 세계적인 역사학자 아놀드 토인비 교수는 도전과 응전에 의해서 이 세상의 문명사가 이루어진다고 '역사의 연구'라는 책에서 썼다.

인간이나 문명에 있어 도전이 오면 그것은 문제요, 고통이며, 위기라 할 수 있다. 도전에 따른 위기를 맞이했을 때 잘못 대처하면 망하는 것이고, 잘 대처하여 발전의 계기로 삼으면 그만큼 성장할 수 있는 것이다.

낙습고행은 습관적으로 즐겁게 고행을 하는 것이다.

고통은 자기가 지은 업에 따른 것이나 가유이므로 인연과보의 원리에 따라 피할 수 없는 것이라면 찡그리고 싫은 마음으로 맞이할 것이 아니라, 마음을 돌려 바르게 먹고 즐거운 마음으로 맞이하여 정진하는 것이다.

좀 더 나아가서 자기가 지은 업의 결과인 고통이 지금보다 더 어려운 때에 오지 않고 지금 와 준 것을 고맙고 감사하게 생각한다면, 그 고통은 이미 고통이 아니라 즐거움이 될 것이다.

소신공양은 몸을 태워 부처님께 바친다는 것으로 이 때의 몸을 상징적인 것으로 풀이하여, 가아(假我)를 이루고 있는 삼독(貪瞋痴)의 마음을 모두 태워, 허허로운 부처님의 지혜가 저절로 용솟음치게 하는 것이다.

여기에 거짓 나를 태워버리고 본래 자기인 부처로 돌아가는 깨달음의 계기가 있을 것이다.

그리하여 너와 내가 구별되지 않는 자타일여(自他一如)가 될 때, 부처님이 숙적인 데바닷타(調達)에게 부처가 되리라는 수기를 준 것처럼, 우리도 원수를 사랑할 뿐 아니라 성불시키는 대자대비의 존재로 화할 것이다.

(『법시』, 1988. 1)

# 25. 민속(民俗)의 날이 갖는 의미

설날과 한가위는 우리나라 민중의 2대 축제일이다. 근래 서세동점(西勢東漸)에 따른 일본풍조의 잔재와 주체성 잃은 외래사조 등에 밀려 제도적으로 소외당하고 없어질 뻔했던 설날(舊正)이 올해부터 「민속의 날」이란 이름의 공휴일로 지정됨으로써 명실공히 모든 백성들이 어울려 즐길 수 있는 큰 잔칫날이자 명절이 되었다.

인도에서는 인생의 본질을 '릴라'(leela, 놀이)라 해 왔고, 문화인류학자인 호이징가도 인간을 호모 루덴스(Homo Ludens＝遊戲人)라 하여 전통적인 理性人(Homo Sapiens)이나 工作人(Homo Faber)과는 다른 시각에서 본 바, 원래 민중은 신화가 없으면 못 살고, 축제일이 없으면 안 되도록 되어 있다.

사람이 인연과보(因緣果報)의 원리에 따라 살다 보면 묵은 시름이나 갈등, 원(怨)이나 한(恨)이 남게 마련이고, 다른 사람의 은혜도 입게 되는데, 이같은 한을 풀고, 은혜에 보답하려면 분주한 일상생활 가운데 모두 함께 만나 공동체의식을 고양할 수 있는 축제일이 필요하기 때문이다.

설날은 이같은 명절이면서, 또 '일년지계(一年之計)는 재천춘(在千春)'(일년의 계획은 봄에 있다)이라 하듯이, 새해 첫날이므로 새해의 계획을 세우고 사회에 소망스런 미풍이 일도록 하지 않으면 안 된다.

인생의 목적은 행복에 있고, 행복한 삶이란 환희에 찬 생명, 즉 생명의 환희라 함에는 누구도 이의가 있을 수 없다. 그러므로 우리 불자들은 정혜쌍수(定慧雙修)로서 매일의 생활이 기쁘도록 하고, 궁극에는 기쁨의 극치인 상락아정(常樂我淨)의 열반(nirvana)에 이르러야 하지만, 가끔은 축제일을 통하여 남녀노소, 빈부귀천의 차별없이 춤추고 노래하며, 놀고 즐기며, 흥분할 대로 흥분하여 한의 응어리를 풀어야 할 것이다.

흥이 일고, 신나는 놀이는 곧 화합의 제전으로서 생활의 꽃이라 할 수 있다. 그래서 우리나라는 라틴 아메리카나 스페인과 같이 축제일에 대대적으로 노는 행사가 거의 없는 가운데서도 설날에는 정겨운 민속놀이인 윷놀이, 널뛰기, 제기차기, 연날리기, 두레놀이 등을 하면서 온 동네 사람들이 이웃과 함께 기쁨을 나누며 즐겨왔던 것이다.

또 이 재미있는 민속놀이는 정신력을 집중하고 몸 운동이 되어 재생산을 위한 수단도 되었으므로, 우리 민족의 미풍양속에는 민중의 오랜 체험과 슬기가 담겨 있는 것이다.

미국의 흑인작가 알렉스 헤일리는 그 조상의 뿌리를 찾아 12년 동안 대서양을 건너 아프리카의 캄비 블롱고 등을 여러 차례 추적 탐사한 끝에 자기조상을 찾아내고, 이를 '뿌리'(roots)라는 논픽션으로 써서 세계적인 베스트셀러가 되게 한 것은 주지의 사실이나, 뿌리를 중시하여 조상으로부터의 인연을 알고, 조상을 공경하는 측면에서는 우리 민족이, 족보문화(族譜文化)에서 나타나듯이 세계에서 으뜸이라고 생각된다. 조상 없는 자손은 뿌리 뽑힌 나무와 같으므로, 대지에 뿌리박은 나무가 되려면 사람과 사람의 연결윤리인 은의(恩義)를 잊어서는 안 될 것이다.

그러므로 '대보적경(大寶積經)' 권 87에는 "지은보은(知恩報恩)이 시보살행(是菩薩行)이니, 불단불종고(不斷佛種故)라"(은혜를 알고 갚는 것이 보살행이니, 부처종자를 끊지 않는 까닭이니라) 고 쓰여 있다.

우리가 지고 있는 종적 은의로는 부모에 대한 것, 노인에 대한 것, 조상에 대한 것으로 나눠 볼 수 있다. 그래서 우리는 설날이면 조상의 넋(靈魂)을 위하여 다례(茶禮)를 지내고 경로효친 사상으로 부모님과 살아있는 조상인 노인께 세배를 올린다. 우리가 입은 은혜 가운데 가장 큰 것이 부모님 은혜이다. 자고로 동양에서는 '효는 백행지원(百行之源)'이라 해 왔으며, 따라서 효자 효녀 효부는 다른 모든 행실도 좋을 것으로 추정해 왔다.

우리의 효심을 다지는 뜻에서 '불설대보부모은중경(佛說大報父母恩重經)'에 있는 부모님의 십중대은을 살펴보면 다음과 같다.

첫째는 '회탐수호은(懷耽守護恩)'이니 아기를 배어 지켜주신 은혜인 바, 여러 겁을 거듭한 지중한 인연으로 모태에 받아서 보호해 주신 것이며, 둘째는 '임산수고은(臨産受苦恩)'이니 해산할 때 고통받으시는 은혜인 바, 두려움과 근심으로 죽지나 않을까 겁나도록 고통을 받으신 것이며, 셋째는 '생자망우은(生子忘憂恩)'이니 자식을 낳은 후 근심을 놓은 은혜인 바, 아기 낳은 날 몸과 맘이 함께 까무러쳤으나 낳은 아기의 충실함을 보고 기뻐하심이 크신 것이며, 넷째는 '인고토감은(咽苦吐甘恩)'이니 쓴 것은 삼키고 단 것은 뱉어서 자식에게 먹이신 은혜인 바, 쓴 것만 잡수셔도 찡그리지 않고, 굶주려도 자식이 배부르면 만족해 하신 자애로움이며, 다섯째는 '회건취습은(回乾就濕恩)'이니 아기는 마른 데로 자신은 젖은 데로 누우시던 은혜인 바, 자신의 편안을 구하지 않고 아기만을 편안케 하신 것이며, 여섯째는 '유포양육은(乳哺養育恩)'이니 젖을 먹여서 길러주신 은혜인 바, 부모님의 은혜는 천지와 같으며, 일곱 번째는 '세탁불정은(洗濯不淨恩)'이니 부정한 것을 씻어주신 은혜인 바, 더러운 것 세탁에 주름살만 늘으신 것이며, 여덟 번째는 '원행억념은(遠行憶念恩)'이니 자식이 멀리 여행하면 염려하시는 은혜인 바, 자식이 집을 떠나 타관으로 나가면 어머니 마음도 타향에 있으며, 아홉 번째는 '위조악업은(爲造惡業恩)'이니 자식을 위하여 악업도 감당하시는 은혜인 바, 자식의 생명과 장래를 위하여 어떤 위험도 대신해 주시는 것이며, 열 번째는 '구경련민은(究竟憐愍恩)'이니 끝까지 염려하시는 은혜인 바, 자식나이가 80이 되어도 백살 난 어머니는 여전히 자식 걱정이신 것이다.

부처님은 십중대은(十重大恩)을 이같이 말씀하시고 부모에 대한 보은으로 경전을 간행하여 펴는 일과 부모님을 위한 보시와 복인록(福因緣)을 지을 것을 당부하시고 불효하면 지옥에 떨어질 것이라고 설하셨다.

그러나 우리의 현실을 돌아보면 경로효친을 비롯한 미풍양속이 제구실을 못할 뿐 아니라 민족정기(民族精氣)의 쇠잔을 부르는 형편에 있다. 이는 산업사회화와 사회보장제 역할을 해온 전통적 가족제도가 붕괴되고 핵가족화한 것 등에 그 원인이 있다.

노인의 자살, 이혼과 가출청소년의 격증, 독신자와 결손가정의 양산 등으로 사회는 아노미(anomie; 사회가치기준 상실 상태) 현상마저 띄고 있다. 이를 통틀어 진단하면 인간이 자기주체성을 잃어버리고 객체화한 소외(alienation, Entfremdung) 현상의 팽배라 할 것이다.

제주도에선 봄맞이 유채꽃이 활짝 피었다 한다.

공휴일 지정으로 '민속의 날' 전후에는 축제일을 위한 '민족의 대이동'이 예년보다 더 많을 것이다.

우리는 세계 속에 개성 있는 민족으로서 떳떳하게 살아가려면 소외현상을 극복하고 민족전통을 잘 전수해 가지 않으면 안 된다.

을축년「민속의 날」을 맞으며 가정이 애정의 샘터가 되어 경로효친의 바람과 보은해한(報恩解恨)의 축제바람이 일고 열린 사회에는 민주화의 바람과 보살도(菩薩道)의 바람이 불어서 양속으로 정착됨으로 조화롭고, 훈훈하고, 희망찬 한 해가 되길 기대해 본다.

(「불교신문」, 1985. 2. 20)

# 26. 고조선 비판 실증적으로 해야

한국일보 11월 25일자 18면 고조선 관련 기사는 송호정 교원대 교수가 역사비평지의 'KBS 방영, 비밀의 왕국 고조선을 비판한다' 를 통해 'KBS 방송이 터무니없이 짜깁기하였다' 고 보도하였다. 하지만 잃어버린 역사를 실증적으로 찾으려는 KBS 역사스페셜은 높은 평가를 받아왔고, 이번 고조선 편도 예외가 아니다.

단군왕검과 단군조선(고조선)의 실존은 정부뿐 아니라 주류학계의 이병도 박사도 인정했으며, 이기백 교수도 '거대한 연맹왕국' 으로 썼다. 필자도 환단고기, 규원사화, 삼국유사 등 여러 사서와 유물 유적을 토대로 단군조선이 종족연맹국가로 첫 민족국가가 되었으며, 그 영토는 대체로 연해주, 만주, 한반도 지나, 중동부로, KBS '역사스페셜' 보다 오히려 넓은 것으로 보았다.

민족국가 성립요건으로 보는 청동기 문화는 한반도와 만주 등지에서 BC 24세기 경으로 확인되고, BC 9세기경 비파형 동검단계로 발전하였다. 고조선의 비파형 동검이 중국 동검과 다르며 독특한 청동단추와 함께 출토

됐다는 사실과 다양성을 가지는 연맹국이었다는 점에서 KBS '역사스페셜'의 강역과 도성 판정에는 무리가 없다.

법제도에 관해서는 먼저 통치체제로 1단군, 3사(師), 6사(事), 3한, 5가, 64족 체제가 완성되고 단군조선 초기에 천범8조와 범금8조법이 집행된 바, 현재 한서지리지에 3가지만 전해 오고 있다. 후단군조선 때 색불루단군도 범금8조법을 세운 바 모두 전해지므로, 초기의 범금8조법을 유추하는 데 도움이 된다.

우리나라는 많은 전란과 지정학적 문제 등으로 사료 결핍을 가져왔을 뿐 아니라, 조선총독부 산하 조선사편수회가 한국사를 줄이기 위해 단군조선 2천년사를 없애려고 여러 가지 조작·왜곡작업을 하였다. 이로써 우리나라는 '반만년 대륙의 영광사'가 '2천년 반도의 굴종사'가 되었다. 이어 본래 것을 되찾는 재야민족사학과 주류식민사학의 대립이 생겼고, '환단고기'의 진위를 놓고 싸우게 된 것이다.

강단식민사학에서는 환단고기를 연구도 제대로 하지 않고 위서로 몰고 있으나, 전부가 진실이라고는 말 못해도 23종 실증적 입증 등으로 사료(史料)로서의 가치는 확실히 있다고 생각한다.

첫째, 환단고기에 처음 나오는 홀달단군 50년 5성취루(五星聚樓) 현상이 서울대 천문학과 박창범 교수가 과학적으로 입증했다. 둘째, 환단고기에 처음 등장한 발해문왕 호가 대흥(大興), 고구려 장수왕 연호가 건흥(建興), 연개소문의 할아버지가 자유(子遊)라는 것이 유물유적 발굴로 확인됐다. 셋째, 고구려 유장 이정기가 지나에 세운 대제(大齊)가 환단고기에 처음 나오는데, 1997년 김병호 씨에 의해 확인되었다. 환단고기를 위서로 몰려면, 그 증거를 6하 원칙으로 제시하든가, 아니면 이에 대해 실증적으로 답할 수 있어야 한다. 송 교수가 KBS에 요구한 '철저한 자기비판과 인식전환 필요'를 송 교수에게 되돌려주고 싶다.

(「한국일보」, 2000. 12. 2)

# 27. 단군성전 건립시비

## 1. 문제의 발단

단군성조를 우리 민족의 역사적 주체성을 정립시키는 구심체로 부각시 킴으로써 민족혼(民族魂)을 일깨우고 국가번영의 바탕을 마련하기 위해 국 조(國祖) 단군왕검을 모시는 단군성전을 확장 건립하려는 계획이 일부 기독 교 개신교계 인사들의 거센 반발 등으로 백지화되었다.

이 보도와 관련하여 서울특별시 주무국장이 직위 해제됐다 한다.

단군성전 확장건립 백지화가 보도되고 "단군성전 건립은 우상(偶像)숭배 가 아니다" 라는 게 일반 여론으로 드러나자 서울특별시장은 단군성전 건 립을 범국민적으로 추진하도록 조치하겠다고 말했으며, 현정회(顯正會)를 비롯한 민족의 뿌리를 중시하는 단체에서는 단군성전 확장건립 촉진 강연 회 등을 개최하기도 했다.

서울시는 지난 2월 28일 서울 롯데호텔에서 단군성전 확장건립을 위한 첫 운영위원회(위원장; 염보현 서울시장)를 열고 민족주체성 확립을 위해 서울 사직공원에 있는 건평 16평의 작고 낡은 기존 성전을 헐어내고 인근에 49억 원을 들여 87년까지 큰 단군성전을 짓겠다고 발표했었다. 이에 일부 기독교 개신교 지도자들이 서울시장을 방문하는 등 반발을 보이자 7월 3일 단군성전 확장건립 운영위원회와 추진위원회를 해체했다 한다.

서울시는 단군성전 확장건립계획을 백지화시킨 이유로, ① 일부 기독교 개신교계 인사들의 거센 반발, ② 서울시 예산의 부족, ③ 지방자치단체인 서울시가 범국민적 차원에서 추진해야 할 사업을 주관하는 것이 적절하지 않은 점 등을 들고 있다. ①은 종교적인 점검이 필요하므로 다음에서 자세히 살펴 가기로 하고, ②의 이유는 서울시가 예산을 늘리거나 사정이 여의치 않으면 부족한 부분은 독립기념관의 경우처럼 성금을 걷는 운동을 벌여 해결하는 방법 등이 있을 것이다. ③의 이유로는 총무처가 주관해야 할 3.1절, 광복절, 개천절 등의 행사를 서울시가 위임받아 시행하는 것처럼 서울시가 주관하는 것이 부적절하지 않으며, 만일 부적절했다면 처음부터 손을 대지 말았어야 했을 것이다. 이는 미루어 짐작하건대, ①의 이유만을 내세우기가 무엇한 감이 있어 만든 핑계라고 생각된다. 여하튼 민주주의 사회에서는 어떠한 문제에 대하여서나 원칙적으로 찬반양론이 가능하나, 이런 이유로 민족의 뿌리인 단군성전의 확장건립이 백지화됐다는 것은 가히 놀랄 일이며 천하가 크게 어지러운 징조가 아닌가 사료된다.


## 2. 일부 기독교 인사의 반발

일부 몰지각한 기독교 개신교계의 소위 지도자들이 서울시장을 방문하여 단군성전 확장건립을 반대한 이유로는, ① 시민이 낸 세금으로 특정 종교의 인물을 모시는 성전을 건립하는 것이 부당하다는 것과, ② 단군성전을 확장건립할 경우에 기독교 신자인 중·고등학생들이 참배하므로 우상숭배를 조장할 우려가 있다는 것으로 보도되었다.

국조 단군을 모시는 것은 특정 종교의 교주로서 받든다는 특정 종교(대종교 등)의 차원을 떠나 민족의 뿌리를 중시하고 민족의 구심점으로서 국조를 모시는 국례(國禮)로서 민족사 교육과 민족국가 형성 및 보위의 터전이 되는 성격의 것으로 보여진다.

단군왕검이 신화이든 역사적 실존이든 우리 국조로서, 우리 민족의 질경이 같은 생명력의 원천이 되어온 것은 주지의 사실이다. 우리 교육법 제1조도 교육의 목적으로 홍익인간(弘益人間)을 그 이념으로 하여 단군의 건국이념을 그대로 받아들인 것이다.

우리가 부모에게 효도하고, 조상을 공경하여 모시는 것과 국조를 모시고 받드는 것은 자기의 뿌리를 잊지 않는 나무와 같은 문화적 기능에서 비롯되었다. 월조(越鳥)는 남녘 가지를 생각하고, 호마(胡馬)는 북풍을 그리워하며, 짐승도 죽을 때는 머리를 고향으로 향하고 죽는다는데, 하물며 만물의 영장이요 생명계통수에서 최고위에 있는 인간이 어찌 그 근본을 잊을 수 있겠는가?

그래서 우리의 역대 국가들은 그 시조들의 성전이나 사당을 짓고 받들어 왔다. 구월산에 환인(桓因)·환웅(桓雄)·단군을 모시는 삼성사, 평양에 고구려 시조를 모시는 숭령전(崇靈殿), 경주에 신라 시조를 모시는 숭덕전(崇德殿), 남한산성에 백제 시조를 모시는 숭렬전(崇烈殿), 연천에 고려 시조를 모시는 숭의전(崇義殿)을 두어 나라에서 관리해 왔으며, 유교국가인 조선조에서도 시조의 전모는 국례로서 나라에서 받들어 관리해 왔다. 우리나라 거의 모든 사찰에 있는 산신각도 토착화 과정에서 생겨났지만 그 뿌리는 국조단군을 모시는 전당이라 한다.

최근에도 우리는 현충사를 세워 이순신 장군을 모시거나 실재 인물이 아니라는 춘향의 사당을 짓는다거나, 부처님 오신 날이나 크리스마스에 관비를 들여 봉축탑이나 트리를 세우는 것은 국민의 정서적 합의로써 통합·조화시키는 것이므로 자연스럽게 받아들여지게 되는 것이다.

부처님 오신 날이나 크리스마스가 불교도나 기독교도만의 축일이라고 볼 수 없듯이 개천절을 어느 특정 종교의 기념일로만 생각할 수는 없다. 우리 한민족의 조상은 단군이지, 일부 기독교 지도자라고 해서 그들의 조상이 모세나 야곱인 것은 아니지 않는가?

일부 기독교 개신교 지도자들이 단군성전에서 참배하는 것을 우상숭배로 본 것은 그 본질을 파악하지 못한 것으로 보여진다.

어떤 민족에게도 개국신화는 있게 마련이다. 수많은 세월이 흘러간 뒤에 조상과 후손을 연결해 주는 것은 우상으로서가 아닌 민족관이 담긴 상징(象徵, symbol), 또는 상징적 표현인 국조와 그에 얽힌 개국신화이다.

부처님께서도 중생을 제도할 적에 인연에 따라서 방편과 비유 및 상징을 들어서 설법하셨다. 어떠한 상(像)이 상징이 되느냐, 우상이 되느냐 하는 것은 주로 받아들이는 사람의 마음에 달린 것이라 하겠다.

즉 그 상을 통해서 진리나 진여를 본다면 이는 상징이요, 그 상 자체를 부처나 그리스도나 단군으로 보아 숭배한다면 이는 우상이라 하겠다. 그러므로 종래 불가에서는 어느 중생이 얼어 죽게 생겼는데 다른 방법이 전혀 없을 때에는, 목불(木佛)을 태워서라도 그 중생을 구하라 하지 않았던가?

일부 기독교인들이 단군상에 절하는 것을 우상숭배라 한다면 예수상이나 마리아상, 신부 동상 앞에서 절하는 것은 어떻게 설명을 할 것인가? 기독교도가 우상 개념을 확정할 권한이라도 있다는 것인가?

기독교 역사에 있어서 화상(畵像)을 예배에 사용하는 것을 금한 칙령이 있었으나 이는 개정되었다. 서기 726년 비잔틴 황제 레오 3세가 교회나 수도원에서 화상(畵像)을 예배에 사용하는 것을 금했다. 이에 대하여 교황이 반대하는 등 여러 곡절을 겪은 뒤 869년에 콘스탄티노플 공의회가 화상은 경의를 표하는 대상이라 하여 문제가 해결된 바 있는 것이다.

우리나라에서 지금 단군성전의 확장을 두고 일부 개신교도의 반대로 갈등을 빚었듯이 65년 전에도 비슷한 문제로 사회가 시끄러웠던 일이 있었다.

그 당시 경상도 영주에 살던 기독교 신자 권모 씨의 어머니가 돌아가시자 그의 부인 박 씨가 시어머니 신주 앞에 조석으로 상식을 올리게 됐는데 권 씨가 기독교 교리에 어긋난다 하여 이를 말렸다. 그러자 박 씨는 시어머니 신주를 뒷동산 정결한 곳에 묻고 자결해 버린 사건이 발생했다 한다.

이 사건에 대하여 당시 기독교의 지도자요 민족주의자였던 이상재(李商在) 선생은 조상이나 죽은 부모를 받들지 못하게 하는 기독교도는 예수 그리스도의 참 가르침을 알지 못한 사람이라 하고, 어떤 종교도 민족혼을 잃게 해서는 안 된다고 하였다 한다.

연전에는 일본에 왔던 로마 교황청 장관들이 천조대신이 주신인 일본 신궁의 신도식에 참석하여 경의를 표했다고 외신은 전했었다.

여기서 일부 개신교 지도자들이 어떻게 자기의 뿌리인 단군을 모시고 받드는 것을 우상숭배라고 생각하게 되었나 하는 것을 역사적으로 살펴볼 필요가 있다.

기독교는 물론 세계 유수의 종교이다. 예수가 성자라는 데 이의를 달 사람은 별로 없을 것이다. 그러나 기독교는 풍토주의 법철학에서 볼 때 유목민족들이 주가 되어 생활해 온 중방(동방과 서방의 가운데)을 무대로 생겨났기 때문에 자기가 살려면 상대방을 죽여야 했던 유목민적 습관을 키워 배타적이고 독선적인 성격을 갖게 됐다.

코란이냐 칼이냐, 하고 양자택일을 강요하는 회교나 마르크시즘이나 기독교가 독선적인 일면을 갖게 한 까닭이 여기에 있다고 보여진다.

기독교는 또 토마스 복음서나 보병궁복음서에 나타난 바와 같이 예수가 12살에 인도 왕족 라반나를 따라 인도에 수학하여 브라만교의 라마스나 불교의 파라타, 피자바치, 멩구스테 등의 인도 성자와 만나서 배우고 페르시아 · 그리스 · 이집트를 거쳐 그리스도가 된 뒤 30살에 유대나라로 돌아와 공생애를 시작할 때까지 약 17년 간의 기록을 사라지게 했다. 인도나 불교의 냄새를 지우려 했으나 그래도 시바신이라든지 궁자의 비유(탕아의 비유) 등은 기독교가 그 근원에서 인도나 불교의 결정적 영향을 받았음을 나타내는 것이라 하겠다.

프랑스의 반소설(反小說) 작가 중의 대표라 할 수 있는 로브그리예도(동서 지성인의 대화)에서 "서구 문명권의 기독교는 정말 기독교가 아니다. 로마 제국의 기독교를 서구인이 독자적으로 해석하여 의미체계를 부여한 것이다. 서양의 기독교는 게르만족의 프리즘을 통해 받아들인 기독교이므로 〈기독교〉하면 서구적인 것 같은 인상을 갖기가 쉽다. 기독교에서는 인간과 동물을 뚜렷하게 구별하여 인간은 신의 모습을 본뜬 것이고 동물은 그렇지 않은데 이러한 해석은 유목민적인 해석이며, 서구인들이 자기들에게 편리하도록 만들어낸 서구적 기독교이다. 참된 기독교에서는 인간도 동물과 마찬가지로 피조물이었을 것이다"라고 말한 바 있다.

이같은 기독교의 일반적인 사정 속에서 한국 기독교가 팍스 아메리카나(Pax Americana)의 영향, 적극적인 포교활동, 민중의 신인 하느님을 야훼신과 일치시키고 사랑과 협박을 사용하는 종교정책 등의 성공으로 갑자기 비대해지자 종교로서는 비본질적인 세력을 과신하고, 환부역조(換父易祖)한 풍토 속에서 잘못된 견해가 나온 것이 아닌가 짐작된다.


## 3. 성전건립의 적극화

단군왕검은 개국 이래, 우리 첫 민족국가의 시조로서 우리의 정신적 지주가 되어왔다. 특히 국난의 시대에는 외세침략이 대비하는 구심체였음은 우리가 다 알고 있는 바이다.

그러므로 불교를 국교로 한 고려시대나 유교를 국교로 한 조선시대에도 종교와 관계없이 나라에서는 단군왕검을 잘 받들어 왔다. 이는 결국 운명 공동체로서의 민족에게 그 전통을 주지시키고 비견을 제시하게 하는 중심이 됨을 의미한다. 그러므로 지금의 민족 뿌리 찾기는 자기 문화를 개발하면서 외래문화를 받아들이는 과정에서의 민족 주체성을 살리게 하는 역사 창조의 올바른 시발점이라 하겠다.

그런데 서세동점의 물결 속에서, 최근세에는 우리나라 안의 개화 요청을 틈타 미국과 일본은 예수교를 이 나라에 영입시켰다. 현재는 구미에서의 기독교세의 현저한 감퇴에도 불구하고 한국에서는 오히려 기독교 신도 수가 부쩍 느는 추세를 보여왔다. 드디어는 극렬한 불교 비방을 조직적으로 하는 등 종교 공존의 한계를 뛰어넘고, 환부역조하는 외세의 앞잡이가 아닌가 하는 의심을 품게까지 하는 이상 기류를 보이고 있다.

단군은 사상과 종교, 체제를 초월하는 민족 정통성의 보루이다. 이에 따라 우리의 뿌리인 단군 중심의 민족사관과 미래상을 정립하는 것이 민족 자주성 회복의 시초가 될 것이다.

그러므로 서울특별시 당국은 이런 뜻에 연원하여 세계 속에 독자성 있는 한국문화 형성을 추진하되 세계의 종교백화점이라는 우리나라에서 각종 교리와 마찰없이 각계각층의 의견을 수렴하고 객관적 타당성 있는 결론을 내리도록 해야 한다.

외세의 침략과 맹목적 서구화 풍조에서 자주적으로 독자성을 갖고 세계 문화에 참여하려면 애당초 단군성전 확장건립 계획대로 적극 추진해야 한다고 생각한다. 그리고 만일 서울시 당국이 일부 민족의 뿌리를 외면하는 사람들의 심리적 폭력이 부담이 된다면, 전체 서울시민 투표를 실시하여 민주적으로 결정해도 좋을 것이다.

우리가 한반도를 중심으로 열강의 틈바구니에서 '수난의 여왕' 소리를 들으면서도 단일문화권을 유지 · 발전해 가고 있음은 민족의 정신적 구심점이 있었기 때문이다. 경제성장을 중심으로 하는 조국 현대화도 민족혼이라는 정신적 구심점이 없으면 물질숭배 사상만 팽배하여 경제성장 자체가 허상이 될 것임을 우리는 모두 유념해야 한다.


### 4. 불자의 조직적 호교(護敎)

일부 기독교인들의 단군성전 확장건립 반대의사 표시는 우리 불자들에게는 민족차원과는 다른 차원에서도 타산지석(他山之石)으로 삼아 조직적인 불교보호의 계기로 삼아야 되리라 본다. 먼저 최근에 있었던 기독교 계통의 불교 비방이나 침해를 그 구체적 사례로 살핀 다음, 불교계의 전반적인 대책을 논하여 이 글의 결언으로 삼고자 한다.

1972년에 1만원권 지폐의 석굴암 대불상을 놓고 2만 달러를 들여 인쇄ㆍ제작까지 했다가 일부 기독교인의 '특정종교 두둔'이라는 이름의 반발로 세종대왕상으로 바뀌었다. 그런데 5천원권 지폐의 율곡 초상을 놓고는 기독교계에서 '특정종교 두둔'이라는 반발이 없었다. 편파적인 시각을 가진 일부 기독교인도 문제였고, 일부인이 반대한다고 뒤집어 엎는 행정을 하는 사람도, 그리고 그냥 보고만 있는 불교도 모두 문제였다고 생각된다.

기독교인들의 불교 비방집회로 가장 유명한 사건은 1982년 5월 25일 원주시 개운동 제일교회에서 있었던 명진홍의 망언ㆍ설교 사건이다. '승려가 목사 되다'라는 책을 써서 불교비방의 교전으로 삼고 있는 명진홍은 '불교의 대웅전은 귀신들의 종합청사'라는 등 망언으로 불교를 비방하자, 원주지역 불자들이 집회장으로 들어가 설교 중단을 요구했으나 명 씨가 이에 불응하자 당시 상지대 2년생이던 이춘수(李春洙) 군이 '부처님 정법을 순교로 수호하겠다'며 과도로 할복을 기도했다.

사태가 이에 이르러서야 교회 측은 집회를 중단했으며 전국 불교단체에서는 규탄성명을 발표했다.

1981년 조진형 목사는 『현대사조』라는 기독교 잡지에서 "불교는 우상숭배의 종교다. 불교도의 미혹을 깨우쳐야 한다"는 등 망언으로 파문을 일으키기도 했으며, 대학의 국민윤리 교과서에서까지 불교를 비방하는 문구가 들어 있어 현안문제가 되고 있음은 눈뜨고 봐 주기 어려운 사실이다.

1984년 M당 소속 국회의원 정동성은 '조국을 위하여'라는 책에서 "불교는 체념의 종교다. 현실도피사상이다"는 등 망발을 하여 불교인들의 분노를 샀다.

최근에 이르러서는 기독교의 일부 목사와 광신적 교인들이 선교라는 이름으로 자행하는 불교비방은 날이 갈수록 극렬한 양상을 나타내고 있으며, 때와 장소가 따로 없이 거의 연중무휴로 계속되고 있다.

정체불명의 유령기독교단체가 '말씀의 방주'라는 책 광고를 신문에 내면서, 불경의 문구를 교묘하게 이용하여 기독교의 우월성을 내세운 일도 있다. 명진홍은 1985년 6월 14일 대전 한밭교회에서 "불교에 과연 극락이 있느냐"는 불교 비방설교를 하다가 대전지역 불자들의 저지를 받고 중단했으며, 6월 17일에는 서울 구로구 고척동에 있는 영락교회에서 '불교는 우상을 믿는 종교'라는 망언을 해 인근지역 불자들이 영락교회를 방문, 정중하게 불교비방을 삼가해 줄 것을 요구했으나 이를 묵살하자 3백여 청년 불자들이 18일의 집회를 실력으로 저지시킨 적도 있다.

대구에서는 지난 1월 20일 약전골목 제일교회에서 부흥목사라는 김진규를 초청, 얼토당토 않은 말로 불교를 비방했다. 명씨나 김씨는 불교비방을 목적으로 '개종 선교회'와 '우상인 선교회'(광명전도단으로 후에 개칭)라는 단체까지 조직하여 전국을 순회하면서 불교 비방 등의 설교를 하여 생계를 이어가고 있다니, 그 배후 단체가 무엇인지 미루어 짐작하기에 어렵지 않다.

이같은 언어도단의 지경을 당하여, 우리 불자들은 크게 깨닫고 부처님 법을 배우고 전파하는 데 분발해야 할 일이 한두 가지가 아니다.

우선 첫째로 불자들은 부처님의 법을 믿고, 불경을 읽고 음미하여 이해하며, 날마다 참선 등을 실천하여 견성성불하면서, 자기가 관계 맺는 모든 사람에게 기쁨과 빛을 줄 수 있는 보살행을 실행해야 한다.

　둘째로 전 불자들이 존경할 수 있는 인물을 구심점으로 전 불교조직을 강력하게 조직하여 직장이나 공장, 농장 등 직장 신도회를 만들어 적극 포교에 나서고, 봉사활동을 적극화 하며 사회문제에 대비하여야 한다. 또한 유교·도교·천도교·대종교·증산교 등 민족 전통종교끼리 연합하는 강력한 협의체를 만들고, 천진암과 주어사를 불교·기독교·유교의 공동 성지로 해야 한다.

　셋째로 기독교 등 다른 종교에 대하여 공존을 전제로 하되, 기독교 일부인의 행위가 지나치므로 관용에도 한계를 그어 자기보호와 방어에 나서며 기독교의 잘못된 부분과 허구성을 만천하에 알려야 한다.

　끝으로 모든 불자들은 단군성전 확장건립이 민족혼을 찾는 일일 뿐 아니라 같은 전통 종교인의 입장에서도 본래 계획대로 추진되도록 여러 가지 노력을 아끼지 말할 것이다.

(『불교사상』 1985. 8. 1)

# 28. 불교여성의 바른 실행자세

## 1. 머리말

부부로 평생을 같이 살아도 여자는 남자를 모르고, 남자도 여자를 모른
다는 말이 있다. 이런 뜻에서 본다면 나는 여성불자(女性佛子)에 대하여 무엇
을 안다고 할 수가 없을 것이다.

다만 제3자적 입장에서 여성인 인간을 살펴보고, 여성불자에 관련된 문
제와 한국 여성불자의 나아갈 길을 살펴보고자 한다.

한국 여성불자 하면, 우리 민족의 영원한 생명을 이어가는 소중한 존재
로서, 많은 인고(忍苦)의 세월을 보내면서도 한없는 보살도를 실천한 분들
로서 기억될 것이다.

현대에 이르러 여성은 사회적 지위가 높아져, 하느님에 대한 따님의 지
위회복으로서 '여성상위(女性上位)'니, '매미즘(mamism)'이니, '치마정부
(petticoat gavernment)'니 하는 말이 널리 쓰이고 있다. 또 여성만이 가질 수
있는 인생 최대의 기쁨으로서 '출산의 기쁨'을 맛볼 수 있는 것은 여성을

행복한 성(性)으로 파악하는 데 아무도 주저하지 않게 할 것이다.


## 2. 인생의 목적

여성의 유개념(類槪念)이 인생이므로 여성에 앞서 인생과 그 목적을 먼저 생각해 보는 것이 순서일 것이다.

인생은 하나의 생명체이며, 그것은 또 지적(知的) 생명체이다. 그것은 전체 생명의 분신으로서 분신생명이라 할 수 있다. 이는 또 범아일여(梵我一如)이므로 하나의 생명이라고 할 수도 있다. 이 인생의 원리를 부처님께서는 연기론(緣起論)으로 설파하셨다. "이것이 있으므로 저것이 있고, 저것이 멸하므로 이것이 멸한다"는 상의상존(相依相存)의 원리이며, 이는 또 인연과보(因緣果報)의 원리라고도 할 수 있다.

보리알을 비유로 설명하면 이렇다. 여기에 한 알의 보리알이 있다고 하자. 그 보리알을 땅에 심어 가꾸고 길러 새로운 보리이삭을 결과했을 때에, 그 보리알은 인(因)이다. 그리고 보리알에 관계된 땅, 사람, 물, 공기, 호미, 햇빛 등 모든 조건들을 연(緣)이라 할 수 있다. 또 새 보리이삭이 과(果)요, 그것이 다른 것으로 변하여 익은 이숙과(異熟果)를 보(報)라고 할 수 있다.

인연과(因緣果)의 원리에 따라 인생을 보면, 전생에서의 심령(心靈), 즉 중음신(中陰身)인 중유(中有)가 인이요, 이 중유가 부모를 연으로 하여 입태되고 모태 속에서 약 10개월 동안 전생명(全生命)의 진화과정을 밟아 태아로 형성·성숙하면서 때가 되면 이 세상에 나온다. 여기에 태교의 중요성이 있다 하겠다.

출산된 아이는 또 자기 주변의 환경을 연으로 하여 관계를 맺는다. 뿐만 아니라 영향을 주고 받으면서 새로운 자기로 형성되어 과인 현재의 나(我)가 되는 것이다.

이같은 인생의 현실에 관하여 부처님은 고해(苦海), 즉 고통의 바다라고 말씀하셨다.

인생에 있어서 생로병사는 고통이다. 사랑하는 사람을 떠나야 하고, 미워하는 사람을 만나야 하는 것도 고통이며, 구하되 얻지 못하고, 색·수·상·행·식(色·受·想·行·識) 등 5가지 변화하는 것이 치성하여 일어나는 고통도 있다. 이 8가지는 가장 대표적인 인생의 고통이라고 할 수 있다.

이와같은 고통을 떠나서 즐거움이나 기쁨을 얻는 것이(離苦得樂), 즉 인생의 목적이라고 할 수 있다. 다시 말하면 인생의 소질과 환경 사이에 조화를 이루고 기쁨이 샘솟는 행복, 즉 생명의 기쁨이 인생의 목적인 것이다.

이같은 고통을 여윈 즐거움이나 기쁨에는 세간락(世間樂)과 열반락(涅槃樂)이 있다. 세간락은 식욕·색욕·재욕·권력욕·수면욕·명예욕 같은 욕심이 대상을 소유함으로써 만족을 느끼는 것이다. 그러나 이것은 덧없는 것이다. 반면 열반락은 부처님이 성취하신 영원한 즐거움으로 진상·진락·진아·진정(眞常·眞樂·眞我·眞淨) 등을 그 덕목으로 한다. 이것이 인생의 궁극적 목적이 된다 하겠다.

고통에서 출발하여 즐거움을 얻는 현실적인 방법이 『법화경』에서 말하는 난행고행(難行苦行), 낙습고행(樂習苦行), 이신공양(以身供養)이다.

난행고행은 육체의 욕망을 억제하고 견디기 어려운 여러 가지 수행을 하는 것으로 철야정진기도 같은 것이 대표적인 것이다. 이는 자기 업으로 인하여 생기는 고통을 극복하는 방법이다.

낙습고행은 자기에게 오는 고통이 자기 업으로 생긴 것이어서 불가피하게 받아들여야만 하는 것이라면, 고통극복의 계기를 주었다고 오히려 감사하고 즐거운 마음으로 수용하여 견디기 어려운 수행을 해 나가는 것이다.

이신공양은 자기의 온 몸과 전력을 던져 부처님께 바치는 공양을 의미한다. 이는 심신이 공(空)한 자리에서 하는 공양을 의미한다고도 할 수 있다.

## 3. 한국불교의 현실

위 없는 부처님의 진리가 이 나라에 전수된 지는 어언 1600여 년이 흘렀다. 불교가 국교이던 시절도 있어 찬란한 지혜광명과 자비광명을 나투었던 때도 있었다. 그러나 조선시대의 억불숭유 정책과 일제의 불교문화 말살정책에 따른 우리들의 업 때문에 한국불교가 정체된 측면을 갖고 있는 것이 현실이다. 더구나 현대가 급속한 산업사회화의 물결을 타고 정보화시대로 치닫고 있어 불자로서 어떻게 적응해야 할 것인가가 문제가 된다. 또 현대에 이르러 구미열강(歐美列强)의 힘을 등에 업은 서구종교가 나라의 뿌리를 흔들며, 불교를 공격하고 핍박하는 경향마저 보이고 있는 것도 사실이다.

이런 상황 속에서 경전번역, 도제양성, 포교 등 여러 부문에서 불교를 활성화하고 불교문화를 꽃피우며, 이익사회에서 화합중(和合衆)으로 생활하고, 나라를 민주화하며, 나라를 통일하는 삶을 살아야 하는 것이 우리 불자들의 사명이다. 그러기 위해서는 지나간 역사를 되돌아볼 필요가 있다. 불교의 발생지인 네팔이나 인도에서 불교 교세가 약화된 것은 귀족불교·부자불교에 치중하고, 서민대중의 어려운 삶에 대한 관심과 배려가 부족했던 데 기인한다. 그러므로 우리는 불교의 중흥을 위해서도 소외된 국민대중에 대한 관심을 깊게 가져야 할 것이다.

불교를 중흥하는 방법은 여러 가지가 있겠지만 그 중의 한 가지는 부처님이 많이 출현하고(成佛), 진정한 불교도(佛子)가 많이 탄생하는 일일 것이다. 그러나 무엇보다 필요한 것은 우리 불자들은 불성(佛性)을 지닌 인격을 최고로 존중하여 자유롭게 발전할 수 있게 하고, 사회적으로는 평등사상을 펴나가야 한다는 것이다. 즉 교육의 균등, 취업의 균등, 분배의 공정, 정치의 균등을 보장하면서, 이익사회에 맞게 '받는 불교'에서 '주는 불교'로 전환해야 한다. 그리고 무엇보다 민족의 진운에 맞춰 부처님의 가르침을 적극 전파해야 할 것이다.


## 4. 여성의 성불

부처님의 가르침은 "모든 것이 한결같이 평등하여 이것이다 저것이다가 없다(普皆平等 無有彼此)"는 것이다. 그럼에도 불구하고 사람에 따라 또 경우에 따라 남녀의 차별을 논하고, 여성은 성불(成佛)이 어렵다는 얘기가 나오기도 한다. 그러나 남녀사이에 있어서 인격의 평등성과 기능의 구별은 분리해서 생각해야 하며 인격의 차별을 전제해서는 안 된다고 생각한다.

여성의 성불에 관하여 분명하게 기록하고 있는 경전은 『묘법연화경』 제바달다품이다. 여기에는 용녀(龍女)가 스스로 성불하리라는 말을 하자 사리불이 용녀에게 다음과 같이 말한다.

"네가 오래지 않아 위 없는 도를 얻으리라 하거니와, 그 일은 믿기 어려우니라. 그 까닭을 말하면 여자의 몸은 때 묻고 더러워서 법의 그릇이 아니거늘, 어떻게 위 없는 보리를 얻겠느냐. 부처 되는 길이 까맣게 멀어서 한량없는 세월을 지내면서 애써 수행을 쌓으며 여러 가지 바라밀다를 구족하게 닦고서야 이루는 것이 아닌가. 또 여자의 몸에는 다섯 가지 장애가 있나니, 첫째 범천왕이 되지 못하고, 둘째 제석천왕이 되지 못하고, 셋째 마왕이 되지 못하고, 넷째 전륜성왕이 되지 못하고, 다섯째 부처가 되지 못하는 것이거늘, 어떻게 여자의 몸으로 빨리 성불할 수 있겠느냐."

여기에 나타난 것을 보면 지혜가 수승한 석가모니 부처님의 제자 사리불도 남녀의 인격평등에 관하여는 시대적 영향을 받아서인지는 몰라도 편견을 가졌던 것 같다. 그러나 『법화경』은 이어서 8세 용녀의 성불을 기술함으로써 여성의 성불을 명백히 밝히고 있다. 이를 보면, 8세 용녀가 값이 3천대천세계에 상당한 보배구슬을 부처님께 바치고, 홀연히 남자로 변하여 보살행을 갖추고 남방무구세계(南方無垢世界)에 가서 보배 연꽃에 앉아 정등각(正等覺)을 이룬다고 되어 있다.

이것은 남녀구별 없이 자기전부를 던져 보살행을 행하면 성불할 수 있다는 뜻이다. 지혜와 자비를 구족하면 누구나 성불할 수 있다는 얘기이다.

여인으로서 모범적으로 성불하신 분은 승만부인이다. 승만부인이 주인공으로 나오는 『승만경』은 여래장(如來藏) 사상을 대표하는 경전이다. 이에 의하면 어머니는 잠재적 여래(如來)를 품고 있는 존재이며, 중생은 붓다의 태아로서 모두 불성(佛性)을 지니고 있다는 것이다.

승만부인은 그래서 여성다운 길을 걸어가면서 모든 중생의 성불을 서원했다. 즉 억눌린 사람, 갇힌 사람, 병든 사람이 있으면 맹세코 건지겠다는 것 등 10가지 서원을 세우고 수행한 결과 보광여래의 수기를 받은 것이다.


## 5. 한국 여성불자의 나아갈 길

한국 여성불자의 나아갈 길은 불자로서의 나아갈 길과 여성의 특유한 측면을 함께 고찰하면 될 것이다.

불자로서의 기본적인 길은 바른 믿음과 이해, 실천(信 · 解 · 行)을 통하여 깨달음(證悟)을 얻는 데 있다.

신(信)은 믿음으로서, 부처님과 진리와 화합중(和合衆)의 삼보를 믿되, 믿음은 손익을 따져서 받아들이는 것이 아니고, 그것을 넘어 마음을 활짝 열고 전체적으로 받아들여야 한다. 눈에 보이지 않는 부처, 심외무불(心外無佛)인 그 부처를 믿는 것이 참다운 믿음(信)이다.

해(解)는 이해(understanding)로서, 부처님의 말씀을 듣고, 이해하고, 음미하는 것이다. 그러므로 우리는 여러 가지 불경 가운데서 자기에게 적합한 경전을 골라 수지(受持) · 독송(讀誦) · 해설(解說) · 서사(書寫)를 게을리 하지 말아야 한다.

행(行)은 실천으로서, 이는 지관행(止觀行)과 보살행(菩薩行)으로 나누어 생각해 볼 수 있다. 우선 지관행을 살피고 보살행은 다음에서 다루기로 한다. 지관행은 곧 선정(禪定)으로서, 마음을 멈추고 내관(內觀)하는 것이다. 곧 자기생각을 쉬고, 적멸(寂滅)의 해탈삼매(解脫三昧)에 드는 것이다. 이는 여러 가지 스트레스를 해소하고, 기쁨과 빛에 쌓인 생활을 하게 하는 가장 좋은 실천방법의 하나이다. 이는 사람의 구조로 보아 몸과 마음과 호흡을 조복받는 조신(調身), 조식(調息), 조심(調心)을 통합한 것이기도 하다.

여성에게 특유한 면을 갖게 하는 것은 가정평화와 자녀교육 문제라고 할 수 있다.

가정평화를 위하여는 기본적으로 남녀평등사상에 입각해야 하나, 이 사상은 현실에 있어서 재해석을 필요로 한다. 물론 남녀평등사상은 현대에 이르러 하나의 이데올로기로서 여성의 사회적 지위를 높이는 데 기여한 것은 사실이다. 그러나 그 허물로써 남녀 간의 대립과 갈등을 가져오게 하고, 사회적으로 이혼의 증가를 가져오는 데 많은 영향을 끼치기도 하였다.

남녀의 평등은 본질적으로 인격이 남녀 모두 평등하지만 남녀간에는 그 구조와 기능면에서 구별되는 점이 있음을 인정해야 한다. 즉 부부간에는 음양화평(陰陽和平)에 입각하여 부부조화를 이룸으로써 가정에 평화를 가져오고 이를 정착케 해야 한다. 그러므로 남녀평등은 인격평등과 남녀구별, 부부조화로 바꾸어서 교육하는 것이 필요하다고 생각된다.

자녀교육은 물론 부모에게 모두 책임이 있으나, 가정에서는 어머니와 더 깊은 관계가 있는 듯하다. 자녀가 모태에 들어있을 때의 태교에서부터 유아기까지는 더욱 그러하므로, 어머니로서의 마음가짐과 언행을 법도에 맞게, 불자답게 해야 한다.

그리고 우리의 자녀들이 복잡다단한 산업사회에 적응해 나가면서 존귀한 인격적 존재로서 제대로 대접받게 하려면 패자가 되지 않고, 승자가 되게 하려면, 일도일기(一道一器)의 교육이 필요하다. '일도일기' 란 하나의 도와 하나의 전문지식(전문기술)을 가져야 한다는 말이다. 여기서 일도(道)에는 불도(佛道)가 들어가겠으나, 현실적으로 자녀들이 매일 일정시간 동안 선(禪)이나 명상을 하게 하는 것이 제일 좋은 구체적 방법이 될 것이다.

인간은 어떤 의미에서 두 번 태어난다고 한다. 한 번은 자기 자신을 위하여, 두 번째는 다른 사람을 위하여 태어난다는 것이다. 이같이 다른 사람을 위하여 사는 것이 곧 보살행이라 할 수 있다. 보살행은 흔히 '바라밀(布施, 持戒, 忍辱, 精進, 禪定, 智慧) 또는 10바라밀(6바라밀＋方便, 願, 力, 智)로 표현되나, 4무량심에 바탕을 둔 4섭법으로 표현하기도 한다.

사무량심(四無量心)은 자심·비심·희심·사심(慈心·悲心·喜心·捨心)을 뜻하고, 사섭법(四攝法)은 보시·애어·이행·동사(布施·愛語·利行·同事)를 뜻한다.

보시란 베푸는 것으로 아무 것에도 머물지 않고 베풀어주는 무주상(無住相) 보시가 제일이다. 보시에는 법시(法施), 재시(財施), 노력시(勞力施)와 다른 사람의 두려움을 없애주는 무외시(無畏施) 등이 있다.

애어는 다른 사람을 사랑하는 말로서 진실된 말, 부드러운 말, 따사로운 말, 견실한 말 등이 포함된다.

이행은 남에게 이로운 행동으로, 사회에서는 윗사람을 돕고, 옆사람과 협력하며, 아랫사람을 이롭게 하는 행동을 뜻한다.

동사는 공동체에 속한 사람들이 함께 일하고, 동고동락하며, 일을 한 결과를 고르게 나눠 갖는 이화균등(利和均等)을 의미한다.

이상에서 본 바와 같이 한국 여성불자의 나아갈 길은 한국의 특수한 상황을 고려하면서 불자로서의 정도를 걷고, 여성으로서 특별히 고려해야 할 점에 유의하며, 보살도를 실천하는 것이라고 결론지을 수 있다.

# 29. 한국불교의 현실참여 좌표와 전망

## 1. 들어가는 말

무명을 밝히는 해동불교 창간 1주년을 진심으로 축하하며, 이를 기념하는 글을 싣게 되어 매우 기쁘게 생각한다.

'불교의 현실참여' 라는 제목의 글을 청탁 받았을 때 '불자의 현실참여'가 더 정확한 표현이 아닐까 생각했다.

또 불교는 본래 성불제가를 목적으로 하는 생명의 종교이고, 생활의 종교로서 현실적 종교인데도 이런 제목의 특집을 마련한 것은 현재의 한국불교가 '불교' 답지 못한 점을 지적하여 고치고자 하는 편집의도를 생각케 했다.

앞으로 현재 한국불교를 중심으로 한국의 현실과 불교를 먼저 살펴보고, 한국사회의 미래를 그린 다음, 그에 접근하기 위한 실천으로서 불자의 현실 참여를 중점적으로 고찰하고자 한다.

## 2. 한국의 현실과 불교

1만 년 가까운 유구한 역사를 가진 전통문화 민족국가로서 우리나라는 남북분단이라는 역사적 비극을 가진 채 아직도 '수난의 여왕' 모습을 벗지 못하고 있다.

더구나 우리가 살고 있는 현실사회는 올림픽개최와 경제적 발전 등으로 아시아의 새로운 용(龍)으로 발돋움하고 있으나 정치적으로는 군사독재문화의 잔재와 외세의존적 사대주의로 후진성을 극복하지 못하고, 사회적으로는 극단적 이기주의, 황금만능주의, 지역감정의 심화, 계급갈등, 학원분규, 제5공화국 비리의 미청산 등으로 대단히 혼란한 상황에 처해 있다.

사회학에서 얘기하는 가치관의 붕괴로 공동선이 확립되지 못한 채 아노미 현상마저 보이고 있다.

문화적으로는 국민들의 창조적이고 통일된 의식이 형성되지 못하여 문화갈등이 심각하고 정치와 사회, 문화 등을 이끌어가야 할 종교는 '종교의 백화점' 소리를 듣게끔 정비되지 못한 어지러운 상태에 있다.

한편 불교는 모든 중생을 구원하여 자비광명(慈悲光明)과 지혜의 빛을 비추는 이 세상 최대 최고의 가르침으로 금수강산에 전래된 지 1600여 년이 지나면서 이 땅에 뿌리를 내렸으며, 우리 문화의 피가 되고 살이 되었다.

불교는 한반도에 들어와 삼국통일의 기초가 되기도 했고, 고려시대엔 국교로서 찬란한 불교문화를 꽃피워 그 시대 민중들의 삶을 값지고 풍요롭게 했다.

그러나 근세에 들어와 조선시대에는 억불종교정책(抑佛宗敎政策)으로 어부가 불교를 탄압하고 일본제국주의는 불교문화말살정책을 폈으며, 구미열강(歐美烈强)의 서세등점과 우리들의 공업 등으로 한국불교는 휘청거리며 정체된 모습을 보여왔다.

그럼에도 불구하고 한국불교 최근에 이르러 높은 산 깊은 숲속에서의 노인들의 수도, 선풍 진작에 따른 시민선방의 증가, 젊은 불자들의 활발한 사회참여, 한국교수불자연합회 등 직능적·지성적 불자들의 증가, 불교대학 병원의 설립, 중앙승가대학인가, 불교방송의 탄생 등으로 정체를 딛고 활발하게 도약하려는 모습을 보여 다행스럽게 여겨지기도 한다.


## 3. 한국의 미래 민주통일정토(民主統一淨土) 구현

우리는 부처님의 가르침에 따라 '상구보리(上求菩提) 하화중생(下化衆生)', 즉 인격완성과 사회완성을 이루는 데 진력해야 할 것이다.

이것은 인간해탈과 사회해방을 통하여 자유와 평등과 평화가 조화된 불보살이 사는 불국정토를 구현하는 것이다.

우리는 부처님 정법에 터잡아 역사적으로 나라를 민주화 하고 한반도와 동명고강(東明故疆)을 통일하여 찬란한 불교문화를 꽃피우는 민주통일정토를 구현해야 한다. 이것이 우리나라의 비전이다.

나라의 민주화를 위하여 우리는 먼저 민주주의의 본질적 내용인 민주성(民主性), 상대성(相對性), 다수결(多數決), 자동성(自同性)을 확립하지 않으면 안된다.

민주성(자주성)은 국민대중이 주인이라는 것으로 불교는 모든 민중이 고귀한 가치를 지닌 인격체로서 주인의식을 갖고, 나의 주인도 '나' 요, 가정·직장·사회·나라·세계 및 우주의 주인도 '나' 라는 정신을 갖는 것이다(隨處作主 立處智眞).

그것은 중생들의 마음바탕에 모두 여래성품(如來性品)을 함장한 여래장(如來藏)이 있기 때문이다.

상대성은 모든 사람이 각기 다른 생각이나 가치관을 가질 수 있으며, 상호의존적이라는 것인데, 불교는 인연과보의 원리(緣起論)에 따라 형성되고 변화해 가는 관계적 존재, 상호의존적 존재로서 중생은 홀로 평화로울 수 없고, 함께 어울려 동고동락할 때 평화로울 수 있다는 현실이다.

다수결은 공동체적 삶에 있어서 문제해결을 위하여 대화와 타협을 시도하고 그래도 안 되면 다수의 의견에 소수가 따르기로 하는 결정이다.

불교는 승가공동체 운영에 있어 민주적 합의제로 나타났는데, 승가공동체는 원칙적으로 전원합의에 의해 결정하는 카르마작법으로 일을 결정하되 합의가 안 되면 절복 등을 통하여 합의를 유도하고, 그래도 이루어지지 않으면 다수의 결정에 따랐다.

자동성은 국민대중이 정치적 다원성 위에 동질성을 스스로 유지할 수 있도록 지배계층과 피지배계층이 바뀌는 것으로 정치적으로는 평화적 정권교체로 상징된다.

불교는 전체존재가 하나의 생명이며 중생은 그 분신생명이기 때문에 카스트 같은 계급을 타파하여 동질성을 지닌 평등한 삶을 누리고, 평등한 공동체를 형성하게 하는 것이다.

민족통일은 마음의 통일과 국토의 통일을 포함한다. 남북분단은 우리들 마음에서 비롯되었듯이 남북통일도 마음의 통일서부터 시작되어야 한다.

그리고 하늘은 언제나 하나로 통일되어 있듯이, 국토도 신토불이 사상에 터잡아 하나로 통일되어야 한다.

정토란 청정국토로서 평화의 땅이며 쾌적하고 건강한 삶을 누릴 수 있는 유토피아요, 무릉도원이며, 샹그릴라다.

정토란 또 중생들이 진여일심(眞如一心)인 불법승삼보(佛法僧三寶)를 믿고 인연과보의 원리를 따라 선인선과(善因善果), 악인악과(惡因惡果)를 기초로 생활하는 것이다.

정토의 민중은 또한 날마다 선과 기도를 실천하여 나날이 좋은 날이 되어 자기와 관계 맺는 모든 사람들에게 빛과 기쁨을 줄 수 있는 것이다. 그것은 선정삼매(禪定三昧)를 통하여 무아경(無我境)에 도달하기 때문에 가능한 불교의 중요한 실천 덕목의 하나이다.

정토는 또 보살대중(菩薩大衆)들이 사는 곳으로 보살대중들은 4무양심에 바탕을 두어 10파라밀이나, 4섭법을 행하는 깨달은 중생들이라고 할 수 있다.


## 4. 불자의 현실참여

불자의 현실참여는 역사적 현실 속에서 민주통일 정토구현을 위하여 보살도를 행하는 것이 될 것이다.

불자들이 사회참여를 통하여 할 일은 산적돼 있으나 불교계의 힘을 결집하여 민주통일 정토를 구현하는 데 긴요한 몇 가지만 중점적으로 언급하기로 한다.

첫째는 민주화의 적극추천이다. 국민대중이 주인역할을 하고, 국민이 동질성 위에 대화합을 이루기 위해 지배자와 피지배자가 바뀌는 평화적 정권교체의 전통을 세워야 한다. 그러기 위하여서는 인권보장, 언론의 자유, 종교의 평등, 권력분립, 직업공무원제도의 확립, 사법부의 독립, 풀뿌리 민주주의로서 지방자치제 실시 등을 쟁취해야 한다.

둘째는 평화사회의 구축이다. 국민대중들이 모두 선명상과 기도를 매일 실천하는 '명상기도사회(瞑想祈禱社會)'를 형성하여 안온한 삶속에서 집중력을 고양하여 산업사회 발전에 기여하며, 반핵운동, 환경보호운동, 소외계층 지원운동, 불교복지시설 확장운동 등을 펼쳐야 한다.

셋째는 민족통일의 추진이다.

남북분단을 극복하고 통일로 갈려면, 남과 북이 각기 통일주체세력을 형성한 뒤 평화공존 속에 교류를 확대하고 미·일·중·소 등 한반도 주변강국에 외교활동을 벌여 한반도통일이 그들의 국익에도 도움이 된다는 것을 인식시켜야 한다.

남북의 이데올로기적 대립을 해소하여 통일로 가려면 세계 2대 사회조류인 자유민주주의와 평등사회주의를 혼합하되 불교가 무소유와 사유 및 공유제를 포용하고 있는 점에 유의하여 불교적 민주사회주의를 제시하고, 이를 역사 속에서 실천·형성해 나가야 할 것이다.

넷째는 정토구현을 위한 불교계 세력결집의 추진이다.

불교세력을 결집하여 불교중흥을 이루려면, 불교유아교육에서부터 학교교육 및 평생교육에 이르기까지 교재와 인적·물적 시설을 마련하고, 지역불자단체, 직장불자단체, 직업불자단체 등을 조직하여 강력한 연합체를 구성하면서 '주는 불교'의 시범을 보여야 한다.

특히 이 시대의 핵심적인 것은 불교를 바탕으로 한 전국적 종합일간지의 창간이다.

종합일간지는 정보화 사회에 맞게 정보량도 많지만 기록성이 있어 국민의식과 여론형성에 큰 영향을 미칠 뿐 아니라 현대대중사회에서 매스컴은 중요한 사회 권력이 되기 때문이다.

(『해동불교』 창간 1주년 기념 특집, 『불교』 2534. 3. 30)

# 30. 불교의 현재와 미래

## 1. 미래세계의 불교 역할

소를 타고 소 찾기 20년.
나무석가모니불!

부처님의 자비광명으로 우리 금수강산이 찬란한 민주통일정토로 되는 구심점이 되고자 출범한 한국교수불자연합회(교불련)가 창립 20주년을 맞아 교수불자대회를 부처님 진신사리와 문수보살, 방한암스님, 김탄허스님 5대암 등으로 유서 깊은 월정사에서 맞게 됨을 우리 모두 함께 경축한다.

먼저 삼보님전에 향을 사루면서, 부처님의 혜명이 천혜의 이 강토에 비추어 민족사적 삶에 뿌리를 내리고, 불기 2532년 2월 27일 세계불교사상 처음으로 교수불자의 전국적 결사체를 형성·유지·발전시켜온 데 대하여 산고를 함께한 회원 교수님들은 물론 역대 회장 임원 등 모든 관계자 여러분에게 창립회장으로서 깊은 감사의 말씀을 드린다.

저는 감개가 무량하고, 무한히 감사할 뿐이다.

역사는 과거와 현재, 그리고 미래의 대화이다.

21세기의 초기에 서서 지금까지의 인류문명사를 돌이켜보면, 인류문화에 큰 기여를 한 두 축은 흔히 과학과 종교라고 말한다.

과학은 인류문명 발전에 크게 기여하면서 현대에 이르러 전자공학, 생명공학, 우주과학 등의 발전으로 흔히 '신의 영역'이라는 '인간 창조'와 우주여행에 나서는 등 찬란한 모양을 보여주고 있다.

그럼에도 인류는 행복하기만 한 것이 아니며 불안과 공포, 대립과 갈등 전쟁 등에 시달리고 있다.

인류에게 안심입명을 제공해 온 세계적 종교로서 불교, 유교, 도교, 그리스도교, 이슬람교, 힌두교 등 많이 있으나 그 공헌과 함께 과오도 많았다.

특히 일부종교는 진리를 찾는 '마음공부'는 외면하고, 권력종교화 하여 창교성자들의 가르침에서 멀어져 갔을 뿐 아니라, 드디어 현재 세계에서는 인류평화를 깨는 2대 문제 즉 민족문제와 종교문제의 하나가 되었다.

더구나 종교로서는 있을 수 없는 집단살인, 폭력, 사기갈취 등 해괴한 사태를 빚기도 한 바, 탈레반의 바미안석불 파괴, 기독교국가인 미국의 침공으로 시작된 이슬람교 국가 이라크의 전쟁이 그 대표적인 사례이다.

이스라엘과 아랍권의 관계처럼 배타적인 종교 갈등으로 세계적 전쟁의 가능성마저 있다. 여기에 세계적인 종교들이 창교시의 교주들의 가르침으로 돌아가 종교다원주의에 입각한 종교평화에 힘써야 할 소이가 있다.


天上天下 唯我獨尊(천상천하 유아독존)
三界無安 我當安之(삼계무안 아당안지)


하늘 위 하늘 아래 '나'만이 존귀하고
삼계가 안 편하니, 내가 이를 편안케 하리.

이는 지금으로부터 약 2600여 년 전 불난 집에서 불난 줄 모르고, 고락의 바다를 헤매는 중생을 구제하겠다고 도솔천궁에서 내려와 룸비니 동산에서 마야부인의 몸을 빌어 나투신 석가모니불의 고고성이다. 우주생명인 본래의 부처는 한 생명으로 불생불멸이며, 오고 감이 없지만, 달이 천강에 비추듯, 고해의 중생을 건지려고 원만보신과 천백억화신의 하나로 사바세계(娑婆土)에 나투셨던 것이다.

석가세존은 6년의 수행 끝에 인도 부다가야 마하보디템플 피팔라수(나중에 보리수라 함) 아래서 길상초를 깔고 앉아 명상을 하다가(금강보좌) 새벽별을 보고, 일체가 마음이며 나이고, 삼계의 현상은 인연과보의 원리(緣起論)에 의한다는 대각에 이르셨다(見明星悟道).

깨달은 문은 적멸문이자 진여문으로 공(空)인 거울과 같고, 인연과보로 생멸하는 삼라만상은 생멸문으로 거울에 비친 그림자 같다고 할 수 있겠다.

> 몽환포영로전운(夢幻泡影露電雲)인데,
> 운간청천고금동(雲間靑天古今同)이라.

> 꿈, 허깨비, 물결, 그림자, 이슬, 전기, 구름인데
> 구름 사이의 푸른 하늘은 예와 이제 같더라.

고다마 싯달타 태자가 생사와 고락을 넘어 자유자재로운 해탈의 한 생명이 되고, 일체의 의심은 사라졌다.

석가세존의 '마음'은 영산회상 염화시중의 미소 등 삼처전심(다자탑전 분반좌 사라쌍수곽시쌍부등)으로 마하가섭에게 전해져, 인도, 태국, 중국, 한국, 일본 등으로 전파되면서 늘상 진리를 추구하고 한 번도 불교 자체문제로는 전쟁을 하지 않은 세계 제1의 종교가 되었다.

진리란 자신의 마음에 의하여 창조한 대로 경험하는 것이다.

한결같이 부동의 자리인 것이다(如如不動).

그러한 불교의 진리성에도 불구하고 한국과 세계의 불교현실은 특히 사회성이나 사회적 세력면에서 활력이 넘치는 것으로 보이지는 않는다. 우리 모든 불자들이 지혜와 자비와 용기를 모아야 할 분야라고 생각된다.

그러면 미래세계에 있어 불교 등 종교 역할은 무엇인가?

21세기 세계의 인류는 하나의 평화세계(a peaceful world)를 지향하고 있지만, 하나의 세계정부, 하나의 군대, 하나의 화폐 등이 마련된 것이 아니어서 복잡다기한 가운데 엄청난 변화가 예상된다. 여기서 인류의 마음을 평안하게 해 줄 종교의 역할이 중요한 소이가 있고, 불교, 유교, 기독교, 힌두교, 신교, 이슬람교 등 세계적인 종교의 역할이 중요하다.

이러한 종교들이 그 창시자의 뜻으로 돌아가 마음의 갈피를 잡지 못해 불안해하고 대립갈등을 빚은 인류에게 안심입명(安心立命)을 제공함이 당연하다 하겠다. 인류평화를 위협하는 종교적 큰 문제도 바로잡아야 한다.

우선적으로 종교들의 평화적 다원화이다.

각 종교들이 자기종교만 옳다고 주장하는 배타적 자세를 버리고, 종교가 이데올로기화하는 것을 막으며, 내 종교가 중요하면 타인의 종교도 중요하며, 내 종교가 절대적이라면, 상대의 종교도 절대적이라는 것을 알고 같은 사회구성원으로서 상호존중하여 종교다원화의 평화로운 사회를 만들어가야 한다.

여기서 우리가 특히 주목해야 할 종교들은 중방풍토에서 나온 유대교, 이슬람교, 그리스도교 등처럼 자기종교만을 절대선으로 생각하고, 다른 종교를 적대시하여 권력종교화 하면서 십자군전쟁, 이라크전쟁 등 전쟁을 일으켜 평화를 파괴하고 집단살인·갈취·폭력·마녀사냥 등을 일삼아 인류역사에 큰 죄를 지었다는 것이다. 절대선은 절대악과 같다.

절대선과 절대악은 동전의 앞뒷면과 같기 때문이다.

또 절대선과 절대악은 이름이 절대선과 절대악이지, 실제는 절대선과 절대악이 아니기 때문이다. 그렇게 큰 죄를 짓는 종교라면, 공헌한 부분이 있더라도 인류평화를 위하여 사라지는 것이 더 나을지 모르겠다.

그럴 경우에는 '종교' 라는 이름의 종파성과 제도적 경직성에서 벗어나, 쉽지는 않겠지만, 진리의 가르침이 되도록 종교 대신 '수행과 봉사만의 단체' 로 본질적인 전환검토가 필요하다고 생각된다.

종교의 과오가 공헌보다 클 수 있다.

영국의 BBC방송광고에 나온 것처럼 "종교 없는 세상을 상상해 보라" 는 광고멘트가 종교에 식상한 대중들에게 신선하게 느껴져 크게 어필했다 한다. 종교가 인류역사에 공헌한 바도 크지만, 종교라는 이름으로 '보이지 않는 상품' 으로 하나님, 부처님, 알라님 등을 팔아 갈취하고 사기치며 파당행위를 일삼고 진리로부터 멀어지고 신앙이나 신념을 미명으로 내세우면서도 사실은 고정관념으로 전쟁과 살육을 일삼는다면 인류평화를 위하여 지상에서 종교라는 섹티즘이 사라지고 본래 석가모니불의 가르침처럼 '진리 찾는 수행과 무주상 보시만 하는 단체' 의 출현을 이상으로 추구해야 한다.

그 밖에 우리는 영구평화를 위하여 UN을 발전적으로 해체하고, 세계정부를 세우고, 세계의 경제체제는 부처님 가르침대로 화합중(和合衆) 경제체제로 가야 한다. 이는 원시불교 교단처럼, 무소유를 북극성으로 하고, 사유를 바탕으로 공유를 조정, 조화시키는 6화경의 새로운 경제시스템이라 하겠다.

그러면 한국불교의 미래와 교불련의 나아갈 길은 무엇인가?

한국불교는 전래된 이래 약 2천 년 간 찬란한 문화를 창출하고 그 명맥을 유지해 왔으며, 현재의 한국불교는 진리추구의 전통이 살아있으나, 사회적 세력면에서는 정체된 모습을 보이고 있다.

한국불교가 중흥하여 멋진 미래로 거듭나기 위하여는 나아갈 방향을 잘 잡아야 한다. 그래야 복잡다단한 미래세계에서 평화의 한국문화가 세계문화의 중심이 되고, 그 한국의 정신문화를 진리의 종교인 불교가 이끌어야 되기 때문이다.

첫째는 여법한 종단·스님·신도가 되어야 한다.

부처님의 가르침을 그대로 따르는 종단이 되어야 진정한 불교단체이고, 깨달음에 이른 스님과 신도가 많이 나오고 훌륭한 인재를 많이 양성해야 한다. 한국불교종단은 수십 개가 있으나 조계종, 천태종, 진각종, 원불교 등이 여러 가지 측면에서 불자들의 관심을 끌고 있다.

그 가운데서 대한불교 조계종은 한국불교 최고의 문화전통을 자랑하고 많은 기여를 한 최대의 종단이다. 최근에는 조계종의 소의 경전인 '금강경'과 참선공부로 정진하여 '견성(見性)'한 불자가 많다고 한다.

환희용약할 일이다. 새시대에 발맞춘 불교중흥을 위해 우선 조계종이 여법한 종단이 되어 인재를 양성하고 부처님의 진리전파에 적극 나서야 한다. 그러려면 우선 조계종 종회의를 4부대중으로 구성해야 한다.

지금 조계종 종회의 구성은 1.1부종회(비구1, 비구니0.1)로 부처님법인 무소유에 기초하지 않고, 기득권층인 비구스님들의 독점욕에 기초하고 있기 때문이다. 부처님은 교단을 4부대중으로 구성하라고 가르치셨고, 방편상 필요하다면 출가자상원과 재가자하원으로 구성하더라도 꼭 4부대중으로 구성해야 한다. 그래야 한국불교가 지혜를 모아 활력을 갖고, 많은 인재를 양성·배출할 수 있을 것이다.

둘째는 불교이론보다는 실천에 중점을 두는 풍토를 조성해야 한다.

선교불이(禪敎不二)이나, 붓다의 가르침은 우리가 실천을 통하여 우리의 본래면목이 부처요, 한 마음이요, 한 생명이라는 것을 깨치게 하는 것이므로, 그것이 참선이든, 염불이나 주력이든, 독경이나 사경이든, 선농일여(禪農一如)이든 '마음공부'의 실천에 중점을 두어야 한다.

셋째는 받는 불교에서 주로 불교로, 국민대중에게 다가가는 불교로 자세를 바꿔야 한다. 많은 국민과 인류는 복잡다단한 세상에서 불안과 공포로 마음의 안정을 가져오지 못하는 경우가 많으므로, 우리는 그들에게 다가가 무주상 보시로 부처님 마음을 전함으로 '마음공부'를 하게 하고 심안산업(心安産業)을 펴서 마음이 편하게 해줘야 한다.

이에 맞추어 창립20주년을 지낸 한국교수불자연합회는 한국불교에서 많은 역할을 요구받고 있으므로 한국불교의 중심에 서겠다는 각오로 그 앞길을 펼쳐나가야 한다.

첫째, 교불련은 초창기의 목표대로 교불련 선원을 건립하여 깨달음의 센터가 되고 세계선정문화의 중심이 되어야 한다.

교불련 구성원은 진아로 거듭나 불타의 혜명을 이어받고, 한 조각 의심 없이 깨달음에 이르고 성불제중에 나아가도록 해야 한다.

둘째는, 한민족사의 최대문제는 남북통일이므로, 동체대비로 다가오고 있는 민족통일사업에 적극 참여하여 민족통일융화에 기여해야 한다.

셋째는, 교불련 창립시에 목표로 삼았던 세계교수불자연합회를 조직해야 한다. 불교의 세계화와 세계의 불교화를 지향하여 한 번 크게 죽은 뒤 소생한다(大死一番 絶后蘇生)는 정신으로 아시아교수불자단체수준을 넘어 전세계 수준으로 세계교수불자연합회를 적극 조직하여 인류평화에 크게 기여하는 불국토 형성에 나서야 한다.

끝으로 우리는 진리를 깨달아야 한다. 우리는 이분법(二分法)에 빠져 말과 모양과 생각등 분별망상에 빠지지 말고, "지금 여기 이것뿐"인 전체실상을 알아차려야 한다. 불이법(不二法)이다. 그것은 태평양 물결의 물 한 방울이 물과 물결을 나누고(분별망상), 물을 찾아나서거나, 어떠한 것은 물이고, 어떠한 것이 물 아닌 것으로 나누고 물을 찾아나서는 것과 같다 하겠다.

나는 태평양이며 동시에 한 물방울이다.

이분법의 분별심을 버리고, 불이법으로 그 출발점을 삼아야 한다.

오직 모를 뿐!

나무석가모니불!

## 2. 신앙(信仰)을 생명처럼

"불교연구와 보살도의 실천을 통해 불교문화의 발전을 도모하고, 교수불자간의 우의증진과 한국불교의 보다 나은 미래 창조에 기여하고자 '한국교수불자연합회'는 설립되었습니다."

지난해 2월 27일 대원정사법당에서 가진 창립총회 때 2년 임기의 초대회장으로 선임된 고준환 회장(48)은 전국 전문대학 이상의 각 대학 교수불자들의 모임인 '한국교수불자연합회(이하 '교불련'이라 칭)'의 설립목적을 이같이 밝힌다. 대학(경기대)에서 강의와 학생지도뿐 아니라 보직(경기대 법정대학장)까지 맡고 있어 몹시 바쁘지만 그는 교불련 초대회장으로서 교불련의 기초를 다지고, 앞으로 더욱 활발한 활동을 펴나가는 데 있어 밑거름이 되고자 열과 성을 다한다. 아직 연륜은 짧지만 교불련을 바라보는 불교계의 시각은 큰 기대에 차 있다. 이 나라 최고의 지성인들의 모임이자, 미래를 이끌어 갈 학생들을 가르치는 주역이기에 더욱 그러하다.

"우리 700여 회원들의 학문영역은 다양합니다. 인문ㆍ사회ㆍ자연과학ㆍ문학ㆍ예술 등 각 분야에서 정진하므로 부처님의 가르침을 각 방면의 전문 학문연구에서 구체적으로 구현할 수 있고 사회의 지도자로서 불교중흥과 전파에 한층 박차를 가하게 되리라 봅니다."

월례학술강연과 정기백련법회, 춘ㆍ추계학술심포지엄, 논집발간, 한ㆍ일 및 한ㆍ중학술교류, 하계수련회, 인도ㆍ중국 등의 성지순례, 회보발간 등의 활동을 소개하며 교수불자들이 각 행사에서 큰 호응을 보여주어 매우 다행스럽다고 밝힌다.

"교수불자들의 모임이 각국에 전파되어 세계교수불자연합회가 창립되도록 우리 한국에서 정진하고 발원해야 할 것입니다. 이러한 일의 중심적 터전을 마련하기 위해 교불련선원 건립이 필요함을 절감하게 되었습니다."

그래서 1990년까지 교불련 선원(禪院) 건립의 비용을 모금키로 하고 지금 준비중에 있다. 고준환 회장은 대학입학 후 교내불교학생회에 가입하여 불교와 인연을 맺게 됐는데, 한국대학생불교연합회의 창립멤버였으며, 요새는 일요일마다 수원 일광사와 태백산 현불사에서 설법을 하는 법사의 역할도 수행한다.

"자기의 주인도, 사회의 주인도, 나라의 주인도, 우주의 주인도 '나'라는 사실을 우리 모두 잊지 말고, 신앙을 생명처럼 생각하고 신해행증으로 진아(眞我)를 찾아 깨달음을 얻어 우리 사회에 민주통일정토를 이룩했으면 하는 바램입니다."

고 회장은 수처작주(隨處作主)라는 말과 함께 전국민의 선화화(禪和化)를 강조한다.

(「해동불교신문」 1989. 6. 8. 이경숙 기자)


## 3. 한국교수불자연합회 창립을 돌아보며

나무석가모니불!

삼보님전에 향을 사룹니다.

세월은 흐르는 물과 같아서 벌써 한국교수불자연합회 창립 20주년을 맞이하여 교불련 창립 당시를 돌아보니 수많은 감회에 젖게 된다.

먼저 금수강산에 부처님의 혜명이 비추어 민족사적 삶에 뿌리를 내리고 불기 2532(서기 1988)년 2월 27일 세계불교사상 처음으로 교수불자 약 1천명의 지성인 결사체를 형성하고 이를 유지·발전시켜 온 데 대하여 부처님께 감사하고, 산고를 함께 한 회원 교수님들은 물론 역대 회장, 임원 등 모든 관계자 여러분에게도 창립 회장으로서 깊은 감사의 말씀을 드린다.

특히 초장기에 고문 역할을 해 주신 혜암, 월주, 지관스님 등과 장상문

지도위원 그리고 황산덕, 서돈각, 김종서, 전팔근 교수님은 물론이고, 역대 한상범, 오상환, 류종민, 조희영, 이준, 연기영, 김용표 회장님과 임원진에게 고맙게 생각한다.

　돌이켜보면 나는 서울법대 3학년 시절 신호철, 최동수, 하장춘, 전창렬, 명호근, 오형근, 김윤권 씨 등과 역사적인 한국대학생불교연합회를 창립한 바 있는데, 교수가 된 이후에 불교의 지성화 · 현대화와 대중화 및 세계화에 관심을 기울여 진리인 불교 중흥의 역사적 사명감을 갖게 되었다.

　그러다가 동국대 연기영 교수와 교수불자들의 모임을 만들기로 하고, 1987년 11월 불교교수 친목모임을 시작한 서강대 박광서 교수와 구상진, 서혜경 교수들을 만나 한국교수불자연합회를 만들기로 합의한 뒤 500여 명의 교수불자들이 모여 일사천리로 진행하여 다음해 2월 27일 한국교수불자연합회(약칭 교불련)를 창립하였다.

　우리는 지금 여기 불교현실을 내려다보면서 의미가 깊은 20여 년 전의 교불련 창립취지문을 다시 음미해 볼 필요가 있어 창립취지문을 실어보겠다.

　부처님의 자비광명이 금수강산에 비추인 지 어언 1600여 년, 불교는 우리 민족의 역사적 삶에 깊은 뿌리를 내려왔습니다. 오늘에 있어서도 불교의 정신이 민족의 심성에 기본적 바탕이 되고 있다는 사실은 부정하지 못할 것입니다. 찬란했던 한국불교를 오늘에 되살려 큰 전환기에 처해 있는 이 사회의 정신적 지주가 되도록 하는 것은 우리 모든 불자들의 염원이기도 합니다.

　서세동점과 급속한 산업화의 결과 우리 사회에는 여러 가지 긍정적인 변화도 있었지만, 동서문제와 남북문제가 이 땅에서 교차되고, 사회구조의 불안정과 정신문화의 혼란으로 인한 심각한 갈등이 초래되고 있습니다.

　이러한 고통스런 역사적 소용돌이는 우리의 전통문화를 소홀히 하고 서구화가 곧 근대화라는 도식 아래 맹목적으로 달려 왔던 우리 최근세사의 결과라고도 하겠습니다.

주인의식을 잃고 사대주의를 능사로 여기며, 극단적 이기주의나 물질만 능주의가 팽배해 있고, 인권이 제대로 보장되지 못하고 인간이 객체화되어 소외되는 등 본질적인 위기상황에 놓여 있습니다.

여기에서 우리 불자들은 빛나는 전통문화를 이어받아 참다운 삶을 살 수 있게 하며, 국민대중이 주인인 민주주의에 입각하고 정법에 의한 민족문화를 형성함으로써 시대적 고통을 극복하는 것을 역사적 사명으로 삼아야 할 것입니다.

민족문화의 주류를 이루어왔던 불교가 현대사회에서 제구실을 하게 해야겠다는 새로운 각오로, 우리에게 불성이 있음을 확신하고 부처님의 가르침을 적극적으로 구현하는 새로운 모습의 불교로 전환시켜야 할 때입니다. 이 시대의 문제들이 우리 민족 공동의 업이라는 자각으로 우리의 현실에 놓여 있는 무명을 제거하여 본래적인 지혜 광명이 햇살처럼 솟아오르게 해야 합니다.

이러한 뜻을 펴 나가기 위해서 우리 불자들은 각계각층의 불심을 한 데 모아 보다 역동적으로 이 사회의 문제를 해결해 나가는 데 적극 참여하여야 합니다. 대학에서 학문을 연구하고 가르치는 우리는 어느 다른 사회 분야보다도 먼저 이러한 움직임이 있어야 했습니다. 우리 교수불자들은 이러한 문제의식을 바탕으로 찬란한 불교문화를 꽃피움으로써 민족의 진운에 맞추어 나라를 민주화하고 한반도를 통일하는 민주통일정토를 이루는 데 지성적 기초를 마련하는 하나의 구심점이 되고자 합니다.

불교의 연구와 보살도의 실천을 통해 이 시대에 맞는 불교사상을 구체적으로 제시하여 인격완성과 이상적 사회건설을 함께 실현하는 불교로 중흥시키고자 하는 것이 우리들이 큰 목적입니다. 뜻을 같이하는 모든 교수불자들이 서로서로의 등불이 되고 울타리가 되어 한국불교의 보다 나은 미래를 창조할 것을 서원하며 한국교수불자연합회를 창립하는 바입니다.

지금 여기에도 타당한 취지문이라고 하겠다.

초창기에 불교중흥의 기치를 든 교불련의 열기는 대단하였고, 교계와 국민들의 넓은 주목을 받았다.

초창기 교불련은 그 이상을 그대로 실천하고자 했다.

하여, 부처님의 전령사인 교수불자회보 격월간 발간배포, 불교중흥대법회 개최, 매월 학술대회 불탄일 학술대회, 추계 학술회의, 국제학술회의, 50여 명의 교법사단 구성과 매주 목요백련법회 개최, 일본교수불자와 교류세미나, 불자의 남북교류, 교불련 선원건립 기금마련, 매년 해외 부처님 성지순례, 방학 때의 해인사 송광사, 통도사, 구인사 등 수련법회(템플스테이), 불교논문집 발간(불교의 현대적 조명, 한국불교에 띄운 화두 등) 등 많이 드러나 있다.

되돌아보면 사람이 하는 일이니 진선진미할 수는 없을지 몰라도 순수한 마음으로 신명나게 일했던 것 같다. 음으로 양으로 도와준 많은 분들에게 오직 감사할 뿐! 모자람이 많은 제가 이렇게 할 수 있었던 것은 도와주신 분들이 많았기 때문이다. 그 가운데에서도 이 자리를 빌어 두 분에 관한 에피소드 2가지를 밝히고 감사드리는 것이 좋을 듯싶다.

그 한 분은 태백산 현불사에 주석하시는 불숭종법주 설송 큰 스님이시다. 이 분은 제자인 필자가 부처님 일하는 데 구애받지 않도록 금일봉을 무주상으로 보시해 주셨다. 함께 많은 깨우침을 주신 데 감사드린다.

또 한 분은 당시 청와대 총무수석비서관이었던 친구 임재길 씨이다.

교불련은 88년 인도성지순례에 이어 1989년 여름방학 기간동안 중국성지순례로 혜초스님의 왕오천축국전이 소장됐던 돈황 막고굴과 원측스님탑이 있는 흥교사 및 백두산천지를 순례하고 북경에서 중국불교협회(회장 조박초)와 세미나를 갖기로 하고 교수불자들의 신청을 받았다.

그런데 당시 중국은 한국과 수교가 없는 공산국가였고, 때마침 천안문사태가 일어나 정정도 지극히 불안했다.

모두 교수불자 27명의 신청을 받은 교불련이 중국성지순례에 나서려고 하니, 교육부에서 하는 말이 중앙정보부에서 신원조회가 떨어지지 않아 못 간다는 것이었다.

나는 신청을 받은 교불련 회장으로서 입장이 난처하게 되었다.

나는 방편을 생각했다. 나는 군사정부와 친하지는 않았으나 교불련을 위하여 청와대로 가서 임 수석을 만나 의논하였다. 그날로 신원조회 문제는 해결되었다.

그리하여 천안문 사태로 신청자중 여자 교수님 3분이 신청을 철회하여, 이영무 교수가 고문을 맡고 내가 단장을 맡아 1980년 7월 30일부터 8월 14일까지 16일 동안 '뿔달린 사람'들이 사는 곳으로 알려진 미수교국 공산중국의 불교 성지순례가 원만하게 이루어졌다.

백두산 천지에서 평화통일을 기원하는 백두산과 한라산 흙(이화여대 이남덕 교수님이 가져옴)의 합토제가 이루어졌다.

임재길 수석에게 이 자리를 빌어 감사를 표시한다.

교불련의 창립 초창기를 돌아보면서 중요한 것은 교불련의 앞날이다. 교불련은 앞으로 진아로 거듭나 불타의 혜명을 이어받고 교불련선원을 건립하여 깨우침의 센터가 되며 세계선정문화의 중심이 되고, 남북평화교류통일에도 적극 나서며, 동체대비에 입각하여 한 번 크게 죽은 뒤 소생한다는 정신으로 세계교수불자연합회를 본격적으로 조직하여 인류평화에 크게 기여하길 기대해 본다.

揀擇憎愛幻像滅(가택증애환상멸)
南無釋迦牟尼佛(나무석가모니불)

## 4. 한국불교 거듭나야 한다

불기 2532년 '부처님 오신 날'을 맞으며

『하늘 위 하늘 아래 나 홀로 높아/ 평안 없는 온세상 평안케 하리
(天上天下 唯我獨尊 三界無安 我當安之)』

지금부터 2천6백년 전(불멸기원 2532년+부처님 생존 80년) 지금의 네팔 룸비니동산에서 태어나신 석가세존께서 일곱 발자국을 거닐면서 하신 말씀이다.

### 세존께서 오신 이유

그 부처님은 오랜 수행 끝에 진리인 '존재의 상대적 관계성'을 깨달으시고 자비광명으로 4년 동안 중생들을 구제하시며, "너 자신과 진리를 등불삼고 일하지 말라"는 유훈을 남기고 반열반에 드셨다.

우주대생명인 본래 부처는 오고감이 없지만 석가여래는 달이 천강에 비치듯 고통의 바다에서 헤매는 중생을 건지려고 천백억 화신의 하나로 그 몸을 나투셨던 것이다.

우담바라꽃이 3천년 만에 한 번 피듯이 부처님이 '일대사인연(一大事因緣)'으로 사바세계에 오심은 우리들 본래 자리가 '부처'이며 '주인'이며 가장 존귀한 존재로서, 모든 속박에서 인간을 해방하고, 인격의 절대평등을 선언하면서 자비의 문을 열어 부처님 지혜에 들어가게 함에 그 뜻이 있다 하겠다. 해마다 만물이 소생하여 녹음이 싱그러운 '부처님 오신 날'이 되면 불자(佛子)뿐 아니라, 수많은 인류가 불탄을 봉축하는 행사를 벌임도 이같은 불은(佛恩)에 보답하고 참된 삶을 누리고자 하는 데 있다.

석가세존뿐 아니라 단군성조(檀君聖祖)나 공자(孔子)나 그리스도 등 널리 공경받는 성자들의 가르침을 배우고 실천하며 떠받듦은 국민들의 보람된 일이며, 큰 복이라 할 것이다.

## 현대 대중불교 지향

부처님의 혜명(慧命)이 금수강산에 비추인 이래 불교는 민족사적 삶에 뿌리를 내려 삼국통일의 터전을 마련했고 고려시대엔 국교로서 찬란한 문화를 꽃피웠으나 조선의 억불숭유정책, 일제의 불교문화말살정책과 서세동점(西勢東漸)의 영향 그리고 우리들의 공업 등으로 현재의 한국불교는 그 최고의 가르침에 비하여 정체된 모습을 보이고 있다. 이같은 불교현실에 활력을 불어넣고 전환기에 처한 한국사에서 전통문화를 이어받으며 국민대중을 주인으로 정법에 의한 민족문화를 형성하는 불교의 중흥이 절실히 요청된다.

이러한 바탕 위에 찬란한 불교문화를 꽃피움으로써 역사적 고통을 극복하고, 민족의 진운에 맞춰 나라를 민주화하며 '잃어버린 단군의 역사'를 찾아 동명고강을 회복하고 한반도를 통일하는 민주통일의 불국정토를 이루어 나가야 할 것이다.

그러려면 '산중불교' '기복불교' '치마불교' '어용불교' 등으로 평가절하되는 불교현실에 대하여 불자들은 반성과 냉엄한 비판의 기초 위에서 불교의 현대화와 대중화 등을 통해 다시 태어나지 않으면 안 된다.

## 지도자 자기정화(自己靜化)를

한국불교가 다시 태어나기 위해 우선 시급한 몇 가지 방안을 생각해 본다. 첫째는 종단의 지도자적 위치에 서야 할 스님들의 의식이 깨어나 계율을 철저히 지키며 자기정화에 나서고 보살도를 적극적으로 실천하면서 교리나 의식교육과 제도 등을 철저히 개혁해 나가야 할 것이다. 재가불자들은 스님들을 공경하고 돕는 길을 걸어가되 정체의 늪에서 헤어나기 어렵다고 생각되면 스스로 수련과 포교에 나서는 적극적 자세가 필요할 것이다.

둘째는 부처님이 깨달으신 진리가 인연과보(因緣果報)의 원리이므로 선인선과(善因善果), 악인악과(惡因惡果)가 됨은 확실한 바 평화롭고 밝은 사회를 이루기 위해 국민대중이 믿음을 바탕으로 착한 인연을 짓도록 인과사상을 국민에게 널리 보급해야 한다.

셋째는 불교의 수승한 방법인 선명상(禪暝想)을 모든 불자는 물론 국민들이 자발적으로 매일 실천하게 함으로써 각자 인격의 내면이 바뀌어 나날이 좋은 날이 되고 거기서 빛과 기쁨이 넘쳐 저절로 밝은 사회가 되도록 노력해야 한다.

## 소외계층 관심 둬야

넷째는 현대사회가 산업화된 국제사회이므로, 모든 불자들이 보살행을 실천해 나가되 동체대비에 입각하여 특히 소외계층이랄 수 있는 농어민, 노동자, 빈민, 병든 자, 억눌린 자 등에 크게 관심을 갖고 '한 번 크게 죽는다(大死一番絶後蘇生)'는 각오로 도와야 하며, 생산적인 사원결제를 확립하여 '받는 불교'에서 '주는 불교'로 전환해야 한다.

부처님은 이 세상에 오셔서 꿈속에서 헤매는 중생을 흔들어 깨워 자기실체가 가아(假我)로서의 꿈이 아니고 진아(眞我)로서 꿈꾸는 자가는 것을 일러주고 구름처럼 간 것이다.

조각조각 흰 구름은 하늘새를 흐르는데,
구름 사이 푸른 하늘 예나 이제나 같더라.

片片白雲天中流요,
雲間靑天古今同이라.

경기대 법정대학장, 한국교수불자연합회 고준환 회장

(조선일보, 1988. 5. 21)

## 5. 민주통일정토 구현이 부처님의 뜻

캄캄한 어둠을 헤치고 태양이 솟아오르면 찬란한 아침 햇살이 온 누리를 감싼다.

이와 같이 부처님은 지혜와 자비의 햇살로 이 세상에 오셔서 무명을 밝히며 생사를 뛰어넘는 인생해탈과 사회해방을 통해 고해에서 헤매는 중생을 건지고 계시다.

싱그러운 5월 2일은 불기 2534년 부처님 오신 날!

대생명인 부처는 본래 오고감이 없지만, 석가세존은 우담바라꽃이 3천 년 만에 한 번 피듯이 일대사인연으로 세상에 나타나서 존재의 '상대적 관계성'을 깨달으시고 본래 우리 자리는 절대로 가장 존귀한 주인이요, 부처라는 것을 가르쳐 주셨다.

신중심이 아니고 인간중심 종교인 불교는 고구려 소수림왕 때(AD 372년) 중국의 순도대사가 들어온 지 1650년이 지난 현재 약 1천6백만 명으로 한국 최대의 종교가 되었다.

불교는 한반도에 들어와 삼국통일의 기초가 됐고 고려시대엔 국교로서 그 시대 민중들의 삶을 값지고 풍요롭게 했다.

민족의 삶에 뿌리를 내린 불교는 근세에 들어와 조선시대의 숭유억불정책, 일제의 불교문화말살정책과 구미열강의 서세동점 및 우리들의 공업 등으로 정체되기도 했다.

더구나 우리가 살고 있는 '지금, 여기'는 군사독재문화의 잔재, 외세의 존적 사대주의, 황금만능주의, 극단적 이기주의에 따른 지역·계층간 갈등, 국민의식의 불통일 등으로 아노미 현상을 빚고, 아시아의 용이 될 것이냐, 지렁이가 될 것이냐 하는 갈림길에 놓여 있다.

이같은 역사적 현실 속에서 한국불교는 깊은 산에서의 도인들의 수도, 선풍진작과 민중불교운동, 남북교류와 통일노력, 세계적인 불교방송의 개국 등 정체를 딛고 일어나는 모습을 보이고 있다.

우리는 여기서 더 나아가 부처님 정법에 터잡아 찬란한 불교문화를 꽃피움으로써 나라를 민주화하고, 한반도와 동명고강을 통일하여 건강하고 평화로운 삶을 누리는 청정국토인 민주통일정토를 구현해야 한다. 이것이 우리나라의 미래상이 되리라 생각한다.

민족불교나 민주불교의 내용인 민주통일정토 구현에 앞서, 짚고 넘어갈 것은 한국불교의 전통인 것처럼 잘못 알려진 산중불교, 기복불교, 호국불교 등의 개념이다. 특히 호국불교하면 일부 불교 지도자들의 정교유착 등으로 어용불교인 것처럼 잘못 인식되고 있는 듯하다.

그러나 국가와 정부는 구별돼야 할 뿐 아니라 호국불교는 국가의 3요소설(국민 국토 주권으로 구성됨)에 입각하여 국민의 인권을 보장하고 국토를 수호하며 대외적으로 평등하고 대내적으로 최고인 주권을 지키는 불교로 정립되어야 한다.

안락한 땅인 민주통일정토를 구현하기 위하여 정토의 민중들은 우선 부처님이 새벽별을 보고 깨치신 진리인 인연과보 원리와 선인선과 악인악과를 믿으며, 선명상이나 기도를 실천하여 무아의 경지에 나아감으로써 나날이 감사한 좋은 날이 되게 하고 4무량심에 바탕을 두면서 보시 애어 이행 동사의 4섭법 등 보살도를 실천하여 '주는 불교'로서 평화사회를 이루어야 한다.

보살도의 실천으로 역사적 사회해방을 위해서는 민주화의 적극 추진이 요청된다.

민주정치의 본질적 징표는 평화적 정권교체이다. 지배계층과 피지배계층이 바뀌어 동질성을 확보하는 자동성원리에 따라 평화적 정권교체를 이루기 위해서는 인격의 평등과 인권보장, 언론의 자유, 종교의 평등, 권력분립, 직업공무원 제도의 확립, 풀뿌리의 민주주의로서 지방자치제 등을 쟁취해야 한다.

다음에는 독립에 이은 민족해방의 완성으로 민족통일의 추진이 긴요하다. 분단을 극복하고 통일로 가려면, 남북이 모두 통일주체 세력을 형성한 뒤 평화교류를 확대하고, 미·일·중·소 등 주변국들에 외교적 노력으로 한반도 통일이 그들 국익에 도움이 됨을 주지시켜 남북통일에 협력하도록 해야 한다.

다만 남북 사이의 이데올로기 대립을 해소하고 통일을 위해 세계 2대 사조인 자유민주주의와 평등사회주의를 혼합하되 불교가 무소유를 바탕으로 사유와 공유를 포용하고 있는 점에 유의하여 불타의식(순수의식)에 기초한 인간적 민주사회를 지향해야 할 것이다.

이것이 자유와 평등이 조화된 평화세계인 민주통일정토로서, 금수강산이 중심이 되어 세계적 위기를 해결하는 제8미륵불세계인 것이다.

우리 모두 역사사회에서 주인의식을 갖고, 늘 깨어 있어야 하겠다.

(「한겨레신문」 특별기고/ 더불어 생각하며, 1990. 5. 2, 부처님 오신 날)

## 6. 본각선교원을 열면서

나무석가모니불!
여러분, 안녕하십니까?

지금 인류는 과거와 다른 전혀 다른 세계로 나아가고 있습니다. 저는 동아일보사 기자 생활 10년과 경기대학교 등 교수생활 30년을 끝으로, 평범하나마 대과없이 정년을 맞이했습니다.

오직 감사할 따름입니다.

고로 인생 칠십고래희라 70세가 되면 쉬며 놀며 하다가 갈 나이라는 말이고, 하던 일도 멈출 나이라고 합니다. 맞는 말입니다.

그러나 현대는 생명과학 등의 발달로 인간의 기대수명이 120세 되는 새 시대가 열리고 있습니다.

여기에 고민이 있습니다. 누가 먼저 가게 될지 인간의 구체적 수명은 알 길이 없고 천수를 누리는 게 좋으며, 수십 년을 놀다만 갈 수는 없으니, 적어도 제가 부처님과 대중들로부터 받은 은혜에 조금이나마 보답하는 것이 사람의 도리가 아닐까 하는 생각입니다. 그리하여, 저는 앞으로의 제 인생의 후반부는 석가모니의 가르침을 배우고 전하는 불사에 전념하고자 합니다. 인류역사에는 모범이 될 만한 인물이 많고, 제가 존경하는 6대 성자(노자, 공자, 석가, 예수, 마호메트, 소크라테스)가 있으니, 그 가운데서도 석가모니의 가르침에서 한 빛을 보았기 때문입니다.

그의 가르침은 깨달음과 보살도에 있습니다. 인생의 모든 문제를 해결해 주는 유일한 길은 깨달음입니다. 또 단박 깨칠 수 있습니다. 존재는 지혜 광명뿐입니다. 그리고 시각이 곧 본각입니다. 하여, 이름을 본각선교원(本覺禪教院)이라 하고, 시각이 본각이니, 산하에 시각선원(始覺禪院)과 석가대학(Saka Academy)을 설치합니다. 우리들은 보살도를 실천함에 있어 거사회와 전국거사림을 형성하여 조국의 민주통일에 나서고, 나아가 세계불자연합회를 만들어 지구상에 굶어 죽거나, 돈이 없어 병원에 가지 못해 죽는 사람이 우선 없게 하고, 다원적 종교 위에 각인류(覺人類) 문화운동을 전개하여 세계 일화로서 하나의 평화세계를 구축하고자 합니다.

여러분!!

우리 함께 한 생명으로서 상생원리에 따라 각선교원과 세계불자연합회를 중심으로 깨달음과 보살도의 길을 함께 하시길 기원합니다.

자비광명이여, 영원하소서.

(2011. 4. 1)

# 31. 민주통일복지 국민연합 창립

## 1. 창립취지문

인류는 지금 과거와는 전혀 다른 새로운 시기를 맞이하고 있다.

인류의 꿈은 평화롭고 안정된 삶의 추구이며, 인류사는 갈등으로부터 평화를 추구하는 역사였다.

우리나라는 지금 남북분단 위기에다, IMF체제로 인한 경제구조의 대변혁과 가치질서의 격동 속에서 천하대란의 위기를 맞고 있다.

이러한 위기 속에서 많은 국민들이 고통스럽게 살아가는데도, 사회를 이끌어야 할 정치지도자들은 기존의 부패구조에 안주하며, 당리당략으로 날새는 줄 모르고, 깨끗한 정치, 비전 있는 정치를 기대하는 국민의 요구에 부응하지 못하고 있다.

이에 우리들은 새롭게 주인의식을 갖고, 지금의 위기를 호기로 바꾸는 희망찬 새 역사 창조에 나서고자 한다.

새 역사 창조는 국민들이 열린 마음을 가진 '열린 민족' 으로, 양식이 통하는 부강한 나라 위에 신바람 나는 새 문화를 창조하는 것이다.

열린 민족이 이루고자 하는 사회는 홍익인간에 기초하여, 민족자주의식을 갖고, 열린 마음으로 하나의 평화세계를 지향하면서 민족의 전통을 계승하고, 민족대통일을 이루며, 모든 사람의 행복을 뒷받침하는 광화세계 사회인 '민주통일복지' 이다.

새 세기 새 천년을 맞이하면서, 아시아 태평양시대의 문화 중심국이 될 우리나라를 어떻게 민주통일 복지로 건설할 것인가?

우선, 뭇생명들을 서로 살리는 상생의 정신 위에서 최소한 남에게 피해를 입히지 않고, 상대의 인격을 존중하며, 약속은 반드시 지켜내는 신의사회, 즉 정의사회를 이룩해야 할 것이다.

다음은 모든 국민들이 어울려 화합하는 화합중(和合衆) 경제체제로 가야한다. 이 경제체제는 시장경제를 기본으로 하되 사회복지를 확대하여 효율과 화합의 공동선을 지향하는 것이다.

이러한 바탕위에서 우리는 우리의 목적인 '민주통일복지' 로 가기 위하여 평화적 정권교체의 전통을 확립하고, 남북의 긴장완화와 평화공존 단계를 넘어 남북통일을 이룩하는 데 기여한다.

다음은, 세계문화의 진수인 명상기도문화와 과학정보문명을 조화시켜 새로운 문명사회를 이루도록 개인의 수련과 건전사회 건설에 매진해야 한다. 여기에 우리는 '열린민족연구회' 를 발전적으로 해체시키고, 역사창조의 새로운 주체인 '민주통일복지국민연합' 을 창립하는 바이다.

이에 우리는 모두에게 열린 마음과 새로운 각오로 새 세계건설에 매진해나갈 것을 결의한다.

(1999. 9. 10. 민주통일복지 국민연합 발기인 일동)

## 2. 「민합(民合)」 사무소 개소에 붙여

우리 민주통일복지 국민연합(民主統一福祉 國民聯合, 약칭 民合)은 국가 기본질서인 민주주의 정착과 역사적 제일과제인 남북분단극복의 민족대통일 및 모든 인류가 행복하게 사는 복지(福地)를 건설코자 창립했습니다.

그런데 지금 우리나라는 첫 민족국가 단군조선 이래 반만년의 유구한 역사를 이어 민족대통일로 가는 역사적 도정에서 민주화와 산업화는 이루었으나 분단 속에 나라가 그 한얼과 중심을 잃고, 민생고는 극심하며, 민심은 전면적 불신 속에 사분오열되었습니다.

국제적으로는 한반도가 미·일·중·러 등 제국주의 열강의 각축장이 되어 가히 천하대란입니다. 이러한 국가의 총체적 위기와 절망을 맞이하여, 우리는 모두 "내 탓이오"에서 출발한 환골탈태로 주인정신을 찾아 위기를 호기로 바꾸고, 민주통일복지를 이루기 위해 다가오는 제17대 대통령선거에서 열린우리당이나 한나라당이 난파선이 된 무주공산의 이 나라에 주인으로서 천하대란을 잠재울 '진인'을 찾아 모셔 대통령이 되게 함으로써, 깨끗하고 바른 멸사봉공의 철인정치로 국태민안과 부국강병, 그리고 문화강국의 희망찬 새시대를 열어야 합니다.

우리는 이같은 역사의 요청에 따라 열린 민족주의를 바탕으로, 홍익인간 광화세계(弘益人間 光化世界)의 인류 이념 속에 천하통일에 나섬으로써, 선거를 통한 혁명을 통해 문명사적 대전환기의 신문명을 창출하고 후천을 개벽하겠습니다.

우리는 절망을 벗어나는 대지를 응시하며 한민족의 얼을 되살리되, 다물정신으로 고구려를 건국한 고주몽 동명성왕과 일제하독립운동으로 나라 건국에 아버지 역할을 한 백범(白凡) 김구 선생님과 백범의 애국심을 잇고 있는 우범(又凡) 이수성 선생님(전 백범기념관 건립위원장)의 정신 등을 이어 새 역사를 창조하겠습니다.

하여, 대지에 뿌리박은 나무처럼, 민심의 바다에 항해하는 거북선처럼, 민주통일복지건설이라는 꿈을 이루겠습니다. 우리는 극좌와 극우를 제외하고 민족구국의 참신한 제3거대세력을 모아 정치세력의 구심점이 되며, 동지로 모인 훌륭한 대선주자들이 자유경선을 통하여 대통령 후보가 선출되는 것을 원칙으로 하고, 본선에서 국민의 결단으로 승리하게 할 것입니다.

이번 대선에서는 특히 이념갈등과 빈부갈등, 및 지역갈등을 극복하는 데 중점을 두어 중도, 중산, 중부의 '3중' 을 갖춘 후보에 주목할 것입니다.

나라를 사랑하는 민합 회원 여러분! 위대한 배달겨레의 희망이 절망을 밀어내고 새 역사를 창조하는 소리없는 국민의 함성이 지금 들려오고 있습니다. 구한말보다 더 어려운 누란의 국가위기를 맞이하여 역사의 진운에 맞춘 피와 땀과 눈물의 삼성수(三聖水)로 대선 필승이라는 성공의 열매를 향하여 일로 매진합시다.

(2007. 5. 19. 민주통일복지 국민연합 회장 고준환)

# 32. 인류 행복의 길 '선정문화'에서 찾아야

### – 세계교수불자연합회 창립 추진/ 고준환 교수

1963년 창립된 한국대학생불교연합회(대불련)의 산파역을 했고 1988년 창립된 한국교수불자연합회(한국교불련)의 초대 회장을 맡았던 고준환 교수(경기대)가 세계교수불자연합회(세계교불련)를 설립하기 위해 동분서주한 날을 보내고 있다.

– 세계교불련의 창립이 한국에서 주도되는 것은 한국교불련의 20년 역사를 두고 볼 때 당연한 일이겠습니다. 세계교불련의 창립 취지는 무엇입니까?

"한 마디로, 석가모니 부처님의 가르침이 아니고는 인류의 위기를 극복할 대안이 없다는 절박한 믿음입니다. 오늘날 이 지구상의 모든 분쟁과 갈등은 부처님의 가르침을 외면한 인류의 공업이라고 봅니다. 그리하여 지금까지 발전을 거듭해 온 인류문명이 붕괴될 조짐마저 보이고 있다는 우려도 팽배하지 않습니까? 2분법적 사고로 인해 형성된 분별집착의 망상도견을 극복할 수 있는 길은 연기적 세계관에 의한 불이법(不二法)에 있습니다. 견성성불로 가는 선정(禪定)문화를 고양하여 세계일화를 이루기 위해 세계 지성의 보루인 불자교수들이 마음을 모아야 합니다."

— 간단한 일은 아닐 텐데, 현재 어느 정도 진행됐고, 어떤 분들이 동참하고 있는지요?

"우선 국내의 불자교수들이 먼저 동참하고 힘을 모아야 합니다. 이미 50여 불자교수들이 동참해 기본적인 조직은 꾸려졌습니다. 저와 정천구(영산대) 교수가 창립준비위원회의 위원장을 맡고, 연기영(동국대), 정기웅(건국대), 정경연(홍익대), 정재락(영산대), 우희종(서울대), 최종남(중앙대) 교수 등이 총무, 재정, 국제 등 각자의 소임을 맡고 있습니다. 한국교불련의 최영춘 회장과 고진호 사무총장도 동참하고 있으며 성기태(전 청주대 총장), 한대희(서울대), 황진수(한성대), 김진(연세대), 유국현(동국대), 이희재(광주대), 권오민(경상대), 장영길(동국대), 정주헌(외국어대) 등의 교수들이 수시로 모임을 가지며 창립준비를 하고 있습니다."

— 창립이 되면 세계적인 조직도 필요하지 않겠습니까?

"물론입니다. 각국의 교수불자연합회를 지부로 하고 대륙별 지회를 둘 생각입니다. 우선 각국의 지부 설립을 위해 다양한 섭외를 하고 나라별로 불자교수들의 모임이 자생할 수 있도록 도울 생각입니다. 한국의 준비위와 각국의 교수불자들이 쌍방향 소통을 통해 지부들을 확산해 나갈 것입니다. 국내의 사단법인 설립은 물론이고 유엔에 NGO로 등록하는 것도 계획하고 있습니다."

— 국내의 자력갱생도 우선적인 과제가 되겠군요.

"이미 한국교불련 차원에서도 '교불련선원' 을 만들자는 의견이 모아졌습니다. '교불련선원' 중심으로 자력을 길러 나갈 수 있으리라 믿습니다. 그리고 뜻을 함께 하는 불자교수들이 어느 정도의 기금 형성을 할 의지도 보이고 있습니다."

— 세계교불련의 설립에 남다른 열정을 보이시는데 특별한 이유라도 있으

십니까?

"불자로서 인류와 동시대를 살고 있는 교수로서 마땅히 해야 할 일입니다. 대불련 창립멤버, 한국교불련 초대회장이라는 경력도 그렇고 말입니다. 그런데 대불련 창립이 반세기를 지났지만, 그 창립 과정을 잘 모르고 왜곡되게 글을 쓰는 분들이 있더군요."

— 당시 어떤 활동을 하셨는지요?

"서울대학교 법대 3학년 시절 처음 제가 발의했습니다. 신호철, 최동수, 하장춘, 전창렬, 명호근, 오형근, 김윤권 씨 등과 대불련을 창립했는데, 초대회장은 신호철 씨가 맡았습니다. 우리의 슬로건은 '불교의 지성화, 대중화, 청년화'였습니다. 당시 홍도스님(일명 방울스님)이 도움을 주셨어요. 스님은 룸비니불교학생회를 지도하며 학생 포교에 남다른 열정을 쏟으신 분이지요."

— 교수님께서 개인적으로 가지시는 비전은 무엇입니까?

"제가 절실하게 느끼는 확신 하나는 '나를 모르면 한 발짝도 나갈 수 없다'는 것입니다. 저는 개인적으로 여러 수행법을 경험했지만 인류의 행복을 열어줄 길은 '선정문화'에서 찾아야 한다고 봅니다. 어느새 '명예교수'가 됐으니 석가모니부처님의 가르침으로 인류가 행복해질 수 있도록 세계교불련 설립에 여생을 바칠 생각입니다."

(「현대불교」 2009. 7. 8. 임연태 기자)

# 33. 고국의 아바타 동지들에게

아하!
대지에 뿌리박고 느끼는 나무처럼
잊혀진 마음 찾아 참생명을 얻었네

가능성 근원이여! 태평양의 파도여!
생각없는 자리여! 느낌의 그 자리여!

신선한 기분으로 우리 모두 즐기며
사랑하는 인내로 평화세계 이루세

1992. 12. 13.

플로리다 올랜도에서 아하광파 **고 준 환**

# 34. 역사적 실존 효녀 ‘심청’ 소고

## 1. 서론

　사람이 살아가는 데는 길(道)이 있고, 길이 있어야 한다. 이것이 인간의 윤리이다. 우리나라에서는 예로부터 인간의 윤리 가운데, 효를 그 기본으로 삼아 왔다. 효는 백행지원(百行之源) 즉 모든 행동의 근원이라고 일러왔다.

　효(孝), 파자하면 考(생각할 고)와 子(아들 자)여서, 자녀가 마땅히 생각할 것을 뜻하는데, 사전적 의미로는 ‘부모를 잘 섬기는 일’이라고 한다.[1]

　나무의 뿌리와 같은 것이 사람에게 있어서 부모 조상이므로, 사람에게 효도가 없으면 가정과 사회가 무너지게 된다. 현재 우리 사회가 그런 위험 속에 노출돼 있다.

　우리나라 역사를 통하여 흐르는 전통 도맥은 홍익인간(弘益人間: 인간을 크게 돕는 인간), 광화세계(光化世界: 빛 되게 하는 세계)를 이념으로 하는 신선도(神仙道)라 하겠다.[2]

---

1) 이희승, 『국어대사전』, 민중서림, 1982, p.4321.
2) 고준환, 『하나 되는 한국사』, 한국교육진흥재단, 2002, p.453.

신선도는 우리나라 상고시대인 환단조선(桓檀朝鮮: 환국, 밝달국=배달국, 조선)시대로부터 전해 내려오는데, 이는 삼성(환인천제, 환웅천황, 왕검단군)을 공경하고, 3경(천부경, 삼일신고, 참전계경)을 배우며, 3공(심공; 心功, 기공; 氣功, 신공; 身功)을 수행하여 성통공완, 접화군생(홍익인간, 광화세계)하는 길이라고 할 수 있다.

이 신선도의 기본윤리를 항상 지녀야 할 5가지로서 5상(常)이라 하는데, 이는 충(忠: 나라 등에 있어 중심이 있는 것), 효(孝: 자녀가 부모를 잘 섬김), 용(勇: 용기), 신(信: 사회생활에 있어 믿음), 인(仁: 어진 사랑)이다.

이 가운데서 중시되었던 것이 효사상이다.

이 효사상은 공자의 유교에서는 효경의 오륜에 부자유친(父子有親)으로 나타나고, 석가모니의 불교에서는 부모은중경(父母恩重經: 부모의 은혜가 귀중하다는 경)으로 잘 표현되고 있다. 우리나라에서 효사상은 환국시대 환국오훈으로 표현되고, 환웅칠훈, 단군8조교로 전승된다.[3]

우리나라 역사에서 효자 효녀 이야기는 부지기수이지만, 첫 이야기는 환단고기의 고루단군 때 소련, 대련의 삼년상 효행, 삼국유사의 빈녀양모, 삼국사기의 효녀 지은 설화 등이 있다. 외국에서 유명한 효연기 설화로는 인도의 전동자 묘법동자설화, 일본의 소야희설화, 그리고 우리나라의 관음사 연기설화도 있는데, 이는 만고효녀 심청과 연계된다.

그런데 한민족에게 모두 친근한 민족의 효녀는 심청전의 심청이다.[4] 한민족에게 청소년기부터 매우 친근하게 정서를 심어준 고전소설은 심청전, 춘향전, 홍길동전 등이다. 심청전은 효녀 심청이 소경인 아버지 심학규를 위하여 공양미 3백석을 받고 상인들에게 몸을 팔아 인당수 깊은 물에 몸을 던졌으나, 부처의 구함으로 바다에서 다시 환생하여 왕후가 되고, 심

---

3) 김익수, 『청소년과 효문화』 제17집, 동양효문화연구원, 「인류평화사상으로서의 우리 사상과 효 교육문화의 형성과정연구」, 2011. 3. p.18.
4) 최운식, 『심청전』, 시인사, 1984. 참조.

봉사가 오랜만에 심청을 만나는 반가움에 멀었던 눈이 번쩍 뜨였다는 해피 엔딩의 줄거리로 되어 있다.


## 2. 효사상과 한국역사

우리나라의 효사상과 교육문화는 상고시대인 환단 조선시대로부터 형성되고, 신선도의 5상이 포함돼 있어, 인간생활의 기초가 되어 있었으며, 세계에서 가장 오래된 효사상의 진원지였다고 말할 수 있다.

환국(桓國; 한국 한사상의 첫 국가 하느님 나라) 제1세 안파견 환인천제는 천부경을 기본으로 현묘지도인 신선도를 창조하고 전해서 밝은 세상을 만들었다. 하느님을 표시한 이름이 환인(桓因)이고 하느님을 한문으로 풀어 쓴 말이 '천제(天帝)'이다. 이 환인을 한문으로 '안파견(安波堅)'이라고 적었다. 이렇게 적기 전의 우리말로는 '아버지'를 뜻한다고 하였다.

하느님은 일찍이 천손인 상고시대의 우리 조상들에게 사람답게 살아갈 교육철학과 큰 가르침으로 방향을 제시하였다. 이른바 '환국오훈 또는 환인오훈(桓因五訓)'이다.[5]

그런데 환인(桓因)의 가르침에서 중심이 된 핵심이 효이다. 이것이 우리나라의 효사상의 뿌리이다. 그리고 이 세상에 처음으로 알려진 이것이 효를 통한 아름다운 인간미덕과 뿌리정신의 원천이다. 그럼에도 환국에 대한 기록은 『삼국유사』에 단편의 기록이 있고, 신라의 승려 김안함스님이 쓴 『삼성기』와 고려 때 학자인 원동중(元董仲)이 쓴 『삼성기』, 조선조 중종 때의 이맥(李師)의 『태백일사』에 기사가 있을 뿐이며 그 문헌이 희귀하다.

첫째로 하느님을 공경하고 다음으로는 우리 후손을 이어가게 한 조상을

---

5) 고준환, 상계서, p.36.

받들고 나를 낳은 부모님께 효도하라는 것이다. 나머지 3가지 가르침도 모두 효사상의 반경 안에 들어간다. 그러면 세상의 가르침 중에 가장 큰 환국오훈, 즉 환인오훈(桓因五訓)의 내용을 여기에 적어본다.

1) 하느님을 공경하고 뜻을 행함에 게으르지 말아야 한다(敬勤不怠).
2) 조상과 부모에 효도하고 순종하여 거스르지 말아야 한다(孝順不違).
3) 형제간에 겸손하고 화목하여 다툼이 없어야 한다(謙和不鬪).
4) 이웃에 성실하고 신의가 있어 속이지 말아야 한다(誠信不僞).
5) 염치가 있고 의를 행하여 음란하지 않아야 한다(廉義不淫).

이와 같이 우리의 순수하고도 고유한 효사상은 아무런 외래의 사상과 종교가 들어오기 전에 아주 순수하고 원시적인 우리의 효 교육문화가 세계에서 제일 먼저 비롯되어 백성들에게 교육하기 시작하였다. 이 일이 환국보다도 1단계 발전된 배달국의 거발환(巨發桓) 환웅에게로 계승되어 더욱 발전되어졌다.[6]

환웅천왕이 처음으로 도읍을 세운 곳을 '신불(神市)'이라 하고 나라 이름을 '밝달(桓國)' 또는 '배달(倍達)'이라 하였으니, 이때가 BC 3,898년이다.[7] 그리고 배달국의 역년(歷年)은 다음과 같다. BC 3,898년에 단국하여 BC 2,334년에 멸망했으니 역년은 1,565년 간(18대)이다.

제1세 환웅 거발환은 풍백, 우사, 운사인 3대신(三大臣)과 함께 농사를 주관하고 형벌을 집행하고 질병과 선악과 그 외의 인간의 366사(事)를 두루 다스렸다. 인간사와 만물을 순리로 다스려 크게 유익하게 다스리고 교육

---

6) 김익수, 상게논문. p.20.
7) 흔히 신시라고 하나, 이는 틀린 말이다. 태백산정 신단수 아래 시장이 있을 수 없기 때문이다. 神市은 '신불'로 신이 내린 벌판이다. 순수한 우리말은 검벌이다. 시(市)자와 불(市)자를 착각하여 이런 잘못이 저질러졌다. 바로잡음.

하였다. 배달국 초기에 고시(高矢)가[8] 최초로 농법을 연구하고 청동기를 제작했음을 알 수 있다. 즉 청동기가 제작되었다는 것은 농기구가 개량되어 농업이 발달되고 전쟁에 사용할 무기의 제작으로 승리로 이끌 수 있는 힘이 된다는 것이다.

여하튼 청동기로 무기를 제작했던 치우천황은 헌원의 대항을 쉽게 물리치고 항복한 그를 제후로 봉했던 것이다. 14대 환웅 치우천왕 때에 상당한 세력을 갖추었던 황제헌원(黃帝軒轅)의 반란을 진압하는 전투에서 쇠로 만든 청동기 무기로 제압하게 된 것이다.[9] 고조선의 옛터전인 4,400년 전의 청동기가 의외로 발굴된 것은 그 시대에 이미 상당한 광역국가가 건국되어 바른 정치가 전개되고 있었음을 입증하는 바라 하겠다.

제1세 환웅 거발환천황은 새로운 문명전환을 위하여 문자발명의 필요성을 느끼고 신지혁덕(神誌赫德)에게 명하여 문자를 만들도록 하였던 바, 그는 눈 오는 날의 사슴발자국에서 암시를 받아 이른바 '녹도문(鹿圖文)'을 창제해 내는 데 성공하였다. 그 잔재가 현재 우리나라와 만주에 남아 있다.

녹도문이 나온 지 1,200여 년이 흐른 뒤에 치우천황 때에 황제 헌원(軒轅)[10] 중의 사관(史官)이었던 창힐(蒼頡)[11]이가 배달국에서 명성이 높은 자부(紫府)선생에게서 녹도문을 배우다가 여기에서 암시를 얻어 한자(漢字)를 만

---

8) 아득한 옛날에 농사짓는 일을 가르친 높은 뜻을 기리기 위하여 들에 나가서 일을 하고 밥을 먹을 적에 먼저 '고시례(高矢禮)'하고 던지는 풍속이 있다.

9) 『삼성기』 및 『환단고기』 참조.

10) 황제를 이르는 이름이다. 성(姓)은 공손이다. 원래는 동이인이다. 그런데 중국의 섬서성 근처에서 모계사회를 이루었던 여인과 결혼하여 살면서 상당한 기반을 갖추고 배달국의치우천황에게 대항을 하였지만 이미 청동기로 제작된 신무기로 여지없이 격퇴 당했다. 그 후에 배달국의 자부선생에게서 삼황내문경(三皇內文經)을 받아갔다. 이로 인해서 우리의 신교문화가 중국에 전해졌다. 중국에서 도교를 편 노자는 황제를 이었고 황제인 헌원은 우리의 배달국의 자부선생에게서 배웠다. 결국 중국인은 우리 자부선생에게서 배워 도교를 편 노자도 황제를 이었고 황제는 자부선생으로부터 전수받은 학문으로 중국에 신교를 폈다.

11) 창힐은 동이 겨레의 서이(西夷)로 배달국의 자부(紫府) 선생에게서 녹도문을 배웠다가 여기에서 한자를 창안하였다.

들었다. 동이인(東夷人)에 의하여 만든 한자가 밑거름이 되어 세계적인 유학(儒學) 형성이 한국과 중국에서 촉진되었다.

또한, 한편으로는 배달국의 녹도문(鹿圖文)이 전승되어 오다가 고조선시대의 3세 가륵단군 2년에 을보륵(乙普勒)박사에게 국문정음(國文正音)을 창제토록 하였다. 창제된 가림토(加臨土)문자, 또는 가림다(加臨多)문자 38자로 발전하였다.[12]

요컨대 배달국의 환웅천황의 학술진흥으로 창제된 녹도문에서 표의문자(表意文字)인 한자와 표음문자인 가림토문자가 나와서 동아시아의 문명을 크게 일으켰다. 가림토문자는 다시 우리 조선조에 와서 세종대왕의 학술진흥으로 훈민정음을 재창제케 되었는데 역시 가림토 모체가 되었다.

조선왕조실록 25년 12월조에 보면 자방고전(字古篆)을 하였다고 적어 놓고 있는 것을 보면 가림토와 녹도문을 참고하였음이 충분히 입증이 된다. 거발한 환웅천왕은 백성들에게 다음과 같은 이른바 '환웅칠훈(桓雄七訓)'을 내렸다. 여기서 보면, 천손민족인 우리 겨레의 당초의 부모는 하느님이요, 하늘과 땅이다.

하느님은 태초에 우리 인간을 낳으시고 만물의 영장이 되게 하고 자손만대 영원히 살아갈 강토를 주셨으니 이를 수호해야 함은 당연한 천명이다. 여기에서 국가를 위한 충이 나오게 마련이다. 부모는 자식을 사랑하고 자식은 부모에게 효도하며 형제를 사랑하고 어른을 공경하며 어린이와 약한 무리에게 은혜를 베푸는 통치원리와 모든 백성들에게 믿음을 주어야 한다고 하였으니 '인류의 보전(寶典)' 이라고 할 수 있는 것이다. 그러니 하느님께서 우리 사람들을 사랑하고 효를 통한 큰 가르침을 주셨으니 첫 번째로 하늘을 공경하고, 둘째는 부모에게 효도를 해야 한다. 즉 제천(祭天) 보본(報本)해야 한다. 여기에 환웅천왕의 교육철학이 담긴 이른바 '환웅칠훈'을

---

12) 국문정음(國文正音)은 가림다문(加臨多文) 또는 가림토라고도 한다. 이것은 을보륵 박사가 만든 정음(正音) 38자인데 조선조 세종대왕이 만든 한글의 전신이다.

밝힌다.

이 환웅천황의 큰 가르침은 '환인오훈(桓因五訓)'을 계승한 것이지만 만고의 진리이다. 후세에 유학이 대체로 여기에서 벗어나지 않고 계승한 느낌을 준다. 그러면 환웅천황이 백성들에게 내린 큰 가르침으로 환웅칠훈을 보자.

첫째, 하느님 자손인 모든 백성들은 하느님을 지성으로 섬겨야 한다.

둘째, 부모에게 지극히 효도하여야 한다.

셋째, 아내와 자식은 잘 보호해야 한다.

넷째, 형제는 서로 지극히 사랑해야 한다.

다섯째, 늙은이와 어른은 높이 받들어야 한다.

여섯째, 어린이와 약한 자에게는 은혜를 베풀어야 한다.

일곱째, 모든 무리는 서로 믿을 수 있어야 한다.

거발한 환웅천황은 이 세상에 홍익인간의 이념을 처음에 펴시고 모든 백성들에게 '일곱 가지 교훈'을 서약시킨 후에 착한 일을 하는 자에게는 상을 주고 악한 일을 한 자는 벌을 주는 법을 만들었다.

이어서 고조선의 1세인 고왕검 단군은 무진년(B.C.E 2,233)에 등극하였는데, 다음과 같은 조서(詔書)를 내렸다. 그 중에 충효교육에 관한 내용으로는 다음과 같다.

너희들은 어버이로부터 태어났으며 어버이는 하늘에서 왔으므로 너희는 어버이를 공경하여야 하늘을 공경하는 것이 되어 나라에 미치게 되는 것이다. 이것이 곧 충효(忠孝)이다. 너희가 이 도를 잘 본받으면 하늘이 무너지는 일이 있어도 반드시 벗어나 화를 면할 것이다.

배달족 본래의 조상인 하느님을 숭앙하여 경배를 하고 조상신에게 제사하기 위하여 수도인 아사달에 신단인 천제단을 세웠다.[13] 그런데 각 지방마

---

13) 안호상, 「단군시대의 우리의 사상과 신앙」, 『학술원회보』 3, 대한민국 학술원, 1960.

다 소도(蘇塗)[14]를 두어 경당(扃堂)[15]을 설치하였으니 하느님과 민족의 조상신들께서 강토를 주어 우리 후손들이 사랑하고 효도하며 살게 했던 은덕을 보답하기 위하여 효성을 다하여 제사를 지내기 위하여서이다.

이때에 이미 절대적인 존재로서 하느님을 존경하는 종교의식이 신선도가 있었던 만큼 충효가 중시되고 절대적으로 강조되었다.

단군조선의 제1세 고왕검단군은 영험하고 큰 덕과 자비로운 성품을 타고나서 하늘의 도가 널리 전개되었다.

뿐만 아니라 사람들을 유익하게 하려고 했던 환웅의 홍익인간, 광화세계 사상을 보다 확충하여 펴니 자연히 홍익인간이 건국이념이요, 교육이념이 되기 마련이었다. 자연히 천도를 따라 충효 등 정교(政敎)를 펴려고 하니 옛 배달제국의 제도와 교육이 계승되었다.

제1세 왕검단군은 하느님의 큰 가르침과 자신의 철학과 백성들의 의견을 존중하여 형법으로서의 범금 8조와 따로 8조 공법(公法)을 만들어 모든 백성들이 지키게 하였다.

고왕검단군은 교시를 내려 "8조의 공법(公法)을 만들어 '천부(天府)'라 이르고 이 공법이야말로 자손만대에 영원히 이어갈 수 있는 강전(綱典)으로 삼아 아무도 어겨서는 안 된다"[16]고 하였다.

단군왕검은 즉위하던 날(BC 2,333 무진년)에 조서(調書)를 내려 이른바 '단군 천범 8조교(八條敎)'를 만백성에게 내렸다.

제1조 하느님(하나님), 환인(桓因)의 법칙은 하나일 뿐이니 그 문은 둘이

---

14) 소도(蘇塗)는 아주 신성한 곳으로 하느님께 제사드리던 제천단이 있는 성역이다. 제사장인 성직자로서 천군이 있었으며 법관도 침범할 수 없는 성역이었는데 이곳에서는 종교의식도 있었지만 민족종교의 역사와 학문과 민족문화와 교육과 무예도 가르쳤다.
15) 이 경당이 시원이 되어 고구려의 평민교육기관인 경당(扃堂)이 설치되었다. 이 시대의 경당에서는 충(忠), 효(孝), 용(勇), 신(信), 인(仁)의 5가지 계율과 무예와 노래와 음악과 글쓰기를 가르쳤다.
16) 『환단고기』 「단군세기」 참조.

아니다. 너희들은 오로지 순수한 정성으로 다져진 일심을 가질 때에 통일하면 하나님(上帝)을 뵙게 되는 것이다. 불이문(不二門)이다.

제2조 하느님의 법은 언제 어디서나 하나이듯이 사람의 마음도 언제 어디서나 하나이어야 한다. 이러한 이치로 스스로 살펴보아 자기의 마음을 알면 다른 사람의 마음도 알 수 있는 것이다.

이와 같이 다른 사람의 마음을 안 후에 그 사람의 마음을 교화하여 하느님의 뜻에 따라서 살게 한다면 이 세상에 어느 곳에서도 잘 쓰이고 이 세상 어느 곳도 잘 다스릴 수 있다.

제3조 너희는 오직 너희 부모로부터 태어났으며, 너희 부모조상은 하느님으로부터 생명을 받아 이 세상에 태어났다. 그러므로 너희 부모를 옳게 받들어 모시어 효도하는 것이 바로 하느님을 받들어 모시는 것이 되는 것이다.

부모에 효도하는 것이 나라에 미치게 되니 이것이 바로 충효이다. 너희 중에 하느님을 경배하고 부모에 효도하고 나라에 충성하는 도를 잘 따라 행하는 자는 하늘이 무너지고 땅이 꺼지는 세상의 종말이 온다 하여도 반드시 하느님의 구원을 받아서 먼저 화를 면할 것이다.

제4조 새나 짐승이나 세상의 모든 온갖 미물도 다 짝이 있고 해어진 신발도 짝이 있다. 너희 남자와 여자는 원망하지 말고 질투하지 말며, 음란하지 아니하고 서로 화합하여 잘 살아야 한다.

제5조 너희들의 열 손가락을 깨물어 보아라. 아프지 않은 손가락이 있는가? 너희 형제는 서로 사랑하여 헐뜯지 말라. 서로 다투지 아니하고 서로 돕는다면 집안이나 나라가 다 크게 흥할 것이다.

제6조 너희는 소나 말을 보아라. 소나 말조차도 서로 먹이를 나누어 먹지 않느냐. 너희도 서로 양보하여 남의 것을 빼앗는 일이 없어야 한다. 함께 일하여도 서로 속이고 도둑질하는 일이 없어야만 나라와 집안이 혼란하지 아니하고 번성할 것이다.

제7조 너희는 호랑이 부족의 무리를 보아라. 사납고 난폭하여 사람다운 성품을 갖추지 못하니 결국 비천하게 몰락하지 않았느냐. 너희가 사람다운 성품을 잃고 사납고 교만하여 사람을 다치게 하는 일이 없어야 한다.

항상 하느님의 뜻을 받들어 모든 것을 사랑하라. 너희는 남이 위태로운 것을 보면 도와주고 불쌍히 여겨야만 하며 절대로 약한 사람을 깔보거나 천한 사람을 업신여겨서는 아니된다. 너희가 이러한 하느님의 뜻을 어기면 오래도록 하느님의 도움을 받지 못할 것이다. 그래서 네 한 몸은 물론 네 집안까지도 전부다 멸망할 것이다.

제8조 너희가 만일에 서로 충돌하여 논과 밭에 불을 질러 곡식을 다 태워 없앤다면 하느님과 사람들이 이를 벌한 것이다.

너희가 오물을 아무리 두텁게 감싼다고 하여도 그 냄새는 반드시 새어 나올 수밖에 없다. 너희는 항상 올바른 성품을 경건히 가지며, 사악한 마음을 품지 마라. 나쁜 일을 숨기지 말 것이다. 화가 될 마음을 감추지도 말아야 할 것이다. 너희는 정성들여 하느님을 경배하고 만백성이 서로 친하게 지내면 끝없는 행복을 누릴 수 있을 것이다. 너희 모든 무리들은 이 8조의 공법인 천부의 경전을 잘 지켜 행하여야만 한다.

왕검단군은 『천부경』과 『삼일신고』는 한사상으로 이미 굳히고 『참전계경』은 홍익인간사상으로 366사를 예절교훈으로 삼아 매일매일의 생활 속에 뿌리를 박았다. 그런데 366사의 여섯째 바탕이 지극한 효다. 왕검단군께서는 한얼(한알ㆍ한울)숭배와 조상공경과 사람사랑의 3가지를 자기의 뿌리사상으로 삼는 동시에 배달겨레의 그것으로 가르쳐 주었다.[17]

단군조선의 제도 가운데 화백제도와 신선도 오상은 신라에 이어졌고(신라 원광법사의 화랑에게 내린 지침 세속5계는 신선도 5상을 변용한 것임) 고구려의 경당에도 신선도 5상이 이어져 교육했으며, 백제에도 5상이 전해지고 그

17) 김익수, 전게논문 p.29.

가운데 효를 상징적으로 실천한 것이 역사적 실존 인물 효녀 심청인 것이다.[18]

## 3. 역사적 실존인물 효녀 심청의 본명은 원홍장

한민족 효도의 상징인 '심청전'의 주인공 심청은 단순히 소설의 주인공인가? 현재 학계에 보고된 심청전의 이본은 목판본, 활자본, 사서본 등 모두 200여 종에 달한다.

그런데 우리나라에 심청과 관련이 있는 곳으로 알려진 곳은 전남 곡성, 옹진군 백령도, 예산군 대흥면, 황해도 황주, 경기도 화성시 서신면 홍법사 등이다. 그 가운데서도 전남 곡성군 소재 관음사 창건의 사적을 적은 '관음사 사적기'는 장님 아버지 원량(元良)의 딸 효녀 원홍장(元洪莊)의 아름다운 이야기를 적고 있다. 이는 AD 3백 년경 백제시대의 일이며, 조선왕조 영조 5년(AD 1729) 백매선사가 역사기록을 판각하였으나, 6.25때 소실되었고, 활자본이 남아 그 기록이 20세기에 들어서서 국학계에 알려졌다.

김태준 선생의 『조선소설사』이래로 『원홍장』이 심청전의 근원설화로 알려져 왔는데, 화엄사 고경스님 등이 관음사 연기설화에 대한 최초의 학술연구 논문을 발표하였다.

AD 2000. 2. 26일 연세대 사회발전연구소는 '곡성 출신 실존인물 효녀 심청의 역사적·국문학적 고증'이라는 학술용역 보고서를 내었다.[19]

또 한국방송공사(KBS 1TV)의 2000. 4.1. 역사스페셜 '역사추적, 심청의 바닷길'은 그야말로 역사적으로 곡성 출신 실존인물 심청을 잘 그려내었다.[20]

---

18) 고준환, 『신명나는 한국사』, 인간과 자연사, 2005, p.193 참조.
19) 「곡성 출신 실존인물 심청을 통해본 효의 원류 탐구」, 연세대 사회발전연구소(송복), 2000.

예부터 한·중 해상교류가 많았던 만큼 물길이 닿는 서남 해안가에는 여러 지역에 심청 같은 이가 존재했을 것이라고 추정된다. 여러 가지 학설이 있으나, 심청이 곡성 출신 실존인물이라는 것은 충남대 사재동 교수가 '관음사 사적기[21]가 심청의 원형'이라고 말한 바, 관음사 사적기(白梅子 지음, 본문 10장 146행), 중국 정사인 진서(晉書, 심청은 元姬로 표현), 주국 주산해국의 영파시지 등 역사기록들과 심청(원홍장)의 탄생 마을로 알려진 전남 곡성군 오곡면 송정리 도화촌 유적, 곡성군 옥과면 선세리 성덕산 관음사[22] 유적, 곤방산 야철지, 심청의 양부이었던 주산해국(일명 회계국) 심국공의 주산시 보타구 심가문진(沈家門鎭), 보제선사, 불긍거 관음원, 심청 성비궁 터, 심청공원, 심청이 생애를 마친 보타락가산 수정궁 등의 유물, 유적들이 입증한다.

대홍이라는 고을에 원홍장이라는 장님의 딸이 있었다. 그녀의 아버지 원량은 소년시절에 그만 눈이 멀었다. 비록 눈이 멀었으나 양반의 후예로서 행실이 청렴 강직하고 기개가 고상하여 언어범절이 조금도 경솔하지 아니하니 인근의 사람들이 모두 칭송하였으나 불행은 겹치는 것이라고 한다더니 성품이 현숙하고 민첩하여 바느질과 품팔로 앞 못 보는 자신을 보양하던 부인이 그만 산고 끝에 먼저 세상을 뜨고 말았다.

앞도 못 보는 장님의 처지로 어린 딸을 등에 업고 이집 저집 젖동냥으로 키운 딸이 바로 홍장이었다. 홍장 또한 성장하면서 성품이 현숙하고 민첩하여 아버지 곁을 떠나지 않고 부축해 드렸으며 그의 봉양이 극진하여 모든 범절에 있어 비범한 데가 있었다. 홍장의 효성이 이러하였으니 고을 사람들은 입을 모아 대효(大孝)라 칭송해 마지 않았으며 나라 안에는 소문이 자자했고 멀리 중국 땅에까지 알려졌다고 한다.

---

20) KBS 비디오, 「역사스페셜─심청의 바닷길」, 2000. 4. 1. 참조.
21) 백매자 관음사 사적기, 1895.
22) 緣起沈淸 주극비, 普陀歷史 資料集, 中國歷史出版社, 2005. p.123.

어느 날 장님 원량은 밖에 나갔다가 마침 홍법사(弘法寺) 화주승 성공대사(性空大師)를 만나게 되었는데, 성공스님이 원봉사를 보니 "당신과 함께 금강불사(金剛佛事)를 이루었으면 합니다. 부디 큰 시주가 되어 주시오"라고 말하였다. 원봉사는 갑작스런 말을 듣고 어리둥절하지 않을 수 없었으며 생각해 보니 놀라운 일이 아닐 수 없었으므로 조용히 대답하기를 "나는 보시다시피 앞을 못 보며 더구나 가난한 처지인데 어떻게 부처님을 위하는 시주가 될 수 있겠습니까?"라고 하였다.

화주승 성공대사는 다시 절을 하면서 말하기를 "소승이 금강불사의 원을 세워 지성으로 백일기도를 봉행하였는데, 마지막 회향하는 어젯밤 꿈에 부처님께서 현몽하시기를 내일 기도를 마치고 길을 나서면 반드시 장님을 만날 것이다. 그는 이번 불사에 대단월(大壇越; 큰시주)이 될 것이니라 하셨으므로 이렇게 간청하는 것입니다."

원봉사는 말을 잊고 한참 동안 생각에 잠겨 있다가 겨우 입을 열어 "집에는 곡식 한 줌 없고 밖에 나와봐야 내 땅 한 뼘 없는 처지인데 무슨 수로 시주를 할 것입니까? 다만 나에게 딸린 것이 있다면 딸자식 하나뿐인데 이 아이로 금강 같은 불법에 선근 인연이 되고 혹시 대작불사에 도움이 될 수 있다면 데리고 가서 좋은 도리를 생각해 보시오."라고 하였다.

홍장의 나이 이때 불과 열여섯이었다. 이리하여 화주승 성공대사는 무한 감사의 예를 올리고 원봉사를 따라 그의 오두막으로 갔으며, 아버지 원량은 성공대사와 언약한 사연을 말해 주었다. 홍장은 일생 아버지를 봉양할 생각이었으나 아버지와 자신의 앞날이 걱정되어 애통하게 울었으며, 원량 역시 기막힌 심정이 되었다.

실로 산천초목도 울고 일월도 빛을 잃은 듯하였으며 나는 새와 달리는 짐승 또한 슬피 울부짖는 듯하였다. 그러나 그녀의 지극한 효심은 곧 불심으로 나타났음인지 비장한 표정을 지으며 급기야는 아버지를 하직하고 화주스님을 따라나섰다. 아버지인 장님과 딸 홍장의 작별을 가엾고 측은하게 여겨서 마을사람들도 길을 메우며 옷깃을 적시었다. 원홍장은 화주스님과 길을 나서며 뒤돌아보이는 고향마을과 평생 모시려 하던 아버지도 이제는 영영 이별이라고 생각하니 아득하기만 하였다. 난생 처음 산을 넘고 강을 건너 너무나 오래 걸은 탓으로 피로에 지쳐 바다가 보이는 소랑포(蘇浪浦)에 이르러 잠시 쉬어가기로 하였다.

홍장과 성공스님은 서쪽 바다를 바라보고 쉬고 있었는데 바다 저 멀리 수평선 위에서 붉은 배 두 척이 나타나는가 하더니 질풍같이 이쪽으로 다가오는 것이었다. 나는 화살처럼 순식간에 나루에 다다른 배는 모두 진(晋)나라의 배였고, 배에는 금관옥패와 수의를 입은 사자들이 타고 있었다. 그들은 언덕에 앉아 홍장을 뚫어지게 바라보더니 배에서 내려 홍장이 쉬고 있는 곳으로 다가와서 홍장에게 공손히 예를 갖추어 절을 하며 "참으로 우리 황후(皇后) 마마이십니다"라고 하는 것이었다. 홍장은 물론 화주스님도 깜짝 놀라지 않을 수 없었다.

홍장은 얼굴빛을 고치고 "여러분들은 어디서 오신 어른이신데 그런 말씀을 하시는 것입니까?" 하고 물었다.

"저희는 진나라 사람들입니다. 영강 정해년(永康 丁亥年 五月 辛酉日) 황후께서 붕어하셨는데 이로부터 성상께서 늘 슬픔을 가누지 못하시더니 하루는 꿈에 신인이 나타나서 말하기를 "성상의 새 황후 되실 분은 이미 동국 백제에 탄생하여 장성하였고, 단정하기로는 전 황후보다 더하시니 이미 가신 이 때문에 슬퍼하지 마시오" 하고 현몽하셨습니다.

성상께서는 꿈에서 깨어 날이 밝자 곧 폐백 4만 단과 금은진보 등을 갖추어 이 두 배에 싣게 한 다음 상을 잘 보는 상사를 선발하여 사자로 삼아 조칙을 내리시되, 동국으로 달려가서 황후를 맞이하라 하시었으므로, 소신 등이 외람되이 상명을 받자와 본국을 떠나온 이래 숙야(이른 아침부터 밤늦게까지)로 근심하옵더니, 이제 다행히 성의를 여기서 뵈옵게 되었나이다.

사자의 긴 사연을 듣고 난 홍장은 길게 한숨을 쉬며 탄식하면서 말하기를 "내 한 몸 가는 것이야 무엇이 어렵겠소. 그런데 갖고 오신 폐백이 얼마나 되옵니까?"

"예, 저기 두 배에 가득 실은 것이 모두 값진 보물이옵니다."

홍장이 미소를 띠며 말하였다.

"내 몸은 내 몸이 아니옵고, 아버님을 위하여 선근종자(善根種子)를 심어 드리기 위하여 부처님께 바쳐진 몸입니다. 그러하오니 저 두 배에 싣고 오신 폐백을 소녀 대신 이 화주스님께 드리시면 기꺼이 따라가오리다" 하였다.

"예 분부대로 거행하겠나이다."

이때 화주승 성공대사는 참으로 부처님의 가호라고 기뻐하면서 "홍장 아가씨! 아버님의 일은 염려 마시고 가십시오. 소승이 잘 보살펴 드리겠습니다."

이렇게 해서 싣고 온 보물은 홍법사로 가져가게 하고 홍장은 중국 진나라 사신을 따라 진나라로 가게 되었다.

홍장이 진나라에 당도하여 주산군도 보타도에 머물다가 심국공의 양녀로 심청이 된 후 궁 안으로 들어가 진나라 황제를 배알하니, 그녀는 둥근 달 같은 얼굴 모습에 별빛 같은 두 눈이 반짝였으며, 덕과 지혜를 갖춘 모습이 진실로 황후의 기상이었다.

바다 한 모퉁이에 있는 동국 백제에 이렇게 아름다운 여인이 있었더란 말인가. 진나라 황제는 찬탄해마지 않았다. 궁중에서는 새 문명황후를 모시는 큰잔치가 베풀어지고 황후가 된 심청은 품성이 단아하고 자애로운 위의를 갖추었으므로 황제의 총애가 날로 더해 갔으며, 황후는 항상 정업(淨業)을 닦고 행하기에 힘쓰니, 나라가 편안하며 가난한 자와 병든 자가 줄어들어 온 나라 백성의 칭송이 자자하였다.[23]

---

23) 二十五史, 晉書, 개명서점출판 p.1171.

"내 비록 타국의 황후에 오른 몸이지만 어찌 조국을 잊을 수가 있으리오."

그리하여 그는 오십이불(五十二佛)과 오백성중 십육나한을 조성하도록 한 다음 세 척의 돛배에 실어 본국에 보내니 그 배는 감로사(甘露寺) 앞 포구에 닿았으며 이를 감로사에 봉안하였다. 이와 같이 그녀의 불교에 대한 신심도 너무나 훌륭하였다.

그 뒤 오랜 세월이 지난 다음 황태자로 하여금 탑을 조성하게 하여 금강사(金剛寺)에 모셨으며, 또 풍덕현(豊德縣, 현재 경기도 개풍군) 경천사(敬天寺)에도 모셨다.

그 당시 중국 서진 혜제 시대에는 관음불교가 성하였다.

이렇게 본국을 위하여 공덕을 쌓는 한편 황후 자신의 원불로서 관음성상을 조성하여 조석으로 발원하여 모시다가 고향 백제를 그리는 사무친 마음으로 석선에 실어 동국 백제로 띄워 보내면서 서원하기를 "관세음보살님이여! 인연 따라 제 고향 백제로 가서서 그들에게 자비와 지혜를 주시고 정업을 닦아 소원을 성취케 하여 주소서" 하는 원력을 세웠다.

그 배는 바다에 표류하기를 한 달 만에 홀연히 바람을 따라 낙안(樂安) 땅 단교(斷橋) 곁에 정박하게 되었다. 얼마 안 되어 이 땅을 지키던 수비병들이 수상한 배로 의심하여 추격하여 붙잡으려 하였으나 관음성상을 실은 석선이 스스로 움직여 바다 멀리 가버렸다. 이 때 옥과(玉果; 현 곡성군 옥과면)에 사는 성덕(聖德)이라는 아가씨가 우연히 집에서 나와 해변에 이르렀는데, 저 멀리 해운 중에서 한 척의 석선이 다가오고 있는 것을 확인할 수 있었다. 마치 이쪽에서 끌어당기는 것처럼 점점 가까워지고 있는 배를 바라보고 있던 성덕은 깜짝 놀랐다. 그 돌배 안에는 관음 금상이 번쩍이고 있었기 때문이었다. 성덕은 문득 공경스러운 마음이 일어나고 어디든 좋은 자리를 찾아 모셔야 할 것 같아서 먼저 몸을 단정히 하여 예배를 드리고서 관음상을 등에 업으니 가볍기가 홍모(鴻毛; 아주 가벼운 것, 기러기의 털)와도 같았다. 성덕은 관음상을 업고 낙안을 출발하여 고향인 옥과땅 관음사[24]로 향하는데 도중에 열두 개의 정자를 만나 쉬어갔다.

그런데 산봉우리에 이르렀을 때 관음상이 태산같이 무거워져서 움직일 수 없기에 그곳에 관음상을 안치하여 대가람을 세우고 성덕산 관음사로 하였다. 원홍장과 성덕은 모두 관음의 화신인데, 승려 성공은 홍법사를 중수하였다.[25]

맹인 원량은 딸과의 이별의 아픔으로 눈물을 흘리던 중 원홍장이 진나라 황후가 됐다는 소식을 전해주자 갑자기 눈이 밝아져 복락을 누리며 95세까지 살았다.


## 4. 한 · 중 문화교류

역사적 실존 인물 성녀 심청(원홍장＝원희)은 AD 286년 백제 고이왕 때 전남 곡성군 오곡면 송정리 도화촌에서 출생한 것으로 알려졌으며(성출봉 지역설도 있음), 눈먼 아버지를 돌보았다. 곡성지방에는 출생지로 알려진 대흥이라는 지명이 세 군데가 있다. AD 300년 미인 심청은 완도 금일도의 소랑포(부안 내소사 석포)에서 회계국 심국공의 상인들을 만나게 되고 동북아 해로를 거쳐(고려도경을 쓴 서긍 · 대각국사 의천 · 장보고 등이 왕래한 해로) 심청이 처음 도착한 곳은 중국 절강성 주산군도 정해현이었다. 중국 회계국(중국 주산군도 보타도 일원) 오흥(吳興)의 가족 국제상인 심국공의 양녀로서, 성비(聖妃)로 추천하기 위해 모서갔다. 원홍장은 이름을 심청으로 바꿨으며, 심청의 심씨는 양부의 성을 따른 것이다.

심청(원희)은 이어 심국공에 의해 진나라 황후로 천거돼 혜제(惠帝)의 후

---

24) 지인, 관음사 연기설화, 성덕산 관음사 2002. 참조; 지인, 심청전의 원형 설화를 간직한 성덕산 관음사, 2003. 참조.
25) 박혜범, 『원홍장과 심청전』, 박이정, 2003 참조.

비인 문명황후가 되었는데, 동이족 소호 금천씨가 세운 동해담인이라 하였다(25史 晉史列傳). 이는 산동성에 있는 담국처럼 중국 동해에 있는 백제 담로인 출신이라는 것이다. 아버지는 위장군 난릉후(蘭陵侯)라 하였다.

AD 312년 중국 회계국 심청은 고국에 관음성상을 단교(지금의 벌교 승주 낙안)로 보내왔다. 심황후는 3남 2녀를 낳았다. 심청은 분쟁이 많은 가운데 혜제가 서거하자, 동북아시아 국제교역의 중심지인 보타도의 심가문진 심가촌에서 생활하다가 관음성지인 보타락가산 수정궁에 들어가 보살생활을 하다가 생애를 마쳤다.

효녀 심청 이야기를 직접 기록한 국내문헌으로는 관음사 사적기(6종), 심청전(233종), 조선사찰사료, 한국민간전설집, 해동의 불교, 불교설화전집, 국사대사전, 한국민족문화백과사전, 내 고장 전통가꾸기, 한국관음신앙 등이 있다. 중국 문헌으로는 진서, 태평광기, 한중불교 문화교류사, 영파시지, 보타현지, 보타락가 산지, 정혜청지, 변증론 등이 있고, 일본문헌으로는 성덕산 관음사 연기설화의 형성과 변용, 관음사 연혁과 현황보고서 등이 있다.

심청과 관련된 유적과 유물은 곡성군의 관음사, 가곡리 5층 원홍장탑, 오곡면 송정리 심청생가터, 심청우물, 도화천, 심청목욕 옥녀탕(대대로 구전됨), 심청마을 설아살(대장간), 곡성군 곡나야철지(백제7지도 제작), 어람관음불상(관음사 소장)과 소량포(금일도), 단교(벌교) 등이고 중국의 심청공원 심가문진, 심가촌, 심수로, 연화양, 성비궁, 영파시, 신라초, 불긍거관음원 도화도(도교사원 중심지), 보타도 보제사에 봉안된 어음관음불상 등이 있다. 주산시 심씨 마을엔 아직도 심씨들이 살고 있다.

## 5. 심청 관련사항

곡성골 출신 심청과 고전소설 '심청전' 사이에는 몇 가지 차이점이 있는데 그 중에서는 불교전래시기 문제와 인당수에 빠지는 사실이 없다는 것등이 큰 것이다.

『삼국사기』 등은 우리나라 불교 공전은 AD 372년인 고구려 소수림왕 2년 때라고 하나, 심청은 AD 300년 백제 분서왕(서진 혜제 영강년)에 관음상을 보내오고 관음사가 창건되게 했다고 한다.

『삼국사기』 기록은 불교를 국가에서 공인한 공전뿐이다. 실제로 불교는 AD 48년 가야 시조 김수로왕의 부인인 허황옥 왕후가 장유화상과 함께 불경·파사석탑 등을 가져온 '가야 1세기 남방불교 전래'가 있고 더욱이 제주도에는 석가세존 당시 그 제자인 발타라 존자가 와서 포교했다는 존자암이 있으며 중국 불교 전래가 AD 2년이므로 심청 관련 불교 기록에는 문제가 없다고 생각된다.

관음사 연기설화에는 심청전에 나오는 인당수에 빠져 죽는 장면이 없는데, 이는 후대에 심청전을 쓴 사람이 송나라 때 이전의 소설을 모은 창고라할 수 있는 중국야사 태평광기(太平廣記)에 있는 인신공회 설화를 일부분 가미하고 윤색한 것으로 보인다.

백매자 선사는 또 심청을 충청도 대흥 출신으로 기재했으나 이는 1700년전 백제국 대방군 대흥현으로 그 당시 이름은 충청도 대흥현이라 할 수 있으니, 지금 전라남도 곡성의 옛 이름이다.

실존인물 심청의 탐구 과정에는 곡성 출신 심청 외에, 화성 출신 심청과황주 출신 옹진 심청 등도 등장한다.

화성 심청은 경기도 화성시 서신면 홍법마을의 홍랑에 관한 설화로 마을을 구하고 중국에 끌려가 왕후가 되고 자결하고 돌배와 무쇠자수를 보내왔다는 것인데, 심청 얘기와는 다른 후세의 이야기이며, 지금 조계종 용주사 말사인 서신면 홍법사에서는 홍랑각을 세워 이를 추모하고 있다.

황주 출신 심청이 옹진군 백령도 장산곶 인당수에 빠졌다는 것은 종교적·문화적인 요소가 강하다고 할 수 있으며 실증적 자료는 나오지 않고 있다.

옹진군 백령도에는 공양미 3백석에 몸을 던졌다는 인당수와 그녀가 환생했다는 연봉바위 등이 있으며, 백령도 진촌리 남산 기슭에는 심청각이 건립되어 있다. 일부에서는 인당수를 변산바다 앞 위도의 임수도와 위도 수성당으로 보고 당제를 지내 안전항해를 기원하기도 한다.

역사적으로 보면, 한국 역사에 있어서 곡성 출신 심청과 비슷한 사례가 있을 수 있고, 그에 관련한 많은 설화를 탄생시킬 가능성이 있다 하겠다. 왜냐하면 우리나라 영산강(나주 중심)과 섬진강·보성강(곡성 중심) 줄기를 따라 중국 주산군도(보타도 중심)를 연계하여 동북아 해상무역이 활발하게 이뤄진 것은 비류백제 초기부터이기 때문이다. 중국 영파시 하무도에서 신석기 유적이 발견됐는데 한·중·일 교류는 고대로부터 시작된 것 같다. 2천여 개 섬으로 이루어진 주산군도의 주산 해민을 중심으로 백제 담로국인 주산 해국이 존재하여 백제에 조공하였으며, 특히 백제 근초고왕 27년 정월에 동진이 조공한 이후 모든 지나 남조 정권과 밀접히 교역하였다 한다.

주서(周書) 권49 「백제전」에 의하면 "백제는 진·송·제·량 때 강좌(江左)에 웅거하였으며(오·월·산동백제) 후위가 중원을 차지한 후에는 양측에 모두 사신을 보내어 번(藩)을 칭하면서 벼슬을 받았다" 한다.

심청을 낳은 곡성군은 우리나라 신선도(도교 포함) 5상의 하나인 효, 유교 3강5륜의 중심인 효, 불교 부모은중경의 효와 윤회사상을 전파하기 위하여 심청사업을 군 역점사업으로 해 오고 있다.

심청골 곡성군은 학술비를 지원하여 '곡성 출신 실존인물 효녀 심청의 역사적, 국문학적 고증'이라는 보고서를 내게 했으며, 효 운동본부는 2001

년부터 해마다 '효문화 전국축제'와 '심청국제학술 심포지엄'을 열고 있으며 국·도비를 지원받아 심청문화센터와 심청테마마을을 조성하고 단군전 조성사업, 광복유공자 기념공원도 조성하고 있다.

곡성군은 또 심청이 양녀로 간 회계국이었던 중국 절강성 보타구와 우호교류협약을 체결하여 매년 문화교류를 하고 있고, 보타국에 심청 우호공원, 심청사당과 전시관을 조성했다.[26]

농민운동가요, 효자로 알려진 고현석 곡성군수는 저자의 대학 동기생으로 "심청축제, 심청문화센터, 심청마을의 3개 사업으로 출발하여, 효라는 인류의 보편적 가치를 추구하는 중심으로 세 차례 국제학술대회를 개최하고 중국 보타구와 상호 문화교류를 실행함으로 어느 정도 자신감을 갖게 되었다"고 전제하고, 건강하고 풍성한 심청문화가 창조되어 인류문화에 기여하게 될 날을 꿈꾼다고 하였다.[27]

소설 '심청전'은 조선왕조 때(AD 1544) 옥과 현감을 지낸 김인후의 작품으로 알려졌다.[28]

역사적으로 심청을 기리는 작품은 소설 심청전뿐만 아니라 동화책, 판소리 심청가, 드라마 심청전, 영화 심청전 등 많이 있으나 심청의 원이름 '원홍장 찬가'가 그 중에서도 두드러진다. 시인 허연 씨가 쓰고 인간문화재 5호인 국창 성창순 씨가 작창하여 심청가 판소리를 CD로 제작하였다. 이를

---

26) 고현석 곡성군수, 고현석·보타구장 주극비 우호교류합의서(2001.11.17).
27) 효녀 심청의 역사적 국문학적 고증, 연세대 사회발전연구소, 2000, 참조.
  곡성 출신 실존인물 심청을 통해 본 효의 원류 탐구,
  곡성 출신 실존인물 심청을 통해 본 효의 원류 탐구, 2000, 전게서.
  국제학술 심포지엄 심청, 곡성군 2001.
  제2회 심청학술대회 자료집, 곡성군 2002.
  제3회 효문화학술심포지엄, 곡성군 2003.
  제4회 효문화학술심포지엄, 곡성군 2004.
  제5회 심청문화학술심포지엄, 곡성군 2005.
28) 박혜범, 『원홍장과 심청의 만남』, 2002 참조.

보면 다음과 같다.

(1) 자색이 예쁜 홍장 그 나이 열여섯에 앞 못 보는 아비 위해 큰 시주되었것다. 화주승 따라가는 길 피눈물로 적시고.

(2) 부녀간의 슬픈 이별, 고향을 등진 설움 달래며 산을 넘고 고개 또한 넘고 넘어 소량포 언덕에 쉬며 먼 바다를 봤거든.

(3) 붉은 빛 배 두 척이 나루에 다다르자 금관 옥패 눈부시게 사자들이 내려와서 엎드려 황후마마라 하니 꿈인 듯이 놀랐겠다.

(4) 진나라 임금께서 꿈에서 들은 대로 금은보화 가득 싣고 동국으로 보낸 이들 한눈에 알아봤다. 부처님의 조활세.

(5) 아버님 위한 그 몸 착한 씨앗 되어야지, 폐백과 보물들은 홍법사에 시주하고 기쁘게 입궐을 하던 홍장규수 그 얼굴.

(6) 둥근 달로 보신 임금 별빛으로 뵈던 두 눈 귀엽고 아름답고 하늘보다 자애로운 마노탑 삼천이라도 사랑 다 바쳤으니.

(7) 황후의 크신 원불 관음상을 지으시고 보내신 그 인연이 낙안포에 닿았으니 어쩌다 성덕아가씨 마중을 받았을 때.

(8) 홍모같이 가벼운 듯 등에 업고 돌아오다 대취정에 쉬었다가 새암정에 쉬었다가 구일정(九日亭)에 쉬었다 머무는 동안 모실 곳을 찾았것다.

(9) 백아산도 추월산도 설산도 생각다가 하누제 겨우 넘어 관음사 터를 잡아 그렇게 모셨다더니 크신 공덕 어쩔꼬.

(10) 부처님 높은 은혜 원봉사는 눈을 뜨고 아흔 다섯 장수 누려 행복하게 살았다네 홍장도 고국을 위해 목탁 치며 사셨다네.


## 6. 결론

우리는 위에서 우리나라 효사상의 기원과 흐름, 그리고 국민의 정서가 깊이 뿌리 내린 만고 효녀 심청이 백제전기 전남 곡성 출신의 역사적 실존 인물 원홍장이라는 사실을 살펴보았다.

한국과 중국 사이에 있는 황해를 비롯한 동아시아 해를 두고 국제교류가 빈번한 가운데 비류백제 이후 국제무역을 할 때 무사항해 기원 등 종교적 의식의 중심지는 주산군도 보타도 보타낙가산 불긍거관음원(관세음보살 주처)이었다.

원홍장은 성공대사와 봉사부친의 약속으로 공양미 3백석을 갈구하던중, 중국 보타도의 귀족이자 무역상인 심국공을 만나 그를 따라 보타도에 가고 심국공의 양녀로서 마음청정(心淸淨)의 의미로 이름을 바꿔 심청이가 된다. 심청(원홍장, 元姬는 晉書의 표현)은 진나라 혜제(첫 번째 황후 붕어 이후)의 문명황후가 된다.

불교를 신봉했던 심청은 고향인 곡성군 관음사 등에 5백나한 관세음보살상과 소조금니불상 및 불경 등을 보내온다.

필자는 전남 곡성군 옥과면 도화촌의 심청 출생가와 우물 및 곡성군 관음사 등지를 답사하였다. 필자는 또 2011년 8월 17일부터 20일까지 중국 절강성 산군도 주산시 보타구에 있는 심청이 마을(심가문진)과 심청공원인 심원등지를 답사하고 심청공원 안에 있는 심청상(전남 곡성군이 자매단체인 보타구에 기증)에 예배하였다.

필자는 한국교수불자연합회 성지순례단 10명과 함께 상해 옥불사, 영파 아육왕사, 보타도의 불긍거관음원, 보제선사, 법우사 등도 함께 참배하였다. 우리나라는 대한민국 건국 후 홍익인간을 교육이념으로 하였고, 기적적으로 민주산업화를 이뤘으나 지금은 서세동점과 천민자본주의 팽배로 사기횡행 불신사회에 가치질서가 붕괴된 아노미(anomie) 사회가 됐으며, 윤리적으로도 천하대란이라고 할 수 있다.

앞으로 우리나라가 통일이 되고 세계의 지도국(PAX UN KOREANA)이 되려면 국학위에 자주성을 높이고, 21세기 최첨단 산업인 BINEESS를 일으키고(BINEESS=BT. IT. NT. Education. Environment. Space. Sea의 약어임) 확실한 윤리위에 각(覺) 인류문명을 창출해야 한다.

동방예의지국으로 공자님도 가기를 원했던 우리나라가 자주적이고 평화스럽게 번영하려면, 윤리적인 면과 법적 측면에서 새 가치질서를 확립해야 한다.

윤리적인 면에서는 삼강오륜이 파손됐으므로 국가 차원에서 민주적 국민 윤리를 확립하고 그 위에 새로운 교육문화를 창조해야 한다.

그것은 상고시대 이래로 우리 전통 도맥인 신선도 5상을 현대적으로 재해석하고 특히 만고효녀 심청의 역사를 알려 바람직한 인간상과 함께 가족사회 붕괴를 막아야 한다.

'충(忠)'은 국가나 사회에는 중심이 있고 그 존속 발전을 위해 서로 다름을 전제로 화합 단결을 하면서 힘을 합치는 것이다.

'효(孝)'는 심청이처럼, 문명황후처럼 자기 뿌리인 부모나 조상을 잘 섬기고 다른 사람 인격을 평등하게 존중하며 예(禮)로써 대우하는 것이다.

'용(勇)'은 참되게 살되, 진실을 추구하면서 불편한 진실도 용기 있게 말하여 사회정의가 확립되게 해야 한다.

'신(信)'은 사회에 믿음이 없으면 붕괴되므로, 약속은 반드시 지키고 책임을 져야 한다. 하늘이 무너져도 신의는 지켜야 한다.

'인(仁)'은 어진 사랑으로 서로 사랑하여 어릴 적부터 남에게 피해주는 일을 절대적으로 하지 말고, 아집적인 자기 한계를 넘어서서 다른 사람의 잘못을 용서하는 인내심을 키워 가는 것이다.

적어도 나라의 백년대계를 위하여 유치원 시절부터 남에게 피해 안 주기, 타인에게 인격적 대우하기, 약속 꼭 지키기 운동이 이루어져야 한다.

법적 측면에서는 현재 우리 가족사회가 서세동점과 천민자본주의 팽배 등으로 미풍양속이 사라지고 붕괴되어 가는 모습을 보이고 있다.

사람이 행복을 추구하고 그 행복은 대부분 사랑의 보금자리인 가정에서 나오므로 건강하고 정겨운 가정형성에 노력해야 한다.

그런데 한국의 가족법인 친족상속법을 보면, 상속관계만 보더라도 부모가 설자리가 없게 되어 있다. 한 예로 전에는 부모를 모시는 자녀는 그에 상당한 상속분을 더 주어 어려워도 편안하게 부모를 모실 수 있게 되어 있으나, 지금 민법은 그렇지 못하다.

지금 친족상속법은 남·녀, 결혼여부에 관계없이 부모재산을 똑같이 나누게 되어 있어 평등성을 전제로 하고 있으며(법정 상속), 가업을 일으키거나 부모를 모신 자녀는 기여분을 주게 되어 있다.

그러나 실제에 있어서 부모가 돌아가시고 난 후 형제 자매 사이에 다른 이의 기여분을 흔쾌히 인정하는 예를 보기가 어려운 게 사실이다. 부모 모실 사람이 실종되게 되는 내용이다. 그러므로 이런 규정 등은 효를 중심으로 화목하게 행복한 가족이 되게 민법을 개정해야 한다.

급변하는 세계 속에서 발전하는 코리아가 되려면 국민들이 자주성을 가지고 효사상 등 상대적으로 높은 윤리를 가지면서 민족통일과 하나의 평화세계로 나아가야 한다.


## 참고문헌

1. 일반 역사서
삼국유사, 삼국사기, 환단고기, 규원사화, 단기고사, 신단실기, 천부경, 삼일신고, 참전계경(팔리훈), 제왕운기, 응제시주, 전한서, 후한서, 진서, 산해경, 동국여지승람, 조선왕조실록.

2. 저서 등
이희승, 『국어대사전』, 민중서림, 1982.

고준환,『하나 되는 한국사』, 한국교육진흥재단, 2002.

고준환,『신명나는 한국사』, 인간과 자연사, 2005.

김익수,『한국사상과 효문화』, 수덕문화사, 1986.

박혜범,『원홍장과 심청의 만남』, 곡성군, 2002.

백매자,『관음사 사적기』, 1895.

주극비,『연기설화』, 중국역사 출판사, 2005.

지인,『관음사 연기설화』, 성덕산 관음사, 2002.

지인,『심청전의 원형설화를 간직한 성덕산 관음사』, 2003.

최운식,『심청전』, 시인사, 1984 참조.

## 3. 논문

김익수,『청소년과 효문화』17집, 동양문화연구원,「인류평화사상으로서의 우리 사상과 효교육문화의 형성과정 연구」, 2011.

김익수,『청소년과 효문화』18집,「우리 효사상 정착을 통한 교육개혁 방안」, 2011.

안호상,「단군시대 우리의 사상과 신앙」,『학술원 회보』3, 대한민국 학술원, 1960.

## 4. 자료

KBS VIDEO 역사스페셜, 심청의 바닷길 2000.4.1.

효녀 심청의 역사적 국문학적 고증. 연세대 사회발전연구소, 2000. 참조.

곡성 출신 실존인물 심청을 통해 본 효의 원류 탐구.

곡성 출신 실존인물 심청을 통해 본 효의 원류 탐구, 2000 전게서.

국제학술 심포지엄 심청 자료집, 곡성군, 2001.

제2회 심청학술대회 자료집, 곡성군, 2002.

제3회 효문화학술심포지엄 자료집, 곡성군, 2003.

제4회 효문화학술심포지엄 자료집, 곡성군, 2004.

제5회 심청문화학술심포지엄 자료집, 곡성군, 2005.

## Abstract

A study on the filial daughter Simchung as a historical person.

The filial piety is the basic ethics that is devotion to the parents. Our country had used the Seen-Sun-Do 5 sang containing the filial piety to the bottom of life from the earliest ancient Hwan-Dan-Chosun. The traditonal TAO is based on the national bible, namely, Chunbukyung, Samilsingo, Chamjungekyung. There are Hwankuk-ohun, Hwanwung-chilhun, Dangun-paljokyo.

The thought-symbol of our country's filial piety is the biography of Simchung rooted in Koreans pathos.

However Simchung is the historical person of Julanamdo-Goksung at Baekje Dynasty.

Her original name is One-Hongjang and her blind father is One-Ryang.

One-Hongjang namely Simchung decided her mind devoting for her father's eye to be open for the purpose of sending 300 rice bag to Buddha through Sungkong monk.

After receiving 300 rice bags, she had gone to the China Julgangsung-Jusan City, Bota island following the international trader Simkukgong group.

She became the daughter-in-law of Simkukgong, and next her name is changed to Simchung.

After that, she became the Queen of Emperor Heje in Chin dynasty and so called the Moonmyung Empress.

That was recorded One-Hee in the history of Chin dynasty. Moonmyung Empress had sent to Goksung Kwanin Temple statues of 500 Arhat, Avalokitasdesvara and the golden Buddha.

At that time, her blind father saw the light thourgh opening eyes. Seensun-do 5 Sang containing the filial piety is necessary as the basic ethics now here.

Key words: Seensun-do 5 Sang, Hwankuk-ohun, Hwanwung-chilhun, Dangun-paljokyo, Filial piety, daughter Simchung, One-Hongjang, One-Ryang, Simkukgong, Chin-Heje, Avalokitasdesvara Buddhism.

# 별구름 나그네

·

지은이 / 고준환
발행인 / 김영란
발행처 / **한누리미디어**
디자인 / 지선숙

08303, 서울시 구로구 구로중앙로18길 40, 2층(구로동)
전화 / (02)379-4514, 379-4519
Fax / (02)379-4516
E-mail/hannury2003@daum.net

·

신고번호 / 제 25100-2016-000025호
신고연월일 / 2016. 4. 11
등록일 / 1993. 11. 4

·

초판발행일 / 2023년 1월 20일

·

ⓒ 2023 고준환 Printed in KOREA

·

값 30,000원

·

※잘못된 책은 바꿔드립니다.
※저자와의 협약으로 인지는 생략합니다.

ISBN 978-89-7969-864-0    03810